Ali · Das Buch Saladin

Tariq Ali

Das Buch Saladin

Roman

Aus dem Englischen von
Petra Hrabak, Gerlinde Schermer-Rauwolf
und Robert A. Weiß

Diederichs

Die Originalausgabe erscheint 1998 unter dem Titel
The Book of Saladin
bei Verso, London

Die Übersetzer sind Mitglieder des Kollektiv Druck-Reif

Die Deutsche Bibliothek - CIP-Einheitsaufnahme
Ali, Tariq:
Das Buch Saladin : Roman / Tariq Ali. Aus dem Engl. von
Petra Hrabak ... - München : Diederichs, 1998
Einheitssacht.: The book of Saladin <dt.>
ISBN 3-424-01346-3

Umschlaggestaltung: Zembsch' Werkstatt, München
Produktion: Tillmann Roeder, München
Satz: Satzpunkt Ewert, Krefeld
Druck und Bindung: Spiegel Buch, Ulm
Printed in Germany

ISBN 3-424-01346-3

Inhalt

Teil 1
Kairo
7

Teil 2
Damaskus
189

Teil 3
Jerusalem
277

Teil 4
Briefe an Ibn Maymun
381

Für Robin Blackburn

Teil I

Kairo

EINS

Auf Ibn Maymuns Empfehlung hin werde ich Salah al-Dins ergebener Schreiber.

Viele Jahre lang habe ich nun nicht mehr an unser ehemaliges Zuhause gedacht. Seit dem Feuer ist viel Zeit vergangen. Mein Haus, meine Frau, meine Tochter, mein zweijähriger Enkelsohn: sie alle waren darin gefangen wie Tiere im Käfig. Hätte das Schicksal nicht etwas anderes mit mir im Sinn gehabt, wäre auch von mir nur Asche übriggeblieben. Wie oft habe ich mir gewünscht, ich hätte in jener schweren Stunde an der Seite meiner Lieben sein und dieses Martyrium mit ihnen teilen können.

Es sind schmerzliche Erinnerungen, die ich tief in mir begraben habe. Doch heute, da ich diese Geschichte zu schreiben beginne, steht mir jener kuppelüberwölbte Raum, in dem einst alles seinen Anfang nahm, wieder deutlich vor Augen. Die Tiefen unseres Gedächtnisses sind unergründlich, längst vergessene Dinge bleiben in dunklen Nischen verborgen und treten dann plötzlich zutage. Nun sehe ich alles so klar vor mir, als wäre die Zeit stehengeblieben.

Es war eine kalte Winternacht in el-Cairo, im Jahr 1181 nach der christlichen Zeitrechnung. Von den Straßen draußen drang nur das Miauen der Katzen herein. Ibn Maymun, ein alter Freund unserer Familie und deren selbsternannter Arzt, war nach einem Besuch beim Kadi al-Fadil, der seit einigen Tagen unpäßlich war, zu mir nach Hause gekommen.

Wir hatten unser Mahl beendet und tranken schweigend unseren Minztee, umgeben von dicken farbenprächtigen Wollteppichen und Kissen aus Seide und Satin. Die Glut der wohlgefüllten, kreisrunden Kohlenpfanne inmitten des Raumes verbreitete ihre Wärme in sanften Wellen. Auf dem Boden liegend, sahen wir den Widerschein des Feuers in der Kuppel über uns, die wie ein heller Sternenhimmel leuchtete.

Ich sann über unser soeben beendetes Gespräch nach. Mein Freund hatte einen ärgerlichen und bitteren Wesenszug offenbart, was mich überraschte wie auch beruhigte. Unser Heiliger war auch nur ein Mensch wie jeder andere. Und die Maske setzte er für die Außenstehenden auf.

Wir hatten über die Umstände gesprochen, die Ibn Maymun zur Flucht aus al-Andalus gezwungen hatten, mit der seine fünfzehn Jahre währende Reise von Kurtuba nach el-Cairo begonnen hatte. Zehn Jahre davon hatte er in der maghrebinischen Stadt Fes verbracht. Dort hatten sich alle Angehörigen seiner Familie genötigt gesehen, sich als Anhänger des islamischen Propheten auszugeben. Ibn Maymun dachte voller Groll daran zurück. Was ihn erzürnte, war der Betrug als solcher, denn Heuchelei widersprach seiner Natur.

Noch nie zuvor hatte ich ihn derart reden gehört. Mir fiel auf, welche Veränderung damit einherging: Seine Augen funkelten bei jedem Wort, seine Hand war zur Faust geballt. Ich fragte mich, ob diese Erfahrung der Grund für seine Vorbehalte gegen die Religion war, vornehmlich gegen eine Religion, die Macht besaß, und gegen einen Glauben, der mit dem blanken Schwert aufgezwungen wurde. Schließlich brach ich das Schweigen.

»Ist denn eine Welt ohne Religion denkbar, Ibn Maymun? Die Ahnen kannten viele Götter. Einst kämpften die Anhänger des einen Gottes gegen diejenigen eines anderen Gottes. Jetzt haben wir einen einzigen Gott und müssen uns zwangsläufig um ihn streiten. So ist alles ein Krieg um die Auslegungen geworden. Wie erklärst du dir mit deiner Anschauung dieses Phänomen?«

Er lächelte, doch ehe er antworten konnte, hörten wir ein lautes Klopfen an der Tür. Ibn Maymun runzelte die Stirn.

»Erwartest du jemand?«

Ich schüttelte den Kopf, indes er sich vorbeugte, um sich die Hände an der Kohlenpfanne zu wärmen. Obwohl wir uns beide in Wolldecken gewickelt hatten, spürten wir dennoch die Kälte. Mein Gefühl sagte mir, daß dieses spätabendliche Klopfen an der Tür meinem Freund galt.

»Nur der Gefolgsmann eines mächtigen Mannes klopft in dieser Weise«, seufzte Ibn Maymun. »Vielleicht geht es dem Kadi schlechter, und ich muß zu ihm.«

Ein zitternder Diener betrat mit einer Fackel in der Hand den Raum. Ihm folgte ein Mann von mittlerer Größe mit unauffälligen Gesichtszügen und rötlichem Haar. Er war in eine Decke gehüllt und zog das rechte Bein ein wenig nach. Einen Moment lang flackerte Angst in Ibn Maymuns Augen auf, als er sich erhob und vor dem Gast verbeugte. Ich hatte den Mann noch nie gesehen. Der Kadi war es gewiß nicht, denn diesen kannte ich.

Auch ich stand auf und verneigte mich vor dem Fremden. Als er bemerkte, daß er mir völlig unbekannt war, lächelte er.

»Entschuldigt die Störung zu dieser Stunde. Der Kadi hat mir berichtet, daß Ibn Maymun sich in unserer Stadt aufhält und in Eurem erlauchten Haus nächtigt. Ich befinde mich doch im Haus von Isaac Ibn Yakub, nicht wahr?«

Ich nickte.

»Ich hoffe«, sagte der Fremde mit einer leichten Verbeugung, »Ihr verzeiht mir meinen unangemeldeten Besuch. Doch mir ist nicht oft die Gelegenheit vergönnt, zwei große Gelehrte an einem Tag zu treffen. Eine Weile war ich unentschlossen, ob ich es vorziehen sollte, früh schlafen zu gehen oder ein Gespräch mit Ibn Maymun zu führen. Schließlich entschied ich, daß seine Worte einen günstigeren Einfluß auf mich haben könnten als Schlaf. Und deshalb bin ich hier.«

»Jeder Freund von Ibn Maymun ist in diesem Haus willkommen. Bitte nehmt Platz. Dürfen wir Euch eine Schale Suppe anbieten?«

»Ich denke, sie würde Eurer Gesundheit guttun, Herrscher der Tapferen«, meinte Ibn Maymun leise.

Da erkannte ich, daß ich mich in Gegenwart des Sultans befand. Dies war Yussef Salah al-Din höchstpersönlich. In meinem Haus. Ich fiel auf die Knie und berührte seine Füße.

»Verzeiht, daß ich Eure Hoheit nicht erkannt habe. Euer Sklave bittet um Vergebung.«

Er lachte und half mir wieder auf die Beine.

»Ich mache mir nicht viel aus Sklaven. Sie neigen zu sehr zur Aufsässigkeit. Doch für etwas Suppe wäre ich Euch dankbar.«

Nachdem er seine Suppe gegessen hatte, fragte er mich nach der Herkunft der irdenen Schalen, in denen sie gereicht wurde.

»Sind sie nicht aus dem roten Ton Armeniens gemacht?«

Überrascht nickte ich.

»Meine Großmutter besaß ganz ähnliche, aber sie hat sie nur bei Hochzeiten und Begräbnissen auf die Tafel gebracht. Sie erzählte mir immer, sie stammten aus ihrem Dorf in den armenischen Bergen.«

Nachdem das Gespräch noch eine Zeitlang in diesem allgemeinen Stil weitergelaufen war, erklärte der Sultan Ibn Maymun, daß er einen vertrauenswürdigen Schreiber in seine Dienste nehmen wolle. Er brauche jemanden, dem er seine Lebenserinnerungen diktieren könne. Sein eigener Sekretär sei zu sehr in Intrigen verschiedenster Art verwickelt, weshalb er ihm nicht rückhaltlos vertrauen könne. Dieser Mann sei durchaus imstande, den Sinn der Worte zu verdrehen, um später einen persönlichen Vorteil daraus zu ziehen.

»Ihr wißt wohl, mein Freund«, sagte der Sultan, während er Ibn Maymun direkt in die Augen sah, »daß es Zeiten gibt, in denen uns in jeder Minute Gefahr für Leib und Leben droht. Wir sind von Feinden umzingelt und haben keine Zeit, an irgend etwas anderes als ans Überleben zu denken. Nur wenn Frieden herrscht, kann man sich den Luxus leisten, in Ruhe seinen Gedanken nachzuhängen.«

»So wie jetzt?«

»So wie jetzt«, murmelte der Sultan. »Ich brauche jemand, dem ich vertrauen kann. Und der nicht davor zurückschreckt, die Wahrheit offenzulegen, wenn ich zu Staub geworden bin.«

»Ich kenne jemanden von dem Schlag, den Eure Hoheit sucht«, erwiderte Ibn Maymun. »Aber Euer Wunsch birgt eine Schwierigkeit. Ihr seid nie allzu lange in einer Stadt. Entweder müßte der Schreiber mit Euch reisen, oder es gälte, einen zweiten in Damaskus zu finden.«

Der Sultan lächelte.

»Warum nicht? Mich lockt noch eine dritte Stadt. Ich hoffe, daß ich in Kürze Jerusalem einen Besuch abstatten werde. Also brauchen wir vielleicht drei Schreiber, einen in jeder Stadt. Da ich für meine Worte verantwortlich bin, werde ich dafür Sorge tragen, mich nicht zu wiederholen.«

Meinem Freund und mir verschlug es den Atem. Wir konnten unsere Erregung kaum verbergen, sehr zur Freude unseres hohen Gastes. Denn Jerusalem war von den Franken besetzt, die selbstzufrieden und überheblich geworden waren. Und gerade eben, in meinem Haus, hatte der Sultan verkündet, daß er den Feind zu vertreiben gedachte.

Seit vielen Jahren lagen wir, die wir schon immer hier gelebt hatten, mit den Franken, die übers Meer gekommen waren, im Zwist. 1099 war Jerusalem an sie gefallen. Sie hatten die alte Stadt geplündert und zerstört und ein Blutbad unter den Juden und Muslimen angerichtet. Dort waren die Barbaren gewalttätiger über unsere Welt hereingebrochen als in den Küstenstädten. Kein Jude und kein Muslim hatte das Massaker überlebt. Überall in den Moscheen und Synagogen waren die Gläubigen entsetzt aufgesprungen, als die Kunde von diesen Greueltaten durchs Land ging. Sie verfluchten die Barbaren aus dem Westen und schworen, ihre Schandtaten zu rächen. Vielleicht war jetzt die Zeit gekommen. Vielleicht war die stille Zuversicht dieses Mannes gerechtfertigt. Mein Herz schlug schneller.

»Mein Freund Ibn Yakub, dessen Haus Eure Hoheit heute mit ihrer Anwesenheit beehrt, ist einer der verläßlichsten Gelehrten unserer Gemeinschaft. Ich kenne keinen, der sich besser zu Eurem Schreiber eignen würde. Und seine Lippen werden wie versiegelt sein.«

Der Sultan musterte mich eingehend.

»Seid Ihr einverstanden?«

»Ich stehe zu Euren Diensten, Herrscher der Getreuen. Unter einer Bedingung.«

»Sprecht.«

»Ich habe so manches Buch über die Könige aus den alten Zeiten gelesen. Für gewöhnlich wird der Herrscher als Gott oder als Teufel dargestellt, je nachdem, ob die Schilderung aus der Feder eines Höflings oder eines Feindes stammt. Bücher dieser Art sind wertlos. Wenn Wahrheit und Unwahrheit eng umschlungen beeinander liegen, ist es schwer, sie auseinanderzuhalten. Deshalb bitte ich Eure Hoheit um die Erlaubnis, Fragen stellen zu dürfen, die mir die Bedeutung eines bestimmten Abschnittes Eures Lebens klarer vor Augen führen. Es mag vielleicht nicht als nötig erscheinen, aber wir alle wissen, wie viele Pflichten auf Euren Schultern ruhen, und ...«

Lachend unterbrach er mich.

»Ihr dürft fragen, was immer Ihr wollt. Dieses Vorrecht sei Euch gewährt. Aber es ist mein Vorrecht, nicht immer antworten zu müssen.«

Ich verneigte mich.

»Da Ihr regelmäßig in den Palast kommen werdet, können wir Eure Ernennung nicht geheimhalten, doch schätze ich Verschwiegenheit und Sorgfalt. Es gibt einige Personen in meiner Nähe, einschließlich unseres geliebten Kadis al-Fadil, die neidisch auf Euch sein werden. Schließlich ist unser al-Fadil ein begnadeter und bewunderter Schriftsteller. Gewiß könnte er niederschreiben, was ich ihm diktiere, aber seine Sprache ist für meinen Geschmack zu verschnörkelt, zu geschraubt. Er umschreibt das Thema mit so vielen wohlklingenden Worten, daß man manchmal kaum noch den Sinn zu erfassen vermag. Er ist ein Wortkünstler, ein Magier, ein Meister der Verschleierung.

Ich hingegen möchte, daß Ihr alles, was ich sage, möglichst genau und ohne jegliche Beschönigung festhaltet. Kommt morgen früh in den Palast, dann fangen wir unverzüglich an. Wenn Ihr mich nun bitte ein Weilchen entschuldigen wollt, ich möchte Ibn Maymun in einer persönlichen Angelegenheit um Rat fragen.«

Gehorsam verließ ich den Raum.

Als ich eine Stunde später erneut erschien, um zu fragen, ob ich ihnen noch eine Schale Hühnerbrühe anbieten dürfe, hörte ich die laute, klare Stimme meines Freundes.

»Ich habe Eurem Kadi schon oft gesagt, daß die Empfindungen unserer Seele, jenes, was wir in unserem Inneren spüren, einen wesentlichen Einfluß auf unsere Gesundheit hat.

All jene Gefühle, die Eurer Hoheit Unwohlsein bereiten, sollten geklärt, ihre Ursachen offengelegt und ausgeräumt werden. Habt Ihr mir wirklich alles erzählt?«

Darauf kam keine Antwort. Wenige Minuten später verließ der Sultan mein Haus. Er sollte es niemals wieder aufsuchen. Allerdings brachten seine Gefolgsleute in regelmäßigen Abständen Geschenke für meine Familie sowie Schafe oder Ziegen, damit wir das muslimische Fest al-Fitr zum Gedenken an Abrahams Opfer feiern konnten.

Von jenem Abend an bis zu dem Zeitpunkt, da er nach Jerusalem aufbrach, sah ich den Sultan täglich. Manchmal ließ er mich nicht nach Hause zurückkehren, und mir wurde eine Unterkunft in seinem Palast zugewiesen. In den nächsten acht Monaten bestimmte der Sultan Yussef Salah al-Din Ibn Ayyub mein Leben.

Zwei

Ich lerne Shadhi kennen, und der Sultan beginnt, mir seine Lebenserinnerungen zu diktieren.

Ibn Maymun hatte mich vorgewarnt, daß der Sultan ein Frühaufsteher sei. Noch vor Sonnenaufgang pflege er zu erwachen, seine Waschungen zu verrichten und eine Tasse heißen Wassers zu trinken, bevor er zu den Mukattam-Höhen vor den Toren der Stadt reite, wo seinerzeit die Zitadelle errichtet wurde. Der Sultan, der sich mit großem Eifer der Kunst der Architektur widmete, verwarf des öfteren Pläne des obersten Baumeisters. Niemand außer ihm wußte, daß die neue Feste nicht dazu diente, Kairo gegen die Franken zu verteidigen, sondern den Sultan vor aufständischen Untertanen zu schützen.

Die Stadt war als Unruheherd bekannt. Sie hatte sich rasch ausgedehnt und lockte Strolche und unzufriedene Seelen an. Aus diesem Grund war Kairo bei seinen Herrschern gefürchtet.

Auch hier stellte der Sultan sein Geschick und das seines Streitrosses auf die Probe. Zuweilen nahm er Afdal, seinen ältesten Sohn, mit. Afdal zählte erst zehn Jahre. Der Sultan nutzte jede Gelegenheit, den Knaben in der Kunst und Taktik der Kriegsführung zu unterweisen. Schließlich wurde auf dem Schlachtfeld über Wohl und Wehe von Dynastien entschieden. Das hatte Salah al-Din von seinem Vater Ayyub und seinem Onkel Chirkuh gelernt.

Als der Sultan an jenem Morgen zurückkehrte, erwartete ich ihn bereits. Ich berührte meine Stirn zum wortlosen Gruß.

»Ihr seid genau zum richtigen Zeitpunkt erschienen, Ibn Yakub«, meinte er und stieg schwungvoll ab. Er war erhitzt und schwitzte, doch seine Augen leuchteten wie die eines Kindes. Frohmut und Zufriedenheit waren aus seiner Miene zu lesen.

»Das verheißt Gutes für unsere Arbeit, mein Freund. Ich werde zunächst baden und danach in der Bibliothek das Morgenmahl mit Euch einnehmen. Bis zur Ankunft des Kadis bleibt uns noch eine Stunde. Shadhi wird Euch den Weg weisen.«

Ein uralter kurdischer Krieger mit einem Bart so weiß wie Gebirgsschnee faßte mich am Ellbogen und führte mich sanft zur Bibliothek, indes er von sich selbst erzählte. Demnach hatte Shadhi, lange bevor Yussef das Licht der Welt erblickt hatte und Ayyub und sein Bruder Chirkuh in die Ebene Mesopotamiens gezogen waren, bereits dem Vater des Sultans als Gefolgsmann gedient.

»Ich, Shadhi, war es, der Euren Sultan noch vor seinem achten Geburtstag lehrte zu reiten und das Schwert zu führen. Ich, Shadhi, war es, der ...«

Unter normalen Gegebenheiten hätte ich dem alten Mann aufmerksam gelauscht und ihn eingehend befragt, doch an jenem Tag war mein Geist mit anderem beschäftigt. Ich hielt mich zum erstenmal im Palast auf, und es wäre töricht zu leugnen, daß ich mich in einem Zustand höchster Erregung befand. Plötzlich war ich ein Mann von Geltung. Ich sollte ein Vertrauter des mächtigsten Herrschers der Erde werden.

Shadhi geleitete mich zur bedeutendsten Privatbibliothek unserer Stadt. Allein die Zahl der Bücher über Philosophie belief sich auf über tausend. Hier stand alles, von Aristoteles bis zu Ibn Ruschd, von der Astronomie bis zur Geometrie. Hier fand Ibn Maymun sich ein, wenn er die Arzneirezepturen von al-Kindi, Sahlan Ibn Kaysan und Abul Fadl Daud studieren wollte, sowie, selbstredend, den Meister selbst, al-Razi, den namhaftesten der Ärzte. An diesem Ort wollte Ibn Maymun die Bücher und Manuskripte, die er von eigener Hand verfaßt hatte, nach seinem Hinscheiden aufbewahrt wissen.

Kaum hatte ich den Fuß in die Bibliothek gesetzt, sah ich mich überwältigt angesichts ihrer Größe und verlor mich alsbald in hochfliegenden Gedanken. Diese kunstvoll gebundenen Bücher waren ein Born jahrhundertelangen Lernens und Denkens. In einer eigenen Abteilung standen Werke, die man nirgendwo erwerben konnte und die als ketzerisch galten, oder anders ausgedrückt, Schriften, die philisterhafte Gemüter zum Umdenken veranlassen mochten. Sie öffneten sich dem Interessierten in den Leseräumen des Dar al-Hikma nur, sofern er willens war, den Bibliothekar mit einer außerordentlich großzügigen Gabe zu bedenken. Doch selbst das bot keine Gewähr dafür, jeden Wunsch erfüllt zu bekommen.

So war beispielsweise Abul Hassan al-Bakris Werk »Sirat al-Bakri« aus den Läden und öffentlichen Bibliotheken verschwunden. Ein Prediger der al-Azhar-Moschee hatte diese Biographie des Propheten als reine Erfindung angeprangert und den Gläubigen beim Freitagsgebet verkündet, al-Bakri schmore wegen seines blasphemischen Tuns in der Hölle.

Und nun stand das anrüchige Werk vor mir. Mit zitternden Händen nahm ich es aus dem Regal und begann die ersten Zeilen zu lesen. Es war im besten Sinne orthodox. Ich war in die Lektüre derart vertieft, daß ich nicht wahrnahm, wie Shadhi sich Mekka zuwandte und in gebeugter Haltung auf den Gebetsteppich niederwarf. Ebensowenig bemerkte ich das unerwartete Erscheinen des Sultans. Er holte mich in die Wirklichkeit zurück.

»Es ist besser, als Wissender zu träumen, denn zu beten und mit Dummheit geschlagen zu sein. Pflichtet Ihr mir bei, Ibn Yakub?«

»Ich bitte um Vergebung, Eure Hoheit, ich war ...«

Er bedeutete mir, Platz zu nehmen. Das Morgenmahl wurde aufgetragen. Der Sultan wirkte gedankenverloren. Unvermittelt erfaßte mich Unruhe, während wir schweigend aßen.

»Wie geht Ihr bei Eurer Arbeit vor?«

Seine Frage verwunderte mich.

»Mir scheint, ich habe Euch nicht verstanden, Herrscher der Tapferen.«

Er brach in Gelächter aus.

»Ich bitte Euch, mein Freund. Ibn Maymun hat mir erzählt, daß Ihr Geschichtsgelehrter seid. Euer Bemühen, das Schicksal Eures Volkes niederzuschreiben, findet seine große Wertschätzung. Ist meine Frage so schwierig zu beantworten?«

»Ich arbeite in der Tradition des angesehenen Tabari und gehe streng chronologisch vor. Zudem vergewissere ich mich bei jenen, die unmittelbar Kenntnis besitzen, des Wahrheitsgehalts jeder wesentlichen Begebenheit. Unterschiedliche Darstellungen gebe ich an den Leser weiter.«

Wieder lachte der Sultan.

»Ihr widersprecht Euch selbst. Wie kann es denn unterschiedliche Schilderungen einer Tatsache geben? Es existiert doch nur eine Tatsache. Folglich gibt es eine wahre und etliche falsche Darstellungen.«

»Eure Hoheit reden von Tatsachen. Ich rede von Geschichte.«

Er lächelte.

»Sollen wir anfangen?«

Ich nickte und legte mir meine Schreibutensilien zurecht.

»Wollen wir beim Anfang beginnen?«

»Was sonst«, murmelte er, »wo Ihr Euch derart der Chronologie verschrieben habt. Obzwar ich es für besser hielte, damit zu beginnen, wie ich erstmals Kairo erblickte.«

»Der Anfang, mein Sultan, der Anfang. Euer Anfang. Eure frühesten Erinnerungen.«

*

»Ich konnte mich glücklich schätzen. Ich war nicht der Erstgeborene. Somit wurde nicht viel von mir erwartet. Ich war häufig mir selbst überlassen und genoß reichlich Freiheit. Meine Erscheinung und mein Benehmen stellten für niemanden eine Bedrohung dar. Ich war ein ganz gewöhnlicher Knabe. Ihr seht mich jetzt als Sultan, umgeben von sämtlichen Insignien der Macht. Ihr seid beeindruckt, und Euch ist vielleicht sogar ein wenig beklommen zumute. Ihr befürchtet, Euer Kopf könnte womöglich im Staub rollen, falls Ihr der Schicklichkeit nicht Genüge tut. Diese Ängste sind normal und rühren von der Wirkung der Macht auf die Untertanen des Sultans. Doch ebendiese Macht kann die unscheinbarste Person in eine bedeutende verwandeln. Seht mich an. Hättet Ihr mich als Knaben gekannt, hättet Ihr Euch nicht im Traum vorstellen können, daß ich einmal der Sultan von Misr werde. Und nicht zu Unrecht! Schicksal und Historie haben sich verbrüdert und aus mir gemacht, was ich heute bin.

Der einzige Mensch, der mir etwas zutraute, war meine Großmutter väterlicherseits. Ich war neun oder zehn Jahre alt, als sie mich und ein paar meiner Freunde beim Versuch beobachtete, eine Schlange zu töten. Als Knaben traten wir des öfteren in Wettstreit um derlei alberne Dinge. Wir versuchten eine Schlange am Schwanz zu packen und sie herumzuwirbeln, um schließlich ihren Kopf auf einem Stein zu zerschmettern oder, wie die Kühneren unter uns es zu tun pflegten, ihren Kopf zu zertreten.

Daraufhin rief mich meine Großmutter zu sich.

›Yussef! Yussef! Ibn Ayyub! Komm her, auf der Stelle!‹ Während die anderen Jungen davonrannten, ging ich in Erwartung einer Ohrfeige zögernd auf sie zu. Meine Großmutter war von aufbrausendem Temperament und hatte, so war es mir zumindest von Shadhi erzählt worden, meinen Vater einmal ins Gesicht geschlagen, obschon er damals bereits ein erwachsener Mann gewesen war. Keiner hatte nach dem Grund für diese öffentliche Züchtigung zu fragen gewagt. Mein Vater hatte daraufhin den Raum verlassen, und es geht die Rede, daß Mutter und Sohn ein Jahr lang kein Wort miteinander gewechselt hätten. Letzten Endes sei es mein Vater gewesen, der um Verzeihung gebeten hatte.

Zu meiner Verwunderung schlang die Großmutter die Arme um mich und küßte mich abwechselnd auf beide Augen.

›Du bist beherzt, Junge, doch sieh dich vor. So manche Schlange weiß sich selbst dann noch zu wehren, wenn man sie am Schwanz festhält.‹

Ich erinnere mich noch, wie erleichtert ich gelacht habe. Dann erzählte sie mir von einem Traum, den sie vor meiner Geburt geträumt hatte.

›Du warst noch im Bauche deiner Mutter. Ich glaube, du hast gehörig gestrampelt, denn deine Mutter klagte zuweilen, sie würde wohl ein Füllen zur Welt bringen. Eines Nachts träumte mir, eine gewaltige menschenfressende Schlange würde sich deiner Mutter nähern, die unbedeckt in der Sonne lag. Als deine Mutter die Augen öffnete, trat ihr der Schweiß aus allen Poren hervor. Sie wollte sich bewegen, konnte ihren Körper aber nicht aufrichten. Die Schlange glitt langsam auf sie zu. Da öffnete sich mit einmal der Bauch deiner Mutter – ähnlich einer verwunschenen Tür. Ein Kind trat heraus, in der Hand ein Schwert, und enthauptete die Schlange mit einem gewaltigen Hieb. Dann warf es einen Blick auf seine Mutter und verschwand wieder in ihrem Bauch. Aus dir wird einmal ein großer Krieger, mein Sohn. Das steht in den Sternen geschrieben, und Allah selbst wird dein Führer sein.‹

Mein Vater und mein Onkel lachten über die einfältigen Träume meiner Großmutter, doch bereits zu jener Zeit verlieh mir ihre Auslegung des Traumes Stärke. Sie war der erste Mensch, der mich ernst nahm.

Doch ihre Worte zeitigten offenbar nicht allein bei mir ihre Wirkung, denn nach dieser Begebenheit beobachtete mich mein Onkel Asad-al-Din Chirkuh aufmerksam. Er kümmerte sich höchstselbst um meine Ausbildung zum Reiter und Schwertkämpfer. Von ihm erwarb ich all mein Wissen über Pferde. Ihr wißt sicher, Ibn Yakub, daß ich die Herkunft eines jeden Streitrosses unserer Armee kenne. Es scheint Euch zu überraschen. Doch über Pferde werden wir ein andermal sprechen.

Wenn ich die Augen schließe und mir meine frühesten Erinnerungen ins Gedächtnis zurückrufe, sehe ich zunächst die griechischen Tempelruinen von Baalbek vor mir. Ihre Größe ließ einen vor Staunen und Ehrfurcht erzittern. Die Tore zum Tempelhof waren unversehrt. Man hatte sie wahrlich für Gottheiten gebaut. Mein Vater war als Abgesandter des großen Sultans Zinki von Mosul für die Festung und deren Verteidigung verantwortlich. Dort bin ich aufgewachsen. Griechen und Römer hatten ihr den Namen Heliopolis gegeben und dort Zeus, Hermes und Aphrodite gehuldigt.

Als Kinder versammelten wir uns in Gruppen zu Füßen der Statuen und spielten Verstecken. Nichts regt die Vorstellungskraft eines Kindes stärker an als eine Ruine. Die alten Steine bargen einen Zauber, und ich durchlebte in meiner Phantasie die vergangenen Epochen. Bis zu jener Zeit war uns die Welt der Griechen und Römer ein vollkommenes Rätsel. Die Anbetung von Gottheiten stellte für uns die höchste Form der Ketzerei dar. Allah und Sein Prophet hatten dem ein Ende gesetzt. Und doch waren die Tempel und insbesondere die Statuen von Aphrodite und Hermes von verlockender Schönheit.

Wir malten uns aus, wie aufregend das Leben damals gewesen sein mußte, und gerieten nicht selten über die Gottheiten in Streit. Ich hatte mich Aphrodite verschrieben, während mein älterer Bruder Turanschah Hermes verehrte. Von Zeus' Statue waren allein die Beine übriggeblieben, die nicht sonderlich reizvoll waren. Ich glaube, mit dem Rest seines Körpers hatte man die Feste errichtet, die uns damals als Wohnstätte diente.

Shadhi war besorgt über den verderblichen Einfluß dieser Zeugnisse vergangener Zeiten und mühte sich nach Kräften, uns von den Ruinen fernzuhalten. Er machte uns weis, die Götter könnten Menschenwesen in Statuen oder andere Gebilde verwandeln, ohne sie jedoch ihres Verstands zu berauben. Er dachte sich Märchen von Dschinnen, Dämonen und anderen ruchlosen Geschöpfen aus, die sich bei Vollmond an den Ruinen zusammenfanden und beratschlagten, wie sie Knaben und Mädchen in ihre Gewalt bringen konnten, um sie zu verspeisen. Myriaden von Kindern seien im Laufe von Jahrhunderten den Dschinnen zum Opfer gefallen, erzählte er uns mit tiefer Stimme. Als er die Angst in unseren Gesichtern wahrnahm, beruhigte er uns wieder. Nichts würde uns zustoßen, da Allah und Sein Prophet uns beschützten.

Shadhis Erzählungen erhöhten den Reiz des Verbotenen um ein beträchtliches. Wir fragten ihn über die drei Götter aus, und etliche der Bibliotheksgelehrten erzählten uns freimütig von den Griechen und Römern und ihren Religionen. Deren Götter und Göttinnen waren wie Menschen. Sie bekämpften und liebten einander und hegten auch noch andere menschliche Gefühle. Von uns unterschieden sie sich allein durch ihre Unsterblichkeit. Ihr Wohnsitz bis in alle Ewigkeit war der Olymp, ein Ort, der nichts mit unserem Paradies gemein hatte.

›Wohnen sie immer noch auf dem Olymp?‹ fragte ich meine Großmutter eines Abends.

Sie geriet außer sich vor Zorn.

›Welcher Narr hat dir denn diesen Unfug in den Kopf gesetzt? Dein Vater wird ihm die Zunge herausschneiden. Sie sind nie etwas anderes als Statuen gewesen, törichter Knabe. Die Menschen jener Zeit waren sehr dumm. Sie verehrten Götzenbilder. In unserem Land hat schließlich unser Prophet, möge er in Frieden ruhen, die Statuen und ihre Macht zerschlagen.‹

Was immer man uns über die Gottheiten erzählte, schlug uns um so stärker in ihren Bann. Nichts konnte uns von den Statuen fernhalten. Eines Nachts, der Mond war voll, beschlossen die älteren Kinder, angeführt von meinem Bruder, die heilige Stätte der Aphrodite aufzusuchen. Sie wollten mich eigentlich zurücklassen, doch ich hörte sie tuscheln und drohte ihnen, sie bei unserer Großmutter zu verraten. Mein Bruder versetzte mir zwar einen heftigen Tritt, aber er hatte bereits eingesehen, wie gefährlich es sein könnte, mich auszuschließen.

Es war kalt in jener Nacht, so kalt, daß wir uns in Decken wickelten. Ich glaube, wir waren zu sechst oder siebt. Klammheimlich schlichen wir aus der Festung. Uns allen war unbehaglich zumute, und ich erinnere mich an das Genörgel der anderen, als ich zweimal stehenbleiben mußte, um mich zu erleichtern. Unsere Angst ließ etwas nach, als wir uns Aphrodite näherten. Außer dem Schreien der Eulen und dem Bellen der Hunde drang kein Laut an unsere Ohren. Auch die Dschinnen hatten sich uns nicht gezeigt.

Doch als wir den mondbeschienenen Hof des Tempels betraten, vernahmen wir wunderliche Geräusche. Ich verging fast vor Angst und klammerte mich an Turanschah. Auch er war erschrocken. Langsam begaben wir uns in die Richtung des Ortes, von dem die Laute ausgingen. Da streckte sich uns Shadhis bloßes Hinterteil entgegen, das sich vor- und zurückbewegte, und seine schwarze Haarpracht flatterte im Wind. Shadhi kopulierte wie ein Esel mit jemandem, den wir nicht erkennen konnten, und nachdem wir begriffen hatten, daß er es war, brachen wir in schallendes Gelächter aus. Unser Lachen hallte durch den leeren Hof und traf Shadhi wie eine Dolchspitze. Er wandte sich zu uns um und rief laute Verwünschungen, woraufhin wir das Weite suchten.

Am folgenden Tag stellte mein Bruder ihn zur Rede.

›Der Dschinn vergangene Nacht hatte einen uns wohlbekannten Hintern, nicht wahr, Shadhi?‹«

Salah al-Din hielt kurz inne und lachte bei dieser Erinnerung. Wie der Zufall es wollte, betrat Shadhi gerade in diesem Augenblick den Raum, um eine Nachricht zu überbringen. Bevor er zu sprechen anhob, wurde der Sultan von einer neuen Lachsalve geschüttelt. Als der verwunderte alte Mann von einem zum andern blickte, kostete es mich große Mühe, nicht loszuprusten.

Nachdem Shadhi über den Grund unserer Heiterkeit aufgeklärt worden war, stieg ihm die Zornesröte ins Gesicht. Verärgert wandte er sich an Salah al-Din, verlieh auf Kurdisch seiner Empörung Ausdruck und hastete aus dem Zimmer.

Erneut fing der Sultan an zu lachen.

»Er hat mit Vergeltung gedroht und will Euch Geschichten aus meiner Jugendzeit in Damaskus erzählen, die ich, wie er meint, gewiß vergessen habe.«

Unsere erste Zusammenkunft war beendet.

Als wir aus der Bibliothek traten, bedeutete mir der Sultan, ihm zu folgen. Die Flure und Räume, die wir durchschritten, waren mit einer prächtigen Vielfalt von Seiden- und Brokatstoffen ausgeschlagen sowie mit golden und silbern gerahmten Spiegeln geschmückt. Vor jedem Gemach wachte ein Eunuch. Derartigen Luxus hatte mein Auge noch nicht erblickt.

Der Sultan gewährte mir wenig Zeit zum Staunen. Er ging so rasch, daß sich sein Gewand im Luftstrom blähte. Schließlich erreichten wir den Audienzsaal. Ein nubischer Wächter mit Krummsäbel wachte vor der Tür und verneigte sich, als wir die Schwelle überschritten. Der Sultan ließ sich auf einem mit purpurroter Seide verkleideten und mit Kissen aus Satin und Goldbrokat umgebenen Podest nieder.

Der Kadi hatte sich bereits zur täglichen Berichterstattung und Beratung eingefunden und wurde nun in den Audienzsaal gebeten. Als er eintrat und sich verneigte, machte ich Anstalten, den Raum zu verlassen. Doch zu meiner Verwunderung hieß mich der Sultan zu bleiben. Ich sollte aufmerksam zuhören und Einzelheiten von Bedeutung niederschreiben.

Schon oft hatte ich den Kadi al-Fadil in Begleitung seiner Wächter und seines übrigen Gefolges, Vertretern von Macht und Ansehen, in den Straßen der Stadt erblickt. Er war das Antlitz des Staates, er war der Mann, der der Diwan alinsha, der Staatskanzlei, vorsaß, der Mann, der für Ordnung und Ruhe in Misr sorgte. Mit demselben Eifer, den er einst für die fatimidischen Kalifen und deren Minister aufgebracht hatte, diente er nunmehr dem Mann, der sie bezwungen hatte. Der Kadi verkörperte den Fortbestand der Institutionen von Misr. Da er als Berater und Freund das Vertrauen des Sultans genoß, schreckte er nicht davor zurück, unliebsame Ratschläge zu erteilen. Nach Entwürfen des Sultans verfaßte er offizielle und private Botschaften aus dem Palast.

Der Sultan stellte mich als seinen persönlichen Schreiber mit besonderer Aufgabe vor. Ich erhob mich und verneigte mich tief. Der Kadi lächelte.

»Ibn Maymun hat viel von Euch gesprochen, Ibn Yakub. Er achtet Eure Gelehrtheit und Eure Fähigkeiten. Das ist mir ausreichende Gewähr.«

Zum Dank senkte ich den Kopf. Ibn Maymun hatte mich gewarnt. Sollte der Kadi mir meine Stellung neiden, würde er mich mühelos aus dem Weg räumen können.

»Und wie steht es mit meiner Billigung, al-Fadil?« wollte der Sultan wissen. »Kommt ihr keinerlei Bedeutung zu? Ich lasse gelten, daß ich Euch als großem Denker oder Poeten nicht das Wasser reichen kann, ebensowenig wie unserem guten Freund, dem Philosophen und Arzt Ibn Maymun. Doch werdet Ihr mir zugestehen müssen, Menschenkenntnis zu besitzen. Schließlich war ich es, der Ibn Yakub ausgewählt hat.«

»Erhabener Herr, Ihr macht Euch über Euren Diener lustig«, entgegnete der Kadi mit leicht gelangweiltem Unterton, als wolle er zu verstehen geben, daß er für derlei Scherze heute nicht in der Stimmung sei.

Nach etlichen ironischen Wortgefechten, während derer sich der Kadi weiteren Herausforderungen seines Herrn entzog, gab er einen Abriß der wesentlichen Begebenheiten der vergangenen Woche. Es handelte sich dabei um einen der üblichen Berichte über völlig bedeutungslose Fragen der Regierung, allerdings vorgetragen mit einer Kunstfertigkeit, die jeden Zuhörer fesselte. Jedes Wort war mit Bedacht gewählt, jeder Satz ein Wohlklang, am Ende gekrönt von einem Reim. Ein wahrlich außergewöhnlicher Mann. Während der Berichterstattung, die eine Stunde dauerte, hatte der Kadi nicht ein einziges Mal Grund, ein Stück Papier zu Rate zu ziehen. Welch Gedächtniskraft!

Dem Sultan war die Vortragsweise des Kadis wohlvertraut, und er hielt während der vortrefflichen Ausführungen seines Beamten die Augen über längere Passagen hinweg geschlossen.

»Jetzt komme ich zu einer wichtigen Angelegenheit, Herr, welche Eurer Entscheidung bedarf. Es handelt sich um den Mord, den einer Eurer Offiziere an einem anderen Offizier begangen hat.«

Der Sultan war schlagartig hellwach.

»Weshalb erfahre ich erst jetzt davon?«

»Der Vorfall, von dem ich spreche, hat sich erst vor zwei Tagen zugetragen. Ich habe den ganzen gestrigen Tag damit verbracht, die Wahrheit ans Licht zu bringen. Jetzt bin ich in der Lage, Euch umfassend zu berichten.«

»Ich höre, al-Fadil.«

Drei

Ein Fall von unbezwingbarer Gemütserregung: die Geschichte von Halima und die Entscheidung des Sultans.

Der Kadi begann zu erzählen.
»Messud al-Din war, wie Euch erinnerlich sein wird, einer der tapfersten Offiziere Eurer Hoheit. Er hatte bei so manchem Kampf an Eurer Seite gefochten. Vor zwei Tagen wurde er getötet, von einem wesentlich jüngeren Mann namens Kamil Ibn Zafar, der, wie man mir berichtete, zu den besten Schwertkämpfern unserer Stadt zählt. Die Kunde davon überbrachte mir Halima, jene Frau, um die der Streit zwischen den beiden Männern entbrannt war. Sie befindet sich jetzt solange unter meinem Schutz, bis die Angelegenheit geklärt ist. Wenn der Sultan sie sehen würde, wäre ihm begreiflich, warum Messud niedergestreckt wurde und warum Kamil bereit ist, ein ähnliches Schicksal zu erleiden. Sie ist eine Schönheit.

Hamila war ein Waisenmädchen. Ihr war keine glückliche Kindheit beschieden. Fast scheint es, als habe sie geahnt, welche Missetaten einst ihretwegen verübt werden würden. Als sie ins Erwachsenenleben eintrat, verblüffte sie jedermann mit ihrer Anmut, ihrem Verstand und ihrer Kühnheit. Sie wurde Bedienstete im Haushalt von Kamil Ibn Zafar, wo sie für seine Frau arbeitete und seine Kinder hütete.

Kamil hätte mit ihr tun können, was er wollte. Er hätte sich ihres Körpers bemächtigen können, wann immer er Lust danach verspürte, oder hätte sie ganz formell als seine Konkubine im Haus einführen können. Doch er liebte sie. Nicht sie war es, die ihn zur Heirat drängte, sondern er war darauf erpicht, und so wurde rechtmäßig die Ehe zwischen ihnen geschlossen.

Halima bestand darauf, so weiterzuleben wie bisher. Sie weigerte sich, den ganzen Tag im Haus zu verbringen. Sie bediente Kamil zu Hause und hielt sich auch dann im Raum auf, wenn seine Freunde zugegen waren. Zwar sei Kamil ein gütiger und rücksichtsvoller Mann, sagte sie mir, aber sie sei ihm dennoch nicht so leidenschaftlich zugetan gewesen wie er ihr. Auf meine Frage nach dem Grund für die Heirat, meinte sie, durch diese Verbindung habe Kamil sicherstellen wollen, daß sie ihr Leben lang sein Eigentum bliebe. Ja, Herr, diese Worte hat sie gebraucht: sein Eigentum.

Messud hatte Halima im Haus seines Freundes Kamil kennengelernt. Dieser hatte ihm sein Herz ausgeschüttet, wie sehr er Halima liebte und daß er nicht ohne sie sein könne. Zwischen den beiden Männern war sehr viel von Halima die Rede gewesen, und so hatte Messud von ihren beträchtlichen Reizen erfahren.

Wenn Messud gelegentlich vorbeikam, um mit seinem Freund ein Glas zu trinken, und dieser nicht anwesend war, reichte ihm Halima ein kleines Glas Tee. Sie sprach mit ihm wie mit einem Ebenbürtigen und ergötzte ihn mit dem jüngsten Klatsch und den Scherzen vom Basar, die oft auf Kosten Eures Kadis gingen, o gnädiger Sultan. Manchmal richtete sich der Spott auch gegen den Kalifen in Bagdad oder sogar gegen Eure ehrwürdige Person.

Kamils Mutter und seine älteste Frau waren entsetzt über Halimas Betragen. Sie beschwerten sich bitterlich bei Kamil, der jedoch ungerührt blieb.

›Messud ist für mich wie ein Bruder‹, entgegnete er ihnen. ›Ich diene unter ihm, in der ruhmreichen Armee von Yussef Salah al-Din. Seine Familie ist in Damaskus beheimatet. Deshalb ist mein Haus auch sein Haus. Behandelt ihn wie einen Angehörigen unserer Familie. Halima versteht mich darin besser als ihr. Wenn euch Messud mißfällt, geht ihm aus dem Weg. Ich will ihn euch nicht aufdrängen.‹

Das Thema kam nie wieder zur Sprache. Und Messud wurde ein regelmäßiger Gast.

Es war Halima, die den ersten Schritt tat. Nichts ist verlockender als eine verbotene Frucht. Eines Nachmittags, als

Kamil und die übrige Familie zur Beerdigung des Vaters seiner ersten Frau gingen, blieb Halima allein zu Hause. Auch die Diener und die bewaffneten Gefolgsleute begleiteten ihren Herrn zur Bestattung. Da erschien der arglose Messud, der nichts von dem Todesfall in der Familie wußte, um mit seinem Freund zu speisen, und wurde in dem verlassenen Hof nur von der schönen Halima willkommen geheißen. Als die Strahlen der untergehenden Sonne auf ihr rötliches Haar fielen, mag er sich gewiß an eine Märchenprinzessin aus dem Kaukasus erinnert gefühlt haben.

Sie erstattete mir nicht genau Bericht davon, wie unser ehrenwerter Krieger den Nachmittag verbrachte, den er befriedigt auf ihrem Leib ruhend und den Kopf an ihre pfirsichgleichen Brüste schmiegend beendete. Ich weiß, daß Euer Gnaden Einzelheiten zu schätzen wissen, doch meine bescheidene Vorstellungskraft reicht nicht aus, Euch heute zufriedenzustellen. Aber ihre Leidenschaft zueinander wurde zu einem schleichenden Gift.

Im Laufe der Monate suchte Messud immer häufiger nach Gelegenheiten, Kamil zu Sondereinsätzen wegzuschicken. Er wurde nach Fustat abkommandiert oder zur Überwachung des Baus der neuen Zitadelle. Dann sollte er wiederum junge Soldaten in der Kunst des Schwertkampfes unterweisen, oder er sah sich mit sonst einem Auftrag fortgesandt, den Messuds krankhafter, besessener Geist ersonnen hatte.

Halima hat mir erzählt, sie hätten einen bestimmten Treffpunkt gehabt, nicht weit vom Mahmudiya-Viertel entfernt, wo sie wohnte. Doch ohne ihr Wissen hatte Kamils Mutter begonnen, sie von einem treuen Diener beschatten zu lassen, bis die Machenschaften der Liebenden zweifelsfrei erwiesen waren.

Eines Tages sandte Kamils Mutter einen Boten zu ihrem Sohn. Sie behauptete, sie sähe dem Tode entgegen. Krank vor Sorge eilte Kamil nach Hause und sah mit Erleichterung, daß seine Mutter wohlauf war. Doch ihre Miene sagte ihm alles. Sie sprach kein Wort, sondern machte nur eine Kopfbewegung zu dem zwölfjährigen Diener hin, ihrem Späher, und bedeutete ihrem Sohn, ihm zu folgen. Kamil wollte sein

Schwert zurücklassen, aber sie meinte, es würde ihm vielleicht bald von Nutzen sein.

Schnellen Schrittes eilte der Knabe voraus. Kamil folgte ihm benommen. Er wußte, daß seine Mutter Halima nicht mochte. Und er wußte auch, daß er sie dort, wo sie hingingen, antreffen würde. Doch auf den Anblick, der sich ihm bot, als er den Raum betrat, war er nicht gefaßt gewesen. Messud und Halima lagen nackt auf dem Boden und gaben sich schamlos ihrer Lust hin.

Kamil schrie auf. Es war ein entsetzlicher Schrei. Zorn, Verrat und Eifersucht entluden sich in ihm gleichermaßen. Messud bedeckte seine Blöße und sprang auf, die Gesichtszüge verzerrt von Schuldgefühlen. Er leistete keinen Widerstand. Er wußte, was ihm gebührte, und wartete geduldig auf seine Strafe. Und da stieß Kamil seinem Freund das Schwert ins Herz.

Halima gab keinen Laut von sich. Sie packte ihren Umhang und rannte hinaus. So sah sie nicht, wie ihr Ehemann angesichts des spritzenden Blutes ihres Liebhabers in Raserei geriet. Doch der Knabe beobachtete alles. Er sah, wie sein Herr den Leichnam des Freundes mißhandelte, wie er ihm das Körperteil abtrennte, das ihn so gekränkt hatte. Als sein Zorn verraucht war, setzte sich Kamil auf den Boden und brach in Tränen aus. Er sprach zu seinem toten Freund, flehte Messud an, ihm zu sagen, warum ihm Halimas Leib mehr bedeutet hatte als ihre Freundschaft.

›Wenn du mich darum gebeten hättest‹, rief er den Leichnam an, ›hätte ich sie dir geschenkt.‹«

*

An dieser Stelle unterbrach der Sultan den Kadi.

»Genug, al-Fadil. Wir haben alles gehört, was wir wissen müssen. Es ist ein Elend. Einer meiner besten Krieger ist tot. Niedergestreckt nicht von den Franken, sondern von seinem besten Freund. Dabei hatte der Tag mit Ibn Yakub so gut begonnen, doch jetzt habt Ihr ihn mir mit dieser schmerzlichen Geschichte verdorben. Es gibt keine Lösung für diese

Angelegenheit. Die Lösung selbst ist das Problem. Habe ich nicht recht?«

Der Kadi lächelte traurig.

»In gewisser Hinsicht trifft dies natürlich zu. Doch vom Standpunkt des Staates aus betrachtet, liegt ein schweres Vergehen vor. Ein Verstoß gegen die bestehende Ordnung. Kamil hat einen ranghöheren Offizier getötet. Sollte er unbestraft bleiben, würde sich das herumsprechen. Es würde die Moral der Truppe untergraben, vornehmlich die der syrischen Soldaten, denn sie haben Messud geliebt. Ich halte eine Strafe für unabdingbar. Er hätte sich nicht selbst zum Richter machen dürfen. Im Reich Eurer Hoheit ist die Rechtsprechung einzig und allein meine Angelegenheit. Nur Ihr könnt mir Weisung erteilen. Was schlagt Ihr also im vorliegenden Fall vor?«

»Wie lautet Euer Urteil, al-Fadil?«

»Ich fordere Kamils Kopf.«

»Nein!« schrie der Sultan. »Laßt ihn auspeitschen, wenn es denn sein muß, aber nicht mehr. Die Tat wurde in einer unbezwingbaren Gemütserregung begangen. Selbst Euch, mein Freund, wäre es unter solchen Umständen schwergefallen, Euch zu zügeln.«

»Wie es Eurer Hoheit beliebt.«

Der Kadi blieb sitzen. Nach den vielen Jahren im Dienst des Sultans wußte er aus einem Gefühl heraus, daß die Sache für Salah al-Din damit noch nicht abgeschlossen war. Einige Minuten lang sprach niemand von uns ein Wort.

»Sagt mir, al-Fadil«, vernahm ich dann die mir wohlbekannte Stimme, »was ist aus der Frau geworden?«

»Ich dachte, Ihr wünscht sie vielleicht selbst zu befragen, und habe mir deshalb erlaubt, sie in den Palast zu bringen. Man sollte sie wegen Ehebruchs steinigen. Doch das Urteil muß der Sultan fällen. Indessen, das Volk wäre mit einer solchen Entscheidung zufrieden. Auf dem Basar erzählt man sich, sie sei vom Teufel besessen.«

»Ihr macht mich neugierig. Was für eine Bestie mag sie wohl sein? Laßt sie hereinbringen, wenn Ihr geht.«

Der Kadi verbeugte sich und verließ den Raum, ohne mich auch nur eines Blickes zu würdigen.

»Was ich bislang noch nicht verstehe, Ibn Yakub«, wandte sich der Sultan an mich, »ist, warum mir der Kadi diesen Fall vorgetragen hat. Vielleicht weil er nicht wagte, ohne meine Zustimmung einen Offizier aus Misr hinrichten zu lassen? Nun, vielleicht. Das wird wohl der Grund sein. Aber man darf al-Fadil niemals unterschätzen. Er ist ein schlaues Kamel. Ich bin mir sicher, daß es noch einen weiteren Beweggrund gibt.«

In diesem Augenblick kam ein Gefolgsmann herein und verkündete, daß Halima vor der Tür stehe. Auf das Nicken des Sultans hin wurde sie ihm vorgeführt. Sie fiel auf die Knie, verbeugte sich und berührte mit der Stirn seine Füße.

»Genug davon«, sprach der Sultan im barschen Ton eines Herrschers, der über jemanden zu Gericht sitzt. »Setz' dich vor uns.«

Als sie den Oberkörper aufrichtete, sah ich zum ersten Mal ihr Gesicht. Es war, als würde eine Lampe den Raum erleuchten. Dies war keine gewöhnliche Schönheit. Trotz ihrer Traurigkeit ging von ihren tränennassen Augen ein Strahlen aus, und ihr Blick kündete von einem wachen Geist. Diese Frau würde sich nicht bereitwillig dem Henker überantworten lassen. Sie würde kämpfen. Es stand ihr ins Gesicht geschrieben, daß sie mit jeder Faser Widerstand leisten würde.

Als ich mich dem Sultan zuwandte, die Feder zückte und darauf wartete, daß er sprach, bemerkte ich, daß ihn der Anblick dieser jungen Frau ebenfalls verzaubert hatte. Sie mochte höchstens zwanzig Jahre alt sein, wahrscheinlich aber jünger.

Salah al-Dins Augen offenbarten eine Sanftheit, die mir bislang nicht an ihm aufgefallen war, doch hatte ich ihn auch noch nie in Gegenwart einer Frau erlebt. Er sah sie so durchdringend an, daß jede andere Person Angst bekommen hätte, sie hingegen blickte ihm geradewegs in die Augen. Am Ende war es der Sultan, der den Blick senkte. Halima hatte das erste Kräftemessen für sich entschieden.

»Ich warte«, brach der Sultan das Schweigen. »Sag mir, warum ich dich nicht dem Kadi überantworten soll, der dich für dein Verbrechen steinigen lassen will.«

»Wenn Liebe ein Verbrechen ist«, begann sie mit Selbstmitleid in der Stimme, »dann, o barmherziger Herrscher, habe ich den Tod verdient.«

»Nicht die Liebe ist das Vergehen, du schamloses Weib, sondern Ehebruch. Du hast deinen dir vor Allah angetrauten Ehemann mit einem anderen betrogen.«

Da funkelten ihre Augen. Die Traurigkeit hatte sich verflüchtigt. Und als sie weiterredete, änderte sich auch ihr Ton. Sie klang selbstsicher und nicht im mindesten demütig. Nun hatte sie sich wieder ganz in der Gewalt und sprach ohne jede Scheu zum Sultan, als hätte sie ihresgleichen vor sich.

»Ich vermochte nicht zu begreifen, wie klein die Welt für zwei Menschen sein kann. Wenn Messud nicht bei mir war, wurde jede Erinnerung an ihn zur Qual. Ob ich lebe oder sterbe, ist mir einerlei, und ich werde mich dem Urteil des Kadis beugen. Er kann mich steinigen lassen, ich werde nicht um Gnade betteln oder den Aasgeiern meine Reue entgegenschreien. Ich bin traurig, aber ich bedauere nichts. Die kurze Spanne des Glücks war mehr, als ich in diesem Leben je für möglich gehalten hätte.«

Der Sultan fragte, ob sie Verwandte habe, doch sie schüttelte den Kopf. Dann bat er Halima, ihre Geschichte zu erzählen.

*

»Ich war zwei Jahre alt, als ich an die Familie von Kamil Ibn Zafar verkauft wurde. Sie sagten mir, ich sei ein Waisenkind, das viele Meilen entfernt ausgesetzt und von kurdischen Kaufleuten gefunden worden sei. Aus Mitleid hatte mich die Familie aufgenommen, doch dieses Mitleid währte nur wenige Jahre. Kamil Ibn Zafars Mutter konnte keine Kinder mehr bekommen. Ihr Ehemann, so sagte man mir damals, sei tot. Sie wohnte im Haus ihres Vaters, und dieser gütige alte Mann hatte ihr daher ein Kind von der Straße gekauft. Ich war also eine Ware, die feilgeboten worden war. Mehr weiß ich nicht von meiner Vergangenheit.

Kamil zählte zu jener Zeit zehn oder elf Jahre. Schon damals war er freundlich und liebevoll und stets um mein Wohlergehen besorgt. Er behandelte mich wie eine leibliche Schwester. Die Einstellung seiner Mutter hingegen schwankte. Sie konnte sich nie entscheiden, ob sie mich als Tochter oder als Sklavin aufziehen sollte. Als ich älter wurde, gab sie mir dann deutlicher zu verstehen, welche Rolle im Haus mir zukam. Zwar aß ich gemeinsam mit der Familie, was die anderen Diener ärgerte, wurde jedoch als persönliche Dienerin der Mutter angelernt. Es war kein allzu schlechtes Leben, obwohl ich mich oft einsam fühlte. Denn die anderen Bediensteten trauten mir nie so ganz.

Täglich kam ein alter Mann ins Haus, um uns die Weisheit des Koran nahezubringen und von den Taten des Propheten und seiner Gefährten zu berichten. Doch schon bald erschien Kamil nicht mehr zu diesen Stunden. Statt dessen ging er mit seinen Freunden reiten oder übte sich im Bogenschießen. Eines Tages griff der Lehrer der heiligen Texte nach meiner Hand und schob sie sich zwischen die Beine. Ich schrie. Daraufhin stürmte Kamils Mutter ins Zimmer.

Der Lehrer murmelte den Namen Allahs und bezichtigte mich der Unanständigkeit und Liederlichkeit. In seiner Gegenwart schlug mir Kamils Mutter zweimal ins Gesicht und entschuldigte sich bei ihm. Als Kamil später nach Hause kam, erzählte ich ihm, was tatsächlich vorgefallen war. Er war zornig auf seine Mutter, und der Lehrer durfte sich nie wieder auch nur in der Nähe des Hauses blicken lassen. Ich glaube, daß Kamils Zuneigung zu mir die Mutter mit Sorge erfüllte, weshalb sie ihm bald eine Frau suchte. Ihre Wahl fiel auf Zenobia, die Tochter ihrer Schwester, die zwei Jahre älter war als ich.

Nach Kamils Hochzeit wurde mir aufgetragen, seiner jungen Frau zu dienen. Ich mochte sie. Wir kannten uns bereits, seit ich zum ersten Mal dieses Haus betreten hatte, und vertrauten einander oft unsere Geheimnisse an. Als Zenobia Kamil einen Sohn gebar, war ich darüber ebenso entzückt wie alle anderen. Ich hatte das Kind oft in meiner Obhut und gewann es allmählich so lieb, als wäre es mein eigenes. Ich beneidete Zenobia, der Allah schier unerschöpfliche Mengen an Milch zuteil werden ließ.

Alles war gut, sogar Kamils Mutter war wieder freundlich, bis zu jenem verhängnisvollen Tag, da Kamil mich beiseite nahm und mir gestand, daß er mich liebe, und zwar nicht nur als Bruder. Allah ist mein Zeuge, ich war vollkommen überrascht. Anfangs hatte ich Angst. Doch Kamil begehrte mich, und er bedrängte mich. Lange Zeit widerstand ich ihm. Obzwar ich große Zuneigung zu ihm empfand, liebte ich ihn nicht. Ganz und gar nicht.

Ich weiß nicht, was geschehen und wie alles ausgegangen wäre, hätte Kamils Mutter nicht versucht, mich mit dem Sohn des Wasserträgers zu verheiraten. Er war ein grober Kerl, den ich nicht leiden konnte. Doch wie Euer Gnaden bekannt ist, haben die Frauen nicht die Wahl, mit wem sie die Ehe eingehen. Da meine Herrin mein Schicksal demgemäß beschlossen hatte, hätte ich eigentlich den Sohn des Wasserträgers heiraten müssen.

Doch Kamil war außer sich, als er davon erfuhr. Er verkündete, daß er dies niemals zulassen würde, und bat mich ohne Umschweife, seine Frau zu werden. Seine Mutter war entsetzt. Und Zenobia erklärte, es sei zutiefst demütigend für sie, daß er ihre eigene Dienerin zur zweiten Frau nehmen wolle. Von da an sprachen die beiden Frauen monatelang nicht mehr mit mir.

Ich befand mich in einer schwierigen Lage. Und es gab niemanden, mit dem ich über meine Nöte hätte reden können. Nachts weinte ich oft im Bett und sehnte mich nach der Mutter, die ich nie gekannt hatte. Nüchtern wägte ich ab, welche Möglichkeiten mir offenstanden. Der Gedanke an den Sohn des Wasserträgers bereitete mir Übelkeit. Lieber wäre ich gestorben oder fortgelaufen, als mich von ihm berühren zu lassen. Kamil, der immer gut und liebevoll zu mir gewesen war, erschien mir als der einzig mögliche Ausweg. Also willigte ich ein, seine Frau zu werden.

Kamil brach in einen wahren Freudentaumel aus. Und ich war zufrieden, das heißt zumindest nicht unglücklich, wenngleich Zenobia mich haßte und Kamils Mutter mich wie Dreck von der Straße behandelte. Ihre eigene Vergangenheit hing wie eine dunkle Wolke über ihr. Niemals konnte sie vergessen, daß Kamils Vater sie wegen einer anderen verlassen hatte, als sie mit seinem Kind schwanger gewesen war. Er war eines Nachts aus Kairo weggegangen und nie mehr zurückgekehrt. Angeblich lebt er mit seiner Familie in Bagdad, wo er mit Edelsteinen handelt. Sein Name wurde niemals erwähnt, obschon Kamil oft an ihn dachte. Was ich hier berichtet habe, ist allerdings die Darstellung seiner Mutter. In der Küche war jedoch eine andere Fassung dieser Geschichte in Umlauf, und jedermann kannte sie. Die Diener erzählten sie mir erst, nachdem sie zu der Überzeugung gelangt waren, daß ich der Herrin nichts davon hinterbringen würde. Dieser Quelle zufolge verließ Kamils Vater unsere Stadt, als er von einer langen Auslandsreise zurückkehrte und herausfand, daß seine Frau sich mit einem hiesigen Kaufmann eingelassen hatte. Das Kind in ihrem Bauch stammte nicht von ihm. Dies hat Kamil mir bestätigt, nachdem wir geheiratet hatten. Seine Mutter wußte, daß ich davon erfahren hatte, und der bloße Gedanke daran erfüllte sie mit Haß. Was aus uns allen unter diesen Umständen geworden wäre, weiß allein Allah.

Da trat Messud in mein Leben, mit mandelförmigen Augen und Lippen süß wie Honig. Er erzählte mir von Damaskus und wie er an der Seite des Sultans Yussef Salah al-Din Ibn Ayyub gekämpft hatte. Ich konnte ihm einfach nicht widerstehen. Und ich wollte es auch nicht. Nie zuvor hatte ich geahnt, daß man soviel für einen Menschen empfinden kann.

Das, o großer Sultan, ist meine Geschichte. Ich weiß, Ihr werdet glücklich weiterleben. Ihr werdet große Siege erringen, über uns herrschen, Eure Urteile fällen und dafür sorgen, daß Eure Söhne erzogen werden, wie Ihr es wünscht. Euer Erfolg hat Euch dorthin gebracht, wo Ihr nun seid. Dieses unbedarfte, blinde und heimatlose Geschöpf, das ich bin, begibt sich vertrauensvoll in Eure Hand. Allahs Wille geschehe.«

★

Während Halimas Schilderung hatte Salah al-Din jedes Wort in sich aufgesogen, jede ihrer Gesten beobachtet, jedes Aufblitzen in ihren Augen bemerkt. Ihr Blick war der einer wilden, in die Enge getriebenen Katze. Nun betrachtete der Sultan sie mit dem starren, ungerührten Blick eines Kadis, mit einer Miene wie aus Stein. Das Mädchen geriet in Unruhe ob der lastenden Eindringlichkeit seines Blicks. Dieses Mal war sie es, die die Augen niederschlug.

Da lächelte er und klatschte in die Hände. Als der allzeit getreue Shadhi das Audienzzimmer betrat, sprach ihn der Sultan in kurdischem Dialekt an, den ich nicht verstehen konnte. Die Töne beschworen in Halima eine dunkle Erinnerung herauf. Es verblüffte sie, die beiden in ihrer Sprache reden zu hören, und sie lauschte ihnen aufmerksam.

»Folge ihm«, befahl ihr der Sultan dann. »Er wird dafür sorgen, daß du in Sicherheit bist, weit entfernt von den Steinen des Kadis.«

Sie küßte ihm die Füße. Daraufhin faßte Shadhi sie behutsam am Ellbogen und führte sie hinaus.

»Sprecht offen, Ibn Yakub. Eure Religion teilt viele unserer Vorschriften. Wenn Ihr an meiner Stelle gewesen wärt, hättet Ihr zugelassen, daß so ein wunderschönes Geschöpf vor dem Bab-el-Barkiya gesteinigt wird?«

Ich schüttelte den Kopf.

»Nein, Euer Hoheit, aber nicht wenige der Orthodoxen in meiner Glaubensgemeinschaft würden die Ansicht des ehrenwerten Kadis teilen.«

»Gewiß ist Euch klar, mein guter Schreiber, daß al-Fadil sie gar nicht töten lassen wollte. Darum geht es ja bei dieser ganzen Angelegenheit. Er wollte die Entscheidung mir überlassen. Weiter nichts. Hätte er ihren Tod gewünscht, so hätte er die Sache durchaus selbst regeln und mich erst dann davon unterrichten können, wenn es zu spät gewesen wäre. Indem er mich bat, sie anzuhören, stand bereits sein Entschluß fest, daß er sie nicht den grausamen Unwägbarkeiten eines rätselhaften Schicksals ausliefern wollte. Er kennt mich gut. Er war sich ziemlich sicher, daß ich sie am Leben lassen würde, und so konnte er mir die weichherzige Entscheidung überlassen, um sich seine harte, reine Position zu bewahren. Um der Wahrheit die Ehre zu geben, ich glaube, daß auch unser Kadi ihrem Zauber verfallen ist. Nun, ich denke, im Harem wird sie sicher sein.

Es war ein anstrengender Tag. Ihr werdet doch bestimmt das Brot mit mir brechen?«

VIER

Ein Eunuch tötet den großen Sultan Zinki, und das Schicksal wendet sich gegen Salah al-Dins Familie. Shadhis Bericht.

Am folgenden Morgen begab ich mich zur vereinbarten Stunde zum Palast und wurde von Shadhi in die Bibliothek geführt. Da sich der Sultan nicht einfand, vertiefte ich mich in mir bis dahin unbekannte Bücher. Zu Mittag überbrachte mir ein Bote, dem Shadhi sich an die Fersen geheftet hatte, die Nachricht, der Sultan müsse sich um wichtige Staatsangelegenheiten kümmern und hätte an jenem Tag keine Zeit.

Als ich mich eben zum Gehen wandte, blinzelte mir Shadhi zu. Ich war auf der Hut vor diesem alten Mann mit dem gekrümmten Rücken, der so eitel war, seinen weißen Bart mit Henna zu färben, und dessen üppig eingeölte Glatze in der Sonne glänzte. Sicherlich stand mir die Verwirrung ins Gesicht geschrieben.

»Staatsangelegenheiten?«

Der Greis lachte auf. Es war ein krächzendes, lautes, derbes Lachen voller Argwohn, als beantwortete sich diese Frage von selbst.

»Ich bezweifle, daß der Beschützer der Schwachen die Zitadelle in Augenschein nimmt, wie es sich zu dieser Tageszeit geziemen würde. Eher erkundet er die Spalten und Ritzen des Mädchens mit den roten Haaren.«

Ich war wie vor den Kopf geschlagen, ohne recht zu wissen, ob das Shadhis Wortwahl bewirkt hatte oder die Botschaft als solche. Konnte das denn wahr sein? Der Sultan wurde wegen seiner Behendigkeit zu Pferde gerühmt, und so stieg in mir die Frage auf, ob er im Schlafgemach eine ebensolche Unbezähmbarkeit an den Tag legte. Und wie stünde es in diesem Fall mit Halima? Hatte sie seinem Drängen willig, kampflos nachgegeben, oder hatte sie ihn zumindest mit Worten um Geduld gebeten? Handelte es sich um Verführung oder Schändung?

Shadhis Aussage entsprach vermutlich den Tatsachen. Ich wollte unbedingt mehr erfahren, enthielt mich aber zugleich einer Erwiderung, um den alten Mann nicht zu weiteren Ausführungen zu ermuntern. Mein Verhalten verunsicherte ihn. Ihm war daran gelegen, eine gewisse Vertraulichkeit zwischen uns zu schaffen, so daß er sich durch mein Schweigen gekränkt fühlte. Rasch verabschiedete ich mich von ihm und ging nach Hause.

Zu meiner Verwunderung erwartete mich der Sultan am nächsten Morgen in der Bibliothek. Als ich eintrat, lächelte er, wollte aber unverzüglich beginnen und keine Zeit mit Höflichkeitsbekundungen verlieren. Vor meinem geistigen Auge tauchte kurz das Bild von Halima auf, doch schon zwang mich die vertraute Stimme des Sultans, meine Gedanken auf seine Worte zu richten. Meine Hand glitt über das Papier, getrieben von einer Kraft, die meine eigene bei weitem überstieg.

*

»Das Frühjahr in Baalbek war stets etwas besonderes. Des Nachts glich der Himmel einer Decke mit eingewebten Sternen. Am Tag, im Lichte der herablächelnden Sonne, war er von einem durchdringendem Blau. Wir lagen im Gras und sogen den Duft der Mandelblüten ein. Als sich die Luft zunehmend erwärmte und der Sommer nahte, wetteiferten wir darum, wer sich als erster in den kleinen See wagen würde, welcher unaufhörlich von mehreren Bächen gespeist wurde. Er lag verborgen hinter einer Baumgruppe, und wir hüteten ihn wie ein Geheimnis, obwohl jeder in Baalbek um ihn wußte.

Eines Tages, wir tummelten uns gerade im Wasser, kam Shadhi auf uns zugelaufen. Damals vermochte er noch zu rennen, wenngleich nicht mehr so behende wie in seiner Jugend. Meine Großmutter pflegte uns zu erzählen, wie Shadhi in früheren Zeiten von einem Bergdorf zum anderen gerannt war, wobei er mehr als zwanzig Meilen zurücklegte. Er machte sich nach dem Morgengebet auf den Weg und kehrte rechtzeitig zurück, um meinem Großvater das Morgenmahl zu reichen. Das trug sich vor langer Zeit zu, damals, als wir noch in Dvin lebten, ehe unsere Familie nach Takrit übersiedelte.

Shadhi befahl uns, aus dem Wasser herauszukommen und möglichst schnell zur Zitadelle zu laufen. Unser Vater hatte nach uns geschickt. Shadhi beschwörte uns und drohte mit schrecklichen Strafen, falls wir seinen Worten nicht unverzüglich Folge leisteten. Da sein Gesicht von Sorge gezeichnet war, schenkten wir seinen Worten Glauben.

Als Turanschah, mein älterer Bruder, nach dem Grund für die Eile fragte, funkelte Shadhi uns zornig an und erklärte ihm, es sei Aufgabe meines Vaters, uns über das Unheil in Kenntnis zu setzen, das über unsere Gläubigen hereingebrochen sei. Ernstlich besorgt, machten wir uns eilends auf den Weg. Ich erinnere mich, daß Turanschah etwas von den Franken murmelte. Falls sie vor den Toren standen, würde er sich in den Kampf wagen, selbst wenn er dafür ein Schwert stehlen müßte.

Während wir uns der Zitadelle näherten, drang das vertraute Geräusch wehklagender Weiber an unsere Ohren. Ich faßte nach Turanschahs Hand und blickte ihn ängstlich an. Shadhi hatte es bemerkt und deutete meine Unruhe richtig. Er setzte mich auf seine Schultern und beruhigte mich mit leisen Worten.

›Dein Vater lebt und ist wohlauf. Du wirst ihn sogleich sehen.‹

Nicht unser Vater, sondern der erhabene Sultan Zinki war verstorben. Der Verteidiger des Glaubens war in seinem Zelt unweit des Euphrat von einem betrunkenen Eunuchen ermordet worden. Mit Leib und Seele hatte sich Sultan Zinki dem Heiligen Krieg gegen die Franken verschrieben gehabt. Mein Vater war von ihm zum Befehlshaber in Baalbek eingesetzt worden und erging sich nun in der Sorge, ob wir nicht möglicherweise unsere Zelte abbrechen und weiterziehen müßten.

Zinki hatte den Franken eine Niederlage beigebracht und al-Ruha, das die Franken Edessa nannten, nach einmonatiger Belagerung eingenommen. Die Stadt war zu einem Kleinod im Dolch unseres Glaubens geworden, da unser Blick sehnsuchtsvoll auf al-Kadisiya und die Moschee des Kalifen Omar gerichtet war.

Noch heute klingt mir ein Lied des Poeten im Ohr, das in Baalbek häufig von den Soldaten und Sklaven gesungen worden war und in das wir gern einstimmten. Gewiß kehrt sein Wortlaut wieder in mein Gedächtnis zurück, wenn ich zu singen anfange:

Hoch zu Roß inmitten von Reitern,
die überschwemmen das Land wie die Flut.
Seine Lanzen gericht't gegen Feinde,
Wie Zungen getaucht in Blut.
Sein Herz ist voll Gnad' und Vergebung,
Doch nicht in der Hitze Gefecht.
Denn ist der Kampf erst begonnen,
spricht allein der Überlegne das Recht.

Mein Vater war Sultan Zinki zutiefst verbunden gewesen, und die Umstände seines Todes hatten ihn aufrichtig bestürzt. Jahre später erzählte Shadhi mir, was sich wirklich zugetragen hatte.

Zinki besaß eine Schwäche für Wein. In seiner Todesnacht hatte er eine Karaffe davon geleert und dann in seinem betrunkenen Zustand nach einem jungen Soldaten geschickt, auf den sein Auge während der Belagerung gefallen war. An ihm befriedigte er dann seine Lust.

Auch Yaruktash, der Eunuch, der Zinki ermordete, war zu diesem jungen Mann in Liebe entflammt. Die Vorstellung, daß dessen schöner Körper von einem alten Mann in Hast geschändet werden könnte, war für ihn unerträglich. In einem Anfall von Eifersucht folgte er dem Jüngling und wurde Zeuge des Geschehens. Er reichte den Wachen vor dem Zelt Wein, bis sie schläfrig wurden und in Schlummer fielen. Dann kroch er ins Zelt und erstach zunächst seinen Herrn und dann den jungen Soldaten, dessen Körper noch warm von Zinkis Umarmung war. Es war ein Verbrechen aus Leidenschaft.

Die Chronisten geben vor, der Eunuch und seine Freunde hätten Zinkis Weinvorrat gestohlen. Aus Angst, entdeckt zu werden, hätten sie ihren Gebieter in trunkener Ekstase getötet.

Doch diese Erklärung ergibt keinen Sinn. Shadhi erzählte mir die Wahrheit. Vermutlich hatte er sie von meinem Vater oder meinem Onkel erfahren. Der Aufmerksamkeit dieser beiden Männer entging nur wenig.

Damals habe ich nichts von alledem geahnt. Noch nahm ich an der Welt der Erwachsenen kaum Anteil. Wieder einmal kam es mir zugute, nicht der Erstgeborene zu sein. Dieses Privileg war Schahanschah vorbehalten. Er mußte beim Freitagsgebet wie auch bei anderen Zusammenkünften den Platz neben meinem Vater einnehmen, und er wurde in der Kunst des Regierens unterwiesen. Als Schahanschah begann, mit der Zunge meines Vaters zu sprechen, konnten Turanschah und ich uns zuweilen kaum das Lachen verkneifen.

Die Einnahme unserer Küstenstädte einschließlich al-Kadisiyas, das von den Franken Königreich Jerusalem genannt wird, war alltäglicher Teil meines Lebens. Nicht selten unterhielten sich mein Vater und mein Onkel Chirkuh in Gegenwart von uns Kindern über vergangene Zeiten. Wenn sie auch ein Gespräch miteinander führten, so waren wir doch das eigentliche Publikum. Es war ihre Art, uns das Ausmaß der Ereignisse und dessen, was sich in unseren Landen zugetragen hatte, vor Augen zu führen.

Sie berichteten vom Einfall der Barbaren, die Menschenfleisch aßen und sich nicht badeten. Stets kamen sie auf al-Kadisiya und sein trauriges Schicksal zu sprechen. Die Barbaren hatten die Tötung sämtlicher Gläubigen beschlossen. Sie trieben unser gesamtes Volk, Ibn Yakub, das wißt Ihr besser als ich, im Tempel von Suleiman zusammen. Zunächst wurden die Ausgänge verriegelt, dann setzten die Franken das Heiligtum in Flammen. Sie trachteten danach, die Vergangenheit auszulöschen und der Zukunft von al-Kadisiya, das einst unser gewesen war, und der Stadt des erwählten Volkes einen neuen Anfang zu geben.

Das Schicksal von al-Kadisiya war die einzige Begebenheit, die mich damals wirklich anrührte, wirkte doch die Grausamkeit der Barbaren wie ein Gift, das Menschen zum Verstummen brachte. Al-Kadisiya tauchte stets in unseren Spielen auf. Oft taten wir, als stiegen wir auf unsere Pferde und verjagten die Franken aus al-Kadisiya, sprich: wir scheuchten Shadhi aus der Küche. Aber was einst Spiel war, wird bald Ernst, Ibn Yakub. Nicht mehr lange, und unser Volk wird nach al-Kadisiya zurückkehren. Die Städte Tyros und Akko, Antiochia und Tripoli werden eines Tages wieder uns gehören.

Daß die Franken bezwungen werden mußten, lag schon damals auf der Hand, doch wie konnte der Sieg errungen werden, wenn das Lager der Gläubigen derart tief zerstritten war? Zunächst einmal gab es zwei Kalifen: einen in Bagdad, der nur dem Namen nach herrschte, und einen zweiten in Kairo, der keine Macht besaß. Infolge des Zusammenbruchs des Kalifats entstanden überall kleine Fürstentümer. An Zinkis Todestag erklärte uns mein Vater, daß die Franken niemals in die Flucht geschlagen werden könnten, solange wir nicht geeint seien. Zwar waren das die Worte eines Feldherrn, doch sie waren auch weit umfassender, ja spirituell zu sehen. Die Feindseligkeit der Gläubigen untereinander war beträchtlich. Wir kämpften erbitterter gegeneinander als gegen die Franken. Jene Worte sind mir stets im Gedächtnis geblieben.«

»Euer Vater«, fragte ich den Sultan, »von ihm habt Ihr noch nicht gesprochen. Was war er für ein Mann?«

»Mein Vater Ayyub war ein gutmütiger, ein vorsichtiger und vertrauensvoller Mensch. Wenn er uns etwas zu erklären suchte, erkundigte er sich immer wieder mit sanfter Stimme: ›Ist es verständlich? Ist es klar? Hat es jeder begriffen?‹

In einer friedlicheren Welt hätte er vielleicht Gefallen daran gefunden, eine große Bibliothek zu leiten oder sich um die öffentlichen Bäder Kairos zu kümmern. Ihr lächelt, Ibn Yakub, und meint, ich würde die Fähigkeiten meines Vaters unterschätzen. Ganz und gar nicht. Ich will damit nur ausdrücken, daß das Schicksal unsere Schritte lenkt, daß unser Leben bestimmt ist von den Zeiten, in die wir hineingeboren werden. Die Gegebenheiten bedingen unser Dasein.

Seht Euch beispielsweise Ibn Maymun an. Wäre seine Familie nicht genötigt gewesen, Andalusien zu verlassen, wäre er jetzt womöglich der Wesir von Gharnata. Und wäre al-Kadisiya nicht besetzt worden, würdet Ihr jetzt vielleicht dort und nicht in Kairo leben.

Oder nehmt den Propheten selbst. War es nicht ein glücklicher Umstand, daß er die Erleuchtung zu einer Zeit erlangte, als zwei Weltreichen der Untergang drohte? Innerhalb von nur dreißig Jahren waren die Gläubigen nach seinem Tod mit Allahs Hilfe zu einer Macht herangewachsen, wie sie die kühnsten Träume übertraf. Daß es uns nicht gelang, die Lande der Franken zu zivilisieren, haben wir allein uns selbst zuzuschreiben. Ein Irrtum hinderte uns daran, die Franken heranzubilden und zu läutern. Der Prophet wußte, daß man sich niemals allein auf Allah verlassen darf. Hatte er nicht einmal gesagt: ›Vertraue auf Allah, aber binde zuerst dein Kamel an‹?

Ihr müßt wissen, daß mein Vater ungern reiste. Er schätzte die Vorzüge der Seßhaftigkeit, im Gegensatz zu meinem Großvater, der ebenfalls den Namen Shadhi trug, und meinem Onkel Chirkuh. Eine einzige Heimstatt war ihnen nie genug. In den Augen meiner Gegner gelten die Mitglieder meiner Familie als Abenteurer und Emporkömmlinge. Aber da selbst der Prophet, möge er in Frieden ruhen, Emporkömmling genannt wurde, läßt mich das gleichgültig. Was das Abenteurertum betrifft, so muß ich zustimmen. Allein durch Wagnisse kommt man in der Welt voran. Bleibst du stets an einem Ort, verbrennt dich die Sonne und du stirbst. Aber ich weiß, daß mein Vater gerne in Dvin geblieben wäre.

Die Kunde von Zinkis Ermordung war nicht nur für ihn ein Schicksalsschlag. Denn Aufruhr und Tumult waren die Folge. Zinkis Söhne verloren keine Zeit, sich die Herrschaft über Mosul und Aleppo zu sichern. Doch mein Vater hegte wenig Vertrauen in ihre Fähigkeiten. Seine Zweifel erwiesen sich als unbegründet, aber wer hätte damals ahnen können, daß Nureddin soviel Erfolg beschieden sein würde? Allerdings sollten sich die Befürchtungen meines Vaters wenig später bestätigen.

Binnen Wochen standen die Armeen des Herrschers von Damaskus vor Baalbeks Toren. Widerstand, das wußte mein Vater, war vergebens. Er sah keinerlei Grund, das Blut der Gläubigen unnütz zu vergießen. Also handelte er eine friedliche Übergabe aus, für die ihm das Volk dankbar war.

Jahre später, mein Vater und ich unternahmen gerade einen Ausritt in der Umgebung von Damaskus, färbte sich der Horizont plötzlich rotgolden. Mein Vater bemerkte es zuerst. Wir zügelten die Pferde und verharrten lange schweigend angesichts dieses unnachahmlichen Naturschauspiels. Auf unserem Ritt heimwärts sprach keiner von uns ein Wort. Der Himmel, der beim Sternenaufgang erneut die Farbe wechselte, hielt uns in seinem Bann. Als wir das Bab Sharki fast erreicht hatten, sagte mein Vater mit leiser Stimme:

›Wir vergessen oft, daß selbst ein unvermeidbarer Krieg für die Mehrheit des Volkes ein großes Unglück bedeutet. Ihr Leid ist immer um ein Vielfaches größer als unseres. Immer. Denke stets daran, mein Sohn, und laß dich nur dann auf einen Kampf ein, wenn du keine andere Wahl hast.‹

Weshalb vergessen wir wesentliche Dinge und müssen scharf nachdenken, um uns an sie zu erinnern, wohingegen uns andere Begebenheiten im Gedächtnis bleiben? Ein bestimmter Tag steht mir noch ganz klar vor Augen. Schahanschah, mein ältester Bruder, war einige Jahren zuvor unerwartet gestorben, und mein Vater hatte sich nie wieder vollständig von diesem Schicksalsschlag erholt. Er hörte nicht auf zu grübeln. Aus irgendeinem Grund war die Beziehung zwischen ihm und Turanschah nie besonders eng gewesen. Mein Bruder, den ich aus tiefstem Herzen liebte, war zu unbeherrscht und dickköpfig, als daß sich mein Vater zu ihm hingezogen gefühlt hätte. An jenem Tag nun hörte ich, wie meine Mutter ihn anschrie: ›Turanschah, nicht genug, daß du deinem Vater das Leben vergällst, jetzt verärgerst du auch noch mich. Du bringst nichts als Kummer ins Haus. Hast du mich gehört ...?‹ Es waren ihm schon so oft Vorwürfe an den Kopf geworfen worden, daß sie mittlerweile an ihm abprallten. Er lachte unsere Mutter nur aus.

Da man Turanschah ausschloß, lenkte mein Vater nun sein ganzes Augenmerk auf mich, der ich in der Rangfolge der nächste war. Ich zählte sechzehn Jahre und erhielt einen Jagdfalken und ein edles Streitroß aus Kufa zum Geschenk. Dies war, so glaube ich, das erste Mal, daß mich mein Vater ernst nahm und als ihm ebenbürtig behandelte. Wir erörterten unzählige Fragen, sprachen über seine Ängste und Sorgen, über die Zukunft und die Zeit nach seinem Tod, wenn es ihn nicht mehr gab und ich auf mich allein gestellt war.

Allein der Gedanke an seine Vergänglichkeit ließ mich von Kopf bis Fuß erzittern. Ich wollte ihn umarmen, seine Wangen mit Küssen bedecken, an seiner Schulter weinen, ihm zurufen ›Ich will nicht, daß du jemals stirbst‹, aber ich beherrschte mich. Vater und Sohn sind durch eine unantastbare Schranke voneinander getrennt, die sich selbst durch Gefühle nicht überwinden läßt. Die Lippen bleiben stumm. Das Herz verharrt hilflos.

Erst etliche Jahre nachdem wir Baalbek verlassen hatten, verstand ich all dies. Mein Vater hatte die Zitadelle nicht bedingungslos übergeben. Ihm waren acht Dörfer in der Nähe von Damaskus als Lehnsgüter zugesprochen worden sowie eine große Summe Geldes und ein Wohnhaus im Herzen der Altstadt. Erneut waren wir unterwegs. Voller Wehmut ließ ich die alten Tempel und die Bäche hinter mir. Ich hatte Baalbek liebgewonnen. Wir hatten dort ein glückliches und behütetes Leben geführt. Noch heute malt sich mir bei der Erinnerung an diese Zeit ein Lächeln auf die Lippen.

Doch erst in Damaskus reifte ich zum Mann.«

★

Zu meiner Erleichterung unterbrach der Sultan seine Rede, so daß ich meiner ermatteten Hand eine Pause gönnen konnte. Salah al-Din blieb meine Erschöpfung nicht verborgen, und er rief nach einem Diener. Man sollte mich baden und einölen. Und meine Hände sollten solange massiert werden, bis die letzte Müdigkeit aus ihnen gewichen war. Anschließend sollte ich ein Mahl zu mir nehmen und mich bis zu seiner Rückkehr ausruhen. Ihm lag daran, das Gespräch am Abend fortzuführen. Doch jetzt mußte er den Fortgang des Baus der neuen Zitadelle in Augenschein nehmen und ließ sich ankleiden. Kurz bevor wir uns trennten, sah ich mit Erstaunen eine gänzlich veränderte Halima den Raum betreten. Diese Frau glich in nichts mehr dem tränenverschmierten Geschöpf mit traurigem Blick, dessen Geschichte wir einige Tage zuvor schweigend gelauscht hatten. Sie strahlte eine Selbstsicherheit aus, die mir den Atem verschlug und die Frage beantwortete, die mich seit Tagen gequält hatte. Nicht sie war mit Gewalt genommen worden, sie war es vielmehr gewesen, die ihn verführt hatte.

Halima wünschte, ihn zur Zitadelle zu begleiten. Salah al-Din war erstaunt über ihre Kühnheit und weigerte sich. Sie jedoch ließ sich von ihrem Vorhaben nicht abbringen und drohte, in die Uniform eines Soldaten zu schlüpfen und ihm zu Pferde zu folgen. Schlagartig wurde sein Blick kalt, und sein Gesicht verfinsterte sich. In schneidendem Ton gemahnte er sie, den Palast nicht ohne seine Erlaubnis zu verlassen. Außerhalb der schützenden Mauern sei ihr Leben in Gefahr. Erst tags zuvor war Kamil öffentlich ausgepeitscht worden, doch die Menge, inmitten derer sich eine große Anzahl Frauen befand, hatte Hamilas Steinigung gefordert. Die Kunde, daß sie Zuflucht im Palast gefunden hatte, war mit Grollen aufgenommen worden.

Hamilas Blick war unvermindert herausfordernd, doch der Wille des Sultans obsiegte. Als versöhnliche Geste schlug er vor, sie solle ihre Mittagsmahlzeit mit mir einnehmen. Doch sie bedachte mich nur mit einem leicht verächtlichem Blick und verließ den Raum.

»Zuweilen überkommt mich das Gefühl«, meinte der Sultan mit gequälter Stimme, »ich könnte Pferde besser einschätzen als Menschen. Halima ist kräftezehrender als ein Stutenfohlen. Falls sie sich herabläßt, mit Euch zu Mittag zu speisen, Ibn Yakub, werdet Ihr ihr gewiß manch weisen Rat erteilen können.«

Aber Halima beehrte mich an jenem Tag nicht mit ihrer Anwesenheit. Ich war über alle Maßen enttäuscht. Selbst Shadhis Erscheinen, ich hatte soeben zu essen begonnen, trug nichts zu meiner Aufmunterung bei. Ich war nicht in der Stimmung, den Geschichten eines alten Mannes zu lauschen, doch gebot es die Höflichkeit, mit ihm zu speisen. Und so nahmen die Dinge ihren Lauf. Schon bald prahlte er mit seinen Heldentaten. In keiner seiner Schilderungen blieb sein überragendes Können als Reiter unerwähnt.

Bis zu diesem Zusammentreffen hatte ich nicht viel Zeit mit ihm zugebracht und ihn auch nicht sonderlich ernstgenommen. Während er sprach und ich ihn beobachtete, entdeckte ich in seinem gekünstelten Benehmen unvermutet Vertrautes. Ich meinte den wahren Grund dafür zu erkennen, weshalb ihn Bedienstete und sein Herr gleichermaßen ehrerbietig behandelten: Er hob die Rechte und runzelte die Braue in Salah al-Dins Manier.

Ich verfolgte den Gedanken nicht weiter. Schließlich war es nicht sonderlich überraschend. Shadhi hatte wahrscheinlich mehr Zeit mit dem Sultan verbracht als jeder andere, so daß sich der Knabe so manches von dem Verhalten des Dieners zu eigen gemacht hatte. Als jedoch der alte Mann in seinen Erzählungen fortfuhr, ergriff der Gedanke erneut Besitz von mir. Diesmal unterbrach ich Shadhi.

»Verehrter Onkel, ich möchte Euch eine Frage stellen. Ihr sprecht viel von Euren Heldentaten und den Abenteuern der Vergangenheit, und dank dieser Erzählungen vermag ich den Sultan besser zu verstehen. Doch da ist etwas, was ich zu gerne wissen möchte. Wer war Euer Vater? Und wer Eure Mutter? Ich stelle diese Frage nicht aus reiner Neugierde, sondern ...«

Barsch unterbrach er mich.

»Unverschämter Jude! Andere Menschen mußten schon für weniger ungehörige Fragen mit dem Leben bezahlen!«

Ich wurde wohl blaß, denn er brach jäh in schallendes Gelächter aus.

*

»Es ist mir unvorstellbar, daß Ihr Euch vor einem alten Mann wie mir fürchtet. Da Eure Mitschriften unter Verschluß gehalten werden, bis wir alle dahingeschieden sind, werde ich Eure Neugier befriedigen. Meine Mutter lebte als armes Weib in Dvin. Sie war die einzige Tochter eines Holzfällers, der wohlhabende Häuser in der Gegend mit Holz belieferte. Ihre Mutter war im Wochenbett gestorben, und ihr Vater hatte nicht wieder geheiratet. Selbst in heutiger Zeit kommt derartiges nur selten vor, damals jedoch, vor mehr als hundert Jahren, als mein Großvater ein junger Mann war, galt dies als empörend. Er war großgewachsen wie ein Riese und erlangte durch seinen gekonnten Umgang mit der Axt allerorts Berühmtheit. Dieser Mann vermochte einen Baum rascher zu fällen als jeder andere in unserem Teil der Welt.

Er hatte sich mit einem jungen Koch im Haus von Shadhi Ibn Marwan angefreundet und ihn als Gatten für seine fünfzehnjährige Tochter auserkoren. Als beide heirateten, gehörte nun auch meine Mutter zum Haushalt des Ibn Marwan. Ich hatte Euch gegenüber noch nicht erwähnt, Schreiber, daß ihr der Ruf einer Schönheit vorauseilte. Was geschehen mußte, geschah. Der Herr wurde auf sie aufmerksam und machte sie sich gefügig. Sie leistete keinen Widerstand. Ich bin das Ergebnis. Bei meiner Geburt waren Ayyub und Chirkuh bereits älter als zehn Jahre. Ihre Mutter war eine grausame Frau. Als ihr die Kunde zu Ohren kam, drängte sie darauf, den Koch und meine Mutter, ich war noch in ihrem Bauch, mit einer Summe Geldes abzufinden und in ein benachbartes Dorf zu schicken.

Shadhi Ibn Marwan beugte sich ihrem Willen. Zur Verärgerung aller gab mir meine Mutter nach meiner Geburt den Namen Shadhi. Hier wäre meine Geschichte nun eigentlich zu Ende, wäre nicht der Mann meiner Mutter gestorben, als ich sieben Jahre zählte. Er war mir ein guter Vater gewesen und hatte mich behandelt wie seinen eigenen Sohn, der ein Jahr jünger war als ich.

Mir ist nicht bekannt, wie die Nachricht zu Ibn Marwan gelangt war. Ich erinnere mich lediglich, daß er eines Tages mit seinem Gefolge in unser Dorf geritten kam und mit meiner Mutter vertraulich sprach. Allah allein weiß, was sie miteinander beredeten. Ich hatte nur Augen für die Pferde und die herrlichen farbenprächtigen Sättel.

Nachdem sie ihr Gespräch beendet hatten, rief mich meine Mutter herein und drückte mich fest an sich. Sie küßte mich auf beide Lider, währenddessen sie die Tränen zurückzuhalten suchte. Dann erklärte sie mir, ich müsse von nun an im Haus des Shadhi Ibn Marwan arbeiten und ihm blind gehorchen.

Ich war außer mir und weinte viele Monate lang. Ich vermißte sie sehr. Ein- oder zweimal im Jahr besuchte ich sie, woraufhin sie meine Lieblingskuchen auftrug, aus Mais gebacken und mit Berghonig gesüßt.

Erst als wir Dvin verließen und südwärts nach Takrit zogen, erfuhr ich von meinem leiblichen Vater. Ich hatte mich aufgemacht, um meiner Mutter Lebewohl zu sagen. Ich spürte, ich sollte sie nie wiedersehen. Obwohl ich wußte, daß mein Bruder, sein Weib und seine Kinder sie liebten und sich um sie kümmern würden, ergriff mich Traurigkeit. Als wir voneinander Abschied nahmen, küßte sie mich auf die Stirn und erzählte mir alles. Ich kann mich nicht entsinnen, welches Gefühl sich meiner bemächtigte. Denn das alles liegt sehr, sehr lange zurück. Es war wohl ein Gefühl der Freude wie auch des Zorns.«

*

Shadhis Worte hatten meine Vermutungen bestätigt, und ich wollte ihn unbedingt noch weiter ausfragen. Doch ehe wir weiterreden konnten, war der Sultan mit seinen beiden Söhnen eingetreten. Zwar wurden sie mir vorgestellt, doch es gab keinen Zweifel, daß sie wegen Shadhi gekommen waren. Beim Anblick der Kinder begannen die Augen des alten Mannes zu leuchten. Als er mit ihnen davonging, fragte der Sultan im Flüsterton: »Ist sie gekommen?« Ich schüttelte den Kopf, und er lachte hell auf.

Fünf

Ibn Maymuns Weisheit und seine Heilmethoden.

Als ich eines Abends nach zwei langen und anstrengenden Tagen mit dem Sultan nach Hause kam, fand ich meine Frau Rachel mit Ibn Maymun ins Gespräch vertieft. Sie war dabei, unserem großen Lehrer eine ganze Reihe von Beschwerden über mich vorzutragen, denn sie wußte, daß er in unserem Haushalt über großen Einfluß verfügte und hohes Ansehen genoß. Als ich das Zimmer betrat, hörte ich sie sagen, die viele Zeit, die ich im Palast verbrächte, wirke sich auf mein Denken, mein Wesen und meine Haltung gegenüber »weniger begünstigten Sterblichen« ungünstig aus. Doch vor allem warf sie mir vor, meine Pflichten ihr und der Familie gegenüber zu vernachlässigen.

»Mir scheint, das ist ein Fall für den Kadi«, erwiderte Ibn Maymun und strich sich nachdenklich den Bart. »Soll ich ihm deine Klagen vorbringen und verlangen, daß er Ibn Yakub bestraft?«

Verärgert über mein Lachen verließ Rachel den Raum mit einem Blick so hart wie das alte Brot, das sie unserem unverhofften Gast hatte vorsetzen müssen. Ibn Maymun war müde. Seine Pflichten gegenüber dem Kadi lasteten schwer auf ihm, zumal er in Fustat, zwei Meilen vom Palast des Kadis entfernt lebte. Tag für Tag traf er früh morgens dort ein und behandelte die Leiden des Kadis, seiner Kinder sowie der Frauen seines Harems.

So verbrachte er den größten Teil des Tages in Kairo und kehrte erst am späten Nachmittag nach Hause zurück. Menschen von unterschiedlichster Art erwarteten ihn: Juden und Nichtjuden, Adlige und Bauern, Freunde und Feinde, kleine Kinder und ihre Großväter. Sie alle waren seine Patienten. Der Preis, den Ibn Maymun für den Erfolg zahlen mußte, bestand darin, daß er ein vielgefragter Mann war. Mit jedem Tag wuchs die Zahl seiner Patienten, und da er seine Pflichten als Arzt sehr ernst nahm, konnte er niemals jemanden abweisen.

Manchmal, wenn er dringend der Ruhe bedurfte, übernachtete er in unserem Haus im Judenviertel, nur wenige Schritte vom Palast entfernt. Hier, so sagte er mir, könne er wirklichen Frieden finden und wieder neue Kräfte schöpfen. Ich entschuldigte mich für Rachels Ausbruch.

»Sei auf der Hut, Ibn Yakub. Dein Weib ist eine gute Frau, doch ihre innere Kraft und ihre Liebe zu dir sind im Schwinden begriffen. Sie wird deine häufige Abwesenheit nicht unbegrenzt hinnehmen. Anscheinend verbringst du die meiste Zeit im Palast des Sultans. Warum sagst du ihm nicht, daß du am Sabbat bei deiner Familie sein mußt?«

Ich seufzte. Auch ich fühlte mich an jenem Abend müde und abgeschlagen.

»Ich verstehe dich, mein Freund, doch warst nicht du derjenige, der mich Salah al-Din anempfohlen hat? Wie ich eingestehen muß, fühle ich mich zu gewissen Zeiten wie ein Gefangener. Dennoch wäre es unwahr, würde ich behaupten, daß ich unglücklich bin. Tatsächlich mag ich den Sultan. Ich würde gern an seiner Seite reiten, wenn wir gegen das Königreich Jerusalem ziehen, ich wäre gern dabei, wenn unsere Armeen die Stadt einnehmen, wenn Jerusalem wieder al-Kadisiya wird und wir im Tempelbezirk beten können wie früher. Wir haben die Sonne in Jerusalem begraben. Dort werden wir einander wieder begegnen. Ich würde mein Leben dafür geben, diesen Tag zu sehen. Ein neues lichtes Zeitalter dämmert über unserer Heiligen Stadt herauf. Ich vertraue auf Salah al-Din. In der ihm eigenen ruhigen, besonnenen Art wird es ihm gelingen, Jerusalem zurückzugewinnen.«

Mein weiser Freund nickte.

»Ich verstehe dich nur zu gut, aber Rachels Bedürfnisse zählen nicht geringer als dein Wunsch, an der Geschichte teilzuhaben. Such den goldenen Mittelweg. Glück ist wie Gesundheit, man vermißt es erst, wenn man es nicht mehr hat.«

Nach dieser kurzen Unterhaltung begab sich Ibn Maymun zu Bett.

Als ich allein war, dachte ich über seinen Ratschlag nach. Wie konnte ich meine Familie und meine Arbeit in Einklang miteinander bringen? Rachel wollte, daß ich nach Hause zurückkehrte und meine Forschungen über die Geschichte unseres Volkes fortführte. In ihren Augen war dies weitaus wichtiger, als ein Hofschreiber zu sein.

Allerdings begriff sie nicht, daß Ibn Maymun mich ganz gezielt von meiner Arbeit abgelenkt hatte. Denn er befürchtete, meine Untersuchungen könnten den Rabbis ein Dorn im Auge sein. Aus Angst um unseren unsicheren Stand in dieser Welt wollte er verhindern, daß ich einen Streit mit unseren großen Religionsgelehrten heraufbeschwor, die ihr Verständnis unserer Vergangenheit einzig aus den Schriften bezogen. Ibn Maymun pflichtete mir bei, daß die Wanderung unseres Volkes nach Westen lange vor der Zerstörung des Tempels oder der Belagerung Masadas begonnen habe. Diese Frage hatten wir oft erörtert.

Als ich in den Hof ging, um mich zu erleichtern, wurde ich von der Helligkeit des sternenübersäten Himmels überrascht. Lange stand ich da und blickte zum Firmament hinauf. Ich sah, wie die Sterne unterschiedliche Formen annahmen, und, Gott stehe mir bei, ich hätte schwören können, daß ich in einer Ansammlung leuchtender Gestirne Halimas schlichte Anmut erkannte. Ich war berückt von Halima. Sie wollte mir nicht mehr aus dem Sinn gehen. Warum hatte sie heute nicht das Mahl mit mir eingenommen, obwohl Salah al-Din sie dazu ermuntert hatte? Und warum hatte er das getan? Hielt er mich für einen Eunuchen? Teilte sie heute nacht das Lager mit ihm, oder hatte er seinen Durst bereits gestillt und war zu einer anderen Oase weitergezogen?

Es war schon spät, doch diese Gedanken verfolgten mich bis ins Schlafgemach. Rachel war wach und noch immer verärgert. Ich sprach in liebevollem Ton zu ihr, doch sie wollte weder auf meine Fragen antworten noch meinem Drängen nachgeben. In jener Nacht fanden wir beide keinen Schlaf. Schweigend lagen wir da und warteten auf die Morgendämmerung.

Ibn Maymun begann seinen Tag stets damit, daß er eine große Tasse warmes Wasser trank. Wann immer er in meinem

Haus übernachtete, war ich gezwungen, dieses Ritual ebenfalls zu befolgen. Es diene der Reinigung unserer Eingeweide, betonte er, und der Körper würde auf die Anforderungen des neuen Tages vorbereitet. Ibn Maymuns Verordnungen waren hauptsächlich vorbeugender Natur. Das Geheimnis seines ärztlichen Erfolges lag in der Bedeutung, die er der Nahrung beimaß, besonders den Mengen, in denen man sie zu sich nehmen sollte. Acht große Tassen Wasser in den Wintermonaten und die doppelte Menge im Sommer seien unerläßlich für die Gesundheit.

In diesen Dingen war er sehr streng. Widerrede duldete er nicht. Es war einfacher, mit ihm einen Disput über die Vorteile und Nachteile unserer Religion zu führen. Solche Fragen ließen ihn völlig ungerührt, aber an seinen ärztlichen Verordnungen durfte nicht gerüttelt werden. Der Grund für diese Unerbittlichkeit war und blieb mir ein Rätsel. Möglicherweise hing es damit zusammen, daß er mit seiner ärztlichen Kunst seinen Lebensunterhalt verdiente. Wenn sich herumgesprochen hätte, daß er von der Wirksamkeit seiner Behandlungen nicht selbst überzeugt wäre, hätten seine Patienten vielleicht die Dienste anderer Heilkundiger in Anspruch genommen. Vielleicht aber auch nicht. Die Kranken suchten ihn auf, weil sie wußten, daß seinen Heilmethoden Erfolg beschieden war.

Gerade war er damit beschäftigt, eine Salbe für den Kadi zuzubereiten. Der Raum war erfüllt vom Geruch nach Zwiebeln und Knoblauch, denen er Senf, Wermutarsenik, gemahlene Bittermandeln und Essig beimischte. Mir wurde übel, und ich öffnete eiligst die Tür zum Hof, um frische Luft hereinzulassen. Ibn Maymun lächelte.

»Ist der Kadi krank?« fragte ich ihn. »Oder hast du vor, ihn zu vergiften? Allein der Geruch würde meinem Leben ein vorzeitiges Ende setzen.«

»Er ist nicht krank, aber höchst bestürzt.«

»Warum?«

»Er bekommt Haarausfall. Und er möchte nicht völlig kahlköpfig werden. Obzwar er älter sein mag als wir, ist er trotzdem noch immer ein eitler Mann. Vielleicht hat er ein Auge auf ein junges Frauenzimmer geworfen.«

»Wenn das der Fall wäre, würde man ihm das Mädchen auf einem goldenen Tablett darbieten. Wie viele Haare er noch hat, wäre dabei unerheblich. Aber abgesehen davon, welchen Nutzen soll dein stinkendes Gebräu denn haben?«

»Diese Salbe wird dem verbliebenen Haar mehr Kraft und Fülle verleihen. Und wer weiß, vielleicht bewirkt es auch, daß neues Haar nachwächst.«

»Warum bereitet das dem großen Kadi solche Sorgen? Zweifellos ist der Verlust des Haares ein Zeichen von großer Reife. Früher haben sich, nicht weit von hier entfernt, die alten Priester und Könige sogar den Kopf geschoren, um ihre Macht zu zeigen.«

»Das ist wahr. Aber der Prophet des Islam hatte schönes, dichtes Haar. Ihm gefiel die Vorstellung nicht, es könne ergrauen. Deshalb legte er Wert darauf, es zu färben, mit einer Mischung aus roter Anemone und Myrtenöl. So ist es jedenfalls überliefert.«

Ich war gerade im Begriff, meine Zweifel zu äußern, doch Ibn Maymuns Blick gab mir zu verstehen, daß er weitere Fragen zu der medizinischen Behandlung, die den Kadi verjüngen sollte, nicht zu beantworten gedachte.

Statt dessen erzählte er vom Geschick des Kadis als Verwaltungsbeamten, von seinem Gerechtigkeitssinn, von seiner Fähigkeit, sogar Entscheidungen des Sultans zu hinterfragen, und vor allem von der Weisheit, mit der er seinen Herrscher beriet.

Als wir das Haus verließen und zum Palast gingen, stellte mir Ibn Maymun eine völlig überraschende Frage.

»Antworte mir ehrlich, Ibn Yakub. Ist deine Liebe zu Rachel erloschen?«

Ich verneinte mit einem heftigen Kopfschütteln. Dennoch schlug mein Herz ein klein wenig schneller, als wollte es mir widersprechen. Ich war verwirrt und brachte kein Wort heraus. Ibn Maymun drang weiter in mich.

»Bist du sicher, daß dir die schmucken, üppigen Haarflechten eines Neuzuganges im Haushalt des Sultans nicht den Kopf verdreht haben?«

Abermals schüttelte ich den Kopf. Wie konnte er nur von Halima erfahren haben? Ich hatte meine Gedanken stets für mich behalten. Und ich wußte nicht einmal selbst, was ich empfand. Wie um alles auf der Welt war Ibn Maymun zu diesem Schluß gelangt? Einen Moment lang war ich zu verblüfft, um etwas zu erwidern. Als ich mich wieder gefaßt hatte, fragte ich ihn, wie er darauf gekommen sei. Zunächst zuckte er nur die Schultern und schwieg. Doch ich bestand auf einer Erklärung.

»Im Laufe meiner Arbeit hatte ich Gelegenheit, von den Sorgen und Nöten in so manchem Haushalt zu erfahren. Was Rachel mir erzählt, ist nichts Neues. Das hat es schon immer gegeben. Sie bat mich, für sie zu beten, was ich jedoch abgelehnt habe. Ich habe ihr gesagt, es sei besser, als Wissender zu schlafen, denn zu beten und mit Dummheit geschlagen zu sein.«

»Keiner von uns beiden hat in der letzten Nacht Schlaf gefunden. Aber mein Gewissen ist rein. Keine Schuld lastet auf meiner Seele.«

»Und wie steht es mit deinem Herzen?«

»Nun, ich habe meine Träume. Das verstehst du sicherlich. Wäre eine Welt ohne Träume nicht schlimmer als die Hölle?«

»Sprich mit ihr, Ibn Yakub. Rede mit Rachel, laß sie an deinen Träumen teilhaben. Das Schicksal hat unserem Volk nie gestattet, allzuviel süßen Honig zu kosten.«

Dann ging jeder von uns seiner Wege.

Sechs

Salah al-Dins Kindheitserinnerungen an Damaskus und Shadhis Erzählung, wie der Sultan erste Erfahrungen mit körperlicher Liebe macht.

Mir wurde bedeutet, dem Diener in das Schlafgemach des Sultans zu folgen. Salah al-Din ruhte, doch setzte er sich bei meinem Erscheinen auf und lehnte sich zurück in Kissen von unterschiedlichster Form und Musterung. Er schenkte mir ein mattes Lächeln. Sein Atem ging schwer, seine Kehle war heiser. Als ich ihm anbot, ihn später aufzusuchen, wenn er sich wohler fühlte, schüttelte er energisch den Kopf und beharrte darauf, den Tag nicht zu vergeuden.

»Das Leben ist kurz, Ibn Yakub. In Zeiten des Krieges kann Allah das Lebenslicht jedes seiner getreuen Kämpfer ausblasen.«

Schweigend sah ich zu, wie die Diener ihm seine Medizin zubereiteten. Man hatte Ingwer solange in Wasser aufgekocht, bis die Mischung eine dunkle Färbung angenommen hatte. Salah al-Din schnupperte an dem Sud und wandte den Kopf ab. Der zweite Diener süßte das Ingwerwasser reichlich mit Honig. Zwar blickte der Kranke finster drein, doch nahm er die Arznei schluckweise zu sich. Er gab zu verstehen, man solle ihm den Krug dalassen. Die Diener verneigten sich und zogen sich zurück. Kaum waren sie gegangen, betrat Shadhi den Raum und legte dem Sultan die Hand auf die Stirn.

»Kein Fieber. Gut. Trinkt die Medizin bis zum letzten Tropfen. Und Ihr, Ibn Yakub, verweilt nicht zu lange hier. Der Sultan sollte heute seine Zunge schonen.«

Damit verschwand er, ohne des Sultans Erwiderung abzuwarten, die aus einem Fluch und einem Lächeln bestand. Dann hob Salah al-Din in krächzendem Flüsterton zu sprechen an:

*

»Heute sehne ich mich nach der Stadt vergangener Tage. Immer wenn ich nicht wohlauf bin, wandern meine Gedanken zu meinem winzigen Zimmer in Damaskus. Wir bewohnten ein Haus im westlichen Teil der Stadt, unweit der Zitadelle. Als ich einmal im Bett lag, geschüttelt von einem Fieber, das der Satan selbst über mich gebracht zu haben schien, betrat Shadhi die Kammer, so wie vor einigen Augenblicken, und legte mir die Hand auf die Stirn. Dann wisperte er mir ins Ohr: ›Ibn Ayyub, sammelt Eure Kräfte. Sammelt Eure Kräfte.‹

Es war seine Art, mir mitzuteilen, daß unsere Familie einen Verlust erlitten hatte. Ich war nicht in der Lage, seine Botschaft zu verstehen, und erinnere mich nur, daß ich in jener Nacht schlecht geträumt hatte. Am folgenden Morgen war das Fieber zurückgegangen, und noch am selben Tag trat mein Vater ins Zimmer und verkündete mir, daß meine Großmutter gestorben sei. Mein Schluchzen ging meinem Vater offenbar zu Herzen. Es war das einzige Mal, daß er mich in die Arme nahm und mir zärtlich den Kopf streichelte.

Er sprach beruhigend auf mich ein. Allah, so sagte er, hatte ihr in Seiner unendlichen Gnade ein langes Leben gewährt. Sie war ohne Bedauern von dieser Welt gegangen. Ihre letzten Worte an ihren Sohn betrafen mich. Meinem Vater zufolge hatte sie ihn gerügt, weil er sich nicht ausreichend mit mir und meiner Zukunft befaßte. Während er dies erzählte, berührte er sachte das Amulett, welches Ihr auf meiner Brust seht. Früher schmückte es den Hals meiner Großmutter, die es alljährlich abnahm und die Kette verlängerte. Dabei rief sie murmelnd fremde Gottheiten an, mir Stärke zu verleihen. Nie vernahm ich bei ihren Fürbitten den Namen Allahs. Das Amulett ist mein Glücksbringer. Ich hüte es um ihretwillen, und es ist mittlerweile ein Teil von mir geworden. Vor jedem Kampf umschließe ich es mit meiner Faust und führe es behutsam über mein Herz, ehe ich still zu Allah bete, er möge uns den Sieg schenken.

In Damaskus reifte ich zum Mann, obzwar sich mein Herz in den ersten Monaten nach jener Freiheit sehnte, die ich in Baalbek genossen hatte. Denn Damaskus war eine Stadt voller Gefahren. Kein Tag verging, an dem nicht die Ermordung einer führenden Persönlichkeit oder eines ihr nahestehenden Menschen bekanntgegeben wurde.

Wieder einmal bewährte sich der Spürsinn meines Vaters. Der Atabek von Damaskus hatte meinem Vater die Befehlsgewalt über die Zitadelle und die Verteidigung der Stadt übertragen. Durch diese unerwartete Machtstellung hatte er sich Neider geschaffen. Die namhaften Bürger der Stadt, von denen viele behaupteten, in gerader Linie von Allah und Seinem Propheten abzustammen, begegneten ihm mit unverhohlener Feindseligkeit und blickten voller Verachtung auf uns alle herab. In ihren Augen waren mein Vater und mein Onkel Chirkuh nichts als kurdische Abenteurer, verschlagene und gewissenlose Männer, die ihre Dienste und ihre Seelen dem Höchstbietenden verkauften. Es läßt sich schwerlich leugnen, daß ihre Vorbehalte nicht gänzlich aus der Luft gegriffen waren.

Als wir in Damaskus ankamen, herrschte dort Atabek Muin al-Din Unur. Er war es gewesen, der meinen Vater ersucht hatte, die Verteidigung der Stadt von Grund auf umzugestalten, da er der zunehmenden Zwietracht unter seinen Befehlshabern überdrüssig geworden war. Unur war mit Sultan Zinki und dessen Sohn Nureddin verfeindet. Mein Onkel Chirkuh hingegen befehligte Nureddins Truppen und war diesem unmittelbar unterstellt. Wäre ich ein turkmenischer Getreuer von Unur und dessen Herrn Abak gewesen, hätte auch mich eine beträchtliche Unruhe gepackt.

Schließlich war es kaum ein Geheimnis, daß die Blutsbande in unserer Sippe eng geknüpft waren. Zwischen meinem Vater und seinem Bruder bestand alles andere als Feindseligkeit. Sie waren so eng miteinander verbunden wie Griff und Klinge eines Schwertes. Doch Unur hatte Vertrauen zu meinem Vater. Auf seinem Sterbebett empfahl er, so wurde uns zumindest berichtet, dem Sultan Abak, meinen Vater in seinen Diensten zu behalten.

Doch Abak hegte Zweifel. Er war ein willensschwacher Mensch, dessen Vorlieben dem Wein und den Frauen galten. Ihn zu beeinflussen, fiel seinen skrupellosen Beratern nicht schwer. In diesem Fall waren ihre Sorgen allerdings nicht unbegründet, wie ich einräumen muß. Falls Nureddin Damaskus angriff, würde mein Vater dann die Waffen ergreifen gegen eine Armee, die von seinem Bruder Chirkuh angeführt wurde? Diese Frage quälte sie Tag und Nacht.

Mein Vater verstand es vorzüglich, sich hinter einer Maske zu verbergen. Er war ein außerordentlicher Schmeichler insofern er aufmerksam zuhörte und selbst nur wenig sprach. Als Abak ihm mitteilte, was über ihn geredet wurde, lächelte mein Vater und sagte: ›Vielleicht haben sie recht, wenn sie meine Treue in Zweifel ziehen. Allein Euer Urteil zählt. Bis zum heutigen Tag ist niemals eine Unwahrheit über meine Lippen gekommen. Falls Euch meine Anwesenheit in Unruhe versetzt, ziehe ich mit meiner Familie schon morgen fort. Ihr müßt es nur befehlen.‹

Der oberste Herrscher von Damaskus entschied, meinen Vater in seinen Diensten zu behalten, ein Fehler, der ihn den Thron kosten sollte, der aber die Gläubigen einte und uns dem Tag näherbrachte, an dem wir unsere Länder von den Franken zurückgewinnen werden.

Ich weiß, was Ihr denkt, Ibn Yakub. Ihr fragt Euch, was geschehen wäre, wenn man uns aus Damaskus vertrieben hätte. Für mich gibt es kaum einen Zweifel, daß das Endergebnis dasselbe gewesen wäre, jedoch erst nach viel Blutvergießen. Die Handlungsweise meines Vaters war nicht allein von den Bedürfnissen seiner Familie bestimmt. Jene Kriege, in denen Gläubige einander bekämpften, waren ihm wirklich zuwider.

Infolge dieser Rivalitäten waren unsere Freiheiten eingeschränkt. Wir durften nicht alleine ausreiten und nach Einbruch der Dunkelheit nicht mehr durch die Stadt streifen. Und wehe uns, sollten wir je die Weinkeller besuchen! Falls wir dieses Verbot mißachteten, so drohte uns mein Vater, würde er uns in aller Öffentlichkeit auspeitschen lassen.

Der Begleitung, die uns aufgezwungen wurde, ist es zu verdanken, daß ich schließlich Polo zu spielen begann. Da al-Adil und ich mehrere Bewacher hatten, beschlossen wir, unsere Vorteile daraus zu ziehen. Täglich ritten wir bei Sonnenaufgang aus dem Bab al-Djabiya hinaus. Zunächst kamen die

Soldaten ihrer Pflicht nach und lehrten uns die Kunst der Schwertführung. Nach einer kurzen Verschnaufpause und allerlei Erfrischungen unterwiesen sie uns dann im Kampf zu Pferde. Am Ende der Übungen schließlich brachten wir die Soldaten dazu, mit uns Polo zu spielten.

Ist es nicht verwunderlich, Ibn Yakub, daß man um so weniger ermüdet, je mehr man sich verausgabt? Nach einem zweistündigen Ritt vermochte ich mühelos den ganzen Tag weiter zu reiten, wohingegen ich mich an Tagen, an denen es mir nicht möglich war, das Haus zu verlassen, lustlos und erschöpft fühlte, genau wie heute. Meine Ärzte preisen Allah und erklären mir, das hätte mit dem Blutstrom in unserem Körper zu tun. Doch sind sie sich da ganz sicher?«

*

Der Sultan verfiel in Schweigen. Da ich vermutete, er sei tief in Gedanken versunken, nahm ich an meinem Text einige kleine Korrekturen vor. Doch als ich mit gezückter Feder zu ihm aufsah, um mit der Arbeit fortzufahren, war sein Auge fest geschlossen. Er schlief.

Bisher habe ich unerwähnt gelassen, daß Salah al-Din nur mit einem Auge sehen konnte. Noch hatte er mir nicht erzählt, auf welche Weise er das andere verloren hatte, und Ibn Maymun hatte mich bereits gewarnt, daß ich dies heikle Thema keinesfalls von mir aus ansprechen dürfte. Als tugendhafter Schreiber verbannte ich alle Neugierde aus meinen Gedanken. Offengestanden hatte ich mich an Salah al-Dins Behinderung gewöhnt und dachte selten darüber nach. Doch als ich ihn in tiefem Schlummer sah, das blinde Auge weit geöffnet, schien es mir, als wäre er halbwach – ein Sultan, der alles sah.

Sein Anblick weckte seltsame Gefühle in mir. Ich wollte unbedingt wissen, wie und wann er die Sehkraft auf diesem Auge verloren hatte. Trug ein Unfall in seiner Kindheit daran Schuld? Wenn ja, wer hatte ihn verursacht? Und wie wirkte sich die Behinderung auf sein Verhalten im Krieg aus? Mein Kopf schwirrte vor lauter Fragen.

Wie lange ich dort gesessen und den schlafenden Sultan betrachtet hatte, weiß ich nicht. Erst nach einem sachten Klopfen auf meiner Schulter wurde ich der Anwesenheit des allgegenwärtigen Shadhi gewahr. Mit einem Finger auf den Lippen gebot er mir zu schweigen und bedeutete mir, ihm nach draußen zu folgen.

Als wir im Hof saßen und die Wintersonne genossen, dabei Brot in Labineh tunkten und mit Radieschen und Zwiebeln verzehrten, brachte ich das Gespräch auf das Auge. Shadhi lächelte, schwieg jedoch. Aber ich blieb hartnäckig.

»Salah al-Din wird es Euch selber erzählen. Über diese Sache reden wir nie miteinander.«

»Warum nicht?«

Dem Greis war keine Antwort zu entlocken. Statt dessen wischte er sich den Joghurt von seinem buschigen Schnauzbart und rülpste. Vielleicht ist er mißgestimmt, dachte ich bei mir. Vielleicht hat irgend etwas seinen Zorn entzündet. Aber ich irrte mich. Einzig das Verbot, über das verlorene Auge zu sprechen, ließ ihn schweigen.

Er wollte von mir wissen, ob ich mit den Aufzeichnungen bereits an der Stelle angelangt sei, wo Ayyub und seine Familie in Damaskus eintrafen. Ich nickte.

»Somit hat Euch der Sultan auch von seinen Eskapaden als Jüngling erzählt?« fragte er mit einem anzüglichen Lächeln.

»Noch nicht.«

»Noch nicht, noch nicht!« ahmte er mich nach und brüllte vor Lachen. »Nie und nimmer werdet Ihr davon aus seinem Munde erfahren. Das Erinnerungsvermögen namhafter Menschen ist immer lückenhaft. Nur zu rasch vergessen sie ihre Vergangenheit, doch das Glück ist mit Euch, mein guter Schreiber, denn Shadhi weilt noch auf dieser Welt. Lassen wir uns zunächst das Lammfleisch schmecken, anschließend werde ich Euch von den Begebenheiten in Damaskus berichten, an die sich unser großer Sultan bestimmt nie mehr erinnern wird.«

Nachdem wir unser Mahl beendet hatten, hob der Alte zu sprechen an: »Ich werde Euch nicht mit Schilderungen unserer ersten Besuche in der Umayyaden-Moschee langweilen, wo die großen Kalifen die Freitagspredigten hielten und die Gemeinde in verhaltener Wut zitterte, als Muawiya das blutgetränkte Hemd des ermordeten Kalifen Uthman hochhielt. Das alles überlasse ich dem Sultan.«

Shadhi lachte laut auf, als hätte er soeben einen vortrefflichen Witz zum besten gegeben. Mit Vorliebe lachte er über seine eigenen Bemerkungen. Mittlerweile hatte ich mich daran gewöhnt, wenngleich mich dieses Verhalten nach wie vor befremdete. Ich rang mir ein Lächeln ab und nickte höflich, um den durchdringenden Blick abzumildern, mit dem er mich nach diesen Lachsalven anzustarren pflegte. Nachdem Shadhi einen weiteren Schluck Joghurt zu sich genommen und sich geräuschvoll die Reste von Mund und Schnauzer gewischt hatte, begann er mit der eigentlichen Geschichte.

*

»Es war ein heißer Sommernachmittag. Jedermann ruhte sich aus. Euer Sultan war vierzehn Jahre alt oder beinahe vierzehn. Diese Hitze wollte er ausnutzen, um sich über die Anordnungen seines Vaters hinwegzusetzen. Er ging zu den Stallungen, und als er sein Lieblingspferd ausgemacht hatte, saß er ohne Sattel auf und ritt ohne Begleitung aus der Stadt hinaus. Es war töricht von ihm, zu glauben, er könne die Tore unerkannt passieren. Zudem war es gefährlich, da sein Vater in der Stadt Feinde hatte. Doch wer kann der ungestümen Jugend Einhalt gebieten?

Die Wachposten am Stadttor merkten auf, denn für gewöhnlich sah man Ayyubs Kinder nicht ohne Begleitung. Ein Wächter eilte unverzüglich zum Haus der Familie und erstattete Meldung. Ayyub wurde aus dem Schlaf gerissen und über das Geschehnis in Kenntnis gesetzt. Seltsamerweise schien er über den Ungehorsam seines Sohnes eher erfreut als verärgert zu sein. Ich bemerkte, wie er lächelte.

Er befahl mir, hinter Salah al-Din herzureiten, jedoch ohne den Eindruck von Hast zu erwecken. Ich sollte ihm folgen und beobachten, wohin er ritt, aber stets angemessenen Abstand zu ihm halten. Mit anderen Worten, ich sollte die Aufgabe eines Spähers übernehmen. Selbstverständlich fügte ich mich.

Salah al-Dins Fährte ließ sich leicht ausmachen. Gleich vor dem Bab al-Djabiya befindet sich ein großer Platz, der von einem Fluß in zwei Hälften geteilt wird. Ihr werdet ihn sehen, wenn Euch der Sultan einmal dorthin mitnimmt. Steht man auf dem Schutzwall der Zitadelle, so kann einem das Licht der untergehenden Sonne Trugbilder vorgaukeln. Dann verwandelt sich der große Platz in einen riesigen grünen, aus edelsten Seidenfäden gewirkten Teppich. Hier spielten Salah al-Din und seine Brüder einst Polo, hier ritten sie um die Wette und erlernten den Umgang mit Schwert und mit Pfeil und Bogen. Der Fluß wird zu beiden Seiten von einem ausgedehnten Pappelwäldchen gesäumt.

In weiter Ferne sah ich Salah al-Din dahingaloppieren, den Kopf unbedeckt und ohne jeden Schutz. Er hielt an und saß ab. Ich tat es ihm gleich und band mein Pferd an einen Baum. Dann folgte ich dem Knaben unauffällig. Schon bald hatte ich einen geeigneten Platz hinter einem Gebüsch gefunden, von wo aus ich ihn unbemerkt beobachten konnte.

Gewiß verliert Ihr allmählich die Geduld mit mir altem Tor, Ibn Yakub, doch bin ich schon fast am Ende angelangt.

Salah al-Din hatte sich seiner Kleider entledigt und sprang in den Fluß. Zunächst schwamm er mit der Strömung, dann aber gegen sie. Ich lachte leise vor mich hin. Was für ein seltsamer Knabe. Weshalb hatte er uns nicht gesagt, daß er einfach nur Lust hatte zu schwimmen? Ein paar Wächter hätten ihn begleitet und ein Auge auf ihn gehabt, bis er sein Bad beendet hatte. Damit wäre die Sache erledigt gewesen.

Gerade wollte ich ans Ufer treten und ihn begrüßen, da bemerkte ich eine Frau, die ihn offenbar ebenfalls beobachtet hatte und sich nun der Stelle näherte, wo der Knabe seine Kleider abgelegt hatte. Sie hob sie auf und legte sie zusammen. Dann setzte sie sich nieder und wartete, daß er aus dem Wasser kam. Salah al-Din schwamm ans Ufer und sagte etwas zu ihr. Ich konnte nicht verstehen, was sie miteinander sprachen, da ich mich wieder versteckt hatte, nachdem ich die Frau erspäht hatte. Sie schüttelte lachend den Kopf. Doch er ließ sich nicht abbringen. Plötzlich sprang sie auf, zog ihre Kleider aus und hüpfte zu ihm ins Wasser.

Sie war eine erwachsene Frau, Ibn Yakub, mindestens doppelt so alt wie der Knabe. Den Rest könnt Ihr Euch denken. Als sie ihr Bad beendet hatten, ließen sie sich von der Sonne trocknen. Dann bestieg diese Hexe den Knaben und lehrte ihn, was es heißt, ein Mann zu sein. Gelobt sei Allah, Ibn Yakub, sie benahmen sich wahrlich schamlos. Unter dem klaren Blau des Himmels, unter den Augen Allahs, der aus Seinem Reich herabblickte, trieben sie es wie die Tiere.

Geduldig wartete ich und hielt jede Einzelheit in meinem Gedächtnis fest, wie es mir von meinem Herrn aufgetragen worden war. Sie ging als erste. Ganz plötzlich schien sie verschwunden. Er lag noch eine Weile da und kleidete sich dann an. Wie Ihr Euch denken könnt, war ich versucht, mich zu erkennen zu geben. Auf diese Weise hätte ich mich für die Episode in Baalbek rächen können, doch mußte ich mich an meine Anweisungen halten. Also ritt ich zur Stadt zurück, ohne abzuwarten, bis der junge Salah al-Din wieder einen klaren Kopf bekommen hatte. Nach meiner Rückkehr versicherte ich dem Vater, daß alles in bester Ordnung sei.

Ayyub, möge er in Frieden ruhen, wollte alles genau wissen. Und ich konnte ihm sämtliche Einzelheiten liefern. Euch habe ich die gekürzte Fassung erzählt, werter Schreiber, doch seinerzeit war mir alles noch frisch in der Erinnerung.

Zu meiner großen Verwunderung klatschte Ayyub in die Hände und schüttete sich schier aus vor Lachen. Vielleicht war er erleichtert, daß es sich um ein Frauenzimmer gehandelt hatte und nicht um einen seiner Soldaten oder eine junge Stute. Sein Gesicht wurde allerdings wieder ernst, als er sagte, es erwarte mich ein grauenvolles Schicksal, sollte auch nur ein Sterbenswörtchen dessen, was ich ihm zugetragen hatte, an Salah al-Dins Ohren dringen.

Es war außerordentlich schwierig für mich zu schweigen. Ich hatte dem Knaben stets nahegestanden, und unter anderen Umständen hätte ich diese Anweisung mißachtet. Doch in Ayyubs Stimme schwang ein Ton, der mich bewog, seiner Anordnung Folge zu leisten. Der großen Versuchung zum Trotz gehorchte ich.«

»Mit anderen Worten: der Sultan weiß bis zum heutigen Tag nicht, daß Ihr Zeuge des Geschehens gewesen seid. Ist das denn möglich?« fragte ich.

Shadhi grinste und bohrte in der Nase.

»Ich paßte den richtigen Zeitpunkt ab und erzählte es ihm in seiner Hochzeitsnacht. Er war heiterer Stimmung und lachte, doch ich hätte ihn besser kennen müssen. Einen Monat danach, als ich gedacht hatte, er habe die Angelegenheit längst vergessen, bat er mich mit ernster Miene um eine Erklärung. Ich kam seiner Bitte nach. Er äußerte sich verwundert darüber, daß ihn seine Eltern nie zur Rede gestellt hatten. Ich zuckte nur die Achseln. Das konnte wohl kaum in meiner Verantwortung liegen.«

Sieben

Das Frühlingsfest in Kairo und ein erotisches Schattenspiel im turkmenischen Viertel mit tödlichen Folgen.

Die Wochen vergingen. Zwar war es kalendarisch nicht mehr Winter, doch der Frühling hatte noch nicht eingesetzt. Noch immer war ich ohne ein Wort von Halima, und meine Trunkenheit ließ allmählich nach. Auf Ibn Maymuns Rat hin hatte ich aufgehört, mich vor Sehnsucht nach ihr zu verzehren. Ich hatte ihn nun seit vielen Tagen nicht mehr gesehen. Was Rachel betraf, so war sie wieder so frohgemut wie eh und je. Unser Leben hatte sich auf den neuen Alltag eingestellt.

Im Palast hatte der Sultan die vertrauenswürdigsten Mitglieder seiner Familie versammelt, um mit ihnen seine Strategie zur Befreiung al-Kadisiyas zu besprechen. Dies war das einzige Mal, daß mir der Zutritt zu seiner Ratskammer verwehrt blieb. Die Beratungen, die dort stattfanden, waren nicht für die Ohren gewöhnlicher Sterblicher bestimmt. Es handelte sich um streng vertrauliche Gespräche. Eine unbedachte Bemerkung oder ein Augenblick gedankenlosen Prahlens, so pflegte der Sultan zu sagen, könnte uns eine ganze Armee kosten und uns um Jahrzehnte zurückwerfen. Dennoch wäre es nicht aufrichtig, wollte ich behaupten, ich hätte diesen Ausschluß mit Gleichmut hingenommen. Hielt ich mich doch für jemanden, der das uneingeschränkte Vertrauen seines Herrschers genießt. Offenbar hatte der Sultan meinen Unmut bemerkt, denn er versuchte mich in meinem verletzten Stolz zu trösten.

»Ibn Yakub. Was Ihr aufschreibt, ist mir, dem Kadi und drei weiteren Personen bekannt. Wenn ich Euch gestatten würde, an unserem Kriegsrat teilzunehmen, wüßte jeder, wer Ihr seid, und das wäre gefährlich. Einer meiner Brüder oder Neffen könnte auf den Gedanken verfallen, Ihr wüßtet um das Geheimnis meiner Nachfolge. Sie könnten Euch foltern oder töten und dann gefälschte Niederschriften vorlegen, mit denen sie das Volk glauben machen könnten, was sie wollen. Versteht Ihr?«

Ich nickte und beugte das Haupt, als ich erkannte, wie wahr seine Worte waren.

Die Einwohner Kairos begrüßten das erste Licht des Frühlings, wie sie es schon seit Hunderten von Jahren taten. Das Volk bemächtigte sich der Stadt, und an jenem ersten Frühlingstag waren alle Menschen gleich. Entweder blieben die Schüler und Studenten den Schulen und höheren Lehranstalten fern, um sich auf die Festlichkeiten am späten Nachmittag vorzubereiten, oder sie kamen und entführten ihre Lehrer, die sie erst gegen Zahlung eines Lösegelds wieder freiließen. Von diesem Geld kauften sie Essen und Wein, an dem an diesem Tag auch die Armen reichlich teilhaben durften.

In den letzten Jahren hatte ich die Straßen gemieden, und zwar seit Rachel von ein paar ausgelassen feiernden Burschen in einen Brunnen geworfen worden war, damit sie ihre Brüste unter den nassen Kleidern besser sehen konnten. Rachels Einwände waren milde gewesen im Vergleich zu meinen, doch dieses Jahr hatte ich beschlossen, den ganzen Tag inmitten des gemeinen Volkes zu verbringen. Wen würden sie diesmal dem Gelächter preisgeben? In den letzten drei Jahren hatte der Kadi al-Fadil herhalten müssen. Die Leute hatten sich über seine Gedichte lustig gemacht, seinen schwülstigen Stil verspottet und seine höfischen Manieren in verletzender Weise nachgeäfft.

Ibn Maymun, der niemals ein Fest versäumte, gestand mir, daß er laut gelacht hatte, als er den Scheinprozeß gegen einen Esel verfolgte. Dem Esel wurde vorgeworfen, einen Prediger angepißt zu haben. Nachdem der Student, der den Kadi spielte, die Ausführungen angehört hatte, befragte er den Esel und verkündete dann sein Urteil. Der Esel müsse öffentlich gedemütigt werden. Sein Penis, die Ursache des Übels, sei in fünf Teile zu schneiden, welche auf einem Teller angerichtet dem gekränkten Prediger darzubringen seien. Überdies werde dem Esel auferlegt, in der Öffentlichkeit zu schreien, und zwar mindestens fünfmal täglich. Auf die Frage, ob er das Urteil annehme, gab der Esel einen lauten Furz von sich.

»Ihre Gedanken und ihre Taten sind keineswegs erhaben«, hatte Ibn Maymun mir bei dieser Gelegenheit gesagt. »Aber nur jemand, der taub und blind ist, würde bestreiten, daß sie weit verbreitet sind.«

Rachel und ich gingen zu dem Platz, wo der große Festzug beginnen sollte. Die lachenden und scherzenden Jugendlichen auf den Straßen trugen in diesem Jahr allesamt dünne Bärte. Schlangenbeschwörer und Jongleure wetteiferten mit Akrobaten, Schlangenmenschen und Zauberkünstlern um die Gunst des Publikums. Überall sah man verzückte Kinder, deren unschuldiges Lachen selbst dem erhabensten Erwachsenen ein Lächeln abnötigte.

Wir kauften Leopardenmasken und hatten sie kaum aufgesetzt, als wir von anderen maskierten Leoparden, großen wie kleinen, umringt wurden. Gerade als wir einander begrüßen wollten, streckte einer von ihnen die Arme aus und faßte nach Rachels Brüsten. Doch sie schlug dem maskierten Übeltäter auf die Hände, woraufhin er Reißaus nahm.

Wer würde zum Emir des Frühlingsfestes erkoren werden? Rachel hatte als erste die Bewerber um dieses »Amt« bemerkt. Ein junger Mann stieg auf die Schultern seiner dicht an dicht stehenden Freunde und begann, die Kandidaten vorzustellen. Nachdem eines jeden Vorzüge gepriesen worden waren, traf die Menge eine eindeutige Entscheidung. Der als Tänzerin verkleidete Transvestit, übertrieben geschminkt und mit Wassermelonen anstelle von Brüsten, wurde unter lautem Beifall zum Emir erklärt. Dann führte man ihn zum Zeremonienmaultier, das für diesen Anlaß rot, gelb, purpurn und mit einem grünen Kreis ums Hinterteil bemalt war.

Mit einem Fächer in der Hand bestieg der Emir das Tier, und die ganze Menge, einschließlich Rachel und mir, begann zu singen und zu tanzen. Der Emir fächelte sich in übertriebener Weise Luft zu, als wäre bereits der Sommer angebrochen. Plötzlich traten vier nackte Männer aus der Menge hervor, die Geschlechtsteile nur mit einem Lendenschurz bedeckt und von Kopf bis Fuß mit einer weißen Flüssigkeit beschmiert. Bei ihrem Anblick brach überschwenglicher Jubel aus.

Zwei der Männer brachten Eisstücke und Krüge mit kaltem Wasser, womit der Emir übergossen wurde. Dann eilten die beiden anderen herbei, flößten ihm warme Suppe ein und legten ihm zum Schutz gegen die Kälte eine Decke um die Schultern.

Als dieses Ritual beendet war, stellten sich die vier nackten Männer vor dem Maultier auf und begannen zu furzen, wobei jeder die Darbietung seines Vorgängers zu übertreffen suchte. Vollkommene Stille herrschte, als wir mit gespitzten Ohren der derben Musik dieser begnadeten Furzer lauschten. Derlei musikalische Darmgeräusche waren bei diesen Anlässen ein hoch geschätztes Ereignis, und das unisono vorgetragene Abschlußcrescendo trug den Künstlern großen Beifall und Gelächter ein. Ihre Vorstellung erwies sich auf merkwürdige Weise als ansteckend, denn die jüngeren unter den Zuschauern versuchten den Rest des Nachmittags, die Meister dieser Kunst nachzuahmen. Glücklicherweise war ihnen nicht allzuviel Erfolg beschieden, so daß wir nicht zu Allah beten mußten, er möge die Luft mit einer frischen Brise reinigen.

Schließlich setzte sich der Festzug in Bewegung, gemächlich und bewußt langsam, damit die Teilnehmer bei den Straßenverkäufern Wein in kleinen Krügen erstehen und zu sich nehmen konnten. Unser Weg schlängelte sich zum großen Platz vor dem Palast des Sultans. Würde er erscheinen und die Menge begrüßen? Dies war das erste Mal, daß er während des Festes höchstselbst in Kairo anwesend war.

In den Jahren davor hatte der Kadi lediglich einen symbolischen Auftritt gehabt. Denn als ihm zur Begrüßung tausend Phallusse entgegengereckt worden waren, hatte er sich rasch zurückgezogen und sich geweigert, vor dem einfachen Volk eine Ansprache zu halten. Da in diesem Jahr der Sultan in der Stadt weilte, wollte der Kadi jedes Wagnis ausschließen. Er konnte nicht zulassen, daß das Fest in eine Orgie ausartete. Schon am Abend zuvor waren seine Aufseher in Begleitung der Ausrufer auf den Straßen erschienen und hatten die Menge gewarnt: Jegliche unzüchtige Zurschaustellung von Körperteilen würde streng geahndet werden. Die Antwort des Volks fiel nicht minder harsch aus: Man hatte einen Transvestiten zum Emir gekürt.

Als wir den Platz vor dem Palast erreichten, verstummte der Lärm. Es war, als ob alle zugleich die Gegenwart des Sultans spürten. Salah al-Din saß auf seinem Pferd, umringt von seinen Leibwächtern. Als der frisch gekürte Emir näher kam, ritt der Sultan ihm entgegen, um ihn zu begrüßen. Zwischen ihnen wurden einige Worte gewechselt, die jedoch für die Außenstehenden nicht vernehmbar waren. Am späteren Nachmittag wurden sie in hundert verschiedenen Fassungen wiedergegeben. Man sah den Sultan lächeln. Danach ritt er in den Palast zurück.

Es sollte noch bis spät in die Nacht hinein gefeiert werden, aber viele von uns waren hungrig und müde und begaben sich bei Sonnenuntergang auf den Heimweg. Rachel und ich hatten die Masken abgenommen. Als ich gerade noch etwas Wein für zu Hause kaufte, tauchte neben mir ein Gesicht auf, das mir bekannt vorkam und mir etwas ins Ohr flüsterte.

»Ibn Yakub, wenn Ihr heute abend richtigen Spaß haben wollt, begebt Euch ins turkmenische Viertel, gleich hinter der al-Azhar. Geht dieses Jahr nicht zum Bab al-Zuweila. Die Schattenspiele sind etwas ganz Außergewöhnliches.«

Noch ehe ich etwas erwidern konnte, war der Mann verschwunden. Warum war mir sein Gesicht so vertraut? Wo hatte ich ihn schon einmal gesehen? Daß ich mich seiner nicht entsinnen konnte, ärgerte mich. Dann, als wir gerade unser Nachtmahl einnahmen, fiel es mir ein, und der Gedanke raubte mir den Atem. Er war einer der Eunuchen. Er hieß Ilmas und arbeitete im Harem. Gelegentlich hatte ich ihn mit Shadhi reden und dem Sultan ins Ohr flüstern sehen. Er war bestimmt ein Spitzel, der die Schattenspieler im Auge behalten und von deren Vorstellung berichten sollte. Er hatte im verschwörerischen Ton zu mir gesprochen, aber war seine heimliche Botschaft in Wirklichkeit nicht doch eine Anweisung des Sultans? Für gewöhnlich wurden Schauspiele nur vor dem Bab al-Zuweila aufgeführt. Wollte mich der Eunuch Ilmas von etwas fernhalten? Schließlich hörte ich auf, mir den Kopf zu zermartern, und beschloß, seinen Rat zu befolgen.

Die Feierlichkeiten erreichten allmählich ihren natürlichen Höhepunkt, während ich durch das Gewirr beleuchteter Straßen zum Bab al-Zuweila zurückging. Beruhigt stellte ich fest, daß dort nichts außerhalb des Gewöhnlichen geschah, und spazierte weiter, bis ich ins turkmenische Viertel gelangte. Im Licht der Lampen saßen die Leute auf dem Platz, aßen und tranken und plauderten über die Ereignisse des Tages.

Dem Klatsch in diesem Viertel zufolge hatte Salah al-Din den »Emir« zu seiner Augenschminke beglückwünscht und gefragt, ob er und seine Freunde mitkommen wollten, um die bevorstehende Befreiung al-Kadisiyas zu feiern. In diesem entscheidenden Moment hatte es unserem Transvestiten offenbar die Sprache verschlagen, und er hatte nur genickt wie ein Kind vor einem großen Zauberer.

Da und dort wehte mir der angenehme Geruch von Haschisch entgegen. In einiger Entfernung sah ich ein großes Gazetuch, hinter dem sich die Umrisse der Musikanten und Schauspieler abzeichneten, die Vorbereitungen für die erste Darbietung des Abends trafen.

Das Stück begann um Mitternacht. Es war die Geschichte einer schönen jungen Frau, die gerade mit ihrem Liebhaber tändelt, als sie von ihrem zornigen Ehemann ertappt wird. Die Menge seufzte voller Anteilnahme, als der Liebhaber erschlagen und die Frau von ihrem Mann weggeschleppt wurde.

Während der Pause war das Schicksal der Frau das einzige Gesprächsthema. Hitzige Wortgefechte schallten über den Platz. Hätte der Ehemann sie ebenfalls umbringen sollen? Warum hatte er den Liebhaber getötet, da doch eigentlich seine Frau die Schuldige war? Warum mußte überhaupt jemand getötet werden? Die Liebe war etwas Großartiges, und kein Gesetz, Allah sei gepriesen, könne verhindern, daß Menschen sich zueinander hingezogen fühlten.

Im weiteren Verlauf des Stücks wurde mir klar, daß wir kein gewöhnliches Märchen sahen. All diese Gestalten schienen mir wohlvertraut, oder war es nur meine Einbildung, die mir Ähnlichkeiten vorgaukelte, wo es keine gab? Doch verriet mir die angespannte Stimmung auf dem Platz, daß ich nicht der einzige war, dem gewisse Zusammenhänge auffielen.

Der zweite Teil der Aufführung zerstreute meine letzten Zweifel. Der Ehemann wurde zu einer öffentlichen Auspeitschung am Bab al-Zuweila verurteilt, die ehebrecherische Frau zu einem lahmen Prediger geschickt, der auf einem Auge blind war. Anstatt geistigen Beistand zu leisten, verführte der Prediger die Frau, und an dieser Stelle begann der Vorhang heftig zu wackeln. Eine schattenhafte Koitusszene begann, wobei eine Gurke den Penis des Predigers symbolisierte.

Wenn derlei Stücke auf ihren obszönen Höhepunkt zusteuerten, ließ sich das Publikum meist mitreißen, brach in unbeherrschtes Gelächter aus und klatschte im Rhythmus mit. Nicht so in dieser Nacht. Als der Priester in die Frau eingedrungen war, stimmten die Musikanten ein düsteres Klagelied an. Diese Vereinigung, so teilten sie uns mit, war keine freudvolle.

In der zweiten Pause herrschte gedämpftere Stimmung. Die Leute unterhielten sich flüsternd. Unglückliche Vorkommnisse wie diese gab es oftmals in der Stadt, doch hier war für jedermann offensichtlich, daß der halbblinde Prediger eine kaum verhohlene Anspielung auf den Sultan war. Deshalb war Ilmas, der Eunuch, darauf erpicht gewesen, daß ich heute abend hierher kam. War das Halimas Rache? Ich spürte eine Hand auf meiner Schulter, und als ich mich umdrehte, blickte ich in Ilmas' grinsendes Gesicht.

»Wie gefällt unserem großen Gelehrten das Stück?«

»Wer hat es geschrieben, Ilmas? Wer?«

»Könnt Ihr es Euch nicht denken?«

Ich schüttelte den Kopf.

»Ich glaube«, flüsterte er, »noch vor Ende der Vorstellung wird klar sein, wer der Urheber ist.«

Die Art, wie er sprach, jagte mir einen Schauder über den Rücken. Mein Gefühl sagte mir, daß ich jetzt gehen und nicht bis zum Ende bleiben sollte. Zwar war ich neugierig, wie es ausgehen würde, doch ich hatte auch Angst.

Der Sultan vertraute mir. Wenn er erfuhr, daß ich bei dieser Aufführung zugegen gewesen war, ohne ihm ausführlich davon zu berichten, würde er vielleicht an meiner Ergebenheit zweifeln. Wenn ich bis zum Ende blieb, würde ich es dem

Sultan erzählen müssen. Doch wenn ich jetzt schon ging, wäre dies ein hinreichender Beweis dafür, daß ich von diesem Stück nicht viel hielt und es nicht der Rede wert befand.

Mit einem knappen Nicken verabschiedete ich mich von Ilmas, der seine Überraschung nicht verbergen konnte, und begab mich auf den Heimweg.

Acht

Die Geschichte des Scheichs, der von seinem Geliebten nicht lassen wollte und daher seine Schwester zwang, den Mann zu heiraten, was für alle drei verheerende Folgen hatte.

»Ihr solltet Euch besser unverzüglich in den Audienzsaal begeben, Ibn Yakub. Der Sultan erwartet Euch. Er ist heute morgen mißgelaunt.«

Shadhis Tonfall beunruhigte mich, doch konnte ich nichts aus seinem Blick lesen. Vermutlich lag es an meinem nur langsam abflauenden Schuldgefühl, weil ich dem Schattenspiel beigewohnt hatte. Gewiß hatte ich den Ton seiner Stimme falsch gedeutet.

Der Sultan blickte fürwahr finster drein. Er war indes nicht allein, vor ihm saß der Kadi al-Fadil. Beide Männer lächelten, als ich den Raum betrat, was mich ein wenig zuversichtlicher stimmte. Ich verneigte mich und nahm meinen Platz vor dem Thron ein.

»Friede sei mit Euch, Ibn Yakub«, begrüßte mich der Sultan. »Ich bin froh, daß Ihr Euch gestern abend den letzten Akt des Schauspiels im turkmenischen Viertel nicht mehr angesehen habt. Wir haben Euch ob Eures ästhetischen Empfindens und Urteilsvermögens bewundert.«

Ich wich dem strengen Blick nicht aus, mit dem mich der Kadi musterte. Wenngleich ein Lächeln seine Lippen umspielte, blieben seine Augen doch kalt.

»Der Eunuch, der das Vertrauen des Sultans mißbraucht hat, wurde am frühen Morgen hingerichtet. Falls Ihr einen Abendspaziergang unternehmt, werdet Ihr sehen, daß sein Kopf nunmehr das Bab al-Zuweila schmückt.«

Ich nickte beifällig. Sollte ich sie fragen, weshalb sich der törichte Ilmas auf dieses Spektakel eingelassen hatte, das ihn schließlich den Kopf kostete, oder war es ratsam zu schweigen? Letztendlich siegte meine Neugier. Ich sah al-Fadil an.

»Warum hatte sich der Eunuch Ilmas entschlossen ...?«

»Die Antwort liefert uns das Schauspiel. Seine Liebe galt Halima, die ihn jedoch etliche Male zurückgewiesen hatte. Daher durfte er sie nur in seinen Träumen besitzen.«

»Genug!« unterbrach Salah al-Din ihn ärgerlich. »Es gibt Wichtigeres zu bereden. Al-Fadil, beginnt. Schreiber, zückt die Feder.«

Der Kadi führte das Glas mit lauwarmem Pfefferminztee an die Lippen und trank es in einem Zug leer, als müsse er sich zusätzlich stärken. Er war ein kränklicher Mann, und Ibn Maymun zufolge ernährte er sich ungesund. Für seine Größe wog er zuviel, und er litt unter geschwollenen Knien. Heute mußte er mehrmals beim Sprechen innehalten und Atem schöpfen.

»Vor einigen Tagen führte ein Mann seine junge, nicht einmal zwanzigjährige Schwiegertochter einem meiner Aufseher vor und beschuldigte sie des Ehebruchs. Sie bekannte, einen Geliebten zu haben, doch nur deshalb, fügte sie beteuernd hinzu, weil ihr Mann sich weigere, mit ihr die Ehe zu vollziehen. Da dies nach unseren Gesetzen einen Ehebruch nicht rechtfertigt, blieb mir keine andere Wahl, als sowohl das Mädchen wie auch ihren Liebhaber zum Tode durch Steinigung zu verurteilen.

Es handelt sich um die jüngere Schwester von Sayed al-Bukhari, der einer unserer angesehensten und ehrwürdigsten Scheiche ist. Diese Angelegenheit, Herrscher der Tapferen, erfüllt mein Herz mit Trauer. Die endgültige Entscheidung liegt bei Euch. Al-Bukhari harrt Eures Urteils, und ich habe mir erlaubt, ihn mitzubringen. Am besten hört Ihr die Geschichte von ihm selbst anstatt von mir. Seine Worte haben größeres Gewicht, wenn sie aus seinem eigenen Mund kommen. Wie ist es dem Sultan genehm?«

Salah al-Din schwieg. Er überlegte. Woran mochte er denken? Wahrscheinlich versuchte er sich darüber klar zu werden, ob er diese Sache nicht besser dem Kadi überlassen sollte, denn dann trüge dieser die Verantwortung für eine vermutlich unliebsame Maßnahme.

»Laßt al-Bukhari eintreten. Wir werden uns seinen Fall anhören.«

Kurz darauf wurde ein großer, kräftig gebauter Mann, der zu stolz war, um sich das weiße Haar zu färben, in den Raum geführt. Er fiel auf die Knie und berührte die Füße des Sultans mit der Stirn.

»Es schmerzt mich, daß wir uns unter solchen Umständen wiedersehen, al-Bukhari«, begrüßte ihn Salah al-Din mit ungewöhnlich sanfter Stimme. »Eure Anwesenheit bei unseren abendlichen Gesprächen vor einigen Jahren ist mir noch gut in Erinnerung. Da ich Eure Worte einst sehr schätzte, bin ich bereit, mir Eure Geschichte anzuhören. Erklärt mir, weshalb Eure Schwester nicht bestraft werden soll, wie es unser gnädiger Kadi verfügt hat.«

Dankbar blickte der Scheich seinen Herrscher an. Als er zu sprechen anhob, spielte ein trauriges Lächeln um seine Lippen:

»Wenn jemand bestraft werden muß, o gnädiger Sultan, dann nicht meine unglückselige Schwester, sondern ich. Ich allein trage Schuld an dem schrecklichen Schicksal, das über sie gekommen ist.

Vor ungefähr fünf Jahren betrat ein geheimnisvoller Besucher den überfüllten Raum, in dem ich regelmäßig über die Hadithe sprach, die mein großer Vorfahr einst niedergeschrieben hatte, und in dem ich Deutungen und Erläuterungen dazu vortrug. Allah möge mir verzeihen, denn ich ahnte nicht, daß ich im Begriff war, meinen Vorfahren zu entehren.

Der Unbekannte zog die Aufmerksamkeit aller Anwesenden auf sich. Er war ein Mann von hinreißendem Äußeren. Seine funkelnden grauen Augen ließen sein blasses Gesicht leuchten, und sein Haar hatte die Farbe von Weizen. Eine stumme Frage stand den Gläubigen ins Gesicht geschrieben: Wer ist das?

Er war im Kindesalter nach Kairo gelangt, auf einem Handelsschiff aus dem Land der Franken. Als sein Vater, ein genuesischer Händler, unerwartet starb, lehnten die Matrosen jegliche Verantwortung für den Knaben ab. Dem einfältigen Aberglauben jener Leute zufolge brachte es Unglück, mit einem Waisenkind zu reisen. So nahm ein Händler in der

Straße der Schwertschmiede den damals sieben- oder achtjährigen Knaben an Kindes Statt an. Die erste Frau dieses Mannes, die selbst kinderlos geblieben war, kümmerte sich liebevoll um den Knaben, und er wuchs, Allah sei gepriesen, wie ein leiblicher Sohn der Familie heran. Als das Kind beschnitten werden sollte, wurde Abu Daniyal, der Barbier Eurer Hoheit, damit beauftragt, das Ritual zu vollziehen.

Der Knabe wurde Jibril genannt, was ihn sehr erfreute, da dies die ursprüngliche Form des Namens war, den man ihm bei seiner Geburt gegeben hatte: Gabriel. Nachdem er unsere Sprache erlernt hatte, erzählte ihm seine Ziehmutter viel von seiner leiblichen Mutter und seinen Schwestern, die er sehr vermißte. Sie hatten ihm ihr Wort gegeben, sich um seine Rückkehr nach Genua zu bemühen, sobald er erwachsen war. Dank der glänzenden Ausbildung, die ihm zuteil wurde, merkte man ihm bald kaum noch an, daß er nicht einer der Unseren war.

Er wuchs zu einem außerordentlich fähigen Logiker heran, der den Schriften unserer Glaubensbrüder in al-Andalus sehr zugetan war. Aufgrund ebendieser Vorliebe für Fragen der Logik schickten ihn seine Freunde in meinen Unterricht, weil sie glaubten, ich könnte ihn von seiner ketzerischen Neigung heilen. Vielleicht wäre es mir gelungen, wenn er nicht solch ein schöner junger Mann gewesen wäre. Sein plötzliches Erscheinen aber verwirrte mich zutiefst.

Künftig suchte er mich zweimal wöchentlich auf, setzte sich mir zu Füßen und lauschte begierig meinen Worten. Bildete ich es mir nur ein, oder flackerte in seinen leuchtenden, stets fragenden Augen zuweilen wirklich so etwas wie Pein auf?

Im Gegensatz zu den anderen Zuhörern, die mich nach meinem Vortrag höflich um Klärung dieser oder jener Einzelheit baten, befragte mich der junge Jibril in einer Weise, die jeglichen klaren Gedanken in mir zunichte machte.

Eines Tages verspäteten sich alle Hörer zu meiner Vorlesung. Als sie schließlich eintrafen, stellte ich verwundert fest, daß sie allesamt betrunken waren, und Jibril war nackt. Seine Kumpanen lachten, doch er schien nicht zu bemerken, daß er den Anlaß für ihre Heiterkeit lieferte. Als ich ihn um eine

Erklärung bat, entgegnete er, sie hätten versucht, mit einer kräftigen Dosis eines gegorenen Gebräus aus Cashewnüssen ihr Gedächtnis zu schärfen. Doch alle außer ihm seien um den Verstand gebracht worden, nur er habe einen klaren Kopf behalten. Daraufhin schlang ich ein Laken um ihn und brachte ihn zu Bett.

Da ich den Sultan oder seinen ehrenwerten Kadi nicht zu belügen vermag, muß ich bekennen, daß ich von dem Wesen dieses jungen Mannes gänzlich verzaubert war. In seiner Gegenwart redete ich, als wäre er der einzige im Raum.

Das alte Leiden, das von den Götzen verehrenden Yunanis und den verfluchten Rumis in unser Land eingeschleppt worden war, hatte sich meiner bemächtigt. Jibril wurde ohne eigenes Zutun der Quell meines Elends. Seine Abwesenheit bereitete mir derart unerträglichen Schmerz, daß ich auf die Knie fiel und rief: ›O Allah, weshalb strafst du deinen Sklaven so grausam?‹

Als ich einmal allein war, kam er in mein Haus. Offenbar standen mir all die Gefühle, die mein Herz zu verleugnen suchte, ins Gesicht geschrieben. Er deutete meine Miene richtig und gestand mir seine Zuneigung. Möge Allah mir verzeihen, doch wir wurden Liebende. Seine erwachende Leidenschaft erregte mich solchermaßen, daß ich mich im siebten Himmel wähnte. Wir hatten uns an den verbotenen Früchten gelabt, und unser Gewissen verlor sich in einem unendlichen Abgrund. Alles, was um uns herum geschah, war belanglos geworden.

Dem Gesicht unseres ehrenwerten Kadis entnehme ich, daß ihn mein freimütiger Bericht nur mit Abscheu erfüllt. Daher werde ich mich in diesen Dingen kurz fassen. Ich bin, was ich bin, doch nach wie vor zähle ich mich zu den Euren und bitte um Euer Verständnis.

Schon bald ertrug ich es nicht mehr, von Jibril getrennt zu sein, und überlegte, wie es zu bewerkstelligen sei, auf immer mit ihm zu leben. Als ich ihn einmal im Gespräch mit meiner Schwester sah, verfiel ich auf den unheilvollen Gedanken. Sie ist ein schönes Mädchen, und ich begriff, daß sich ihre Gefühle für Jibril nicht von den meinen unterschieden. Weshalb sollte er sie nicht heiraten? Dann konnte er mit uns unter einem Dach leben, ohne lästerliche Reden fürchten zu müssen. Offen gestanden hätte ich nicht einmal etwas dagegen gehabt, ihn mit meiner Schwester zu teilen.

Jibril stimmte dem Plan zu, und die Hochzeit fand statt. Er zog in unser Haus ein, doch bereits in der ersten Woche deutete alles darauf hin, daß meine Schwester unglücklich war. Jibrils Worte waren ihr nur ein schwacher Trost, denn er empfand nichts für Frauen, nicht einmal ein Quentchen Zärtlichkeit. Darin lag der eigentliche Grund für diese Katastrophe. Meine Schwester nahm sich einen Liebhaber, und Jibril und ich genossen unser Glück.

Wir genügten einander. Unsere Selbstsucht ließ nicht etwa nach, sondern wuchs mit jeder Stunde. Nichts und niemand schien uns etwas anhaben zu können. Der Chamsin wehte uns den Sand ins Haar, und unsere Kehlen dörrten aus. Die Sterne am Nachthimmel erglühten und verloschen wieder. Meine Schwester saß geduldig am Fenster und wartete auf die nächste Nachricht von ihrem Liebhaber; der Herbst kam und ging, und ihm folgte ein kalter regnerischer Winter. Nie quälte uns die Kälte der Nacht. Nicht ein einziges Mal störte das Bellen der Hunde unseren Frieden. Jibril beherrschte die Kunst der Liebe und lehrte mich die Freuden unterwürfiger Zärtlichkeit.

Erst als der gnädige Kadi, Allah möge ihm innere Stärke verleihen, eines Morgens nach mir schickte, erfaßte mich bange Unruhe. Alles weitere ist Euch bekannt.

Euch zu Füßen neige ich mein Haupt, gütiger Herrscher, ich überantworte Euch mein Leben und nehme jede Strafe an, die Ihr verfügt. Doch flehe ich Euch an, im Namen Allahs, erspart meiner Schwester weitere Demütigungen. Sie hat bereits genug erdulden müssen durch meine Sündhaftigkeit.«

Schweigend blickte der Sultan zu Boden. Die Schilderung dieser tiefempfundenen Liebe hatte ihn anscheinend berührt. Der Kadi und ich wechselten einen Blick. Wie mochte er wohl entscheiden? Würde er Jibril zu sehen wünschen und ihn als Diener im Palast behalten?

»Eines ist mir klar, Sayed al-Bukhari: Eure Schwester hat keinerlei Strafe verdient. Al-Fadil, sorgt noch heute für ihre Freilassung. Stellt zudem sicher, daß ihr Geliebter sie unter den Augen Allahs und mit Seinem Segen ehelicht. Mit Euch, Sayed al-Bukhari, und Jibril verhält es sich schwieriger. Als Gelehrter könnt Ihr mir vielleicht helfen. Gibt es einen Hadith, der uns die Entscheidung erleichtert? Ich habe die meisten Hadithe selbst studiert, doch fällt mir keiner ein, der einen ähnlichen Fall behandelt.

Während Ihr über meinen Wunsch nachdenkt und andere Gelehrte zu Rate zieht, ist, so denke ich, für Jibrils Familie der Zeitpunkt gekommen, ihr Versprechen einzulösen. Jibril soll in seinen Geburtsort zurückkehren, dort seine Schwestern treffen und lange Zeit bei ihnen verweilen. Habe ich mich klar ausgedrückt?«

Unser bärtiger Gelehrter war mit der Absicht in den Palast gekommen, seine Schwester vor der Steinigung zu bewahren, und hatte fest damit gerechnet, daß er dafür sein Haupt und vielleicht auch das seines jungen Geliebten opfern mußte. Als er erkannte, daß der Sultan ihn letztlich begnadigt hatte, strömten ihm Tränen der Dankbarkeit über die Wangen und benetzten seinen Bart. Er verneigte sich und küßte Salah al-Dins Füße.

Keiner von uns sprach ein Wort, nachdem der sichtlich erleichterte Gelehrte gegangen war. Es war Zeit für das Mittagsmahl, und ich erhob mich zum Gehen. Zu meinem Erstaunen bat mich der Sultan, zu bleiben und mit ihm und dem Kadi zu speisen.

Als wir aus dem kühlen Halbdunkel des Audienzsaals traten, empfingen uns gleißendes Sonnenlicht und heiße Windböen, Vorboten künftiger Unbilden der Witterung. Der Kairoer Sommer war nicht mehr fern.

Kaum hatten wir den Speisesaal betreten, eilte Afdal, der älteste Sohn des Sultans, herbei und umarmte seinen Vater. Dann verneigte er sich vor uns. Salah al-Din setzte eine strenge Miene auf.

»Weshalb bist du heute nicht ausgeritten?«

»Weil ich noch schlief. Die anderen sind ohne mich aufgebrochen.«

»Mir wurde die Geschichte aber anders zugetragen. Es heißt, daß Shadhi und Othman nichts als Frechheiten zu hören bekamen, als sie dich wecken wollten. Richtig oder falsch?«

Afdal fing an zu lachen.

»Beides. Um mich wachzubekommen, hat Othman mir kaltes Wasser über den Kopf gegossen, während Shadhi hinter ihm stand und sich krümmte vor Lachen. Unter diesen Umständen, Abu, fiel es mir schwer, sowohl meine Zunge im Zaum zu halten als auch mit ihnen auszureiten.«

Die wachen Augen des Zwölfjährigen funkelten schelmisch. Er blickte dem Vater keck ins Gesicht in Erwartung einer Erwiderung. Doch Salah al-Din lächelte nur und strich dem Knaben über das Haupt.

»Heute abend wirst du mit mir zur Zitadelle reiten.«

»Wann wird sie fertig sein, Abu?«

»Wenn ich tot bin und du, so Allah dies will, meinen Platz eingenommen hast. Du wirst die Fertigstellung feiern. Verstehst du?«

Afdals Gesicht verfinsterte sich. Er griff nach der Hand des Vaters und nickte. Daraufhin umarmte ihn der Sultan und führte ihn behutsam hinaus.

Die Speisen, die sich uns auf dem Fußboden darboten, ließen sich beileibe nicht als Festschmaus bezeichnen. Die Anspruchslosigkeit des Sultans wurde vom Volk gerühmt, denn der Unterschied zu den Kalifen in Bagdad oder zu Salah al-Dins Vorgängern in Kairo hätte nicht größer sein können. Diese Wertschätzung wurde ihm indes nicht von allen entgegengebracht. Diejenigen, die den Haushalt des Sultans führten, und insbesondere al-Adil, sein Bruder, spotteten über seine asketischen Mahlzeiten und weigerten sich des öfteren, mit ihm zu Tisch zu sitzen. Salah al-Din begnügte sich mit einer Mahlzeit pro Tag, die er meist am Abend zu sich nahm.

Man trug Weizenbrot auf, das in einen einfachen Bohneneintopf getunkt wurde. Dazu gab es frische Gurken, Zwiebeln, Knoblauch und Ingwer und sonst nichts. Da der Kadi unter chronischen Verdauungsstörungen litt, durfte er auf Anweisung Ibn Maymuns keine Bohnen essen. Wie allgemein bekannt, verstärken sie dieses Leiden nur noch. Während der

Sultan und ich uns mit Hingabe an dem Eintopf gütlich taten, brach der Kadi etwas Brot, knabberte an einer Gurke und trank ein Glas Tamarindensaft.

Im Lauf unserer Mahlzeit verschlechterte sich seine Laune zusehends. Der Sultan erkundigte sich, ob seine Verstimmung von der mangelnden Vielfalt an Speisen herrührte.

»Dem Sultan ist bekannt, daß ich den ärztlichen Anweisungen von Ibn Maymun Folge leisten muß. Er hat mir eine strenge Diät verordnet und mir auferlegt, weniger zu essen. Nein, nicht das Essen versetzt mich in Sorge, sondern die unmäßige Großmütigkeit Eurer Hoheit.«

Den Kadi bekümmerte, daß der Sultan Sayed al-Bukhari begnadigt und damit, seinem Empfinden nach, einen unglückseligen Präzedenzfall geschaffen hatte. Schweigend hörte der Sultan seine Beschwerde an. Der Tisch wurde abgeräumt und eine Schale mit Früchten aufgetragen, doch der Sultan hatte noch immer nichts erwidert, und auch der Kadi und ich schwiegen. Als der Kadi die bedrückende Stille nicht länger ertrug, verneigte er sich und verließ den Raum. Kaum war er draußen, brach der Sultan in schallendes Gelächter aus.

»Mittlerweile kenne ich alle seine Schliche. Seine Sorge gilt nicht der Sache mit al-Bukhari. Im Gegenteil, er ist ganz zufrieden mit unserer Entscheidung. Habt Ihr gewußt, Ibn Yakub, daß al-Fadil des öfteren al-Bukharis Vorlesungen gehört hat? Sie standen einander recht nahe. Doch wenn das Volk sich beklagt, daß der Scheich zu milde davongekommen sei, stößt der Kadi einen Seufzer aus, pflichtet seinen Gesprächspartnern bei und erklärt ihnen, daß das eigentliche Problem der Sultan sei, der bisweilen zu große Nachsicht an den Tag lege. Außerdem wird er darauf bestehen, das nächste Vergehen mit aller Härte zu bestrafen, damit unser Ansehen wieder hergestellt ist.

Aber nun möchte ich gern etwas von Euch wissen, Ibn Yakub, und zwar die Wahrheit. War die Mahlzeit, die wir soeben zu uns genommen haben, ausreichend, oder hättet Ihr, wie Ihr es sonst zu tun pflegt, lieber mit Shadhi gewetteifert, wer mehr Fleisch von einer Lammkeule abreißen kann? Sagt die Wahrheit!«

Ich beschloß zu lügen.

»Das Mahl war mehr als ausreichend, Herrscher der Großmütigen. Es hätte von Ibn Maymun zubereitet sein können. Ihm dient Essen allein dem Zweck, unseren Geist und Körper gesund zu erhalten. Wenn Ibn Maymun bei uns zu Gast ist, reicht meine Frau niemals Fleisch.«

Salah al-Din lächelte.

Neun

Salah al-Din wird von seiner Geliebten um eines älteren Mannes willen verlassen, woraufhin er sich in einer Taverne betrinkt.
Sein Onkel Chirkuh beschließt, ihn abzulenken, und nimmt ihn zu einem kurzen Eroberungsfeldzug nach Ägypten mit. Dies führt letztlich dazu, daß Salah al-Din der Wesir am Hof des fatimidischen Kalifen wird.

»Ich wollte Damaskus nicht verlassen. Könnt Ihr Euch das vorstellen, Ibn Yakub? Ich hatte die Stadt liebgewonnen. Dem Verbot meines Vaters zum Trotz hatte ich jedes Viertel und jede Straße erkundet, meist allein, aber manchmal auch in Begleitung meines Bruders. Dabei gaben wir immer ein paar Bettlern Geld, damit sie uns ihre Kleider überließen. Diese einfache Tarnung bot uns Schutz vor möglichen Attentaten, so daß wir nach Lust und Laune durch die Stadt streifen konnten.

An einem Sommerabend sah ich die Kuppel der Umayyaden-Moschee im Licht des Vollmondes erstrahlen. Dann sah ich barfüßige Arbeiter, die mit Ziegelsteinen beladene Bretter auf dem Kopf balancierten, was recht gefährlich aussah. Vielleicht bauten sie ein fünfstöckiges Haus für einen Kaufmann. Mit Vorliebe warf ich Steine in die Gräben vor den alten Mauern von Damaskus. Ich sah Frauen, deren klare Augen die Farbe von Meerwasser hatten und die auf dem Marktplatz für Beutel voller Dinare gekauft und verkauft wurden. Ich bin Kairo sehr zugetan, aber laßt Euch davon nicht täuschen. Damaskus ist das Herz unserer Welt. Und seine Ängste und Sorgen wurden die meinen.

Bis dahin war Baalbek mein Lieblingswohnsitz gewesen, doch das änderte sich, und den Grund dafür kennt Ihr genau, nicht wahr, mein guter Schreiber? Shadhi hat Euch von meiner ersten Liebe erzählt. Ihr scheint verlegen zu sein, doch war es besser, daß Ihr es von ihm anstatt von mir erfahren habt. Meine Erinnerungen daran sind inzwischen nur mehr verschwommen. Allerdings entsinne ich mich noch gut des Tages, an dem sie mich verließ, nicht wegen der Trennung an sich, sondern weil sich draußen vor den Stadtmauern etwas ereignete, was so viel bedeutsamer war als unser armseliges Dasein.

Sie war eine erwachsene Frau, etwa zehn Jahre älter als ich, vielleicht sogar noch mehr. Sie verschaffte mir große Wonnen und lehrte mich, den weiblichen Körper zu genießen. Eines Tages hatten wir uns für kurz nach Sonnenaufgang verabredet, doch als ich zu der Lichtung am Fluß ritt, war sie nicht da. Ich wartete und wartete. Gerade als ich wieder umkehren wollte, kam sie herbeigeeilt, atemlos und mit verquollenem Gesicht. Sie hatte geweint. Da erkannte ich, daß auch dieses Glück zu Ende gegangen war. Sie küßte mich auf die Wangen, dann auf die Augen. Sie hatte einen Mann ihres Alters gefunden, und im Vergleich zu ihm erschien ich ihr wohl ein wenig langweilig.

Natürlich geriet ich außer mir, aber wie sollte ich meinen Schmerz lindern? Ich konnte mich niemandem anvertrauen, denn da ich in jenem Alter in einer Traumwelt lebte, glaubte ich, niemand wisse darum und es sei unser beider Geheimnis.

Voller Zorn und Eifersucht ritt ich nach Damaskus zurück, vergoß Tränen der Bitterkeit und Trauer. Ich war so in meinen Gedanken gefangen, daß ich nichts um mich herum wahrnahm. Wieder zu Hause zog ich mich um und zerrte meinen Bruder aus dem Bett. Wir gingen in die einzige Taverne der Stadt, die bereits vor der Mittagszeit öffnete. Sie lag im Christenviertel und wurde von Armeniern betrieben. Diese Leute stellten nicht nur keine Fragen, sie schenkten auch einen der besten Weine in Damaskus aus. Es war kein von Kaufleuten eingeführter Wein aus den Ländern der Franken, sondern aus den Reben von Taif gekeltert, die auf den Weinbergen des Hochlands bei Mekka wachsen. Diesem Wein von Taif sagt man nach, er sei so stark, daß er Zwerge in Riesen verwandeln könne.

Als Adil und ich in der Taverne eintrafen, war sie so gut wie leer. Lediglich ein paar Eunuchen hielten sich dort auf, um sich von einer anstrengenden Nacht irgendwo in der Stadt zu erholen, und sie waren zu berauscht, um uns Beachtung zu schenken. So begannen wir, Wein zu trinken, was uns nach unserem heiligen Buch untersagt ist. Adil spürte, daß ich betrübt war, wagte aber nicht nachzufragen. Von Zeit zu Zeit warf er mir einen verstohlenen Blick zu und drückte mir tröstend den Arm. Er wußte um meine Nöte, allein aus einem untrüglichen Gefühl heraus, so wie ich es wußte, wenn er in ein Männerbordell ging und sein Herz an einen jungen Flötenspieler verlor. Auch wenn er den genauen Grund für meine Trauer nicht gekannt haben mochte, war für ihn doch offensichtlich, daß ich an gebrochenem Herzen litt.

Allmählich tat der Wein seine Wirkung. Die Kellnerin, die die Krüge brachte, begann sich vor meinen Augen zu verwandeln. War sie eine Gazelle? Ich wurde blind für die Welt um uns herum. Bald sangen wir aus dem Stegreif Lieder über Frauen, die ihre Liebhaber betrogen, über die Rache der Hintergangenen und das Mißfallen des Kadis. Man setzte uns etwas zu essen vor, und wir aßen, ohne zu wissen, was wir eigentlich zu uns nahmen. Danach sangen wir wieder, und diesmal stimmten die Eunuchen in unsere Lieder ein. Ich kann mich heute nicht mehr entsinnen, wie lange wir dort waren, doch erinnere ich mich, wie Shadhi, mein Schutzengel Shadhi, mich am Arm packte und aufweckte. Wenn ich die Augen schließe, sehe ich noch immer sein besorgtes Gesicht vor mir und höre seine geflüsterten Worte: ›Yussef Salah al-Din. Yussef Salah al-Din. Es ist Zeit, nach Hause zu kommen.‹

Beim Gedanken daran zittere ich noch heute vor Scham. Wißt Ihr warum, Ibn Yakub? An jenem Tag stand Nureddin, unser großer Sultan von Aleppo, der älteste Sohn des erschlagenen Kriegers Zinki, vor den Toren von Damaskus. Er wollte die Stadt einnehmen, und an seiner Seite ritt mein Onkel Chirkuh. Drinnen befehligte mein Vater Ayyub das Heer seiner Feinde, der Herrscher von Damaskus.

Zwei Wochen vor dem besagten Tag hatte mein Onkel meinem Vater heimlich einen Boten geschickt, um ihn vorzuwarnen. Die beiden Männer wußten, daß sie niemals zum Kampf gegeneinander antreten würden. Wie üblich war das wichtigste Anliegen meines Vaters, Blutvergießen zu vermeiden. Also handelte er eine Übereinkunft aus, die auch für die Herrscher von Damaskus annehmbar war. Kein Blut befleckte an jenem Tag unsere Straßen. Nureddin eroberte die Stadt ohne Widerstand. Und all dies ereignete sich, während ich mich dem Wein hingab und in Selbstmitleid versank.

Ich kam gerade noch rechtzeitig, um zu sehen, wie sich Chirkuh und mein Vater auf dem Wall der Zitadelle umarmten. Zuerst glaubte ich an ein Trugbild, doch dann hob mich mein Onkel vom Boden hoch. Er drückte mich so heftig an sich, daß sich mir der Magen umdrehte und der Taif-Wein mich ins denkbar schlechteste Licht setzte. Vor den Füßen meines Onkels übergab ich mich. Das einzige, woran ich mich noch erinnere, ist der entsetzte Blick meines Vaters und Shadhis schallendes Gelächter.

Nureddin war der erste Herrscher, der einen Plan verfolgte, um die Gläubigen zu vereinen und die Franken zu vertreiben. Seiner Ansicht nach würden die Franken stets unsere Schwächen und Rivalitäten ausnutzen, solange nicht alle Macht in den Händen eines einzigen Kalifen gebündelt wäre. Nureddin hätte seinem berühmten Vater nicht unähnlicher sein können. Während Zinki sich in seiner Strategie von seinem Gespür hatte leiten lassen, suchte sein Sohn den Rat seiner Truppenbefehlshaber und Emire. Er prüfte jede Einzelheit, erwog sämtliche Möglichkeiten und studierte gewissenhaft die eigens für ihn angefertigten Landkarten, ehe er zu einer Entscheidung gelangte. Im Gegensatz zu seinem Vater ließ er nie auch nur einen Tropfen Wein seine Lippen benetzen.

Nureddin war entschlossen, das Königreich al-Kadisiya zu erobern. Zu diesem Zweck brauchte er ein mächtiges und verläßliches Misr, dessen Herrscher stark genug war, die fränkischen Angriffe auf Kairo abzuwehren. Misr zeichnete sich durch große Reichtümer und schwache Herrscher aus. Eine schöne Braut, die auf einen Bräutigam wartete.

Ich erinnere mich, daß der Sultan meinen Onkel Chirkuh oftmals fragte: ›Gibt es Kunde aus Misr?‹, worauf Chirkuh mit einem seltsamen Gesichtsausdruck den Kopf schüttelte. ›Erwartet keine gute Nachricht von dort, Herr. Der misrische

Kalif al-Adid ist süchtig nach Haschisch und Bordellen und umgeben von Müttern und Großmüttern, die den ganzen Tag nur Komplotte und Intrigen schmieden. Der eigentliche Herrscher ist der Wesir, und dessen Nachfolger ist für gewöhnlich sein Attentäter.‹

Doch eines Tages erhielten wir Nachricht aus Misr. Es war im Sommer des Jahres 1163, und im Palast herrschte heller Aufruhr. Es hieß, der erste kürzlich abgesetzte Wesir Chawer habe sich retten können und sei in Damaskus eingetroffen. Einige Tage später erschien ein offizieller Bote aus Kairo mit einem Brief von Dirgham, dem neuen Wesir. Er überreichte dem Sultan eine große, mit Edelsteinen besetzte Elfenbeintruhe, die einige der erstaunlichsten Diamanten enthielt, die man in unserer Stadt je gesehen hat.

Nureddin lächelte und übergab die Truhe seinem Sekretär mit der Anweisung, sie in die große Staatsschatzkammer zu bringen. Der Begleitbrief enthielt weitere reizvolle Verheißungen und die Bitte, der Sultan von Damaskus möge Chawer keine Gunst erweisen. Daraufhin rief Nureddin meinen Vater und meinen Onkel zu sich in die Ratskammer.

›Ich denke, wir sollten Misr einnehmen. In welchem Zustand muß ein Land sein, dessen Herrschern uns anflehen, sie und nicht einen abgesetzten Wesir zu unterstützen? Ein ähnliches Angebot werden sie auch den Franken unterbreiten. Es ist unsere vordringliche Aufgabe, unserem Feind in Kairo und Iskanderiya zuvorzukommen. Chirkuh, Ihr werdet unsere Soldaten mit der Tapferkeit eines Berglöwen anführen.

Verfahrt mit Chawer wie mit einer saftigen Dattel auf einem langen Wüstenmarsch. Wenn er nicht mehr von Nutzen ist, spuckt ihn aus wie die Samen der Frucht. Zögert nicht. Er hat uns ein Drittel der Getreideeinnahmen Kairos versprochen. Nehmt ihn beim Wort!‹

Chirkuh bestand darauf, daß ich ihn begleitete. Doch ich sträubte mich. Nicht etwa, weil ich mich nicht mit dem Gedanken zu kämpfen anfreunden konnte. Nein, ich hatte es mir vielmehr zur Gewohnheit gemacht, abends ein paar Freunde zu treffen, mit denen zusammen ich mich ketzerischen Gedanken hingab, Gedichte vortrug und über die Dichtkunst disputierte. In manchen Nächten begab ich mich zu einem heimlichen Stelldichein in die Nähe der öffentlichen Bäder, wo ich Blicke und manchmal auch ein wenig mehr mit einer jungen Frau austauschte, die zu heiraten mir nicht gestattet war.

Daß mein Vater das Ansinnen meines Onkels so begeistert aufnahm, ärgerte mich etwas. Mir blieb nicht einmal Zeit, Abschied zu nehmen. Shadhi wurde mitgeschickt, um ein Auge auf mich zu haben. Bereits drei Tage, nachdem die Entscheidung getroffen war, befanden wir uns auf dem Weg nach Kairo. Ayyub und Chirkuh ergänzten sich hervorragend. Der ›Berglöwe‹ war unbezähmbar, leidenschaftlich, wagemutig und unbesonnen. Mein Vater hingegen war listig, doch gleichermaßen umsichtig. Er verstand sich meisterhaft auf die Organisation der Truppenversorgung. Dank ihm waren die Schwertschmiede und Zeltmacher auf Chirkuhs Anforderungen vorbereitet. Er sorgte dafür, daß ihnen genug Rohmaterial zur Verfügung stand, um unseren Feldzug mit allem Notwendigen auszustatten.

So begann eine Reise, die letztlich hier in diesem Palast endete. Hätte ein Freund zu jener Zeit im Scherz gesagt, daß ich es eines Tages bis zum Sultan bringen würde, so hätten mein Onkel und Shadhi den ganzen Weg bis Misr nur gelacht.

Der Lauf unseres Lebens liegt niemals ausschließlich in unserer eigenen Hand, Ibn Yakub. Allah lenkt unsere Schritte in diese oder jene Richtung, und Mut und Geschick unserer Befehlshaber können in einer Schlacht die Wende herbeiführen, doch letzten Endes liegt vieles in der Hand des Schicksals. Zuförderst hängt unsere Zukunft davon ab, wer auf dem Schlachtfeld überlebt, oder auch davon, auf welchen Wegen wir dorthin gelangen. Diese grundlegende Erkenntnis wurde mir bei meinem ersten Feldzug zuteil.

Wir ritten fünfundzwanzig Tage, folgten den Pfaden des alten Wadi nach Akaba Eyla am Roten Meer. Dort sollte unser längster Aufenthalt beim Marsch nach Kairo sein.

Es ist nicht leicht, Ibn Yakub, mit über neuntausend Mann und derselben Anzahl an Pferden und Kamelen von Damaskus nach Kairo zu marschieren und zudem den marodierenden Truppen der Franken auszuweichen. Wir hätten sie zwar schlagen können, doch hätte uns das Zeit gekostet und von unserer eigentlichen Aufgabe abgelenkt.

Unsere beduinischen Führer kannten sämtliche Wege durch die Wüste. Fünfundzwanzig von ihnen gehörten unserer Armee an. Sie brauchten weder Karten noch Himmelsgestirne, um sich zu orientieren. Sie kannten die Lage jeder Oase. Nicht einmal das kleinste Wasserloch entzog sich ihrer Kenntnis. Ohne dieses Wissen hätten wir unsere Ziegenhautschläuche nicht ein ums andere Mal wieder auffüllen können. Jeder Soldat fürchtet zu Recht den Durst mehr als den Feind. Es wäre langweilig, jetzt jede Einzelheit zu schildern, aber gerade bei solchen Märschen entdecken gute Befehlshaber den wahren Kern der Männer, die unter ihnen kämpfen. Und die Männer lernen sogar, die Launen ihrer Pferde zu erkennen.

Shadhi war es, der meinen Blick für Pferde schulte. Noch heute weiß er genau, wann einem Pferd schwindlig wird und es mit seinem getrübten Auge die Welt nur mehr als wirre Kreise sieht. Man stelle sich vor, dies geschieht mitten in einer Schlacht! Ja, dann verlöre der Reiter noch mehr die Orientierung als sein Pferd. Ebendieser Shadhi brachte mir auch bei, wie man an den kräftigen Zitzen einer Stute ziehen muß, um liebliche, schäumende Milch im Überfluß zu erhalten.

Des Nachts entzündeten wir Feuer und sangen Lieder, um uns bei Stimmung zu halten. Wie die meisten der Männer schlief ich in einem Zelt, doch ich beneidete die beduinischen Führer und die ihnen untergebenen Soldaten, die sich in Decken gehüllt in den Sand legten, Dattelwein aus Kamelhäuten tranken und sich Geschichten von der Wüste erzählten, aus Zeiten, bevor unser Prophet seine Siege errungen hatte. Sie schliefen ein, das Sternenlicht auf der Stirn.

Fünfzehn Tage waren wir marschiert, ehe wir auf den Feind trafen. Die Anhänger Dirghams, des Wesirs von Kairo, erwarteten uns bei Tell Bastat, einen halben Tagesmarsch von Bilbais entfernt. Mein guter Onkel Chirkuh war nie gewillt, das Leben seiner Männer aufs Spiel zu setzen, sofern es nicht einen gewichtigen Grund dafür gab. Also ließ er Chawer gegenüber verlauten, da es sich vor allem um eine Angelegenheit handle, die Misr betraf, sollten Chawer und seine Getreuen, als Anwärter auf die Herrschaft, die Schlacht eröffnen. Er, Chirkuh, würde nur im Notfall eingreifen. Chawer gewann, woraufhin sich der Kalif in Kairo von Dirgham lossagte. Durch das Bab al-Zuweila zog Chawer in die Stadt und wurde erneut zum Wesir ernannt. Erst danach sollte sich bestätigen, was der scharfsinnige Nureddin geargwöhnt hatte.

Kaum war Chawer wieder an der Macht, fühlte er sich durch unsere Anwesenheit verunsichert. Er wäre besser beraten gewesen, hätte er seinen Teil der Abmachung eingehalten. Dann wäre es für Nureddin schwierig geworden, uns nicht nach Damaskus abzuberufen. Doch Chawer, töricht und eitel wie ein Pfau, glaubte, er könne ein Bündnis mit den Franken schließen, um uns zu vertreiben. Und so schickte er eine Botschaft an Amaury, den König von al-Kadisiya, der schon zuvor in zahlreiche Intrigen mit dem unglückseligen Dirgham verstrickt gewesen war. Gleichzeitig verschanzte er sich hinter einer wahren Pyramide von Ausflüchten, um unsere Truppen von Kairo fernzuhalten. Chirkuh, der gezwungen war, sich bei Fustat die Beine in den Bauch zu stehen, kochte vor Wut.

Seinem Gefühl folgend, wollte er entgegen jeder militärischen Einsicht die Stadt überfallen und Chawer gefangennehmen. Doch für ein solches Unterfangen wäre ein beängstigend hoher Aufwand erforderlich gewesen, und wir hätten dabei zahlreiche Männer verloren. Chirkuhs Emire sprachen sich gegen ein solches Abenteuer aus. Verzweifelt wandte sich Chirkuh an mich.

›Was meinst du dazu, Salah al-Din?‹ fragte er.

Ich war hin- und hergerissen zwischen Familientreue und gesundem Menschenverstand. Nach reiflicher Überlegung entschied ich mich gegen Chirkuhs Vorhaben. Zu meiner Überraschung war er nicht im geringsten verärgert, sondern eher beeindruckt von meiner Begründung. Noch während dieses Gesprächs brachte ein Bote die Nachricht, daß eine fränkische Streitmacht unter dem Befehl von Amaury in Richtung Bilbais zog.

Wie Nureddin hatte auch der fränkische König begriffen, daß wir Misr erobern würden, wenn er es nicht tat, was den

Untergang des Königreichs al-Kadisiya bedeutet hätte. Von all unseren Sultanen und Emiren fürchteten die Franken keinen so sehr wie Nureddin. Und aus gutem Grund. Unbeirrt folgte er seinem Ziel, die Franken aus unseren Ländern zu vertreiben. Angesichts des leidenschaftlichen Zorns in seinem Herzen konnte man beinahe meinen, er empfinde die Besatzung als eine Beleidigung seiner Person.

Chawer hielt sich nicht an seinen Teil der Abmachung. Daher beauftragte mich Chirkuh, mit der Hälfte unserer Armee nach Bilbais zu ziehen und die Stadt einzunehmen. Ich tat wie geheißen. Chawer wandte sich mit einem Beistandsgesuch an Amaury, und Chirkuh schloß sich mir mit den restlichen Soldaten an. Drei volle Monate, Ibn Yakub, hielten wir die Stadt gegen die Franken. Drei volle Monate in Bilbais. Nicht gerade ein angenehmes Leben. Als Nureddin schließlich erkannte, daß wir nicht länger Widerstand leisten konnten, griff er die Franken überraschend bei der Festung Harim in der Nähe von Antiochia an. Es war ein glorreicher Sieg. Die Franken wurden vernichtet, sie verloren zehntausend Mann. Ihre Anführer, Balduin von Antiochia und der Graf von Tripoli, wurden gefangengenommen. Als Amaury von dieser Niederlage erfuhr, erschrak er und bat um Frieden. Wir hatten das Gesicht gewahrt. Der ›Berglöwe‹ führte uns nach Damaskus zurück.

Bis dahin hatte ich keine Ahnung gehabt, was es heißt, Krieg zu führen. Ich hatte Chirkuh bei der Befehligung der Armee beobachtet und vieles daraus gelernt, aber ich war vollkommen erschöpft. In der ersten Woche nach meiner Rückkehr verbrachte ich die Tage meist in Bädern, wo ich mich mit Ölen salben und massieren ließ. Abends erfreute ich mich an Gedichten und labte mich am Wein in den Tavernen. Doch dann, Ibn Yakub, ging etwas Seltsames in mir vor. Ich wurde ruhelos. Die Ziellosigkeit meines täglichen Lebens erfüllte mich mit Ekel, und ich sehnte mich nach dem Kameradschaftsgeist des Schlachtfelds. Ich hatte den Franken Auge in Auge gegenüber gestanden, und nun kamen mir plötzlich all die Geschichten meiner Kindheit aus der Zeit ihrer ersten Landung und ihrer frühen Eroberungsfeldzüge wieder in den

Sinn. Hatte das Schicksal uns nicht zerschmettert, als wären wir Glas? Verstreut lagen die Scherben.

Ich erinnere mich, wie Shadhi seine Stimme zu einem bedrohlichen Flüstern senkte: ›Söhne Ayyubs, wißt ihr nicht, was die Franken in Ma'arra taten? Sie nahmen die Gläubigen gefangen und steckten sie in Kochtöpfe mit kochendem Wasser. Sie brieten kleine Kinder an Spießen und verspeisten sie. Solcherart sind die Bestien, die unser Land heimgesucht haben.‹

Ehrlich gesagt, ich habe Shadhi nie richtig geglaubt. Ich dachte, er habe das alles erfunden, um uns einen Schreck einzujagen, damit wir die Reitstunden nicht versäumten. Aber es war die Wahrheit. Die reine, unverfälschte Wahrheit. Nichts davon war erfunden. Ich habe die Aufzeichnungen der ungläubigen Chronisten gelesen. Ihr auch? Gut. Dann versteht Ihr, welcher Zorn in mir aufwallte, als ich in Misr zum ersten Mal die Franken erblickte. Dieser Zorn ließ sich nicht besänftigen, nicht durch Frauen, die mich mit Öl einrieben, auch nicht durch den Wein von Taif, geschweige denn durch unzüchtige Freuden. Mir erschien all dies so belanglos gegenüber den Aufgaben, die vor uns lagen.

Bevor Nureddin Damaskus eroberte, hatte kein Sultan die quälende Notwendigkeit erkannt, daß die Franken verjagt, der Felsendom und der Tempel Salomons für das Volk des Buches zurückgewonnen werden mußten. Vor Nureddin waren unsere Emire und Sultane schon glücklich, wenn sie ihren Frieden mit dem Feind schließen konnten. ›Küsse den Arm, den du nicht zu brechen vermagst‹, so sagten sie, Ibn Yakub, ›und bete, daß Allah ihn bricht.‹ Aber dies entspricht nicht der Gesinnung unseres Propheten. Hat er nicht gesagt: ›Betet zu Allah, aber vergewissert euch zuerst, daß ihr eure Kamele angebunden habt!‹«

★

Über dieses Zitat brach der Sultan in Gelächter aus Natürlich hatte ich ihn auch schon früher lachen gehört, aber immer nur verhalten, wie es sich für einen Herrscher geziemt. Doch nun ließ er seinen Gefühlen freien Lauf. Das Sprichwort des Propheten, das mir nur ein mildes Lächeln entlockte, löste bei ihm einen regelrechten Lachanfall aus. Die Tränen rannen ihm über das Gesicht. Nachdem er sich beruhigt hatte und die Tränen von Gesicht und Bart gewischt hatte, setzte er zu einer Erklärung an.

»Ihr wirkt überrascht, mein Schreiber. Ich habe mir nur gerade überlegt, was den Propheten dazu veranlaßt haben könnte, so etwas zu sagen. Und da sah ich vor meinem geistigen Auge die ersten Gläubigen zum Gebet kommen. Im Vertrauen auf die Macht Allahs ließen sie ihre Kamele draußen stehen, mit dem Ergebnis, daß sie ihnen gestohlen wurden. Dies war dem Glauben an Allah sicherlich nicht förderlich, nicht wahr? Genug für heute, Schreiber. Ich muß mit al-Fadil die jüngste Steuererhebung besprechen, denn er fürchtet, sie könnte ein landesweites Unglück heraufbeschwören.«

Ich bat ihn um eine weitere Stunde. »Die Erzählweise des Sultans folgt heute einer sehr klaren und deutlichen Linie. Wenn wir jetzt aufhören, so fürchte ich, werden wir nie mehr daran anknüpfen. Könnte Eure Hoheit nicht fortfahren bis zum Untergang Chawers und Eurer Rückkehr nach Kairo?«

Salah al-Din seufzte und runzelte die Stirn. Doch dann nickte er und erzählte weiter, aber nicht mehr in seinem üblichen entspannten Redefluß. Er rasselte die Ereignisse förmlich herunter, und es fiel mir schwer, mit diesem Tempo mitzuhalten. Für gewöhnlich sind mindestens fünf Schreiber zugegen, um die Worte des Sultans niederzuschreiben. Danach vergleichen sie ihre Aufzeichnungen und einigen sich letztlich auf eine Fassung. Ich hingegen war allein.

⋆

»Chirkuh hat Chawers Verrat niemals vergessen. Ihn dürstete nach Rache. Oft pflegte er zu sagen: ›Dieser Ziegenficker hat uns benutzt, um an die Macht zu gelangen, und er hat die Franken benutzt, um uns in Schach zu halten.‹

Eines Tages verkündete Nureddin vor seinem Kriegsrat, es sei für Chirkuh und Salah al-Din an der Zeit, nach Misr zurückzukehren. Es war das erste Mal, daß er mich in Gegenwart aller Emire namentlich erwähnte, und Stolz schwellte meine Brust. Auch mein Vater freute sich sehr darüber, ließ sich jedoch wie üblich nichts anmerken. Chirkuh verneigte sich.

Und so begann unser großes Abenteuer. Unsere Späher berichteten, Chawer habe mit Amaury ein Bündnis gegen uns geschmiedet. Soweit, mein Freund, war es mit unserer Welt nun gekommen. Die Gläubigen taten sich mit Ungläubigen zusammen, um gegen andere Gläubige zu kämpfen. Mit ihrer vereinten Streitmacht erwarteten uns Chawer und Amaury vor Kairo. Doch Chirkuh, der mir alles beigebracht hat, was ich über die Kriegsführung weiß, erwies sich als hervorragender Befehlshaber. Er weigerte sich, auf dem vom Feind ausgewählten Kampfplatz anzutreten. Statt dessen überquerten wir den Nil, marschierten von Kairo aus in Richtung Norden und schlugen unsere Zelte in der Nähe der Pyramiden von Giseh auf. Nun trennte uns der große Strom von unserem Feind.

Von hier aus sandte Chirkuh eine Botschaft an Chawer. Ich sehe ihn noch vor mir, wie er mit der brüllenden Stimme eines Löwen die Nachricht zunächst vor unseren Soldaten vorlas. ›Die fränkischen Feinde sind uns auf Gedeih und Verderb ausgeliefert. Sie sind vom Nachschub abgeschnitten. Laßt uns unsere Truppen vereinen und sie auslöschen. Die Zeit ist reif, und diese Gelegenheit wird sich vielleicht so bald nicht wieder ergeben.‹

Unsere Männer antworteten mit zustimmendem Gebrüll. Noch sehr lange, oder zumindest kam es mir an jenem Tag so vor, hörte man die Rufe ›Allahu Akbar‹ in einer Lautstärke, daß die Pyramiden zu erbeben schienen. Jeder Soldat erbot sich freiwillig, die Nachricht an Chawer zu überbringen. Alle warteten gespannt. Wen würde Chirkuh bestimmen?

Seine Wahl fiel auf seinen Lieblingsleibwächter Nasir, einen jungen kurdischen Bogenschützen, dessen scharfes Auge Chirkuh schon mehr als einmal das Leben gerettet hatte.

Als Chawer die Botschaft erhielt, zeigte er sie sofort seinem Verbündeten Amaury. Um seine Treue gegenüber den Franken unter Beweis zu stellen, ließ er Nasir hinrichten. Sein

Kopf wurde, mit Schmutz besudelt, an Chirkuh zurückgeschickt. Ich kann mich nicht erinnern, meinen Onkel jemals so zornig gesehen zu haben wie an jenem Tag. Die Sonne ging gerade unter, und die Soldaten verrichteten ihre Waschungen vor dem Abendgebet. Doch Chirkuh unterbrach sie. Mit Ausnahme eines Stückes Stoff, das seine Lenden umhüllte, war er nackt. Er packte Nasirs Haupt, rannte damit wie ein Verrückter herum und zeigte es jedem. Nasir war bei allen beliebt gewesen, und an jenem Abend standen so viele Augen voll Tränen, daß gewiß der Wasserspiegel des Nils gestiegen war.

Laute Schreie gellten durch das Lager. Chirkuh schwang sich auf seinen Hengst, den Kopf noch immer in Händen. Die letzten Strahlen der Sonne spielten um sein Haar, als er voller Ingrimm rief: ›Auf den Kopf dieses Knaben, der wie ich aus den Bergen stammte, leiste ich einen Eid. Ich schwöre, daß Chawers Kopf rollen wird. Nichts kann sein Leben retten. Weder seine Franken noch seine Eunuchen oder sein Kalif werden ihn vor diesem Schicksal bewahren. Dieses Gelöbnis lege ich in euer aller Gegenwart ab, und meine Seele möge in der Hölle schmoren, sollte ich es brechen.‹

Es herrschte völlige Stille, als wir die Bedeutung dieser Worte ermaßen. Lange Zeit brachte keiner von uns ein Wort über die Lippen. Wir dachten an Nasirs Tod, an die Grausamkeit des Schicksals und an unsere ach so ferne Heimat. Unsere Gedanken galten auch uns selbst. Chawer hatte uns den Krieg erklärt. Wer würde letztlich gewinnen? Während wir noch diesen Überlegungen nachhingen, drangen die traurigen Klänge einer Flöte an unser Ohr, und dann auch die Stimmen der Beduinen, die ein Klagelied für Nasir sangen. Erneut stieg der Wasserspiegel des Nils.

Nachdem wir an jenem Abend unser Mahl beendet hatten, sahen wir meinen Onkel Chirkuh wie besessen vor seinem Zelt auf und ab gehen. Ich saß im Sand, träumte von Damaskus und erfreute mich am flüchtigen Anblick der Sternschnuppen. Nie wieder habe ich einen Himmel gesehen wie damals, als ich zu Füßen der Pyramiden lag und emporstarrte. Da riß mich ein Bote aus meinen Träumen. Chirkuh bestellte mich zu sich.

Bei meiner Ankunft hatten sich bereits die Emire und Befehlshaber versammelt. Mein Onkel wies auf einen freien Platz auf dem Boden. Während ich mich fragte, was nun geschehen würde, setzte ich mich. Und zur Überraschung aller verkündete Chirkuh, daß er die Schlacht mit Chawer und Amaury nicht vor Kairo zu führen gedenke, ja nicht einmal hier, wo wir das Lager aufgeschlagen hatten. Chirkuh plante statt dessen, die Hafenstadt Iskanderiya einzunehmen. Angesichts dieser Kühnheit verschlug es allen den Atem. Im Licht der Lampen zeichnete Chirkuh seinen Plan in den Sand und erteilte uns allen genaueste Anweisungen. Er war sich darüber im klaren, daß Amaury uns einkesseln und vernichten wollte. Und Chirkuh wußte auch, daß wir eine Schlacht schlagen mußten, ehe wir Iskanderiya erreichten. Mir wurde der Oberbefehl über den mittleren Truppenteil übertragen, und ich erhielt Anordnung, mich sofort zurückzuziehen, sobald der Feind angriff. Im Unterschied zu mir überließ Chirkuh nie etwas dem Zufall. Deshalb, Ibn Yakub, halte ich ihn noch immer für den größten Feldherrn, den wir je hatten. Verglichen mit ihm bin ich ein Nichts, ein Niemand.

Bei al-Babein trafen wir auf den Feind. Als Amaury und seine Ritter mir entgegenstürmten, täuschte ich Furcht vor und leitete den Rückzug ein. Daraufhin entrollten die Franken ihre Banner und gingen zum Angriff über. Die Verfolgung begann. Allerdings hatten sie nicht bemerkt, daß sie durch den linken und den rechten Flügel unseres Heeres jeglicher Rückzugsmöglichkeit beraubt worden waren. Auf ein vereinbartes Zeichen hin brachte ich unsere Truppen zum Halten, und wir stellten uns den Rittern zum Kampf. Bald erkannten sie, wie schutzlos und abgeschnitten sie waren, aber es war zu spät. Unter den wenigen, denen die Flucht gelang, befand sich leider auch Amaury.

Doch Chirkuh gestattete uns nicht, den Sieg zu feiern. Noch am selben Tag brachen wir zu unserem Marsch durch Misr auf, gen Norden, in Richtung Iskanderiya. Zum ersten Mal in meinem Leben sah ich das Meer. Ich hätte stundenlang dort sitzen, die Luft einatmen und mich von all der Schönheit betören lassen können. Chirkuh hatte uns nicht geschont. Wir waren körperlich und geistig erschöpft. Doch der Anblick dieser unendlichen Meeresweiten tat unseren gereizten Gemütern wohl, und ich kam wieder zur Ruhe. Ein paar Tage später zogen wir in Iskanderiya ein. Die Bevölkerung der Stadt, die über Chawers Bündnis mit den Franken höchst empört war, hieß uns mit einem Blumenregen und Jubelrufen willkommen.

Chirkuhs stolzerfüllte Miene, die Tränen in meinem Gesicht und die Freude, die schiere Freude darüber, als Retter empfangen zu werden; das ist es, was mir im Gedächtnis geblieben ist. Chirkuhs Ansprache an jenem Tag fiel nur knapp aus. Er wußte, daß wir nicht viel Zeit hatten. Doch da sich die ganze Stadt versammelt hatte, um uns zu begrüßen, mußte er ihren Bürgern eine hoffnungsvolle Botschaft verkünden. Chirkuh sah müde aus. Seit zwei Nächten hatte er nicht mehr geschlafen, da ihm während des Ritts nur gelegentlich ein kurzes Nickerchen möglich gewesen war. Aber der Anblick der Menschen rüttelte ihn wach. Er stellte sich auf eine Mauer vor der Zitadelle. Als die Menge verstummt war, hob er zu sprechen an.

›Wenn ich euch nun ansehe, kann ich die Sterne auf euren Stirnen zählen. Was ich tue, was wir tun, das vermag jedermann zu tun. Hat unser Volk erst einmal diese einfache Wahrheit begriffen, sind die Franken verloren. Ich spreche zu euch allen, nicht nur zu den Gläubigen. Ihr alle steht unter meiner Obhut, und wir werden euch verteidigen. Doch die Franken sind bereits hierher unterwegs. Laßt uns feiern, aber laßt uns auch Vorkehrungen treffen.‹

Dies war mein Onkel, der Iskanderiya erobert hatte. Es war mein Onkel, der diese schlichten und doch so bedeutsamen Worte gesprochen hatte. Ich wurde von meinen Gefühlen überwältigt. Als er herunterstieg, umarmte ich ihn und küßte ihn auf die Wangen. Er murmelte mir einige freundliche Worte zu, sagte, er werde allmählich alt, bald müsse ich an seiner Stelle kämpfen, und es habe ihn mit Stolz erfüllt, wie ich gefochten hatte. Was hätte er mir noch alles gesagt, wären da nicht Boten mit Nachrichten von den Franken gekommen!

Chawer und Amaury waren erschüttert ob der Schnelligkeit, mit der wir von Süden nach Norden gezogen waren. Sie stellten ein großes Heer zusammen, das uns vernichten sollte. Nun erkannte Chirkuh schmerzlich, wie dringend er meines Vaters bedurft hätte. Er brauchte jemanden, der einen Verteidigungsplan für die Stadt ausarbeitete, Maßnahmen für die bevorstehende Belagerung durch die Franken ergriff, sich um die Vorrathaltung und gerechte Verteilung der Lebensmittel kümmerte und für die Aufstellung von Flammenwerfern im Hafen sorgte, damit keine fränkischen Schiffe ankern und hinter unserem Rücken ihre Soldaten absetzen konnten. In Abwesenheit meines Vaters wurden mir all diese Aufgaben übertragen.

Wie Ihr wißt, Ibn Yakub, hat diese Belagerung inzwischen Eingang in unsere Geschichtsbücher gefunden. Ich habe nichts hinzuzufügen außer dem Bekenntnis, daß ich bereit war zu sterben. Alle Angst, die uns sonst quält, war verschwunden. Vom Meer her bedrängten uns die Schiffe der Franken, vor den Stadtmauern standen die Ritter, deren Katapulte uns mit Steinen und Feuer zusetzten. Ich wollte auf dem Feld der Ehre mein Leben hingeben, ebenso wie unsere Armee. Wir wollten nicht durch Hunger oder Seuchen sterben, doch diese Übel verbreiteten sich mehr und mehr und lähmten die Stadt. Wieder einmal war es Chirkuh, der weder eine Kapitulation in Erwägung ziehen noch eine sinnlose Schlacht schlagen wollte, bei der wir hoffnungslos unterlegen gewesen wären und alle das Leben hätten lassen müssen.

Chirkuhs Wagemut war ohnegleichen. Er übertrug mir die Befehlsgewalt, dann verließ er im Schutz der Dunkelheit mit zweihundert unserer besten Kämpfer die Stadt, galoppierte in höchster Geschwindigkeit durch die Reihen unserer verblüfften Feinde und ritt in Richtung Kairo. Shadhi, der ihn begleitete, erzählte oft, wie Chirkuh durch die Dörfer zog und die Bauern um Hilfe ersuchte. Er wandte sich an sie in einer Sprache, die sie verstanden und die ihnen gefiel, wobei er Chawer und Amaury als Kamel- und Pferdemist bezeichnete, was die Dorfbewohner zum Lachen brachte. Auf diese Weise gewann er viele junge Männer für sein Heer.

Von diesem Ablenkungsmanöver beunruhigt, hoben die Franken die Belagerung auf, und wir verließen Iskanderiya, ohne einen einzigen Mann zu verlieren. Auch die Franken zogen sich zurück. Angesichts der Überzahl des Feindes führte Chirkuh uns nach Damaskus zurück. Als er in meiner Gegenwart Nureddin Bericht erstattete, prophezeite er, daß Chawer und Amaury sich binnen Jahresfrist entzweien würden. Dies, so meinte er, wäre der günstigste Zeitpunkt für unsere Rückkehr.

Und wie er es vorausgesehen hatte, geschah es auch. Chawer verweigerte Amaury die vereinbarte Kriegsbeute, woraufhin die Franken beschlossen, ihm eine Lehre zu erteilen.

Eines Tages erschien ein Bote aus Kairo bei uns. Er war ein Spitzel, den Chirkuh in Chawers Reihen eingeschleust hatte. Bei den Verhandlungen zwischen Amaury und Chawers Sohn war dieser Mann zugegen gewesen. Amaury hatte Bilbais verlangt und im Gegenzug zugesagt, Chawer im Kampf gegen uns beizustehen.

Empört über dieses Ansinnen hatte Chawers Sohn ausgerufen: ›Glaubt Ihr, Bilbais ist ein Stück Käse, das Ihr Euch einverleiben könnt?‹ Darauf hatte Amaury erwidert: ›Ja, es ist ein Stück Käse, und Kairo ist die Butter.‹

Wie sich zeigte, waren das keine leeren Worte. Amaury eroberte Bilbais, tötete oder versklavte die Einwohner und brannte die Stadt nieder. Dann marschierte er weiter mit dem Ziel, Kairo einzunehmen. Um seine ehemaligen Verbündeten aufzuhalten, ließ Chawer die Altstadt in Brand setzen. Die Menschen flüchteten dorthin, wo wir uns jetzt befinden, in den neuen Teil Kairos. Die Feuersbrunst wütete einen ganzen Monat lang. Abermals versuchte Chawer, Amaury günstig zu stimmen. Er bot ihm Gold an sowie die ungeteilte Herrschaft über das übrige Land, doch der Frankenkönig ließ sich nicht erweichen.

Zu diesem Zeitpunkt sandte der Kalif al-Adid einen Boten in den Palast unseres Sultans. Nureddin berief mich zu sich und unterrichtete mich über den Stand der Dinge. Dann schickte er mich nach Homs, um Chirkuh hinzuzubitten. Als wir zurückkehrten, befahl Nureddin uns, erneut nach Kairo zu ziehen. Doch ich sträubte mich. Noch immer sah ich die vom Leid gezeichneten Gesichter der Einwohner von Iskanderiya vor mir. Ich wollte nicht noch einmal eine Belagerung ertragen müssen. Da nahm Chirkuh mich beiseite.

›Bist du der Sohn meines Bruders oder der Sohn eines Hundes? Glaubst du, mir gefällt es zu leiden? Dieses Mal werden wir Kairo einnehmen. Aber ich brauche dich an meiner Seite. Geh und hol deine Pferde.‹

Ich tat wie befohlen. Als Amaury von unserem Aufbruch erfuhr, beschloß er, sich zurückzuziehen. Daß er trotz der Schachzüge Chawers in Kairo immer wieder auf Widerstand stoßen würde, war ihm nichts Neues. Im Winter des Jahres 1169 zogen wir in die Stadt ein. Wie im Jahr zuvor in Iskanderiya wurden wir mit Jubel empfangen, und die Pferde, mit denen mein Onkel und ich in Kairo Einzug hielten, wurden mit den erstaunlichsten Leckerbissen verwöhnt. Hier in diesem Raum, Ibn Yakub, trafen wir auf Chawer. Als wir eintraten, erhob er sich und entbot uns einen scheinbar freundlichen Gruß, doch er konnte Chirkuh nicht in die Augen sehen. Dann warf er sich zu Boden und küßte Chirkuh die Füße. Wir fragten, ob der Kalif uns erwarte, und er nickte stumm.

›Dann führe uns zu ihm, du Ziegenficker‹, sagte Chirkuh mit höhnischem Gelächter.

Er geleitete uns in den Palast des Kalifen, durch Gewölbegänge und endlose Fluchten reich geschmückter, menschenleerer Gemächer. Farbenprächtig gefiederte Vögel aus Ifriqia machten einen entsetzlichen Lärm. Wir durchquerten einen Garten, in dem sich mehrere Löwenjunge, ein Bär und zwei an einen Baum gebundene schwarze Panther befanden. All dies nahm Chirkuh ungerührt zur Kenntnis, wenngleich man schwerlich unbeeindruckt bleiben konnte. Ich versuchte dem Vorbild meines Onkels zu folgen und setzte ebenfalls eine gleichgültige Miene auf. Dann betraten wir einen großen, kuppelüberwölbten Saal. Ein dicker Seidenvorhang von dunkelstem Rot, bestickt mit Ringen aus reinem Gold und mit Juwelen in der Größe von Eiern, trennte einen Teil des Raumes ab.

Chawer verbeugte sich vor dem Vorhang und legte sein Schwert nieder, was wir indes nicht taten. Langsam hob sich der Vorhang, und al-Adid erschien. So, dachte ich bei mir, diese jämmerliche, angstschlotternde Gestalt von kaum achtzehn Jahren, deren dunkle Ringe unter den Augen von allzu häufigen Ausschweifungen zeugten und die sich mit Eunuchen und dem Gepränge übermäßigen Reichtums umgab, das war also der fatimidische Kalif. Er befahl Chawer, ihm aus den Augen zu gehen, und der geschlagene Wesir schlich davon wie ein geprügelter Hund.

Chirkuh hielt sich nicht mit langen Vorreden auf. ›Ihr habt uns ersucht, Kairo zu retten. Nun, wir sind da. Vor allem anderen fordere ich Chawers Kopf. Er ist derjenige, der Tod und Verderben über unser Volk gebracht hat.‹

Der Kalif der Fatimiden nickte. Er sprach mit seltsam erstickter Stimme, als wäre auch er, wie die meisten Männer um ihn herum, kastriert.

›Wir heißen Euch in Kairo willkommen. Es ist uns eine große Freude, Euch zu unserem Wesir zu ernennen.‹

Chirkuh nahm die Würdigung mit einer Verbeugung entgegen, und wir verließen den Palast. Bereits am nächsten Tag und mit der schriftlichen Erlaubnis des Kalifen hieb ich mit eigener Hand Chawer den Kopf vom Rumpf und warf ihn Chirkuh zu Füßen.

›Nun ist unser Nasir gerächt‹, sagte er mit leiser Stimme, während er seines geliebten Bogenschützen gedachte.

Zwei Monate nach diesem Tag verfinsterte sich der Himmel. Unsere Familie wurde von einem schrecklichen Unglück heimgesucht. Mein Onkel Chirkuh starb. Ich war nicht der einzige, der heiße Tränen vergoß, als sich die Kunde in den Reihen unserer Armee verbreitete. Als Befehlshaber war Chirkuh überaus beliebt gewesen, und selbst die Emire von Damaskus, die sich hinter seinem Rücken darüber lustig machten, wie er die Sprache des Koran sprach, waren von Kummer ergriffen. Wer würde uns nun anführen, nachdem Allah unseren Berglöwen zu sich gerufen hatte?

In diesen Zeiten rechnen wir alle stündlich damit, sterben zu müssen, doch Chirkuhs Tod war ein absurder Unglücksfall gewesen. Ihm war sein Appetit zum Verhängnis geworden. Man hatte ihn zu einem Festmahl eingeladen, bei dem fast drei Stunden lang getafelt wurde. Ganze Schafe wurden gebraten, Ziegen über dem Feuer geröstet, Wachteln, Rebhühner, alle erdenklichen Köstlichkeiten setzte man uns vor. Chirkuh aß für sein Leben gern. Schon zu Zeiten, als er noch ein Knabe war, hatte meine Großmutter ihn oft mit Gewalt von den gefüllten Schüsseln wegzerren müssen. Während ich ihm zusah, entsann ich mich der alten Geschichten. Er prahlte gern damit, daß niemand in seiner Armee soviel essen und trinken könne wie er. Und jetzt konnte er sich nicht länger zügeln. Es war ein trauriger und unerfreulicher Anblick. Dreimal ermahnte Shadhi ihn, Maß zu halten, und flüsterte ihm Warnungen ins Ohr, aber mein Onkel Chirkuh lebte in seiner eigenen Welt. Plötzlich würgte er und drohte an seinem Essen zu ersticken. Shadhi schlug ihm kräftig auf den Rücken und riß ihn hoch, doch es war zu spät. Er wurde ohnmächtig und starb vor unseren Augen.

Shadhi und ich lagen einander weinend in den Armen. Die ganze Nacht wachten wir an seinem gewaschenen und in ein Totenhemd gehüllten Leichnam, der auf ein schlichtes Lager gebettet war. Chirkuhs Soldaten, darunter viele ehemalige Kampfgefährten aus der Zeit, als ich noch ein Knabe war, erschienen in Grüppchen, um von ihm Abschied zu nehmen. Es war merkwürdig, all diese abgestumpften Soldaten, für die der Tod zum Alltag gehörte, wie Kinder weinen zu sehen.

Nach Mitternacht ließ man uns allein. Shadhi erinnerte sich an eine Begebenheit, die sich lange vor meiner Geburt zugetragen hatte, und brach erneut in Tränen aus. Und ich dachte daran, wie Chirkuh mit seinen strahlenden Augen uns und seinen eigenen Kindern etwas vorgesungen hatte, als wir an der Schwelle zum Mannesalter gestanden waren. Einmal hatte er herausgefunden, daß ich heimlich eine Taverne aufgesucht hatte, und mich zu sich gerufen. Seine finstere Miene hatte mir Furcht eingeflößt. Er konnte schrecklich zornig werden. ›Hast du getrunken?‹ Ich schüttelte den Kopf. ›Lüg nicht, Knabe!‹ Ich nickte. Da war er in schallendes Gelächter ausgebrochen und hatte das Sprichwort von Ibn Sina zitiert, das ich ihm nachsprechen mußte:

Wein ist ein rasend' Feind, ein kluger Freund,
in kleinen Mengen Antidot, zuviel davon ist Schlangengift.
Im Übermaß genossen, bringt Schaden er zuhauf,
im wenigen jedoch liegt Vorteil und viel Nutzen.

Leider jedoch hat er diesen Rat selbst nicht beherzigt. Sein Tod war der Preis, den er für seine übermäßigen leiblichen Genüsse bezahlte. Seit jenem Tag, als ich ihn sterben sah, habe ich eine heftige Abneigung gegen zu große Mengen Fleisch auf meinem Tisch. Ist Euch nun begreiflich, Ibn Yakub, warum ich auf ausgewogener Kost beharre? Als wir neulich das Brot miteinander brachen, schien es mir zunächst, als hättet Ihr das Mahl wahrlich nicht geschätzt. Doch laßt uns fortfahren.

Tags darauf, nach Chirkuhs Begräbnis, hielten sich die damaszenischen Emire von mir fern. Sie standen in kleinen Gruppen beisammen und unterhielten sich flüsternd. Erst viel später an jenem Abend sollte ich den Grund für ihre Verdrossenheit erfahren.

Die Ratgeber des fatimidischen Kalifen sahen in mir einen unerfahrenen, schwachen Jüngling, jemanden, der sich vom Hof leicht beeinflussen und lenken ließ. Man lud mich in den Palast und verlieh mir den Titel al-malik al-nasir, ›der siegreiche König‹. Gewiß hatten sich die Höflinge heimlich ins Fäustchen gelacht, weil sie glaubten, in mir ein willfähriges Werkzeug gefunden zu haben. Zwar fühlte ich mich geehrt, aber mir schien, als wäre ich ohne Chirkuh verloren. Ich fühlte mich wie ein umgeleiteter Fluß, der sich in einer unbekannten Landschaft erst zurechtfinden und ein neues Bett suchen muß.

Da ich Chirkuh nicht mehr zu Rate ziehen konnte, empfand ich das starke Bedürfnis, mit meinem Vater zu sprechen, der sich allerdings bei Nureddin in Damaskus aufhielt. Als ich über unseren großen Sultan nachdachte, fragte ich mich, was er von meiner Ernennung wohl halten mochte. Seine stolzen Emire, Männer von hoher Abkunft, waren offensichtlich verärgert darüber, daß ein unbedeutender Kurde aus den

Bergen, der ihrer Ansicht nach nicht einmal der heiligen Sprache wirklich mächtig war, sich nun Wesir von Misr nennen durfte. Daher beschloß ich, Nureddin eine Botschaft zu übersenden, in der ich ihm versicherte, nicht der Kalif der Fatimiden, sondern er sei mein oberster Herr. Von allen Menschen auf der Welt war Nureddin der letzte, den ich mir zum Feind machen wollte.

Man setzte mir den weißen, golddurchwirkten Turban des Wesirs aufs Haupt, legte mir ein juwelenbesetztes Schwert in die Hände und übergab mir eine prachtvolle Stute, deren Sattel und Zaumzeug mit Perlen und Gold reich verziert waren. Zu Musik und Gesang schritt ich dann an der Spitze des zeremoniellen Festzugs. Schließlich gelangten wir in diesen Palast und hierher in diesen Raum, wo wir jetzt sitzen. Es ist gut, hier zu sein, und es ist auch ein guter Zeitpunkt, unser Werk für heute zu beschließen, Ibn Yakub.

Ich bin froh, daß Ihr darauf gedrängt habt, die begonnene Geschichte noch zu Ende zu bringen, doch sehe ich, daß Eure Finger steif geworden sind. Eure Frau wird Euch die Hände heute abend mit Salbe massieren müssen. Und mein treuer al-Fadil ist gewiß sehr ungehalten über mich. So lange habe ich ihn noch nie warten lassen.«

Zehn

Ich treffe mich heimlich mit Halima und höre ihre Geschichte. Sie erzählt mir von ihrem Leben im Harem und dem erstaunlichen Wissen und Können der Sultana Jamila.

Tags darauf kam ein Bote vom Palast. Er brachte einen großen Korb mit Früchten und anderen Gaumenfreuden für meine Frau und mein Kind sowie eine Botschaft für mich. Der Sultan und der Kadi hatten die Stadt für ein bis zwei Tage verlassen, bis zu ihrer Rückkehr sei ich von meiner Aufgabe entbunden. Ich war ein wenig gekränkt. Man hätte mir, so fand ich, Gelegenheit geben sollen, selbst zu entscheiden, ob ich sie begleiten wollte oder nicht. Wohin waren sie gegangen und warum? Wollte mich der Kadi strafen, weil ich Salah al-Din am Vortag so lange in Beschlag genommen hatte? Doch wie konnte ich das Leben des Sultans angemessen schildern, wenn man mich derart von seinen Tagesgeschäften ausschloß?

Nachdem der Bote gegangen war, herrschte eitel Freude im Haus. Ich hatte Maryam schon eine ganze Weile kaum mehr zu Gesicht bekommen, und daß ich vor Wochen zur Feier ihres zehnten Geburtstages zu spät gekommen war, hatte großen Unmut erregt. Selbst Ibn Maymun hatte mich deswegen getadelt. Rachel war natürlich überglücklich, daß mir der Zugang zum Palast zumindest vorübergehend verwehrt blieb. Zwar war unsere Beziehung wieder ins reine gekommen, doch noch immer grollte sie mir wegen der vielen Zeit, die ich im Palast verbrachte. Über die großzügigen Geschenke, die regelmäßig bei uns zu Hause abgegeben wurden, klagte sie hingegen nie. Diese wurden aber auch nicht vom Palast geschickt, sondern stammten von Kaufleuten und Höflingen, die vermuteten, ich hätte großen Einfluß auf den Sultan.

Seit ich meine Tätigkeit als Salah al-Dins persönlicher Schreiber aufgenommen hatte, brauchten wir keinen Dinar mehr für Speisen oder Öl auszugeben, ganz zu schweigen von den Satin- und Seidenstoffen, die für Leute wie unsereins sonst unerschwinglich waren. Sowohl Rachel wie auch Maryam waren jetzt gekleidet wie Edelleute bei Hof. Doch als ich Rachel dies bei Gelegenheit einmal vorhielt, brach sie in schallendes Gelächter aus und entgegnete:

»Der Schmerz über unsere Trennung wird zweifellos durch all diese Gaben gelindert. Dennoch bin ich überzeugt, würde man dich auf die eine Schale der großen Waage am Markt setzen und all die Gaben auf die andere Schale häufen, sie könnten dich nicht aufwiegen.«

Später am Nachmittag schlenderten wir drei durch die Straßen und betrachteten, was an den verschiedenen Ständen feilgeboten wurde. Da drückte mir eine Frau, die ich nicht erkannte, ein Stück Papier in die Hand und verschwand, noch ehe ich das Wort an sie richten konnte. Die Nachricht trug keine Unterschrift, doch wurde ich gebeten, mich am nächsten Tag in der Bibliothek des Palastes einzufinden. Rachel und ich vermuteten, daß die Nachricht von Shadhi stammte, der auf Befehl des Sultans handelte. Allerdings verwunderte mich die Wahl der Überbringerin. Eine innere Stimme sagte mir, daß weder Shadhi noch der Sultan nach mir schickten.

Als ich am nächsten Tag die Bibliothek betrat, teilte mir ein Diener mit, daß Salah al-Din und al-Fadil noch nicht in die Stadt zurückgekehrt seien. Und so wartete ich in der Bibliothek auf den Verfasser der Nachricht. Ein leises Geräusch hinter mir ließ mich herumfahren. Ich sah, wie sich die hölzernen Regale in einer Wand bewegten. Ein wenig beklommen trat ich näher und erblickte eine Treppe, die nach unten führte. Langsam kam eine Gestalt die Stufen herauf. Es war Halima, die angesichts meiner Verwunderung lächelte. Der hingerichtete Eunuch Ilmas hatte ihr von dem Vorhandensein eines Geheimganges zwischen Harem und Bibliothek erzählt. Er war bereits von al-Adids Großvater gebaut worden, einem Kalifen, der nichts dagegen einzuwenden fand, daß seine Frauen und Konkubinen Zutritt zur Bibliothek hatten. Doch dann war der Palast dem Wesir übergeben worden und der Geheimgang in Vergessenheit geraten.

Es war gewagt, in der Bibliothek miteinander zu sprechen. Daher bat mich Halima, sie später am Nachmittag im Haus einer Freundin nahe den öffentlichen Bädern aufzusuchen. Dieselbe Frau, die mir die Nachricht überbracht hatte, würde mich in ein paar Stunden abholen und zu ihr führen.

Ich betrat gefährliche Gefilde. Wenn ich mich mit Halima traf, ohne den Sultan davon in Kenntnis zu setzen, konnte mein Kopf bald auf dem Richtblock des Henkers liegen, der auch den Eunuchen Ilmas enthauptet hatte. Wenn ich aber Salah al-Din davon unterrichtete, wäre Halimas Leben dann noch einen Dinar wert? Vielleicht sollte ich ihrer Einladung einfach keine Folge leisten? Als ich den Hof durchquerte, entdeckte ich Shadhi, der mich mit aufrichtiger Zuneigung in die Arme schloß. Ich hatte ihn bereits seit längerem nicht mehr gesehen. Auch er war verärgert, weil Salah al-Din ihn zurückgelassen hatte. Doch er teilte mir mit, daß der Sultan noch am Abend im Palast zurückerwartet werde.

Wir saßen in der Sonne und plauderten. Shadhi erkundigte sich, wie weit das Buch Salah al-Din schon fortgeschritten sei, und ich berichtete ihm, an welchem Punkt der Erzähler innegehalten hatte. Er bestätigte mir Salah al-Dins Darstellung der Umstände, die zu Chirkuhs Tod geführt hatten. Die Erinnerung an jenen Tag betrübte den alten Mann sichtlich. Da legte ich mein Schicksal in Shadhis Hände und erzählte ihm von meiner Begegnung mit Halima. Zu meiner Überraschung lachte er stillvergnügt in sich hinein.

»Nehmt Euch in acht vor dieser Stute, Ibn Yakub. Sie ist gefährlich. Noch ehe Ihr Euch's verseht, werdet Ihr sie bestiegen haben, und dann galoppiert sie, Euch auf den Rücken geschnallt, durch die Wüste. Denn in ihren Adern fließt kurdisches Blut, und diese Frauen aus den Bergen, das laßt Euch gesagt sein, haben einen eisernen Willen. Ich weiß nicht, was sie mit Euch im Sinn hat, doch was immer es ist, Ihr werdet es nicht abschlagen können. Sobald Frauen wie diese sich zu etwas entschlossen haben, kann bloße Menschengewalt sie nicht hindern.«

Ich beteuerte Halimas und meine ehrbaren Absichten.

»Sie will mir lediglich ihre Geschichte erzählen. Zählt die Aufzeichnung nicht zu meinen Pflichten?«

Sein verschlagener Gesichtsausdruck ließ erkennen, daß er nicht überzeugt war.

»Geht und trefft Euch mit ihr. Habt keine Angst vor dem Sultan. Wenn er es herausfindet, sagt ihm, daß Ihr mir davon erzählt und angenommen habt, ich würde es ihn wissen lassen. Solche Dinge pflegen Salah al-Din nicht die Ruhe zu rauben. Nur wenn Euer Geheimnis im Harem entdeckt wird, droht Halima Gefahr. Und, mein Freund, laßt Vorsicht walten. Sie ist sehr schön, aber sie geht auch schwanger mit dem Kind des Sultans.«

Diese Kunde verblüffte mich, und eine Welle der Eifersucht überkam mich. Zornentbrannt fragte ich mich, warum ein Herrscher, wie gütig auch immer, das Recht haben sollte, den Leib einer jeden Frau zu besitzen, die er vorübergehend begehrenswert fand? Doch da bemerkte ich, wie Shadhi meine veränderten Gesichtszüge musterte und mitfühlend nickte. Ich gewann meine Fassung wieder und bedauerte mein ungebührliches Verhalten angesichts der Neuigkeit. Während ich auf die Tore des Palastes zuschritt, meinte ich Shadhi in mein Ohr flüstern zu hören: »Seid vorsichtig, Ibn Yakub, nehmt Euch in acht.« Aber das war nur Einbildung.

Ibn Maymun behauptet, daß man in aufgewühlter Verfassung Dinge hört und sieht, die mit der Ursache für die Gefühlswallung in Zusammenhang stehen. Einmal erzählte er mir von einem Mann, dessen Lieblingspferd im Zuge einer alten Blutfehde getötet worden war. Immer wieder meinte der Mann dieses Pferd an den abwegigsten Orten zu entdecken. Das gleiche gilt für die Angebetete, selbst wenn man es noch nicht gewagt hat, sich ihr zu erklären. Plötzlich hatte ich keinerlei Verlangen mehr, Halima zu sehen. Ja, ich wünschte, sie wäre tot. Doch währte dieses Gefühl nur wenige Minuten, und als ich an der vereinbarten Stelle neben den öffentlichen Bädern wartete, gleich hinter der Straße der Buchbinder, schämte ich mich meiner.

Halimas Botin sah mich bereits von ferne und winkte mir, ihr zu folgen. Sie ging leichten Schrittes, und während ich mich bemühte, sie nicht aus den Augen zu verlieren, verließ mich jedes Gefühl für meine Umgebung. Schließlich betraten wir den Hof eines bescheidenen, scheinbar leeren Hauses, doch hätte ich nicht sagen können, in welchem Viertel. Man führte mich in einen kleinen Raum. Da ich schwitzte und außer Atem war, reichte mir ein Diener einen Krug mit Wasser. Erst als er das Wort an mich richtete, betrachtete ich ihn genauer, denn seine seltsame Stimme ließ mich vermuten, daß es sich um einen Eunuchen handelte.

»Wünscht Ihr ein wenig zu ruhen?«

»Nein, nein, ich bin bereits wieder bei Kräften.«

Dann wartete ich. Der Diener starrte mich in merkwürdig vertrauter Manier unablässig an. Diese Anmaßung ärgerte mich, doch brachte ich ein schwaches Lächeln zuwege. Da lachte er hell auf, entfernte seine Kopfbedeckung, und zum Vorschein kamen Halimas tiefrote Haarflechten. Sie hatte sich als Mann verkleidet.

»Selbst Ihr, Ibn Yakub, der Ihr mich im Palast doch so lange in Augenschein genommen habt, als ich an jenem Tag meine Geschichte erzählte, selbst Ihr habt mich nicht erkannt. Das gibt mir Hoffnung.«

Vor Freude klatschte sie in die Hände wie ein Kind. Dann ließ sie ein tiefes volles Lachen vernehmen, das mich an das Rauschen eines Wasserfalls erinnerte und mein Herz höher schlagen ließ. Ich war froh, daß sie nach dieser Vorstellung für eine Weile verschwand, denn ich brauchte ein paar Minuten, um mich zu fassen. Als sie wiederkam, trug sie ein Kleid aus grünem Brokat und blauer Seide mit bauschigen Ärmeln sowie goldene Armreifen. Wieder erinnerte sie mich an diese sagenhaften Prinzessinnen aus dem Kaukasus. Plötzlich war mein ganzer Ärger verflogen. Einem solch erlesenen Kleinod konnte man nicht lange zürnen.

»Hat es Euch die Sprache verschlagen, Schreiber?«

Lächelnd schüttelte ich den Kopf.

»Warum, glaubt Ihr, habe ich um diese Zusammenkunft gebeten?«

»Nun, vielleicht wolltet Ihr mir etwas mitteilen. Wie Ihr seht, habe ich mein Schreibgerät mitgebracht, so daß ich jedes Eurer Worte festhalten kann.«

Halima überging meine zur Schau gestellte Beflissenheit.

»Warum seid Ihr nicht bis zum Ende des Schattenspiels geblieben? Ilmas hat mir erzählt, daß Ihr vor dem letzten Akt gegangen seid.«

Ich seufzte.

»Die öffentliche Demütigung unseres Sultans hat meine Augen und meine Ohren beleidigt. Salah al-Din hat meine Zuneigung gewonnen.«

Jäh veränderte sich ihre Miene. Die Blitze aus ihren haßerfüllten Augen trafen mich bis ins Mark. Ich war sprachlos angesichts ihrer Entrüstung. Sie nippte etwas Wasser und starrte dann auf ihre Hände, bis sie sich ein wenig beruhigt hatte. Schließlich wurden ihre Züge wieder weich, indes sie sich leicht in den Hüften wiegte.

»Könnt Ihr die Laute spielen, Schreiber?«

Ich schüttelte den Kopf.

»Dann soll uns Mansoora aufspielen. Was dem durstigen Reisenden das plätschernde Wasser in der Wüste, ist dem Trauernden der liebliche Klang der Laute.«

Ihre Dienerin begann, das Instrument zu zupfen, und ein seltsamer, zauberhafter Friede erfüllte den Raum. Dann hob Halima zu sprechen an, und mein Federhalter folgte in vollkommenem Gleichklang dem langsamen Strom ihrer Worte. Ich war derart entrückt, daß mir kaum gewahr wurde, was sie sprach. Erst zu Hause ermaß ich die Bedeutung ihrer Worte.

*

»In den ersten Nächten fand ich kaum Schlaf. Denn Salah al-Din kam in meine Kammer und nahm mich mit einer Leidenschaft, deren Glut mich entzückte, wenngleich ich keine echten Gefühle für ihn hegte. Wenn er zu Ende war, ließ ich ihn schlafen, indes ich unbemerkt hinausschlüpfte und mich wusch. Denn ich wünschte nicht, sein Kind zu empfangen.

Ich sollte Euch gegenüber aufrichtig sein. Nach den ersten Nächten mit Salah al-Din pflegte ich die Augen zu schließen, wann immer er mich bestieg, und stellte mir vor, es wäre Messud. Ihr wirkt entsetzt, Schreiber. Oder fürchtet Ihr, meine Schamlosigkeit könnte Euch das Leben kosten? Seid unbesorgt. Kein Wort über unsere Begegnung wird über meine Lippen dringen, aber ich möchte, daß Ihr alles wißt. Oder habt Ihr Angst, daß ich inzwischen voller Bitternis gegen den Sultan bin und auf Rache sinne? Warum sollte ich? Er hat mir das Leben gerettet und ist mein Herr und Meister geworden. Dafür bin ich ihm dankbar, aber in meinem Bett ist er ein Mann wie jeder andere.

Der einzige, den ich je wirklich geliebt habe, war Messud. Was würde ich darum geben, nur um noch einmal in seinen Armen zu liegen! Manchmal träumt mir, daß ich von ihm ein Kind empfange und nur vorgebe, es stamme von Salah al-Din. Kann Gold jemals wahren Kummer lindern, Schreiber? Ich denke immerfort an Messud, quäle mich mit Bildern von ihm. In meinem Herzen weile ich noch immer bei ihm, und ich rede mir unablässig ein, daß wir uns einst wiedersehen werden. Wie oft stört er meinen Schlaf mit seinen lachenden Augen, seinem klaren Blick, seiner tröstenden Stimme und seinen liebkosenden Händen. All das erscheint mir in meinen Träumen, und ich weiß, daß sich dies niemals ändern wird.

Während der ersten Wochen hörte ich die anderen sich spätnachts bange fragen, wie es wohl um ihr Leben und ihre Zukunft bestellt sei. Auch unterhielten sie sich über mich und verspotteten mich. Wahrscheinlich glaubten sie, ich würde den Sultan wirklich lieben, so daß es mich zutiefst verletzen würde, sollte er auf neuen Weidegründen grasen und mich mit gebrochenem Herzen zurücklassen. Ach, wie sie doch irrten, wie wenig sie mich in jenen Tagen doch kannten! Dabei ist das erst sechs Monate her, Ibn Yakub, doch es erscheint mir wie eine Ewigkeit.

Denn in jenen ersten Wochen war ich es zufrieden, auch wenn es nicht gerade die erfreulichste Erfahrung ist, als neueste Konkubine im Harem zu leben. Salah al-Dins erste Frau Najma, die Tochter von Nureddin, ist eine wenn auch vornehme, doch häßliche Frau. Der Sultan erzählte mir, daß er sie widerwärtig fände. Doch hat ihn das nicht daran gehindert, seinen Samen in sie zu pflanzen. Wie Ihr Euch denken könnt, war diese Ehe kaum um des Vergnügens willen geschlossen worden. Sie diente nur einem einzigen Zweck, und der war erfüllt, nachdem sie ihm hintereinander drei Söhne geboren hatte. Das entsprach offenbar auch Najmas Empfinden, weshalb sie Damaskus nie verließ.

Salah al-Dins Besuche wurden immer seltener, Allah sei gepriesen, und seit ich ein Kind unterm Herzen trage, hat er sie ganz aufgegeben. Seither sind alle viel freundlicher zu mir.

Als ich den Harem zum erstenmal betrat, stellte ich überrascht fest, wie wenige wir dort waren, außer mir nur noch acht weitere Konkubinen und zwei Ehefrauen, wobei kein wirklicher Unterschied gemacht wird, was unsere Vorrechte bei Hof betrifft. Mit Ausnahme der Zahl unserer Dienerinnen: Den Konkubinen stehen jeweils sechs zur Verfügung, den Ehefrauen acht oder neun.

Bereits in der ersten Woche bemerkte ich, daß eine Frau den Harem beherrschte: Jamila, eine arabische Lautenspielerin. Der Bruder des Sultans hatte sie ihm zum Geschenk gemacht, und sie bezauberte Salah al-Din mit ihrer Schönheit und ihrem Können. Da Eure Augen sich nie an ihr werden weiden können, Ibn Yakub, laßt sie mich Euch beschreiben. Jamila ist von mittelgroßem Wuchs, also kleiner als ich, ihre Haut und ihre Haare sind dunkel, indes ihre Augenfarbe vom Grau ins Grüne spielt, je nachdem, aus welchem Winkel man sie betrachtet. Und wie könnte ich ihren Körper schildern? Ich würde Euch in Verlegenheit bringen, deshalb halte ich lieber ein. Doch solltet Ihr glauben, daß Mansoora die Laute bezaubernd spielt, dann müßtet ihr erst einmal Jamila hören. Unter ihren Händen erwacht die Laute zum Leben. Wenn das Instrument lacht, lächeln wir. Ist es traurig, weinen wir. Zudem hält Jamila unseren Geist rege. Ihr Vater war ein weiser Sultan, der ihr sehr zugetan war und darauf bestand, daß sie eine ebensolche Erziehung genoß wie ihre Brüder. Was immer dagegen sprechen mochte, ließ er nicht gelten. Nun versucht sie uns zu lehren, was sie gelernt hat.

Mir wurde ganz leicht ums Herz, als sie freimütig über uns zu sprechen begann. Nicht über uns im Harem, sondern über uns Frauen. Ihr Vater hatte ihr einst eine Schrift gegeben, verfaßt von dem Andalusier Ibn Ruschd, von dem sie nur im ehrfürchtigsten Tone spricht. Darin tadelt er das Versagen unserer Staaten, welche nicht die Fähigkeiten der Frauen zu erkennen vermögen, geschweige denn verstehen, sie sich zunutze zu machen. Statt dessen, so Ibn Ruschd, dienten Frauen ausschließlich dem Zwecke der Fortpflanzung, dem Stillen und Aufziehen der Kinder. Noch nie in meinem ganzen Leben hatte ich solche Reden gehört, und auch Ihr nicht, mein lieber Schreiber, wenn ich nach Eurem Gesichtsausdruck urteilen darf.

Vor siebenhundert Jahren, so erzählte uns Jamila, erwachte in Kairo eines Morgens al-Hakim, einer der fatimidischen Kalifen, und entschied, daß die Frauen der Quell alles Übels seien. Unverzüglich erließ er ein Dekret, in dem er verfügte, daß Frauen sich von nun an nicht mehr auf der Straße aufhalten dürften. Um sicherzustellen, daß sie wirklich zu Hause blieben, durften Schuhmacher fortan keine Schuhe für Frauen mehr fertigen. All seine Frauen und Konkubinen im Palast ließ er in Kisten sperren und im Fluß versenken. Zweifellos war al-Hakim nicht bei Sinnen, doch Jamila sagt, es sei doch bezeichnend, daß nur Frauen seinem Wahn zum Opfer fielen.

Jamila und ich sind enge Freundinnen geworden, die nichts voreinander verbergen. Sie kennt meine innersten Geheimnisse und ich die ihren. Nachdem Jamila Salah al-Din bereits zwei Söhne geboren hat, sucht er sie nun kaum mehr auf. Zuerst war sie betrübt darüber, so wie ich, nun aber seufzt sie, wenn er kommt. Wie launenhaft unsere Gefühle doch sein können! Und wie wäre es mir wohl ergangen, hätte mich nicht das stete Andenken an Messud erfüllt? Jamila meint, Messud sei nur ein Geschöpf meiner Einbildung, an das ich mich klammere, um nicht den Verstand zu verlieren. Nun, ich weiß, die Zeit läßt Erinnerungen verblassen, doch noch hält die Vergangenheit mein Herz gefangen, und solange dies währt, läßt Jamila mich träumen. Zuweilen ermuntert sie mich sogar dazu, denn ihr war kein Messud beschieden. Sie ermutigt mich auch, das Haar meiner Scham unrasiert sprießen zu lassen.

Die einzige andere mir verwandte Seele war Ilmas, der Eunuch. Er lebte bereits seit sehr langer Zeit im Harem, schon viele Jahre, ehe Salah al-Din hierher kam. Was für Geschichten er zu erzählen wußte, Ibn Yakub! Allah schütze mich, aber ich bringe sie nicht über meine Lippen, nicht einmal Euch gegenüber. Vielleicht verhielte es sich anders, wenn auch Ihr ein Eunuche wärt, aber das ist ein törichter Gedanke. Verzeiht mir. Ich habe nicht das Recht, so mit Euch zu sprechen.

Ilmas war ein wahrer Poet. Noch immer verstehe ich nicht, welcher Teufel ihn geritten hat, dieses Schattenspiel zu schreiben. Er wurde getötet, weil er die Wahrheit schilderte, in jenem letzten Akt, den anzuschauen Ihr zu feige wart. Oder hat Euch Euer sechster Sinn gewarnt, daß es gefährlich werden könnte? Ilmas erzählte darin von der Liebe einer Haremsbewohnerin zu einer anderen, der Liebe einer Konkubine zu einer ihrer Dienerinnen. Ich glaube, er hatte dabei Mansoora im Sinn, denn die Laute spielte eine große Rolle. Mich konnte er sicherlich nicht gemeint haben, denn ich habe diese Neigung bisher noch nie verspürt. Doch sollte ich mich je danach sehnen, so würde Jamilas innige Umarmung mein Verlangen stillen. Wenn ich mich zu rasieren aufhörte, würde sie das als Zeichen deuten, daß ich zu einem solchen Schritt bereit bin. Und ich bin beinahe soweit. Die kummervollen Tage neigen sich dem Ende zu.

Doch seht nur Eure Miene! Lese ich Ekel daraus? Ein Mann von Welt wie Ihr, Ibn Yakub, wird bei solchen Schilderungen doch nicht etwa von Entsetzen gepackt? In Kairo und Damaskus, ganz zu schweigen von Bagdad, wimmelt es doch von Bordellen, in denen bartlose Jünglinge den Männern jeden nur erdenklichen Wunsch erfüllen, jedes vorstellbare Verlangen befriedigen. Das wird geduldet. Doch kaum erwähnt man, wie Frauen gegenseitig ihren Moschusduft erschnuppern, schon stürzt der Himmel ein.

Ich sollte wohl lieber schweigen. Ihr seht aus, als würdet Ihr gleich an Eurem Unwillen ersticken, und Euer Freund Ibn

Maymun würde mir wohl nie verzeihen, wenn ich Anlaß für eine Unpäßlichkeit Eurerseits gäbe.

Ich bin enttäuscht von Euch, Schreiber. Nein, ich werde Euch wohl nicht mehr rufen lassen.«

Bevor ich etwas erwidern konnte, hatte mich Mansoora zur Tür geleitet und in den Hof geführt. Ich wandte mich um, denn ich wollte noch einen letzten Blick auf Halima erhaschen. Doch von ihr war nichts mehr zu sehen. Meine letzte Erinnerung an sie sollte der seltsam unnachgiebige, etwas geringschätzige Blick bleiben, mit dem sie mich verabschiedet hatte.

Ich trat hinaus auf die Straße, aufgewühlt und ohne zu wissen, wo ich mich befand.

Elf

Shadhi und die Geschichte des blinden Scheichs. Salah al-Din erzählt, wie er seine Rivalen bezwungen hat.

Meine heimliche Unterredung mit Halima hatte mich bis ins Mark erschüttert. Ich fühlte mich ausgenutzt, wenngleich ich, als ich mir den genauen Wortlaut ihres Geständnisses ins Gedächtnis zurückrief, nichts fand, was meine Verstimmung gerechtfertigt hätte. Was mich aus der Fassung gebracht hatte, war wohl ihre Entscheidung, daß sie sich nach Messud keinem Mann mehr zuwenden wollte. Meine Betroffenheit rührte also nicht von einer persönlichen Kränkung her, vielmehr war ich entsetzt um aller Männer willen, oder zumindest tröstete ich mich mit diesem Gedanken.

Shadhi ließ sich nicht so leicht überzeugen. Ungeduldig erwartete er mich am Palast. Der Sultan sei zurückgekehrt, würde mich aber erst am späteren Nachmittag empfangen können. Voller Neugierde erkundigte sich Shadhi nach meiner Begegnung mit Halima, und so gab ich seinem Drängen nach. Doch er war nicht im mindesten bestürzt.

»Ich könnte Euch Haremsgeschichten erzählen, bei denen Ihr vor Scham in den Erdboden versinken würdet«, schmunzelte er. »Wogegen ich allerdings gefeit bin. In meinem langen Leben habe ich erkannt, daß wir Menschen von allen Geschöpfen Allahs die unberechenbarsten sind. Quält Euer Herz nicht mit den Nöten der Frauen, Ibn Yakub. Gönnt Jamila und Halima ihr Glück. Sie werden nie so frei sein wie Ihr oder ich.«

Ich war erstaunt, aber auch erleichtert über Shadhis Sorglosigkeit. Ich hatte ihm alles gesagt. Sollte der Sultan jemals von unserem Geheimnis erfahren, müßte er uns beide zur Verantwortung ziehen. Meine Angst, deretwillen ich eine schlaflose Nacht verbracht hatte, schwand, und ich war wieder guten Mutes. Da sah ich, wie Shadhi in sich hinein lachte. Als ich fragte, was ihn so vergnügt stimmte, spuckte er geräuschvoll aus, ehe er antwortete.

»Ein paar Meilen außerhalb der Stadt haust ein blinder Scheich und predigt eine Menge Unsinn. Er ist einer dieser Beutelschneider, die von der Gutgläubigkeit der Menschen leben. Seine Blindheit dient ihm als Vorwand, um sanftmütige Jünglinge am ganzen Körper zu betasten, wobei er unentwegt die Hadithe aufsagt. Von seinen Besuchern erhält er Geschenke: Nahrung, Kleidung, Geld und mitunter auch Schmuck. Vor sechs Monaten gab ihm ein Kaufmann ein prächtiges Umhängetuch, das ihn an den Abenden wärmen sollte. Der Scheich liebte dieses Tuch. Oft steckte er ein Ende davon in einen engen Ring und zog es dann mit einem Ruck durch, um seinen Jüngern die ungewöhnlichen Eigenschaften dieser Wolle vorzuführen. Eines Abends, der Scheich hatte gerade seine Gebete beendet, betrat ein Mann sein Haus. Der Scheich saß auf einem Teppich auf dem Boden, spielte mit seinen Perlen, murmelte Beschwörungen und Gebete und was diese Scharlatane sonst noch tun, um die Armen hinters Licht zu führen.

Der Besucher sprach ebenfalls ein paar Gebete und legte dem Prediger ein kleines Bündel zu Füßen. Erfreut über diese Gabe fragte dieser den Fremden nach seinem Namen, erhielt jedoch keine Antwort. Eine Weile beteten sie still. Dann sprach der Fremde.

›Verratet mir eines, großer Lehrer. Seid Ihr wirklich blind?‹

Der Scheich nickte.

›Vollkommen blind?‹

Der Scheich nickte noch heftiger, diesmal leicht gereizt.

›Wenn ich also das Tuch von Euren Schultern ziehen würde‹, fuhr der Mann in freundlichem Ton fort, ›würdet Ihr nicht wissen, wer ich bin?‹

Diese Vorstellung belustigte den Scheich, lächelnd ließ er sich von dem kühnen jungen Dieb das Tuch abnehmen. Doch als dieser gemächlich davonspazierte, eilte der fromme Mann ihm mit seinem Stock hinterher. Sein wahres Gesicht zeigte sich, als er dem Dieb Beschimpfungen hinterherschrie. Mutter-und-Schwester-fickender-Scheißkerl, Zweifach-kamelschwänziger-Hurensohn. Und Schlimmeres, Ibn Yakub, Derbheiten, die ich vor Euch nicht wiedergeben möchte. Und später stellte sich auch noch heraus, daß das Bündel, das der Dieb dem Scheich dagelassen hatte, aus drei Lagen strohbedeckten Taubenkots bestand!«

Abermals lachte Shadhi auf. Sein Gelächter war ansteckend, und ich brachte ein schwaches Lächeln zuwege. Allerdings entging ihm nicht, daß ich seine Geschichte nur mäßig erheiternd fand. Das ärgerte ihn, und er spuckte in einem kunstvollen Bogen über mich hinweg, um seinem Mißfallen Ausdruck zu verleihen. Dann heftete er den Blick auf mich und zwinkerte mir zu, woraufhin ich lachen mußte. Wir hatten uns wieder versöhnt.

Erst am späten Nachmittag geruhte der Sultan von meiner unbedeutenden Gegenwart Kenntnis zu nehmen. Er war gut gelaunt, und als ich mich erkundigte, ob seine Reise mit dem Kadi erfolgreich verlaufen sei, seufzte er.

»Eigentlich gehört es nicht zu meinen Pflichten, das Volk davon zu überzeugen, daß es Steuern an den Staat abführen muß. Doch al-Fadil beharrte darauf, daß meine persönliche Anwesenheit im Norden des Landes unerläßlich sei. Nun, wie immer hatte er recht. Mein Auftreten zeitigte die gewünschte Wirkung. Innerhalb von zwei Tagen trieben wir Steuern ein, die schon seit zwei Jahren ausstanden. Doch nun laßt uns mit unserer Geschichte fortfahren. Wo waren wir stehengeblieben?«

Ich erinnerte ihn daran, wie er Wesir von Misr geworden war.

★

»Ich hatte befürchtet, der Sultan Nureddin könnte sich durch das Verhalten einiger damaszenischer Emire irreleiten lassen. Sie verhehlten kaum, daß sie mir meine Stellung neideten und mich verachteten. Nachdem ich Nureddin eine Nachricht übermittelt hatte, harrte ich nun ungeduldig seiner Antwort.

Eine Woche später traf sie ein. Die Anrede, die er gewählt hatte, ließ erkennen, daß ihn meine Ernennung sehr beunruhigte. Ich war noch immer der Emir Salah al-Din, oberster Befehlshaber der Armee. Rasch sandte ich eine weitere Botschaft, in der ich hervorhob, daß er, Nureddin, mein Sultan sei und ich einzig und allein seinen Befehlen gehorchen würde. Des weiteren ersuchte ich ihn, er möge meinem Vater Ayyub und der übrigen Familie gestatten, zu mir nach Kairo zu ziehen, da ich mich ohne sie einsam und heimatlos fühlte. Nach mehreren Monaten wurde mir diese Bitte gewährt. Ich hatte meine Eltern seit nahezu einem Jahr nicht mehr gesehen. Groß war unsere Freude, als es Allah gefiel, uns wieder zu vereinen.

Ich bot meinem Vater an, das Amt des Wesirs zu übernehmen, das ich unverzüglich mit sämtlichen Machtbefugnissen an ihn abtreten würde. Doch er lehnte ab und betonte, Allahs Wahl sei auf mich gefallen. Gegen Seinen Willen zu handeln sei unrecht. Allerdings konnte ich ihn überreden, das Amt des Schatzmeisters zu übernehmen, eine einzigartige Schlüsselstellung. Nur mit Gewalt über die Staatskasse ließ sich wirkliche Macht ausüben.

Der fatimidische Kalif und seine Höflinge waren erzürnt über meine Entscheidung. Sie hatten mich gerade deshalb zum Wesir erkoren, weil sie mich für einen schwachen und wenig einnehmenden Mann hielten. Nun erkannten sie, daß ihnen die Macht aus den Händen glitt. Der Kalif al-Adid war ein Schwächling, der sich von seinen Eunuchen beeinflussen ließ. Eine dieser Gestalten, ein Nubier namens Nejeh, mit einer Haut so schwarz wie sein Herz, erfreute sich der besonderen Gunst al-Adids. Ebendieser Nejeh war es, der seinen Herrn sowohl mit Opium als auch mit falschen Nachrichten versorgte.

Der Kalif hatte sich mit dem ehrgeizigen Gedanken getragen, selbst Wesir zu werden, doch dann war es ihm einfacher erschienen, sich die Macht am Hof zu sichern, indem er sich meiner bediente. Eines Abends berichteten die von al-Fadil eingeschleusten Spitzel, der Eunuch Nejeh habe heimlich einen Boten an die Franken gesandt. Demnach hatte der Kalif die Franken ersucht, Kairo zum Schein anzugreifen. Er wußte, daß ich zum Kampf gegen die Eindringlinge losziehen würde. Wenn ich dann durch diese Finte abgelenkt war, wollten Nejeh und seine Nubier uns den Dolch in den Rücken stoßen.

Auf Anraten al-Fadils beschloß ich, Nejeh möglichst bald zu beseitigen. Solange er sich im Palast aufhielt, war dies kein leichtes Unterfangen, da ich nicht einen regelrechten Krieg vom Zaun brechen wollte. Ihr müßt wissen, daß Zehntausende von Nubiern Nejeh wie einen Gott verehrten. Doch dann fanden wir heraus, daß er einen Liebhaber hatte, mit dem er sich regelmäßig in einem Landhaus fernab vom Palast traf. Wir paßten den rechten Augenblick ab, und als die Zeit gekommen war, beförderten wir Nejeh und seinen Liebhaber in die Hölle.

Mein Vater hatte mich gelehrt, daß zwei Armeen unter zwei verschiedenen Befehlshabern nie lange nebeneinander bestehen können. So Allah will, wird früher oder später die eine über die andere triumphieren. Was sich in diesen Monaten in Kairo abspielte, war der Kampf um die unumschränkte Macht. Ich überraschte den fatimidischen Kalifen mit der Nachricht, seine Männer hätten Verbindung zu den Feinden unseres Propheten aufgenommen, der Eunuch Nejeh sei gefangengenommen und hingerichtet worden und mein Sultan Nureddin wünsche, daß die Freitagsgebete in der al-Azhar im Namen des einzig wahren Kalifen stattzufinden hätten, desjenigen, der in Bagdad lebte.

Als er diese Worte vernahm, begann der jämmerliche Knabe zu zittern und zu beben. Die Angst hatte seine Zunge gelähmt, er brachte kein Wort über die Lippen. Dabei hatte ich ihm nicht einmal gesagt, daß Nureddin forderte, ich sollte ihn ohne weiteren Aufschub aus dem Weg räumen.

Am nächsten Morgen strömten die Nubier, bis an die Zähne bewaffnet, mit scharfen, in der Sonne blitzenden Krummsäbeln auf den Beyn-al Kaisreyn und begannen, meine Soldaten zu verhöhnen. Wir hatten viele schwarze Soldaten in unserer Armee, doch schrien diese nubischen Rohlinge nicht ihnen, sondern uns Schmähungen entgegen. Mein Vater riet mir, gnadenlos gegen diese Teufel vorzugehen. Als ich auf sie zuritt und sie mich erblickten, schlug mir aus ihren Reihen eine Woge des Hasses entgegen, und ein Spottgesang drang an mein Ohr: ›Jeder weiße Mann ist ein Brocken Fett, und jeder schwarze Mann ist glühende Kohle.‹

Meine Bogenschützen waren kampfbereit, doch zunächst sandte ich den Nubiern eine Botschaft. Wenn jeder weiße Mann ein Brocken Fett sei, wie komme es dann, daß Nejeh ein verräterisches Komplott mit den Franken geschmiedet hatte? Vor Allah sind wir alle gleich, fuhr ich fort. Gebt auf und liefert eure Waffen ab, oder ihr werdet vollständig vernichtet. Einer der Aufständischen versetzte meinem Boten einen Schwerthieb ins Gesicht. Nun war Blut geflossen, und wir eröffneten die Schlacht.

Der Kampf währte zwei volle Tage, und die Nubier setzten Straßen und Häuser in Brand, um unseren Vormarsch zu behindern. Am dritten Tag stand außer Zweifel, daß Allah uns einen weiteren Sieg geschenkt hatte. Als wir al-Mansuriya, das Viertel, in dem die meisten Nubier wohnten, in Schutt und Asche legten, erkannten sie, daß weiterer Widerstand nur töricht wäre. Der Sieg war teuer erkauft, Ibn Yakub, doch er wog den Verlust an Menschenleben auf, denn jetzt stand Misr unter unserer alleinigen Herrschaft.

Sämtliche unserer Emire wollten den Kalifen der Fatimiden stürzen und den rechtmäßigen Kalifen in Bagdad unverzüglich von unserer Ergebenheit unterrichten. Zwar teilte ich die Gesinnung der Emire, führte aber dennoch eine vertrauliche Unterredung mit meinem Vater. Stets auf umsichtiges Handeln bedacht, riet mir mein Vater von weiterem Blutvergießen ab. Er rief mir ins Gedächtnis, daß es der Kalif al-Adil gewesen war, der mir den Turban des Wesirs aufgesetzt hatte. Mochten seine Beweggründe auch unehrenhaft gewesen sein, so wäre es für unsere Sippe noch ehrenrühriger, sich nicht als großmütig zu erweisen. Dieser Gedankengang leuchtete mir nicht ganz ein, und ich wollte nicht einlenken, bis schließlich mein Vater, der sich vergewissert hatte, daß niemand an der Tür lauschte, mir ins Ohr flüsterte:

›Mit Hilfe dieses erbärmlichen Kalifen können wir Nureddin in Schach halten. Bringst du den Kalifen um, wirst du Sultan. Aber was würde Nureddin, der Sultan von Damaskus und

Aleppo, von diesem Aufstieg halten? Ich kenne ihn gut. Er würde sich fragen: Wie kann es angehen, daß einer meiner jüngsten Emire, ein Emporkömmling aus den kurdischen Bergen, dessen Onkel und Vater meine Gefolgsleute sind, wie kann es sein, daß dieser hoffärtige Bursche sich die Sultanswürde anmaßt, ohne sie zuvor mir anzubieten? Übe dich in Geduld, mein Sohn. Die Zeit arbeitet für dich. Jetzt gilt es, unsere Macht zu festigen. Alle entscheidenden Staatsämter müssen mit deinen Brüdern und Vettern besetzt werden. Und wenn der Kalif der Fatimiden eines Tages soviel Opium genossen hat, daß er in den Schlaf versinkt, aus dem es kein Erwachen mehr gibt, dann müssen wir dafür sorgen, daß die Nachfolge reibungslos vonstatten geht.‹

›Welche Nachfolge?‹

›Deine. In dem Augenblick, da er stirbt, wirst du dieses Kalifat abschaffen. Du wirst von der Kanzel der al-Azhar verkünden, daß es fürderhin nur noch einen Kalifen gibt, und zwar den in Bagdad. Alle Gebete werden in seinem Namen gesprochen, und du, Salah al-Din, bist sein Sultan.‹

Mein Vater, er möge in Frieden ruhen, war ein vortrefflicher Ratgeber, und auch diesmal sollte er recht behalten. Der Kalif erkrankte, woraufhin ich sofort den Kadi anwies, die Gebete zu ändern. Von diesem Tag an wurden die Gebete in unserer Stadt im Namen des einzig wahren Kalifen gesprochen. Als die Kunde davon nach Bagdad gelangte, herrschte großer Jubel. Der Kalif übersandte mir ein zeremonielles Schwert und die schwarze Fahne der Abbasiden. Das war eine hohe Auszeichnung.

Wenige Tage darauf verstarb der letzte der Fatimiden. Ich beauftragte Qara Kush, seinerzeit einer der klügsten Männer in Kairo und einer meiner Ratgeber, al-Adids Familie mitzuteilen, daß die Zeit ihrer Dynastie vorüber sei. Beinahe drei Jahrhunderte lang hatten die fatimidischen Kalifen dieses Land regiert, und zwar im Namen ihrer ketzerischen Schiitensekte. Doch nun war ihre Herrschaft beendet, und in meinen Gebeten dankte ich Allah und Seinem Propheten.

Mit der schriftlichen Genehmigung des Kalifen in Bagdad wurde ich Sultan. Nureddin nahm meinen neuerlichen Aufstieg hin, aber es wäre übertrieben zu sagen, daß er darüber erfreut war. Zweimal ersuchte er mich um eine Unterredung in Damaskus, doch ich war zu sehr vom Kampf gegen die Franken in Anspruch genommen. Als sie erfuhren, daß Misr nun unter unserer Befehlsgewalt stand, gerieten sie in größte Unruhe. Ich eroberte einige ihrer Zitadellen, unter anderem auch Eyla, eine bedeutende Feste zur Sicherung des Pilgerwegs nach Mekka.

Von einigen seiner Ratgeber wurde Nureddin eingeflüstert, ich ließe mich nur deshalb auf Scharmützel mit den Franken ein, damit ich seinem Befehl, nach Damaskus zurückzukehren, nicht nachkommen müsse. Dies war eine bösartige Unterstellung. Es beunruhigte die Franken, daß wir nun sowohl Iskanderiya wie auch Damietta regierten, die beiden Hafenstädte, die sie unbedingt in Freundeshand wissen wollten. Sie befürchteten, völlig zu recht, ich würde unsere Macht über die Häfen dazu benutzen, den Franken die Verbindung nach Europa abzuschneiden. Auf längere Sicht würde dies das Ende ihrer Besatzung bedeuten, ihre Macht würde zu Staub zerfallen. Qara Kush schlug einen sofortigen Angriff vor, doch wir waren in einer ungünstigen Ausgangslage. Wir erhielten nämlich die Nachricht, daß der Kaiser von Konstantinopel mehr als zweihundert Schiffe mit Soldaten entsandt hatte, um Damietta zu belagern.

Wir wurden regelmäßig darüber unterrichtet, wie viele Belagerungstürme gebaut wurden und über welche Anzahl von Rittern Amaury verfügte. Alle diese Berichte wurden geprüft und von Boten nach Damaskus gebracht.

Mitunter sagt man mir nach, Ibn Yakub, daß ich in entscheidenden Augenblicken nicht entschlossen genug vorginge. Vielleicht trifft dies zu. Ich habe die Vorsicht meines Vaters geerbt, doch würde so mancher in unseren Reihen es mehr begrüßen, wenn mir die Leidenschaftlichkeit meines Onkels Chirkuh in die Wiege gelegt worden wäre. Dieses Mangels bin ich mir bewußt, und gelegentlich versuche ich, beide Eigenschaften miteinander zu verbinden. Doch ist es nicht leicht, Entscheidungen zu treffen, von denen das Leben so vieler Menschen abhängt.

Nureddin war deshalb ein wahrlich großer Anführer, weil er eine wesentliche Tatsache begriffen hatte: nämlich, daß es für unser Volk keinen Frieden geben konnte, solange wir die Franken nicht endgültig besiegt hatten. Und diesem einen Ziel ordnete er alles andere unter. Daß er meinetwegen verärgert war, stellte eine eher unwichtige Nebensächlichkeit dar.

Als meine Boten in Damaskus eintrafen und ihm unsere gefährliche Lage schilderten, zögerte er keinen Augenblick. Er stellte eine riesige Armee zusammen und entsandte sie nach Misr. Mit dieser Armee griffen wir die Franken in Palästina an und lenkten sie damit von Damietta ab. Allah schenkte uns den Sieg. Ein plötzlicher Sturm half uns, die Schiffe zu versenken, die der Kaiser, dessen Schwester mit Amaury verheiratet war, von Konstantinopel geschickt hatte. So war der stolze griechische Gockel zum Hahnrei gemacht worden und hatte eine Menge Federn lassen müssen. Nureddin war ein Mann von einer Größe, die zu erlangen ich nicht hoffen darf, und alles, was ich erreicht habe, verdanke ich ihm.«

⋆

Bei seinen letzten Worten umspielte ein seltsames Lächeln seine Lippen, eine Mischung aus frohem Stolz und einem Gefühl des Triumphs, aber auch aus Neid und Traurigkeit. Vielleicht sinnierte er gerade, welche Ironie darin lag, daß nun er, Salah al-Din, und nicht sein ehemaliger Herr, die Eroberung Jerusalems vorbereitete. Er würde derjenige sein, der in der Qubbat al-Sakhra, dem Felsendom, die Gebete sprach und sie wieder den Gläubigen übergab.

Ich wollte ihm weitere Fragen stellen, wollte mehr über Nureddin erfahren. Doch aus seiner Miene war zu lesen, daß andere Dinge ihn bewegten. Plötzlich riß er mich aus meinen Gedanken.

»Geht und brecht das Brot mit Shadhi, aber haltet Euch zu meiner Verfügung. Heute nachmittag sollt Ihr mit mir zur Zitadelle reiten.«

Ich verneigte mich und begab mich hinaus. Als ich durch die Räume zum Hof schritt, war ich verblüfft von der

Bescheidenheit dieses Mannes. Dabei lebte er inmitten größten Prunks. Wenngleich er die ausgeklügelten höfischen Rituale der Kalifen abgeschafft hatte, wurden Reichtum und Macht dennoch üppig zur Schau gestellt, als wollte er gewöhnlichen Sterblichen wie mir zeigen, daß beides stets zusammengehörte. Reichtum und Macht gingen Hand in Hand, das würde sich nie ändern.

Salah al-Din war bekannt für seine Großzügigkeit. Nicht zuletzt aus diesem Grund erfreute er sich bei seinen Soldaten großer Beliebtheit. Außer bei feierlichen Anlässen kleidete er sich stets einfach, und er ritt sein Lieblingsroß gern ohne Sattel. Nichts, so sagte er mir, beflügle die Träume von zukünftigem Ruhm mehr, als den Schweiß eines Pferdes unter sich zu spüren. Als er einmal ohne Sattel über Wiesen und Sand dahingaloppiert sei, hätten seine militärischen Pläne Gestalt angenommen. Es sei gewesen, erzählte er, als hätten sich der Galopp des Hengstes und seine Gedankengänge im selben Rhythmus vereint.

Wenig später verzehrten Shadhi und ich eine Lammkeule, geschmort mit drei verschiedenen Bohnensorten und butterzart. Shadhi behauptete, dieses köstliche Mahl hätte ich ihm zu verdanken, denn er habe den Köchen mit Mord gedroht, falls sie wieder zähes Fleisch auftischten. Schon einmal habe er sich daran einen Zahn ausgebissen. Seine Einschüchterungen hatten die gewünschte Wirkung erzielt. Das zarte Fleisch war eine Wonne.

Ich erzählte Shadhi von dem seltsamen Lächeln Salah al-Dins, als dieser von Nureddin gesprochen hatte, und fragte ihn nach seiner Deutung. Der alte Mann schnaubte wie ein überanstrengtes Roß.

»Unser Sultan kann zuweilen sehr schlau sein. Wir alle haben Nureddin bewundert. Er war ein Mann ohne Fehl, seine Ehre war unbefleckt. Aber Salah al-Din verübelte ihm seine Macht und sein Ansehen. Einmal, ich glaube, wir belagerten gerade eine fränkische Festung, stieß Nureddin höchstselbst zu uns, woraufhin unser Sultan nach Kairo zurückkehrte. Er behauptete, es drohe ein Aufstand seitens der noch verbliebenen Fatimiden. Zwar entsprach das der Wahrheit, doch hätte er diese Angelegenheit bedenkenlos seinen Brüdern überlassen können. Er lief einfach vor Nureddin davon. Er hatte Angst, ihm Aug in Aug gegenüberzutreten. Weshalb? Nun, weil er wußte, daß Nureddin ihn vielleicht nach Damaskus zurückgeschickt hätte. Nureddin wiederum empörte Salah al-Dins Überheblichkeit, denn aus seiner Sicht maßte sich ein Untergebener die Rechte eines Ebenbürtigen an. Diesem mußte eine Lehre erteilt werden, und so beschloß er, nach Kairo zu marschieren.

Laßt mich Euch nun eines berichten, mein Freund. Ich war, ebenso wie Ayyub, zugegen, als der Sultan die Emire und Heeresbefehlshaber um sich scharte und uns von Nureddins Vorrücken in Kenntnis setzte. Salah al-Dins Lieblingsneffe platzte heraus, sie sollten Nureddin ebenso wie den Franken Widerstand leisten. Als Salah al-Din seinem Neffen ein nachsichtiges Lächeln schenkte, rief Ayyub, in einem Ton so scharf wie eine Damaszenerklinge, den Knaben zu sich und gab ihm eine schallende Ohrfeige. Vor aller Augen! Dann erhob er sich und richtete das Wort an Salah al-Din: ›Laß dir eines gesagt sein, mein Sohn! Wenn unser Sultan hierher käme, würde ich mich zu Boden werfen und ihm die Füße küssen. Sollte er mir befehlen, dir den Kopf abzuschlagen, so würde ich ohne Widerrede gehorchen, obgleich sich meine Tränen mit deinem Blut vermischen würden. Dieses Land gehört ihm, und wir sind seine Gefolgsleute. Schicke ihm noch heute eine Botschaft, Salah al-Din. Sag ihm, es sei nicht nötig, daß er die kräftezehrende Reise hierher unternimmt. Statt dessen möge er dir nur einen Boten auf einem Kamel schicken, der dich mit einem Strick um deinen Hals zu ihm führen soll. Nun geht, Männer, doch haltet Euch eines vor Augen. Wir sind Nureddins Soldaten. Er kann mit uns verfahren, wie es ihm beliebt.‹

Als sich mit Ausnahme von Salah al-Din und mir alle zurückgezogen hatten, ging Ayyub mit seinem Sohn scharf ins Gericht, weil er vor all den Emiren, die nichts sehnlicher als seine Absetzung wünschten, seine ehrgeizigen Absichten zu erkennen gegeben hatte. Salah al-Din war ein Häuflein Elend, als sei er durch das unbedachte Wort eines innig geliebten Menschen zutiefst verletzt worden.

Ayyub betrachtete ihn eine Weile und beobachtete, wie die Miene seines Sohnes immer kläglicher wurde. Dann stand er auf und umarmte ihn. Er küßte ihn auf die Stirn und flüsterte:

›Ich kenne Nureddin gut. Ich glaube, dein unterwürfiger Brief wird ihn milde stimmen. Sollte er sich aus irgendeinem Grund dennoch nicht besänftigen lassen, so werde ich an deiner Seite kämpfen.‹

Versteht Ihr nun, Ibn Yakub? Als Ihr jenes Lächeln auf dem Gesicht des Sultans saht, dachte er vielleicht auch gerade an den Scharfsinn seines Vaters. Jetzt ist er auf sich allein gestellt. Ayyub ist zu seinem Schöpfer zurückgekehrt, Chirkuh ist von uns gegangen. Manchmal, wenn ich ihm morgens Minztee bringe, sagt er: ›Shadhi, du bist der letzte aus der alten Generation. Stirb mir nicht auch noch weg.‹

Als würde ich das tun! Ich möchte unbedingt noch al-Kadisiya sehen, Ibn Yakub, die Stadt, die Euer Volk Jerusalem nennt. Ich will an seiner Seite sein, wenn wir in der Qubbat al-Sakhra beten. Wie Ihr wißt, bete ich nicht oft, aber an jenem Tag werde ich es tun. Und Ihr könnt mir glauben, dieser Tag wird kommen, das ist so sicher wie Sonnenaufgang und Sonnenuntergang. Salah al-Din ist fest entschlossen, die Stadt einzunehmen, koste es, was es wolle. Denn er weiß, daß er damit die Franken, die sich in unseren Landen eingenistet haben, tödlich treffen wird. Und er ist sich auch darüber im klaren, daß sein Name durch diesen Erfolg unvergänglich werden wird. Wenn unsere Knochen längst zu Staub zerfallen sind, werden die Gläubigen jenes lahmen Knaben gedenken, den ich einst im Schwertkampf unterrichtet habe. Wie viele werden sich dann noch an Nureddin erinnern?«

Zwölf

Der Sultan besichtigt die neue Zitadelle in Kairo, wird aber zurück in den Palast gerufen, um Raymund von Tolouse zu empfangen, einen christlichen Häretiker. Dieser ist aus Jerusalem geflohen, um dem Zorn der Tempelritter zu entrinnen.

Einer der Gründe, weshalb der Sultan mich nicht bat, ihn auf seinen Reisen zu begleiten, wenn er sich selbst ein Bild von der Lage vor Ort verschaffen wollte oder, wie er es regelmäßig zu tun pflegte, den Bau der Zitadelle in Augenschein nahm, lag klar auf der Hand: Er wußte, daß ich nicht reiten konnte. Dieses Unvermögen betrübte ihn. Er konnte sich nicht damit abfinden, daß jemand weder die Fähigkeit noch den Wunsch besaß, auf dem Rücken eines Pferdes dahinzugaloppieren. Und so vermied er es weitgehend, in meiner Gegenwart von Pferden zu sprechen. Dabei wurde sein beträchtliches Wissen über diese Tiere nur von seiner Kenntnis der Hadithe übertroffen. Mehrmals hielt er in seinen Erzählungen inne und begann ein bestimmtes Roß zu beschreiben, das ihm sein Bruder im Jemen zum Geschenk gemacht hatte. Zu Beginn schilderte er stets den elend langen Stammbaum, bis er gewahr wurde, wie mein Blick in die Ferne schweifte. Dann seufzte er, lachte und kehrte zur eigentlichen Erzählung zurück.

Daran mußte ich denken, als ich inmitten seines Gefolges durch die Stadt ritt. Er hatte erfahrene Reiter zu meiner Rechten und Linken befohlen, falls es dem Tier, auf dessen Rücken ich saß, etwa einfallen sollte zu scheuen. Doch nichts dieser Art geschah, und schon bald hatte ich mich mit meinem unbequemen Sitz abgefunden. Zwar würde mein Gesäß am Ende des Tages wund sein, doch ich genoß das Erlebnis, mit Salah al-Din auszureiten.

Der Sultan ritt ohne jede Mühe. Dabei saß er nicht auf seinem Schlachtroß, sondern auf einem weniger edlen Tier. Doch auch dieses Pferd war an Salah al-Din gewöhnt. Meist beließ er dem Tier seinen eigenen, weder zu schnellen noch zu langsamen Schritt. Doch bedurfte es nur eines winzigen Zuckens seiner Ferse, schon preschte es los und zwang uns alle mitzuhalten. Manchmal schien es, als wären Pferd und Reiter eins, jenen Phantasiegestalten gleich, die die alten Griechen in ihren Gedichten besangen.

Wir ließen das Bab al-Zuweila hinter uns und ritten bald durch Straßen, in denen es vor Menschen wimmelte. Sie unterbrachen ihre Arbeit, um sich zu verbeugen oder ihrem Herrscher einen Gruß zu entbieten, doch er ermunterte sie nicht zu unterwürfigen Gesten, sondern versuchte so rasch wie möglich die Stadt zu durchqueren. Vor allem wollte er die Bittsteller und Speichellecker unter den Händlern, die überwiegend das Bild der Straßen prägten, eilends hinter sich lassen.

Kurz darauf kamen wir an den heruntergebrannten Ruinen des Mansuriya-Viertels vorbei, wo die nubischen Soldaten des Eunuchen Nejeh sich zum letzten Gefecht gesammelt hatten, ehe sie endgültig aus der Stadt vertrieben worden waren. Der Sultan hatte befohlen, das Viertel in Schutt und Asche zu belassen, als grimmige Mahnung für all jene, die in der Zukunft mit dem Gedanken spielen sollten, ihren Herrscher zu verraten.

Ohne Vorwarnung zügelte Salah al-Din plötzlich sein Pferd. Heute bestand sein Gefolge aus mir sowie drei Hofschreibern, welche die Anweisungen des Sultans für den Kadi al-Fadil festhalten sollten, und zwanzig sorgfältig ausgewählten Leibwächtern, was hieß, daß Shadhi sie ausgewählt hatte. Denn um der Wahrheit die Ehre zu geben, traute er nur Kurden oder Mitgliedern seiner eigenen Familie, wenn es galt, seinen Sultan zu beschützen. Dieser winkte mir soeben zu, an seine Seite zu kommen. Er lachte.

»Es gefällt mir, Euch reiten zu sehen, Ibn Yakub. Aber ich denke, Shadhi sollte Euch noch ein paar Stunden erteilen.«

Ich nickte zum Einverständnis, was ihm ein breites Lächeln entlockte.

»Und Euer braves Weib wird Euer Hinterteil heute abend mit einer guten Salbe einreiben müssen«, fuhr er fort. »Ich hoffe nicht, daß unser Ausflug Euch in irgendeiner Eurer Fähigkeiten beeinträchtigt.«

Über diese Bemerkung lachte er lauthals heraus, doch dann betrachtete er die Überreste des niedergebrannten Viertels, und seine Miene verdüsterte sich.

»Wir können uns glücklich schätzen, diesen Aufstand überlebt zu haben. Wenn sie uns überrascht hätten, wäre die Sache vielleicht anders ausgegangen. Diese immerwährende Unsicherheit ist ein teuflischer Fluch, der auf den Gläubigen lastet. Beinahe scheint es, als wäre es uns bestimmt, niemals in Eintracht unserem Feind zu trotzen. Noch konnte keiner unserer Philosophen oder Geschichtsschreiber diese Frage klären. Laßt sie uns eines Abends mit unseren Gelehrten erörtern.«

Dann beugte er sich nach vorne, um den Hals des Pferdes zu tätscheln, ein Zeichen, daß unser Ritt fortgesetzt werden sollte. Kurz darauf hatten wir die überfüllten Straßen hinter uns gelassen, vor uns erstreckten sich die Mukkattam-Höhen. Emsig wie Bienen errichteten hier Bauhandwerker die neue Zitadelle. Riesige Steine wurden von Menschen und Maultieren herangeschleppt. Tausende von Arbeitern waren mit dem Bau beschäftigt.

Während ich das Treiben beobachtete, fragte ich mich, ob sich noch jemand außer mir an die uralten Monumente von Giseh erinnert fühlte. Sie mußten von den Vorfahren derjenigen errichtet worden sein, die nun hier an dieser gewaltigen Feste arbeiteten.

Die Aufsicht über den Bau führte der Kämmerer des Sultans, der Emir Qara Kush. Ihm allein traute Salah al-Din es zu, seine genauen architektonischen Anweisungen umzusetzen und den Fortgang des Baus während seiner oft lange währenden Abwesenheit zu überwachen. Angesichts der eifrigen Arbeiter hellte sich Salah al-Dins Miene auf. Wieder berührte er das Pferd am Hals, und es tat, wie ihm geheißen, und galoppierte so flink los, daß nur Salah al-Dins Leibwächter mithalten konnten.

Die drei Hofschreiber und ich folgten in gemächlicherer Gangart. Bereits die Väter und Großväter dieser koptischen Schreiber hatten den fatimidischen Kalifen der vergangenen Jahrhunderte gedient. Sie lächelten mich an und machten schmeichelnde Bemerkungen, doch blieb es mir nicht verborgen, daß sie hinter ihren höflichen Masken von Neid zerfressen wurden. Sie mißgönnten mir, ihrem Herrn täglich nahe sein zu dürfen.

Als Salah al-Din mich absitzen sah, unterdrückte er ein Lächeln. Oh, wie schmerzten meine Beine, als ich eine Rampe zu einem soeben fertiggestellten Turm hinaufschritt. Hier besprach der Sultan mit dem Emir Qara Kush das Mauerwerk. Einst war dieser riesenhafte Eunuch mit heller Haut und kohlrabenschwarzem Haar einer von Chirkuhs Mamelucken gewesen, doch dann hatte ihm sein Herr die Freiheit geschenkt und ihn zum Emir ernannt. Chirkuh hatte sein Geschick in verwalterischen Tätigkeiten sehr geschätzt, und es war auf Qara Kushs Rat hin geschehen, daß der fatimidische Kalif Salah al-Din mit dem Amt des Wesirs betraute.

Gerade beschrieb Qara Kush, wie man einige der Steine den weiten Weg von den Pyramiden von Dahschur bis hierher gebracht hatte, und wies darauf hin, wie gut sie zu dem hiesigen Kalkstein paßten. Mit offensichtlicher Zufriedenheit wandte sich der Sultan an mich.

»Schreibt das auf. Denn wir errichten diese neue Zitadelle, um ein uneinnehmbares Bollwerk zu schaffen, das jedem fränkischen Angriff standhält. Wenn Ihr Euch aber umschaut, wie die Mauern und Türme angelegt sind, werdet Ihr bemerken, daß wir mit Leichtigkeit auch einem Aufstand der Unseren trotzen können. Es wird mir stets im Gedächtnis haften bleiben, wie nahe wir einer Niederlage waren, als die Eunuchen und Mamelucken ihre Nubier zu einem Überraschungsangriff entsandten. Hier jedoch wird uns keiner mehr überraschen.«

Während wir sprachen, machte uns Qara Kush auf die Staubwolke zweier Reiter aufmerksam, die auf die Zitadelle zupreschten. Da er niemanden erwartete, war er über diese unvermutete Störung aufgebracht. Finster runzelte er die Brauen, während er zwei Leibwächter des Sultans anwies, die

Reiter am Fuß der Feste in Empfang zu nehmen. Salah al-Din lachte.

»Ihr seid so unruhig, Qara Kush. Fürchtet Ihr, daß unsere alten Freunde aus den Bergen jemand geschickt haben, um mich umzubringen?«

Qara Kush erwiderte nichts und wartete ungeduldig auf das Eintreffen der Reiter, die von den Wachen befragt und dann zu ihm gebracht werden würden. Des Sultans unbekümmerte Erwähnung früherer Attentatsversuche hatte den Kämmerer jedenfalls nicht gerade sorgloser gestimmt. Erst als die Reiter näherkamen, löste sich unsere Spannung. Denn es handelte sich um Kadi al-Fadils Eilboten, denen ausgesuchte Rennpferden zur Verfügung standen, um schnell wie der Blitz sein zu können. Man bediente sich ihrer nur in dringenden Fällen, und die Erleichterung darüber, nun zu wissen, mit wem wir es zu tun hatten, wurde überschattet von der Sorge, welche Botschaft sie wohl bringen mochten.

Endlich hatten sie unsere Warte erreicht und übergaben dem Sultan einen Brief des Kadis. Während Salah al-Din das Schreiben las, belebten sich seine Züge, und sein Auge begann zu blitzen wie ein silbriger Fisch im Nil. Seine Freude war unverkennbar. Nachdem die Boten und Wachen fortgeschickt worden waren, zeigte er uns die Nachricht. Sie besagte:

»Soeben ist ein Tempelritter in Kairo eingetroffen und erbittet Zuflucht bei uns. Er kommt aus Amaurys Lager und weiß vieles über dessen Truppenbewegungen und Pläne zu berichten. Der Grund für sein Überlaufen liegt im dunkeln, und er weigert sich, seine Geheimnisse irgend jemand preiszugeben, solange Eure Hoheit nicht anwesend ist. Seinem Betragen nach vermute ich aufrichtige Beweggründe, doch sollte der Emir Qara Kush, ein meisterhafter Kenner menschlicher Abgründe und Schwächen, zuerst mit ihm sprechen, ehe er Euch gegenübertritt. Untertänigst Eure Anweisungen erwartend, Euer ergebener Kadi al-Fadil.«

Kaum hatten wir zu Ende gelesen, packte Salah al-Din sowohl Qara Kush als auch mich am Arm und lief mit uns den schlammigen Weg zu dem Platz hinunter, wo unsere Pferde angepflockt waren. Wie von Dämonen besessen bestieg er in heller Aufregung sein Pferd und galoppierte derart schnell zum Palast zurück, daß ihm seine Wachen kaum zu folgen vermochten.

Zu meiner unermeßlichen Freude war auch der Emir Qara Kush kein begnadeter Reiter, und er gestattete mir, der ich bisher noch nie ein Wort mit ihm gewechselt hatte, in seinem Gefolge an seiner Seite zurückzureiten. Sein ungeheures Wissen über Kairo und die Schätze, die die Bibliotheken der Stadt bargen, war überwältigend. Als er mir sagte, daß meine Aufzeichnungen einst von hohem Wert für die Historiker sein würden, freute mich das sehr. Denn im Gegensatz zu al-Fadil nahm er meine Arbeit ernst.

Als wir eintrafen, erwartete uns der Sultan bereits. Er wünschte, daß sowohl Qara Kush als auch ich zugegen sein sollten, wenn er den Franken befragte. Offenkundig wollte er die Befragung nicht länger hinausschieben, näherte sich die Sonne doch bereits dem Horizont. Also schickte er uns unverzüglich in den Hammam des Palastes, um uns zu säubern. Danach sollten wir uns sogleich im Audienzsaal einfinden. Wir wußten beide, daß Salah al-Din die prunkvolle Ausstattung dieses Saales nicht schätzte, weshalb wir uns eines Lächelns nicht erwehren konnten. Es war unverkennbar, daß der Sultan den fränkischen Ritter am heutigen Tag mit der Pracht seines Hofes beeindrucken wollte.

Von meinem Bad erfrischt, machte ich mich bedächtig auf den Rückweg und durchschritt dabei verschiedene Räume, die von Mamelucken mit Fackeln in der Hand erleuchtet wurden. Im Audienzsaal blendete mich der ungewohnte Anblick von Salah al-Din im Staatsornat. Er trug sogar den mit seltenen Edelsteinen besetzten Turban des Sultans auf dem Haupt. Ich verneigte mich, und mir wurde ein Platz auf den Stufen vor dem Thron angewiesen. Dem Sultan zur Seite saßen Qara Kush und al-Fadil.

Auf dem Boden hatten in einem Halbkreis die berühmtesten Gelehrten der Stadt Platz genommen, unter denen sich zu meiner Freude auch Ibn Maymun befand. Qara Kush gab ein Zeichen, und ein Mamelucke verließ den Raum. Wenige Minuten später tat uns ein Trommelwirbel kund, daß der

Fremde nahte. Wir verstummten. Da erschien der Franke hinter einem Wächter mit Krummsäbel, schritt geradewegs auf den Thron zu, legte sein Schwert dem Sultan zu Füßen und verneigte sich tief. Erst als ihm die Erlaubnis erteilt wurde, den Kopf zu heben, sah er wieder auf. Qara Kush bedeutete ihm, sich zu setzen.

»Der Sultan ist erfreut, Euch zu sehen, Raymund von Toulouse.«

Der Mund, aus dem diese Worte kamen, war mir wohlvertraut, doch war der gewinnende Tonfall verschwunden. Statt dessen sprach der Kadi mit einer Entschiedenheit und Schärfe, auf die ich nicht gefaßt gewesen war. Und ich dachte bei mir, so klingt es also, wenn al-Fadil seine Urteile fällt und Strafen über die Schuldigen verhängt.

»Ihr befindet Euch in Gegenwart Seiner Hoheit Yussef Ibn Ayyub, Sultan von Misr und Schwert der Gläubigen. Wir sind entzückt, daß Ihr, obzwar nur bruchstückhaft, unserer Sprache mächtig seid. Gespannt erwarten wir zu hören, warum Ihr Euch hierher begeben habt.«

Raymund von Toulouse war von mittlerer Statur, mit dunklen Haaren und braunen Augen. Seine olivfarbene Haut wirkte gar ein paar Schattierungen dunkler als die unseres Sultans. Doch eine gräßliche Narbe quer über seiner linken Wange entstellte sein Gesicht und machte es einem schwer, die Gesichtszüge des Ritters eingehend zu betrachten. Die Wunde stammte vermutlich von einem Schwerthieb und war kaum älter als eine Woche.

Gerade wollte Raymund von Toulouse zu einer Erwiderung ansetzen, als der Sultan das Wort ergriff. Erfreut stellte ich fest, daß seine Stimme wie immer klang.

»Auch wir brennen darauf, die Gründe für Eure Anwesenheit hier zu erfahren. Doch bevor Ihr fortfahrt, laßt mich wissen, ob man Euch in meiner Abwesenheit willkommen geheißen hat. Habt Ihr bereits das Brot gebrochen?«

Mit einer leichten Verbeugung bejahte Raymund.

»Dann erlaubt, Euch etwas Salz zu reichen.«

Ein Diener brachte einen silbernen Teller mit Salz. Raymund nahm eine Prise und streute sie sich auf die Zunge.

»Doch nun sprecht, Raymund von Toulouse«, forderte ihn der Sultan auf und gab zugleich ein Zeichen, daß sich der Franke setzen möge.

Raymund sprach ein hartes, gutturales Arabisch, doch schon bald schwand das Lächeln auf den Gesichtern seiner Zuhörer, als alle seiner meisterhaften Beherrschung dieser Sprache gewahr wurden.

»Ich bin Eurer Hoheit über alle Maßen dankbar, daß ich schon so bald nach meiner Ankunft hier empfangen werde und man meinen Worten Glauben schenkt. Ja, ich bin wahrhaftig Raymund von Toulouse, ein Ritter des Tempelordens, und habe die letzten fünf Jahre bei meinem Orden in Jerusalem verbracht, das Ihr al-Kadisiya nennt. Wir stehen unter dem Befehl von König Amaury, der Eurer Hoheit gewiß ebenso bekannt ist wie der Sultan ihm.

Ihr fragt Euch, warum ich gleich zweimal mein Leben aufs Spiel gesetzt habe, nämlich indem ich aus meinem Königreich flüchtete und mich dann in Eures gewagt habe? Nun, zum ersten Mal schwebte mein Leben vor zwei Nächten in Gefahr, als ich im Schutze der Dunkelheit aus meinem Orden entfloh. Beinahe wäre ich gefaßt worden, der Preis für meine Freiheit ist diese Wunde hier auf meiner Wange. Das Schwert, das mir dieses Andenken versetzte, gehörte einem Tempelritter. Zum zweitenmal hätte ich mein Leben in den Händen Eurer Männer verlieren können, denn wie leicht hätten sie sich als zu ungeduldig erweisen können, mir Fragen zu stellen oder meine Antworten abzuwarten. Doch obzwar ich Eure Sprache nur mangelhaft und stockend beherrsche, half mir dies, meine Reise zu überleben und sicher Euren Palast zu erreichen.

Laßt mich meine Geschichte mit einem Bekenntnis beginnen: In den Augen meiner Kirche bin ich ein Häretiker. Und wenn sich das Ringen um den wahren Glauben auf dem Wege der Häresie Bahn bricht, ja, dann bin ich ein Häretiker und sogar stolz darauf.

Ich stamme aus einem kleinen Dorf bei Toulouse. Dort geriet ich unter den Einfluß eines Predigers, der unsere Kirche brandmarkte und eine neue Sicht Gottes lehrte. Er prangerte an, daß den Kirchen die Gemeinden fehlten, daß es den

Gemeinden an Priestern mangele und den Priestern wiederum an Demut und Tugend. Letztlich, daß es den Christen an christlicher Gesinnung gebreche. Seiner Überzeugung nach gab es zwei Götter, einen guten Gott und einen bösen Gott. Diese beiden gleich starken und ewigen Mächte lägen im ständigen Widerstreit.

Für diesen Prediger war die heilige Dreieinigkeit des Christentums nichts als ein Ausdruck des Bösen; im Heiligen Geist sah er den Geist des Bösen, Gottes Sohn war für ihn der Sohn der Verdammnis und Gottvater kein anderer als der Satan selbst. Auch gab es für ihn zwei Christi. Der Christus im Himmel war gut, doch der Christus auf Erden war verderbt. Maria Magdalena bezeichnete er als Konkubine des Mensch gewordenen Christus, Johannes den Täufer als Vorboten des Antichrist. Der Teufel war für ihn der jüngere Bruder Christi, das Kreuz ein Symbol für Qual und Pein und damit ein Feind Gottes. Daher galt es, das Kreuz zu zerstören anstatt es anzubeten.

Unser ganzes Dorf, in etwa dreihundert Seelen, schloß sich diesem Prediger an und half, sein Wort in den Nachbardörfern zu verbreiten. Zu unserem Erstaunen stellten wir fest, daß andere uns bereits zuvorgekommen waren. Wir sollten auch bald erfahren, daß die Herzöge von Toulouse unserem Gedankengut nahestanden. Dieses Wissen stählte die Entschlossenheit unserer Gemeinde. Als ich fünfzehn Jahre zählte, vor nunmehr beinahe genau fünfzehn Jahren, rissen wir jedes Kreuz herunter, dessen wir ansichtig wurden. Entweder steckten wir es in Brand oder wir fertigten Werkzeug daraus, das dem Dorf von Nutzen sein konnte. Allein diese Tat machte uns verdammenswerter als Dämonen und Vampire, denn jene Geschöpfe der Finsternis fürchten angeblich das Kreuz, wohingegen wir Häretiker eine unvorstellbare Dreistigkeit an den Tag legten.

In unserer Sekte durchlief man drei Stadien bis zum Wahren Gläubigen: Man begann als Hörer, der die neue Wahrheit in sich aufnahm und das Doppelspiel der heuchlerischen Erörterung erlernte, ganz wie unsere christlichen Widersacher. Die nächste Stufe war die eines Gläubigen. Hier galt es, sich zu beweisen, indem man neue Anhänger für unsere Sache warb. Nachdem man fünfzig neue Hörer gewonnen hatte, wurde man ein Vollkommener und durfte bei der Wahl des Rates der Fünf mitwirken, der alle wichtigen Entscheidungen traf.

Da ich ein Vollkommener war, wurde ich vom Rat beauftragt, mich in den Orden der Tempelritter einzuschleichen, zu heucheln und zugleich die Bruderschaft für unsere Sache zu gewinnen, denn Konstantinopel hatte den Großmeister des Ordens gedrängt, die bitteren und teuflischen Lügen der Häretiker dem Feuer der göttlichen Wahrheit zu überantworten. Unser Rat hatte es daher für richtig befunden, in diesem Orden vertreten zu sein, um unsere Anhänger vor drohendem Unheil warnen zu können.

Unzüchtige Ausschweifungen und den Genuß von Alkohol hat unser Rat untersagt. Denn Trunkenheit und Fleischeslust schwächen nach der Ansicht des Rats die Entschlußkraft und machen uns verwundbar. Ich wurde von einem Hörer verraten, der zuviel getrunken hatte und die Anwesenheit von Dienern des Meisters nicht gewahrte, indes er mit unseren Erfolgen prahlte. Mir wurde dies erst bekannt, als er im Gefängnis bereits unter der Folter lag. Aufgrund des Aufbaus unserer Sekte konnte er jedoch nur mich und zwei weitere Männer benennen.

Es heißt, der Großmeister sei in Zorn entbrannt, als mein Name fiel. Er weigerte sich, dem Mann zu glauben. Glücklicherweise warnte mich ein Gläubiger aus dem Gefolge des Großmeisters. Ich wußte, daß ich fortan unter Beobachtung stehen würde, und brach jegliche Verbindung zu meinen Leuten ab. Nach ein paar Tagen führte man mich in Fesseln dem Großmeister vor, der mich fünf Stunden lang ununterbrochen verhörte. Ich stritt ab, irgend etwas von unserem Rat zu wissen, und bekannte mich voll und ganz zur Kirche von Rom und Konstantinopel. Da man mich wieder freiließ, glaubte ich ihn überzeugt zu haben. Und es schien, als würde ich auch nicht mehr bei jedem meiner Schritte überwacht.

Außer mir weilten noch drei weitere Vollkommene in Jerusalem. Eines Nachts trafen wir uns, und sie rieten mir, die Stadt zu verlassen und Zuflucht in Kairo zu suchen. Am nächsten

Morgen sattelte ich noch vor Sonnenaufgang mein Pferd, als sich mir ein Ritter in den Weg stellte. Er hatte Verdacht geschöpft. Indem er ein Losungswort gebrauchte, das nur unseren Anhängern bekannt ist und das er den drei Gläubigen offenbar unter der Folter abgepreßt hatte, überraschte er mich. Ehe ich mich's versah, hatte ich geantwortet, ohne in der Dunkelheit auch nur sein Gesicht erkannt zu haben. Er zog das Schwert. Ich tötete ihn, doch erst, nachdem mich seine Klinge an der Wange getroffen hatte. Daraufhin, Euer Hoheit, galoppierte ich schnell wie der Wind hierher. Denn wenn man mich gefaßt hätte, wäre ich unter grausamsten Umständen zu Tode gekommen.

Das ist das Ende meiner Geschichte, und nun befinde ich mich auf Gnade oder Ungnade in den Händen des erhabenen Sultans Salah al-Din, dessen Großmut in aller Munde ist.«

Während Raymund gesprochen hatte, waren allein drei Gesichter gänzlich unbewegt geblieben: Weder der Sultan noch Qara Kush noch al-Fadil hatten auch nur eine Miene verzogen, indes die anderen im Raum, zu denen auch ich mich zählen muß, immer wieder lebhaft Blicke getauscht hatten. Bei der Schilderung der Häresie hatte sich gar mancher gedankenvoll über den Bart gestrichen, als könne er so die Unruhe seines Geistes bezwingen.

»Wir haben Euren Ausführungen mit großer Aufmerksamkeit gelauscht, Raymund von Toulouse«, sprach nun der Sultan. »Wäret Ihr bereit, einer Befragung durch unsere Gelehrten zuzustimmen?«

»Mit dem größten Vergnügen, Euer Hoheit.«

Es war der Kadi, der jetzt mit honigsüßer Stimme die erste Frage stellte.

»Was die Kirche als Häresie ansieht, ist Eure Widerrede gegen die Heilige Dreieinigkeit und Eure Bilderstürmerei. Auch unser Prophet schätzte es nicht, wenn Ikonen oder Götzen angebetet wurden. Habt Ihr je den Koran studiert? Ist Euch die Botschaft unseres Propheten bekannt, Friede sei mit ihm?«

Raymund von Toulouse sprach äußerlich unbewegt.

»Ihr genießt einen großen Vorzug vor allen anderen, denn niemand kann leugnen, daß Euer Prophet wahrhaftig gelebt hat. Er war ein Mensch aus Fleisch und Blut, schon von daher war es nicht möglich, ihm eine doppelte Wesenheit zuzuschreiben. Euer Prophet lebte, er war verheiratet und zeugte mehrere Kinder. Er kämpfte, siegte, und er starb. Wir kennen seine Lebensgeschichte. Nicht nur diese wundervolle Stadt, auch Ihr, jeder einzelne von Euch hat seinen Ursprung in der bemerkenswerten Vision Eures Propheten.

Natürlich habe ich den Koran studiert, und ich stimme mit vielem darin überein. Doch, um offen zu sein, mir scheint, daß Eure Religion den weltlichen Freuden allzu verhaftet ist. Zu Recht habt Ihr festgestellt, daß es nicht genügt, allein diesem Buch getreu zu leben, und so habt Ihr das Sammeln der Hadithe gefördert, mit deren Hilfe Ihr die eroberten Reiche leichter regieren könnt. Doch trifft es nicht zu, daß viele der Hadithe einander widersprechen? Wer entscheidet, was letztlich zu glauben ist?«

»Viele unserer Gelehrten beschäftigen sich tagein, tagaus mit nichts anderem als den Hadithen«, entgegnete der Sultan rasch, denn er wollte nicht, daß sein Kadi das Gespräch gänzlich an sich riß. »Als junger Mann habe auch ich mit viel Freude und Sorgfalt die Hadithe studiert. Aber ich stimme Euch zu, viele Stellen bedürfen einer Auslegung. Das ist Sache der Ulema, die den Grad ihrer jeweiligen Genauigkeit bestimmt. Doch wir sind darauf angewiesen, Raymund von Toulouse, wir bedürfen der Hadithe. Denn ohne diese Überlieferungen könnte unsere Religion nicht verbindliche Lebensregel sein.«

»Kann denn irgendeine Religion zur verbindlichen Lebensregel werden, wenn es in den Reihen der Gläubigen gegensätzliche Auslegungen gibt? Die Anhänger des fatimidischen Kalifen, um nur das jüngste Beispiel zu nennen, teilen Euren Glauben oder den des Kalifen von Bagdad nicht. Dasselbe gilt auch für unsere Religion, ebenso wie für die der Juden. Derjenige, der herrscht, macht die Gesetze.«

»Ihr seid wahrlich ein Häretiker, mein Freund«, lachte Salah al-Din und bedeutete den übrigen Anwesenden mit einer einladenden Geste, nun ebenfalls Fragen zu stellen.

Ein betagter Mann, ein hochgeachteter Gelehrter der al-Azhar, erhob sich. Seine leise, brüchige Stimme war kaum mehr als ein Flüstern, doch sein Ansehen war so groß, daß jeder die Ohren spitzte, um sich keine Silbe entgehen zu lassen.

»Mit des Sultans gütiger Erlaubnis würde ich unserem Besucher gern eine Sache näher erläutern. Die größte Furcht, die jedes menschliche Wesen ungeachtet seiner Religion kennt, ist die Angst vor dem Tod. Diese Angst lastet auf jedem von uns. Wann immer wir einen Leichnam waschen und in die Tücher hüllen, sehen wir unsere eigene Zukunft vor uns. In den Tagen der Unwissenheit und noch weiter zurückliegenden Zeitaltern war jene Angst so groß, daß viele Menschen den Tod als solches leugneten und ihn zu einer Reise in eine andere Welt umdeuteten. Der Islam hat diese übermächtige Todesangst durchbrochen. Allein das mag man als eine unserer großen Errungenschaften werten, denn ohne die Überwindung dieser Angst können wir uns nicht fortentwickeln, bleiben wir Gefangene. Es war unser Prophet, der erkannte, daß diese Frage über allen anderen steht. Deshalb, Raymund von Toulouse, sind unsere Soldaten bis ans Ende dieses Erdteils gelangt und ins Herz des Euren vorgedrungen. Und deshalb wird nichts unseren Sultan daran hindern, al-Kadisiya einzunehmen, das Ihr das Königreich Jerusalem nennt.«

Dann ergriff Qara Kush das Wort.

»Mit Erlaubnis des Sultans würde ich Raymund von Toulouse gern eine Frage stellen. In welchem Punkt, o tapferer Ritter, liegt Eurer Meinung nach der bedeutsamste Unterschied zwischen Eurem Glauben und dem unseres Propheten?«

Raymund zögerte keinen Wimpernschlag.

»Es ist die Frage der Unzucht.«

Mehrere Gelehrte rangen nach Atem, doch Salah al-Din lächelte.

»Erklärt Eure Worte, Raymund von Toulouse.«

»Nur weil Eure Hoheit mich dazu drängt. Vom ersten Tage an, seit ich in diese Gefilde kam und Eure Sprache erlernte, habe ich die Hadithe studiert und ebenso verschiedene Erläuterungen zum Koran. Und mir scheint, daß die Unzucht beziehungsweise die Regeln, wann und unter welchen

Umständen sie erlaubt ist oder nicht, Euren Propheten und seine Anhänger sehr beschäftigt hat. Wenn mich meine Erinnerung nicht trügt, wird in jener mit »Die Kuh« überschriebenen Sure Eurer Heiligen Schrift mit jenem überlieferten arabischen Gebot gebrochen, welches den Beischlaf während des Fastens untersagt.

In den Hadithen wird ein Ausspruch des Propheten wiedergegeben, wonach die Zahl der geschlechtlichen Vereinigungen eines jeden Mannes von Allah vorherbestimmt sei, ob dieser es nun wolle oder nicht. Also ist jede Zügellosigkeit letztlich Schicksal. Soeben hat der betagte Gelehrte dargelegt, daß Eure Religion ihre Anhänger von der Angst vor dem Tod befreit hat. Gebührt dabei nicht Eurer Vorstellung vom Paradies zumindest teilweise ein Verdienst? Euer Himmel ist der sinnenfroheste von allen. Werden nicht Euren Rittern, die im Heiligen Krieg fallen, die köstlichsten Freuden im Paradies versprochen? Ewigwährende Erektionen und eine unbegrenzte Zahl von Paradiesjungfrauen, um die Lust zu befriedigen, indes man sich an Strömen von Wein erquickt? Euer Himmel hebt alle irdischen Beschränkungen auf. Nur ein Mann, der bar all seiner Sinne ist, würde den Tod unter diesen Umständen fürchten. All dies hat seinen Ursprung in der Selbstsicherheit Eures Propheten. Er war ein Mann, der wenig Zweifel kannte. Und ist es nicht wahr, daß sein Schwiegersohn Ali angesichts des toten Propheten laut ausrief, Eure Hoheit wollen mir verzeihen, daß ich diese Worte nur auf Lateinisch kenne: »O propheta, o propheta, et in morte penis tuus coelum versus erectus est.«

Der Sultan runzelte die Stirn, bis ihm der Kadi eine Übersetzung ins Ohr flüsterte.

»Der Franke bezieht sich auf Alis Ausruf, als dieser den Leichnam unseres Propheten erblickte: ›O Prophet, o Prophet, im Tode ist Euer Penis aufgerichtet und weist geradewegs zum Paradies.‹«

Da brach Salah al-Din in schallendes Gelächter aus.

»Unser Prophet war ein Mann aus Fleisch und Blut, Raymund von Toulouse. Seine Manneskraft stand nie in Zweifel, sein Schwert kannte man unter dem Namen al-Fehar, das

Aufblitzende. Ja, unser Prophet war ein ganzer Mann, und wir sind stolz auf alles, was er getan hat. Nur weil wir ihm stets die Steigbügel gehalten haben, hat Allah unser Volk belohnt. Wären wir gewöhnliche Sterbliche doch ebenso gesegnet wie unser Prophet, der selbst im Tod noch gen Himmel zeigte! Dennoch bin ich überzeugt, daß Ihr irrt. Die treibende Kraft unserer Religion ist nicht die Unzucht, sondern die Beziehung zwischen Gott und dem Gläubigen. Ihr könntet eher einwenden, daß unsere Sichtweise der Welt allzusehr von Kaufleuten und Händlern beeinflußt ist. Ihr scheint überrascht? Aber man könnte doch sehr wohl darauf verweisen, daß Allah wie ein vortrefflicher Kaufmann zu Werke geht und alles auf dieser Welt in seinen Büchern führt. Alles ist gezählt, alles ist gemessen. Das Leben ist ein ständiger Handel, in dem es Gewinne und Verluste gibt. Wer Gutes tut, erntet Gutes, wer Böses tut, dem wird Böses zuteil, sogar schon auf Erden. Der Gläubige gibt Allah eine Anleihe, er zahlt sozusagen im voraus für seinen Platz im muslimischen Paradies. Und am Jüngsten Tag verliest Allah aus einem Buch die Taten eines jeden Menschen, die dann sorgfältig gegeneinander abgewogen werden. Dann wird jede Schuld beglichen. So ist unsere Religion geprägt von unserer Welt, einer wirklichen Welt. Sie spricht eine leicht verständliche Sprache, darin liegt ihr Erfolg begründet.

Doch für heute abend genug der theologischen Erörterungen. Laßt uns essen und trinken. Morgen werdet Ihr uns von Amaurys Plänen in Kenntnis setzen, und wir werden Euch mit vielen Fragen über die Türme und Befestigungen von al-Kadisiya bedrängen. Ihr werdet feststellen, daß meine Emire weit weniger zurückhaltend sind als meine Gelehrten.«

Dreizehn

Shadhi bespitzelt Raymund von Toulouse, um die Abneigung der Katharer gegenüber Unzucht zu prüfen. Jamila erzählt, wie Salah al-Din sich über die Traditionen des Propheten hinwegsetzt, indem er seinen Samen über ihren Bauch ergießt.

Shadhi und ich hatten unser Mahl beendet und genossen den Morgen im Hof des Palastes, der im Sonnenlicht des anbrechenden Frühlings erstrahlte. Der alte Mann erzählte mir, Raymund von Toulouse hätte Armeegeheimnisse zu berichten gewußt, die nun im Kopf des Sultans gut aufgehoben seien. Mehr als ein Zwinkern und die geflüsterte Kunde, al-Kadisiya befände sich so gut wie in unserer Hand, ließ er sich jedoch nicht entlocken.

Der Zusammenkunft hatten nur der Sultan, sechs seiner vertrauenswürdigsten Emire und Shadhi beigewohnt, der dem fränkischen Ritter sehr zugetan war. Schwindel und Aberglaube hätten, so versuchte er ihn zu überzeugen, in jeder Religion ihren Platz, und ebenso sei Bestechlichkeit in allen religiösen Gruppierungen zu finden. Falsche Propheten und Phrasendrescher konnte man in den Basaren von Kairo und Damaskus käuflich erwerben. Der Franke widersprach der Auffassung, die Katharer, so der Name, den die Kirche ihnen gegeben hatte, seien in irgendeiner Weise entartet.

Shadhi hatte alle Anstrengungen unternommen, um die Abneigung der Katharer gegenüber fleischlicher Lust auf die Probe zu stellen. Eine der schönsten und gleichzeitig durchtriebensten Dienerinnen des Harems sollte die Tugendhaftigkeit des Ritters einer Prüfung unterziehen. Shadhi verhieß ihr eine üppige Belohnung, wenn sie erfolgreich wäre. Zu seinem Unmut hatte Raymund jedoch den Reizen der Frau widerstanden und sie freundlich aber bestimmt aus seinem Schlafgemach gewiesen. Aber der verschlagene Alte dachte sich eine neuerliche Versuchung für des Sultans hochgeschätzten Gast aus. Für die Dauer einer Nacht hatte er sich aus einem Bordell, das ausnahmslos den Würdenträgern vorbehalten war, einen Lustknaben ausgeborgt. Da Shadhi sich jedoch dem obersten Koch anvertraut hatte, sprach sich der Plan im Palast herum wie ein Lauffeuer.

Nirgendwo sonst wurde der Anbruch des nächsten Tages so sehnlichst erwartet wie im Harem, und genau dorthin führte mich Shadhi, nachdem wir unser Mahl verdaut hatten. Auf Bitten der Sultana Jamila hatte Shadhi für sie und Halima die Erlaubnis des Sultans eingeholt, mit mir zu einer kurzen Aussprache in einem Raum neben dem Harem zusammentreffen zu dürfen. Je näher wir dem Harem kamen, desto mehr Eunuchen begegneten wir, die Shadhi mit geflüsterten Beleidigungen und Grimassen bedachte.

Halima lächelte mich zur Begrüßung an. Doch es war kein gewöhnliches Lächeln. Von ihrem Gesicht ging ein Strahlen aus, das mein Herz schneller schlagen ließ, wenngleich ihre Freude nicht vom Anblick des müden Schreibers herrührte, sondern von der Anwesenheit der Frau an ihrer Seite, der Sultana Jamila.

Sie war in der Tat von berückender Schönheit, wie ich nun selbst feststellen konnte. Sie war größer als der Sultan, und schwarz wie ihr Haar waren auch ihre Wimpern, die üppigen, geschwungenen Augenbrauen und ihre Augen. Sie war von dunkler Hautfarbe, wie Halima sie mir beschrieben hatte, und etwas in ihren Bewegungen, ihrem freimütigen Blick und ihrer Redeweise offenbarte Selbstvertrauen und Stärke. Eigenschaften, die man für gewöhnlich bei Haremsfrauen nicht vermutet. Zumindest dachte ich dies damals. Aber ich irrte natürlich. Das Bild, das Halima und Jamila von ihrer abgeschiedenen Welt vermittelten, sollte meine überkommenen Vorstellungen für immer aus meinem Gedächtnis tilgen.

Jamila lächelte mich wissend an, als wollte sie sagen: ›Seid auf der Hut, Schreiber, dieses junge Mädchen hat mir alles erzählt, was ich über Euch wissen muß.‹ Als ich mich vor ihnen verneigte, lachte Halima auf.

»Ibn Yakub«, sprach Jamila mit leiser, aber fester Stimme, in der eine natürliche Selbstsicherheit mitschwang, die sie wahrscheinlich ihrer Herkunft verdankte: Schließlich war sie die Tochter eines Sultans und hatte einen ebensolchen geheiratet. »Wie hat Raymund von Toulouse den Leichnam unseres Propheten, möge er in Frieden ruhen, geschildert? Ich frage Euch, weil Ihr anwesend wart, als davon gesprochen wurde. Ihr könnt seine Worte auf Lateinisch wiederholen, dies ist mir geläufig.«

Mir verschlug es vor lauter Verlegenheit die Sprache. Eine solche Frage hatte ich beileibe nicht erwartet. Als Halima mich anlächelte und dabei aufmunternd nickte, gab ich Raymunds Worte, die angeblich auf Ali zurückgehen, auf Lateinisch wieder. Nachdem Jamila sie für Halima übersetzt hatte, brachen beide Frauen in kreischendes Gelächter aus.

»Und der Franke meint tatsächlich, daß sich unsere Religion zu sehr mit den Einzelheiten der Unzucht befaßt?«

Ich nickte zustimmend.

Wieder platzten sie heraus. Ich konnte den Blick nicht von den beiden lachenden und scherzenden Frauen wenden. Ihr Betragen glich der Glückseligkeit zweier Liebender in den ersten Monaten ihrer Wonne. Es war seltsam, mitanzusehen, wie die willensstarke Halima dem Bann dieser jemenitischen Zauberin erlegen war, die jetzt erneut das Wort an mich richtete.

»Erheiterte Salah al-Din diese Bemerkung Raymunds?«

»Ja, edle Dame. Er lachte und meinte, es sei für die Gläubigen eine Ehre, einen Propheten von solcher Stärke und Manneskraft zu haben. Muhammad sei in jeder Hinsicht ein Mann gewesen. Sogar den Namen seines Schwerts hat er in diesem Zusammenhang erwähnt.«

»Das freut mich zu hören«, entgegnete Jamila, »denn das sage ich ihm bereits seit Jahren. Einige unserer Gelehrten verfälschen unsere Vergangenheit bis zur Unkenntlichkeit, was unserem Denkvermögen eher hinderlich als förderlich ist. Euer Sultan mag in den Hadithen bewandert sein, doch reichen seine Kenntnisse nicht an die meinen heran. Ich entsinne mich einer Begebenheit, die stattfand, kurz nachdem ich sein

Weib geworden war. Wir lagen beieinander, und er beschloß überraschend, al-Azl zu praktizieren, indem er sein Glied im entscheidenden Augenblick herauszog und seinen Samen über meinen Bauch ergoß. Ich war nicht wenig überrascht, war es doch der Zweck unseres Beisammenseins, einen oder zwei Knaben zu zeugen.

Ich wies ihn darauf hin, daß ein solches Tun mit den Hadithen unvereinbar sei, was ihn zunächst erstaunte. Doch dann warf er den Kopf in den Nacken und lachte. Nie wieder habe ich ihn derart erheitern können. Er glaubte, ich hätte diesen Hadith erfunden, doch konnte ich ihm die Quelle nennen: Sahih Muslim, 3371. Das weiß ich noch heute. Doch Salah al-Din wollte mir keinen Glauben schenken.

Er rief nach einem Boten und sandte ihn mit einem Schreiben zu al-Fadil. Bedenkt, Ibn Yakub, es graute noch nicht einmal der Morgen. Die Sterne am Firmament waren noch nicht verblaßt. Könnt Ihr Euch vorstellen, wie ein Bote an die Tür unseres ehrenwerten Kadis klopft mit einer dringenden Bitte, die ein bestimmtes Hadith betrifft, in dem die Rede von al-Azl ist? Was wäre, wenn der Kadi höchstselbst just in diesem Augenblick dieses unrechtmäßige Tun ausübte? Binnen einer Stunde kehrte der Bote mit einer Antwort zurück. Al-Fadil bestätigte die Richtigkeit meiner Aussage.

Die darauffolgenden zwei Wochen bestieg Salah al-Din mich, als wäre ich seine Lieblingsstute. Unsere Saat war reichlich. Ich schenkte ihm erst einen, später einen zweiten Sohn. Dann verließ er mich. Er pflegte mich oft zu besuchen und tut es auch heute noch, doch für gewöhnlich nur, um mit mir über die Dichtkunst oder die Hadithe zu reden. Nie geht es ihm um sinnliche Lust. Es ist fast so, als wäre ich ihm in seinen Augen durch mein Wissen ebenbürtig geworden und als hätte ich mich vorübergehend in einen Mann verwandelt.

Wißt Ihr, wie die Franken zu al-Azl sagen?«

In diesen Dingen war ich nicht bewandert, daher hob ich die Hände und bekannte mich zu meiner Unwissenheit. Jamila lächelte.

»In ihrer Sprache klingt es viel poetischer: Die Flucht der Engel.«

Ihr Lachen war ansteckend, und ich versuchte vergebens ein Lächeln zurückzuhalten, was die beiden erheiterte. In diesem Augenblick begriff ich, wie und weshalb Halima dem Zauber dieser Frau verfallen war. Und ich vergab ihnen. Die Wirrnis war plötzlich aus meinem Kopf verschwunden. Mein Herz war geläutert. Beide sahen mich an, und als sie die Veränderung bemerkten, erkannten sie in mir ihren Freund.

Dann unterhielten sich die beiden Frauen eine Weile miteinander, ohne mich weiter zu beachten. Jamila befragte Halima nach einer Frau, deren Namen ich zum erstenmal hörte. Sie befand sich augenscheinlich in einer beklagenswerten Lage, weil Allah sie nicht mit einem Kind gesegnet hatte.

»Sie gleicht einem Orangenbaum«, meinte Halima, »der den Holzfäller anfleht, ihn in Scheite zu hacken, da ihm der Anblick des Schattens seiner unfruchtbaren Äste unerträglich ist.«

Die zwei Frauen berieten, wie sie die Not der Freundin lindern könnten. Als sie eine Lösung gefunden hatten, sah Jamila mich an.

»Glaubt Ihr an ein Leben nach dem Tod, Ibn Yakub?«

Erneut hatte mich die Sultana überrumpelt. Ibn Maymun und ich hatten diese Frage des öfteren gestreift, doch selbst wenn wir allein waren, hatten wir sorgsam darauf geachtet, nur in Gleichnissen zu reden. Die Glaubensgrundsätze der Sultana in Frage zu stellen war bereits mehr als Ketzerei. Es grenzte an Wahnsinn. Sie blickte mir unverhohlen in die Augen, als wollte sie mich dazu herausfordern, meine Zweifel preiszugeben.

»Ach, Sultana, Ihr stellt Fragen, die gewöhnliche Sterbliche nicht einmal zu denken wagen, es sei denn, diese Gedanken drängen sich ihnen unwillkürlich auf. Wir alle gehören dem Volk des Buches an. Wir glauben an ein Leben nach dem Tod. Für solche Fragen würden unsere Rabbis, die Päpste der Christen und Euer Kalif in Bagdad Euch zuerst die Zunge herausschneiden und Euch dann töten.«

Mit dieser vorsichtigen Antwort gab sie sich nicht zufrieden.

»Am Hofe meines Vaters, gelehrter Schreiber, konnte ich ohne Einschränkung alle Fragen des Lebens und Sterbens stellen. Woher rührt Eure Ängstlichkeit? Unser großer Dichter Abu Ala al-Maari zog alles in Zweifel, selbst den Koran. Und er lebte bis ins hohe Alter in Aleppo. Keine Amtsgewalt konnte seinem Reich der Vernunft jemals eine Grenze ziehen.

Auch Ibn Ruschd und seine Freunde in al-Andalus, die die Philosophie der Griechen studiert, verstanden und weiterentwickelt haben, hinterfragen stets alles. Die Offenbarung, die in unseren Büchern geschrieben steht, ist nur eine Art von Weisheit. Sie gründet sich auf den Brauch, ein paar Vorschriften zu erlassen, so etwas wie eine verbindliche Lebensregel aufzustellen. Doch gibt es noch eine andere Weisheit, wie sie die alten Yunanis lehrten. Eine Weisheit, die jedermann nahegebracht werden kann, ohne daß man auf die himmlischen Mächte zurückgreifen muß. Man nennt sie Vernunft, so hat es mein Lehrer mich einst gelehrt. Glaube und Vernunft stehen des öfteren im Widerspruch zueinander, nicht wahr, Ibn Yakub? Ich bin froh, daß wir einer Meinung sind. Im Gegensatz zur Vernunft läßt sich die göttliche Weisheit niemals beweisen. Daher ist der Glaube zwangsläufig blind, denn sonst hörte er auf, Glaube zu sein.

Doch möchte ich jetzt zu meiner ursprünglichen Frage zurückkehren. Stimmt Ihr mir zu, daß mit dem Tod alles zu Ende ist? Was wir sehen, sind Männer und Frauen, die leben und sterben und nach dem Tod zu Asche und Staub zerfallen. Keine langen Reisen in den Himmel oder in die Hölle. Pflichtet Ihr mir bei, Ibn Yakub?«

»Ich bin mir nicht sicher, Herrin. Vielleicht ist Gottes Dummheit weiser als die Menschheit. Solltet Ihr Euch getäuscht haben, ist es sicherlich tröstlich zu wissen, daß es einen Himmel gibt. Der siebente Himmel, von welchem Euer großer Prophet gesprochen hat, ist dabei gewiß der angenehmste.«

Erbost und mit funkelnden Augen ergriff Halima das Wort:

»Für Männer, Ibn Yakub, für Männer. Sollte es Shadhi dorthin verschlagen, würde er sieben Jahre währende Erektionen erleben und sich die Jungfrauen pflücken können wie Äpfel vom Baum. Doch über das Schicksal von uns Frauen findet sich weder in unserem Buch noch in den Hadithen auch nur eine Silbe. Wir können nicht in Jungfrauen zurückverwandelt werden. Stehen uns dort junge Männer zur Verfügung, oder müssen wir uns mit unsereins begnügen? Mir und Jamila kommt dies entgegen, doch nicht der Mehrheit der Frauen im Harem. Und was geschieht mit den Eunuchen, Ibn Yakub? Was erwartet sie?«

Die vertraute Stimme des Sultans schreckte uns auf.

»Was sollte denn den bedauernswerten Eunuchen zustoßen? Worüber sprecht ihr drei?«

Jamila erklärte kurz ihre Frage und meine Antwort. Da entspannte sich das Gesicht des Sultans, und er wandte sich mir zu.

»Findet Ihr nicht auch, guter Schreiber, daß Jamila es mit jedem Gelehrten in Kairo aufnehmen kann?«

»Sie würde sich gleichermaßen als Gebieterin eignen, Herrscher der Getreuen.«

Jamila lachte.

»Unserer großen Religion mangelt es unter anderem daran, daß wir die Hälfte der Bevölkerung ausschließen, anstatt die Gesellschaft durch sie zu bereichern. Ibn Ruschd hat einmal bemerkt, wenn es Frauen gestattet wäre, zu denken, zu schreiben und zu arbeiten, wäre das Land der Gläubigen das mächtigste und wohlhabendste der Welt.«

Der Sultan wurde nachdenklich.

»Zu Zeiten des Kalifen Omar wurde so mancher Disput darüber geführt. Es hieß, Khadija, die erste Gattin unseres Propheten, habe auf eigene Faust Handel getrieben und den Propheten in ihre Dienste genommen, ehe sie ihn heiratete. Nach dem Tod des Propheten griff seine Frau Aisha zu den Waffen und zog in den Kampf, woran in jener Zeit niemand Anstoß nahm. Doch es gibt viele Hadithe, die solcherlei Wunschvorstellungen widersprechen und ...«

»Salah al-Din Ibn Ayyub! Fangt nicht wieder mit den Hadithen an.«

Er lachte, und unser Gespräch wechselte zu einem unverfänglicheren Thema. Wir sprachen über die Anfechtungen, die Raymund von Toulouse heute nacht zu erleiden hatte. Mittlerweile hatte sich die Kunde von Shadhis Machenschaften bis in die hintersten Winkel des Palastes herumgesprochen. Und Halima und Jamila waren ebenso neugierig wie der Sultan. Auch sie waren erpicht darauf zu erfahren, ob sich der Ritter durch Shadhis jüngste List in Versuchung führen ließ.

Man hatte Raymund von Toulouse eine Kammer zugewiesen, die sich von allen Ecken des angrenzenden Gemachs aus beobachten ließ. Es war von einem der fatimidischen Kalifen gebaut worden, der Vergnügen darin fand, seine Konkubinen beim Liebesspiel mit seinen Nebenbuhlern zu beobachten. Wenngleich die unglückseligen Frauen später hingerichtet wurden, erregte ihn ihr Anblick doch mehr, als wenn er sie selbst bestieg.

VIERZEHN

Der Tod des Sultans Nureddin und Salah al-Dins große Gelegenheit.

Ich befand mich in der Palastbibliothek und war in die Betrachtung der Weltkarte von al-Idrisi vertieft. Der Sultan hatte mich gebeten, nachzusehen, ob Toulouse auf der Karte eingezeichnet war. In diesem Fall sollte ich sie ihm sogleich bringen.

Während ich noch in meine Aufgabe versunken war, betrat Shadhi die Bibliothek. Auf seinem Gesicht lag ein boshaftes, triumphierendes Grinsen. Offensichtlich hatte er bei seinem Zweikampf mit Raymund die größere Ausdauer bewiesen. Ich beglückwünschte ihn.

»Ich möchte Euch nicht erschrecken, Ibn Yakub«, begann er in feierlichem Ton. »Ihr seid ein großer Gelehrter und Schreiber, doch mancherlei Dinge auf dieser Welt sind Euch unbekannt. Deshalb will ich Euch die Einzelheiten der Ereignisse ersparen, welche sich letzte Nacht in dem Schlafgemach zugetragen haben, das derzeit von unserem Ritter aus al-Kadisiya bewohnt wird. Es sei nur soviel gesagt, als daß er junge Männer mag, sich ihrer jedoch erst nach einem gewalttätigen Ritual bemächtigt. Der Körper seines Lustknaben letzte Nacht wurde bis zum Äußersten gefordert. Seine zarte Haut ist mit blauen Flecken und Peitschenstriemen übersät, und wir mußten ihm aus der Staatskasse das Dreifache des vereinbarten Betrages zahlen, nur weil sich diese Tempelritter so seltsam gebärden. Unsere Spitzel haben mir in aller Ausführlichkeit geschildert, was sich ereignet hat, und wenn Ihr es wünscht ...«

Ehe der alte Teufel zu Ende sprechen konnte, erschien ein Diener und bat mich, unverzüglich vor unserem erlauchten Herrscher zu erscheinen. Ohne von Shadhis Blinzeln Notiz zu nehmen, eilte ich zurück zum Audienzsaal des Sultans, unverrichteter Dinge, denn ich hatte Toulouse auf al-Idrisis Karte, die ansonsten außerordentlich genau war, nicht finden können. Der Sultan war enttäuscht, nahm aber bald wieder sein Diktat auf. Shadhi, der mir grollte, weil ich so gar nicht wißbegierig auf das nächtliche Treiben Raymunds zu sein schien, hatte sich inzwischen ebenfalls hier eingefunden. Nach einem einzigen Blick auf das Gesicht des Sultans wußte er, daß jetzt nicht der richtige Augenblick war, um sich über die Gepflogenheiten des Raymunds von Toulouse auszulassen. Er kauerte sich in eine Ecke wie ein treuer alter Hund. Ungeachtet seiner Anwesenheit hob der Sultan zu sprechen an.

★

»Der Tod überrascht uns auf vielfältigste Weise, Ibn Yakub. Am wenigsten betrüblich ist es, wenn man sein Leben auf dem Schlachtfeld lassen muß. Dort rechnet man mit dem Tod. Wenn Allah jedoch beschließt, daß unsere Zeit noch nicht gekommen ist, leben wir weiter, um zu kämpfen und an einem anderen Tag zu sterben.

Unseren großen Sultan Nureddin traf es bei einem Polospiel. Es heißt, einer seiner Emire habe ihn um einen Treffer betrogen, woraufhin der Sultan so sehr in Zorn geraten sei, daß er ohnmächtig wurde. Man trug ihn in die Zitadelle von Damaskus, doch er sollte nie mehr genesen. Als sein Leibarzt ihn zur Ader lassen wollte, lehnte der stolze alte Mann dies ab und sagte mit verächtlicher Miene: ›Einen Sechzigjährigen läßt man nicht mehr zur Ader.‹ Wenige Tage später verstarb er. Sein Hinscheiden bedeutete einen schweren Schlag für unsere Welt. Er war wahrlich ein großer Sultan und ein würdiger Anhänger unseres Propheten. Er hatte den Djihad gegen die Ungläubigen aufgenommen, und dafür liebte ihn unser ganzes Volk aus tiefstem Herzen. Unruhestifter, besonders Eunuchen, die nichts Besseres zu tun wußten, trugen mir Geschichten zu, wonach Nureddin eine große Armee zusammenstellen wollte, um Kairo einzunehmen und mich zu einem Vasallen zu erniedrigen. Doch derlei Gerede schenkte ich kein Gehör, da es nur auf Gerüchten beruhte.

Unsere Meinungsverschiedenheiten, und diese gab es durchaus, rührten nicht von kleinlichen Rivalitäten her. Er wußte, daß ein Krieg gegen mich nur den Franken dienlich gewesen wäre. Uneins waren wir in der Frage, wie es gegen den Feind vorzugehen galt. Nureddin war ein gerechter und großherziger König, aber es mangelte ihm an Geduld. Ich hatte ihm oft gesagt, der Zeitpunkt unseres Angriffs müsse sorgsam erwogen werden. Denn wenn wir irrten, wäre unser Unterfangen zum Scheitern verurteilt. Jedoch waren dies keine Zwistigkeiten unter Feinden, sondern unterschiedliche Einschätzungen innerhalb des Lagers der Gläubigen.

Zu seinen Lebzeiten war ich stolz, in seinem mächtigen Schatten wandeln zu dürfen, aber sein Tod änderte sämtliche Gegebenheiten. Wenn Kairo und Damaskus weiterhin nur lose miteinander verbunden blieben, würden die Franken mittels Bestechung und Krieg ihren Vorteil daraus ziehen, uns noch mehr entzweien und letztlich beide vernichten. An ihrer Stelle hätte ich sicherlich einen derartigen Versuch gewagt. Ehe ich in eine Schlacht ziehe, gleichgültig, ob sie militärischer oder politischer Natur ist, ob sie mit Worten oder Schwertern ausgetragen wird, versetze ich mich immer in die Lage meines Gegners. Mein guter al-Fadil sorgt dafür, daß genau Buch geführt wird über alle Unternehmungen des Feindes, dem gegenüberzutreten wir uns rüsten. Es liegen uns Berichte vor über die Stärken und Schwächen seiner Anführer und ihrer Ziele. Wir haben Listen über ihre Ratgeber und Angehörigen, wir kennen ihre Ansichten und ihre Meinungsverschiedenheiten. Wenn ich all dieses Wissen in meinem Kopf gespeichert habe, versetze ich mich in die Lage meines Feindes und überlege, wie er uns wohl zu überlisten trachtet. Nicht immer behalte ich recht, aber oft genug, um zu wissen, daß so manches für diese schlichte Methode spricht.

Nun denkt einmal nach, Ibn Yakub. Nureddin ist tot. In Damaskus, Aleppo und Mosul schmieden diejenigen, die seine Nachfolge antreten wollen, Pläne, um ihre Rivalen aus dem Weg zu räumen. Sie erwarten mich zur Beisetzung in Damaskus, doch ich bleibe in Kairo und überlasse ihnen den ersten Zug. Nureddins Sohn as-Saleh ist noch ein Kind, und mit seiner Hilfe versuchen sie sich des Throns zu bemächtigen. Doch ich halte mich noch immer fern.

Da erscheint ein Bote und übergibt mir einen Brief von Imadeddin, der einer der treuesten Ratgeber Nureddins war und heute in meinen Diensten steht. In diesem Brief bittet er mich, den jungen Knaben vor den Geiern zu beschützen, die ihre begehrlichen Blicke Tag und Nacht auf die Zitadelle richten. Ich schicke einen Gesandten nach Damaskus und gelobe Nureddins Sohn meine Treue. Außerdem warne ich die damaszenischen Emire, daß sie den Zorn meines Schwertes spüren werden, falls ihretwegen das Reich ins Wanken gerät.

Ich frage mich oft, woher es rührt, daß starke Herrscher für gewöhnlich schwache Dynastien hinterlassen. Es ist wohl der Fluch unseres Glaubens, daß Allah uns zu immerwährender Unbeständigkeit und Unordnung verdammt hat. Die ersten Kalifen wurden nicht durch Erbfolge bestimmt, sondern durch die Entscheidung der Gefährten des Propheten. Die von den Umayyaden und Abbasiden gegründeten Dynastien führten uns ins Verderben. Sultane und Wesire fördern das Wachstum ihrer Reiche, doch was, wenn ihre Kinder unfähige Herrscher sind, wie wir es seit dem Tod unseres Propheten so oft erleben mußten? Manchmal denke ich, wir sollten einen Rat der Weisen haben, in dem Männer wie al-Fadil und Imadeddin sitzen. Und diese Weisen sollten den Thronfolger bestimmen. Ihr lächelt? Ihr glaubt, die weisen Männer würden in Kürze ihre eigenen Dynastien der weisen Kinder und Enkelkinder begründen? Vielleicht habt Ihr recht. Doch laßt uns dieses Gespräch ein andermal weiterführen. Unser Freund Shadhi schläft schon tief und fest.«

⋆

Trotz Shadhis lautem Schnarchen widerstrebte es mir, jetzt abzubrechen. Ich wußte, daß der Sultan all seine Gedanken auf ein Ziel gerichtet hatte, auf die Rückeroberung Jerusalems. Was er von Raymund von Toulouse erfahren hatte, bestärkte ihn in seiner Zuversicht. Jetzt war er davon überzeugt, Amaury bezwingen zu können.

Ich fragte ihn, ob wir nicht vielleicht mit der Geschichte seines Triumphs in Damaskus fortfahren könnten und wie er seine Widersacher überwunden und sich zum mächtigsten Herrscher über all jene aufgeschwungen hatte, die Allah und Seinem Propheten die Treue geschworen hatten. Bald würde er neue Schlachten schlagen. Uns verbliebe nur wenig Zeit, gab ich zu bedenken, und die Erinnerung an frühere Erlebnisse könnte verblassen.

Salah al-Din seufzte und nickte zustimmend.

»Ihr seid zu taktvoll, um eine weitere Möglichkeit zu erwähnen, Ibn Yakub. Ich könnte auf dem Schlachtfeld sterben, und dann müßte Eure Geschichte unvollendet bleiben. Es spricht vieles für Eure Bitte. Laßt uns also fortfahren, wenngleich ich Euch warnen muß. Ich werde nun von Ereignissen sprechen, die heftige Gemütsbewegungen hervorriefen. Meine Feinde behaupteten, ich hätte mit meinen Eroberungen nur meinen Ehrgeiz befriedigen wollen. Ich war ein unbedeutender Bergkurde unter Zeitdruck. Mein ganzes Augenmerk richtete sich einzig darauf, ein Herrschergeschlecht zu hinterlassen und den Wohlstand meiner Sippe zu fördern. Dies sage ich Euch, damit Ihr frei heraus und ganz nach Belieben Fragen stellt, wann immer Ihr glaubt, daß ich zu sehr vom Pfad der Aufrichtigkeit abweiche. Habt Ihr mich verstanden?«

Ich nickte, und er begann.

*

»Die erschütterndste Nachricht aus Damaskus erreichte mich eines Tages in der Gestalt eines alten Soldaten. Er hatte mit seiner Familie, seiner Kamelherde und allem Hab und Gut seine Heimatstadt verlassen und war durch die Wüste nach Kairo gezogen. Es war Shadhi, der ihn bemerkte, als er eines Tages als Bittsteller zum Palast kam. Dieser alte Mann hatte unter meinem Vater und meinem Onkel gedient und war ein tapferer und verläßlicher Kämpfer, der meinem Vater sehr zugetan gewesen war. Ohne zu zögern führte Shadhi ihn herein und brachte ihn zu mir. Wir stellten ihm eine Unterkunft für seine Familie zur Verfügung, obgleich er nicht gekommen war, um sich Vergünstigungen zu erbitten.

Er berichtete mir, die Emire in Damaskus hätten den Franken sehr viel Gold bezahlt, um deren Wohlwollen zu erkaufen. Diese verräterische Tat wurde jedoch noch um das Hundertfache übertroffen durch einen Briefwechsel, in dem die Franken um Hilfe gegen mich ersucht wurden. Könnt Ihr Euch das vorstellen, Ibn Yakub? Der Gedanke, die eigene Macht zu verlieren, erschreckte sie so sehr, daß sie ihre Stadt lieber dem Feind übergaben. Dieselbe Stadt, deren tiefbetrübte Einwohner gerade erst Nureddin zu Grabe getragen hatten. Und hatte uns ebendieser Nureddin nicht gelehrt, daß wir vor allem anderen unser Land von diesen Heuschrecken befreien mußten, die Götzenbilder und zwei zusammengeleimte Holzstücke anbeteten?

Ich bebte vor Zorn. In diesem Augenblick traf ich die Entscheidung, daß die Franken niemals auch nur einen Fuß in die Stadt Damaskus setzen durften. Dafür wollte ich Sorge tragen. Das Schicksal meinte es gut mit uns. Nach Nureddins Tod waren die drei großen Städte, Damaskus, Aleppo und Mosul, uneins. Die Eunuchen, die Aleppo regierten, entführten Nureddins Sohn und machten ihn zu einer Spielfigur auf dem Schachbrett, das einst das Reich seines Vaters gewesen war. Als die damaszenischen Edelmänner erkannten, daß sie ihr Unterpfand an ihre Widersacher verloren hatten, wurden sie von Angst ergriffen. Sie sprachen bei Saifeddin in Mosul vor, doch dieser hatte seine eigenen Pläne und versagte ihnen seine Hilfe.

Zu diesem entscheidenden Zeitpunkt wandten sie sich an mich. Es war Winter, und die Aussicht, durch die nächtliche Kälte der Wüste reiten zu müssen, war nicht verlockend. Nachdem ich mich mit meinen Befehlshabern beraten hatte, stellten wir eine Streitmacht von tausend sorgsam ausgewählten Soldaten zusammen.

In solch heiklen Augenblicken hängt alles von der Wahl des richtigen Zeitpunkts ab. Schon ein kurzes Zögern kann einen Sieg in eine Niederlage verwandeln. So brachen wir bereits am nächsten Tag auf und ritten, als wären wir auf dem Weg in den

Himmel. Für jeden Soldaten hatten wir ein Ersatzpferd mitgenommen, damit sich die Tiere ausruhen konnten, was uns selbst jedoch nicht vergönnt war. Oft schliefen wir im Sattel. Nach vier Tagen stand ich vor den Toren von Damaskus. Wißt Ihr nun, mein treuer Schreiber, warum ich so zur Eile drängte? Diejenigen, die mich in ihrer Verzweiflung gebeten hatten, sie zu retten, konnten ebenso rasch ihre Meinung ändern, wenn sich ihnen eine andere Lösung anbot, nämlich in Gestalt eines fränkischen Heeres vor den Stadtmauern. Dem wollte ich zuvorkommen.

Als wir durch die Altstadt zogen, strömten mir Tränen über die Wangen. Dies war die Stadt meiner Jugend. Ich begab mich auf kürzestem Weg zum Haus meines Vaters. Auf den Straßen jubelte uns die Menschenmenge zu und empfing uns mit lauten Hochrufen, während die Edelleute, mit Mienen so hart wie ein Kamelhintern, sich vor mir verneigten und mir die Hände küßten. Dasselbe hätten sie bei Amaury getan, wenn auch nicht in aller Öffentlichkeit. Wären die Franken in die Stadt gekommen, hätte sich unser Volk in den Häusern versteckt. Und damit meine ich nicht allein die Gläubigen, Ibn Yakub. Euer Volk hat stets auf unserer Seite gestanden, und selbst die alten damaszenischen Christen, die sich Kopten nennen, waren den Tempelrittern nicht wohlgesonnen.

Es war ein Tag der Freude, und viele meiner alten Freunde suchten mich auf. Ich schickte nach Imadeddin, der aus Furcht vor den Edelmännern und ihren eigennützigen Ränken die Stadt verlassen und sich nach Bagdad geflüchtet hatte. Er ist gewissermaßen der al-Fadil von Damaskus. Diese beiden redlichen Männer sind mein Gewissen und mein Verstand. Wenn jeder Herrscher Männer wie sie um sich hätte, würde unsere Welt mit mehr Weisheit regiert werden. Nachdem ich meinem jüngeren Bruder Tughtigin die Befehlsgewalt über Damaskus übertragen hatte, ging ich daran, die Aufgabe zu erfüllen, die ich mir gestellt hatte: Nureddins Reich mußte wieder vereint werden.

Der Winter wurde strenger, man berichtete mir von starken Schneefällen in den höher gelegenen Gebieten. Doch ich war wie berauscht von dem überschwenglichen Empfang, den uns die Einwohner von Damaskus bereitet hatten. So beschloß ich, keine Zeit mehr zu vergeuden. Unsere Herrscher sind oft zu sehr damit beschäftigt, einen Sieg zu feiern, und übersehen dabei, daß sie ihr Reich verlieren.«

*

Plötzlich verfiel der Sultan in Schweigen. Ich ließ die Feder sinken und sah ihn an. Sein Gesicht war von Erschöpfung gezeichnet, und er schien tief in Gedanken. Doch ahnte ich nicht, was ihn beschäftigte. Dachte er an weitere Schlachten und noch mehr Blutvergießen? Oder erinnerte er sich vielleicht an Chirkuh, dessen Rat ihm in der jetzigen Lage von größtem Nutzen wäre?

Wie gelähmt saß ich da und wartete darauf, daß er mich entließ. Doch sein Blick schweifte in unbestimmte Fernen, er schien meine Anwesenheit vergessen zu haben. Während ich noch unentschlossen verharrte, spürte ich Shadhis Hand auf meiner Schulter. Er bedeutete mir, ihm nach draußen zu folgen. Leise schlichen wir uns hinaus, um Salah al-Din nicht aus seinen Tagträumen aufzuschrecken. Er blickte uns nach, und ein seltsames, starres Lächeln lag auf seinen Lippen. Ich sorgte mich um seine Gesundheit, denn so hatte ich ihn noch nie gesehen.

Als ich zu Hause ankam, merkte ich, daß auch ich von den Mühen des Tages entkräftet war. Ich hatte vier Stunden mit überkreuzten Beinen dagesessen und ohne Unterbrechung geschrieben. Meine Beine, mein rechter Arm und meine Hand bedurften liebevoller Pflege. Und so erwärmte Rachel Mandelöl und massierte damit meine Finger. Später, sehr viel später, erwärmte sie noch ein wenig davon, trug es mir auf meine müden Beine auf und erweckte das, was träge und schlaff dazwischen hing, zu neuem Leben.

Fünfzehn

Die Gründe für Shadhis Schwermut, die Geschichte seiner tragischen Liebe.

»Ich sah gestern abend die Sorge in Euren Augen, Ibn Yakub. Ihr habt wohl befürchtet, Salah al-Din sei erkrankt. Nun, auch ich habe seine abwesende Miene bemerkt. Salah al-Dins Gesicht nimmt diesen Ausdruck an, wann immer ihn eine innere Unruhe erfaßt. Gewöhnlich ist der Junge bei klarem Verstand, doch er wird von Zweifeln gequält. Und schon in sehr jungen Jahren verstand er es, sich in einen Zustand der Entrücktheit zu versetzen, ganz wie unsere Sufis in der Wüste. Bisher hat er sich noch immer davon erholt, und meist fühlte er sich danach sehr erfrischt, als hätte er sich einer inneren Reinigung unterzogen.

O ja, dieser alte Dummkopf, den Ihr für einen ungebildeten Spaßmacher aus den Bergen haltet, weiß sehr viel mehr, als er preisgibt, lieber Freund.«

Shadhi war an diesem Morgen nicht so frohgemut wie sonst. Aus seinen Augen sprach Traurigkeit, was mich mit Sorge erfüllte, denn ich hatte den alten Mann, der seinen Herrscher besser kannte als jeder andere, inzwischen ins Herz geschlossen. Es stand ganz außer Frage, daß der Sultan ihm sehr zugetan war, doch nie zog Shadhi aus seiner Vertrautheit mit Salah al-Din, die den Kadi und viele andere vor den Kopf stieß, einen Vorteil. Dabei hätte er alles haben können: Reichtum, Lehensgüter, Konkubinen oder woran er sonst Gefallen finden mochte. Doch er war ein genügsamer Mann. Salah al-Dins Glück war auch sein Glück, denn er liebte den Sultan wie einen Sohn.

Ich fragte ihn nach dem Grund für seine Trübsal.

»Tagtäglich werde ich älter, bald werde ich diese Welt verlassen. Und dann hat dieser Junge keine Schulter mehr, die er mit seinen Tränen benetzen kann, niemand mehr, der ihm sagt, wie töricht und halsstarrig er sich benimmt. Wie Ihr wißt, bete ich nur selten, doch heute ließ ich ein paar Perlen durch meine Finger gleiten und bat Allah, mir die Kraft für einige weitere Jahre zu schenken, damit ich noch mit eigenen Augen Salah al-Dins Einzug in al-Kadisiya sehen kann. Die Angst, daß mir dieser Wunsch nicht gewährt werden könnte, bedrückt mich.«

Dann schwieg er eine Weile, und seine ungewöhnliche Nachdenklichkeit rührte mich. Doch zu meiner Überraschung hatte er sich gleich wieder gefangen.

*

»Salah al-Din spricht nicht mehr von den Anstrengungen, die es gekostet hat, Zinkis und Nureddins Erben zu unterwerfen, ihn schmerzen wohl die Erinnerungen an jene Tage. Natürlich waren die Zeiten schwer, doch glaubt nicht, daß er unschuldig daran war. Wenn man gehört hat, wie er gestern zu Euch sprach, könnte man fast den Eindruck gewinnen, er wäre vom Lauf der Ereignisse gänzlich überrascht worden. Aber das stimmt nicht.

Sein vorausschauender Vater Ayyub hatte ihn geduldig auf jenen Tag vorbereitet, da Nureddin dahinscheiden würde. Ich entsinne mich noch sehr gut, wie Ayyub ihn warnte, daß es schreckliche Folgen haben würde, sollte er Nureddins Reich mit allzu großer Hast übernehmen. Salah al-Din müsse stets im Sinne des toten Sultans handeln, mahnte er, oder zumindest müsse das Volk dies glauben. Der Sultan beherzigte den Rat seines alten Vaters, und als die Zeit gekommen war, handelte er demgemäß, und das war gut so. Als wir in Damaskus einzogen, vergossen die Einwohner Freudentränen und überschütteten uns mit Blumen. An jenem Tag entschied Salah al-Din, daß die Zeit reif war. Es galt das Reich zu sichern und sich auf die entscheidende Begegnung mit unserem Feind vorzubereiten.

Genau heute vor zehn Jahren schlug er die vereinigten Heere von Mosul und Aleppo, obwohl sie in der fünffachen Überzahl waren. Um Zeit zu gewinnen, hatte Salah al-Din unseren Gegnern eine gütliche Einigung vorgeschlagen, doch jene sahen unsere Köpfe bereits in ihren Satteltaschen stecken. Sie träumten davon, dem Volk von Damaskus das Haupt unseres Sultans darzureichen und lehnten den angebotenen Waffenstillstand ab. Da packte Salah al-Din die Wut. Verachtung für diese Narren verzerrte seine Züge. Er sprach mit seinen Männern, erprobten und bewährten Kämpfern aus Kairo und Damaskus, die schon viele Schlachten gegen die Franken geschlagen hatten, und sagte ihnen, wenn sie heute den Sieg davontrügen, sei das Schicksal der Franken besiegelt. Denn sie würden gegen andere Gläubige kämpfen, die die Sache des großen Nureddin verraten hätten. Doch er, Salah al-Din, würde das schwarz-grüne Banner des Propheten ergreifen und das Land von den Barbaren säubern.

Wir hatten Stellung bezogen auf den Bergen, die man Hörner von Hamah nennt. Unter uns floß das Wasser des Orontes. Salah al-Dins Stimme drang bis weit ins Tal hinab, ebenso wie der Beifall seiner Krieger, doch waren sich diese eitlen Pfauen aus Mosul und Aleppo des Sieges derart gewiß, daß sie jede militärische Taktik außer acht ließen. Sie führten ihre Truppen durch die Schlucht, es war ein Leichtes, sie zu zerschlagen. Viele ihrer Soldaten liefen zu uns über und verstärkten unsere Reihen. Die geschlagenen Anführer flehten um Gnade, und Salah al-Din, der die Umsicht seines Vaters geerbt hat, willigte in einen Waffenstillstand ein. Damit hatte er alles erreicht, was er wollte, nur die Zitadelle von Aleppo war noch nicht in seiner Hand. Doch auch diese würde zu gegebener Zeit an ihn fallen.

Dies war beileibe kein gewöhnlicher Sieg, mein guter Schreiber. Nein, denn nun war Euer Sultan der mächtigste Herrscher weit und breit. In jenen Tagen ließ er sich zum Sultan von Misr und Sham ausrufen. Goldmünzen wurden in seinem Namen geprägt, und der Kalif von Bagdad sandte ihm die Dokumente, die seine neuen Würden bezeugten. Auch die Gewänder, die Salah al-Din als Sultan tragen sollte, ließ er ihm überbringen.

Doch damit war die Geschichte noch nicht zu Ende. Nein, weit gefehlt. Der verwundete Stolz der Edelleute von Aleppo ließ sie einen letzten Versuch wagen, diesen lästigen Kurden loszuwerden. Sie sandten dem schiitischen Scheich Sinan, der in den Bergen lebte, eine Nachricht. Dieser Scheich führte eine Bande von Männern an, die darin geübt waren, einzelne Personen aufzuspüren und sie zu töten. Und als Anhänger der Fatimiden hatte er selbst guten Grund, unserem Sultan nach dem Leben zu trachten.

Die Tatsache, daß die Bitte nicht von den wenigen überlebenden Fatimiden geäußert wurde, sondern von sunnitischen Edelleuten, bestärkte Sinan noch in seinem Entschluß. Imadeddin, den Ihr hoffentlich bald einmal kennenlernen werdet, trug dem Sultan zu, daß die Anhänger von Scheich Sinan große Mengen von Haschisch zu rauchen pflegten, bevor sie zu ihren besonderen Einsätzen aufbrachen. Denn nur derart berauscht und in Träume von anderen Wonnen versunken brachten es diese Haschiyun, die Assassinen, über sich, auf Befehl des Scheichs zu morden. Sie verübten zwei Attentate auf das Leben des Sultans. Das eine Mal überwältigten sie seine Wachen und umstanden bereits sein Bett. Hätte ein wachsamer Soldat nicht Alarm geschlagen und hätte Salah al-Din nicht seine dicke, gesteppte Jacke getragen, die ihn vor der nächtlichen Kälte der Wüste schützen sollte, es wäre um ihn geschehen gewesen.

Nach diesen Attentatsversuchen traf er schließlich mit Scheich Sinan zusammen und stimmte einer Waffenruhe zu. Ja, als Sinan einmal von einem Rivalen bedroht wurde, entsandten wir sogar Soldaten zu seiner Hilfe. Er hat nie wieder einen Anschlag auf Salah al-Din versucht. Der Waffenstillstand gab allen möglichen Gerüchten Nahrung. Manche behaupteten, der Scheich verfüge über magische Kräfte und könne sich unsichtbar machen. Andere wiederum sagten, der Scheich hätte, umzingelt von unseren Soldaten, die Macht besessen, eine Art geheimnisvollen Schutzpanzer um sich zu bilden, der ihn unverwundbar machte. Mit diesen Märchen wollten die Assassinen die Legende von ihrer Unbesiegbarkeit untermauern. Doch eins laßt Euch gesagt sein, Ibn Yakub, ob es nun am Haschisch lag oder an den paradiesischen Träumen, es gibt keinen Zweifel, daß Scheich Sinans Männer außerordentlich geschickt zu Werke gingen und jedes

Ziel erreichen konnten. Deshalb seufzten wir alle erleichtert auf und dankten Allah, als Salah al-Din und Sinan sich gegenseitig ihrer Achtung versichert hatten.

Wenige Monate später nahm Salah al-Din Aleppo ein und wurde als Sultan über alle Gebiete, die er beherrschte, anerkannt. Er ernannte Nureddins Sohn as-Saleh zu seinem Statthalter in Aleppo und bestätigte dessen Onkel Saifeddin als Herrscher von Mosul. Außerdem stimmte er einem sechsjährigen Frieden zu. Meiner Meinung nach trieb er es mit der Behutsamkeit damals zu weit. Zwar handelte er, wie sein Vater ihm geraten hatte, aber ein wenig mehr vom Geiste Chirkuhs wäre vielleicht dienlicher gewesen. Er hätte as-Saleh stürzen und sich dann die Schurken von Mosul vornehmen sollen, diese Hunde, die nicht gezögert hätten, auf ihre eigene Mutter zu pissen.

Das alles habe ich ihm auch gesagt, aber Salah al-Din hat nur gelächelt, das Lächeln seines Vaters. Er hatte sein Wort verpfändet, und das genügte. Dieser Sultan hat nie sein Wort gebrochen, wiewohl sich seine Feinde diesen Umstand oft zunutze machten.

Beispielsweise glaubten die Franken als gute Christenmenschen, die sie waren, daß ein Versprechen gegenüber einem Ungläubigen nicht bindend sei. Diese arschfickenden Götzenanbeter brachen ihre Schwüre, wann immer ihnen das gelegen kam. Unser Sultan hingegen war zu ehrenhaft, was wohl an seiner Herkunft liegt. In den Bergen nimmt ein Kurde ein einmal gegebenes Wort niemals zurück. Diese Tradition gilt schon seit Tausenden von Jahren, nicht erst seit unser Prophet, Friede sei mit ihm, auf Erden gewandelt ist.

Amaury, der König von al-Kadisiya, war gestorben. Die Nachfolge trat sein vierzehnjähriger Sohn Balduin an, ein armer, mit Lepra geschlagener Junge. Raymund von Toulouse hatte uns bereits vor einem anderen Raymund gewarnt, nämlich dem Grafen von Tripoli. Er war der Onkel des Knaben und der eigentliche Herrscher im Königreich der Franken. Salah al-Din schloß einen zweijährigen Frieden mit Balduin, denn er wollte mit Misr keine ungeschützte Flanke bieten, während er in Syrien seine Macht sicherte.

Turanschah, der Bruder des Sultans, wurde mit der Befehlsgewalt über Damaskus betraut, als dann der Sultan mit mir und zwei Leibwächtern nach Kairo zurückkehrte. Wir waren zwei Jahre lang nicht in der Stadt gewesen, doch es gab keinerlei Schwierigkeiten. Der Kadi al-Fadil hatte während der Abwesenheit des Sultans die Staatsgeschäfte geführt.

Das hatte er so gut gemacht, daß Salah al-Din ihn beglückwünschte und scherzte: ›Sagt mir eins, al-Fadil. Braucht es denn überhaupt einen Sultan? Mir scheint, daß dieses Land auch ohne Herrscher ganz prächtig gedeiht.‹ Erfreut verneigte sich der Kadi und versicherte ihm, daß es ihm ohne die Autorität und das Ansehen des Sultans im Rücken nicht möglich gewesen wäre, auch nur irgend etwas ins Werk zu setzen.

Was mich betrifft, Ibn Yakub, so denke ich, beide hatten recht. Und noch eines will ich Euch darlegen: In den Bergen Armeniens konnte sich der Vater von Ayyub und Chirkuh der Treue des Volkes schon allein deshalb gewiß sein, weil die Leute wußten, daß er einer der ihren war. Er würde sie, ihre Schafe und ihre Rinder gegen die Überfälle von benachbarten Dörfern verteidigen.

Ich bin nun schon sehr alt und vielleicht auch von schlichtem Verstand. Aber mir scheint, daß es unerheblich ist, welchen Titel man sich gibt, solange man nur den Frieden bewahren und seine Leute schützen kann.«

*

Ich betrachtete den alten Mann genauer. Die Runzeln in seinem Gesicht schienen sich vervielfacht zu haben, seit ich ihn das erste Mal gesehen hatte. Auch besaß er nur noch acht oder neun Zähne und war auf dem linken Ohr völlig taub. Doch in seinem Kopf barg er die Weisheit vieler Jahrzehnte, Wahrheiten, die er durch reiche Lebenserfahrung erkannt hatte. Sein Mundwerk war lose wie immer und schonte weder Sultan noch Mamelucken.

Gerade diese Fähigkeit, frei heraus zu sprechen, machte ihn für Salah al-Din ebenso unentbehrlich wie einst für Ayyub und Chirkuh. Oft glauben die Leute, mächtige Männer würden

Speichellecker und Kriecher jenen vorziehen, die ihnen unangenehme Wahrheiten ins Gesicht sagen. Doch das trifft nur auf schwache Herrscher zu, die ein falsches Bild von sich haben und um so mehr noch die Bedürfnisse ihrer Untertanen verkennen. Gerechte, starke Herrscher wie Salah al-Din brauchen Männer wie Shadhi, die sich vor nichts und niemandem fürchten.

Eine Welle der Zuneigung erfaßte mich, als ich mit Shadhi in der Wintersonne saß und ihm zusah, wie er langsam Nüsse kaute. Mit einemmal wollte ich mehr über ihn erfahren. Zwar wußte ich um seine Herkunft, aber hatte er jemals geheiratet? Hatte er Kinder? Oder zählte er zu jenen Männern, die ihresgleichen einer Frau vorziehen? Zwar hatten mich diese Fragen auch schon früher bewegt, doch war meine Neugier stets wieder erloschen, und ich hatte den alten Mann nie gefragt. Heute jedoch drängte es mich aus irgendeinem Grund, meine Wißbegier zu stillen.

»Shadhi«, sagte ich sanft, »gab es in Eurem Leben je eine Frau?«

Sein Gesicht, das er entspannt der Sonne zugewandt hielt, bekam einen wachsamen Zug. Die Frage hatte etwas aufgerührt. Er starrte mich an, und ein mächtiges Stirnrunzeln verdüsterte seine Miene. Einige Minuten herrschte drückendes Schweigen. Dann knurrte er:

»Hat Euch jemand Geschichten über mich erzählt? Wer war es?«

Ich schüttelte den Kopf.

»Mein lieber, teurer Freund. Jeder, der mir gegenüber von Euch sprach, tat dies voller Zuneigung. Ich habe Euch diese Frage gestellt, weil ich mich gewundert habe, daß ein so lebensfroher und kluger Mann wie Ihr nie eine Familie gegründet hat. Doch wenn dieses Thema schmerzlich für Euch ist, verzeiht mir, daß ich es zur Sprache gebracht habe. Ich werde Euch nicht mehr damit behelligen.«

Shadhi lächelte.

»Es ist schmerzlich, Schreiber. Was geschehen ist, liegt zwar schon Jahrzehnte zurück, doch noch immer bohrt der Schmerz in meiner Brust. Die Vergangenheit kann einen zerbrechen. Man muß sorgsam mit ihr umgehen, wie mit einem heißen Eisen. Noch nie habe ich jemandem erzählt, was sich damals, vor all den Jahren, zugetragen hat, doch habt Ihr mich mit solch teilnahmsvoller Stimme gefragt, daß ich Euch meine Geschichte erzählen will. Auch wenn sie allein mich angeht. Lediglich Chirkuh wußte davon. Doch ich muß Euch warnen, es ist eine ganz gewöhnliche Geschichte, sie handelt nur davon, wie mir das Herz für immer gebrochen wurde. Seid Ihr sicher, daß Ihr sie dennoch hören wollt?«

Ich nickte und drückte ihm die welke Hand.

*

»Damals war ich neunzehn Jahre alt. Wie jeden Frühling schoß mir der Saft in alle Glieder, und ich fand eine Dorfdirne, um meine Lust zu befriedigen. Darin unterschied ich mich in nichts von jedem anderen, mit Ausnahme vielleicht der Burschen, die Schwierigkeiten hatten, eine Frau zu finden und deshalb mit Schafen und Ziegen in den Bergen vorlieb nahmen. Ihr scheint entsetzt, Ibn Yakub. Gewinnt Eure Fassung wieder. Ihr habt mich nach meiner Geschichte gefragt, und nun hört Ihr sie, aber natürlich in meinen Worten. Als wir noch Kinder waren, erzählten wir uns, daß der Penis dick und kräftig werde, wenn man ein Schaf fickte, hingegen dünn und lang, trieb man es mit einer Ziege.

Ich sehe schon, dies alles mißfällt Euch. Aber das Leben in den Bergen ist eben ein anderes als in Kairo oder Damaskus. Das ist ja gerade der Zweck dieser großen Städte, sie sollen unsere Freiheit beschneiden und unser Betragen festen Regeln unterwerfen. In den Bergen herrscht kein Zwang. Nahe bei unserem Dorf gab es drei Anhöhen. Dort konnten wir in den Tag hinein träumen, auf dem Rücken liegend den Sonnenuntergang beobachten und uns von der Natur in den Bann ziehen lassen.

Eines Tages überfiel mein leiblicher Vater, der Großvater unseres Sultans, eine vorüberziehende Karawane und brachte die Waren mit nach Hause. Unter anderem hatte er eine Gruppe junger Sklaven erbeutet, drei Brüder im Alter von acht, zehn und zwölf Jahren sowie ihre siebzehnjährige Schwester.

Es handelte sich um Juden aus Burgos in Andalusien. Sie waren mit ihrer Familie in der Nähe von Damaskus unterwegs, als Kopfgeldjäger sie überfielen. Der Vater, der Onkel und die Mutter wurden noch auf der Straße umgebracht und ihres Goldes beraubt. Die Kinder jedoch sollten nach Basra gebracht und dort auf dem Markt verkauft werden.

Die Traurigkeit in den Augen des Mädchens rührte mich an wie nichts zuvor und nichts seither. Sie hielt die Brüder an ihren Busen gedrückt und harrte ihres Schicksals. Man gab ihnen Kleidung, Essen und wies ihnen einen Schlafplatz zu. Unsere Sippe nahm die Kinder als ihre eigenen an, und die Jungen wuchsen als Kurden auf und fochten viele unserer Schlachten. Doch was soll ich Euch über das Mädchen sagen, Ibn Yakub? Ich sehe sie noch heute vor mir, mit ihrem dunklen Haar, das ihr bis zur Taille reichte, ihrem Gesicht bleich wie der Wüstensand und den traurigen Augen einer gefangenen Hirschkuh. Doch sie konnte auch lächeln, und dann erhellte sie mit ihrem strahlenden Gesicht die Herzen all jener, die das Glück genießen durften, in ihrer Nähe zu weilen.

Zuerst betete ich sie von ferne an, doch dann unterhielten wir uns zuweilen und wurden schließlich gute Freunde. Wir saßen oft am Flußufer, wo die Lilien mit ihrem betörenden Duft wuchsen, und erzählten einander Geschichten. Wenn sie daran zurückdachte, wie ihre Eltern von den Räubern ermordet worden waren, brach sie so manches Mal in Tränen aus. Sie wollte mir einfach nicht mehr aus dem Sinn gehen, Ibn Yakub. Doch als ich sie bat, meine Frau zu werden, lächelte sie nur und vertröstete mich. Sie sagte, es sei noch zu früh, solche weitreichenden Entscheidungen zu treffen. Sie sagte, erst wenn sie frei sei, könnte sie etwas entscheiden. Sie sagte, sie müsse sich um ihre Brüder kümmern. Sie sagte alles mögliche, Ibn Yakub, doch nie, daß sie mich liebte.

Ich wußte, daß sie mir zugetan war, doch ihr Sträuben ärgerte mich. Oft verhielt ich mich abweisend und kühl, sah über sie hinweg, wenn sie zu mir kam und mit mir reden wollte, ließ das Glas Aprikosensaft, das sie mir brachte, unbeachtet. Zwar blieb mir nicht verborgen, wie sie mit Blicken flehentlich um mehr Zeit bat, doch mein grausames Betragen änderte sich nicht. Verletzter Stolz trieb mich dazu, mein lieber Schreiber. Denn für uns Männer in den Bergen war unser Stolz das wichtigste auf der Welt.

Alle meine Freunde wußten, daß ich ihretwegen den Kopf zu verlieren drohte. Sie sahen, wie ich vor Liebe wahnsinnig wurde, gleich jenen Gestalten, die wir in mondhellen Nächten besangen, wenn wir auch davon sprachen, wie wir dereinst die Welt erobern würden. Meine Freunde fingen an, mich und auch sie zu verspotten. Das bestärkte mich nur in meiner Entschlossenheit, ihr weh zu tun und sie in ihren Gefühlen zu verletzen.

Wie oft habe ich schon den Himmel verflucht und die Erde, meinen Kopf, mein Herz und diesen mißgebildeten, häßlichen Körper, weil ich nicht erkannt hatte, daß sie eine zarte Blume war, die man hegen und pflegen mußte. Meine Leidenschaft ängstigte sie. Schon bald wandelte sich ihre Freude, mich zu sehen, in Trübsal. Wenn ich mich ihr näherte, zeichnete Schmerz ihre Züge. Sie bot ein Bild des Jammers. Und obgleich ich erst zwanzig Jahre zählte, war ich mehr und mehr davon überzeugt, daß ich über alle jungen und empfindsamen Menschen nur Verderben brachte.

All dies hat sich vor langer Zeit zugetragen, mein Freund, aber Euch ist nicht entgangen, wie meine Hand zittert, wenn ich von ihr spreche. Mein Herz bebt, und mir schwinden die Kräfte. Am liebsten würde ich darniedersinken und sterben, und dieser Tag ist, so Allah will, nicht mehr fern. Ihr wartet geduldig, daß ich endlich zum Schluß komme, aber ich fürchte, daß ich heute nicht mehr die Kraft dazu aufbringe. Oh, nun schaut Ihr wirklich besorgt, Ibn Yakub. Dann will ich lieber fortfahren.

Eines Abends hatte sich eine Gruppe von uns jungen Burschen zusammengefunden. Wir tranken Dattelwein, sangen die Khamriyya und wurden zusehends betrunkener, was in meinem Fall auch hieß, immer unglücklicher. Es war eine wirklich warme Sommernacht. Am Himmel funkelten die Sterne, und das blasse Licht eines abnehmenden Mondes spiegelte sich im Wasser. Ich entfernte mich von der Gruppe und ging zu der Stelle am Flußufer, wo sie und ich uns einst getroffen und miteinander geplaudert hatten. Zuerst glaubte ich, ich hätte mir ihre Gegenwart nur eingebildet. Doch meine Augen hatten mich nicht getrogen. Sie hatte in dieser schwülen Nacht die Kleider abgelegt und badete nun im Mondlicht, wie die Natur sie geschaffen hatte. Dieser Anblick raubte mir die Sinne, und mir schwindelte. Möge Allah mir niemals vergeben, was ich in jener Nacht tat.

Ich sehe es Eurem entsetzten Blick an, Ibn Yakub, daß Ihr den Fortgang bereits ahnt. Und Ihr habt recht, mein Freund. Eine animalische Begierde packte mich. Die meisten Tiere gehen zärtlicher miteinander um. Ich nahm sie gegen ihren Willen. Kein Schrei kam über ihre Lippen, doch nie werde ich ihre Augen voller Angst und Erstaunen vergessen. Danach ließ ich sie am Flußufer liegen und ging wieder ins Dorf. Sie jedoch kehrte nie mehr zurück. Ein paar Tage später fand man ihren Leichnam. Sie hatte sich ertränkt. Nun sollte man meinen, ein Rohling wie ich würde sich davon erholen, andere Frauen finden, heiraten und Söhne zeugen. Doch vielleicht ist mit ihr auch das Tier in mir gestorben, und zweifellos mein Herz. Ich stelle mir manchmal vor, daß es neben diesem kleinen Fluß dort in den armenischen Bergen begraben liegt. Ja, mir winkte ein kostbarer Schatz, und ich habe ihn verwirkt. Jedenfalls habe ich nie wieder eine Frau geliebt. Auch Alkohol habe ich seither aus meinem Leben verbannt. Allah hat seine eigenen Mittel und Wege, uns zu strafen.«

⋆

Für gewöhnlich wartete Shadhi am Ende seiner Geschichten, was ich dazu sagte, ging auf Einzelheiten ein und beantwortete meine Fragen. Oft tranken wir dabei heißes Wasser mit Mandelmus oder Milch. Aber heute nichts dergleichen. Langsam erhob er sich und humpelte davon. Und wahrscheinlich verfluchte er mich innerlich, weil ich ihn gezwungen hatte, sich schmerzliche Erinnerungen zu vergegenwärtigen. Man müsse mit der Vergangenheit sorgsam umgehen, sie könne einen zerbrechen, hatte er gesagt. Während er allmählich meinem Blick entschwand, kam mir der Gedanke, daß Shadhi selbst ein Sinnbild für diese Worte war.

Seine Geschichte hatte mich verblüfft. Denn daß Frauen Gewalt angetan wurde, kam schließlich nicht selten vor. Hingegen war der Weg, den Shadhi eingeschlagen hatte, wahrlich außergewöhnlich. Und der alte Mann, dem ich bereits von Herzen zugetan war, wuchs noch mehr in meiner Achtung.

Sechzehn

Ich lerne den bedeutenden Gelehrten Imadeddin kennen und staune über sein außerordentliches Gedächtnis.

Wie gewöhnlich begab ich mich in die Bibliothek des Palastes, blätterte in diesem und jenem Buch und wartete, bis der Sultan mich zu sich rief. Zu meiner Überraschung kam diesmal der bedeutende Gelehrte und Historiker Imadeddin, mich zu holen. Obgleich er schon beinahe sechzig Jahre zählte, durchzogen nur einzelne weiße Strähnen sein Haupthaar und seinen Bart. Er war von imposanter Gestalt, um einiges größer als der Sultan oder ich. Eines seiner kürzlich veröffentlichten Bücher, »Kharidat al-kasr wa-djaridat ahl al-asr«, eine beachtenswerte Anthologie zeitgenössischer arabischer Lyrik, war mit großem Beifall aufgenommen worden.

Er zog es vor, in Damaskus zu leben, doch hatte ihn der Sultan nach Kairo befohlen, damit er ihm bei den letzten Vorbereitungen für den bevorstehenden Djihad zur Seite stand. Imadeddin war berühmt für sein außergewöhnliches Stilempfinden, und jeder Gedichtvortrag, jede Lesung wurde begleitet von beifälligen Bemerkungen und bewundernden Zurufen. Ich achtete seine Werke sehr hoch, indes meine Vorliebe den schlichten religiösen Schriften gilt. Imadeddins Stil war zu blumig und feinsinnig, zu geziert und zu gekünstelt, als daß mein eher einfacher Geschmack sich dafür begeistern konnte.

Auf unserem Weg durch zahlreiche Gemächer erzählte er mir, er habe viel Gutes über mich gehört und hoffe, eines Tages Zeit zu finden, die von mir schriftlich festgehaltenen Erinnerungen des Sultans lesen zu können.

»Hoffentlich nehmt Ihr bei Eurer Niederschrift Verbesserungen an der Ausdrucksweise unseres Herrschers vor, Ibn Yakub. Salah al-Din, möge er auf immer regieren, schenkt dem Stil wenig Beachtung. Diese Aufgabe obliegt Euch, mein Freund. Falls Ihr Hilfe braucht, zögert nicht und wendet Euch an mich.«

Ich nickte lächelnd, um ihm zu zeigen, daß ich sein freundliches Angebot zu schätzen wußte. Insgeheim war ich jedoch verärgert. Imadeddin war ein großer Gelehrter, darüber bestand kein Zweifel. Doch wer gab ihm das Recht, sich in etwas einzumischen, mit dem der Sultan mich allein betraut hatte? Nach einer Weile hatten wir Salah al-Dins Gemach erreicht, in dem wir allerdings nur Shadhi antrafen.

»Setzt Euch und ruht Euch aus«, forderte uns der alte Mann ratlos auf. »Salah al-Din ist in den Harem gerufen worden. Anscheinend hat Jamila Verwirrung gestiftet.«

Daraufhin herrschte verlegenes Schweigen. Imadeddins Anwesenheit machte uns derart befangen, daß ich nicht wagte, Shadhi nach Einzelheiten zu befragen, zumal Shadhi von sich aus nicht bereit war, Näheres über Jamila preiszugeben. Es war kein Geheimnis, daß Imadeddin sich nicht für Frauen interessierte. Nur die Gesellschaft von Männern vermochte seine geistigen und körperlichen Bedürfnisse zu befriedigen.

Als spürte Imadeddin unsere Anspannung, begann er sich zu räuspern. Offenbar wollte er die Aufmerksamkeit einfordern, die einer Person seines Ansehens gebührte. Shadhi, den Standesunterschiede noch nie gekümmert hatten, ließ einen absichtlich lauten Furz entweichen, begab sich aus dem Raum und ließ mich mit dem ehrenwerten Herrn allein.

Angestrengt überlegte ich, wie ich ein Gespräch mit dem großen Gelehrten beginnen sollte. Ich war verlegen und befangen, denn Imadeddin, so ging die Rede, brauchte nur ein einziges Mal etwas zu sehen oder zu hören, um es bis an sein Lebensende in Erinnerung zu halten. Wenn ihm jemand eine Geschichte erzählte, die er aus dem Mund derselben Person vor Jahren schon einmal gehört hatte, so wies er den Betreffenden unverzüglich auf die Unterschiede zur ersten Version hin, die er noch in allen Einzelheiten wußte, und brachte den Erzählenden dadurch in größte Verlegenheit.

Er entsann sich nicht nur der Tages- oder Nachtzeit, zu der eine Begebenheit stattgefunden hatte, sondern auch aller ihrer

Begleitumstände. Der Sultan hatte ihn einmal gefragt, worauf sein gutes Gedächtnis beruhe. Zunächst, so erklärte ihm Imadeddin, erinnere er sich an bestimmte Einzelheiten, wie beispielsweise an den Baum, unter dem die Zuhörer sich aufgehalten hatten, als sie der Geschichte lauschten. Oder es fiel ihm die Bootsfahrt ein, die sie unternommen hatten, er sah das Seeufer vor sich und entsann sich der Tageszeit. Schließlich stehe ihm das Erlebnis bildlich vor Augen.

»Gestattet, o Herr, aber es heißt, Ihr hättet den Posten eines Sekretärs des Sultans nicht angestrebt, sondern wolltet Eure ganze Kraft dem Verfassen eigener Werke widmen. Ist dem so?«

Als er mich kalten Blickes musterte, fühlte ich mich wie ein unbedeutendes Insekt. Ich bedauerte, gefragt zu haben, wurde jedoch alsbald vom gewohnten Tonfall seiner Stimme beschwichtigt.

»Nein, dem ist nicht so. Beim Studium der von al-Fadil in Kairo verfaßten Texte und Briefe kam mir der Gedanke, wir könnten in Damaskus ebenso verfahren. Ich hielt es für eine schwierige Aufgabe, doch Allah stand mir bei. Ich verwarf die überlieferten Vorlagen amtlicher Schreiben und schuf einen vollkommen neuen Stil, der so manchen Herrscher, wie den Sultan Persiens und sogar den Papst in Rom, in Erstaunen versetzte. Der verstorbene Sultan Nureddin, möge er in Frieden ruhen, fand derart Gefallen an meiner Arbeit, daß er mich zum Mushrif ernannte und mir somit die gesamte Verwaltung des Staates übertrug, zum Ärgernis vieler Leute, die meinten, man hätte sie bei meiner Beförderung übergangen. Sie taten alles, um mir das Leben schwerzumachen.

Eine Begebenheit ist mir noch erinnerlich. Ein Abgesandter des Kalifen von Bagdad hatte ein Schreiben an Nureddin überbracht, doch hatten mich meine kleingeistigen Feinde zur Übergabe des Schreibens nicht eingeladen. Als der alte Sultan meine Abwesenheit bemerkte, ließ er die Versammlung solange unterbrechen, bis man mich herbeigeholt hatte. Dann reichte er mir das Schreiben, damit ich es vorlas. Doch al-Qaisarini, der an jenem Tag den Wesir vertrat, riß mir das Papier aus den Händen. Ich ließ es geschehen, aber wann immer ihm beim Lesen Fehler unterliefen, verbesserte ich ihn, und ich half ihm weiter, wenn er ins Stocken geriet. Nureddin zeigte sich später, als wir unter uns waren, belustigt über den Vorfall. Nur selten wußte der Sultan einen Scherz zu würdigen, doch an jenem Tag lachte er und gratulierte mir zu meinem diplomatischen Geschick.«

Unsere Unterhaltung wurde unterbrochen durch das Eintreten des Sultans. Ich erhob mich und verneigte mich. Imadeddin hingegen wurde am Aufstehen gehindert, da Salah al-Din ihm die Schulter niederdrückte.

»Habt Ihr Euer Können an Ibn Yakub weitergereicht?«

»Nein, mein Herr, das nicht. Ich habe lediglich ein Mißverständnis bezüglich meiner Vergangenheit ausgeräumt.«

Der Sultan lächelte.

»Belastet Euer Gedächtnis nicht über Gebühr, Imadeddin. Zuweilen habe ich das Gefühl, Ihr beschäftigt Euch übermäßig mit der Vergangenheit. Doch müßt Ihr Euch für die Zeit der bevorstehenden Kriege bereithalten. Möglicherweise werde ich fallen. Da Ihr der einzige seid, der sich des Djihads in allen Einzelheiten erinnert, stellt sicher, daß dieses Wissen unter den Gläubigen Verbreitung findet.«

Der Sekretär neigte den Kopf, und der Sultan bedeutete ihm, er könne gehen. Als wir allein waren, meinte er:

»Ihr wißt, wie sehr ich die Sultana Jamila und ihre außerordentliche Klugheit schätze. Dennoch wundere ich mich zuweilen, wie eine derart begabte Frau soviel Verwirrung stiften kann. Offenbar haben sie und Halima sich von den meisten anderen Frauen abgesondert, und Jamila unterrichtet eigenmächtig sechs oder sieben Frauen. Spannungen und Mißgunst sind die Folge, denn weder Halima noch Jamila verstehen sich darauf, ihre Verachtung gegenüber jenen zu verbergen, die die Freuden des Lebens genießen wollen und nicht um die Schulung ihres Geistes bemüht sind. Sie leben allein um des Vergnügens willen und setzen sich weder mit dem Djihad noch mit der Philosophie eines Ibn Ruschd auseinander. Und dafür sucht Jamila sie zu strafen. Ich sah mich gezwungen, sie zu maßregeln und darauf zu bestehen, daß sie den Frauen ihren Willen nicht aufzwingt. Sie nahm meinen Verweis, wenngleich mit großem Unmut, vor den Augen der anderen entgegen. Unmittelbar danach bin ich weggegangen, doch bin ich überzeugt, Ibn Yakub, daß ihr Zorn noch vor Ende der Woche aufs heftigste auf uns niederprasseln wird. Diese Frau kann Niederlagen nicht gelassen hinnehmen. Ich bin heute nicht in der Stimmung, Euch zu diktieren. Wir sprechen uns morgen wieder.

Ehe Ihr geht, könntet Ihr Shadhi bitten, al-Fadil, Imadeddin und Qara Kush zu mir zu bringen? Ihr wirkt erstaunt. Doch stehen in den kommenden Tagen wichtige Dinge zur Entscheidung an.«

Daß der Sultan mich fortschickte, stimmte mich betrübt, und ich tat erstmals meine Meinung kund.

»Selbstverständlich füge ich mich den Anordnungen Eurer Hoheit, doch schiene es mir sinnvoller, wenn ich bliebe. Schließlich hat man mich zum Schreiber der Lebenserinnerungen des Sultans bestimmt. Ich würde mich auch ganz still verhalten und Notizen machen, von deren Richtigkeit sich der Kadi überzeugen könnte.«

Salah al-Din schien belustigt, als hätte ihn sein Lieblingsroß aus dem Sattel geworfen.

»Die einen oder anderen Dinge, Ibn Yakub, dringen besser nicht an fremde Ohren. Glaubt nicht, mir entginge Euer Mißvergnügen, wenn ich Euch von den Gesprächen über wichtige Staatsangelegenheiten ausschließe. Doch dient das sowohl Eurer Sicherheit als auch unserem Schutz. Alle meine Feinde wissen, daß Ihr mich täglich aufsucht, und sie wissen auch, daß Ihr den Raum verlassen müßt, wenn wir die weitere Vorgehensweise bei unserem Djihad erörtern. Nichts von dem, was sich in diesem Palast abspielt, bleibt geheim. Binnen weniger Stunden erreichen die Neuigkeiten den Harem und gelangen von dort in Windeseile bis in die Stadt. Würde bekannt, daß Ihr an den geheimsten Beratungen über Staatsangelegenheiten teilnehmt, wäret Ihr Eures Lebens nicht mehr sicher. Das ist mein Beweggrund. Allerdings ist die Zusammenkunft heute abend unplanmäßig, und so könntet Ihr Euch in angemessener Entfernung niederlassen, zuhören und Euch Notizen machen, deren Richtigkeit indes nicht al-Fadil überprüfen wird, sondern Imadeddin. Sein Gedächtnis ist unfehlbar.«

Ich verneigte mich zum Zeichen der Dankbarkeit und verließ das Gemach. Ich war froh, daß ich den Mut gefunden hatte, die Entscheidung des Sultans zu hinterfragen. Aus unerfindlichem Grund erfüllte mich dieser kleine Sieg mit außerordentlichem Behagen. Vor der Tür traf ich auf Shadhi und teilte ihm die Verfügung des Sultans mit. Er rief nach einem Boten, der den drei Männern die Nachricht überbringen sollte, sich unverzüglich im Palast einzufinden. Dann wandte er sich mir zu.

»Und wie denkt Ihr über unseren großen Gelehrten, den edlen Imadeddin?«

»Ich schätze ihn sehr, wenn auch vielleicht nicht ganz in dem Maße wie er sich selbst.«

Shadhi lachte.

»Al-Wahrani, dieser Hurensohn, hat ein neues Lied über ihn und seinen Liebhaber geschrieben.«

»Wer ist sein Liebhaber?«

»Jener hübsche Jüngling mit dem lockigen Haar. Der Sänger. Wißt Ihr, wen ich meine? Ich glaube, er heißt al-Murtada. Ja, so heißt er. Wie dem auch sei, das Lied hat folgenden Text:

›Des großen Imadeddins Gunst gilt allein
dem Jüngling al-Murtada – doch nackt muß er sein;
in ihrer Lust sind sie wie Hunde anzuschauen
und trinken Wein aus den Nabeln käuflicher Frauen.‹

Wir lachten immer noch über den Vers, als Imadeddin in angeregtem Gespräch mit dem Kadi al-Fadil vorbeispazierte. Sein Anblick ernüchterte mich auf der Stelle, während Shadhi nun gar nicht mehr an sich halten konnte und so lachte, daß ihm die Tränen über die Wangen liefen. So ließ ich ihn zurück und folgte den beiden Männern in des Sultans Gemach. Als ich die leisen Schritte des getreuen Qara Kush hinter mir vernahm, blieb ich stehen und wartete auf ihn. Gemeinsam begaben wir uns dann zum Sultan.

Die Beratung war offensichtlich bereits seit Tagen im Gange. In erster Linie galt es, eine Entscheidung über die

Abreise des Sultans nach Damaskus zu treffen. Da die Lage in Kairo und den anderen Landesteilen als gefestigt galt, schien es dem Sultan geraten, nach Damaskus zurückzukehren und sich der dort aufgetretenen Probleme anzunehmen.

Imadeddin berichtete, Salah al-Dins Neffe, Farrukhschah, der Statthalter von Damaskus, würde seine Pflicht vernachlässigen. Er sei verschwendungssüchtig, weigere sich, die Notwendigkeit eines Djihad überhaupt in Betracht zu ziehen und träfe Entscheidungen, die die Staatskasse über Gebühr beanspruchten. Imadeddin sprach sich nachdrücklich dafür aus, den Hof von Kairo nach Damaskus zu verlegen.

Qara Kush sträubte sich gegen den Ortswechsel, doch waren die von ihm vorgebrachten Argumente wenig überzeugend. Er sang lediglich ein Loblied auf den Sultan, ohne dessen heitere und würdevolle Ausstrahlung das Land wahrscheinlich dem Verfall anheimfiele.

Derartige Bemerkungen erzürnten den Sultan. Er tadelte seinen Kämmerer in barschem Ton und wies darauf hin, daß jede wichtige Entscheidung einzig von einer schlichten Frage abhing: Bringt uns dies der Niederlage des Feindes und der Einnahme von al-Kadisiya näher? Andere Gesichtspunkte waren für Salah al-Din nicht von Belang.

Daraufhin ergriff al-Fadil das Wort. Seiner Meinung nach war ein Umzug nach Damaskus unvermeidbar, wenn es allein darum ging, was der Sultan angesprochen hatte. Al-Kadisiya würde nicht eingenommen werden, wenn der Krieg von Kairo aus geführt würde. Im selben Atemzug verlieh er jedoch seiner Sorge Ausdruck, was sich in des Sultans Abwesenheit alles ereignen könnte.

Salah al-Din ließ die Männer eine Weile reden, ehe er sie mit einer Handbewegung schweigen hieß.

»Ich halte die Argumente, Damaskus und die anderen Städte von Sham müßten gestützt werden, für zwingend. Wenn wir uns entschließen, al-Kadisiya einzunehmen, muß ich meine anderen Städte sicher wissen. Wir dürfen uns weder auf unser Glück verlassen noch darauf, daß die Gläubigen keine betrügerischen Absichten hegen. Immer wieder sage ich dem Volk, dies sei der Fluch unseres Glaubens. In genau zehn Tagen werden wir uns auf den Weg machen. Ihr, Ibn Yakub, schließt Euch uns mit Eurem Weib und Eurer Tochter an, denn Allah allein weiß, wie lange wir fortbleiben werden.

Erst wenn wir unsere Aufgaben vollendet haben, kehren wir, so Allah will, nach Kairo zurück. Ich liebe diese Stadt. Sie birgt schöne Erinnerungen.

Euch, Qara Kush, obliegt es, dafür zu sorgen, daß die Zitadelle bei meiner Rückkehr fertig ist. Ich werde dann dort wohnen. Wie Ihr wißt, hängt mein Herz nicht sonderlich an diesen alten Palästen.«

Alle Anwesenden lächelten, nur Imadeddins Gesicht verfinsterte sich, und als er zu sprechen anhob, schwang Zorn in seiner Stimme mit.

»Daß Ihr in Zitadellen am besten schlummert, o Sultan, ist allseits bekannt, doch muß ich Euch bitten, Qara Kush nicht ohne Aufsicht zu lassen. Er veräußert mit großem Eifer die Bücher aus den Palastbibliotheken. Manch ein Dummkopf kauft nach Gewicht und nicht nach Inhalt. Mir ist klar, daß Qara Kush nur ungern dazulernt, doch was er verkauft, ist schließlich unser Erbe. Allein in der Bibliothek des Palastes steht die vollständigste Sammlung von Büchern über Medizin und Philosophie, zudem ...«

Der Sultan schnitt ihm das Wort ab.

»Qara Kush! Das mißfällt mir sehr! Haltet Rücksprache mit Imadeddin, ehe weitere Bücher verkauft werden.«

Qara Kush nickte zum Zeichen, daß er die Anordnung zur Kenntnis genommen hatte.

»Und noch etwas. Raymund von Toulouse hat den Wunsch geäußert, in sein Land heimzukehren. Von dort aus wird er uns weiterhin Unterstützung leisten und uns über die Machenschaften der fränkischen Anführer unterrichten. Ich möchte ihm sicheres Geleit gewähren und eine Eskorte auf einem Handelsschiff. Gebt ihm, was immer er benötigt. Kümmert Ihr Euch persönlich darum, al-Fadil? Dieser Ritter soll unversehrt in den Schoß seiner Familie zurückkehren.«

Der Kadi nickte, und Salah al-Din klatschte in die Hände. Drei Diener, vertraute Gesichter, da sie sich stets vor dem Gemach des Sultans bereithielten, traten ein und deckten den

Tisch. Sie trugen ein bescheidenes Mahl auf, dessen Zutaten ich bereits im Vorhinein aufzuzählen vermochte. Wie ich vermutet hatte, gab es Brot und drei verschiedene Zubereitungen eines Bohneneintopfes. Selbst der Anwesenheit von Imaded-din wurde nicht Rechnung getragen, obwohl dessen Lieblingsspeisen wohlbekannt waren. Seine Mahlzeiten bestanden stets aus mehreren Gängen und enthielten immer eine noch unbekannte Speise, die seine Gäste unfehlbar in Entzücken versetzte. Ich betrachtete das Gesicht unseres größten lebenden Geschichtsgelehrten, aus dem keinerlei Gefühlsregung zu lesen war. Wie wir alle tat auch er es dem Sultan gleich und tunkte sein Brot in den Eintopf. Der Sultan sah ihn an.

»Findet dieses bescheidene Mahl Eure Billigung, Imaded-din?«

Der große Mann antwortete nicht, legte aber die Hand aufs Herz als Zeichen der Wertschätzung und Dankbarkeit. Erst als wir den Raum verließen, hörte ich, wie er al-Fadil zuflüsterte:

»Man sollte nur mit Salah al-Din speisen, wenn man unter Verstopfung leidet und das dringende Bedürfnis verspürt, seinen Darm zu entleeren.«

SIEBZEHN

Als ich unerwartet nach Hause komme, treffe ich Ibn Maymun und meine Frau bei unzüchtigen Handlungen an.

Man hatte mir ein Gemach im Palast zugewiesen, und wenn der Abend lang geworden war, nahm ich es für gewöhnlich nicht mehr auf mich, nach Hause zu gehen. Es war bereits nach Mitternacht, und hätte ich nicht zuvor al-Fadil murren hören, daß er wegen der Besprechung mit dem Sultan seine Unterredung mit Ibn Maymun habe unterbrechen müssen, so wäre ich im Palast geblieben. Statt dessen begab ich mich raschen Schrittes nach Hause. Denn ich hatte Ibn Maymun lange nicht gesehen und wollte, daß er zugegen war, wenn ich Rachel verkündete, daß wir alle nach Damaskus ziehen würden.

Als ich mein Haus erreichte, stellte ich überrascht fest, daß die Lampen noch brannten. Da ich weder unseren Gast noch meine Familie zu wecken wünschte, schlich ich leise hinein. Man stelle sich mein Erstaunen vor, als ich den kuppelüberwölbten Raum betrat und Ibn Maymun auf dem Rücken liegen sah, das Gewand bis über den Bauch hochgezogen und das Gesicht verhüllend, während Rachel, mein Weib Rachel, mit gespreizten Beinen auf ihm saß und sich auf und ab bewegte, als unternähme sie einen gemächlichen morgendlichen Ausritt auf einem zahmen Pferdchen. Sie war vollkommen nackt, und ihre Brüste bewegten sich im Einklang mit ihrem übrigen Körper. Ich war wie gelähmt, überwältigt von einer Mischung aus Zorn, Scham und Angst. Entsetzen befiel mich. War dies ein Trugbild? Ein böser Traum? Schlief ich gerade in meinem Zimmer im Palast?

Ich verharrte in der dunklen Ecke des Raums und beobachtete still das unzüchtige Treiben. Dann hustete ich. Rachel sah mich zuerst, schrie auf, als hätte sie den Leibhaftigen erblickt, und stürzte aus dem Raum. Ich schritt auf unseren großen Philosophen zu, der nur mehr sein erigiertes Glied verbergen konnte.

»Friede sei mit dir, Ibn Maymun. Hat Rachel dir ein herzliches Willkommen bereitet? Hast du ihr soeben einen bestimmten Abschnitt aus deinem ›Führer der Unschlüssigen‹ vorgeführt, auf daß sie Nutzen daraus ziehen möge?«

Er antwortete nicht, sondern setzte sich auf und barg das Gesicht in den Händen. Geraume Zeit sprach keiner von uns beiden. Schließlich brachte er mit erstickter Stimme eine Entschuldigung vor.

»Verzeih mir, Ibn Yakub. Ich bitte um Vergebung. Ich habe einen Fehltritt begangen und verdiene strenge Bestrafung. Was bleibt mir mehr zu sagen?«

»Vielleicht sollte ich dir einfach die Hoden abschneiden«, erwiderte ich in ruhigem Ton. »Dann wäre der Ehre Genüge getan, nicht wahr?«

»Keiner von uns ist ohne Makel, Ibn Yakub. Wir sind alle nur Menschen. Hättest du zu widerstehen vermocht, wenn Halima dich in ihr Bett gelockt hätte?«

Seine Unverfrorenheit überraschte und erzürnte mich. Ehe ich mich's versah, packte ich ihn am Bart und schlug ihn erst auf die eine, dann auf die andere Wange. Er fing an zu weinen, und ich verließ den Raum.

Rachel saß, in eine Decke gehüllt, im Bett, als ich das Schlafgemach betrat. Die Scham verbot es ihr, mir in die Augen zu sehen. Der Zorn hatte mir die Sprache verschlagen. Wortlos nahm ich mir eine Decke und ging ins Zimmer meiner Tochter, wo ich mich neben ihrem Bett auf den Boden legte. Doch Schlaf fand ich weder in dieser noch in der folgenden Nacht.

Rachel weinte zwei ganze Tage und bat mich um Verzeihung. Zu meiner Überraschung vergab ich ihr sogar, doch war ich fest entschlossen, sie nicht nach Damaskus mitzunehmen. Ich teilte ihr lediglich mit, der Sultan habe mich ersucht, ihn zu begleiten, und ich würde für unbestimmte Dauer fort sein. Sie nickte. Dann stellte ich ihr die Frage, die mich ohne Unterlaß quälte, seit ich sie auf Ibn Maymun hatte sitzen sehen.

»War es das erste Mal? Sprich die Wahrheit, Weib!«

Sie schüttelte den Kopf und brach in Tränen aus.

»Du hast mir nie verziehen, daß ich dir keinen Sohn geschenkt habe. War es denn meine Schuld, daß ich nach der Geburt unserer Tochter nicht mehr schwanger werden konnte? Du hast mich um des Sultans willen verlassen und das Leben im Palast mir vorgezogen. Ibn Maymun war mir der einzige Trost. Ich fühlte mich einsam. Verstehst du das denn nicht?«

Ich bebte. Nicht ein Wort wollte mir über die Lippen kommen. Blinder Zorn erfüllte mich, und hätte ich nicht den Raum verlassen, ich hätte sie geprügelt. Ich wankte in die Küche und trank zwei Gläser Wasser, um mich zu beruhigen und meine Gefühle zu bändigen. Doch dann entsann ich mich, daß dies eine von Ibn Maymuns Verordnungen war, um Gemütserregungen in den Griff zu bekommen, und schleuderte das Glas zu Boden.

In der darauffolgenden Woche wechselte ich kein Wort mit Rachel, indes ich meine Vorbereitungen zur Abreise traf. Anfangs sann ich auf Rache. Ich spielte mit dem Gedanken, eine Anzeige beim Kadi zu erstatten, damit Rachel als Ehebrecherin und Ibn Maymun als Mittäter angeklagt wurden. Doch diesen Plan verwarf ich alsbald. Dann überlegte ich, ob ich ein paar Männer dingen und das ruchlose Paar ermorden lassen sollte. Doch inzwischen betrachtete ich die Sache gelassener. Es ist merkwürdig, wie wechselhaft Empfindungen dieser Art sein können, wie Zorn, Eifersucht und Rachegelüste innerhalb weniger Augenblicke aufwallen und wieder abebben können.

Ich nahm zärtlich Abschied von Maryam, meiner zwölfjährigen Tochter, die ich, wenn ich ehrlich bin, viel zu lange vernachlässigt hatte. Überrascht von meiner offen gezeigten Zuneigung, erwiderte sie meine innige Umarmung und weinte herzzerreißend. Da nahm ich sie genauer in Augenschein. Schon bald würde sie eine schöne junge Frau sein, genau wie ihre Mutter. Die Ähnlichkeit der beiden verblüffte mich. Ich konnte nur hoffen, daß sie in ein oder zwei Jahren einen passenden Ehemann fand.

An meinem letzten Abend in Kairo brach ich das Schweigen. Rachel und ich setzten uns im Bett auf und redeten die halbe Nacht. Wir sprachen von der Vergangenheit, von unserer Liebe zueinander, von dem Tag, an dem Maryam das Licht der Welt erblickte, von ihrem Gelächter, das immer im Hof unseres Hauses erschallte, von unseren Freunden. Und im Verlaufe dieses Gesprächs versöhnten wir uns wieder. Rachel warf mir vor, die Bedürfnisse des Sultans meiner eigenen Arbeit überzuordnen. Ich räumte ein, ihr Einwand sei gerechtfertigt, doch gab ich zu bedenken, daß sich mein Horizont durch das Leben im Palast erweitert habe. Hatte sie mir nicht stets vorgehalten, daß ich ein allzu seßhaftes Leben führte? Nun würde ich mich auf Reisen begeben. Sie lächelte, und aus ihrem Blick sprach eine inständige Bitte. Da wurde mein Herz weich. Ich versprach, sie und Maryam nachkommen zu lassen, sobald der Sultan Jerusalem eingenommen hatte. Wir schieden als Freunde.

Zum großen Verdruß des Sultans nahmen die Einwohner Kairos seine Abreise zum Anlaß, um in einer Massenzusammenkunft ihren Empfindungen Ausdruck zu verleihen. Salah al-Din hätte es vorgezogen, ohne Vorankündigung aufzubrechen, doch sowohl al-Fadil wie auch Imadeddin beharrten aus Staatsgründen darauf, ein öffentliches Ereignis daraus zu machen. So hatten sich Höflinge, Dichter, Gelehrte und Scheichs, ganz zu schweigen von zahllosen anderen Bewohnern der Stadt, am alten See versammelt, um von ihrem Sultan Abschied zu nehmen. Qara Kush und seine Männer hielten einen Weg vom Palast frei, damit der Sultan und sein unmittelbares Gefolge, dem ich und natürlich auch Shadhi angehörten, ungehindert passieren konnten.

Der Grund für das aufgeregte Treiben lag auf der Hand. Jedermann wußte, daß Salah al-Din lange Zeit fortbleiben würde. Erst wenn die Franken vor den Toren Jerusalems geschlagen waren, würde er zurückkehren. Zwar wünschte das Volk seinem Sultan Erfolg, doch war es sich auch der großen Gefahren dieses Feldzugs bewußt. Der Sultan könnte ums Leben kommen, wie es im Jahr zuvor bei einem Scharmützel mit dem Feind beinahe geschehen wäre. Zum Glück hatte Salah al-Din damals ein Kamel gefunden, sich auf dessen

Rücken geschwungen und sich mit einer Handvoll Kriegern zur Stadt zurück durchgeschlagen.

Die Einwohner Kairos mochten ihren Sultan. Sie wußten um seine bescheidenen Ansprüche, und im Gegensatz zu den Fatimiden hatte Salah al-Din ihnen keine Steuern auferlegt, um sich selbst zu bereichern. Seine Soldaten entlohnte er großzügig, und seine Beamten hatten dafür gesorgt, daß das Land von Hungersnöten verschont geblieben war. Aus diesen und vielen anderen Gründen war dem Volk samt seinen Dichtern und Musikern daran gelegen, daß ihr Herrscher sie in guter Erinnerung behielt. Und daß er zurückkehrte.

Als wir die Straße vom Palast zum See entlangritten, riefen sie: »Allah ist groß«, »Sieg dem Herrscher der Tapferen«, »Es gibt keinen Gott außer Allah, und Muhammad ist Sein Prophet«, »Salah al-Din wird siegreich zurückkehren«. Der Sultan war gerührt ob dieses Empfangs. Wir bewegten uns nur langsam vorwärts, damit das gemeine Volk Gelegenheit erhielt, den Steigbügel des Sultans zu berühren und das Vorhaben des Herrschers zu segnen.

Am alten See erwarteten uns die Höflinge in ihren prunkvollen Kleidern. Salah al-Din trieb sein Pferd zu schnellerer Gangart an. Offensichtlich machte ihn dieses Ritual allmählich ungeduldig. In der Mitte des ausgetrockneten Sees zügelte er sein Roß. Abschiedsworte wurden gesprochen. Auf einem Podest erhob sich ein junger, glattrasierter Dichter, um einige Verse vorzutragen. Dieser Anblick war zuviel für Shadhi, der mit einem Rülpsen kundtat, daß er das Ende dieser Darbietung herbeisehnte.

Die Miene des Sultans hingegen blieb unergründlich, als folgende Zeilen rezitiert wurde:

»Möge Allah niemals Leid über Euch bringen
Möge Allah nie den Frieden Eures Schlafes stören
Möge Allah Euer Leben niemals in einen Kelch der Bitternis verwandeln
Möge Allah Euer Herz nie mit Kummer beschweren
Möge Allah Euch die Kraft verleihen, all unsere Feinde zu bezwingen
So nehmen wir Abschied mit schweren Herzen
die zu erleichtern einzig Eure Rückkehr vermag.«

Ein älterer Mann, dessen grauer Bart in der heißen Sonne glitzerte, suchte seinen Vorredner noch zu übertreffen, indem er auf die Bühne stieg und anhob:

»Der Frühling ist die Zeit, die die Jahreswende bringt
Yussef Salah al-Dins Größe ist unser ewiger Frühling
Lauterkeit regiert sein Herz
Unbeugsamkeit beherrscht seinen Geist.«

In diesem Augenblick bedeutete der Sultan al-Fadil, daß die Zeit zum Aufbruch gekommen sei. Nachdem er seinen Edelleuten einen Gruß entboten hatte, küßte er al-Fadil auf beide Wangen. In so manchem Auge standen Tränen, und sie kündeten, im Unterschied zu den Gedichten, von aufrichtigen Empfindungen. Gerade als wir im Begriff waren loszureiten, trat ein Greis heran und wollte dem Sultan die Hand küssen. Er war so betagt, daß er nicht einmal mehr die Kraft besaß, nach dem Steigbügel zu greifen. Also sprang Salah al-Din vom Pferd und umarmte den wohlmeinenden Alten, indes ihm dieser etwas ins Ohr flüsterte. Da sah ich, wie sich der Gesichtsausdruck des Sultans veränderte. Er starrte den Greis an, doch dessen lächelnder Miene konnte Salah al-Din nichts weiter entnehmen. Schließlich ritt Shadhi auf den Sultan zu.

»Was hat der Alte denn gesagt?«

Salah al-Din hielt den Blick gesenkt.

»Er sagte, ich solle mich auch vom Nil verabschieden, denn in den Sternen stünde geschrieben, ich würde ihn nie wiedersehen.«

Shadhi schnaubte verächtlich, aber die Worte des Greises hatten unverkennbar einen dunklen Schatten auf das gutgemeinte Abschiedszeremoniell geworfen. Schlechte Omen mißfallen allen Herrschern, selbst jenen, die angeblich nicht daran glauben. Unser Aufbruch erfolgte unvermittelt. Salah al-Din riß sein Pferd herum, und wir ritten aus der Stadt.

Unser Trupp zählte dreitausend Mann, in der Mehrheit Soldaten, die schon viele Jahre an der Seite des Sultans gekämpft hatten. Sie waren erprobte und bewährte Schwertkämpfer und Bogenschützen und allesamt vortreffliche Reiter. Mir fielen drei alte Soldaten auf, die bis zu unserer Abreise der Schule der

Schwertmacher zugeteilt gewesen waren. Dort hatten sie sowohl die Kunst des Schwertkampfes als auch das Handwerk des Schwertschmiedens gelehrt. Da alle drei aus Damaskus stammten, freuten sie sich auf die Heimkehr zu ihren Familien.

Jamila und Halima hatten mit ihrem Gefolge Kairo bereits vor drei Tagen verlassen. Viele der ehemaligen Sklavinnen, die dem Sultan Kinder geboren hatten, begleiteten ihn hingegen nicht nach Damaskus. Ich fragte mich, was unserem Herrscher wohl soeben durch den Kopf ging. Beim Reiten sprach der Sultan nur wenig – eine Gewohnheit, die er wohl eher von seinem Vater als von seinem Onkel Chirkuh geerbt hatte, denn letzterer hatte Shadhi zufolge kaum jemals einen Gedanken für sich behalten können, ungeachtet der Umstände.

Die Kunde von unserer Abreise konnte schwerlich geheim bleiben. So erfuhren auch die Franken davon und hatten ihre Soldaten in den Grenzgebieten in Stellung gebracht, wo sie auf eine Gelegenheit zum Angriff warteten. Um nicht in einen Hinterhalt zu geraten, hatte Salah al-Din von seinen Beduinen eine Marschstrecke ausarbeiten lassen, auf der wir die Franken umgehen konnten. Er war nicht gewillt, seine Stärke zu zeigen oder sich auf ein Kräftemessen einzulassen. All seine Gedanken kreisten einzig um das eine Ziel. Und solange dieses nicht erreicht war, mußte alles andere zurückstehen.

Doch wie bereits in früheren Zeiten hinderten ihn örtliche Zwistigkeiten, sich mit ganzer Kraft der Befreiung Jerusalems zu widmen.

Als wir an jenem ersten Abend die Wüste erreicht hatten und das Nachtlager aufschlugen, bestellte Salah al-Din die Emire zu sich in sein Zelt. Shadhi und ich hingegen hatten Muße, den Sternenhimmel zu bewundern. Der Greis war gut gelaunt. Um so mehr überraschte mich die jähe Wendung, die unser Gespräch nahm. Nachdem er von seinem bevorstehenden Tod gesprochen hatte, schwenkte er zu einem anderen Thema.

»Ich hoffe, Ihr habt Eurer Frau aus ganzem Herzen vergeben, Ibn Yakub. Ich weiß, nach Allahs Geboten wiegt Ehebruch stets schwer, doch im Hier und Jetzt gilt es zu verstehen, daß dem, was zwischen ihr und Ibn Maymun geschehen ist, keine große Bedeutung zukommt. Ihr seid erstaunt und fragt Euch, woher meine Kenntnis rührt? Nun, einer der Späher des Kadis hat ständig ein wachsames Auge auf alle Unternehmungen unseres großen Arztes, zu seinem eigenen Schutz, versteht sich. Anscheinend hat dieser Mann seine Aufgabe etwas zu gründlich versehen. Dem Kadi wurde davon Bericht erstattet, und dieser unterrichtete in meiner Anwesenheit den Sultan. Es war Salah al-Din, der entschied, daß Ihr nichts davon erfahren solltet. Zu diesem Zwecke ließ er mich sogar einen alten Eid aus den Bergen schwören. Er schätzt Euch sehr und wollte Euch nicht betrüben. Einmal überlegten wir sogar, ob wir Euch eine neue Frau suchen sollten.«

Ich schwieg. Daß diese Leute alles über mich wußten, stimmte mich verdrießlich. Was Shadhi betraf, so störte es mich nicht. Vielleicht hätte ich es ihm eines Tages sogar selbst erzählt. Aber der Kadi und der Sultan? Was ging sie das an? Wer gab ihnen das Recht, jeden zu bespitzeln? Zorn wallte in mir auf, und im stillen verfluchte ich Rachel für ihre Treulosigkeit. Vor allem jedoch schämte ich mich. In den Augen dieser Menschen war ich nun nicht nur ein Schreiber, sondern auch ein gehörnter Ehemann. Ich verabschiedete mich von Shadhi, um mir ein wenig die Beine zu vertreten. Vor mir breitete sich die Wüste wie eine dunkle Decke aus. Über mir lachten die Sterne am Firmament.

Und dabei war dies gerade der erste Tag unserer Reise. Dreißig weitere sollten noch folgen. Ich blickte zurück in die Richtung, aus der wir gekommen waren, konnte aber nichts als die finstere Wüste erkennen, über der eine bittere Nachtkälte lag. Während ich die Decke fester um mich schlang, nahm ich Abschied von Kairo.

Teil 2

Damaskus

EINS

Ich lerne die Lieblingsneffen des Sultans kennen und höre sie über die Befreiung Jerusalems sprechen.

Mir war, als hätten wir Damaskus gerade eben erst erreicht. Dabei weilten wir bereits seit zwei vollen Wochen hier, aber ich hatte diese Zeit gebraucht, um mich von den Martern des vorausgegangenen Monats zu erholen. Für jeden anderen war dies eine ganz gewöhnliche Reise gewesen. Nicht so jedoch für mich. Selbst wenn ich inzwischen zu reiten verstand und ein Pferd im Zaum halten konnte, war dies ganz und gar kein Vergnügen für mich. Zudem hatte mir die Sonne das Gesicht verbrannt, und ohne die Salben unserer Beduinenführer hätte mich allein dieser Schmerz schon umgebracht.

Ich dankte meinen Sternen, daß ich als Jude geboren worden war. Denn wäre auch ich ein Anhänger des islamischen Propheten gewesen, hätte ich mich ebenso wie die meisten Soldaten und Emire fünfmal am Tag Mekka zuwenden und meine Gebete sprechen müssen, zumeist unter der sengenden Wüstensonne. Zwar hatte ich den Sultan nie für tief religiös gehalten, doch als Oberster Befehlshaber bestand er nachdrücklich darauf, die Riten seiner Religion zu befolgen. Dabei stellte der Mangel an Wasser für die Waschungen kein Problem dar, Sand war ein guter Ersatz und leicht verfügbar. Shadhi machte sein hohes Alter geltend, um die gemeinsamen Gebete zu umgehen. Als er eines Tages den Sultan beim Vorsprechen der Gebete beobachtete, flüsterte er: »Nur gut, daß keine Franken in der Nähe sind. Der Anblick von dreitausend knieenden Gläubigen, die ihre Hinterteile in die Luft recken, böte ein allzu verlockendes Ziel.«

Abgesehen von den körperlichen Anstrengungen der Reise war ich gezwungen gewesen, mehrere Abende im Zelt des Sultans zu sitzen und dort der einschläfernden Stimme Imadeddins zu lauschen, der die Geschichten der Kalifen von Bagdad zum besten gab. Dies wurde zu einer regelrechten Pein für meinen Verstand, denn Imadeddin hatte die von ihm wiedergegebenen Episoden aus Werken zusammengetragen, die mir nur allzu geläufig waren.

Der Gerechtigkeit halber muß ich einräumen, daß er nicht versuchte, die Muraj al-Dhahab oder die Kitab al-Tanbih als seine eigenen Werke auszugeben. Er nannte al-Masudi als Urheber, erweckte jedoch durch seine eigentümliche Vortragsweise den Eindruck, selbst der Verfasser zu sein. Doch vielleicht bildete ich mir das auch nur ein. Denn nach der Mühsal des Tages bereitete es mir kein sonderliches Vergnügen, Geschichten lauschen zu müssen, die ich bereits gelesen hatte.

Aber zwei Wochen völliger Ruhe in dieser schönsten aller Städte hatten mich restlos wiederhergestellt. Die Wonne, jeden Tag baden zu können, der Genuß von Speisen, die in den Küchen der Zitadelle zubereitet wurden, und Schutz vor der Sonne, das war alles, dessen ich bedurfte.

Der Sultan, sein weiches Herz sei gepriesen, nahm großen Anteil an meiner Genesung. Auch er war glücklich, in Damaskus zu sein, wenn auch aus anderen Gründen als ich. Diese Stadt war ihm viele Jahre Heimat gewesen, hier hatte er die Kriegskunst kennengelernt, aber auch die Freuden im Schlafgemach einer Frau. Er fühlte sich sicher in dieser Stadt, und bei seinem Erscheinen in der großen Umayyaden-Moschee am letzten Freitag war deutlich geworden, wie sehr er im Ansehen bei den einfachen Leuten gestiegen war. Shadhi hatte mir erzählt, daß die Damaszener Salah al-Din für einen ungehobelten Jugendlichen gehalten hatten, der den Freuden des Weinkellers ebenso zugetan war wie unzüchtigen Ausschweifungen. Die Nachrichten von seinen Eroberungen hatten diese Stadt nur aus weiter Ferne erreicht, und jetzt erkannten sie ihren Sultan kaum wieder. Er war sogar zu einem größeren Herrscher geworden als der fromme und vielgeliebte Nureddin.

Vielen, die am Freitag zum Gebet versammelt waren, stand die Aufregung ins Gesicht geschrieben. Der weißhaarige Gelehrte, der die Predigt hielt, bat Allah, er möge Salah al-Din ein langes Leben schenken und ihm dabei helfen, die Franken ins Meer zu treiben. Er bezeichnete den Sultan als »Schwert des Islam«, woraufhin die Gemeinde beifällig wie aus einem Munde antwortete: »Es gibt nur einen Gott, und Muhammad ist Sein Prophet.«

Die Damaszener schienen ehrerbietiger und weniger dreist zu sein als die Einwohner Kairos. In meiner Heimatstadt war es nicht ungewöhnlich, daß offen Kritik am Kadi und sogar am Sultan geübt wurde, wobei in der Regel die Schattenspieler für die breite Masse sprachen.

Indes ich über die Unterschiede der beiden Städte und ihrer Bewohner nachsann, klopfte ein Unbekannter an meine Tür und trat ein. Von seiner Kleidung her schien er ein Gefolgsmann zu sein. Seine Miene erweckte den Anschein einer gewissen Vertraulichkeit, was mich erstaunte. Er verneigte sich und stellte sich als Amjad al-Islam vor. Der Mann war von kleiner, sogar sehr kleiner Statur, dabei wohlgenährt und glatt rasiert. Er stehe seit seinem zehnten Lebensjahr in den Diensten des Sultans, teilte er mir mit. »Onkel« Shadhi habe ihn alles gelehrt, was er über diese Welt wisse.

»Der Sultan bittet Euch, heute abend mit ihm zu speisen, und Onkel Shadhi wünscht dazu guten Appetit. Er wird morgen mit Euch essen.«

Selbstzufrieden grinsend verließ Amjad nach diesen Worten mein Gemach. Ich freute mich über Shadhis Nachricht. Der alte Mann war bei unserem Marsch von Kairo nach Damaskus zwar guter Dinge gewesen, doch nun schien er müde und mißgestimmt. Seit unserer Ankunft hatte er seine Gemächer nicht mehr verlassen. Deshalb vernahm ich mit Freude, daß er wohlauf war und sich mit mir treffen wollte. Ich hatte bereits gebadet und hatte eigentlich gerade daran gehen wollen, im Rahmen meines eigenen Werkes eine ausführliche Abhandlung über die Wüste zu verfassen, doch wieder einmal vereitelte Salah al-Din meine Bemühungen.

Er saß mit zwei Männern beisammen, die seit unserer Ankunft kaum von seiner Seite gewichen waren. Ihr Auftreten legte den Schluß nahe, daß es sich um Emire handelte, was gewiß auch der Fall war. Vor allem jedoch waren Farrukhschah und Takieddin die Lieblingsneffen des Sultans. Die Brüder waren die Söhne des ältesten Bruder des Sultans, der gestorben war, als Salah al-Din erst zehn Jahre zählte. Der Sultan liebte die beiden, sie erinnerten ihn an Chirkuh, und er hatte viel Vertrauen zu den jungen Männern, die auf dem Schlachtfeld stets darum wetteiferten, wer von ihnen der Kühnere war.

Der Sultan stellte uns einander vor, und beide erhoben sich, um mich zu umarmen.

»Unsere Zukunft liegt in Eurer Hand«, scherzte Takieddin. »Schreibt Ihr schlecht über uns, werden wir bald vergessen sein. Doch gebt Ihr wahrheitsgemäß wieder, was unsere Sippe vollbracht hat, wird unser Name überdauern, bis unser Schöpfer entschieden hat, daß das Ende der Welt gekommen ist.«

»Sagt, Meister der Schreibkunst«, bat sein Bruder, »gibt es so etwas wie die vollkommene Wahrheit? Haltet Ihr verschiedene Sichtweisen desselben Ereignisses fest? Zieht Ihr mehrere Quellen zu Rate? Denn letztlich stammt vieles von dem, was Ihr niederschreibt, aus dem Mund unseres geschätzten Onkels. Verständlicherweise wird er jene Ereignisse unerwähnt lassen, bei denen er keine rühmliche Rolle spielte.«

Mein Blick wanderte zum Sultan, der in schallendes Gelächter ausgebrochen war.

»Das mag wohl so sein. Aber wie wir alle wissen, kann man sich darauf verlassen, daß die Zunge Shadhis diese Unzulänglichkeiten mehr als ausgleicht. Und da wir nun in Damaskus weilen, stehen Ibn Yakub zwei weitere Gewährsmänner in Gestalt von euch Scheusalen zur Verfügung. Aber seid so gut und vergeßt nicht, daß er meine Lebenserinnerungen niederschreiben soll und daher alles von mir höchstselbst erlebt sein muß.«

Dieses kleine Familiengeplänkel enthob mich einer Erwiderung. Also lächelte ich, wie es einem guten Schreiber zuweilen geziemt, und schwieg. Eine weitere Ablenkung bot das Essen, das nun aufgetragen wurde. Die beiden jungen Männer beobachteten mein Mienenspiel, während die verschiedenen Schüsseln vor uns hingestellt wurden, und lachten dann hell heraus. Dabei warf mir Farrukhschah einen bedeutungsvollen Blick zu.

»Ihr seid es sichtlich nicht gewohnt, daß am Tisch meines Onkels Fleisch aufgetragen wird. Und auch heute abend wird er lediglich ein wenig Brühe zu sich nehmen und danach etwas Obst. Was wir hingegen vor uns stehen haben, ist in Kräutern mariniertes, frisch gebratenes Lamm, das Lieblingsgericht unseres Großonkels Chirkuh. Denn heute ist sein Geburtstag. Wir schulden es ihm, seiner in einer Weise zu gedenken, die er gebilligt hätte.«

Bei diesen kecken Worten runzelte der Sultan die Stirn.

»Besser, seinen Geburtstag dergestalt zu begehen als den Tag seines Todes. Ich sah ihn sterben, und es war ein grauenvoller Anblick. Ahmt seine Tugenden als Anführer und wagemutiger Kämpfer nach, doch meidet seine Laster. Alle unsere großen Heilkundigen haben vor den Folgen übermäßigen Genusses jeglicher Art gewarnt.«

Salah al-Dins Groll ernüchterte seine Neffen. Sie senkten die Köpfe als Zeichen, seine Mahnung beherzigen zu wollen. Der Rest des Mahles verlief nahezu schweigend. Doch als die Schüsseln abgeräumt waren und Minztee serviert wurde, merkte ich, daß wir nicht nur zum Plaudern zusammengekommen waren. Ehe der Sultan zu sprechen anhob, bedeutete er mir, die Feder zu zücken.

*

»Was ich über Farrukhschah und Takieddin, die Söhne meines verstorbenen Bruders, zu sagen habe, möchte ich in ihrer Gegenwart äußern. Ich fühle mich diesen beiden Männern mehr verbunden als irgend jemand sonst in meiner Familie. Sie sind nicht nur meine Neffen, sondern auch meine fähigsten Heerführer.

Meine eigenen Söhne sind noch jung. Sollte mir etwas zustoßen, erwarte ich von Takieddin und Farrukhschah, daß sie meine Sprößlinge vor den Geiern beschützen, die über den von uns eingenommenen Städten kreisen werden. Falls ich also bald sterben muß, möchte ich, daß Takieddin in Kairo herrscht und Farrukhschah Damaskus regiert. Die anderen Städte sollen unter meinen Brüdern und deren Kindern aufgeteilt werden. Damaskus und Kairo aber sind die wahren Kleinode unseres Reiches. Ohne sie sind wir ein Nichts. Diese Städte werden es uns ermöglichen, die Franken zu vertreiben.

Seit nahezu neunzig Jahren wüten die Franken in unserem Land wie wilde Tiere. Kaum einer mehr erinnert sich der Zeiten, da sie noch nicht hier hausten. Ihr erster Einfall traf uns unvorbereitet. Uns packte übermächtige Angst. Wir verrieten einander in gewinnsüchtiger Absicht. Später verbündeten wir uns gar mit den Franken gegen unsere eigenen Brüder. Doch Sultan Zinki und der große Sultan Nureddin wußten, daß wir die Franken nur würden verjagen können, wenn in unseren Reihen Eintracht herrschte. Bekanntermaßen mußte um dieser Einheit willen viel Blut vergossen werden.

Sehen wir uns die heutige Lage an. Noch immer halten die Franken viele Küstenstädte und auch al-Kadisiya besetzt. Ich habe nun im Sinn, unsere Armee in drei straff gegliederte, schlagkräftige Einheiten aufzuteilen, die unter meinem Kommando und dem meiner beiden tapferen Neffen stehen sollen. Ich selbst werde mein Augenmerk auf Aleppo oder Mosul richten, die ich am liebsten beide einnehmen würde, denn damit würden wir zur größten Macht in diesen Breiten. Zugleich wünsche ich, daß du, Takieddin, den Franken mitten in Palästina einen Schlag versetzt. Sie sollen glauben, dies sei Teil eines Großangriffs mit dem Ziel, al-Kadisiya, ihr geliebtes Königreich Jerusalem, zu befreien. Füge ihnen Niederlagen zu, aber verweile nicht zu lange an einem Ort. Doch säe Furcht in ihre Herzen. Sie sollen vollauf mit ihrer Verteidigung beschäftigt sein und keine Sekunde erwägen können, unseren Feinden in Aleppo oder Mosul Beistand zu leisten.

Farrukhschah, du wirst hierbleiben und die Mauern dieser Stadt wenn nötig mit deinem Leben verteidigen. Mir sind Berichte zu Ohren gekommen, daß du mit deinem üppigen Lebensstil dazu neigst, die Staatskasse zu leeren. Solche Klagen wünsche ich nie wieder zu hören. Dein Vater und dein Großvater waren Männer mit bescheidenen Bedürfnissen. Und auch ich habe erkannt, daß man sich das Ansehen des Volkes und vor allem der Soldaten nur dann erwirbt, wenn man lernt, sich wie sie zu kleiden und zu essen. Schließlich machen wir die Gesetze, Farrukhschah. Da ist es unerläßlich, daß wir sie auch befolgen und anderen ein Beispiel geben. Ich hoffe, ich habe mich klar ausgedrückt. Vergiß niemals, daß wir zwar die Herrschaft innehaben, jedoch immer noch als Außenseiter betrachtet werden. Erst allmählich fangen die Araber an, mich als ihren Sultan anzuerkennen. Die Zukunft unserer Familie hängt davon ab, wie du dich verhältst und wie du regierst. Ein Mann beweist sich durch seine Taten, das halte dir stets vor Augen.

Wenn du hörst, daß die Franken mit Stoßtrupps die Stärke unsere Verteidigung zu erkunden suchen, dann zieh vor die Stadtmauer und zermalme sie. Morgen werden wir weiter sprechen, aber bereitet euch darauf vor, daß wir binnen einer Woche aufbrechen werden.

Unser Ziel muß ein Geheimnis bleiben. Ich wünsche nicht, daß ihr irgend jemand, auch nicht euren Frauen, sagt, wohin wir ziehen. Wenn die Leute fragen, antwortet einfach: ›Der Sultan ist sich noch nicht schlüssig.‹ Und sollte während meiner hoffentlich nur kurzen Abwesenheit Damaskus ernsthaft bedroht werden, setzt mich unverzüglich davon in Kenntnis. Diese Stadt darf niemals fallen. Nun geht und ruht euch aus. Ich möchte mit Ibn Yakub unter vier Augen sprechen.«

★

Von den Worten des Sultans nachdenklich gestimmt, verneigten sich die Neffen und küßten den Onkel auf beide Wangen. Er erhob sich und umarmte sie. Dann drückten sie mir herzlich die Hände und zogen sich zurück.

»Ursprünglich wollte ich, daß Ihr mit mir kommt, Ibn Yakub. Doch nun bin ich um Shadhis Gesundheit besorgt. Bisher hat er mich stets auf meinen Feldzügen begleitet, aber er wird von Tag zu Tag älter und gebrechlicher, wie auch Euch sicherlich nicht entgangen ist. Allah wird ihn bald zu sich rufen, damit ist nun täglich zu rechnen. Dabei ist er mein letztes Verbindungsglied zur Generation meiner Vorfahren, alle anderen sind längst verschieden. Nicht zuletzt ist er, wie Ihr ja bereits wißt, der Sohn meines Großvaters. Ich verbinde so überaus heitere Erinnerungen mit ihm. In meiner Jugend übte er großen Einfluß auf mich aus und war mir immer eine große Stütze. Allah hat mir gute und tüchtige Ratgeber an die Seite gestellt, Männer wie al-Fadil und Imadeddin. Kein Sultan könnte mehr verlangen. Doch selbst ihnen fällt es zuweilen schwer, sich manchen meiner unvernünftigeren Entscheidungen zu widersetzen.

Allein Shadhi scheut sich nie, die Wahrheit zu sagen und mich einen starrköpfigen Dummkopf zu schelten, wenn er mir eine Torheit auszureden versucht, die ich mir in den Kopf gesetzt habe. Er ist zwar kein Gelehrter, aber er hat ein untrügliches Gespür dafür, was auf dem Schlachtfeld und in der Politik richtig oder falsch ist.

Es gibt Zeiten in unserem Leben, Ibn Yakub, da wir unglücklich verliebt sind oder Traurigkeit uns erfüllt, weil ein teurer Freund in der Schlacht gefallen ist oder unser Lieblingspferd starb. Dann können uns irrwitzige Ratgeber und Speichellecker unabsichtlich in den Abgrund der Verzweiflung stoßen. Doch Männer wie Shadhi, Männer von großer Rechtschaffenheit, deren unsere Welt leider zu wenige hat, wissen das zu verhindern. Shadhi hat mich mehr als einmal vor mir selbst beschützt. Deshalb bedeutet er mir sogar mehr als meine Eltern.

Ihr seid erstaunt, mich in dieser Weise reden zu hören. Und ihr fragt Euch, warum ich so spreche, da Shadhi doch noch unter uns weilt, sich von der Reise erholt und uns vielleicht alle überleben wird. Bislang dachte ich wie Ihr, doch nun sagt mir eine innere Stimme, daß ich nicht an Shadhis Seite sein werde, wenn er stirbt. Dieser Gedanke betrübt mich sehr, Ibn Yakub. Und da ich weiß, wie hoch er Euch schätzt und wie gern er Euch hat, werde ich Euch nicht mitnehmen. Wenn Ihr hier bei ihm bleibt, wird er sich mit meiner Entscheidung, ihn zurückzulassen, sehr viel leichter abfinden. Ihr versteht?«

Ich nickte.

»Ich möchte, daß er ausruht. Amjad, jener Eunuch, der Euch meine Nachricht überbracht hat, ist angewiesen, es Shadhi während meiner Abwesenheit an nichts fehlen zu lassen. Amjad gehorcht nur mir und niemand sonst.

Farrukhschah und Shadhi stehen sich nicht gerade nahe. Warum? Nun, Shadhis spitze Zunge schont niemanden, der sich nicht so benimmt, wie es sich seiner Meinung nach geziemt. Er ist mit Farrukhschah, der beileibe kein schlechter Kerl ist, einstmals streng ins Gericht gegangen. Und da dies in Gegenwart anderer Emire geschah, fühlte sich Farrukhschah in seinem Stolz verletzt. Er hat sich bitterlich bei mir beklagt, doch was hätte ich tun sollen? Könnt Ihr Euch etwa vorstellen, daß ich Shadhi maßregle? Doch leider nagt die Erinnerung an diese Beleidigung noch immer an Farrukhschah. Ich bin mir zwar sicher, daß er Shadhi nichts antun würde, aber das reicht nicht aus. Der alte Mann braucht gerade jetzt Freunde und viel Zuwendung.

Ich hoffe, meine Ängste erweisen sich als unbegründet. Und ich bete, daß Shadhi mich mit einer genauen Auflistung sämtlicher meiner Fehler während des Feldzuges erwartet, wenn es Allah gefällt, mich nach Damaskus zurückkehren zu lassen. Denn Imadeddin wird sowohl ihm wie auch Euch laufend Bericht erstatten.

Vielleicht aber bedrückt mich nicht nur Shadhis naher Tod, sondern auch, daß ich bald sterben könnte. Bisher hat sich Allah mir gegenüber stets gnädig gezeigt. Aber ich habe dem Tod schon mehrmals ins Auge geblickt, und wenn man so häufig wie ich Männer in Schlachten führt und sich dem Feind als Hauptziel entgegenstellt, ist es nur eine Frage der Zeit, bis einem ein Pfeil das Herz durchbohrt oder ein Schwert den Schädel spaltet. Ich fühle mich ein wenig verletzlich, Ibn Yakub. Deshalb sollt Ihr wissen, daß für Eure Familie in Kairo gut gesorgt wird und ich Anweisung gegeben habe, Euch weiterhin zu bezahlen, solange ihr hier in Damaskus weilt. Falls wir unser Ziel erreichen und Allah mich noch einmal verschont, werde ich Euch ein kleines Lehen vor den Toren Eures geliebten Jerusalems überlassen. Sollte ich jedoch fallen, habe ich bei al-Fadil und Imadeddin die Verfügung hinterlassen, Euch ein Dorf zu schenken, wo immer es Euch gefällt.«

Zu meiner eigenen Überraschung liefen mir Tränen über die Wangen. Die Großzügigkeit des Sultans war kein Geheimnis, aber ich war doch nichts weiter als sein ergebener Schreiber. Daher war ich überwältigt, daß er für meine Zukunft Vorsorge getroffen hatte. Als ich mich erhob, um mich zurückzuziehen, stand auch er auf und umarmte mich. Dabei flüsterte er mir leise einen letzten Befehl ins Ohr:

»Haltet mir den alten Mann am Leben.«

Zwei

Shadhi nimmt an der Beschneidung des Sohnes von Halima teil. Farrukhschahs Tod.

Vor etwas mehr als drei Wochen war der Sultan aufgebrochen. Die sengende Hitze des Hochsommers lastete auf Damaskus. Jedes Geschöpf, ob Mensch, ob Tier, dürstete nach Schatten und Wasser. An einem jener Tage stürmte der Eunuch Amjad in meine Kammer und riß mich aus dem Mittagsschlaf. Lächelnd teilte er mir mit, daß mich die Sultana Jamila zu sprechen wünschte. Ich weilte mit meinen Gedanken oft bei ihr, doch hatte ich weder sie noch Halima seit unserer Ankunft zu Gesicht bekommen. Das mochte daran liegen, daß in Damaskus weitaus strengere Sitten herrschten als im freizügigen Kairo.

Schlaftrunken und mit schweren Lidern folgte ich Amjad in den Harem. Halima war von einem Kind des Sultans entbunden worden. Natürlich wurde ich nicht zu ihr geführt, sondern in ein Vorzimmer, wo Shadhi dem Neugeborenen vor den Augen Jamilas ins Ohr flüsterte: »Es gibt keinen Gott außer Allah, und Muhammad ist Sein Prophet.« Der Säugling, der den Namen Asad al-Din Ibn Yussef erhielt, lag in den Armen einer Amme, einer Sklavin von atemberaubender Schönheit, die ich noch nie zuvor gesehen hatte. Es war des Sultans zehnter Sohn und für Shadhis lästerliche Zunge Anlaß genug, Allah zu bitten, er möge ein wachsames Auge auf Salah al-Dins Samen haben, damit das Unkraut nicht üppiger sprieße als die Blumen. Jamila lachte hell auf und pflichtete dem alten Mann mit leiser Stimme bei.

Shadhi war offenbar vollkommen genesen, denn seine Heiterkeit war auch noch drei Tage nach der Beschneidung ungebrochen. Als Zielscheibe seines beißenden Spotts hatte er sich nun die Emire von Damaskus sowie Farrukhschah auserkoren, und es kostete Mühe, bei seinen Bemerkungen nicht laut herauszulachen und Aufmerksamkeit zu erregen. Shadhis kritische Tiraden waren stets aufrichtig und für gewöhnlich auch gerechtfertigt, doch fürchtete ich zuweilen, daß etliche Klatschmäuler in der Zitadelle nur allzugerne versuchen würden, sich mit einem Bericht über Shadhis Ungebührlichkeiten bei ihren Herren einzuschmeicheln. Als ich Shadhi meine Besorgnis offenbarte, schmunzelte er nur und tat sie als unbegründet ab.

Sein Zorn rührte unter anderem daher, daß er ebenso wie ich von den geheimsten Ratsversammlungen des Hofes ausgeschlossen wurde. Da er sich seinem Neffen so eng verbunden fühlte, konnte er sich kaum damit abfinden. Der Sultan fehlte uns beiden, es war seltsam ohne ihn. Das Ausmaß meiner Zuneigung zu ihm überraschte mich selbst, da ich doch erst fünf Jahre in seinen Diensten stand. Um wie vieles schmerzlicher mußte es für Shadhi sein, seines Platzes beraubt zu werden, nachdem er dem Sultan über Jahre hinweg in Krieg und Frieden zur Seite gestanden hatte.

Alltäglich gewordene Gewohnheiten lassen sich nur schwerlich abstreifen. Gelegentlich ertappte ich mich dabei, wie ich gedankenverloren und halbbenommen zum Gemach des Sultans ging, um mich dann langsam wieder in meine Kammer zurückzubegeben, als wäre ich ein treuer Hund, den sein gleichgültiger Herr verlassen hatte.

Im Mittelpunkt von Shadhis und meinem Leben hatte in den vergangenen Jahren Salah al-Din gestanden, auf unterschiedliche Weise, aber in beiden Fällen ohne Einschränkung. So konnten wir uns nun kaum damit abfinden, daß er nicht unter uns weilte, wir aber auch nicht an seiner Seite sein konnten, wo immer er sich gerade aufhalten mochte.

»Wahrscheinlich verfaßt dieser balzende eitle Pfau Imadeddin die Botschaften des Sultans«, murrte Shadhi eines Tages. »Weshalb reitet Ihr nicht hinaus und gesellt Euch zu Salah al-Din? Ihr könnt vorgeben, ich hätte Euch gezwungen, Damaskus zu verlassen. Gleichzeitig weist Ihr ihn darauf hin, daß Allah mir meine Gesundheit wiedergeschenkt hat und ich niemand an meiner Seite brauche, der darauf wartet, daß ich tot umfalle.«

Dieser Vorschlag ließ sich schwerlich in die Tat umsetzen. Salah al-Dins Marschstrecke war nach wie vor unklar. Selbst wenn man seinen augenblicklichen Standort gekannt hätte, hätte man damit rechnen müssen, ihn zur Zeit der Ankunft nicht mehr dort anzutreffen. Seit Wochen waren wir ohne Nachricht. Weder eine Brieftaube noch ein Kurier hatte uns Kunde von ihm gebracht, weswegen Farrukhschah ein wenig in Sorge geriet, zumal zwei Tage davor Berichte von Kampfhandlungen der Franken in der Umgebung von Damaskus eingegangen waren.

Während Shadhi und ich darüber sprachen, rief uns ein Diener zu Farrukhschah. Er war an jenem Tag erst von einem Scharmützel mit einer kleinen Schar fränkischer Ritter unweit von Damaskus heimgekehrt. Farrukhschah war kein Herrscher, der sich durch besondere Klugheit auszeichnete, doch war er wegen seiner Großmütigkeit und seiner Tapferkeit weithin bekannt. Imadeddins Klagen über seine Verschwendungssucht hatten durchaus ihre Berechtigung, doch ließ der große Gelehrte unerwähnt, daß Farrukhschah lediglich einen geringen Teil des freizügig ausgegebenen Geldes für den eigenen Bedarf verwendete. Treue wurde von ihm reich belohnt, worin er sich nur wenig von seinem Onkel unterschied. Allerdings waren Salah al-Dins bescheidene Ansprüche und Gepflogenheiten auch jedermann bekannt, selbst den Ärmsten der Armen. Manche Herrscher verfolgen ehrgeizige künstlerische Ziele, andere pflegen ihre Genußsucht, und wieder andere häufen Reichtum allein um des Reichtums willen an. Des Sultans Sorge hingegen galt allein dem Wohlergehen seiner Untertanen.

Im hellen Licht des Mondes begaben wir uns durch die Festungsanlagen zum Audienzsaal, wo uns der Zutritt seit Salah al-Dins Abmarsch verwehrt geblieben war. Als wir eintraten, hatten sich die Emire bereits versammelt. Ich verneigte mich vor Farrukhschah, der so erschöpft wirkte, als hätte er seit vielen Nächten kein mehr Auge zugetan. Shadhi funkelte den Neffen des Sultans an, der dem alten Mann jedoch keinerlei Beachtung schenkte, sondern zu mir trat und mich liebenswürdig begrüßte.

»Ich freue mich, daß Ihr gekommen seid, Ibn Yakub. Soeben ist ein Schreiben meines Onkels überbracht worden, in dem er uns angewiesen hat, Euch und den alten Shadhi hinzuzubitten, wenn der Brief vor dem Rat verlesen wird.«

Erneut verneigte ich mich. Shadhi zog geräuschvoll die Nase hoch und schluckte den Schleim. Ein junger Hofschreiber, ein hübscher hellhäutiger Bursche von höchstens achtzehn Jahren mit goldschimmerndem Haar und schön geschwungenen Wimpern war bestimmt worden, die Botschaft vorzutragen.

»Seht Euch diesen schamlosen Lustknaben an«, flüsterte Shadhi mir zu, während er den Jüngling musterte. »Wahrscheinlich ist er gerade eben erst aus Farrukhschahs Bett gestiegen, und er macht ihm immer noch schöne Augen.«

Mit mißbilligendem Blick gab ich meinem alten Freund zu verstehen, er möge seine Verbitterung für sich behalten, doch er grinste mich nur herausfordernd an.

Der Knabe sprach mit heiserer Stimme.

»Kastriert«, murmelte Shadhi.

»Schweigt!« rief Farrukhschah. »Schweigt, wenn dem Hof ein Brief unseres Sultans Salah al-Din Ibn Ayyub verlesen wird.«

Der Schreiber hob zunächst etwas unsicher zu reden an. Doch als die Worte aus der Feder Imadeddins ihren Rhythmus gefunden hatten, gewann der Jüngling an Selbstvertrauen.

»Dieser Brief richtet sich an meinen werten Neffen Farrukhschah sowie an all unsere treuen Emire von Damaskus. Wir befinden uns vor Aleppo, und im steten Bemühen, ein schmerzliches Blutvergießen unter den Gläubigen zu vermeiden, habe ich den Emiren eine ehrbare Waffenruhe versprochen, sofern sie uns die Zitadelle übergeben. Jedoch bezweifle ich, daß ihr Verstand ausreicht und sie unseren Großmut zu würdigen wissen.

Einer von ihnen hat uns gestern zu Pferde seine Aufwartung gemacht. Er sprach in blumigen Worten zu mir und mit ausladenden Gesten, trug mir unermeßliche Schätze an und schwor mir ewige Treue auf den Koran, um mir den Rückzug schmackhaft zu machen. ›Wir sind Eure Freunde, o großer

Sultan, und werden an Eurer Seite stehen an jenem nicht mehr fernen Tag, da Ihr al-Kadisiya einnehmen und die Franken aus unserem Land vertreiben werdet.‹

Von diesen edlen Reden ließ ich mich indes nicht betören, da unsere Späher erst drei Tage zuvor berichtet hatten, die Edelleute Aleppos hätten sich mit einem dringenden Beistandsgesuch an die Franken und die in den Bergen lebenden Assassinen gewandt. Sie hatten ihnen Geld geboten, wenn sie mein Eindringen in die Stadt verhinderten.

So gab ich dem Emir zur Antwort: ›Ihr behauptet, mein Freund zu sein. Da Freundschaft für mich eine heilige Pflicht ist, Acred, erklärt mir: Wer sind Eure Feinde? Nennt sie mir, und ich nenne Euch Eure Freunde. Freundschaft heißt für mich vor allem, dieselben Feinde zu haben. Pflichtet Ihr mir bei?‹

Als der Dummkopf nickte, hielt ich ihm eine Abschrift des Briefes, den sein Herr den Franken gesandt hatte, unter die Nase. Da zitterte er plötzlich und schwitzte, doch ich zügelte meine Wut. Shadhi, Friede sei mit ihm, hätte gewiß geraten, den abgeschlagenen Kopf dieses Schurken nach Aleppo zurückzuschicken. Dies zu tun, war ich wahrlich versucht, doch rang ich meinen Zorn nieder. Denn Zorn ist ein schlechter Ratgeber, wenn man höhere Ziele verfolgt. So sandten wir den Emir zurück nach Aleppo, versehen mit der eindringlichen Warnung, daß mir keine andere Wahl bliebe, als die Stadt im Sturm zu nehmen, wenn die Emire auf ihrem Widerstand beharrten. Überdies, so ließ ich ihnen mitteilen, sollten sie nicht dem Irrglauben anhängen, die Bürger der Stadt würden sich unter diesen Umständen zu ihrer Verteidigung bereit finden.

Wir wollten Euch eine Botschaft zukommen lassen, nachdem das durch seine Verbündeten verstärkte Heer von Mosul entschieden hatte, sich in der Ebene von Harzim unterhalb von Mardin zum Kampf zu stellen. Wir warteten indes vergeblich auf sie. Mannhaft mögen sie vorgerückt sein, doch weibisch haben sie die Flucht angetreten. Wir waren versucht, sie zu verfolgen, doch statt dessen schnitten wir ihnen den Rückzug zu den benachbarten Städten ab.

Vor zwei Tagen eroberten wir al-Amadiyah. Wir stießen nur auf geringen Widerstand, doch benötigten unsere Soldaten geraume Zeit, die starken Basaltmauern zu durchbrechen. Ein ergötzlicher Triumph, denn in der Stadt boten sich uns unerwartete Schätze dar. Wir erbeuteten reichlich Waffen, die gut und gerne für zwei neue Armeen reichen. Sowohl al-Fadil, der an der Belagerung teilnahm, als auch Imadeddin hatten nur Augen für die Bibliothek, die eine Million Bände umfaßt. Der wertvollste Teil wurde auf siebzig Kamele geladen und sind jetzt unterwegs nach Damaskus. Ibn Yakub soll dafür Sorge tragen, daß sie in unserer Bibliothek sicher aufbewahrt werden, bis Imadeddin zurückkehrt. Unter den Werken befinden sich auch drei Ausgaben des Korans aus der Zeit des Kalifen Omar.

Die Franken werden dem Angebot der Edelmänner aus Aleppo nicht widerstehen können, und das ist der Anlaß dieses Schreibens. Die Ungläubigen werden zu verhindern suchen, daß ich eine große Armee aufstelle, und vermutlich in Damaskus wie auch in Kairo ein Ablenkungsmanöver wagen. Falls ich meinem Gefühl trauen kann, müßt Ihr diesem Schritt zuvorkommen und selbst zum Angriff übergehen.

Du hast gute Arbeit geleistet, Farrukhschah. Mir liegen ausführliche Berichte über Deine jüngst errungenen Siege vor, doch müssen wir auch Aleppo und Mosul einnehmen, wenn wir die Franken aus unserer Welt und übers Meer zurück in ihre angestammte Heimat drängen wollen.

Morgen marschieren wir erneut nach Aleppo. Die Gebirgsluft hat uns wohlgetan und unsere Müdigkeit vertrieben. In den Ebenen, das wissen die Soldaten, wird die Sonne wie Höllenfeuer glühen, doch das Ziel, von dem wir träumen, heißt Aleppo. Wir werden fünfzehn Tage brauchen, um dorthin zu gelangen, und diesmal bringen wir, so Allah will, die Stadt in unsere Gewalt. Erst wenn das vollbracht ist, kehre ich nach Damaskus zurück und treffe die letzten Vorbereitungen für den Djihad. Seid auf der Hut vor Überraschungsangriffen der Franken.«

Der Kämmerer bedeutete uns das Ende der Zusammenkunft. Shadhi und ich erhoben uns und verneigten uns in Richtung Farrukhschah. Doch irgend etwas stimmte nicht mit ihm. Er war in Ohnmacht gefallen, wie nun auch seine Diener erkannten. Das Ratszimmer wurde geräumt, und man rief die Ärzte herbei. Dank der anwesenden Emire brach keinerlei Furcht oder Entsetzen aus, wie es üblicherweise der Fall ist, wenn ein Herrscher erkrankt. Oder ob es daran liegen mochte, daß Farrukhschah nicht der Sultan war, sondern nur dessen Stellvertreter?

Shadhi ließ geringschätzig verlauten, er messe dem Schwächeanfall keine besondere Bedeutung zu.

»Wahrscheinlich hat er zuviel getrunken oder sich zu sehr verausgabt, als er diesen dummen Knaben liebkoste, der Salah al-Dins Botschaft verlas. Geht zu Bett, Ibn Yakub.«

Ich tat wie geheißen, doch war ich zu unruhig, um Schlaf zu finden. Also stand ich wieder auf, schlüpfte in mein Gewand und trat hinaus ins Freie. Der Mond war untergegangen und die Sterne am Firmament waren weitergezogen. Ohne Eile begab ich mich zu Farrukschahs Schlafgemach, wo ich allerdings nur seinen Lieblingsdiener antraf, der laut und ungehemmt wie ein Kind schluchzte. Ich befürchtete das Schlimmste, doch Farrukhschah hatte sein Leben noch nicht ausgehaucht, war aber bislang auch nicht aus seiner Ohnamcht erwacht.

Am folgenden Morgen hatte sich sein Zustand verschlechtert. Farrukhschah sollte nie wieder genesen. Während der Sultan gen Aleppo zog, ertönte durchdringendes Wehgeschrei von der Zitadelle in Damaskus und verkündete dem Volk den Tod des Neffen des Sultans.

Mit allen Ehren, die einer Person seines Ranges gebührte, trugen wir Farrukhschah tags darauf zu Grabe. Nicht nur Edelleute waren unter den Trauernden. Tausende einfacher Damaszener, unter ihnen eine große Anzahl von Landstreichern, kamen, um an seinem Grab zu beten. Dies galt mir als deutlichster Beleg dafür, daß Shadhis Vorbehalte gegenüber dem Verstorbenen unbegründet gewesen waren.

Drei

Halima verläßt Jamila, was dieser das Herz bricht.

In der Abwesenheit des Sultans hatte sich mein Tagesablauf gründlich verändert. Den größten Teil des Vormittags brachte ich in der Bibliothek zu, wo ich sämtliche verfügbaren Schriften studierte, die meiner eigenen Arbeit förderlich sein konnten. Hier in Damaskus gab es eine Privatsammlung im Besitz eines großen Gelehrten, des nunmehr beinahe neunzigjährigen Ibrahim Ibn Suleiman. Von ihm und seiner Bibliothek hatte mir erstmals ein Mann berichtet, an den zurückzudenken mir noch heute Schmerz bereitet. Das Bild, das sich mir von ihm eingeprägt hat, ist das einer Bestie, die ihre Lust am Leib meiner Frau befriedigt. Nie wieder will ich von ihm sprechen, das hoffe ich zumindest.

Ibrahim war der älteste Rabbi der Stadt. Beinahe täglich begegnete ich ihm auf dem Weg zur Synagoge, hinter der sich seine Bibliothek befand. Das hohe Alter hatte seine geistigen Fähigkeiten nicht gemindert. Als ich ihn einige wenige Male um Rat fragen mußte, offenbarte er sich mir als ein Mann von sprühendem Geist, was mich ein wenig bedrückte und mir meine eigene Unzulänglichkeit vor Augen führte. Ibrahim hatte viel von der außerordentlichen Verstandeskraft jenes Mannes gehört, dessen Namen ich nie mehr erwähnen möchte, und eines Tages bat Ibrahim mich, Platz zu nehmen und ihm alles zu erzählen, was ich über Ibn Maymun zu sagen wußte.

Nun ist es also doch geschehen. Der verfluchte Name hat erneut diese Seiten verunstaltet. Und dennoch ..., dennoch brachte ich es nicht über mich, Ibrahim Ibn Suleiman die Auskunft vorzuenthalten, nach der er mit der Wißbegier eines achtzehnjährigen Studenten verlangte.

Gegen meinen Willen und nur aus Gefälligkeit gegenüber diesem angesehenen und hochherzigen Greis sprach ich also von Ibn Maymun und dem Werk, dem er sich widmete. Ich berichtete, warum er den ›Führer der Unschlüssigen‹ verfaßte. Und während ich sprach, malte sich ein Lächeln auf Ibrahims zerfurchtes Gesicht, ein Lächeln von solcher Reinheit, daß es mich im Innersten anrührte. Dies war das Antlitz wahrhaftiger Weisheit.

»Nun kann ich glücklich sterben, Ibn Yakub. Ein anderer hat getan, was ich mir vorgenommen hatte, doch niemals ins Werk zu setzen vermochte. Ich werde Ibn Maymun einen Brief schreiben und ihn Euch übergeben. Mit Hilfe Eurer Stellung als bevorzugter Schreiber des Sultans könnt Ihr ihn unverzüglich nach Kairo schicken lassen. Dem Brief werde ich einige meiner eigenen Aufzeichnungen zu diesem Thema beifügen, vielleicht sind sie Ibn Maymun von Nutzen. Wie gut seid Ihr mit ihm bekannt?«

Wie gut war ich mit ihm bekannt? Die Frage hallte ein ums andere Mal in meinen Ohren wider. Ein tiefer Schmerz, den ich überwunden geglaubt hatte, bemächtigte sich meiner erneut, als die Erinnerung an jene furchtbare Nacht wie ein tosendes Gewitter über mich hereinbrach. In meiner Selbstvergessenheit bemerkte ich nicht die Tränen, die mir über das Gesicht rannen. Ibrahim wischte sie mit seiner Hand fort und schloß mich in die Arme.

»Er hat Kummer über Euch gebracht?«

Ich nickte.

»Wenn Ihr es wünscht, so erzählt mir davon, auch wenn ich Euch vielleicht nicht zu helfen vermag.«

Da schüttete ich diesem ehrwürdigen alten Mann mein Herz aus, offenbarte ihm meine lange unterdrückte Pein. Er saß da und hörte zu, wie einstmals Musa den Nöten seiner Kinder zugehört haben mochte. Als ich geendet hatte, erkannte ich, daß sich der Schmerz verflüchtigt hatte. Und dieses Mal, so schien es mir, für immer, endgültig.

Der Trost, den Ibrahim mir spendete, sprach aus seinem Gesicht. Seine wachen, klugen Augen waren aufmerksam auf mich gerichtet. Sein Verständnis bedurfte keiner Worte. Und da begriff ich. Auf der Waagschale des Leides, das unser Volk hatte erdulden müssen, war mein persönlicher Kummer ein

Sandkorn. Nicht mehr und nicht weniger. All dies gab Ibrahim mir allein durch seine Gegenwart zu verstehen. Wie durch ein Wunder hatte die plötzliche Einsicht meinen Geist erhellt. Der letzte Rest von Schmerz war verflogen, mein inneres Gleichgewicht wiederhergestellt. Alles ließ sich aus einem anderen, jahrhundertealten Blickwinkel betrachten. Am liebsten hätte ich laut aufgelacht, doch ich beherrschte mich. Ibrahim bemerkte meine Veränderung.

»Euer Gesicht ist wieder licht, Ibn Yakub. Die Sorgenfalten auf Eurer Stirn sind verschwunden. Ich hoffe, die Finsternis in Euren Gedanken ist abermals dem Licht der Sonne gewichen.«

Ich nickte, und er lächelte.

Als ich mich zur Zitadelle zurückbegab, stand die Sonne im Zenith und schien unbarmherzig herab. Ich begann unter meinem schwarzen Musselingewand zu schwitzen und fühlte mich zusehends unwohler. Nach meiner Ankunft suchte ich sogleich die Bäder auf, wo ich lange im kalten Wasser verweilte. Allmählich schwand die Hitze und das Unbehagen, und eine beruhigende Kühle breitete sich in mir aus. Ich trocknete mich ab und ging mit frischen Kräften in mein Gemach, wo ich etwas Wasser trank und ausruhte. Wie zumeist während des Nachmittagsschlafes waren meine Träume sehr klar. Man erinnert sich deutlicher daran, weil man nicht tief schläft. Ich sah den kuppelüberwölbten Raum in Kairo vor mir, in dem meine Frau und meine Tochter saßen und sich gegenseitig mit Wasser aus einem Gefäß begossen. Wie der Traum weitergegangen wäre, weiß ich nicht, denn ich wurde aus meinem Schlummer gerüttelt. Als ich die Augen aufschlug, blickte ich in das grinsende Gesicht Amjads, des Eunuchen.

»Die Sultana wünscht Euch sogleich zu sehen, Ibn Yakub.«

Ich setzte mich auf und starrte ihn erbost an, doch er blieb unbeeindruckt.

»Welche Sultana?« fragte ich.

Er verweigerte mir die Auskunft, wie er es häufig zu tun pflegte, und bedeutete mir lediglich mit einer überheblichen Geste, ihm zu folgen. In mancherlei Hinsicht erinnerte er mich an den Eunuchen Ilmas in Kairo, mit dem es ein böses Ende genommen hatte.

Es war Jamila, die mich im Vorraum zum Harem erwartete. Mit einem Augenaufschlag schickte sie Amjad fort. Sie war nicht von überschäumender Lebhaftigkeit wie sonst, aus ihrem matten Blick sprach Kummer. Offensichtlich hatte sie geweint und seit mehreren Nächten nicht geschlafen. Welches Ungemach mochte dieser Frau mit dem scharfen Verstand und einer Charakterstärke, die sogar den Sultan einzuschüchtern vermochte, widerfahren sein? Lange Zeit sah sie mich nur wortlos an.

»Die Sultana scheint betrübt. Wie kann ein ergebener Schreiber Euch behilflich sein?«

»Eure alte Freundin Halima hat mein Vertrauen mißbraucht, Ibn Yakub. Dabei glaubte ich in ihr eine würdige Freundin gefunden zu haben. Sie teilte meine Vorbehalte gegen unsere Lebensweise. Wie Euch bekannt ist, waren wir über Monate hinweg unzertrennlich. Der Tage unseres Zusammenseins waren so viele, daß wir sie nicht mehr zählen konnten. Halima lernte andalusische Philosophie und die Spottgedichte unserer großen Denker in Kairo und Damaskus zu schätzen. Wir lachten über dieselben Dinge, ja selbst in unseren Abneigungen glichen wir einander. Da ich um Eure Empfindsamkeit weiß, werde ich Euch die Beschreibung unserer gemeinsamen Nächte ersparen. Doch glaubt mir, Ibn Yakub, wenn ich Euch sage, daß sie etwas ganz Besonderes waren, ein Zusammenspiel wie von Flöte und Leier. Bedarf es weiterer Worte? Wenn sie mich ansah, lächelte sie, und dann war ihr Gesicht wie ein Quell frischen Wassers, der Wohltat verhieß und dazu einlud, sich an seinem kühlen Naß zu laben. Ja, in ihrem Lächeln schien sich das Lächeln der ganzen Welt zu sammeln.

Seit der Geburt ihres Sohnes ging ein vollständiger Wandel in ihr vor. Ihr Gebaren wurde seltsam. Sie mied meine Gegenwart. Statt dessen begann sie auf das irre Geschwätz abergläubischer alter Hexen zu hören, die uns lediglich einschüchtern und unterwürfig machen sollen. Amjad hat mir berichtet, einige der alten Dienerinnen des Harems hätten Halima allen erdenklichen Unsinn eingeredet. Seinen Worten zufolge hatten sie ihr erzählt, der Sultan liebe ihren Sohn mehr als meine Knaben, und ihr Sohn könne eines Tages Sultan werden, wenn sie sich von mir lossagte. Denn ich, so behaupteten die alten Weiber, hätte einen verderblichen Einfluß auf sie ausgeübt, hätte sie irregeführt und vom rechten Weg abgebracht, den Allah und Sein Prophet uns bestimmt hätten. Zudem erzählten sie ihr Unwahrheiten über meine Vergangenheit. Dies alles hat mir Amjad hinterbracht, dessen Quellen sich bisher stets als zuverlässig erwiesen haben.

Mittlerweile hängt Halima dem Glauben an, die Welt sei voller Dämonen. Kürzlich hörte ich, wie sie ängstlich eine Dienerin fragte, ob sich der Udar auch an Kindern vergreife. Wißt Ihr, was der Udar ist, Ibn Yakub? Ein Wesen, das sich die Beduinen vor Hunderten von Jahren ausdachten, um sich ihre Rivalen in der Wüste vom Leib zu halten.

Angeblich ist der Udar ein Ungeheuer, das Männer vergewaltigt und sie in der Wüste verdursten läßt, doch erst nachdem es dafür gesorgt hat, daß sich Würmer in ihrem After eingenistet haben. Würde ein ungebildeter Mensch derlei Unsinn glauben, so würde ich darüber nur lachen, doch ich habe Monate damit zugebracht, Halima in den höheren Weisheiten der Philosophie zu unterrichten. Ich dachte, sie hätte sie verstanden. Statt dessen hält sie nun den Udar für etwas Wirkliches, während sie Ibn Ruschd und Ibn Sina als Hirngespinste abtut. Es ist, als habe sich über ihren Verstand eine finstere Wolke herabgesenkt, die sich nicht fortwehen läßt.

Wenn ich mit ihr zu sprechen versuche, blickt sie mich aus ihren großen, angsterfüllten Augen voller Argwohn an, als sei ich ein Dämon oder eine Hexe. Auch gestattet sie mir nicht, ihr Kind in den Arm zu nehmen. Nicht einmal sie selbst darf ich berühren. Vor drei Nächten sagte sie mir, alles, was wir zusammen getan hätten, sei verderbt, sündhaft und abstoßend, und Allah würde uns strafen, indem er uns den Dschinnen und anderen Dämonen ausliefere. Ich wollte sie anschreien, an den Haaren ziehen und kräftig durchschütteln, auf daß sie wieder Vernunft annähme, aber ich beherrschte mich und versuchte statt dessen, zu begreifen, was mit ihr geschehen war.

Nur einmal, als ich sie allein im Bad antraf, schien sie so wie früher zu sein. Außer uns war niemand anwesend, und da entledigte auch ich mich meiner Kleider und stieg zu ihr ins Wasser. Weder sie noch ich sprach ein Wort. Ich nahm ein Tuch und fing an, behutsam ihre zarten, schmalen Schultern zu massieren, was offenbar Erinnerungen in ihr wachrief. Zum ersten Mal seit Monaten wandte sie sich mir zu und sah mich an. Und lächelte. Ihre Zähne glänzten wie poliertes Elfenbein, auf ihrem Gesicht lag wieder ein Strahlen. Dies war die Halima, die ich gekannt hatte. Ich schmolz dahin und streichelte ihren Kopf, ehe meine Hände tiefer glitten und ihre Brüste streichelten.

Plötzlich war sie wie vom Donner gerührt. Ihr Benehmen wandelte sich von Grund auf, ihre Miene wurde hart. Zornig funkelte sie mich an, stieg aus dem Bad und floh, während sie nach ihren Dienerinnen schrie, die ihr mit Handtüchern hinterhereilten. Ich hingegen blieb im Bad sitzen und sah stumm mit an, wie sich meine Tränen mit dem Wasser vermischten.

Nun, Ibn Yakub, ist mein Herz gebrochen, und ich bin über alle Maßen betrübt. Ja, über alle Maßen, und das schmerzt mich, denn ich spüre, daß auch ich mich nicht mehr in Ruhe und Gelassenheit vernünftigen, erbaulichen Gedanken hinzugeben vermag, ebensowenig wie jener Liebe, die von tiefster Reinheit war.

Sie war meine engste Freundin. Wir sprachen über alles, selbst über Salah al-Dins Schwächen im Schlafgemach. Nun, da Halima sich mir entfremdet hat, gibt es niemand mehr, mit dem ich über die Dinge reden kann, die mich im Innersten bewegen. So verfiel ich auf Euch, weil Ihr einst mit ihr befreundet wart. Halima war voll des Lobes für Euch und sagte mir, Ihr wäret ein guter Zuhörer. Einen verständigen Zuhörer zu finden ist heutzutage nicht leicht, besonders wenn man mit dem Sultan vermählt ist.

Wie erklärt Ihr Euch Halimas Wandel, Ibn Yakub? Er kann nicht einfach eine Folge des Gebärens sein. Ich habe Salah al-Din zwei kräftige Knaben geschenkt, ohne daß sich dies nachteilig auf mich ausgewirkt hätte. Wie ist es möglich, daß sie in einer vollkommenen Phantasiewelt lebt?«

Jamilas Geschichte erschütterte mich. Es war schwer, sich vorzustellen, daß Halima, der Inbegriff eines Freigeistes, eine Frau, die der Sultan einst als willensstark wie ein Zuchtpferd bezeichnet hatte, sich nun in dieses angsterfüllte, jämmerliche Geschöpf verwandelt hatte, das Jamila beschrieb. Da schoß mir ein Gedanke durch den Kopf. Vielleicht hatte Halima sich entschlossen, ihr widernatürliches Verhältnis mit der einige Jahre älteren Frau zu beenden, strebte dies dadurch an, daß sie sich nicht nur von Jamila lossagte, sondern auch von allem, was mit ihr verbunden war, was sie gelehrt hatte, wofür sie eingetreten war. Doch selbst wenn dem so wäre, müßte Halima doch nicht gleich an Ungeheuer und böse Geister glauben. Oder täuschte sie auch das nur vor, um Jamila zu überzeugen, daß alles vorbei war und sie, Halima, sich unwiderruflich verändert hatte? Schließlich sprach ich:

»Ich habe reiflich überlegt, Sultana, und versucht, die Geheimnisse dieses Wandels, den Ihr beschrieben habt, zu ergründen. Mir erscheint er unwirklich, so, als wäre Halima in einem Zustand der Entrückung. Ich glaube, es hat wenig mit dem Gebären zu tun, doch könnte es sein, daß unliebsame Frauen, die auf Euer beider Freundschaft eifersüchtig sind, versucht haben, sie gegen Euch aufzubringen.«

»Derartige Versuche gab es auch schon in Kairo, Ibn Yakub, doch Halima bedachte die Unruhestifterinnen mit einem so derben Wortschwall, so daß ihnen die Ohren geklungen haben mußten. Warum sollte sie also in Damaskus empfänglicher dafür sein? Ich habe viel für Halima geschrieben, Erzählungen, Gedichte, Briefe, die meine Leidenschaft in Worte fassen. Als Antwort erhielt ich lediglich vor einigen Wochen ein Stückchen Papier. Darauf stand: ›Ich bin, was ich bin. Ich wünsche Dir eine andere, die besser ist als ich. Ich feilsche nicht länger um das Glück, als wäre ich ein Kaufmann in einer Karawane. Meine Liebe gilt einzig Allah, und ich folge dem Weg Seines Propheten.‹

Werdet Ihr daraus klug, Ibn Yakub? Nein, ich auch nicht. Es ist, als würde sie mir einen Dolch ins Herz stoßen und rufen: Stirb!

Ich muß Euch um eine Gefälligkeit ersuchen. Wollt Ihr Euch bitte mit Halima treffen, um selbst in Erfahrung zu bringen, ob ich mich irre oder nicht? Wo ich versagt habe, mag

Euch vielleicht mehr Erfolg beschieden sein. Der Sultan hat nichts dagegen einzuwenden, daß Halima oder ich uns mit Euch treffen, wann immer es uns beliebt. Dies ist allgemein bekannt, deshalb bedürfte eine solche Zusammenkunft keinerlei Geheimhaltung. Falls Ihr nichts dagegen einzuwenden habt, werde ich ein Treffen vereinbaren. Amjad wird Euch zur festgesetzten Zeit holen.«

Ehe ich noch meine Zustimmung geben konnte, rauschte sie aus dem Zimmer. Sie hatte keine Bitte geäußert, sondern einen Befehl.

In den folgenden Tagen wandelte ich wie betäubt einher, beinahe als hätte mich Jamila mit ihrer Traurigkeit angesteckt. Ihre Worte hatten mich tief berührt, dennoch konnte ich nicht glauben, daß Halima sich so grundlegend verändert hatte, wie Jamila es geschildert hatte.

Ungeduldig wartete ich auf Amjad, den Eunuchen. Eines Vormittags kam er schließlich, um mich zu holen. Jedesmal ärgerte ich mich über sein Grinsen, doch gelangte ich schließlich zu der Einsicht, daß er nichts dafür konnte. Es war nur ein Zeichen seiner Unsicherheit. Gespannt folgte ich ihm durch einen langen Gang zu demselben Zimmer, in dem mich vor ein paar Tagen Jamila empfangen hatte.

Halima hatte bereits auf einem großen, mit Brokat eingefaßten Kissen Platz genommen. Als sie mich erblickte, brachte sie ein schwaches Lächeln zuwege. Doch ihr Aussehen erschütterte mich. Ihr Gesicht war blaß, und aus ihren tiefliegenden Augen schien alles Leben gewichen. Ihre Stimme klang gedämpft.

»Ihr wünschtet mich zu sehen, Ibn Yakub?«

Ich nickte wortlos.

»Weshalb?«

»Ich wollte Euch zur Geburt Eures Sohnes beglückwünschen und mich erkundigen, was Euch durch den Kopf geht und Euren Geist bewegt. Darf ich mir gestatten, Euch zu fragen, warum Ihr so verändert wirkt? War die Geburt sehr schwer?«

»Ja«, erwiderte sie so leise, daß ich die Ohren spitzen mußte, um sie zu verstehen, »sie war sehr schwer. Man hat mir zur Linderung der Schmerzen einen eigens ausgewählten Stein in die Hand gelegt und mir eine Schlangenhaut um die Hüften gewickelt, um die Geburt zu beschleunigen. Ihr fragt, ob ich mich verändert habe. Ja, Ibn Yakub, das habe ich. Nur dank dreier Zaubersprüche, die ein heilkundiger Mann aufgeschrieben hat, habe ich einen gesunden Sohn zur Welt gebracht. Damit dieser Zauber wirken konnte, mußte ich mich von meiner gesamten Vergangenheit lossagen und vor allem von Jamila. Durch die Geburt bin ich ein völlig anderer Mensch geworden. Auch ohne diese Zauberworte hätte ich Allah dafür danken wollen, daß er mir einen Sohn geschenkt hat, weil ich nicht vom Weg abweiche, den er uns durch Seinen Propheten, möge er in Frieden ruhen, vorgegeben hat.

Es ist mir nicht leichtgefallen. Wie Ihr wißt, verbrachten Jamila und ich all unsere Zeit zusammen. Wir pflegten in einem Atemzug zu scherzen, zu lachen und Blasphemien auszusprechen. Würde ich dem Kadi nur ein wenig von dem erzählen, was sie über unseren Propheten sagte, Friede sei mit ihm, dann könnte nicht einmal mehr der Sultan ihren Kopf retten.

Alles, was sie mich lehrte, war falsch. Ich sollte das Wort Allahs in Zweifel ziehen. Die Weisheit in den Schriften von al-Maari, Ibn Ruschd und Ibn Sina, so behauptete sie, übertreffe bei weitem die Weisheit unseres Heiligen Buches. Möge Allah mir verzeihen, daß ich meine Ohren nicht verschloß vor diesem gefährlichen Unsinn. Ich habe bereut, Ibn Yakub. Ich bin keine Sünderin mehr. Fünfmal täglich bete ich zu Allah, auf daß er mir vergeben und meinen Sohn beschützen möge. Was Jamila betrifft, so wäre es mir lieber, wir müßten nicht im selben Hause leben. Ihre Anwesenheit ruft mir unentwegt meine sündhafte Vergangenheit in Erinnerung. Ich weiß, daß dies Euer Entsetzen hervorrufen wird, doch ich wünschte, sie wäre tot.«

Das alles brachte Halima tonlos und bar jeglicher Gemütsbewegung hervor. Selbst ihr letzter Satz war nur ein trauriges Flüstern. Jamila hatte sich nicht geirrt, in Halima war eine tiefgreifende Veränderung vor sich gegangen. Dies erkannte nun auch ich, und es beunruhigte mich zutiefst. Mein Argwohn gegenüber Jamila war ungerechtfertigt gewesen. Halima hatte nicht nur beschlossen, der Sultana die Freundschaft aufzukündigen, vielmehr hatte sie ihr ganzes Leben auf den Kopf gestellt. Ich unternahm einen letzten Versuch.

»Verehrte Halima, wenn jemand anderer mir zugetragen hätte, daß Ihr Euch so vollständig gewandelt habt, so hätte ich ihn nur ausgelacht. Gewiß seht Ihr doch ein, daß nicht alles, was die Sultana Jamila Euch gelehrt hat, von Übel war. Hat sie Euch nicht beigebracht, die Dichtkunst zu würdigen? Sind die Lieder, die ich Euch in Kairo singen hörte, verderbt, nur weil Ihr sie von ihr gelernt habt?«

Einen Moment lang wurden ihre Züge weich, und flüchtig sah ich die Halima von einst wieder vor mir. Doch gleich darauf verhärtete sich ihre Miene erneut.

»Ihr Einfluß auf mich war schlecht. Ich dachte, sie liebe mich, doch sie wollte mich lediglich besitzen. Ich sollte ihr allein gehören. Aber ich muß mir selbst gehören, Ibn Yakub. Sicherlich versteht Ihr mein Trachten, wieder zu mir selbst finden zu wollen.«

»Ihr vergeßt, daß ich Euch kannte, noch ehe Ihr Jamila begegnet seid. Habt Ihr Messud vergessen? Entsinnt Ihr Euch nicht mehr, wie Ihr zum Sultan gesprochen habt, als Euch der Kadi in den Palast von Kairo brachte? Es ist wahr, daß die andalusische Philosophie oder die erotische Dichtkunst Walladas Euch zu jener Zeit noch nicht in Bann geschlagen hatten, doch Euer Geist dürstete nach Neuem. Dies hat auch Jamila bemerkt und Euch eine neue Welt aufgetan.«

»Jamila hat mit mir gespielt, sie hat mich benutzt wie eine Laute.«

Das war eine verzerrte Darstellung der Wahrheit, und ich sah mich genötigt, die Beweggründe der Sultana zu verteidigen.

»Wenngleich ich ihr verübelte, daß sie Macht über Euch ausübte, so war dieses Spiel dennoch vortrefflich. Euer gemeinsames Musizieren erregte den Neid des ganzen Palastes. Überall in der Stadt redeten die Eunuchen von Euch. Sie sprachen von zwei Königinnen, die sich rückhaltlos der Wahrheit verschrieben hatten. Eure Augen, so schwärmten sie, seien wie die Glut eines Schmelzofens, wenn Ihr die bedauernswerten

Geschöpfe anprangertet, welche an Dschinnen und andere Ausgeburten der Phantasie glaubten. Ihr wart weithin berühmt. Und das war eine Form der Freiheit, Halima. Dies sage ich Euch als Freund.«

»Ihr schwatzt wie ein Narr, Schreiber. Wahre Freiheit finden wir allein in den Geboten Allahs und Seines Propheten. Wie können wir so vermessen sein, anzunehmen, einzig wir, eine winzige Minderheit, sprächen die Wahrheit, indes die Gläubigen mehrheitlich Gefangene ihrer Voreingenommenheit seien, weil sie sich keinen Zweifel gestatten? Laßt Euch eines sagen, Ibn Yakub: Ich weiß nun, daß Jamilas Blasphemien wie ein Pesthauch aus der Hölle waren. Ihr seht erschrocken aus, Ibn Yakub. Nun, das wundert mich kaum. Wie sollte auch ein Jude je die Wege unseres Propheten verstehen.«

Ich starrte sie an, doch sie senkte den Blick. Und da zerbrach alles, was uns beide je verbunden hatte. Sie hatte sich von den honigsüßen Worten falscher Propheten und der Bitterkeit jener, die mit Zaubersprüchen ihren Lebensunterhalt bestreiten, blenden lassen.

Ich erhob mich, machte eine übertrieben tiefe Verbeugung und verließ das Zimmer. Zorn wallte in mir auf. Halima war eine verlorene Seele. Nun begriff ich Jamilas Verzweiflung, die nicht allein daher rührte, daß sie von ihrer Geliebten verlassen und zurückgewiesen worden war und daß sich zwischen ihnen eine tiefe Kluft aufgetan hatte. Mehr noch betrübte sie, daß zusammen mit ihrer Liebe auch die Welterkenntnis, die die Sultana ihrer Freundin geduldig nahegebracht hatte, in Bausch und Bogen verdammt worden war. Etwas Schreckliches war geschehen. Sowohl Jamila als auch ich hatten die Veränderung bemerkt. Halimas Dürsten nach Erkenntnis gehörte der Vergangenheit an. Die Vögel sangen nicht mehr. Die Blumen welkten dahin.

Noch tagelang sann ich über die Unterhaltung mit ihr nach. Ihre Worte schwirrten mir unablässig im Kopf umher, und in Gedanken führte ich immer wieder Streitgespräche mit ihr, die jedoch allesamt fruchtlos blieben. Halima war ein auf den Meeresgrund gesunkenes Schiff. Als ich Jamila von meinem

Kummer berichtete, entspann sich zwischen uns eine bislang ungekannte Vertrautheit, eine Nähe, die vom gemeinsam empfundenen Verlust einer Freundin herrührte, deren einst so lebendiger Geist nun versteinert war. Jamila war erstaunlich philosophisch.

»Ich habe sehr viel über diese Sache nachgedacht, Ibn Yakub. Und ich bin zu dem Schluß gelangt, daß der Verlust einer engen Freundin, mit der man alles geteilt und der man voll und ganz vertraut hat, sehr viel schwerer zu ertragen ist als das Fehlen körperlicher Zärtlichkeiten. Doch selbst jetzt, da ich so zu Euch spreche, frage ich mich, ob ich es wahrhaftig glaube oder mir nur einzureden versuche, daß Zuneigung zwischen Freunden von größerem Wert ist als die sinnliche Liebe. Zuweilen, wenn auch immer seltener, glaube ich indes geradewegs das Gegenteil. Dann erscheint es mir, als käme ein Feuer über mich, das von meinem Geist ausgeht und sich gegen meinen Willen meines ganzen Körpers bemächtigt. In solchen Augenblicken würde ich einer letzten, leidenschaftlichen Umarmung jede Freundschaft opfern.

Ihr seht, Ibn Yakub, daß selbst ein starker und selbstsicherer Mensch wie ich von Liebesleid ergriffen werden kann. Es ist eine entsetzliche Krankheit, die uns, wie unsere Dichter nicht müde werden zu betonen, um den Verstand bringen kann. Ich weiß, daß Ihr einstmals ebenfalls in sie verliebt wart. Ist dies der Grund, warum auch Eure Stirn von Trauer umwölkt ist?«

Es war nicht die Erinnerung an Halima, die mir das Herz schwer machte. Vor meinem geistigen Auge sah ich sie noch immer als die starke Frau, die mit vor Leidenschaft funkelnden Augen ihre Liebe zu Messud verteidigte und sich vor dem Sultan und dem Kadi zu ihrem Ehebruch bekannte. Nein, mich betrübte der Anblick Jamilas, die mit banger Miene auf die Beantwortung ihrer Frage wartete.

»Was mich bedrückt, o Sultana, ist, Euch so niedergeschlagen zu sehen. Meine Gefühle für Halima waren nicht von Dauer. Es war das kindische Verlangen nach etwas Unerreichbarem, wie man es bei Männern meines Alters des öfteren antrifft. Doch ist es schon vor vielen Monaten erstorben. Indes stellt sich mir die Frage, warum Ihr nach wie vor so unglücklich seid. Zorn, Verbitterung, der Wunsch nach grausamer Rache, all dies könnte ich verstehen, obzwar es Eurer nicht würdig wäre. Allerdings geziemt es sich auch nicht für eine Frau von Eurer Verstandeskraft, um jemand zu trauern, der sich so grundlegend verändert hat, daß man an seinem Urteilsvermögen zweifeln muß und sich fragt, ob dies nicht schon immer die wahre Halima gewesen ist. War das, was sie Euch und mir gezeigt hat, nur eine Maske, mit der sie vor allem Euch erfreuen wollte, nicht unähnlich jenen, die wir von den Schattenspielen in Kairo her kennen?

Zudem frage ich mich, ob Ihr in der Tat ihre Liebe und Freundschaft vermißt oder nicht doch etwas anderes. Vielleicht ist der eigentliche Grund für Eure Betrübnis, daß Ihr etwas verloren habt, was Ihr als Euren Besitz betrachtet habt. Halima war stets ein kostbarer Edelstein, wenn auch mit Ecken und Kanten. Indem Ihr diese geschliffen und in ihr die Vision einer Welt heraufbeschworen habt, welche viel weiter reichte als der Palast und sogar die Stadt, eine aufregende Welt voller Ideen, in der nichts verboten war, dadurch brachtet Ihr den Edelstein zum Funkeln. All jene, die Euch zusammen sahen, auch der Sultan, staunten über die große Einmütigkeit, die Eure Freundschaft auszeichnete. Mit anderen Worten: Halima wurde zu Eurem stolzesten Besitz, und an Besitztümern wünscht man festzuhalten. Könnte es sein, daß Ihr im Grunde deshalb so betrübt seid?«

In ihren Augen glomm ein Feuer, das jeden Kummer verzehrte, und ich sah wieder die alte Jamila von früher vor mir.

»Vernehmt meine Worte, Schreiber. Weder Ihr noch dieser zahnlose alte Hund Shadhi oder jene erbärmlichen Eunuchen, die ihm als Zuträger dienen, habt irgendeine Vorstellung von dem, was Halima und mich wirklich verbunden hat. Es war keine einseitige Freundschaft. Ich lernte von ihr vieles über andere Welten und die Lebensweise von Menschen, die vom Schicksal weniger begünstigt waren als ich. Doch selbst das ist unwichtig.

Ihr und Euer geliebter Sultan lebt in einer Männerwelt. Ihr könnt unsere Welt schlichtweg nicht begreifen. Der Harem ist wie eine Wüste. Hier vermag kaum etwas Wurzeln zu schlagen. Die Frauen wetteifern miteinander, wer eine Nacht mit dem Sultan verbringen darf. In ihrer Enttäuschung suchen sie zuweilen Trost bei den Eunuchen, die sich nachts in ihre Gemächer schleichen und Zärtlichkeiten mit ihnen austauschen. Das Fehlen eines Penis beeinträchtigt nicht unbedingt die Fähigkeit eines Eunuchen, einer Frau sinnliche Freuden zu verschaffen.

Unter diesen Gegebenheiten ist es jeder Frau unmöglich, eine echte Freundschaft zu einem Mann zu unterhalten. Mein Vater war in dieser Hinsicht eine große Ausnahme. Nach dem Tod meiner Mutter wurde er mir ein wahrer Freund, mit dem ich über vieles sprechen konnte. Wie Euch bestens bekannt ist, bin ich Salah al-Din sehr zugetan. Ich weiß, daß er mich ernst nimmt. Für ihn bin ich nicht nur ein Körper, den er gelegentlich zur Befriedigung seiner Lust benutzt. Er erkennt an, daß ich auch Geist und Verstand besitze. Dennoch könnte ich nicht in aller Aufrichtigkeit behaupten, daß unsere Beziehung von großer Tiefe ist. Wie sollte dies auch möglich sein, in diesen Zeiten und unter diesen Umständen? Mit Halima habe ich etwas genossen, was auf allen Ebenen vollkommen war. Das hat nichts mit Besitz zu tun. Schließlich gehören wir ja alle dem Sultan.

Ihr seht, Ibn Yakub, ich halte noch immer an dem Glauben fest, daß sie eines Tages zurückfindet – nicht zu mir, sondern zu klarem Verstand. Und das soll mir genügen. Irgendwann, so hoffe ich, wird sie anderen Frauen beibringen, was ich sie gelehrt habe, und dann wird unsere gemeinsame Zeit nicht vergeudet gewesen sein. Inzwischen begehre ich nichts anderes mehr von ihr. Nichts! Ihr Herz hat sich meiner Stimme verschlossen. Es ist alles vorbei. Ihre Gefühle für mich sind erstorben, und in derselben Weise will ich ihr begegnen. Ich werde meinen Gram allein ertragen. Früher oder später offenbart die Einsamkeit ihre eigene besänftigende Weisheit. Dann werde ich wieder heiter und glücklich sein. Habt Ihr verstanden?«

Ich nickte. Ein schwaches, trauriges Lächeln umspielte ihre Lippen, während sie gemessenen Schrittes den Raum verließ, beinahe als wollte sie nie mehr an diesen Ort ihrer Pein zurückkehren.

Nach diesem Gespräch weilte ich in Gedanken oft bei Jamila. Wäre unsere Welt anders beschaffen gewesen, hätten wir gute Freunde werden können, und ich wäre derjenige gewesen, der größeren Nutzen daraus gezogen hätte. Sie war mir mehr als jede andere Frau, die ich kannte, Beweis für das, was Ibn Ruschd einst beklagte: daß nämlich die Welt derer, die an Allah und Seinen Propheten glaubten, daran krankte, daß die Hälfte des Volkes, nämlich die Frauen, von allen Tätigkeiten in Handel und Staatswesen ausgeschlossen waren.

Wenn man von der Welt außerhalb der Zitadelle abgeschnitten ist, mißt man Ereignissen wie der Veränderung Halimas übergroße Bedeutung bei. Doch in dem Augenblick, da die Boten eintrafen, über und über mit rotem Staub bedeckt, und uns von der kampflosen Einnahme Aleppos berichteten, war ich wieder vollkommen hergestellt und betrachtete die Dinge im rechten Licht. Alle umarmten den Boten, der die frohe Kunde überbracht hatte. Der Narr, der dem Sultan Widerstand geleistet hatte, war vom Volk gezwungen worden, sein Heil in der Flucht zu suchen und in seine Geburtsstadt Shinshar zurückzukehren.

Vor den Toren Aleppos zogen die Soldaten, die die Stadt verteidigt hatten, mit demütig gesenkten Häuptern am Sultan vorüber. Die Einwohner Aleppos hatten Nureddin geliebt und waren auch seinen Nachfolgern treu ergeben geblieben, doch wußten sie nicht nur, daß der siegreiche Salah al-Din sie und ihre Stadt beschützen würde, sondern auch, daß er allen Widrigkeiten zum Trotz den Heiligen Krieg führen würde.

Der Fall Aleppos versetzte ganz Damaskus in helle Aufregung. Auf den Straßen wurde gefeiert, die Tavernen aller Stadtviertel waren voll von zechenden jungen Männern. Es schien, als hätte sich durch diese Nachricht, die jedermann im Innersten bewegte, unsere gesamte Welt verändert. Nun war unser Sultan der mächtigste Herrscher des Landes.

Allerdings wurde meine Freude getrübt, als ich am nächsten Tag erfuhr, daß die Stimme eines einzigartigen Mannes für immer verstummt war. Ibrahim war friedlich im Schlaf verstorben. Unsere Freundschaft war noch jung gewesen, doch weinte ich um ihn wie um einen Vater. Bei seiner Bestattung am nächsten Tag waren sogar die Gesichter der abgestumpftesten Männer von Tränen benetzt. Ibrahim hatte mir aus seiner Privatbibliothek eine kleine Sammlung von Büchern vermacht. Diesen waren ein paar Worte beigefügt, die ich erst am späteren Abend in der Abgeschiedenheit meines Gemachs las.

»Der Dienst an großen Fürsten mag für sich belohnt werden, doch der Dienst an der Wahrheit bleibt unvergolten und ist aus ebendiesem Grunde von weitaus größerem Wert.«

Vier

Jamila verläßt Damaskus und kehrt in den Palast ihres Vaters zurück, um ihre Gemütsruhe wiederzufinden. Salah al-Din wird krank, und ich eile an seine Seite.

Zwei Tage später überbrachte mir der Eunuch Amjad ein Schreiben von Jamila. Dabei verzog er keine Miene und schien auch nicht begierig, irgendwelche Neuigkeiten preiszugeben. Er drückte mir einfach den Brief in die Hand und ging wieder aus dem Zimmer.

Die Schönheit ihrer Handschrift bezauberte mich. Noch nie hatte ich solch kunstvoll gemalte Buchstaben gesehen, außer von der Hand wahrer Meister der Kalligraphie. Wer immer Jamila in dieser Weise schreiben gelehrt hatte, mußte einer dieser Künstler oder einer seiner Nachfahren gewesen sein. Während ich diese Zeilen schreibe, liegt ihr Brief vor mir. Und während ich ihre Worte übertrage, höre ich wieder ihre klare Stimme wie damals bei jenem ersten Mal, als Halima mich ihr vorstellte. Der Klang hallt in meinen Ohren wider, und Jamilas ausgeprägte Gesichtszüge nehmen vor meinem geistigen Auge Gestalt an.

»Mein lieber Freund Ibn Yakub,
mit dieser Nachricht will ich Euch wissen lassen, daß ich Damaskus für wenigstens einige Monate verlasse. Ich kehre für eine Weile zu meinem Vater zurück, der inzwischen beinahe achtzig Jahre zählt und schon seit längerem nicht mehr wohlauf ist. Bevor er stirbt, möchte ich ihn noch einmal sehen, und der Sultan, gepriesen sei sein weites Herz, hat meinen Reisewünschen noch nie Hindernisse in den Weg gelegt.

Einstmals, vor vielen Jahren, verbrachte ich einige Zeit in Bagdad, um meinen Verstand zu schulen. In jener Stadt habe ich die Vorlesungen eines großen Philosophen und Dichters gehört, der mich die Bedeutung der Vernunft gelehrt hat.

Noch heute sehe ich ihn über seinen weißen Bart streichen, als er mich folgenden Disput lernen ließ, der zwischen unserem Propheten und Mu'adh Ibn-Jabal, dem Kadi von al-Yaman, stattgefunden hat.
Prophet: Wie würdet Ihr entscheiden, falls eine Frage auftauchte?
Mu'adh Ibn-Jabal: Gemäß unserer Heiligen Schrift.
Prophet: Und falls Ihr nichts darin fändet?
Mu'adh Ibn-Jabal: Der Sunna des Boten Allahs entsprechend.
Prophet: Falls Ihr aber auch dort nicht fündig werden könntet?
Mu'adh Ibn-Jabal: Dann würde ich auf mein eigenes Urteil vertrauen.

Nach meiner Rückkehr rief ich Salah al-Din diese Weisheit in Erinnerung, und er machte häufig Gebrauch davon. Vor allem bei seinen Auseinandersetzungen mit den Religionsgelehrten des fatimidischen Kalifen in Kairo. Damals spürte ich, daß ich wirklich etwas bewirkt hatte, und jene Reise blieb mir fortan im Gedächtnis.

Nun gehe ich fort, um meine Gemütsruhe wiederzufinden. Ich habe einen schrecklichen Schicksalsschlag erlitten, doch bin ich überzeugt, daß die Erinnerungen an Kairo und Damaskus in Dhamar verblassen werden. Auch möchte ich noch einmal den betörenden Blumenduft in dem einzigartigen Garten einatmen, den mein Großvater angelegt hat und der von der schönsten Mauer umgeben ist, die ich je erblickt habe. Aus dieser Mauer sprießen die lieblichsten Pflanzen und Blumen hervor.

Ich habe mir das Paradies stets wie unseren Garten vorgestellt. Hier habe ich unter dem Blätterdach der Bäume viele friedvolle Stunden verbracht und zugesehen, wie die Vögel von der Mauer herabflatterten, um an einem Bächlein zu trinken, das einem natürlichen Wasserlauf täuschend ähnlich nachempfunden ist.

Dies war der Ort, an dem Träume Gestalt annahmen. Während ich stundenlang im Schatten saß und vor mich hin sinnierte, fragte ich mich oft, wie die Welt außerhalb von Dhamar wohl aussehen mochte. Die Kaufleute erzählten von Bagdad, Kairo und Damaskus, von fremdartigen und wundervollen Dingen, die sich in diesen Städten zutrugen, und ich eilte zu meinem Vater und bat ihn, mich später einmal Kaufmann werden zu lassen, damit ich bis nach China reisen könnte.

Als ich vierzehn Jahre alt war, ritt ich häufig mit meinem Vater aus. Manchmal betrachteten wir das Meer. Wie beruhigend ist es doch, dem sanften Wellenschlag zuzusehen und das Spiel der Natur zu bewundern. Mein Vater pflegte mit seinem Pferd an meine Seite zu kommen, während unser Gefolge weit hinter uns blieb. Denn die meisten fürchteten das Wasser, das sie von Dschinnen bewohnt glaubten, welche die Menschen in Gestalt riesenhafter Fische verschlangen. Ich entsinne mich, wie ich durch den Sand galoppierte und dann mit meinem Pferd im seichten Wasser ritt, so daß Wassertropfen an mir hochspritzten.

Wenn mein Vater aufs Meer hinaus blickte, sagte er oft: ›Dies alles hier wird uns überdauern und ebenso jene, die nach uns kommen. Dieselbe Brise wird über die Menschen streichen, die erst in Hunderten von Jahren leben. Und auch sie werden die Natur bewundern wie wir. Dies, mein Kind, ist die Stimme der Ewigkeit.‹

Erst viel später verstand ich, was er damit gemeint hatte. Und mir wurde klar, wie glücklich ich mich schätzen konnte, einen Vater zu haben, der nicht dem Glauben anhing, das Ende der Welt stehe kurz bevor. Denn viele Menschen waren zutiefst davon überzeugt, daß Allah der Welt bald ein Ende machen würde und daß die Engel die Bücher aufschlagen würden, um Soll und Haben eines jeden Lebens zu verlesen. Doch mein Vater zählte nicht zu ihnen.

Mir war traurig ums Herz, als ich mein Zuhause und meine Freunde verlassen mußte, aber ich hatte keine andere Wahl. Ebensowenig wie Salah al-Din. Unsere Verbindung war von unseren Vätern als notwendig erachtet und vom großen Sultan Nureddin, er möge in Frieden ruhen, für gut befunden worden. Und wenn ich auch Salah al-Dins Gesellschaft genoß, so bereitete mir die Vereinigung selbst doch nie Vergnügen. Nachdem ich ihm zwei Söhne geboren hatte, hat er mich auch nie wieder belästigt. Wir sind Freunde geworden, und seither hielt er sich von meiner Bettstatt fern. Da ich nur mit ihm meine Nächte verbracht habe, weiß ich nicht, ob ich bei jedem Mann so empfunden hätte. Vielleicht ist mein Körper ja nicht dazu geschaffen, von einem Mann besessen zu werden. Wahre Liebe und reines Glück habe ich nur zusammen mit Halima erlebt, doch diese Geschichte ist Euch ja wohlbekannt.

Als Nureddins Witwe Ismat Salah al-Din ehelichte, befand sie sich viele Monate in einem Zustand ungläubigen Staunens. Nach dem Asketen Nureddin, der ihr wahrscheinlich nur aus einem Pflichtgefühl heraus beigewohnt hatte, war der stürmische Salah al-Din für sie wie ein ungezähmtes Pferd. Ich entsinne mich noch des Tages, da sie mir gestand, sie hätte nie gedacht, am Beischlaf tatsächlich einmal Gefallen zu finden.

Das erwähne ich, damit Ihr des Sultans Fähigkeiten in diesem Bereich nicht etwa ausschließlich aufgrund meiner Erfahrung beurteilt. Denn das wäre ungerecht. Ismats Darstellung ist verläßlicher und wird von vielen anderen hier im Harem bestätigt. Doch Halima war, ebenso wie ich, eine Ausnahme. Ihre Erinnerung an Messud war so übermächtig, daß sie sich bereitwillig fügte. Sie offenbarte mir, daß sie beim ersten Besuch des Sultans die Augen schloß und sich vorstellte, es sei Messud, was es ihr leichter machte.

Möglicherweise bleibe ich auch gar nicht lange in Dhamar. Vielleicht ist es fruchtlos, längst vergangenen Tagen nachzutrauern oder sich einzubilden, daß man die quälende Gegenwart besser erträgt, wenn man noch einmal Kindheit und Jugend durchlebt. Und so manches hatte mir in Dhamar nie gefallen. Der ständigen Verherrlichung des früheren Lebens der alten Wüstenstämme konnte ich nichts abgewinnen. Und auch die überzogene Darstellung von den Beduinensiegen über die Natur und ihre menschlichen Feinde rührte mich nie an. Mein Vater hat ebenfalls wenig Gefallen daran gefunden. Doch war ein Ende dieser Lobhudelei nicht abzusehen, und die Hofschranzen schwelgen bestimmt immer noch darin, schlechte Verse zu schreiben, mit denen sie den unermüdlichen Schritt edler Kamele loben oder ein Beduinenlager besingen, das von Wölfen und Hyänen bedroht wird. Sie werden über Hunger und Durst fabulieren und in höchsten Tönen die Wonnen der Kamelmilch preisen.

Wenn dies überhand nimmt, kehre ich schon bald und für immer geheilt nach Damaskus zurück. Doch es leben Menschen in Dhamar, die ich unbedingt sehen möchte: so die Schwester meiner Mutter, die mich nach dem Tod meiner Mutter aufgezogen hat und mir eine gute Freundin wurde. Sie vertraute mir alle ihre Sorgen und Geheimnisse an. Ich wiederum ließ sie an meinen Kümmernissen teilhaben. Einmal hat sie mich in Kairo besucht, doch in jenen Tagen war ich so berückt von Halima, daß ich für meine arme Tante keine Zeit erübrigen mochte. Unglücklich reiste sie wieder ab, zweifellos davon überzeugt, daß ich überheblich und rücksichtslos geworden sei. Heute wünschte ich, ich hätte sie ins Vertrauen gezogen und ihr meinen damaligen Gemütszustand offenbart.

Es ist nie gut, wenn man zum Sklaven seiner Gefühle wird, Ibn Yakub. Da seid Ihr gewiß einer Meinung mit mir. Dennoch fällt es schwer, sich von ihnen frei zu machen. In dieser Hinsicht wird meine Reise nach Dhamar hilfreich sein, und ich werde gänzlich wiederhergestellt und heiter wie ehedem nach Damaskus zurückkehren. Dann werden wir beide uns zusammensetzen und über Philosophie und die Geschichte sprechen, die wir tagtäglich am eigenen Leib erleben. Sollte sich Salah al-Din in meiner Abwesenheit erneut auf ein waghalsiges Abenteuer einlassen, dann teilt ihm mit, Jamila bestehe darauf, daß er Euch zurückläßt. Friede sei mit Euch.«

Mir blieb kaum Zeit, über Jamilas Brief nachzusinnen, als auch schon Shadhi in mein Zimmer humpelte. Ich versteckte den Brief vor ihm, weil ich schlichtweg keine lüsternen Fragen beantworten mochte, aber er gackerte sogleich los:

»Amjad, der Eunuch, hat mich schon über den Inhalt ihres Briefes in Kenntnis gesetzt, der allerdings langweilig ist. Sie ist also gegangen. Na, vielleicht wartet in Dhamar eine andere Frau auf sie. Salah al-Din wird vermutlich erleichtert sein, er hat ihre spitze Zunge immer ein wenig gefürchtet. Was ist, mißfallen Euch meine Worte?«

Noch bevor ich zu einer Erwiderung ansetzen konnte, hob der Kämmerer, dessen Erscheinen wir nicht bemerkt hatten, mit dröhnender Stimme zu sprechen an.

»Ich bringe traurige Nachrichten, Ibn Yakub. Ihr müßt Eure Sachen packen, und vergeßt Eure Federn, Tuschen und Schreibhefte nicht. Der Sultan war bereits auf dem Weg hierher, doch ist er in einem Dorf zwei Tagesreisen entfernt erkrankt. Es sieht schlimm aus. Er hat nach uns beiden verlangt, wir brechen in wenigen Stunden auf.«

Shadhi begann zu weinen und beharrte darauf, ebenfalls mit zu dem Dorf zu reiten, wo der Sultan darniederlag. Aber er wirkte so schwach, daß wir ihm diese Bitte abschlagen mußten. Ich versprach, ihn auf dem laufenden zu halten, dann packte ich eilends zusammen. Inzwischen war ich es gewöhnt, ein Pferd zu reiten, obschon ich dem Gedanken daran noch immer nicht viel abgewinnen konnte.

In der Stille der Dämmerung verließen wir Damaskus. Nur das Zirpen der Zikaden drang an unser Ohr. Unsere Gruppe bestand aus zwölf Mann, darunter acht Soldaten, die unserem Schutz dienten. Die übrigen zwei, neben dem Kämmerer und mir, waren Gefolgsleute, die unsere Verpflegung mit sich führten. Mich beunruhigte, daß die Ärzte den Sultan nicht nach Damaskus hatten bringen lassen, wo ihm mehr Annehmlichkeiten und weitere Ärzte zur Verfügung gestanden hätten. Dies konnte nichts anderes bedeuten, als daß der Sultan zu krank für eine solche Überführung war. Zudem verwunderte mich, daß er nach mir geschickt hatte, da doch Imadeddin ihn diesen ganzen letzten Feldzug über begleitet hatte. Falls er seinen letzten Willen diktieren wollte, war der große Gelehrte zweifellos besser geeignet, die Verfügungen seines Herrn niederzuschreiben.

Erst spät in der Nacht schlugen wir in einer winzigen Oase das Lager auf. Ich war zu müde, um zu essen oder mit dem Kämmerer zu sprechen, dessen Verstand nicht mit seiner treuen Ergebenheit gegenüber dem Sultan mithielt. In der Tat, es war eine Qual, ihm zuhören zu müssen, da er sich ausschließlich für Pferde und Bordelle erwärmen konnte, was mich beides nicht zu fesseln vermochte.

Schon am Anfang unserer Reise hatte er zur Freude der Soldaten ein merkwürdiges Bordell in Damaskus beschrieben. Dem Kämmerer zufolge wurden die Huren dort angekettet und von ihren Freiern ausgepeitscht, ehe sie dann, losgemacht, jenen die gleiche Pein zufügten. Allein dies verschaffe allen Beteiligten unendlich große Befriedigung. Ich musterte den Kämmerer genau. Sein schmieriges Grinsen verriet bereits die Antwort auf die Frage, die sich mir aufzudrängen begann. Ja, er war selbst dort gewesen. Ich nahm mir vor, nach meiner Rückkehr Shadhi zu fragen, ob er den Kämmerer wirklich als geeignet für sein Amt ansah.

Wir erwachten früh und setzten noch vor Sonnenaufgang unsere Reise fort. Zu meiner Überraschung erreichten wir das Dorf, als die Sonne gerade am höchsten stand. Ich hatte angenommen, daß wir noch mindestens sechs weitere Stunden im Sattel würden verbringen müssen, doch zwei der Soldaten stammten aus ebendiesem Dorf und hatten uns eine Abkürzung gezeigt.

Unsere Ankunft wurde bereits sehnlichst erwartet, und man brachte uns unverzüglich in ein kleines Haus. Hier lag der Sultan unter weißen Musselintüchern, während zwei Diener die Fliegen von seinem Gesicht fernhielten. Seine Augen waren geschlossen, und ich bemerkte bestürzt, wie hager er geworden war. Seine Stimme klang schwach.

»Ich weiß, was Ihr denkt, Ibn Yakub, doch das Schlimmste liegt bereits hinter mir. Eure Reise wäre gar nicht mehr nötig gewesen. Ich fühle mich schon viel besser und werde morgen mit Euch zurückreiten. Imadeddin weilt in Aleppo, weshalb ich nach Euch rief, denn ich fühlte mein Ende nahen. Ich wollte noch meine genauen Pläne für den Djihad umreißen, damit mein Nachfolger fortführen könnte, was Allah in Seiner unendlichen Gnade mir nicht mehr beschieden hatte. Glücklicherweise hat der Allmächtige Seine Meinung geändert, und ich lebe noch. Dabei haben wir erst vor einer Woche vier Emire in diesem Dorf begraben. Ich glaube, ich habe nur dank der Zitronen überlebt, die da draußen am Baum hängen und mit deren Saft ich mich erquickt habe. Anders kann ich es mir nicht erklären, denn ich war ebenso krank wie jene, die gestorben sind. Glaubt Ihr, daß Zitronen Heilkraft besitzen? Mein Leibarzt meint, ich habe überlebt, weil er mich zur Ader gelassen hat, aber er hat auch die Emire dieser Behandlung unterzogen, und sie sind trotzdem gestorben. Schreibt an Ibn Maymun und fragt ihn nach seiner Meinung. Und von nun an werde ich immer Zitronen mit mir führen, wohin ich auch gehe.«

Lächelnd setzte sich der Sultan auf. Seine Augen waren klar. Er hatte überlebt. Zunächst hatte ich sein Gerede über Zitronensaft für eine Fieberphantasie gehalten, doch jetzt überlegte ich, ob etwas Wahres daran sein mochte.

Salah al-Din wollte wissen, was in Damaskus vor sich ging, und fragte mich nach jeder Einzelheit. Wenn ich ihm eine Antwort schuldig blieb, schien er verärgert. Ich versuchte ihm zu erklären, daß ich in seiner Abwesenheit nicht an den Ratssitzungen teilgenommen hatte und mein Wissen sich daher auf das beschränkte, was man mir anderweitig berichtet hatte. Doch dies schien seinen Ärger nur zu mehren. Er ließ den Kämmerer rufen und verlangte zu wissen, warum ich entgegen seiner ausdrücklichen Weisung von den Versammlungen ausgeschlossen worden war, bei denen wichtige Staatsangelegenheiten besprochen wurden. Um eine Antwort verlegen, neigte der Kämmerer in beschämtem Schweigen sein Haupt. Plötzlich hatte dieser beredte Besucher ausgefallener Bordelle die Sprache verloren. Mit einer Geste des Mißfallens entließ ihn der Sultan.

Am nächsten Tag bei Sonnenaufgang traten wir die Rückreise nach Damaskus an. Die Größe unserer Gruppe hatte sich inzwischen verhundertfacht. Als wir abends das Lager aufschlugen, ließ mich der Sultan rufen und fragte zuerst nach Shadhis Gesundheitszustand. Nachdem ich ihm versichert hatte, daß er lediglich an den Gebrechen seines hohen Alters litt, erkundigte er sich nach Halima und Jamila. Ich stutzte. Sollte ich mich in ein paar Halbwahrheiten flüchten und etwas davon murmeln, daß sie bei guter Gesundheit seien? Dann würde mich sein Zorn treffen, wenn er mir später auf die Schliche kam. Sollte ich ihm also alles offenbaren, was ich wußte?

Leider war er viel aufmerksamer, als ich erwartet hatte, und so war ihm mein kurzes Zögern nicht entgangen. Indem er sein Auge auf mich richtete, das im Licht der Kerzen leuchtete, forderte er mich mit strenger Stimme auf:

»Die Wahrheit, Ibn Yakub. Die reine Wahrheit.«

Und ich erzählte sie ihm.

Fünf

Imadeddin erklärt die anhaltende Abneigung des Sultans gegenüber Renaud de Chatillon. Shadhis Tod.

Salah al-Din war weder ein rachsüchtiger noch ein grausamer Mann. Gefühle wie Groll widersprachen seinem Wesen, und für gewöhnlich riet er davon ab, Vergeltung zu üben. Einmal hörte ich ihn sagen, allein aus Rachedurst zu handeln sei ebenso gefährlich, wie sich regelmäßig ein Wunderelixier einzuverleiben. Es sei unklug und setze die Gläubigen den Barbaren gleich. Wenn auch verhalten, so tat er doch stets aufs neue diese Ansicht kund, sah indes von jeglicher Bestrafung ab, wenn seine Befehlshaber oder Emire diesem Ratschlag zuwiderhandelten und ihren niederen Gefühlen freien Lauf ließen. Statt dessen nahm Salah al-Din ihr Verhalten unter Seufzen und mit bestürztem Kopfschütteln zur Kenntnis, als schicke er sich darein, daß nicht der Sultan, sondern Allah und seine Engel letztendlich zu richten hätten.

Doch gab es einen Mann, bei dem selbst Salah al-Dins Blut in Wallung geriet: Renaud de Chatillon, ein fränkischer Ritter. Da wir uns den letzten Kämpfen des Sultans gegen die Franken nähern und schon bald Bekanntschaft mit diesem Schurken schließen werden, ist es an der Zeit, auf diese abscheuliche Person zu sprechen zu kommen.

Des Sultans Haß gegen Renaud war tief empfunden. Nichts konnte ihn mildern, weder Gefühle der Vergebung, der Großmütigkeit oder der Freundlichkeit. Nicht einmal Dünkelhaftigkeit, die dazu angetan ist, den andern wie ein unbedeutendes Wesen erscheinen zu lassen, vermochte seinen Haß abzuschwächen. Renaud war eine Giftschlange, deren Kopf mit einem Stein zerschmettert werden mußte. Ich selbst habe Salah al-Dins Schwur vernommen, den er vor Allah und allen Ratsmitgliedern ablegte: Sollte sich je die Gelegenheit bieten, würde er Renaud mit seinem eigenen Schwert enthaupten. Bemerkungen dieser Art waren Musik in den Ohren der Emire, denn sie fühlten sich ihrem Herrscher verbundener, wenn er Gefühle äußerte, die den ihren glichen. Seit die Franken in unsere Welt eingedrungen waren und uns mit ihren barbarischen Sitten und Gebräuchen das Grauen gelehrt hatten, fanden sich auch auf unserer Seite Nachahmer einiger ihrer übelsten Machenschaften.

Es waren die Franken gewesen, die bei einer Belagerung vor mehr als hundert Jahren ihre Gefangenen über dem offenen Feuer brieten und anschließend verspeisten. Die Kunde von dieser Greueltat hatte sich wie ein Lauffeuer in unseren Städten verbreitet und das Land in Angst und Schrecken versetzt. Etwas Derartiges war uns bis dahin fremd gewesen. Doch ist es erst dreißig Jahre her, daß der große Chirkuh einen seiner Emire strafte, weil dieser zugestimmt hatte, drei fränkische Gefangene zu braten und von ihrem Fleisch zu kosten. Wenig später sah sich der Ulema gezwungen, ein Machtwort zu sprechen und ein solches Verhalten für Sünde wider den Propheten und die Hadithe zu erklären.

Letztendlich jedoch beendete der Kadi von Aleppo die Meinungsverschiedenheit, indem er nach dem Freitagsgebet kundtat, das Fleisch der Franken zu verspeisen sei für die Gläubigen deshalb abstoßend, weil die Franken große Mengen Schweinefleisch zu sich nähmen und folglich ihr eigenes Fleisch gleichermaßen unrein sei. Seltsamerweise wirkte diese Erklärung nachhaltiger als sämtliche fromme Verweise auf die Hadithe und die willkommene Entdeckung bisher unbekannter Überlieferungen, auf die man sich plötzlich berief.

Die Gründe für den Abscheu des Sultans gegenüber Renaud blieben für mich im dunkeln. Seine Abneigung wurde einfach hingenommen, wie man auch eine Landschaft hinnimmt, von der man umgeben ist. Eines Tages begab ich mich in die Bibliothek des ehrenwerten Imadeddin und wartete auf ihn. Als er mich erblickte, runzelte er die Stirn, doch nahm sein Gesicht sogleich einen wohlwollenderen Ausdruck an.

»Verzeiht mein unangemeldetes Erscheinen, Herr, aber ich möchte Euch höflich darum ersuchen, mir einen Augenblick Eurer kostbaren Zeit zu schenken.«

Sein Mund verzog sich zu einem Lächeln, wohingegen seine Augen hart blieben. »Wie könnte ich dem persönlichen Schreiber des Sultans eine Bitte abschlagen? Ich stehe Euch zu Diensten, Ibn Yakub.«

»Ich fühle mich geehrt, Herr, und werde mich kurz fassen. Vermögt Ihr vielleicht, einen unwissenden Schreiber über die Hintergründe des blinden Hasses aufzuklären, den der Sultan gegen Renaud de Chatillon nährt?«

Imadeddin lachte. Ein tiefes, kehliges und unverfälschtes Lachen. Meine Unwissenheit entzückte ihn, und er war mehr als erfreut, meine Kenntnis sowohl darüber als auch über andere Dinge zu erweitern.

»Ibn Yakub, mein lieber Freund, allmählich lernt auch Ihr das Verhalten des Sultans zu verstehen, aber selbst mich, der ich ihn um etliches länger kenne als Ihr, überrascht mitunter die Art und Weise, wie er Entscheidungen trifft. Ich folge einer bestimmten Vorgehensweise, er hingegen läßt sich stets von seiner Eingebung lenken, und nur davon. Wenn meine Methode und sein Gefühl in Einklang miteinander stehen, ist alles gut, doch zuweilen sind beide vollkommen gegensätzlich. Dann siegt seine Eingebung, und ich, als sein ergebener Berater, beuge mich seinem Willen.

Über den Umgang mit den Franken im Djihad waren wir uns von jeher einig. Die einen oder anderen Hitzköpfe sahen im Djihad die fortwährende kriegerische Auseinandersetzung mit den Franken, doch diese Ansicht teilte Salah al-Din nie. Er ist sich darüber im klaren, daß nicht allein in unseren Reihen, sondern auch unter den Feinden Zwietracht herrscht. So wenig uns unser Glaube an Allah und Seinen Propheten davon abhält, einander die Kehle aufzuschlitzen, so wenig gelingt es den Franken, trotz ihrer Götzenverehrung und ihrer Treue dem Papst gegenüber, Streitigkeiten untereinander friedlich beizulegen.

Der Sultan besitzt nun die Oberhoheit über Kairo, Damaskus, Aleppo und Mosul. Vom Nil bis zum Euphrat erstreckt sich sein Reich, mit Ausnahme der Landstriche, die die Franken besetzt halten. Kein Herrscher ist so mächtig wie der Sultan, doch unserer Stärke zum Trotz schloß er den Waffenstillstand mit Balduin dem Leprösen, der als Sohn von Amaury über al-Kadisiya herrschte. Balduin mochte körperliche Gebrechen haben, doch war er von scharfem Verstand. Er wußte, daß der Sultan zu seinem Wort stand und ihm gleichermaßen an Frieden gelegen war. Die Waffenruhe hatte zur Folge, daß unsere Karawanen zwischen Kairo und Damaskus ungehindert hin- und herziehen und auch in fränkischen Siedlungen Halt machen konnten, um ihre Waren dort feilzubieten.

Vor vier Monaten nun ist, wie Ihr wißt, der lepröse König verschieden. Er hat seinen sechsjährigen Sohn Balduin V. zu seinem Nachfolger bestimmt. Allwöchentlich gehen Berichte unserer Späher aus al-Kadisiya ein, welches in Kürze, so Allah will, wieder in unserer Hand sein wird.

Der Sultan ist gut unterrichtet und weiß, daß sich das fränkische Lager in al-Kadisiya in zwei Flügel gespalten hat, von denen der eine von Raymund Ibn Raymund as-Sanjili angeführt wird, dem Grafen von Tripoli, einem Nachfahr von Saint-Gilles. Seinem Äußeren nach könnte man ihn für einen damaszenischen Emir halten. Er hat eine dunklere Haut als der Sultan, eine Adlernase und spricht fließend Arabisch.

Der Sultan ist ihm sehr zugetan und würde ihn gerne als Sieger aus diesem Machtkampf hervorgehen sehen. Wußtet Ihr, daß wir viele Ritter aus Tripoli, die wir während der letzten Jahre bei verschiedenen Kämpfen gefangengenommen hatten, freigelassen haben, um Raymund zu unterstützen? Daran läßt sich ablesen, welche Bedeutung der Sultan dem Ausgang des Zwists zwischen den beiden Flügeln in al-Kadisiya beimißt. Eine Fehde, die in diesem Augenblick ausgefochten wird, Ibn Yakub.

Doch nun zu Eurer Frage. Renaud de Chatillon! Ein blutrünstigeres Ungeheuer als ihn hat selbst die Welt der Franken noch nicht hervorgebracht. Nureddin war seiner habhaft geworden und hielt ihn zwölf Jahre lang in Aleppo gefangen. Erst nach Nureddins Tod kauften ihn die Franken gegen ein beträchtliches Lösegeld frei. Allerdings wäre es besser gewesen, wenn sein Kopf in den Sand gerollt wäre.

Dieser Mann tötet nur um des Tötens willen. Jemand aus Eurem Volk umzubringen ist ihm eine besondere Genugtuung, denn er glaubt, die Juden hätten Isa an Pilatus verkauft. Sein Haß auf unser Volk ist nur wenig geringer, doch schlitzt er, so wurde mir zugetragen, mit Vorliebe den jüdischen Gefangenen die Bäuche auf und verfüttert deren Eingeweide an die Hunde. Ich erzähle Euch dies, um Euch begreiflich zu machen, daß es gute Gründe gibt, Renaud zu verabscheuen, selbst wenn er den Sultan nicht unmittelbar beleidigt hätte. Tatsächlich entflammte Salah al-Dins Zorn, als er den mit Balduin IV. vereinbarten Waffenstillstand brach.

Vor zwei Jahren überfiel Renaud eine Handelskarawane auf ihrem Weg nach Mekka, unserer Heiligen Stadt, und metzelte sämtliche Kaufleute und dann auch die anderen Mitreisenden erbarmungslos nieder. Gnade gilt in Renauds Augen als Untugend, als Zeichen von Schwäche. Unter den Toten war auch Zubeida, eine achtzigjährige Frau, die sich sehnlichst gewünscht hatte, vor ihrem Tod noch Mekka zu sehen. Statt dessen sah sie das grimmige Gesicht jenes Franken. Sie war die letzte noch lebende Tante des Sultans gewesen, die jüngere Schwester seines Vaters.

In des Sultans Namen verfaßte ich ein geharnischtes Schreiben an Balduin den Leprösen. Wir forderten ihn auf, seinen blutrünstigen Vasallen zu bestrafen und dessen Tun Einhalt zu gebieten. Doch Balduin mußte seine Ohnmacht eingestehen. Als wäre dies nicht genug, überfiel Renaud sogar Mekka, entweihte unseren Heiligen Schrein und ließ seine Pferde die Moschee verunreinigen. Die Gläubigen der Welt waren fassungslos angesichts dieses Frevels. Der Kalif von Bagdad erhielt aus Gharnata und anderen Städten Andalusiens das unverblümte Angebot, Männer und Gold zur Verfügung zu stellen, um der fränkischen Bestie zu Leibe zu rücken. Zudem beteten die Gläubigen landauf, landab in jeder Moschee um Vergeltung in Form von Renauds Kopf.

Daraufhin sandte der Sultan ein dringendes Schreiben an seinen Bruder al-Adil in Kairo. Es enthielt nur einen Satz: ›Die Verbrecher müssen bestraft werden.‹ Al-Adil kam dem Befehl nach, nahm einen Großteil der Übeltäter gefangen, ließ sie nach Mekka bringen und öffentlich enthaupten, als abschreckendes Beispiel für jene, die unsere heiligen Städte zu entehren gewagt hatten, aber gleichfalls als Warnung, ein derartiges Sakrileg nicht noch einmal zu begehen. Leider kam Renaud, einer der verhaßtesten, übelsten Verbrecher unter den Franken, erneut ungestraft davon.

Zu meiner Überraschung lächelte der Sultan, als ich ihm davon berichtete. ›Allah spart den Teufel für mich auf, Imadeddin. Ich werde ihn mit eigenen Händen umbringen.‹

Habe ich Eure Frage damit beantwortet, Ibn Yakub?«

»Umfassender als irgend jemand im Reich es vermocht hätte, o gelehrter Herr.«

Diese Schmeichelei erfreute ihn, wenngleich nicht genug, um sich mir noch länger zu widmen. Nachdem ich mich abermals bedankt hatte, verabschiedete ich mich von ihm. Ich war bereits an der Tür, da rief er mich nochmals zurück.

»Ich habe soeben die Weisung gegeben, daß Ihr von nun an bis zu Eurem Tod eine regelmäßige Vergütung aus der Staatskasse erhaltet. Der Sultan hat mich schon vor etlichen Wochen, noch vor seiner Erkrankung, beauftragt, dies in die Wege zu leiten. Da wir jedoch mitten im Krieg standen und ich vollauf damit beschäftigt war, die Listen über unsere Gefangenen zu führen, vergaß ich es. Vergebt mir meine Nachlässigkeit. Und auf Geheiß des Sultans wird Euch eine weitere Überraschung zuteil, die Euch gewiß erfreuen wird. Sprecht beim Kämmerer vor, ehe Ihr hinausgeht. Von ihm erfahrt Ihr Näheres. Dem Sultan liegt Euer Wohlergehen am Herzen. Er scheint mit Euch zufrieden zu sein.«

Schwang Neid in seiner Stimme mit? Oder bildete ich mir das nur ein? Mir blieb wenig Zeit, über Imadeddins Empfindlichkeiten nachzudenken, denn die Neuigkeiten des Kämmerers überwältigten mich so sehr, daß ich mich setzen und einen Schluck Wasser trinken mußte. Des Sultans Beweggründe waren aufrichtig, doch hätte ich es vorgezogen, wenn er zuvor mit mir darüber gesprochen hätte.

Man hatte meine Frau und meine Tochter mit all unserem Hab und Gut, einschließlich meiner Bibliothek, von Kairo nach Damaskus übergesiedelt. Ein Diener führte mich zu dem uns zugedachten Häuschen unweit der Zitadelle. Wie benommen, als hätte ich zuviel Haschisch geraucht, folgte ich ihm. Als wir das Haus erreichten, verabschiedete sich der Diener des Sultans. Die Tür stand offen. Der Hof erstrahlte im Licht der Nachmittagssonne.

Es war Maryam, die mich als erste erspäht hatte, mir entgegeneilte und mich umarmte. Nahezu vier Jahre lang hatte ich sie nicht gesehen. Tränen der Freude benetzten meinen Bart, als ich sie fest an mich drückte. Dann betrachtete ich sie von Kopf bis Fuß, erstaunt, wie sehr sie sich verändert hatte. Es war unverkennbar Maryam, doch sie war reifer geworden. Vor mir stand eine schöne junge Frau von sechzehn Jahren, deren Augen die Farbe von Honig besaßen. Ihr pechschwarzes Haar berührte fast den Boden. Ja, dieses Haar kannte ich von früher.

Sie war das Abbild ihrer Mutter Rachel, so wie ich sie damals zum erstenmal erblickt hatte, als sie mit ihren Freundinnen am Brunnen Wasser schöpfte. Versunken in Maryams Anblick, spürte ich plötzlich eine Berührung an der Schulter, die mir durch Mark und Bein ging. Ich wandte mich um und schloß Rachel in die Arme. Sie war gealtert. Auf ihrem Gesicht zeichneten sich Fältchen ab, und ihr Haar war durchzogen von grauen Strähnen. Mein Herz setzte einen Schlag lang aus, doch alle Haßgefühle waren geschwunden, und ich küßte sie auf die Augen. Der Sultan hatte wohl daran getan, mich nicht darüber zu unterrichten, ehe er die zwei nach Damaskus bringen ließ. Vielleicht hätte ich dem Umzug nicht zugestimmt und es später bitter bereut.

Sicher würde es ungewohnt sein, wieder in einem Haus zu wohnen. Ich hatte mich an den Luxus in der Zitadelle gewöhnt, wo für meine grundlegenden Bedürfnisse Sorge getragen wurde. Die ständige Nähe zur Macht hatte anregend auf mich gewirkt. Doch stand ich dem Eintritt in einen neuen Lebensabschnitt nicht abgeneigt gegenüber. Maryam würde über kurz oder lang heiraten, und dann wären Rachel und ich allein, wie einst jene vier Jahre, ehe Maryam geboren wurde. Damals wünschten wir uns so sehnlich ein Kind, daß wir bei jeder möglichen Gelegenheit beieinanderlagen. Doch allen Bemühungen zum Trotz wurde uns nur ein Kind geschenkt,

Maryam. Ein Sohn blieb uns versagt. Wie mochte es für uns weitergehen, wenn Maryam aus dem Haus war?

Seltsam, daß mir diese Frage in den Sinn kam, kaum daß ich Rachel wiederbegegnet war. Ein Bote des Sultans störte mich aus meinen Gedanken auf. Ich wurde in die Zitadelle gerufen. Rachel lächelte nachsichtig.

»Es wird sein wie in Kairo. Geh, aber bleib nicht zu lange aus. Es ist unsere erste gemeinsame Nacht seit vielen Jahren, und als unsere Karawane gestern durch die Wüste zog, erblickte ich die schönste aller Mondsicheln.«

Aber an jenem Abend kehrte ich nicht nach Hause zurück. Ich wurde an Shadhis Sterbebett gerufen. Als ich seine Kammer betrat, empfing er mich mit einem matten Lächeln.

»Wo ist mein Salah al-Din? Weshalb ist der Junge in meinen letzten Stunden nicht an meiner Seite?«

Ich hielt seine Hand und streichelte sie sacht.

»Der Sultan kämpft gegen die Franken, Shadhi, mein guter Freund. Bitte verlaßt uns noch nicht. Haltet noch ein paar Monate aus.«

»Allah hat mich zu sich gerufen. Nun hört zu, hört mir nur zu. Wenn al-Kadisiya fällt und Ihr an der Seite meines Jungen durch das Tor reitet, gedenkt meiner, Ibn Yakub. Stellt Euch vor, ich würde an des Sultans Seite reiten und ihm ermutigende Worte ins Ohr flüstern, wie einst, als er zum erstenmal in den Kampf zog. Mir ist es nicht beschieden, den Sieg meines Jungen erleben zu dürfen, doch bin ich sicher, daß er es schafft. Ich weiß es so sicher, wie ich weiß, daß ich ihn nicht begleiten werde. Sein Name wird bis in alle Ewigkeit überdauern. Wer wird sich an Shadhi erinnern?«

»Er«, flüsterte ich, und die Tränen strömten mir übers Gesicht. »Und ich. Wir werden Euch niemals vergessen.«

Er gab keine Antwort. Seine Hand erkaltete in meiner. Meine Kehle war vor Kummer wie zugeschnürt. Shadhi war gestorben. Der alte Mann, in dessen Gesellschaft ich Stunden um Stunden verbracht und der mein Leben unermeßlich bereichert hatte, war tot.

Mir fiel ein, wie wir uns einst kennenlernten. Ich fürchtete ihn ein wenig und war verunsichert, da er keinen Amts- und

Würdenträgern irgendwelche Achtung entgegenbrachte. Doch bereits an jenem ersten Tag, am Ende unserer Unterhaltung, hoffte ich auf ein weiteres Gespräch. Er war, das spürte ich, eine unschätzbare Quelle, denn er kannte die verborgensten Geheimnisse des Sultans und die Geschichte der ayyubidischen Herrscher.

Shadhi weilte nicht mehr unter uns, doch in meinem Herzen lebte er fort. Es konnte keine Trennung für immer geben. Ich wagte einen Blick in die Zukunft. Seine Stimme, sein Lachen, sein spöttischer Ton, seine oftmals hinter Hochmut verborgenen Gedanken, seine Unduldsamkeit gegenüber Dummköpfen oder aufgeblasenen religiösen Gelehrten, seine derben Witze und seine bestürzende Liebesgeschichte: wie sollte ich ihn jemals vergessen? Bis an mein Lebensende würde mir seine Stimme in den Ohren klingen. Und das Andenken an ihn würde mich leiten bei der Niederschrift der Erinnerungen des Sultans.

Am frühen Morgen des darauffolgenden Tages trugen wir ihn zu Grabe. Al-Afdal, des Sultans ältester Sohn, führte die Trauergemeinde an, die im wesentlichen aus Salah al-Dins engsten Familienmitgliedern bestand. Amjad und ich waren die einzigen Außenstehenden. Der Eunuch hatte Shadhi die letzten Monate gepflegt und dafür gesorgt, daß es ihm an nichts mangelte. Auch er war dem Bann jenes alten Mannes erlegen, und nun weinte er bitterlich. Als wir einander trösteten, fühlte ich mich ihm zum erstenmal nahe.

Ich hatte die ganze Nacht keinen Schlaf gefunden. Nach dem Bestattungsgebet ging ich nach Hause. Ich dankte dem Himmel, daß meine Frau und meine Tochter bei mir waren. Das machte die Trauer um Shadhi erträglicher.

Rachel wußte, wieviel Shadhi mir bedeutet hatte. In den ersten Wochen nach meiner Anstellung in Kairo hatte ich ihr oft genug von ihm erzählt. Sie wußte, daß er mein einziger wahrer Freund im Kreis des Sultans gewesen war. Es bedurfte keiner Worte. In ihren Schoß weinend, schlief ich ein.

Sechs

Ein Verräter wird hingerichtet. Usamah unterhält den Sultan mit erhabenen Gedanken und sündhaften Geschichten.

Zehn Tage nach Shadhis Tod kehrte Salah al-Din nach Damaskus zurück. Nachdem ein Bote ihm die traurige Nachricht überbracht hatte, gab er Anweisung, die Belagerung aufzuheben und nach Hause zurückzukehren. Entgegen seiner Wesensart sprach er von da an mit niemandem mehr ein Wort. Seinem Wunsch gemäß betete er allein an Shadhis Grab und begab sich dann in die Zitadelle.

Ich wurde am Nachmittag in sein Privatgemach bestellt. Zu meiner Überraschung umarmte er mich und brach in Tränen aus. Als er sich wieder in der Gewalt hatte, hob er zu sprechen an, doch seine leise, kaum hörbare Stimme verriet tiefe Gemütsbewegung.

»Eines Abends während der Belagerung verdunkelte sich der Himmel, und es begann zu regnen. Wir warfen uns gerade Decken über, als einige Soldaten auf mich zutraten, die einen großen, dunkelhäutigen Mann in Gewahrsam hatten. Der Gefangene stöhnte. Er hatte darauf bestanden, mir seinen Fall vorzutragen. Meinen Männern blieb keine andere Wahl, als seinem Wunsch nachzukommen, da meine militärischen Anweisungen in dieser Hinsicht sehr streng sind. Jedem zum Tode verurteilten Gefangenen steht das Recht zu, sich an den Sultan selbst zu wenden. Ich fragte, weshalb der Mann getötet werden sollte. Ein kleinwüchsiger Soldat, einer meiner besten Bogenschützen, erwiderte: ›Herrscher der Tapferen, dieser Mann ist ein Gläubiger. Dennoch hat er uns an den Feind verraten. Wäre er nicht gewesen, wir hätten Renauds Festung eingenommen.‹

Ich musterte den Gefangenen, der zu Boden starrte. Regen und Wind hatten aufgehört, indes der Himmel finster blieb.

Kein Stern war zu sehen. Als ich das blutige, bärtige Gesicht betrachtete, überkam mich Zorn.

›Du bist ein abtrünniger Schurke. Du hast den Djihad und deine Glaubensbrüder an diesen Teufel verraten, diesen Schlächter, der unsere Männer, Frauen und Kinder erbarmungslos niedergemetzelt hat. Und dennoch wagst du es, dich an mich zu wenden, damit ich dein Leben schone. Durch deine Taten hast du meine Gnade verwirkt.‹

Der Mann blieb stumm. Abermals forderte ich ihn auf, sich zu erklären, doch er weigerte sich zu sprechen. Als der Scharfrichter das Schwert prüfte, mit dem er den Verräter enthaupten würde, sagte dieser flüsternd zu mir: ›Im selben Augenblick, da mir Euer Henker den Kopf abschlägt, wird auch etwas sterben, was Euch sehr teuer ist.‹

Wutentbrannt schritt ich davon, um dem Tod jenes Mannes nicht durch meine Anwesenheit Würde zu verleihen. Wie man mir sagte, Ibn Yakub, verstarb Shadhi an demselben Abend und ließ uns zurück, auf daß wir fürderhin die Leere jedes folgenden Tages kosten. Er war mir mehr als ein Vater. Viele Jahre lang stand er in jeder Schlacht an meiner Seite. Es war, als besäße ich zwei Augenpaare. Er beschützte mich wie ein Löwe. Er war mir ein Freund und ein treuer Ratgeber, der sich niemals scheute, mir die Wahrheit zu sagen, selbst wenn ich daran hätte Anstoß nehmen können. Nun ist er dem grausamen Pfeil des Todes zum Opfer gefallen. Männer wie er sind selten und unersetzlich. Ich wünschte, unsere Tränen könnten ihn wieder zum Leben erwecken.

Woher wußte dieser Gotteslästerer, der vor den Augen Allahs gestraft wurde, daß auch Shadhi sterben würde? Während des Ritts zurück nach Damaskus erzählte mir einer der Soldaten, daß der hingerichtete Gefangene zum Verräter geworden war, weil Renaud vor seinen Augen seine Frau geschändet und gedroht hatte, hundert weitere Männer würden dasselbe tun, ehe er sie ermordete. Verständlicherweise war ich betrübt, dies zu hören, doch bedauerte ich die Bestrafung nicht. Während eines Krieges, mein guter Schreiber, müssen wir zu jedem Opfer bereit sein. Dennoch bewundere ich ihn dafür, daß er das Martyrium seiner Frau nicht zur Sprache gebracht hat. Auch Renaud wird seiner Strafe nicht entgehen. Das habe ich vor Allah geschworen.

Der Tod scheint mir wie ein Kranz um die Schultern gelegt.

Ich wünsche heute abend Zerstreuung, Schreiber. Schickt nach Usamah, auf daß er uns unterhalte oder zumindest unsere Gedanken anrege. Ja, laßt uns heute nach Sonnenuntergang zusammenkommen. Mir steht der Sinn nicht nach Schlaf. Laßt uns Shadhis gedenken, indem wir etwas tun, was ihm zeitlebens Freude bereitet hat. Er hatte stets großes Vergnügen daran, sich auf geistigem Gebiet mit Usamah zu messen. Weilt der Mann in Damaskus, oder hat er uns um der Freuden Bagdads willen verlassen? Er ist hier? Gut. Schickt ihm einen Boten, doch nehmt das Mahl mit ihm bitte ohne mich ein. Mir ist nicht danach zumute, ihm zuzusehen, wie er in der Art eines wilden Tieres Fleisch verschlingt. Ihr scheint darüber erleichtert zu sein.«

Ich lächelte, als ich mich unter Verbeugungen aus seinem Gemach zurückzog. Des Sultans karges Mahl nicht teilen zu müssen, war mir in der Tat angenehm. Ich wies den Kämmerer an, nach Usamah Ibn Munqidh zu schicken, wie mir der Sultan befohlen hatte. Allerdings fragte ich mich, ob der Greis für eine so unerwartete Anstrengung nicht zu müde sein würde. Usamah war in dem Jahr geboren worden, als die Franken erstmals in unsere Länder einfielen. Er zählte neunzig Jahre, doch erfreute er sich noch bester Gesundheit und schien von keinerlei Gebrechen geplagt zu sein, wenngleich sein Rücken gekrümmt war und er ein wenig gebeugt ging. Seine Stimme klang tief und voll. Zuletzt hatte ich ihn zusammen mit Shadhi in Kairo gesehen.

Er sprach dem Wein ordentlich zu, während Shadhi und ich an Kräutertee nippten, um ihm vermeintlich Gesellschaft beim Trinken zu leisten. Usamah hatte eine ganze Karaffe Wein geleert und dabei eine Haschischpfeife geraucht. Trotz dieser Genußmittel blieben seine Sinne ungetrübt, und den größten Teil des Abends erfreute er uns mit Anekdoten über seine zahlreichen fränkischen Freunde. Diese luden ihn häufig zu sich ein, und wenn Usamah danach heimkehrte, hatte er nicht selten die merkwürdigsten und herrlichsten Geschichten im Reisegepäck.

An jenem Abend in Kairo sprach er von der schmutzigen Angewohnheit der Franken, das Schamhaar ungeschoren sprießen zu lassen. Er schilderte, wie er einmal im Bad saß und sein fränkischer Gastgeber sein Weib herbeirief, um Usamahs glattrasierten Unterleib zu betrachten. Entzückt von diesem Anblick ließ das Paar auf der Stelle einen Barbier rufen, der ihnen die ungeliebten Haare abrasierte. »Hat Euch der Anblick einer nackten Frau, die sich ihr Schamhaar entfernen läßt, nicht erregt, mein Prinz?« hatte Shadhi gefragt. Diese Frage versetzte Usamah offenbar in Erstaunen. Er sog an seiner Pfeife, blickte Shadhi unvermittelt an und entgegnete: »Nein, gar nicht. Ihr Ehemann war weitaus reizvoller!«

Shadhi und ich waren in schallendes Gelächter ausgebrochen, bis wir bemerkten, daß ihn unsere Heiterkeit verwunderte. Usamah hatte in völliger Ernsthaftigkeit gesprochen.

Usamah stammte aus ältestem Fürstengeschlecht. Als Sohn des Prinzen von Shayzar wurde er zum Edelmann und Krieger erzogen. Er war ein weitgereister Mann und befand sich gerade in Kairo, als Salah al-Din zum Sultan ausgerufen wurde. Bereits damals hatten die beiden Freundschaft geschlossen, doch alle Versuche Salah al-Dins, sich die Erfahrungen von Usamahs langem Leben zunutze zu machen, um die Kriegstaktiken der Franken zu ergründen, blieben fruchtlos.

Dies verblüffte den Sultan über alle Maßen, bis ihm Usamah eines Tages gestand, daß er niemals in einer Schlacht gekämpft habe und seine kriegerische Ausbildung für nichts und wieder nichts gewesen sei. Vielmehr, so erklärte er dem Sultan, habe er als Reisender und Edelmann die Gebräuche und Gepflogenheiten anderer Völker kennenlernen wollen. Seit dreißig Jahren habe er Aufzeichnungen darüber angefertigt und arbeite nun an einem Buch mit seinen Lebenserinnerungen.

Später am Abend gedachte ich noch immer vergangener Zeiten, als Usamah eintraf und mich mit einem Blinzeln begrüßte. Ich hatte auf ihn gewartet, um mit ihm zu speisen, doch er hatte bereits zu Abend gegessen. So verzichtete ich auf mein Nachtmahl, und wir begaben uns gemächlich in den Audienzsaal des Sultans. Usamah ging inzwischen noch gebeugter, ansonsten hatte er sich in den letzten Jahren kaum verändert. Stirnrunzelnd nahm er Imadeddins Anwesenheit zur Kenntnis, die beiden Männer waren einander noch nie wohlgesonnen gewesen, und verneigte sich vor Salah al-Din, der sich erhob und den alten Mann umarmte.

»Ich bedauere, daß Shadhi vor mir verschieden ist«, bemerkte er gegenüber dem Sultan. »Zumindest hätte er noch so lange warten können, bis wir die Reise gemeinsam antreten hätten können.«

»Stellen wir uns einfach vor, er wäre noch unter uns«, erwiderte Salah al-Din. »Malen wir uns aus, er würde in jener Ecke dort sitzen und mit einem ungläubigen Lächeln jedem Eurer Worte lauschen. Heute abend bedarf ich wahrlich Eurer Geschichten, Usamah Ibn Munqidh, jedoch keiner Tragödien und Liebesgeschichten. Mich dürstet nach Erheiterndem.«

»Den Anweisungen des Sultans vermag ich nur schwerlich Folge zu leisten. Denn fängt nicht jede Liebesgeschichte mit Gelächter an? Und zeichnet sich eine Tragödie nicht gerade dadurch aus, daß sie dem Gelächter Einhalt gebietet? Daher muß ich den Sultan mit aller gebotenen Hochachtung davon in Kenntnis setzen, daß seine Wünsche nicht zu erfüllen sind. Wenn Ihr darauf beharrt, lediglich Heiteres zu vernehmen, so muß diese meine Zunge stumm bleiben.«

Der wortgewaltige Alte hatte einen geschickten Eröffnungszug getan. Salah al-Din hob die Hände gen Himmel und lachte.

»Der Sultan denkt, doch Ibn Munqidh lenkt. Verfahrt, wie es Euch beliebt.«

»Gut«, entgegnete der betagte Geschichtenerzähler und begann ohne weitere Vorrede.

»Vor einigen Jahren lud mich ein fränkischer Edelmann in seine kleine Zitadelle ein, die bei Afqah lag, unweit des Flusses Abraham. Die Zitadelle war auf einem kleinen, zedernbestandenen Hügel über dem Fluß erbaut worden und bot einen überaus erfreulichen Anblick. In den ersten Tagen genoß ich die Aussicht und die Stille. Der Wein war von hoher Güte, das Haschisch sogar noch besser. Es mangelte mir an nichts.«

»Wenn Shadhi hier wäre«, murmelte der Sultan, »würde er sagen: ›Außer an einem hübschen jungen Mann!‹«

Usamah ging über die Bemerkung hinweg und fuhr fort:

»Am dritten Tag teilte mir mein Gastgeber mit, sein zwanzigjähriger Sohn sei ernstlich erkrankt, und er bat mich, nach ihm zu sehen. Diesen Knaben hatte ich zuvor schon kennengelernt und eine heftige Abneigung gegen ihn empfunden. Als einziger Sohn war er von seinen Eltern allzusehr verwöhnt worden. Seine Stellung als Sohn und Erbfolger des Herrn von Afqah nutzte er aus, um sich jedes Mädchen gefügig zu machen, das seinen Weg kreuzte. Einige Monate zuvor hatte er zwei Bauernburschen getötet, als sie versuchten, die Ehre ihrer zwölfjährigen Schwester zu verteidigen. Es wäre eine Untertreibung zu sagen, daß ihn die Pächter seines Vaters haßten. Vielleicht waren manche der Geschichten über ihn, die man sich von Dorf zu Dorf weitererzählte, letztlich etwas übertrieben. Vielleicht aber auch nicht. Dies vermag ich schwerlich zu beurteilen.

Dennoch konnte ich es meinem Freund nicht abschlagen, nach seinem Sohn zu sehen. Ich war kein gelehrter Arzt, doch hatte ich all die Arzneimittelbücher gelesen, und hochgerühmte Heilkundige zählten einst zu meinen besten Freunden. Nach deren Tod hat man mich häufig in medizinischen Fragen zu Rate gezogen, und ich war selbst überrascht, wie oft meine Kenntnisse und meine Rezepte Erfolge zeitigten. So hatte ich mir einen Namen gemacht.

Ich befahl, die Laken zurückzuschlagen, und untersuchte den nackten Körper dieses Knaben. Er hatte an beiden Beinen einen Abszeß, der sich bereits ausgebreitet hatte und binnen weniger Wochen zum Tod führen konnte, sofern nicht drastische Maßnahmen ergriffen wurden. Für Salbenverbände und eine strenge Diät war es bereits zu spät. Also teilte ich dem Vater mit, daß der Junge nur gerettet werden könne, wenn man ihm beide Beine vom Oberschenkel an entfernte. Mein Freund brach in Tränen aus, und das Wehklagen seiner Frau brachte selbst das verhärtetste Herz in der Kammer des Knaben zum Erweichen.

Schließlich willigte der Vater ein, und ich überwachte die Abtrennung der Beine. Wie zu erwarten gewesen war, fiel der Knabe in Ohnmacht. Ich wußte aus Erfahrung, daß er nach dem Erwachen das Fehlen seiner Beine zunächst nicht bemerken würde. Wenn ein Körperteil entfernt worden ist, unterliegt man dieser Täuschung noch einige Tage lang. Der Vater bat mich, den armen Jungen zu fragen, was sein größter Wunsch auf Erden sei, und er würde alles in seiner Macht Stehende tun, um ihm diesen zu erfüllen. Wir warteten darauf, daß er erwachte, was mehr als eine Stunde dauerte. Als er die Augen aufschlug, lächelte er, weil ihn nun der frühere Schmerz nicht mehr plagte. Ich flüsterte ihm ins Ohr: ›Sohn, sag mir, was du dir am meisten wünschst.‹ Da verzog sich seine Miene zu einem kalten, lüsternen Grinsen. Ich beugte mich über ihn, damit er mir seine Antwort ins Ohr flüstern konnte. ›Großvater‹, sagte er spöttisch, und zu meiner Überraschung sprach sogar in seinem jetzigen Zustand Verderbtheit aus ihm. ›Was ich mir wirklich mehr als alles andere auf der Welt wünsche, ist ein Penis, der länger als meine Beine ist!‹

›Den hast du, mein Junge‹, erwiderte ich, ein wenig beschämt ob meiner Freude. ›Den hast du.‹«

Zuerst starrte der Sultan Usamah voller Entsetzen an, dann begann er zu lachen. Ich merkte, daß die Geschichte noch nicht zu Ende war. Usamahs Gesten nach zu urteilen, wollte er uns noch mit einigen Ausschmückungen und Schlußeffekten verwöhnen. Doch Salah al-Dins Gelächter wurde immer ungehemmter und schien von ihm Besitz zu ergreifen. Als er innehielt, machte Usamah Anstalten fortzufahren, doch abermals wurde der Sultan von einem Lachanfall geschüttelt. Von seinem Gelächter angesteckt, konnte ich ebenfalls nicht mehr an mich halten, womit ich gegen eine altehrwürdige Gepflogenheit bei Hof verstieß. In diesem Augenblick erkannte Usamah, daß er auf verlorenem Posten stand und seine Geschichte dazu verdammt war, unvollendet zu bleiben. Also entschied er sich, auf den Schluß zu verzichten, und stimmte in unsere Heiterkeit ein.

Als der Sultan seine Fassung wiedergewonnen hatte, sprach er freundlich:

»Was für ein vortrefflicher Geschichtenerzähler Ihr doch seid, Usamah Ibn Munqidh! Selbst Shadhi, möge er in Frieden ruhen, hätte sich das Lachen nicht verkneifen können. Jetzt verstehe ich, daß Humor nur dann zu belustigen vermag, wenn er mit etwas anderem gepaart wird. Könnt Ihr heute abend noch mit einer weiteren Geschichte aufwarten?«

Das Lächeln, mit dem Usamah seine Freude über das Lob des Sultans kundtat, zauberte unzählige Falten auf sein Gesicht. Dann seufzte der Alte tief, und sein Blick schweifte in weite Fernen, während er sich einer weiteren Begebenheit aus seinem langen Leben entsann.

»Vor vielen Jahren, noch vor Eurer Geburt, o Sultan, fand ich mich eines Abends in einer Taverne im Christenviertel von Damaskus ein, wo am Tag des christlichen Sabbats nur über erhabene Dinge gesprochen wurde. Ich zählte damals neunzehn oder zwanzig Jahre und wollte nichts weiter, als einen Krug Wein leeren und in Gedanken bei dem Christenmädchen verweilen, das mir seit Monaten nicht mehr aus dem Sinn ging.

An jenem Tag hatte ich dieses Viertel nur aus einem einzigen Grund aufgesucht. Ich wollte sie zu Gesicht bekommen, wenn sie mit ihrer Familie die Kirche verließ. Dann würden wir Blicke tauschen, doch hatte ich mich nicht allein deshalb dorthin begeben. Wenn sie nämlich ein weißes Tuch trug, war dies ein schlechtes Zeichen und bedeutete, daß wir uns später nicht treffen konnten. Hatte sie indes ein farbiges Tuch um den Kopf geschlungen, würden wir uns kurz darauf im Haus einer ihrer verheirateten Freundinnen sehen und in zärtlichem Schweigen Händchen halten. Jedes Ansinnen meinerseits, ihr Gesicht zu streicheln oder ihre Lippen zu küssen, war von ihr bisher entschieden zurückgewiesen worden. Doch in der Woche zuvor hatte sie meine halbherzigen Versuche, über das Händchenhalten hinauszugehen, leidenschaftlich erwidert. Sie hatte mich nicht nur geküßt, sondern auch meine Hand auf ihre warmen, bebenden Brüste gelegt. Nachdem sie das Feuer in mir entfacht hatte, weigerte sie sich jedoch, die Flammen wieder zu löschen, und ließ mich enttäuscht und in beträchtlicher Verzweiflung zurück.

›Eine Zitadelle nach der anderen, Usamah. Warum bist du denn so ungeduldig?‹ Diese Worte flüsterte sie mir noch ins Ohr, ehe sie entschwand und mich allein ließ, auf daß ich mein wallendes Blut kühlte. Es war der Wandel in ihrem Betragen, der diesem Tag eine besondere Bedeutung gab. Seither träumte ich davon, die Zitadelle zu erobern, die unter jenem duftenden Dickicht aus Haaren zwischen ihren Beinen verborgen lag.

Als sie aus der Kirche trat, trug sie ein buntes Tuch. Wir lächelten uns verstohlen zu, dann ging ich fort, erstaunt über meine Selbstbeherrschung. Am liebsten hätte ich Freudensprünge vollführt und all den anderen Leuten auf der Straße zugerufen, welch großes Vergnügen mich heute noch erwartete. Glücklich ist derjenige, welcher die Qualen, Stürme und Leiden des Alltags kennt, denn nur er kann die zarten und kostbaren Freuden der Liebe wahrhaftig genießen.

Ich wartete im Haus ihrer Freundin auf sie, doch vergebens. Nach zwei Stunden erschien ein Botenjunge mit einem Brief für ihre Freundin. Das Mädchen hatte den Fehler begangen, ihrer älteren Schwester von ihrer wachsenden Liebe zu mir zu erzählen, und diese hatte aus Eifersucht ihre Mutter davon in Kenntnis gesetzt. Nun befürchtete meine Geliebte, ihre Eltern wollten sie schnellstmöglich mit dem Sohn eines hiesigen Kaufmanns verheiraten. Doch sie bat mich, ich solle mich nicht zu unbesonnenen Handlungen hinreißen lassen, sondern auf Nachricht von ihr warten.

Ich war zutiefst betrübt. Wie eine verlorene Seele wanderte ich durch die Straßen und gelangte in jene Taverne der erhabenen Gedanken, wobei mich jedoch nur ein Gedanke beseelte, nämlich, meinen Kummer zu ertränken. Zu meinem Erstaunen wurde an diesem Tag jedoch kein Wein ausgeschenkt. Der Wirt ließ mich wissen, daß in seiner Taverne am Sabbat niemals Wein gereicht werde. Dies fand ich merkwürdig, da Alkohol doch zum Ritus ihrer heidnischen Kirche gehörte und als Symbol für das Blut Isas angesehen wurde.

Als ich Einwände erhob, teilte man mir ungerührt mit, das Alkoholverbot habe nichts mit der Religion zu tun. Heute sei schlicht der Tag, welcher erhabenen Gedanken gewidmet sei. Es stehe mir frei, eine der Tavernen in der Nachbarschaft aufzusuchen. Als ich mich umsah, stellte ich fest, daß die Gäste ebenfalls nicht die üblichen waren. Mehr als fünfzig Menschen hielten sich hier auf, vor allem Männer, doch auch etwa ein Dutzend Frauen. Die meisten von ihnen waren alt. Abgesehen von mir mochte der Jüngste im Raum vielleicht vierzig Jahre alt gewesen sein.

Die Überheblichkeit dieser Leute zog mich gleichermaßen an, wie sie mich von meinen unmittelbaren Sorgen ablenkte. Als ich mich erkundigte, ob ich an ihrer Erörterung teilnehmen dürfe, nickten einige Personen, vor allem Frauen, zustimmend. Die anderen musterten mich mit kalter Gleichgültigkeit, beinahe als wäre ich ein streunender Hund auf der Suche nach einem Knochen.

Es wurde für mich zu einer Frage der Ehre. Also entschied ich mich zu bleiben, um ihre eisigen Panzer zum Schmelzen zu bringen und ihre Wolke der Unnahbarkeit, die sie wie ein Glorienschein umgab, zu durchdringen. Aus ihren Mienen konnte ich lesen, daß sie mich für einen oberflächlichen Jüngling hielten, der ihnen keine Einsichten vermitteln konnte. Wahrscheinlich hatten sie damit recht, doch ich ärgerte mich darüber und wurde von dem brennenden Verlangen getrieben, ihnen das Gegenteil zu beweisen. Immerhin lenkte mich dies von dem schweren Schlag ab, den ich am Nachmittag erlitten hatte, und dafür war ich unendlich dankbar.

Ich nahm auf dem Boden Platz. Das Thema der abendlichen Erörterung schien im Hinblick auf meine eigenen Nöte bedeutsam genug zu sein: ›Die Flucht vor der Angst‹. Der Sprecher war Ibn Zayd, ein reisender Geschichtsgelehrter aus Balansiyya in al-Andalus.

Ich hätte es wissen müssen. Nur die Andalusier waren imstande, die Bedeutung von Begriffen und Worten zu zerpflücken, die wir als gegeben hinnehmen. Aufgrund der Ferne von Mekka hatten sie sich eine Gedankenfreiheit zu eigen gemacht, um die sie unsere hiesigen Gelehrten heftig beneideten.

Der Sultan mag die Stirn runzeln, doch dem, was ich sage, pflichten all unsere Gelehrten bei. Selbst unser großer Imadeddin, der meine Gepflogenheiten und meine Lebensweise nicht gutheißt, könnte diese wohlbekannte Tatsache bestätigen. Es ist wahr, daß auch in unseren Reihen Skeptiker anzutreffen waren, von denen einer sogar auf Geheiß des Sultans hingerichtet wurde, doch niemals in solchem Ausmaß wie in al-Andalus. Über Skeptizismus können wir indes ein andermal sprechen.

Wenn es dem Sultan beliebt, werde ich mit der traurigen Geschichte aus meiner Jugend fortfahren. Ibn Zayd mußte wohl Ende vierzig gewesen sein. Seinen rabenschwarzen Bart durchzogen nur einzelne graue Strähnen. Er sprach unsere Sprache mit einem andalusischen Einschlag, doch trotz seines seltsamen Akzents glich seine Stimme der eines singenden Bootsführers auf dem Nil. Sie war gleichermaßen tief und einschmeichelnd.

Zunächst ließ er uns wissen, daß das, was er nun vortragen würde, nicht auf seinen eigenen Einsichten beruhe, sondern auf den ›Gedanken über Wesensart und Betragen‹ von Ibn Hazm, vor dem selbst die größten Geister beschämt verstummen. Zwar hege er, Ibn Zayd, einige Vorbehalte gegen dieses Meisterwerk, dennoch komme ihm eine grundlegende Bedeutung zu.

Er erzählte, Ibn Hazm habe geschrieben, daß alle Menschen nur ein einziges Ziel verfolgten: Angst und Sorgen zu entfliehen. Dies gelte im selben Maße für Reiche und Arme, für Sultane und Mamelucken, für Gelehrte und Ungebildete, für Frauen und Eunuchen, für diejenigen, die der Sinnenlust und verruchten Freuden frönten, wie auch für Asketen. Sie alle strebten nach einem sorgenfreien Dasein. Um dies zu erlangen, schlage zwar fast jeder einen anderen Weg ein, trotzdem sei der Wunsch, den Ängsten zu entkommen, allgemeines Ziel der Menschheit, seit sie die Erde bevölkerte.

Dann nahm Ibn Zayd aus seiner kleinen Tasche ein Buch mit einem vergoldeten Einband, das schon häufig gelesen worden sein mußte, da es sehr abgegriffen war. Ibn Yakub und Imadeddin werden mich verstehen, wenn ich sage, daß nichts einem Buch größeren Reiz verleiht, als wenn es von einem Leser an den nächsten weitergereicht worden ist. Und von solcher Art war dieses Buch, waren die ›Gedanken‹ des Ibn Hazm. Ibn Zayd hatte einen Abschnitt ausgewählt, den er uns nun in seinem wunderlichen Arabisch vorlas.

Als auch ich später eine Ausgabe des Buches erwarb, las ich diesen Abschnitt immer und immer wieder, was zur Folge hatte, daß er sich mir einprägte wie Suren unserer Heiligen Schrift.

›Diejenigen, welche nach Reichtümern trachten, tun dies nur, um die Angst vor der Armut aus ihren Herzen zu verbannen. Andere streben nach Ruhm, um sich von der Angst zu befreien, man könnte sie verachten. Manche suchen nach Sinnenfreuden, um den Stachel der Entbehrung nicht zu spüren. Manche dürsten nach Wissen, um sich vor der Unsicherheit der Unkenntnis zu retten. Andere sind begierig auf Neuigkeiten und Gespräche, weil sie dadurch die Furcht vor der Einsamkeit zu zerstreuen suchen. Kurz, die Menschen essen, trinken, heiraten, beobachten, spielen, leben zusammen, reiten, gehen oder verharren stets mit einem einzigen Ziel, nämlich dem entgegengesetzten Zustand und, allgemein gesprochen, sämtlichen anderen Ängsten zu entrinnen. Und doch ist jede dieser Tätigkeiten umgekehrt wieder eine unvermeidliche Brutstätte neuer Ängste.‹

Das ist alles, woran ich mich heute noch erinnern kann, obwohl ich noch vor einigen Jahren den gesamten Abschnitt vorzutragen vermochte. Unser Reisender aus al-Andalus führte Ibn Hazms Gedankengang weiter, und je mehr wir hörten, desto verzückter wurde unser Staunen. Bis zu jenem Tag hatte ich mich noch nie mit philosophischen Überlegungen befaßt, und mit einemmal begriff ich, warum unsere Religionsgelehrten sie als reines Gift betrachteten.

Bald war offenkundig, daß Ibn Zayd seine Vorbehalte gegen Ibn Hazms Ansichten nie zur Sprache bringen würde, und zwar aus dem schlichten Grund, weil er gar keine hatte. In Wahrheit verehrte er die Schriften Ibn Hazms, hielt es jedoch für klüger, sich davon abzugrenzen, nur für den Fall, daß der Kadi einige seiner Spitzel zu dieser Versammlung geschickt hatte. Im wesentlichen gründete sich Ibn Hazms Philosophie auf die Annahme, der Mensch könne sich aus eigener Kraft von allen Ängsten und Sorgen befreien und bedürfe keinerlei sonstiger Hilfe.«

»Ketzerei! Blasphemie!« schrie der Sultan. »Welchen Platz nehmen Allah und Sein Prophet in dieser Philosophie ein?«

»Wohl gesprochen, mein Sultan«, erwiderte Usamah. »Dieselbe Frage stellten die Religionsgelehrten, als sie Ibn Hazms Bücher vor den Moscheen verbrannten. Doch das liegt Jahrhunderte zurück, lange bevor die Franken unseren Heimatboden besudelten. Mittlerweile verfügen wir über ein viel fortgeschritteneres Wissen, und ich bin mir sicher, daß unsere großen Gelehrten wie Imadeddin binnen weniger Minuten Ibn Hazm widerlegen können.«

Voller Zorn und mit unverhohlenem Haß starrte Imadeddin Usamah an, sprach jedoch kein Wort.

»Was wolltet Ihr uns mit dieser Geschichte erzählen, Usamah?« fragte der Sultan. »Habt Ihr das Christenmädchen am Ende bekommen?«

Der Alte kicherte. Er hatte dem Sultan die erlesensten Kleinode der arabischen Philosophie dargeboten, doch dieser wollte nur die Geschichte des Mädchens hören.

»Ich habe sie nicht bekommen, Herrscher der Erfindungsreichen, doch war ich verblüfft, wie jener Tag in der Taverne der erhabenen Gedanken zu Ende ging. Und Ihr werdet nicht minder erstaunt sein, wenn Ihr mir gestattet weiterzuerzählen.«

Der Sultan erteilte mit einem Nicken seine Zustimmung.

»Am Schluß der Versammlung stellte ich mehrere Fragen, zum einen, weil der Andalusier wahrlich meine Wißbegier geweckt hatte, zum anderen, weil ich den übrigen Anwesenden zeigen wollte, daß ich nicht nur ein unbedarfter Tölpel war, der einzig nach Lust und Genuß strebte. Es wäre zu langweilig, würde ich von meinem Triumph erzählen, zumal ich, im Unterschied zu Imadeddin, kaum jemals Aufzeichnungen von meinen Erlebnissen mache. Deshalb sei nur gesagt, daß meine Äußerungen Ibn Zayd höchst beeindruckten. Er unterhielt sich immer angeregter mit mir, und bald schon begaben wir uns in eine Taverne, in der ein Trank ausgeschenkt wurde, der stärkere Wirkung zeitigte als erhabene Gedanken. Wir redeten die ganze Nacht. Als wir beide einen Zustand mäßiger Trunkenheit erreicht hatten, streckte Ibn Zayd plötzlich die Hand aus und griff nach meinem Penis. Mein Gesichtsausdruck verwunderte ihn.

›Ihr scheint ängstlich zu sein, mein junger Freund. Sind wir uns nicht einig darin, daß die Angst aus unseren Herzen verbannt werden soll?‹

Ich entgegnete: ›Meine Angst wird sich erst dann zerstreuen, wenn Ihr unverzüglich meinen Penis loslaßt.‹ Da bedrängte er mich nicht weiter, sondern brach in Tränen aus.

Aus Mitleid führte ich ihn vom Christenviertel zurück in unseres. Dort verließ ich ihn, indes er sich glücklich jenem Männerbordell zuwandte, das auch von vielen Bewohnern der Zitadelle aufgesucht wird. Erinnert Ihr Euch noch an die Straße, in der es lag, Imadeddin? Mein Gedächtnis läßt mich wieder einmal im Stich, nun ja, das ist der Preis des Alters.«

Auch diesmal antwortete Imadeddin nicht, doch der Sultan brach erneut in Gelächter aus und sprach Usamah seine Anerkennung aus.

»Ich denke, die Moral dieser Geschichte lautet, daß sogar Männer mit den erhabensten Gedanken schnell der schnöden Sinnenlust verfallen können. Habe ich recht, Usamah Ibn Munqidh?«

Usamah nahm das Lob mit Freude entgegen, wollte dem Sultan jedoch nicht unumwunden beipflichten.

»Das ist gewiß eine der möglichen Deutungen, Herrscher der Klugen.«

Sieben

Der Brief des Kalifen und die Antwort des Sultans, die dank Imadeddins Klugheit und seines diplomatischen Geschicks entschärft wird.

Der Sultan saß in Staatsrobe und mit überkreuzten Beinen auf einem Podest, umringt von den mächtigsten Männern von Damaskus. Zwar war ich schon vorher gerufen worden, doch hatte Salah al-Din keine Zeit gefunden, mit mir zu sprechen. Deshalb wartete ich in einer Ecke darauf, daß das Zeremoniell begann.

Der Kämmerer klatschte zweimal in die Hände, und Imadeddin führte den Gesandten des Kalifen von Bagdad herein, der vor dem Sultan niederkniete. Langsam erhob er sich wieder und wollte Salah al-Din auf einem kleinen Silbertablett einen Brief seines Gebieters überreichen. Doch der Sultan nahm das Schriftstück nicht selbst entgegen, sondern gab statt dessen Imadeddin ein Zeichen, der sich vor dem Gesandten verneigte und die königliche Nachricht an sich nahm.

Unter gewöhnlichen Umständen wurde ein solcher Brief dem versammelten Hof laut vorgelesen, um die entsprechende Nachricht einem größeren Kreis bekanntzumachen. Salah al-Din jedoch brach mit dieser Tradition und entließ die Höflinge, wahrscheinlich weil er seinem Unmut über Bagdad Ausdruck verleihen wollte. Lediglich Imadeddin und ich wurden gebeten zu bleiben.

An diesem Vormittag war der Sultan nicht sonderlich heiter gestimmt. Und er runzelte finster die Stirn, als er seinen geschätzten Ratgeber ansah.

»Ihr wißt vermutlich, was darin steht?«

Imadeddin nickte.

»Er ist nicht mit der gewohnten Sorgfalt geschrieben, was bedeutet, daß Saifeddin entweder krank oder mit anderen Dingen beschäftigt ist. Sein langer Brief strotzt vor unpassenden Schmeicheleien und plumpen Satzgebilden. Allein an vier verschiedenen Stellen nennt er Euch ›Schwert des Glaubens‹, wobei das eigentliche Anliegen in gerade eben einem Satz ausgedrückt wird. Der Herrscher der Gläubigen wünscht in Kenntnis gesetzt zu werden, wann Ihr den Djihad gegen die Ungläubigen wieder aufzunehmen gedenkt. Des weiteren erkundigt er sich, ob Ihr wohl dieses Jahr Zeit finden werdet, die Pilgerreise nach Mekka anzutreten und die Kaaba zu küssen.«

Die Miene des Sultans verdüsterte sich noch mehr.

»Hört meine Antwort, Imadeddin. Schreibt sie im Wortlaut mit. Ihr ebenso, Ibn Yakub, damit uns sogleich eine zweite Fassung zur Verfügung steht. Denn ich weiß, daß Imadeddin meine Worte honigsüß verschleiern wird, weshalb wir die beiden Fassungen, sofern es mir später beliebt, miteinander vergleichen werden. Seid Ihr bereit?«

Wir nickten und tauchten unsere Federn in die Tinte.

»An den Herrscher der Gläubigen. Von seinem ergebenen Diener Salah al-Din Ibn Ayyub.

Ihr fragt, wann ich unseren Kampf gegen die Franken wieder aufzunehmen gedenke. Meine Antwort lautet: Dann und nur dann, wenn ich sichergehen kann, daß in unserem Lager keine Zwietracht herrscht und Ihr die Euch von Allah und dem Propheten verliehene Macht dazu nutzt, alle Gläubigen, die sich um schnöder Gewinnsucht willen mit den Franken verbünden, entschieden aufzufordern, von Handlungen Abstand zu nehmen, die unserer Sache schaden. Wie Ihr sehr wohl wißt, habe ich versucht, einige der Emire zu bändigen, deren Zitadellen in der Nähe des Euphrat liegen. Doch sie haben sich stets geweigert, Eure Befehlsgewalt anzuerkennen und sind mit ausgestreckter Hand zu unseren Feinden übergelaufen, um dort Geld und Beistand zu erbitten. Wenn Ihr solcherart Gesindel endlich Herr werdet, nehme ich al-Kadisiya binnen eines Jahres ein.

Ich habe in den vergangenen Jahren so viele Schlachten geschlagen, daß meine Wangen von der Sonne versengt sind. Leider mußten wir nicht wenige dieser Kriege gegen Gläubige führen, die unserer Sache geschadet haben.

Renaud, diese Ausgeburt der Hölle, unter dessen kaltem, ungerührtem Blick so viele unserer Frauen und Kinder haben sterben müssen, dessen Schreckensherrschaft selbst die Vögel verstummen ließ und mit dessen Namen man aufsässige Bauern einzuschüchtern pflegt, dieser Renaud lebt noch immer, indes sich seine Marionette in al-Kadisiya, den sie König Guy nennen, weigert, die Bedingungen des Waffenstillstands einzuhalten. Unsere Soldaten vermodern weiterhin in den Kerkern von Karak, eine offene Verletzung all dessen, was zwischen beiden Seiten vereinbart wurde.

Dies alles erwähne ich, damit der Herrscher der Gläubigen begreift, daß auch so manche der sogenannten Gläubigen mich daran gehindert haben, dieses Jahr unsere Ziele zu erreichen. Zu unserem Glück sind auch die Franken uneins. Der edle Raymund von Tripoli, der, wie ich hoffe, eines Tages als Gläubiger in unseren Reihen stehen wird, hat mir sehr aufschlußreiche Nachrichten zukommen lassen. Seid versichert, daß der Djihad schon in Kürze wieder aufgenommen wird, sofern es der Herrscher der Gläubigen nicht versäumt, seinen Teil dazu beizutragen.

Auch mich quält, daß ich mich bisher noch nicht in der Lage sah, die Pilgerreise nach Mekka zu unternehmen. Bei jedem meiner Gebete erbitte ich deshalb Allahs Vergebung. Doch bin ich von meiner Aufgabe als ›Schwert des Glaubens‹ derart in Anspruch genommen, daß ich einfach noch nicht die Zeit dafür fand, die Kaaba zu küssen. Aber ich werde dieses Versäumnis bald nachholen, denn ich will gleich nach der Einnahme von al-Kadisiya, wo ich Allah in der Qubbat al-Sakhra für unseren Sieg danken werde, Mekka aufsuchen. Ich bete für Eure Gesundheit.«

Der Sultan hatte kaum das Zimmer verlassen, um sich zu erleichtern, da brauste Imadeddin auf:

»Dieser Brief ist eine Schande, Ibn Yakub. Eine wahre Schmach. Er muß von Anfang bis Ende völlig umgeschrieben werden. Ein Brief des mächtigsten Sultans im Lande an den Kalifen, dessen Ansehen zwar groß, der selbst aber schwach ist, muß würdevoll sein, wie es Salah al-Dins Stellung geziemt.

Was Ihr mitgeschrieben habt, wird den Kalifen kränken, aber keine Wirkung zeitigen. Der Brief ist in einer groben Sprache verfaßt, sein Tonfall ist verdrießlich, und er ermangelt jeglicher Ironie, die den Kalifen täuschen, doch seine scharfsinnigeren Berater warnen könnte.

Zudem enthält er einen schwerwiegenden inhaltlichen Fehler. Unser Sultan ist schier vernarrt in den Grafen Raymund von Tripoli. Zwar ist es richtig, daß Raymund uns in der Vergangenheit sehr geholfen hat, aber genau deshalb bezichtigte man ihn des Verrats und der Zusammenarbeit mit dem Feind. Den Berichten unseres Geheimdienstes zufolge hat Raymund nun seinen Frieden mit den Franken gemacht. Er hat dem sogenannten König von Jerusalem den Treueeid geschworen und sich damit verpflichtet, die Waffen gegen uns zu ergreifen. Das ist dem Kalifen zweifellos bekannt. Somit könnte die vom Sultan ausgesprochene Hoffnung auf einen Übertritt Raymunds wie eine grobe Fehleinschätzung wirken. Wenn Ihr keine Einwände erhebt, Ibn Yakub, werde ich auch Eure Niederschrift an mich nehmen und morgen mit einer angemesseneren Fassung aufwarten.«

Trotz des Sultans ausdrücklicher gegenteiliger Weisung sah ich mich genötigt, der Logik des großen Gelehrten zu folgen. Unterwürfig überreichte ich ihm meine Mitschrift, worauf er mit einem triumphierenden Lächeln aus dem Zimmer marschierte. Nun war ich dem Zorn meines Gebieters also alleine ausgesetzt.

Doch als Salah al-Din zurückkehrte, begleitete ihn zu meiner Freude und Erleichterung die Sultana Jamila, deren Rückkehr nach Damaskus mir Amjad, der Eunuch, bereits am Morgen kundgetan hatte. Mit einem wissenden Lächeln gab mir der Sultan zu verstehen, daß ihn die Abwesenheit Imadeddins nicht überraschte. Ich verneigte mich vor der Sultana, deren Gesichtsfarbe durch die Sonne noch dunkler geworden war. Doch die Sorgenfalten auf ihrer Stirn hatten sich geglättet, und die Schatten unter ihren Augen waren verschwunden.

»Herzlich willkommen, Sultana. In der Zitadelle war es düster ohne das Licht Eurer Gegenwart.«

Sie lachte, und ich wußte sogleich, daß sie den Schmerz über Halimas Untreue überwunden hatte. Denn es war ihr altes Lachen, und ihre Schultern bebten, als sie mich ins Auge faßte.

»Eine Schmeichelei aus Eurem Mund, mein lieber Freund Ibn Yakub, ist so selten wie ein Kamel, das Wohlgeruch verbreitet. Auch ich bin glücklich, wieder hier zu sein. Ist es nicht wundervoll, daß sogar die tiefsten Wunden heilen, wenn man sich vom Ort der Pein entfernt?«

Auch der Sultan war über ihre Rückkehr sichtlich erfreut, obgleich mich ihre Offenheit in seiner Gegenwart verwunderte. Anscheinend las er meine Gedanken.

»Jamila und ich sind mittlerweile gute Freunde, Schreiber, die keine Geheimnisse voreinander haben. Und wißt Ihr, was diese Frau im Palast ihres Vaters gelesen hat?«

Höflich schüttelte ich den Kopf.

»Blasphemie. Mit Bann belegte Philosophie. Skeptizismus.«

Jamila lächelte.

»Diesmal irrt er nicht. Ich habe mit Eifer al-Farabis Schriften studiert. Er hat mich in meinem Glauben bestärkt, daß die menschliche Vernunft erhaben ist über jede Religion, einschließlich der unseren. Seine Ausführungen sind weit überzeugender als die Abhandlungen von Ibn Hazm.«

Der Sultan verzog das Gesicht und verabschiedete sich dann, bedeutete mir aber zu bleiben.

»Ich stehe in der Vorbereitung der letzten Schlacht dieses Djihad, Ibn Yakub, mit der ich beweisen will, daß unsere Religion derer der Franken überlegen ist. Ihr dürft gern Jamilas Erzählungen lauschen, aber ich verbiete Euch, sich von ihr überzeugen zu lassen. Sonst könnten Köpfe rollen.«

»O großer Sultan, ich bin doch nur eine Geschichtenerzählerin.«

Dabei entzündete Jamila eine Haschischpfeife und lächelte angesichts meiner Verwunderung.

»Einmal in der Woche gönne ich mir diesen Genuß. Ich tat es häufiger, als ich im Palast meines Vaters eintraf, denn es half, den Schmerz zu lindern. Ich finde Entspannung dabei, doch wenn ich mehr als eine Pfeife pro Woche rauche, lähmt es meinen Verstand. Dann fällt es mir schwer zu denken oder meine Aufmerksamkeit auf ein Buch zu richten.«

»Es tut wohl, wieder das Lachen der Sultana zu hören wie in den alten Tagen. Ich hoffe, daß Ihr gänzlich wiederhergestellt seid und der erlittene Schmerz nun endgültig der Vergangenheit angehört.«

Sie zeigte sich von meiner Sorge gerührt.

»Danke, mein Freund. Ich habe oft an Euch gedacht, während ich in der Ferne weilte. Einmal führte ich in Gedanken gar eine Unterhaltung mit Euch, aus der ich großen Trost zog. Ist es nicht seltsam, wie unsere tiefsten, brennendsten Gefühle sich manchmal als flüchtig erweisen? In der arabischen und persischen Literatur muß der Fluß der wahren Liebe, ist er erst einmal umgeleitet, notgedrungen durch ein Tal wahnsinniger Verzweiflung fließen. Wird einem Liebenden sein Liebstes genommen, verliert er den Verstand. Was für ein Unsinn! Menschen lieben. Ihre Liebe wird zurückgewiesen. Sie leiden. Aber kennt ihr auch nur einen einzigen Fall, da jemand tatsächlich seinen Verstand verloren hat? Ist so etwas jemals geschehen, oder entspringt es allein der Vorstellungskraft unserer Dichter?«

Lange dachte ich nach, ehe mir eine Antwort einfiel, die ihrer Frage würdig schien.

»Liebe ist eine Musik, die zuerst unsere Seele hört, bevor sie langsam zum Herzen vordringt. Mir sind Beispiele bekannt, da ein unglücklich Liebender zusehends verfiel und sein ganzes Leben eine andere Wendung nahm. Dabei litt er Tag und Nacht an einem dumpfen Kopfschmerz, und das Gefühl des Verlustes lähmte seinen Verstand. Einer dieser Menschen war Shadhi, der nun nicht mehr ist.«

Jamila unterbrach mich.

»Auch mich betrübt sein Tod, aber es gibt Grenzen, Ibn Yakub. Ihr sprecht von der Liebe als einer Muse der Seele und erwähnt im gleichen Atemzug Shadhi, diesen ungeschlachten Bergziegenbock. Treibt Ihr grausamen Scherz mit mir?«

Da erzählte ich ihr von dem Unglück, das Shadhis Leben überschattet hatte, wie sich die einzige Frau, die er je geliebt hatte, das Leben nahm, und welchen Preis er für seinen entsetzlichen Fehltritt zahlte. Die Geschichte erstaunte sie.

»Merkwürdig, daß man jemand tagtäglich sehen kann und gleichwohl gar nichts von ihm weiß. Danke, daß Ihr es mir gesagt habt, Ibn Yakub. Der alte Bock hatte also tatsächlich einmal ein Herz. Dennoch seid Ihr wohl mit mir einer Meinung, daß er über den Verlust seiner Liebe nicht verrückt geworden ist. Eine seiner angenehmsten Eigenschaften war seine Fähigkeit, Ereignisse und Menschen als Außenstehender zu betrachten und somit unvoreingenommen zu beurteilen, was nur eine durch und durch vernünftige Person vermag.«

»Wahnsinn kennt viele Erscheinungsformen, Sultana. Unsere Dichter zeichnen das Bild des unglücklich Liebenden als das eines langhaarigen Jünglings, der mit vorzeitig ergrautem Haar durch die Wüste wandert, dabei zu sich selbst spricht oder an einem Flußufer sitzend endlos ins Wasser starrt und darin das Bild seiner verlorenen Liebe erblickt. In Wahrheit, und das wißt Ihr besser als ich, kann der Wahnsinn einen dazu zwingen, unermüdlich auf grausame Rache zu sinnen. Man verbirgt seine Gefühle und trägt eine höfliche Maske zur Schau. Man plaudert mit Freunden, als sei nichts geschehen. Doch im Innern wallt das Blut vor Zorn und Eifersucht, man will jene aufspießen, die einem diesen Schmerz antun, und über dem offenen Feuer rösten. Zwar ist das nur in der Vorstellung möglich, dennoch erleichtert es einem die Qualen, und ganz allmählich findet man zu seiner früheren Stärke zurück.«

Sie sah mich an, und auf ihrem Gesicht lag wieder das alte traurige Lächeln.

»Wie oft habt Ihr Ibn Maymun geröstet, lieber Freund?«

Sie kannte meine Geschichte.

»Ich habe nicht von mir gesprochen, Sultana. Erlaubt mir, Euch ein anderes Beispiel zu nennen, den Fall unseres jungen Dichters Ibn Umar. Bereits im Alter von neunzehn Jahren schuf er Verse, die erwachsene Männer zum Weinen brachten. Ganz Damaskus singt sein Loblied. In jeder Taverne trinkt man Wein auf sein Wohl. Junge Männer flüstern ihren Geliebten Ibn Umars Worte ins Ohr ...«

»Mir ist dieser Junge wohlbekannt«, unterbrach sie ungeduldig. »Was ist mit ihm?«

»Als Ihr fort wart, verliebte er sich in eine verheiratete, um einige Jahre ältere Frau. Sie ermutigte ihn, und so nahm das Drama unausweichlich seinen Lauf. Sie wurden zu einem Liebespaar. Der Ehemann erfuhr, was vor sich ging, und ließ die Frau vergiften. Die einfache Lösung einer einfachen Angelegenheit. Doch Ibn Umar und sein Freundeskreis wollten die Sache nicht auf sich beruhen lassen. Eines Tages sannen sie, betrunken wie sie waren, auf Rache. Sie überfielen den Gatten, der nach allem, was man hörte, ein anständiger Mann war, aus dem Hinterhalt und erschlugen ihn auf offener Straße. Der Kadi verhaftete Ibn Umar, der alles gestand.

Die Stadt war in zwei Lager gespalten. Jene, die noch keine vierzig Jahre zählten, forderten die Freilassung des Poeten. Die anderen verlangten seine Hinrichtung. Ibn Umar jedoch sah seinem weiteren Schicksal gleichgültig entgegen. Er schrieb seine Gedichte, bis der Sultan einschritt.«

»O ja, Salah al-Din und seine Urteilskraft«, lachte sie. »Erzählt weiter.«

»Ibn Umar wurde an die Seite des Sohnes unseres Sultans gesandt, dessen Streitkräfte sich in Galiläa sammeln.«

»Wie bezeichnend«, murmelte sie. »Der Sultan hat jeglichen Sinn für die Dichtkunst verloren. Vor zwanzig Jahren noch vermochte er ganze Gedichte voller Leidenschaft vorzutragen. Begnadete Dichter an die Front zu schicken, das ist ja wie Nachtigallen braten! Ich werde für die Rückkehr des Jungen sorgen.«

Acht

Ich träume von Shadhi.
Der Sultan trifft Vorbereitungen für den Krieg.

»Die Kuhhirten in den Bergen pflegten beim Melken an der Vagina der Kuh zu saugen, weil dies angeblich die Güte der Milch verbesserte und den Ertrag erhöhte. Als Jungen sahen wir ihnen gerne dabei zu, was uns sehr erregte. Welches Körperteil Eurer Frau bringt Euer Blut am meisten in Wallung, Ibn Yakub? Ihre Brüste oder ihr Hinterteil?«

Das war bezeichnend für Shadhi. Oftmals stellte er mir eine Frage, ohne eine Antwort abzuwarten. Diesmal folgte ein lautes, derbes Gelächter.

Doch es war lediglich ein Traum, ein belangloser Traum, dessen ich mich nur entsinne, weil er von ohrenbetäubendem, beharrlichem Klopfen gegen das Eingangstor jäh unterbrochen wurde. Rachel schlummerte noch, begann sich jedoch zu regen, als ich hastig aus dem Bett sprang. Ich öffnete den Fensterladen. Der Tag war noch nicht angebrochen, wenngleich sich die Morgendämmerung bereits als schmaler rötlicher Streifen am Horizont ankündigte. Ich schlüpfte in mein Gewand, eilte über den Hof und öffnete das Tor.

Das vertraut lächelnde Gesicht des Eunuchen Amjad blickte mir entgegen. Sein Lächeln, das mich so oft erzürnte, wirkte jetzt tröstlich.

»Der Sultan verlangt nach Euch. Noch vor Tagesanbruch sollt Ihr Euch ins Ratszimmer begeben. Wollt Ihr mich sogleich begleiten?«

»Nein!« entgegnete ich barscher als beabsichtigt, was ich sogleich bedauerte. »Verzeiht mir, Amjad. Ich bin soeben erst aufgestanden und brauche eine Weile, um mich zu sammeln und fertigzumachen. Ich folge Euch in Kürze.«

Er lächelte und trat den Rückweg an. Daß er kaum jemals etwas übelnahm, verwunderte mich. In den ersten Monaten meines Aufenthaltes in Damaskus hatte ich mich ihm gegenüber nur deshalb unhöflich verhalten, weil mir sein Mienenspiel mißfiel. Shadhi hingegen war ihm sehr zugetan gewesen, und er genoß auch Jamilas vollstes Vertrauen. Dies hatte mich veranlaßt, meine Haltung zu ändern.

Als ich in unser Schlafgemach zurückkehrte, war Rachel hellwach. Sie hatte sich aufgesetzt und trank etwas Wasser. Ihre Nacktheit erregte mich, und ich mußte lachen, als ich sah, wie ihre Brüste im Einklang mit ihren Bewegungen hin- und herpendelten. Ich erzählte ihr meinen Traum. Als sie die Wollust in meinem Blick bemerkte, schlug sie das Laken zurück, das ihren übrigen Körper bedeckt hatte, lächelte und breitete einladend die Arme aus, zu einer Umarmung oder vielleicht noch mehr.

»Der Sultan erwartet ...«, begann ich entschuldigend, doch sie schnitt mir das Wort ab.

»Das sehe ich selbst«, erwiderte sie, sprang aus dem Bett und schob ihre Hand zwischen meine Beine. »Der Sultan hat sich aufgerichtet und steht zum Kampf bereit.«

Geneigter Leser, ich unterlag.

Den größten Teil des Wegs zur Zitadelle legte ich im Laufschritt zurück. Die Stadt lag noch im Schlaf, mit Ausnahme der Muezzins, die sich anschickten, die Gläubigen zum Morgengebet zu rufen. Und vor dem einen oder anderen Tor begrüßte mich ein Hund mit seinem Gebell.

»Ihr kommt spät, Ibn Yakub«, bemerkte der Sultan, doch ohne Anzeichen einer Verstimmung. »Hat Euch die Umarmung Eurer Frau aufgehalten?«

Als wortlose Geste der Entschuldigung machte ich eine tiefe Verbeugung, die Salah al-Din lächelnd zur Kenntnis nahm. Dann bedeutete er mir mit einer Handbewegung, mich zu seinen Füßen zu setzen.

Da meine Aufmerksamkeit bis dahin einzig dem Sultan gegolten hatte, gewahrte ich erst jetzt mit Erstaunen all die im Ratszimmer Versammelten. Zweifellos handelte es sich hierbei um keine gewöhnliche Zusammenkunft. Nicht nur der Kadi al-Fadil und Imadeddin waren zugegen, auch die Emire, Befehlshaber der verschiedenen Abteilungen der Streitkräfte des Sultans, hatten sich eingefunden. Allein Takieddin und Keukburi fehlten. Der Sultan bezeichnete sie als seine ›zwei Arme‹, ohne die er machtlos sei. Auf die Weise hatte er öffentlich kundgetan, daß die beiden Männern sein uneingeschränktes Vertrauen besaßen.

Was Takieddin betraf, so überraschte dies nicht. Als sein Lieblingsneffe ließ ihm Salah al-Din die gleiche Fürsorge zuteil werden, die er einst selbst von seinem Onkel Chirkuh erfahren hatte. In Takieddins Anwesenheit vermochte der Sultan sogar die von seinem Vater ererbte Vorsicht zu bezwingen. Er hatte mir einmal erzählt, in schwierigen Zeiten sei seinetwegen ein Streit zwischen Ayyub und Chirkuh entbrannt, und allein der Zufall habe entschieden, wer sich gegen den anderen durchzusetzen vermochte. Takieddin erinnere ihn an seine eigene Jugend, und er wünsche sich aus verschiedenen Gründen, anstelle seines leiblichen Sohnes al-Afdal möge ihm sein Neffe auf den Thron folgen. Allerdings hatte der Sultan dies nicht mir, sondern dem alten Shadhi eingestanden, der die Neuigkeit eifrig weiterverbreitete. In dieser Frage teilte er voll und ganz die Auffassung des Sultans.

Mit dem Emir Keukburi indes verhielt es sich gänzlich anders. Vor nur drei oder vier Jahren hatte Salah al-Din Keukburi gar verhaften lassen, was allseits größtes Unverständnis hervorrief. Der Sultan war zu jener Zeit im Begriff, sein Reich zu festigen und Vorkehrungen für den Tag zu treffen, der nun gekommen war.

Mit der Hilfe Keukburis und seiner Männer war es Salah al-Din binnen dreier Tage gelungen, seine Truppen über den Euphrat überzusetzen. Anschließend marschierte der Sultan weiter nach Harran, wo er sich einen Vormittag lang mit seinem Gastgeber beim Polospiel erholte. Nach beendetem Wettkampf nahmen Salah al-Dins Leibwächter den Emir Keukburi gefangen. Brieftauben brachten die Nachricht nach Kairo und Damaskus.

Der Kadi al-Fadil befand sich gerade auf einem seiner Rundgänge durch Kairo, als ihm die Kunde zugetragen wurde. Bestürzt über den Vorfall verfaßte er sofort ein eindringliches und ergreifendes Bittgesuch an Salah al-Din. Er hat mir eine Abschrift für meine Aufzeichnungen überlassen. Darin heißt es wie folgt:

»Barmherzigster, großmütigster Sultan,

ein Schreiben von Imadeddin hat mich davon in Kenntnis gesetzt, daß Ihr Euch über Keukburi erzürntet und ihn verhaften ließet. Die Hitze und der Staub von Harran, die an jedermanns Kräften zehren, sind mir noch gut in Erinnerung, und daß Eure Güte und Eure Großmütigkeit abermals über Euren Zorn siegen werden, daran hege ich kaum einen Zweifel. Ihr habt Imadeddin an Eurer Seite, wie ich sehr wohl weiß, doch bin ich willens, meine Abneigung gegen Harran zu überwinden, falls Ihr meine Anwesenheit als nützlich oder wünschenswert erachtet. Auf dem Maultier werde ich mich zu Euch begeben, die unsägliche Hitze ohne den Schutz eines Zeltes ertragen und bereits in Kürze vor Euch stehen. Die Nachricht, die mir zugetragen wurde, erfüllt mich mit Sorge, und ich bin ein wenig verwirrt. Ich denke, der Sultan hat eine Fehlentscheidung getroffen.

Emir Keukburi sieht in Euch einen Vater. Er war Euch stets ergeben und hat seine Treue unter Beweis gestellt, indem er seinen Bruder dazu überredete, Euch gegen die Herren von Mosul zu unterstützen. Er galt jedermann als Vorbild, der Eurer Sache zu dienen wünschte. Sicherlich hat ihn Eure Zuneigung zu allzu großem Übermut verleitet. Darin gleicht er einem Welpen, der seinen Herrn bisweilen beißt, wenn er von ihm zu häufig gestreichelt wird. Doch ist dies eher Ausdruck von überschäumender Zuneigung denn von Widerspenstigkeit. Ich scheue mich nicht, meinen Kopf der Klinge des Scharfrichters zu überantworten, sollte Keukburi jemals unseren Absichten zuwiderhandeln. Er ist jung, ehrgeizig und darauf erpicht, sich an Eurer Seite im Kampf zu bewähren.

Imadeddin schreibt, Euer Zorn rühre daher, daß Keukburi versprochen habe, am Tag Eures Eintreffens in Harran fünfzigtausend Dinar in die Staatskasse einzuzahlen, dieses Gelöbnis jedoch brach. Angeblich war es von einem Gesandten geleistet worden, der sich nicht mit Keukburi abgesprochen habe. Da das Geld für den Djihad bestimmt war, verstehe ich Euren Unmut nur zu gut, doch ist nicht Eure Großzügigkeit der Quell allen reinen, süßen Wassers, das durch unsere Länder fließt? Laßt Milde walten, und ich versichere Euch, Keukburi wird seine Lehre daraus gezogen haben.

Euer ergebener Diener, al-Fadil.«

Keukburi wurde begnadigt, und nie wieder fügte er dem Sultan eine Kränkung zu. Doch hatte sich der Disput nicht allein an den umstrittenen fünfzigtausend Dinar entzündet. Alldem lag eine weitaus ernstere Angelegenheit zugrunde, wie mir der Sultan anvertraute. Keukburi war als Vermittler zwischen seinem Bruder, dem Emir von Irbil, und dem Sultan aufgetreten. Im Gegenzug für die Gefolgschaft seines Bruders hatte Keukburi zusätzliche Ländereien für diesen ausgehandelt. Nachdem der Sultan die Herrschaft über die gesamte Region angetreten hatte, unterbreitete Keukburi ihm den Vorschlag, die seinem Bruder zugesprochenen Ländereien seinem eigenen Landbesitz einzuverleiben. Dieses Ansinnen erregte Salah al-Dins Wut, denn Treue gegenüber der Familie galt ihm als wesentlicher Prüfstein für den Charakter eines Menschen. Voller Verachtung wies er den Vorschlag zurück und hegte fortan Zweifel an Keukburis Ergebenheit.

Diese Tatsachen enthielt Imadeddin dem Kadi jedoch vor, und zwar aus dem einfachen Grund, weil der große Gelehrte sein Herz an den Emir von Harran verloren hatte. Der Emir war, um der Wahrheit Genüge zu tun, ein Mann von auffallender Schönheit, doch war er leider den Freuden, wie unser ehrenwerte Buchgelehrte sie liebte, abhold.

Wenige Monate später wurde Keukburi Vergebung gewährt. Danach begehrte er nie wieder gegen Salah al-Din auf. Er hatte begriffen, wie al-Fadil so weise vorhergesgt hatte, daß der Sultan anderen Dingen dieser Welt weitaus größeren Wert beimaß als allen Reichtümern Chinas und Indiens zusammen. Und dazu gehörte auch, gleichermaßen gegenüber Freund wie Feind Wort zu halten. Nichts konnte ihn von dieser Haltung abbringen, geschweige denn zu einer gegenteiligen Handlung verleiten.

Keukburi hatte schließlich des Sultans Vertrauen zurückgewonnen und harrte jetzt, da diese Versammlung tagte, zusammen mit Takieddin im Tal von Galiläa geduldig der Ankunft des Sultans. Solange er nicht zu ihnen gestoßen war, konnten sie ihre Pläne nicht zu Ende führen.

Ich erkannte, daß ich zum erstenmal zu einem Kriegsrat geladen worden war. Offenbar hatte der Sultan bereits seit einer Weile zu den Emiren und Befehlshabern gesprochen. Nach der Unterbrechung, verursacht durch mein verspätetes Erscheinen, nahm er seine Rede wieder auf, in der er seine Männer mit List und Schmeicheleien für sich zu gewinnen suchte.

»Unsere Wünsche scheitern stets an der Wirklichkeit. Das liegt in der Natur des Menschen begründet, wie Imadeddin Euch bestätigen wird. Unter uns sind nur wenige, deren Hoffnungen sich allesamt erfüllt haben. Meine Feinde, deren Anzahl wahrlich nicht gering ist, beklagen sich beim Kalifen: ›Salah al-Din gefällt es, uns anzugreifen, indes er die Ungläubigen unbehelligt läßt.‹ Sie behaupten, ich richte mein Augenmerk einzig darauf, meiner Familie die Macht zu sichern und Reichtümer anzuhäufen. Doch was sie mir zur Last legen, tun sie selbst. Vermutlich ist es der einfachere Weg, die Schuld auf mich abzuwälzen. Doch noch bevor dieses Jahr zur Neige geht, werden sie endgültig verstummt sein.

Ich weiß, daß einige unter Euch zu diesem Zeitpunkt nur widerwillig in den Krieg gegen die Franken ziehen. Vielleicht sind Eure Bedenken gerechtfertigt, doch führen jene, die zögerlich sind und auf halbem Wege innehalten, nur ihren eigenen Untergang herbei.

Laßt mich offen zu Euch sprechen. Der Feldzug duldet keinen Aufschub. Allah allein weiß, wie lange ich noch auf Erden weile. Wenn ich Euch anblicke, sehe ich Männer, die über die zahllosen Kämpfe, die sie geführt haben, vorzeitig gealtert sind. Graue Haare durchziehen Eure Bärte. Wir haben alle nicht mehr viel Zeit.

Unsere Kundschafter berichten, daß die Franken über zwölf- bis fünfzehntausend Ritter und zwanzigtausend Fußsoldaten zur Verteidigung ihres Königreichs Jerusalem verfügen.

Wir müssen ein Heer aufstellen, das in der Lage ist, dem Feind das Rückgrat zu brechen, ein Heer von Gläubigen, das al-Kadisiyas Mauern erklimmt, auf daß der vertraute, ermutigende Ruf ›Allah ist groß‹ wieder durch diese große Stadt schallt.

Diesmal gilt es, sie so schwer zu treffen, daß sie unserem Land auf immer und ewig den Rücken kehren. Und allein unsere Armee ist dazu in der Lage. Nicht etwa, weil Allah uns mehr Klugheit oder Stärke verliehen hätte, sondern weil wir uns dies tatsächlich zum Ziel setzen. Die Entschlossenheit wird all jenen, die unter unserem Banner kämpfen, Kraft verleihen. Schon bald werden wir die schändliche Niederlage, die uns einst von den Franken zugefügt wurde, bis in alle Ewigkeit gerächt haben. Mir ist nicht an hochmütigen Prahlereien gelegen, denn sie haben den Niedergang der Gläubigen herbeigeführt. Aber ich bin voller Zuversicht.

Wir könnten den Feind allein mit unseren Soldaten aus Misr und Sham besiegen, doch ist es der Wunsch vieler Männer, sich unserem Feldzug anzuschließen. Die Emire von Mosul, Sinjar, Irbil und Harran, sie alle wollen mitmarschieren. Und auch die Kurden im Bergland jenseits des Tigris haben uns eine Truppe Krieger zugesichert. In der Vergangenheit sahen sie die Erfolge meines Vaters und meines Onkels Chirkuh oftmals mit Mißvergnügen, doch jetzt haben sie uns ihr Wort gegeben, uns im Kampf um al-Kadisiya beizustehen, selbst wenn sie dabei ihr Leben lassen müssen. Ein Bote überbrachte uns gestern die Nachricht, sie würden sich nur dann an unsere Seite stellen, wenn ihnen zugestanden wird, in vorderster Reihe zu kämpfen. Mutet es Euch nicht seltsam an, Imadeddin, wie weit und wie schnell sich der Geruch des Erfolgs verbreitet?«

Der große Gelehrte, der den Worten Salah al-Dins mit geschlossenen Augen gelauscht hatte, schlief beileibe nicht.

»Sie schließen sich uns nicht nur an, weil sie den Sieg wittern, o Herrscher der Siegreichen. Sie spüren in ihrem Innersten, daß die Zeit gekommen ist, da unsere Geschichte eine neue Gestalt annimmt. Sie sind von dem Wunsch beseelt, einst ihren Kindern und Kindeskindern von dem nicht mehr fernen Tag zu erzählen, da sie an Salah al-Dins Seite gefochten haben.«

Salah al-Din, der platte Schmeicheleien gemeinhin überhörte, schien über diesen Einwurf nicht wenig erfreut.

»Morgen werde ich mich nach Damaskus begeben und die Armee zu unserem letzten großen Feldzug versammeln. Wir werden uns aufspalten, zu verschiedenen Zeiten aufbrechen und auf getrennten Wegen marschieren, falls die Franken einen Hinterhalt vorbereitet haben. Sollte mir etwas vor oder während des Kampfgeschehens zustoßen, verschwendet keine Zeit mit Wehgeschrei. Führt die Aufgabe zu Ende, mit der Allah uns betraut hat, damit der Gegner nicht den Eindruck gewinnt, der Tod eines einzigen Mannes lähme unsere Streitmacht. Nun geht Eurer Wege. Möge Allah Euch die Kraft verleihen, derer wir für einen Sieg bedürfen. Es gibt keinen Gott außer Allah, und Muhammad ist Sein Prophet.«

Die Emire zerstreuten sich, jedoch nicht ohne vorher nacheinander auf den Sultan zuzutreten, ihn zu umarmen und auf beide Wangen zu küssen. Als diese Zeremonie beendet war, wandte sich der Sultan an al-Fadil, an Imadeddin und an mich.

»Ich brauche jeden von Euch an meiner Seite. Imadeddin, Ihr sollt Schreiben verfassen, in denen ich die vollständige Kapitulation verlange. Euch, al-Fadil, brauche ich, um sicherzugehen, daß mir im Umgang mit unseren Emiren keine Fehler unterlaufen. Und Ihr, Ibn Yakub, sollt jede Einzelheit auf Pergament festhalten. Was immer Allah uns bescheiden wird, ob Sieg oder Niederlage, unsere Kinder und Kindeskinder sollen immer daran gemahnt werden, welche Opfer wir für ihre Zukunft erbracht haben.«

Zum erstenmal hatte Salah al-Din mich in einem Atemzug mit al-Fadil und Imadeddin genannt. Zu schreiben, daß ich mich geschmeichelt fühlte, käme einer ungeheuren Untertreibung gleich. Mir wurde seine Wertschätzung zuteil, allein dies ließ mich wie auf Wolken schweben. Ich konnte gar nicht rasch genug nach Hause eilen, um Rachel davon zu berichten, doch verlangsamten sich meine Schritte, als mir klar wurde, daß damit auch eine weitere lange Trennung verbunden war.

Noch ehe ich die Zitadelle verlassen konnte, tauchte Amjads heller Schopf vor mir auf. Ich stöhnte. Der Eunuch lachte.

»Diesmal schickt mich die Sultana Jamila. Sie wünscht Euch zu sprechen. Wenn Ihr mir bitte folgen wollt.«

Nie hatte ich ein Gespräch mit Jamila bedauert, denn für gewöhnlich vertiefte es meine Kenntnis der Welt und mein Verständnis für menschliche Gefühle. An diesem Tag jedoch, als ich vor Stolz über meinen kleinen Triumph schier barst, wollte ich Rachel an meiner Freude teilhaben lassen. Auf diese Weise hätte sich die Trauer über den Abschied besänftigen lassen. Doch war ich nun einmal nur ein Schreiber, der sich zu fügen hatte. Einem gehorsamen Hund gleich folgte ich Amjad in den Raum, in dem Jamila männliche Besucher empfing. Als ich eintrat, erstrahlte ihr Gesicht vor Freude. Ihr Lächeln ließ mich dahinschmelzen, und ich empfand etwas wie Schuldgefühle darüber, daß ich ihrer Bitte nur widerstrebend gefolgt war. Es war das zweite Mal, daß ich nach ihrer Rückkehr aus den Ländern im Süden mit ihr zusammentraf, und ich konnte mich nun von ihrer vollständigen Genesung überzeugen.

»Seid gegrüßt, Ibn Yakub, und nehmt meinen Glückwunsch entgegen. Man hat mir berichtet, daß Ihr zu einem der drei Weisen zählt, die den Sultan begleiten und die Mutter aller Schlachten beobachten sollen. Und ich werde die einzige Frau sein, ob ich nun weise bin oder nicht.«

Mein Gesichtsausdruck ließ sie hell auflachen.

»Er sträubte sich lange, doch schließlich habe ich mich durchsetzen können und die Erlaubnis Eures Sultans erlangt. Ich werde in meinem eigenen Zelt wohnen, und zu meinem Schutz steht mir eine Gruppe ausgewählter Eunuchen zur Verfügung, die Amjads Befehl unterstehen, zudem eine Anzahl kampferprobter Mamelucken.

Keukburi darf dies erst nach unserer Ankunft erfahren. Wie Ihr wißt, ist er mit meiner jüngeren Schwester verheiratet. Wenn Sie davon erführe, würde sie Himmel und Hölle in Bewegung setzen, um in meinem Zelt Unterschlupf zu finden. Aber Salah al-Din hat mir untersagt, irgend jemand außer Euch davon in Kenntnis zu setzen, jedoch sollen wir einander Gesellschaft leisten, wenn Ihr Muße habt und nicht schreiben müßt. Ich habe Euch viel zu berichten, doch darüber können wir uns auf der Reise unterhalten. Wir brechen morgen auf, und jetzt ist es schon beinahe Mittag. Ihr müßt Euch noch Eurer Frau und Eurer Tochter widmen.«

Ich dankte ihr und wollte mich eben verabschieden, als sie erneut zu sprechen anhob. Es gab noch etwas, was sie mir mitteilen wollte. Also machte ich es mir auf dem Kissen zu ihren Füßen bequem.

»Ich habe den gestrigen Abend mit Halima verbracht und mit ihr das Mahl eingenommen. Sie darf ihren Sohn mit nach Kairo nehmen, wo sie wartet, bis der Sultan anders verfügt. Ich war erstaunt über ihre Bitte um eine Unterredung, doch wühlte es nichts in mir auf. Wie lautete die Erkenntnis Eures Freundes Ibn Maymun über menschliche Gefühle, die Ihr mir einst sagtet?«

Als sie Ibn Maymun erwähnte, zuckte ich zusammen, doch wußte ich mich zu beherrschen.

»Seine Worte, so meine ich mich zu erinnern, waren dergestalt, daß die Gefühle in Wechselwirkung mit dem Körper stehen und den Gesundheitszustand eines Menschen erheblich beeinflussen können. Solange Empfindungen, die Betrübnis und Krankheiten hervorrufen, nicht ausgemerzt werden, bleiben wir sowohl mit uns selbst in Zwietracht als auch mit den Menschen, mit denen wir Umgang pflegen.«

Erneut fing sie an zu lachen.

»Euer Ibn Maymun ist wahrlich ein bedeutender Philosoph. Er vermag in die Tiefen unserer Herzen und Seelen vorzudringen. Sagt ihm, was er geschrieben hat, sei zutreffend. Ich bin genesen. Die Gefühle, die mich im Innersten quälten, sind für immer verschwunden.

Als ich Halima wiedersah, wußte ich nicht, wie ich ihr begegnen sollte, was ich von ihr oder von mir selbst erwartete. Doch dann war es, als stünde ich einer Fremden gegenüber. Mein Herz blieb ungerührt, Ibn Yakub. Wortreich bat sie mich um Vergebung dafür, daß sie mich bei ihren Dienerinnen und Freundinnen, den niedersten im Harem, verleumdet hatte, und wollte unsere alte Freundschaft erneuern. Mit schmerzlichem Lächeln flehte sie um Verständnis, da die Dämonen nun endlich aus ihrem Geist gewichen seien und sie ihr einstiges Selbst wiedererlangt habe.

Da mir nicht daran gelegen war, grausam zu sein oder sie meine Gleichgültigkeit spüren zu lassen, antwortete ich ihr lächelnd, daß ich ein Einsehen hätte, daß wir allerdings nicht wiederbeleben könnten, was einst zwischen uns gewesen war. Sie wirkte betrübt, und ihre Augen füllten sich mit Tränen, doch in meinem Herzen regte sich kein Gefühl. Der Platz, den sie einst eingenommen hatte, war nun ausgefüllt mit anderen Dingen, etwa mit den Werken des großen al-Farabi. So wünschte ich ihr alles Gute und daß sie in Kairo Freunde finden und ihren Sohn zu einem edlen und gebildeten Menschen erziehen möge. Mit diesen Worten nahm ich Abschied von ihr. Meint Ihr, ich bin zu barsch gewesen, Ibn Yakub? Keine Ausflüchte. Sagt frei, was Ihr denkt.«

»Es fällt mir schwer, mich dazu zu äußern, denn ich habe Euch beide auf dem Zenith Eures Glücks erlebt. Ich sah, wie Ihr miteinander umgingt, und beneidete Euch darum. Doch als ihr Geist sich trübte, wies sie nicht allein Euch zurück. Auch mir hatte sie den Rücken gekehrt, da ich sie an ihre teuflische Vergangenheit erinnerte. An Eurer Statt hätte ich ebenso gehandelt, o Sultana, doch bin ich es nicht und werde es auch niemals sein. Würde Halima hingegen mich darum bitten, würde ich ihr erneut meine Freundschaft anbieten. Denn sie braucht Freunde.«

»Ihr seid ein guter Mensch, Schreiber. Nun begebt Euch zu Eurem Weib und nehmt Abschied. Wir brechen morgen bei Tagesanbruch auf.«

Zu Hause überraschte mich Rachel mit Neuigkeiten. Unsere Tochter hatte sich mit dem Sohn des Kantors der Synagoge verlobt. Ich kannte den Vater gut. Er war ein kluger und belesener Mann. Der Sohn, so berichtete Rachel mir, war Buchbinder von Beruf.

»Liest er auch, was er bindet?«

»Frag deine Tochter!«

Ein Blick in Maryams Gesicht genügte, um herauszufinden, was ich wirklich wissen wollte. Sie war sichtlich zufrieden mit der Wahl, die ihre Mutter getroffen hatte, und meine Frage erübrigte sich. Beide Frauen drängten nun darauf, daß ich den Bräutigam kennenlernte. Noch hatte ich ihnen meine eigenen

Neuigkeiten nicht mitgeteilt, doch gerade wegen meiner bevorstehenden Abreise war es unabdingbar, daß ich den jungen Mann, der mir meine Tochter nahm, bald begutachtete. Nur mit Mühe konnte ich Rachel davon abbringen, mich zu begleiten.

Der Kantor umarmte mich, als ich die Synagoge betrat, und führte mich in sein Haus, wo uns seine Tochter Tee bereitete. Da die Mutter verstorben war, oblag der ältesten Tochter die Führung des Haushalts. Die Kunde, daß ich dem Vater meine Aufwartung machte, hatte sich offenbar in Windeseile verbreitet, denn kaum hatten wir unseren Tee getrunken, platzte der Erwählte ins Zimmer und blieb reglos vor mir stehen. Ich erhob mich und umarmte ihn. Aus seinen Gesichtszügen meinte ich Güte zu lesen, und eine innere Stimme versicherte mir, er sei ein rechtschaffener junger Mann.

Wieder zu Hause gab ich mein Einverständnis zu dieser Verbindung, und nachdem sich die Aufregung gelegt hatte, teilte ich Rachel mit, daß ich auf ausdrücklichen Befehl des Sultans schon tags darauf abreisen müsse. Sie nahm die Nachricht gefaßt auf. Als ich darauf bestand, die Hochzeit so bald wie möglich zu feiern und nicht bis zu meiner Rückkehr aufzuschieben, schlangen Mutter und Tochter liebevoll die Arme um mich.

In jener Nacht im Bett flüsterte Rachel mir ins Ohr:

»Kannst du dir vorstellen, einen Enkel zu haben, mein lieber Gatte? Mir blieb es versagt, dir einen Sohn zu schenken, doch unserer Maryam wird es beschieden sein, einen Sohn zu gebären, und das schon sehr bald, da bin ich mir ganz sicher.«

Die Aussicht auf Kindeskinder war es also, weshalb die Nachricht von meinem bevorstehenden Aufbruch in einen Krieg, in dem ich möglicherweise mein Leben lassen würde, keine übermäßige Besorgnis hervorgerufen hatte. Dafür fand ich Verständnis, doch wäre es eine Lüge zu behaupten, ich wäre nicht auch ein wenig gekränkt gewesen.

Teil 3

Jerusalem

EINS

Der Sultan läßt das Lager errichten, und aus allen Teilen seines Reiches treffen die Soldaten ein.

Die Reise selbst verlief ereignislos. Bereits nach zwei Tagen erreichten wir Ashtara, und verglichen mit den Qualen, die ich bei der Reise von Kairo nach Damaskus gelitten hatte, war das gar nichts. Allerdings herrschte unerträgliche Hitze. Nachdem wir die grünen Felder und die Flüsse im Umland von Damaskus hinter uns gelassen hatten, wurde der Anblick von Bäumen immer seltener. Entsprechend sank meine Stimmung. Das Unangenehme an der Wüste ist, daß dort keine Vögel den neuen Tag mit ihrem Gesang begrüßen. Der Morgen bricht unvermittelt an, und noch ehe man sich strecken und richtig wach werden kann, brennt die Sonne schon glühendheiß hernieder.

Der Sultan hatte angeordnet, das Lager in Ashtara zu errichten, einer kleinen Stadt inmitten einer weiten Hochebene. Hier konnten zum einen Scheingefechte ausgetragen werden, zum anderen standen uns unbegrenzte Wasservorräte zur Verfügung, ein Umstand, dem ohnehin große Bedeutung zukommt, der in Kriegszeiten jedoch noch um ein Vielfaches wichtiger ist. In den darauffolgenden fünfundzwanzig Tagen bereiteten wir uns auf die bevorstehenden Kämpfe vor.

Einfache Soldaten, Bogenschützen und Schwertkämpfer strömten aus allen Teilen des Reiches herbei. So wuchs unser Lager langsam, aber stetig, bis der ganze Ort von der riesigen Zeltstadt überbaut war, die in seiner Mitte ihren Ausgang genommen hatte. Einhundert Köche, unterstützt von dreihundert Helfern, bereiteten die Mahlzeiten für das Heer zu. Der Sultan beharrte darauf, daß alle das gleiche zu essen bekamen. Mit dieser schlichten Regel, so teilte er seinen Emiren und Ratgebern mit, sollte der Anfangsgründe ihres Glaubens gedacht werden. Es sei notwendig, Freund wie auch Feind vor Augen zu führen, daß im Djihad vor Allah alle gleich seien.

Zur großen Erheiterung der Emire vermochte Imadeddin aus seinem Verdruß keinen Hehl zu machen. Leise murrte er, jene ersten Tage ihrer Religion seien längst überwunden, und nun könne es nicht minder wichtig sein, den Franken die Reichhaltigkeit und Vielfalt der damaszenischen Küche vor Augen zu führen. Doch des Sultans finstere Miene gebot seiner leichtfertigen Rede Einhalt. Imadeddin war äußerst wählerisch, nur die Köche zweier Gasthäuser in Damaskus konnten ihn zufriedenstellen.

Was die Ansprüche der überwiegenden Mehrheit betraf, war das Lager mit allem bestens ausgestattet. So standen jedem Küchenmeister dreißig Kochtöpfe zur Verfügung, in die jeweils neun Schafsköpfe paßten. Außerdem waren Badestellen gegraben und mit Lehm ausgekleidet worden. Der Sultan wußte, daß dem leiblichen Wohl und der Reinlichkeit eines Heeres großer Wert beigemessen werden mußte, um den Kampfgeist der Soldaten aufrechtzuerhalten.

Der Tagesablauf im Lager war gleich zu Beginn festgelegt worden, wovon man Neuankömmlinge sofort nach ihrer Ankunft in Kenntnis setzte. Mit Fanfaren und Trommelwirbeln, unterbrochen von den Rufen des Muezzins, wurde bei Sonnenaufgang geweckt. Dies war der einzige Ruf zum gemeinsamen Gebet, und wenngleich Christen und Juden davon ausgenommen waren, mußten sie doch zur selben Zeit aufstehen. Anschließend nahm man ein gehaltvolles Morgenmahl ein, das die Soldaten bis zum Nachtmahl bei Kräften halten mußte. Die darauffolgende kurze Erholungspause wurde vor allem zur Stuhlentleerung genutzt. Reihenweise begaben sich die Männer aus der Stadt hinaus und erleichterten sich in eigens dafür ausgehobene Gruben, die jeden zweiten Tag mit Sand bedeckt wurden, um den Gestank abzumildern. Ein zweiter Trommelwirbel rief die Männer dann zu den sorgfältig vorbereiteten Übungen in Schwertkampf, Bogenschießen und Reiten. Die Fußsoldaten mußten täglich einen zweistündigen Dauerlauf hinter sich bringen.

Kein Tag verstrich ohne ein aufsehenerregendes Ereignis. Als etwa die Banner des Kalifen eintrafen, nahm der Sultan sie unter allgemeinem Beifall und »Allah ist groß«-Rufen entgegen. Allerdings hielt dies al-Fadil nicht davon ab, Imadeddin eine Bemerkung zuzuflüstern, die ich ebenfalls vernehmen konnte:

»Immerhin hat er die Abbasidenfahne geschickt. Aber er wird vor Angst vergehen, wenn unser Sultan al-Kadisiya einnimmt, denn damit wird Salah al-Din zum mächtigsten Herrscher im Reich.«

»Allerdings«, schmunzelte der große Gelehrte. »Und seine Astrologen warnen ihn bereits jetzt vor dem Mann, der als erster in der Qubbat al-Sakhra beten wird, denn dieser wird auch in Bagdad einziehen und als der wahre Kalif begrüßt werden.«

Die Mißgunst des Kalifen war ein offenes Geheimnis. Jeder Kaufmann, der von Bagdad nach Damaskus reiste, wußte unzählige Klatschgeschichten über den Hof zu erzählen. Obzwar vieles davon übertrieben war, wurde manches aus anderen Quellen bestätigt, vornehmlich von Imadeddins Spitzeln, die ihm aus der Hauptstadt des Kalifats laufend Bericht erstatteten. Es erstaunte mich, daß die beiden Männer, die dem Sultan am nächsten standen, für den Kalifen nur Geringschätzung empfanden.

Obwohl wir noch kaum eine Woche in Ashtara weilten, fühlten wir uns bereits wie zu Hause. Dies lag nicht etwa an der Behaglichkeit unserer Umgebung, sondern an dem allseits empfundenen Gemeinschaftsgefühl, das die Stimmung im Lager prägte. Selbst der Kadi al-Fadil räumte ein, daß er Derartiges bei früheren Feldzügen noch nie erlebt habe. Die Soldaten sprachen mit den Emiren beinahe wie mit ihresgleichen, ohne jedoch damit die Rangordnung in Frage zu stellen. Auf den ausdrücklichen Befehl des Sultans hin hatten es sich die Emire wiederum zur Gewohnheit gemacht, das Nachtmahl zusammen mit ihren Männern einzunehmen, ihr Brot in dieselbe Schüssel zu tunken und vom Fleisch derselben Tiere zu essen.

Solcherart war die Stimmung, als eines Morgens in der Ferne die Fahnen der Kurden zu sehen waren. Ein Bote beeilte sich, dem Sultan die Kunde zu überbringen. Dieser war mit Takieddin und Keukburi ausgeritten, während ich versuchte, auf meinem bemitleidenswerten Pferd mit ihnen Schritt zu halten. Soeben erörterten die drei Männer, ob ihre traditionellen Angriffs- und Rückzugstaktiken, die großteils auf die Parther zurückgingen und sich vorzüglich für kleine Einheiten hoch ausgebildeter Reiter eigneten, auch bei einem so großen Heer wie jenem, das nun in Ashtara versammelt war, angebracht seien.

In diesem bedeutsamen Augenblick erschien der Bote und unterrichtete uns von der Ankunft der kurdischen Krieger. Da brachen die drei Heerführer in Gelächter aus, denn sie wußten nur zu gut um die Disziplinlosigkeit der Kurden. Chirkuh war der einzige Anführer gewesen, der ihre ungestüme Wesensart in geordnete Bahnen hatte lenken können. Bislang hatten sich die meisten Kurden geweigert, unter Salah al-Din zu kämpfen, weil es ihm angeblich an der Kühnheit seines Onkels und der Gerissenheit seines Vaters mangelte. Um so größer war des Sultans Freude darüber, daß sie doch noch gekommen waren, und wir preschten zurück zum Lager.

Die Kurden waren bereits vor uns eingetroffen und begrüßten nun den Sultan in ihrer Sprache. Ihre Anführer traten vor und küßten Salah al-Din mit rauher Herzlichkeit auf die Wangen. Als er sich dann zu mir umdrehte, stand eine Träne in seinem Auge, und er flüsterte mir ins Ohr:

»Ich wünschte, Shadhi würde diesen Tag noch erleben. Viele von ihnen erinnern sich noch seiner.«

Für ausgelassene Stimmung sorgte an jenem Abend ein alkoholisches Getränk aus vergorenen Aprikosen. Selbst den Sultan sah man aus einer abgewetzten, lederbezogenen Flasche einen Schluck davon trinken. Dann begannen die Kurden zu singen, eine seltsame Mischung aus sehnsüchtigen Klageliedern und Gesängen über die Hoffnung und die Liebe. Doch brachte ein älterer Krieger, der zuviel von dem starken Aprikosengeist zu sich genommen hatte, mit seinem unanständigen Lied alle anderen zum Verstummen. Er sang von der Frau, die er begehrte und deren Vagina gewiß so heiß wie ein Backofen sei. Ehe er fortfahren konnte, nahmen ihn seine Söhne beiseite, und wir bekamen ihn erst tags darauf wieder zu Gesicht.

Der Abend endete mit einem kurdischen Kriegstanz. Paarweise sprangen dabei mehrere Krieger mit gezückten Schwertern und grimmigen Mienen über das Lagerfeuer und kreuzten in sorgsam abgestimmter Folge die Klingen.

Als ich mich zu meinem Zelt zurückbegab, erblickte ich den Emir Keukburi und den Eunuchen Amjad in ein angeregtes Gespräch vertieft mit einem Mann mittlerer Größe, der mir unbekannt war. Offenkundig war er ein Edelmann, vermutlich aus Bagdad. Er trug die Farben des Kalifen und einen seidenen Turban, der ebenso schwarz war wie sein wallender Bart. An seinem Turban prangte ein blutroter Edelstein, und selbst im blassen Licht der Sterne erstrahlte das kostbare Juwel in funkelnder Pracht. Ich verbeugte mich vor der Gesellschaft, woraufhin Amjad mich dem Fremden vorstellte. Es war Ibn Said aus Aleppo, der als Kind sein Sprechvermögen verloren hatte und sich nur mittels Gebärden verständlich machen konnte.

»Was haltet Ihr von den Kurden, Ibn Yakub?« erkundigte sich Keukburi.

»Sie ergänzen des Sultans Heer um dringend benötigte Banner«, lautete meine unverbindliche Antwort, doch der Stumme aus Aleppo begann, wild zu gestikulieren. Amjad nickte weise und übersetzte uns Ibn Saids Handbewegungen.

»Ibn Said möchte Euch wissen lassen, daß die Kurden nur zum Plündern einer Stadt taugen. Sie sind die Geier unseres Glaubens und sollten nur mit Bedacht eingesetzt werden.«

Keukburis Miene verfinsterte sich.

»Gewiß ist Ibn Said bekannt, daß der Sultan selbst ein Kurde ist, daher kann ich diese Beleidigung nicht unwidersprochen hinnehmen.«

Abermals begann der Fremde mit seinen Gebärden, wobei er auch den Stein an seinem Turban berührte. Amjad beobachtete jede Bewegung mit scharfem Blick und nickte dabei hin und wieder.

»Ibn Said sagt, er wisse nur zu gut um die Abstammung des Sultans. Er sagt, jedes kostbare Juwel ist zunächst rohes Gestein, bis man ihm Schliff und Gestalt gibt. Der Sultan ist solch ein kostbarer Stein, doch bei den Männern aus den Bergen bedürfe es noch einer Menge Arbeit.«

Keukburi lächelte und war im Begriff, etwas zu erwidern, als er von Takieddin gerufen wurde. Die beiden waren eingeladen, mit dem Sultan Tee zu trinken. Als sie gingen, machte auch ich Anstalten, mich zu entfernen, doch da hob der stumme Ibn Said zu sprechen an.

»Ich wußte, daß ich Keukburi täuschen kann, doch hätte ich Eure Beobachtungsgabe, Ibn Yakub, für größer gehalten.«

Die Stimme war mir vertraut, aber das Gesicht ... Da lachte Amjad auf, und ich wußte, daß Bart und Turban eine Tarnung waren. Dahinter verbarg sich das vertraute Antlitz der Sultana Jamila.

Nun lachten wir alle, und ich wurde eingeladen, im Zelt von »Ibn Said« mit der Sultana und dem Eunuchen Kaffee zu trinken. Ohne ihren Kaffee konnte Jamila nicht sein, und die Bohnen wurden ihr regelmäßig von ihrem Vater und seit kurzem von ihrer Schwester aus Harran geschickt. Sicherlich war es der köstlichste Kaffee in Damaskus, und vermutlich hatte Jamila recht mit ihrer Behauptung, es sei der beste in Arabien und somit der beste der Welt.

Wir saßen vor dem Zelt, genossen den Duft und den reichen Geschmack und blickten zu den Sternen empor. Niemand von uns empfand ein großes Bedürfnis zu sprechen. Dies war mir bereits in den Tagen zuvor aufgefallen. Oftmals sah man Soldaten und Emire schweigend und gedankenverloren dasitzen, bevor sie sich schlafen legten.

Worüber mochten sie nachsinnen? Welche Gedanken gingen ihnen durch den Kopf? Dachten sie, so wie ich, Jamila und Amjad, an die bevorstehenden Schlachten? Würde uns Sieg oder Niederlage beschieden sein? Beides war möglich. Bei den gemeinsamen Märschen empfanden all diese Männer ein Gefühl tiefer gegenseitiger Verbundenheit. Dieses entsprang dem Wissen, daß das Heer, dem sie angehörten, in die Geschichte eingehen würde, wenn es ihnen gelang, die Franken aus al-Kadisiya zu vertreiben.

Wenn ihre Gedanken um den Sieg kreisten, ließ ihr Zusammengehörigkeitsgefühl sie alle eins werden. Andererseits war jeder dieser Soldaten ein Mensch für sich, der Eltern, Geschwister, Frauen und Kinder hatte. Würde er seine Lieben je wiedersehen? Sicher, es handelte sich um einen Djihad, deshalb würde ein gefallener Krieger unverzüglich in den Himmel kommen, ohne daß ihm die Engel seine Taten aufrechneten. Doch was, wenn es ihm nahestehenden Menschen verwehrt blieb, ins Paradies einzugehen? Ja, was dann? Derlei Gedanken bewegten die Gemüter der Soldaten, während sie sich am Anblick des nächtlichen Himmels ergötzten, ehe sie sich zur Ruhe begaben. Ich weiß all dies, weil ich mit vielen von ihnen gesprochen und ihren Geschichten gelauscht habe.

»Falls wir unterliegen«, sprach Jamila, »und Salah al-Din getötet wird, werde ich mit meinen Söhnen in den Palast meines Vaters zurückkehren. Ich will nicht in Damaskus herumsitzen und mitansehen müssen, wie weitere Kriege ausgetragen werden, die einzig dem Zweck dienen, seinen Nachfolger zu bestimmen. Am Vorabend eines Krieges sind schwermütige Gedanken vermutlich ganz natürlich. Doch spricht mein Herz das Gegenteil. Im Innersten weiß ich, daß Salah al-Din diesen Krieg gewinnen wird. Aber nun wollen wir uns zur Ruhe begeben, Ibn Yakub. Und hütet Euch, mein Geheimnis preiszugeben.«

Ich wünschte der bärtigen Jamila eine angenehme Nachtruhe, die mir indes zunächst versagt bleiben sollte. Denn als ich mich zu meinem Zelt begab, stellte sich mir einer von Salah al-Dins Leibwächtern in den Weg und teilte mir mit, ich hätte mich sogleich beim Sultan einzufinden. Rasch holte ich Feder, Tinte und Papier.

Das Zelt des Sultans war von erstaunlicher Schlichtheit. Es war nur um weniges größer als meines, und das Bett in der Ecke unterschied sich in nichts von dem, auf dem ich schlief. Vom hohen Rang des Bewohners kündete lediglich ein großer Seidenteppich, der den Sandboden bedeckte. Dort saß Salah al-Din, gegen einen Stapel Kissen gelehnt, neben ihm die Emire Keukburi und Takieddin. Der Sultan war in gelöster Stimmung. Als er mich ansah, zwinkerte er mir zu.

»Wer ist dieser Ibn Said aus Aleppo, der meine kurdischen Krieger beleidigt?«

»Ein Mann ohne jegliche Bedeutung, Herrscher der Siegreichen.«

»Ich hoffe, Ihr habt recht. Keukburi ist davon überzeugt, daß er irgendein Spitzel ist.«

»Spitzel«, erwiderte ich, »sind für gewöhnlich darauf bedacht, sich beim Feind lieb Kind zu machen. Zum Zwecke ihrer Tarnung schrecken sie vor keiner Schmeichelei zurück. Der Fremde aus Aleppo hingegen ist von Natur aus ein kritischer Geist mit einer äußerst spitzen Zunge und einem Verstand von solcher Schärfe, daß man damit ein Kamel entzweischneiden könnte.«

Der Sultan lachte.

»Ihr habt soeben die Sultana Jamila beschrieben.«

Alle lachten über diesen geistreichen Vergleich, und Keukburi, in Unkenntnis darüber, daß der Witz auf seine Kosten ging, tat durch besonders lautes Gelächter kund, wie sehr er den Seitenhieb auf seine Schwägerin schätzte.

Ehe Keukburis Unwissenheit über die wahre Identität des Ibn Said Anlaß zu weiterem Spott geben konnte, wurde der Zelteingang zurückgeschlagen: Des Sultans ältester Sohn al-Afdal, ganze siebzehn Jahre alt, trat ein, verbeugte sich vor seinem Vater und bedachte uns andere mit einem gönnerhaften Lächeln. Seit ich ihn zuletzt vor mehr als einem Jahr gesehen hatte, war er beträchtlich gewachsen. Sein Bart war ordentlich gestutzt, und sein Auftreten wies ihn als eine Person von hohem Ansehen aus. Ich entsann mich der Tage in Kairo, als er und seine Brüder kleine Jungen waren und gerade das Reiten erlernten. Ja, auch die Erinnerung, wie man ihn im Schwertkampf zu Fuß und zu Pferde unterrichtet hatte, stand mir noch lebhaft vor Augen.

In der Annahme, daß Vater und Sohn allein zu sein wünschten, erhoben sich Takieddin, Keukburi und auch ich, um uns zurückzuziehen. Der Sultan entließ die beiden, bedeutete mir hingegen, dazubleiben. Als die Befehlshaber gegangen waren, bot er seinem Sohn einen Platz an.

Vor einigen Wochen hatte der Junge seine erste Schlacht geschlagen und seinem Vater voller Inbrunst davon berichtet. Dabei hatte er seinen ersten Feldzug mit der Entjungferung eines Mädchens verglichen, sehr zum Mißfallen Imadeddins. Dieser hatte derb bemerkt, was immer auch aus al-Afdal werden mochte, zum Prosaschreiber eigne er sich gewiß nicht. Salah al-Din war ein liebevoller, aber strenger Vater. Mit dem Eintreten seines Sohnes war seine Stimmung umgeschlagen. Nun sprach finsterer Ernst aus seiner Miene, was für den jungen Prinzen nichts Gutes verhieß. Da dies al-Afdal ebensowenig entgangen war wie mir, erfüllte ihn meine Anwesenheit mit Verdruß. Ich schenkte ihm ein freundliches Lächeln, woraufhin er das Gesicht abwandte, seinem Vater jedoch nicht in die Augen blickte.

»Schau mich an, al-Afdal. Wir sind im Begriff, eine Schlacht zu schlagen, in der ich ums Leben kommen könnte. Unsere Spitzel berichten, der fränkische König Guy habe demjenigen eine hohe Belohnung versprochen, der mir das Herz durchbohrt.«

Die Augen des Knaben füllten sich mit Tränen.

»Ich werde stets an deiner Seite sein. Zuerst werden sie mich töten müssen.«

Der Sultan lächelte, doch heiterte sich seine Miene nicht auf, als er fortfuhr.

»Vernimm meine Worte, Knabe. Du bist noch jung. Eines mußt du verstehen: Die Achtung auf dem Schlachtfeld muß man sich durch Verdienste erwerben. Mir gab mein Onkel Chirkuh schon in frühen Jahren die Gelegenheit, mich zu beweisen, so wie du sie jetzt von mir erhältst, doch mit dem Unterschied, daß ich erst zu einem viel späteren Zeitpunkt Macht ausüben durfte. Chirkuh glaubte nie daran, daß man Ansehen erben könne.

Ich war ihm dankbar, wenngleich ich mich damals fühlte wie ein Mann, der nicht schwimmen kann und in einen Fluß gestoßen wird. Er muß gleichzeitig schwimmen lernen und das andere Ufer erreichen. Weil du der Sohn des Sultans bist, denkst du, die Emire und Soldaten müßten dich achten. Vielleicht versuchen sie sogar, diesen Anschein zu erwecken, doch wärst du ein Narr, würdest du ihnen Glauben schenken. Erst wenn du an ihrer Seite gefochten, Sand geschluckt und Blut geschmeckt hast, werden sie dich vielleicht mit der Zeit als ihresgleichen betrachten. Wenn du mehrmals mit ihnen gekämpft hast, werden sie dir vielleicht allmählich Achtung zollen. Das Recht, Befehle zu erteilen, nötigt niemandem Respekt ab.

Imadeddin und al-Fadil haben dir viel beigebracht. Mir ist bekannt, daß du wohlvertraut bist mit der Geschichte der großen Kriege, die wir seit den Tagen unseres Propheten, er möge in Frieden ruhen, geführt haben. Doch so wichtig diese Kenntnisse auch sind, sie werden dir auf dem Schlachtfeld keine Hilfe sein. In Kriegen ist Erfahrung ein weitaus besserer Lehrmeister. Das Wissen aus Büchern kann man leicht wieder vergessen, wenn man nicht mit dem Gedächtnis eines Imadeddin gesegnet ist. Was du indessen selbst erlebt hast, wird dir bis zu deinem Todestag in Erinnerung bleiben.

Ich habe dich zu mir bestellt, weil mir zu Ohren gekommen ist, daß du die Befehlsgewalt Takieddins, deines Vetters, meines Bruders Sohn, in Frage gestellt hast. In Gegenwart aller Emire trugst du ihm auf, einen Befehl auszuführen, der im Widerspruch zu einer von ihm bereits getroffenen Entscheidung stand. Als ein auf Ordnung bedachter Soldat gehorchte er dir. Doch wären Chirkuh oder ich an seiner Stelle gewesen, hätten wir dir in dein bartloses Gesicht geschlagen. Zum Glück hast du mit deinem Befehl kein Unheil angerichtet, anderenfalls hätte ich dir in aller Öffentlichkeit eine Rüge erteilen müssen.

Eines sei in aller Deutlichkeit gesagt: Takieddin ist meine rechte Hand. Ich verlasse mich auf sein Urteil. Ich vertraue ihm bedingungslos. Wenn Allah im Zuge der Schlacht beschließen sollte, daß meine Zeit abgelaufen ist, ist Takieddin der einzige Emir, der von den Soldaten wahrlich geachtet wird und das Heer noch zum Sieg führen kann. Ich werde diesbezügliche Anordnungen treffen. Du kannst vieles lernen, wenn du deinen Vetter beobachtest und an seiner Seite bleibst, doch darüber magst du nach eigenem Gutdünken befinden. Allerdings wünsche ich, daß du morgen früh zu ihm gehst, dich für dein Verhalten entschuldigst und ihm die Wangen küßt. Ist das klar? Dann geh nun zu Bett.«

Des Sultans auserwählter Erbe war in gedämpfter Stimmung, als er sich vor uns beiden verneigte und das Zelt verließ.

»Meint Ihr, ich bin zu streng mit ihm verfahren, Ibn Yakub?«

»Da ich selbst keinen Sohn habe, o Sultan, bin ich nicht der Richtige, um mich zu den Beziehungen zwischen Vater und Sohn zu äußern. Doch als Herrscher waren Eure Worte vollkommen gerechtfertigt. Zwar haben ihn Eure Ausführungen gekränkt, doch zuvörderst aufgrund meiner Anwesenheit. Ohne meine Gegenwart hätte es ihn weniger getroffen. Aber ein junger Prinz, der danach trachtet, ein guter Herrscher zu werden, muß lernen, in dieser rauhen Welt seinen eigenen Weg zu gehen.«

»Ich hätte es nicht trefflicher ausdrücken können, Schreiber. Ich wollte, daß Ihr zugegen seid und alles mitschreibt, damit es in unserer Familiengeschichte festgehalten ist. Sollte der Junge sich als guter Sultan erweisen, wird er diese Worte zu schätzen wissen, da er sie vielleicht eines Tages an seinen eigenen Sohn richten muß. Nun geht, Ibn Yakub. Ich denke, ich werde die Nacht damit zubringen, die Gedanken Ibn Saids zu erkunden. Ich will nach unserem Skeptiker aus Aleppo schicken, damit er mir das Bett wärme und meinen Geist anrege.«

Erstaunt sah ich ihn an. Er lächelte verschmitzt, doch wie würde Jamila die Nachricht von dieser geplanten »Erkundung« aufnehmen? Seit vielen Jahren hatte sie nicht mehr das Bett mit dem Sultan geteilt, und sein Gesichtsausdruck verriet, daß genau dieses sein Ansinnen war.

Zwei

Die Geschichte von Amjad, dem Eunuchen, und wie es ihm gelang, trotz seiner Verstümmelung den Geschlechtsakt zu vollziehen.

Drei Tagesreisen südlich von Damaskus liegt Ashtara, auf der Hochebene eines großen Berges. Wir lagerten dort nunmehr schon fast einen Monat. Der Sultan war begeistert über die Fortschritte seiner Soldaten. Obgleich es stets Unterschiede in den ihm unterstehenden Einheiten geben würde, überwog bei ihm jetzt doch das Gefühl, daß sie verstanden hatten, wie er den Krieg führen wollte. Es hatte viel Zeit gekostet, den Männern die Bedeutung der verschiedenen Signale zu erläutern. Jetzt hatte jede Einheit einen Mann mit der Aufgabe betraut, das Zelt des Sultans im Auge zu behalten. Für Truppen in größerer Entfernung war es eine Frage auf Leben und Tod, ob sie die Bedeutung der gehißten Flaggen verstanden oder nicht, ebenso mußten die Soldaten in der Nähe des Sultans einen Trommelwirbel zu deuten wissen. Erst nach geraumer Zeit war dies den Emiren und Edelleuten klargeworden, welche die verschiedenen größeren und kleineren Einheiten von Salah al-Dins Heer befehligten.

Als Salah al-Din eines Morgens nach dem Gebet in seinem Zelt das Frühstück einnahm, waren nur Takieddin und ich zugegen. Er schaute seinem Neffen in die Augen und sagte mit einem Lachen: »Wenn meine Armee gen al-Kadisiya marschiert, wird der aufgewirbelte Staub die Sonne verdunkeln.«

Dies war das einzige Mal, daß ich den Sultan in freudiger Erwartung eines Krieges erlebte. Er hatte das Gefecht nicht deshalb auf den gegenwärtigen Zeitpunkt festgesetzt, weil er militärisch überlegen war, sondern allein aus Gründen der Staatsräson. Noch nie hatte sich ein Heer der Gläubigen so einig zum Kampf gegen die Ungläubigen erhoben. Selbst

Juden und Christen kämpften in Salah al-Dins Reihen, wenngleich ihre Zahl gering war und viele schlicht auf den angemessenen Zeitpunkt warteten, um zum Islam überzutreten. Dies galt allerdings nicht für die Kopten. Sie waren aufgrund ihrer Strenggläubigkeit und ihrer unversöhnlichen Feindschaft mit Rom und Konstantinopel natürliche Verbündete des Sultans.

Als ich mich von Salah al-Dins Zelt entfernte, faßte mich Amjad, der Eunuch, am Arm und flüsterte mir zu:

»Ibn Said, der Stumme, wünscht Euren Besuch.«

Wortlos folgte ich ihm. Noch hatte ich mich nicht an Jamilas neue Identität gewöhnen können. Nur wenn sie mir zublinzelte, erkannte ich hinter der Maske die Frau. Und auch wenn sie sprach, doch war ihre Stimme außerhalb ihres Zeltes nie zu hören.

»Salah al-Din hat mir erzählt, wie verschreckt Ihr wart, als er Euch gestand, welch heißes Begehren vor ein paar Nächten seine Lenden erfüllte und daß ihn nach mir verlangte. Stimmt das?«

Diese Frau setzte mich immer wieder in Erstaunen. Mein Unbehagen brachte Amjad zum Kichern. Was in aller Welt sollte ich auf diese Frage antworten?

»Die Wahrheit, Ibn Yakub. Wie immer die reine Wahrheit!«

»Mich erschütterte nicht das Bekenntnis des Sultans, wie sehr er sich wünschte, wieder das Bett mit Euch zu teilen. Was sollte daran ungewöhnlich sein? Ihr seid sehr schön, und ...«

Die Sultana wurde ungeduldig.

»Und ich bin die einzige Frau hier im Lager. Ja, ja, ich bin mir dessen sehr wohl gewahr. Doch was hat Euch dann so bestürzt, Meister der Schreibkunst?«

»Es war der Gedanke, wie erniedrigend es für Euch sein muß, wenn Ihr Euch gezwungen seht, einem Mann zu Willen zu sein.«

Lächelnd strich sie sich über den falschen Bart.

»Habe ich es mir doch gedacht. Wie edel von Euch, angesichts meiner mißlichen Lage Erschrecken zu zeigen. Nun, wie Ihr sehen könnt, habe ich es überlebt. Ich bin an den Sultan gewöhnt. Doch könnte ich mich keinem anderen Mann hingeben, und auch keinem Eunuchen.«

Amjad zuckte zusammen, als hätte er sich verbrannt. Ihre Bemerkung hatte ihn offenbar tief getroffen. Als die Sultana dies wahrnahm, streichelte sie ihm beschwichtigend über den Schopf und flüsterte eine Entschuldigung.

»Man könnte ebensogut versuchen, einem Krokodil einen Zahn zu ziehen, wollte man Amjad überreden, über seine Vergangenheit zu sprechen.«

Erfreut über ihre zärtliche Geste lächelte der Eunuch. Doch sie drängte ihn weiter.

»Wer weiß schon, ob auch nur einer von uns die kommenden Wochen überlebt. Heute mußt du uns deine Geschichte erzählen, Amjad. Wir genießen den Vorzug, den Schreiber bei uns zu haben. Ibn Yakub wird alles in seinem kleinen Buch festhalten, und du wirst auf ewig unvergessen bleiben. Na, was meinst du dazu, mein rothaariger Freund?«

Zum erstenmal musterte ich Amjads Äußeres. Durch seine helle Haut leuchtete das Rot seiner Haare um so kräftiger, seine Augen schimmerten grau. Er war viel größer als ich, der ich doch den Sultan überragte. Bisher hatte ich seiner Person keine besondere Aufmerksamkeit geschenkt, doch seine Verbundenheit mit Shadhi und Jamila spiegelte meine eigenen Empfindungen wider. Und so wandte ich mich nun ebenfalls an ihn.

»Amjad«, sagte ich, »Shadhi hat mir gegenüber oft von Euch gesprochen. Er hielt große Stücke auf Eure Klugheit. Dennoch wissen wir kaum etwas voneinander. Wer seid Ihr? Wann seid Ihr nach Damaskus gekommen? Und wie trug es sich zu, daß Ihr in der Zitadelle zu einem Diener unseres Sultans wurdet?«

Amjads Augen verschleierten sich, und er seufzte, bevor er mit leiser, doch fester Stimme antwortete.

»Es gibt einen einfachen Grund, weshalb ich den früheren Aufforderungen der Sultana, von mir zu sprechen, nicht Folge geleistet habe: Ich weiß kaum etwas über meine Vergangenheit. Ich bin ein Saqalabi, stamme also aus dem fernen Norden, soviel steht von meinem Aussehen her fest. Und ich bin ein Eunuch, was mich beinahe einem Tier im Käfig gleichstellt.

Wie Ihr beide zweifellos wißt, gibt es meinesgleichen in vielerlei Erscheinungsformen. Manche Eunuchen haben überhaupt keinen Penis mehr, diese sind an den Höfen jener Könige und Sultane sehr beliebt, die ihre Frauen wie Tiger bewachen und bereit sind, sich beim ersten Anzeichen eines Betrugs auf sie zu stürzen. Dahinter steht die Vorstellung, einem Eunuchen, dessen Geschlechtsteil gänzlich entfernt wurde, könne auch gänzlich vertraut werden. Merkwürdig, daß der Grad des Vertrauens für manche Edelleute und Emire davon abhängt, in welchem Maß ein Mensch verstümmelt wurde. Wollten sie wirklich jegliche Berührung zwischen Eunuchen und Frauen verhindern, müßten sie schon mehr als einen dürftigen Penis abhacken: Finger, Zehen und die wunderbar bewegliche Zunge beispielsweise. Aber ich habe es schon längst aufgegeben, mir über die Widersprüchlichkeit von Emiren und Sultanen den Kopf zu zerbrechen.

Daneben gibt es andere von meiner Art, die kastriert und an die Kirche und deren Bischöfe verkauft werden. Man lehrt uns, das Loblied von Isa zu singen, in der übrigen Zeit befriedigen wir die fleischlichen Gelüste von Priestern und Bischöfen. Das Schicksal war mir gnädig, mir blieb dieses Martyrium erspart. Kastriert wurde ich im Alter von vier oder fünf Jahren. Jüdische Händler kauften mich im Land der Bulgaren und verkauften mich auf einem Markt in al-Andalus. Dort erwarb mich ein Kaufmann, der an Allah und den Propheten glaubte und mich nach Damaskus brachte. Das erzählte mir zumindest die Familie, an die ich im Alter von sieben Jahren veräußert wurde.

Wie die Sultana weiß, verbietet unser Glaube ausdrücklich das Kastrieren von Knaben oder Männern. Also können die Sultane und Emire ihren Bedarf an Eunuchen nur befriedigen, indem sie diese der Kirche abkaufen oder sie aus der Tyrannei der Priester befreien, nachdem die Anhänger des Propheten eine Stadt erobert haben. Dann treten wir bereitwillig zum islamischen Glauben über und werden treue Muslime, denn nie wurden wir besser behandelt, nirgendwo sonst genossen wir je solchen Einfluß, hatten wir jemals größere Macht.

Die Sultana weiß auch, daß die Klugheit eines Mannes ihren Sitz nicht in seinem Penis hat, sondern in seinem Kopf.

Daher ist es töricht anzunehmen, Eunuchen seien ohnmächtig, nur weil sie entmannt wurden. Viele Herrscher, auch Sultan Zinki, mußten dies am eigenen Leib erfahren.

Ich weiß allein von mindestens drei Kabalen der Eunuchen in der Zitadelle. Sie sind dem Sultan treu ergeben, doch nach seinem Tod werden sie beim Kampf um seine Nachfolge für verschiedene Seiten Partei ergreifen. Ich gehöre keiner dieser Gruppierungen an, daher bringen mir alle gleichermaßen Vertrauen wie Mißtrauen entgegen. Eine glückliche Lage, denn sie erzählen mir, was ich wissen will, verschweigen mir jedoch ihre Intrigen, was mir außerordentlich gefällt. Denn wüßte ich von irgendeinem Plan, etwa al-Afdal zu ermorden, ich würde ohne zu zögern den Kämmerer davon in Kenntnis setzen.

Kluger und großherziger Ibn Yakub, Ihr habt nach Erinnerungen aus meiner Kindheit gefragt. Leider kann ich mich weder meiner Eltern entsinnen noch weiß ich, wann oder warum sie mich verkauft haben. Vielleicht waren sie arme Bauern und brauchten das Geld. Mehrere Eunuchen in Damaskus haben mir erzählt, daß ihre eigenen Eltern sie kastrierten und an die Zwischenhändler des Patriarchen von Konstantinopel verkauften.

Auch an die Reise aus dem Land der Bulgaren nach al-Andalus erinnere ich mich nicht. Ebensowenig an die Überfahrt nach Damaskus. Der Händler, der mich in al-Andalus erworben hatte, veräußerte mich an den Kaufmann Daniyal ibn Yusuf. Seine Familie war sehr gut zu mir. Sie lehrten mich lesen und schreiben, als wäre ich ihr eigener Sproß. Sie kleideten mich und sorgten dafür, daß ich nicht Hunger leiden mußte. Doch mir blieb stets bewußt, daß ich nicht zur Familie gehörte, weil ich nicht in ihrem Hause schlief. Meine Bettstatt stand in der Kammer des Kochs. Dort war es immer heiß und stickig, ein übler Geruch drang aus den Poren dieses Mannes und aus seinen Kleidern. Aber weil er mich nicht schlecht behandelte, sich nie an mir verging und zudem ein guter Koch war, sah ich ihm seinen Gestank nach.

Als ich sechzehn Jahre alt war, bemerkte mein Herr, daß ich eine natürliche Begabung für Zahlen hatte, und so durfte ich ihn künftig jeden Morgen in den Suk begleiten, wo er zwei

Geschäfte besaß. Im ersten wurden teure Tuche und Teppiche verkauft: Satinstoffe und Brokat aus Samarkand, Seiden aus China, Musselin und Tücher aus Indien sowie persische Teppiche. Im Laden nebenan wurden nur Schwerter feilgeboten, und auch diese waren von höchster Güte. Mein Herr hat mir erzählt, sogar eines der Schwerter von Salah al-Din stamme aus seinem Laden, obwohl mir Shadhi später sagte, daß dies nicht der Fall sein könne. Denn alle Waffen des Sultans würden von Waffenschmiedemeistern in Kairo und Damaskus nach Maß für ihn gefertigt.

Zweifellos ist es jedoch wahr, daß eines Tages die Sultana Ismat, sie möge in Frieden ruhen, mit ihrem Gefolge im Stoffgeschäft erschien. Das begab sich zu der Zeit, da sie noch mit dem großen Nureddin und nicht mit unserem Sultan verehelicht war. An diesem Tag oblag mir die Führung des Geschäfts, und ihr gefiel, wie ich mit ihren Dienerinnen umging. Denn ich ließ mich nicht herunterhandeln und beharrte auf den Preis, den mein Herr festgesetzt hatte. Damals hatte ich keine Ahnung, wer diese edlen Damen waren oder woher sie kamen.

Die Sultana lachte angesichts meines unverschämten Betragens und holte mich binnen einer Woche in die Zitadelle. Als sie entdeckte, daß ich ein Eunuch war, geriet sie schier außer sich vor Freude. Fortan diente ich im Harem als ihr Bindeglied zur Außenwelt. Nach Nureddins Tod heiratete sie dann unseren Sultan. Alles weitere ist Euch bekannt. Ich bedauere, daß mein Leben bisher so ereignislos verlief.«

Jetzt verstand ich, warum Amjad von jenen hochgeschätzt wurde, die auf seine Verschwiegenheit bauten. Obgleich er um viele dunkle Geheimnisse der Zitadelle wußte, gab er nichts davon preis. Vielleicht hinderte ihn meine Gegenwart daran. Oder er wollte unpassende Bemerkungen vermeiden, solange Jamila zugegen war, damit diese nicht ihr Vertrauen in ihn verlor. Denn wenn er in ihrer Gegenwart über andere sprach, konnte leicht der Eindruck entstehen, er würde anderen gegenüber auch über sie klatschen.

Nach dem Nachtmahl an diesem Tag nahm ich allen Überredungsversuchen zum Trotz nicht an den verschiedenen Spielen teil, mit denen sich die Soldaten die Zeit vertrieben. Mir war nicht nach der Gesellschaft anderer Männer zumute. Düstere Gedanken hatten sich meiner bemächtigt. Ich kehrte in mein Zelt zurück und sann darüber nach, welche Stufe meines Lebens ich wohl erreicht hatte. Würde es in den kommenden Wochen und Monaten ein vorzeitiges Ende finden?

Selbst im Zelt lastete eine drückende Schwere auf mir, und so entschloß ich mich zu einem Spaziergang, um meine Gedanken zu klären. Die kühle Nachtluft und der Anblick der Sterne am Firmament würden mir wieder innere Ruhe schenken. Ich setzte mich auf eine kleine Erhebung und dachte an Rachel, als mir jemand auf die Schulter klopfte. Da ich mich allein geglaubt hatte, fuhr mir der Schreck in alle Glieder. In Zeiten wie diesen dachte man unwillkürlich an fränkische Späher, doch dann vernahm ich eine mir vertraute Stimme.

»Es tut mir aufrichtig leid, Ibn Yakub, daß ich Euch erschreckt habe. Auch mir wurde es heute abend im Lager zu eng, und so entschied ich mich, Euch hierher zu folgen. Ich hätte Euch meine Anwesenheit schon eher kundtun sollen, doch schien es mir, als wolltet Ihr eine Weile alleine sein.«

Es war Amjad. Der aufkeimende Ärger darüber, daß man mir unbemerkt nachgeschlichen war, wich einem Gefühl der Erleichterung. Überdies hatte der Eunuch damit eine bestimmte Absicht verfolgt.

»Ich spürte, daß Ihr meiner Lebensgeschichte, die ich Euch und der Sultana heute erzählt habe, ein wenig mißtraut.«

Dies sei keineswegs der Fall gewesen, versicherte ich ihm. Schließlich hatte ich keinerlei Veranlassung, seine Wahrheitsliebe in Zweifel zu ziehen. Meine leise Unzufriedenheit, mehr war es nicht, hatte von der Ahnung hergerührt, daß Amjad sehr viel mehr wußte, als er preisgab. Jamila hatte dies noch deutlicher empfunden als ich, sie hatte sich geärgert über das vermeintliche Unvermögen Amjads, je zu irgend etwas Stellung zu beziehen. Als ich dies dem Eunuchen erzählte, lächelte er.

»Ich weiß, warum sie aufgebracht war. Früher habe ich ihr stets alles erzählt. Was sie und die edle Hamila immer regelrecht fesselte, war meine Unfähigkeit, die Freuden des Schlafgemachs zu genießen. Eines Tages führte ihre bohrende Neugier sogar so weit, daß sie von mir verlangten, meine noch vorhandenen Genitalien zu entblößen, damit sie diese genauestens in Augenschein nehmen könnten. Ich weigerte mich, aber sie bedrängten mich unerbittlich. Schließlich erfüllte ich ihre empörende Forderung. Die Begutachtung dauerte nicht lange, aber danach machten sie sich diesen Sachverhalt zunutze, um mich zu erpressen. Sollte ich ihnen nicht über alles Bericht erstatten, was im Harem vor sich ging, würden sie dem Sultan zutragen, daß ich ihnen das Überbleibsel meines Geschlechts gezeigt hatte. Vor allem Halima drohte mir in dieser Weise. Jamila sah die Angst in meinen Augen und beeilte sich, mir zu versichern, daß es sich nur um einen Scherz gehandelt habe und daß ich den ganzen Vorfall vergessen solle.

Dennoch wurde ich künftig regelmäßig von Halima über die anderen Haremsfrauen befragt und sah mich genötigt, ihr die eine oder andere bruchstückhafte Auskunft zu erteilen. Häufig erfand ich einfach etwas, damit sie zufrieden war. Solange Halima und Jamila enge Freundinnen waren, ging alles gut. Ernsthafte Schwierigkeiten traten erst auf, als ihre Beziehung zerbrochen war. Halima erzählte einigen ihrer neuen Vertrauten, was ich über sie erzählt hatte, und eines Abends umringten mich fünf von ihnen und peitschten mir den nackten Rücken, während Halima, die sie aufgestachelt hatte, ungerührt zusah. Noch immer erinnern mich die Narben an diese Demütigung.

Zwei Menschen haben mir nach dieser qualvollen Erfahrung beigestanden. Nachdem ich Shadhi erzählt hatte, was ich erleiden mußte, wurde er so zornig, daß er sofort den Sultan davon unterrichten wollte. Es bedurfte all meiner Überredungskunst, um ihn davon abzuhalten. Wie ich jedoch glaube, hat er Halima gewarnt, daß sie ihre Tage in einer winzigen Hütte in einem entlegenen Dorf beschließen würde, wenn sie ihr Verhalten nicht änderte.

Auch Jamila war zutiefst bestürzt, und daraufhin wurden wir gute Freunde. In ihrer Gegenwart schwor ich bei Allah und unserem Heiligen Propheten, daß nie wieder eine Klatschgeschichte über meine Lippen kommen würde.

Bis vor wenigen Wochen half mir Jamila, diesen Schwur zu halten. Doch plötzlich und ohne Vorwarnung wollte sie mich eines Abends über Halima ausfragen. Ich blieb stumm und schüttelte den Kopf. Mein Schweigen verdroß sie, und wir haben bis zum heutigen Morgen kein Wort mehr miteinander gewechselt. Wahrscheinlich glaubte sie, daß Eure Gegenwart meine Zunge lösen würde. Ich weiß sehr wohl, was sie zu erfahren wünscht, und kann ihre Beweggründe verstehen, aber ich bin an meinen vor Allah geleisteten Schwur gebunden. Mir blieb keine andere Wahl, als sie zu enttäuschen.«

Während ich Amjads Worten an jenem Abend lauschte, konnte ich nachvollziehen, daß Shadhi und Jamila sich von der weichen Stimme des Eunuchen hatten betören lassen. Jetzt war ich derjenige, der seinem Bann erlag. Doch hatten mich seine Andeutungen über Halima neugierig gemacht. Was konnte er wissen? Was wußte er?

»Auch ich bin entsetzt über das Geschehene, Amjad. Und ich kann gut verstehen, daß Shadhi es Salah al-Din erzählen wollte. Damit wäre die Angelegenheit ein für allemal aus der Welt geschafft gewesen. Natürlich achte ich Euer Schweigegelübde, und ich wünsche beileibe nicht, daß Ihr meineidig werdet. Aber Jamila wollte gewiß nichts anderes als die Wahrheit über Halima erfahren. Euer Schwur jedoch beschränkt sich auf Unwahrheiten und erfundene Geschichten, ist es nicht so?«

Amjad antwortete lange nicht, und die erhabene Stille der Wüstennacht wurde plötzlich drückend. Schon wollte ich meine Frage mit anderen Worten noch einmal stellen, als er schließlich zu sprechen anhob.

»Ihr habt wie immer recht, Ibn Yakub. Doch was Jamila zu wissen verlangte, betrifft auch meine Person. Hätte ich ihr die volle Wahrheit gesagt, wäre in ihr jedes Gefühl für mich erstorben, und ihre Wertschätzung bedeutet mir sehr viel. Ja, ihre Wertschätzung bedeutet mir mehr als alles auf der Welt. Die traurige Wahrheit lautet, daß Halima eines Nachts, ich schlief schon fest, meine Schlafkammer betrat. Sie streifte ihr Gewand ab, das ihre Nacktheit verhüllt hatte, legte sich neben mich und begann mich zu streicheln, auch an der Stelle, die sie und Jamila einst, vor langer Zeit, aus der Entfernung betrachtet hatten.

Ich schwöre Euch bei Allah, Ibn Yakub, daß ich anfangs zu träumen glaubte. Erst als sie mich bestieg und auf der kleinen, dattellosen Palme zwischen meinen Beinen hinauf- und herabrutschte, wurde mir klar, daß es tatsächlich geschah. Doch selbst wenn ich dies gewünscht hätte, wäre es da bereits zu spät gewesen, um Widerstand zu leisten oder Einwände zu erheben. Und auch die stärksten Zweifel können von Wollust erstickt werden. Danach ging sie wieder. Wir hatten nicht ein Wort miteinander gewechselt. Ich fühlte mich wie ein Tier. Vielleicht empfand sie ja den gleichen Ekel, der mich überkam, vielleicht aber auch nicht.

Sie kehrte mehrmals wieder, und wir paarten uns stets schweigend. Dann war es so plötzlich zu Ende, wie es begonnen hatte. Wir vermieden es, einander anzusehen, wann immer wir uns begegneten, und Hamila wich mir aus. Später erfuhr ich, daß sie ihren neuen Freundinnen gegenüber auf meine Kosten obszöne Witze machte. Eine von ihnen, die sich mit ihr überworfen hatte, berichtete mir auch, Halima hätte ihnen allen offenbart, daß ihr überall Jamilas Gespenst begegne, und dieses könne sie nur vertreiben, indem sie mich besteige.

Im Harem bleibt nichts geheim. Ich bin davon überzeugt, daß Halima bespitzelt wurde und daß böse Zungen Jamila von ihrem Treiben unterrichteten. Verständlicherweise will die Sultana nun aus meinem Munde hören, ob tatsächlich zutrifft, was ihr zu Ohren gekommen ist. Doch das bringe ich nicht über mich, Ibn Yakub. Es würde ihr sehr wehtun und unsere Freundschaft herabwürdigen. Dabei ist mir ein Nachmittag, den ich im Gespräch mit Jamila verbringe, mehr wert als sämtliche Nächte mit Halima. Nein, mehr noch, diese Stunden der Muße sind mit nichts zu vergleichen. Jamilas Verstand wirkt auf mich wie ein Aphrodisiakum. Wenn sie mit mir zusammen lacht, wärmt mir die Sonne das Herz. Sie ist es, die ich wahrhaftig liebe. Ich wäre glücklich, für sie sterben zu dürfen. Nun wißt ihr alles. Mein schmutziges Geheimnis ist letztlich offengelegt.«

Amjads Beichte hatte mich verblüfft. Einem Eunuchen war gelungen, was mir versagt geblieben war. Ich sah in den Sternenhimmel hinauf und betete still, daß der Himmel herabstürzen und sämtliche Erinnerungen unter sich begraben möge.

In dieser Nacht schreckte ich aus einem Traum hoch. Mich kastrierte eine Frau, deren Gesicht von einem häßlichen Grinsen entstellt wurde: Halima.

Drei

Wir erhalten Kenntnis von Streitigkeiten unter den Franken.

Zwei unserer Kundschafter, beide Kaufleute koptischen Glaubens, die im fränkischen Lager lebten, berichteten Takieddin von Zwistigkeiten im Königreich Jerusalem. Demnach spaltete eine grimmige Fehde zwischen den beiden höchstrangigen Rittern von König Guy das Königreich. Der eine, Graf Raymund von Tripoli, riet dem König, Umsicht walten zu lassen und sich abwehrbereit zu halten, was heißen sollte, in Jerusalem auszuharren, statt zum Kampf zu rüsten, um nicht Salah al-Dins Truppen in die Arme zu laufen. Der König indes teilte die Gesinnung des Ritters Renaud von Chatillon, der nach Blut lechzte und zudem die Rechtschaffenheit des Grafen Raymund in Frage stellte. Er bezichtigte ihn, ein Freund Salah al-Dins zu sein und kein wahrhaftiger Christ. Für Renaud gab es keinen Zweifel, daß die fränkischen Truppen bei gleicher Stärke mit ihren Rittern und Fußsoldaten die Armee des Sultans zu überlisten und einzukreisen vermochten.

Einmal wäre es um ein Haar zu Handgreiflichkeiten zwischen diesen beiden Männern gekommen, hätte nicht der König ein Holzkreuz ergriffen und sich selbst zwischen die Eiferer gestellt. Er zwang die beiden Ritter zu dem Gelöbnis, ihre Streitigkeiten beizulegen und zusammenzustehen, um die ungläubigen Sarazenen in die Knie zu zwingen.

Takieddin befragte die beiden Späher nach Einzelheiten. Sie mußten ihm die genaue Stärke von Guys Heer nennen und den Umfang der Vorräte, derer sie bedurften, um außerhalb der Stadtmauern bestehen zu können. Außerdem ließ er sich die Namen der Männer nennen, die an der Spitze der Templer und Johanniter standen, und wollte wissen, wieviel Zeit es brauche, den genauen Standort der Franken auszukundschaften, falls sie tatsächlich so töricht sein sollten, die Heilige Stadt zu verlassen, um mit den Truppen des Sultans auf dessen eigenem Grund und Boden die Klingen zu kreuzen. Die Kaufleute blickten einander an und lachten. Dann ergriff der Ältere das Wort:

»Was dies betrifft, so kann der Emir unbesorgt sein. Mein Bruder ist zuständig für Guys und Renauds Bevorratung. Er wird Euch in Kenntnis setzen, sobald er Näheres weiß. Die Brieftauben warten schon.«

Takieddin lächelte.

»Mein Onkel hat mir stets Bewunderung gezollt für meine gute Menschenkenntnis, und bislang habt Ihr mir weder falsche Nachrichten überbracht noch mein Vertrauen enttäuscht. Dafür wird Euch der Sultan großzügig belohnen. Euer Zelt ist gerichtet. Ihr wart lange unterwegs, nun ruht ein wenig und erholt Euch bis zum Nachtmahl.«

Zwei Tage später traf die sehnlich erwartete Kunde ein. Renaud von Chatillon hatte sich bei König Guy durchgesetzt, und die Franken rüsteten sich soeben zum Marsch aus der Heiligen Stadt, um auf unserem Gebiet zum Kampf anzutreten. Die Miene des Sultans erhellte sich, als er dies vernahm, er beharrte jedoch darauf, die Nachricht gründlich zu überprüfen. So mußten wir einen weiteren Tag zuwarten, ehe die Botschaft aus anderer Quelle bestätigt wurde. Erst dann gab Salah al-Din den Befehl zum Aufmarsch. Sämtliche Truppen sollten sich am folgenden Morgen an der Hauptroute zum Jordantal, sechs Meilen nördlich von Ashtara, unweit von Tell Tasil sammeln.

»Von einer Anhöhe aus möchte ich die gesamte Armee vorbeiziehen sehen, Ibn Yakub«, sagte er. »Rettiche, so pflegte unser Freund Shadhi zu sagen, sind in Größe und Aussehen so verschieden wie die Menschen. Mit Ausnahme der Soldaten meiner eigenen Einheit sind die meisten dieser Männer noch nicht kampferprobt. Sie sind Früchte von Feldern, die nicht ich bestellt habe. Es muß sich erst zeigen, wie sie sich neben unseren eigenen Männern bewähren.«

Binnen einer halben Stunde hatte sich im Lager herumgesprochen, daß die Franken aus der Heiligen Stadt abgezogen waren, um den Kampf gegen uns aufzunehmen. Neuigkeiten dieser Art verbreiten sich stets rasch und wirken sich nachhaltig auf den Kampfgeist der Soldaten aus. Waren die Männer bislang entspannt und mehr als zuversichtlich gewesen, beunruhigte sie jetzt die Vorstellung, in wenigen Tagen vielleicht in einem wirklichen Gefecht bestehen zu müssen. Manch einer wurde reizbar, ja, sogar von Angst gepackt.

Der Sultan wußte nur zu gut, daß am Vorabend einer Schlacht eine veränderte Stimmungslage die Kampfmoral selbst einer hervorragenden Armee lähmen kann. Er befahl den Abbruch des Lagers. So hatte ich ihn noch nie erlebt. Er schien überall gleichzeitig zu sein. Hier eilten er und die Emire herbei, um die Vorräte zu sichten und die Versorgungsmeister von ihrem Entschluß zu unterrichten. Mit den vom Wind geblähten Gewändern ähnelten sie von ferne riesigen Raben. Sie gaben Befehl, die Kamele, Lastesel und Karren zu beladen, noch des nachts die Zeltpflöcke zu lösen und alles übrige bei Morgengrauen einzuwickeln und zusammenzupacken. Dann erklomm der Sultan höchstselbst eine Wurfmaschine, um ihre Standfestigkeit zu überprüfen. Angesichts dieses unnützen Wagnisses fuhr mir der Schreck in alle Glieder, doch al-Afdal, der neben mir stand und seinem Vater zusah, lachte nur über meine sorgenvolle Miene.

»Das macht er immer vor einem Kampf. Er besteht darauf, sich einer Gefahr auszusetzen, weil er meint, das verleihe den Männern mehr Mut. Denn wenn selbst der Sultan sich in Lebensgefahr begibt, warum dann nicht auch sie?«

»Und dürft Ihr Euer Leben gleichermaßen aufs Spiel setzen, mein junger Prinz?«

Das bartlose Gesicht färbte sich rot.

»Nein. Mein Vater sagt, ich darf es nicht gefährden, im Falle, daß er stirbt. Daher obliegt es mir, während der Schlacht neben seinem Zelt und seinem Banner auszuharren und seine Befehle weiterzuleiten. Ich habe meinen Vetter Takieddin gebeten, an seiner Seite kämpfen zu dürfen, doch auch er muß den Anordnungen des Sultans Folge leisten. Aber das ist ungerecht. Ich habe bereits an zwei Schlachten teilgenommen, und gerade die bevorstehende ist die wichtigste von allen.«

»Geduld, Ibn Yussef, auch Eure Zeit wird kommen. Euch wird kein Mißgeschick ereilen. Ihr werdet regieren und richten und Eure Söhne großziehen, wie man Euch großgezogen hat. Dem Sultan liegt Euer Wohl am Herzen. Ein Schößling muß vor heißen Winden geschützt werden, damit er wachsen und Früchte tragen kann.»

Mißmutig funkelte mich der Erbe des Sultans an.

»Ibn Yakub, bitte unterlaßt es, Euch wie Shadhi zu gebärden. Solche Reden standen allein ihm zu.«

Mit diesen hochmütigen Worten ließ mich der junge Mann stehen. Doch nicht lange, und es trat, mit ungewohnt verdrießlicher Miene, Amjad, der Eunuch, auf mich zu und flüsterte mir ins Ohr, daß Ibn Said, der Stumme, mich zu sprechen wünsche. Auf dem Weg zum Zelt erklärte er mir, er würde mich mit der Sultana allein lassen, da sie übelgelaunt sei. Kurz darauf erfuhr ich die Gründe für Jamilas Verstimmung.

»Salah al-Din hat mir untersagt, in der Armee mitzumarschieren. Er meinte, es sei zu gefährlich, und meine Anwesenheit sei durch nichts gerechtfertigt. Gleichmütig habe ich ihm erwidert, er spräche mit der Zunge eines Mannes, dessen Verstand durch den Hintern eines Kamels ersetzt worden sei. Das erboste ihn sehr, und er stieß mich von sich. Damit nicht genug, hat er Amjad befohlen, meine Rückkehr nach Damaskus in die Wege zu leiten. Während Ihr also gen al-Kadisiya zieht, müssen sich die Eunuchen und die einzige Frau zurück nach Damaskus begeben.

Seid schon jetzt gewarnt, Ibn Yakub, diesmal werde ich mich nicht fügen. Amjad, der arme Tropf, schlottert bereits vor Angst, denn er wagt es nicht, sich Salah al-Dins Anordnungen zu widersetzen. Doch habe ich ihm erklärt, ich sei sehr wohl in der Lage, alleine auf mich aufzupassen. Schließlich kann ich besser reiten als manch einer von Euch und bin geübt im Umgang mit Pfeil und Bogen. Wie lautet Eure Meinung dazu?«

Da sie außer sich war vor Zorn, besann ich mich auf Ibn Maymuns Rat und reichte ihr ein Glas Wasser. Nachdem sie ein paar Schlucke getrunken hatte, beruhigte sie sich ein wenig.

»Sultana, es ist mir Ehre und Auszeichnung zugleich, Euer Vertrauen zu besitzen, doch bitte ich Euch inständig, dieses eine Mal den Anweisungen des Sultans Folge zu leisten. Es gibt genug anderes, das seine Aufmerksamkeit erfordert, da sollte er sich nicht obendrein noch um Eure Sicherheit sorgen müssen. Ich weiß, es widerspricht Eurer Wesensart, Befehlen einfach nachzukommen. Stets ist Widerstand Eure erste Antwort. Doch besteht kein Zweifel daran, daß Euch der Sultan liebt und über Euren Ratschlag stets ernsthaft nachsinnt. Schon oft hat er mir eingestanden, daß nicht er, sondern Ihr über einen glänzenden Verstand verfügt. Gebt ihm nach. Nur dieses eine Mal.«

Sie lächelte.

»Aha, demnach steckt auch in Euch Gerissenheit. Welch eine Entdeckung! Ich bin willens, Eurem Ratschlag zu folgen, sofern Ihr mir eine Frage wahrheitsgemäß beantwortet. Einverstanden?«

Ich war so verwundert über dieses seltsame Ansinnen, daß ich sofort nickte.

»Hat Amjad Euch auf Eurem nächtlichen Spaziergang durch die Wüste erzählt, wie oft er sich von Halima hat ficken lassen?«

Ich war also geradewegs in die Falle getappt. Jamila hatte mich so vollends überrumpelt, daß sich jedes Wort meinerseits erübrigte und meine schuldbewußte Miene verriet, was sie zu wissen begehrte.

»Amjad!« hörte ich sie rufen. »Du abscheulicher Hurensohn. Man hätte dir damals alles abschneiden sollen. Komm her zu mir.«

Mir schien dies der geeignete Zeitpunkt, unbemerkt aus ihrem Zelt zu schlüpfen.

Im rosigen Licht der Morgendämmerung über der Wüste ritten wir am folgenden Tag nach Tell Tasil. Die Stimmung war ungezwungen, wenngleich das Gelächter einiger Emire eine Spur zu laut und zu begeistert erschallte, was auf eine gewisse Anspannung ihrerseits hindeutete. Schon bald hatten wir Tell Tasil erreicht. Für gewöhnlich stieg Salah al-Din auf einen Hügel und verschaffte sich von seinem Streitroß aus einen Überblick über seine Truppen. Diesmal jedoch wich er von dieser Gewohnheit ab. Er befahl den Fußsoldaten, dort, wo er stand, eine Wurfschleuder hinzuschieben, und forderte mich auf, sie mit ihm zusammen zu erklimmen. Doch ein Blick in mein Gesicht veranlaßte ihn, lachend seine Einladung zurückzunehmen und statt dessen al-Afdal mit hinauf zu bitten. Ich blieb am Fuß des hochaufragenden Holzgestells stehen, das eigentlich zum Bezwingen der Mauern feindlicher Zitadellen diente.

Oben angekommen hob der Sultan den Arm. Die Fanfarenbläser ließen ihr Signal erschallen, ein Trommelwirbel rief zum Aufmarsch. Die Truppen setzten sich in Bewegung. Zunächst marschierten die Träger des schwarzen abbasidischen Kalifenbanners und seiner eigenen Standarte am Sultan vorbei. Anschließend ließen Takieddin und Keukburi, in furchteinflößenden Rüstungen und mit erhobenem Schwert, die Truppen vor dem Turm paradieren – ein wahrlich einzigartiger Anblick! Zwölftausend Reitern folgten Bogenschützen auf Kamelen und schließlich die lange Schlange von Fußsoldaten.

Selbst die kurdischen Krieger zügelten ihr ungestümes Naturell und ritten ordentlich in Reih und Glied am Sultan vorüber. Über eine Stunde dauerte das Schauspiel, in dessen Verlauf sich die Staubwolke zusehends verdichtete. Sichtlich zufrieden stieg Salah al-Din schließlich von der Wurfschleuder herab. Die Parade hatte ihn tief bewegt, und es schien, als seien seine üblichen Bedenken nunmehr zerstreut.

»Mit dieser Armee kann ich, so Allah will, jeden Gegner schlagen. Binnen eines Monats, Ibn Yakub, wird Eure Synagoge in Jerusalem, wie Ihr es nennt, wie auch unsere Moschee in al-Kadisiya, so unser Name für diese Stadt, erneut voller Gläubigen sein. Dessen bin ich mir sicher.«

An jenem Freitag – dem Wochentag, an dem der Sultan mit Vorliebe zum Djihad rief – marschierten wir auf den See Genezareth zu. Kurz nach Sonnenuntergang trafen wir in Ukhuwana ein und errichteten dort unser Nachtlager.

Vier

Am Vorabend der großen Schlacht.

Der Sultan hatte von seinen Spähern erfahren, daß die Franken ihre Ritter und Soldaten bei Saffuriya sammelten. Einige seiner Emire wollten sie noch weiter hinaus locken, doch Salah al-Din schüttelte den Kopf.

»Laßt sie zunächst dort bleiben. Ihr werdet den Fluß überqueren und sie in den Bergen bei Kafar Sebt erwarten. Wenn ich Teveriya einnehme, werden sie eiligst angestürmt kommen. Sie werden aufgebracht sein, und ihr Zorn kann ihnen dort zum Verhängnis werden. Sobald Ihr Nachricht erhaltet, daß Allah uns mit einem glorreichen Sieg belohnt hat, werdet Ihr dieses Gebiet durchqueren und an jedem Brunnen, jedem Fluß und jedem Bach Wachen aufstellen. Dann verharrt Ihr an Ort und Stelle und haltet Euch kampfbereit wie der Löwe, der zum Sprung ansetzt. Takieddin wird mich begleiten. Keukburi wird die zurückbleibenden Einheiten befehligen.«

Die Emire konnten ihre Bewunderung nicht verhehlen. Sie seufzten vor Entzücken und priesen ihren Sultan in den höchsten Tönen.

»Wer seine Hoffnung in Euch setzt, wird niemals enttäuscht. Ihr seid der einzige, der alle seine Untertanen vor den Franken zu beschützen vermag. Mit Euch besitzen wir ...«

Mit einer ärgerlichen Handbewegung brachte der Sultan sie zum Schweigen.

Schnell verbreitete sich die Kunde, daß der Sultan beschlossen hatte, Teveriya einzunehmen, die Stadt, welche die Römer einst Tiberias nannten. Es meldeten sich unzählige Freiwillige, um an der Eroberung der fränkischen Feste teilzunehmen. Aufgrund des Waffenstillstandes, den Salah al-Din und der Graf Raymund von Tripoli vereinbart hatten, war die Stadt am Westufer des Sees Genezareth bislang verschont worden. Da sich Raymund nun aber auf die Seite der fränkischen Streitmacht in Saffuriya geschlagen hatte, hinderte uns nichts mehr, Teveriya anzugreifen.

Die Kampfeslust der Männer lag weniger darin begründet, daß sie einem höheren Zweck dienen, Falschheit und Irrglauben vernichten und das Lager der wahrhaft Gläubigen stärken wollten, sondern vielmehr in der Aussicht auf einen raschen Sieg. Vor allem hofften sie, sich an den Schätzen dieser dem Untergang geweihten Welt bereichern zu können. Doch Salah al-Din nahm keine Freiwilligen in seine Reihen auf. Er entschied sich für seine eigenen, kampferprobten Soldaten.

»In ihnen lodert wahrhaftig die Flamme unseres Glaubens. Mit ihnen werde ich Teveriya im Handstreich einnehmen.«

Während der Sultan zu der alten römischen Festung aufbrach, machte sich Keukburi an die Überquerung des Flusses. Nach einigen Stunden schlug der Emir auf einer kleinen Hochebene das Lager auf, zehn Meilen östlich des fränkischen Lagers und südlich eines Dorfes namens Hittin. Zu meiner beträchtlichen Verärgerung hatte mir der Sultan aufgetragen, beim Hauptteil des Heeres zu bleiben. Ich kann nur vermuten, daß er auf jeden unnötigen Ballast verzichten und seine Streitmacht auf erfahrene Krieger beschränken wollte. Zwar leuchtete mir der Sinn dieses Vorgehens ein, doch dies minderte meine Enttäuschung beileibe nicht.

Die Entscheidung, hier zu lagern, war zwei Tage zuvor aufgrund der Meldungen unserer Kundschafter getroffen worden. Sie hatten von zwei kleinen Flüssen berichtet, die kühles, frisches Wasser führten und von Obst- und Olivenhainen gesäumt waren. Als wir dort eintrafen, stand die Sonne an ihrem höchsten Punkt. Die Hitze hatte Menschen und Tiere gleichermaßen erschöpft. Vom Gesicht des Emirs Keukburi tropfte der Schweiß und vermischte sich mit dem seines Rosses.

Kaum angekommen, entkleidete sich Keukburi, trank von dem Wasser und stieg hinein. Mit geschlossenen Augen genoß er das kühle Naß, das seinen Körper umspülte. Wir indessen sahen ihm zu, begierig, seinem Beispiel zu folgen. Während jedoch der Sultan seinem ganzen Heer bedeutet hätte, es ihm gleichzutun, übte sich sein geschätzter Befehlshaber in Zurückhaltung. Erst nach, wie es uns schien, langer Zeit tauchte er kurz ganz unter, worauf er wieder die Böschung erklomm. Zwei Gefolgsmänner hüllten ihn in weiße Tücher und trockneten ihn von Kopf bis Fuß ab. Dann zog Keukburi sich in sein Zelt zurück, das im Schatten wohlduftender Orangenbäume errichtet worden war.

Unmittelbar nachdem er unseren Blicken entschwunden war, wurde ein verhaltener Ruf der Erleichterung laut. Ohne lange auf die Erlaubnis zu warten, stürmten wir alle zum Wasser, befeuchteten die trockenen Kehlen, sprangen in die Fluten und erholten uns von der Mühsal der Reise. Von den neu hinzugekommenen Soldaten hatte eine beträchtliche Anzahl noch nicht einmal das sechzehnte oder siebzehnte Lebensjahr erreicht. Es tat wohl, sie bei ihrem sorglosen, übermütigen Treiben zu beobachten und ihr fröhliches Gelächter zu vernehmen, das sich mit dem tröstlichen Plätschern des Wassers vermischte.

Die älteren und erfahreneren Kämpfer des Djihad badeten schweigend, behielten ihre Gedanken für sich und versuchten offensichtlich, nicht allzuviel über die Zukunft nachzusinnen. Viele von ihnen zählten noch keine dreißig Jahre, doch hatten sie in diesem Leben bereits mehr als genug Schrecken kennengelernt. Manche hatten das Elend der Menschen gesehen, die von den fränkischen Rittern aus ihren Dörfern und Städten vertrieben worden waren und nun vor dem Nichts standen. Nach dem Kampf auf den Schlachtfeldern waren sie Zeugen geworden, wie die Leichen ihrer Gefährten in Massengräbern übereinander gehäuft worden waren. Sie hatten an der Seite eines guten Freundes gekämpft, als diesen ein Pfeil durchbohrte und ihm die Leber zerfetzte. Viele von ihnen hatten Brüder, Vettern und Onkel verloren. Wieder andere hatten miterleben müssen, wie Söhne um ihre Väter und Väter um ihre Söhne weinten.

Nachdem ich gebadet und mich abgetrocknet hatte, setzte ich mich in einen schattigen Olivenhain und hing müßigen Gedanken nach. Meine Tochter erwartete ein Kind. Würde es ein Knabe sein? Jamila war inzwischen sicher wohlbehalten in der Zitadelle von Damaskus angelangt. War sie verbittert ob des Betragens des Eunuchen Amjad, und wie würde sie ihn strafen? Wie so oft dachte ich auch an Shadhi und wollte mich im Geiste bereits auf ein Streitgespräch mit ihm einlassen. Doch meine Gedanken schweiften zu meinem Gebieter.

Salah al-Din schien gestern in Gedanken versunken gewesen zu sein, während er Wasser trank und lustlos ein paar getrocknete Datteln kaute. Zudem bemerkte ich einen Anflug von Traurigkeit in seinem Gesicht. Bei früheren Gelegenheiten hatte er mir anvertraut, daß ihn seit Shadhis Tod oftmals ein Gefühl von Einsamkeit überkam, das selbst dann nicht weichen wollte, wenn er sich in Gesellschaft von Männern befand, die seinen Geist anregten. Diese Stimmung war mir also vertraut.

»Was mag Allah uns bestimmt haben, Ibn Yakub? Schlachten werden selten durch die Überlegenheit an Waffen oder Männern entschieden. Vielmehr ist es die Begeisterung, der Glaube daran, im Auftrag Allahs zu handeln, was den Ausschlag gibt. Denkt Ihr, die Soldaten sind sich der Bedeutung der nächsten Wochen bewußt?«

Ich nickte.

»Herrscher der Siegreichen, ich habe ihren Gesprächen gelauscht. Sie wissen nur zu gut, was es bedeutet, al-Kadisiya zurückzuerobern. Dafür sind sie bereit, ihr Leben zu geben.«

Lächelnd strich er sich über den Bart.

»Denselben Eindruck habe auch ich gewonnen. Hoffen wir, daß ihr Glaube an die Richtigkeit unserer Sache stark genug ist. Und beten wir, daß sich die Grausamkeiten des Schicksals und zufällige Mißgeschicke nicht den Ungläubigen zum Vorteil vereinen mögen. Teilt Keukburi mit, er soll dafür sorgen, daß die Männer morgen abend gut und reichlich zu essen bekommen.«

Es wäre nicht nötig gewesen, den Emir Keukburi daran zu gemahnen. Denn im Gegensatz zum Sultan war er Gaumenfreuden sehr zugetan. Verläßlichen Berichten zufolge vermochte er allein nach dem Genuß eines Bissens Fleisch sämtliche Kräuter und Gewürze herauszuschmecken, mit denen es zubereitet worden war. Er hatte den Köchen bereits seine Anweisungen erteilt, so daß kurz vor Sonnenuntergang der Duft von gekochtem Fleisch durchs Lager zog und unser aller Appetit anregte. Nicht einmal der Sultan, dessen Abneigung gegen Fleisch allseits bekannt war, hätte bei diesem ungewohnten Wohlgeruch widerstehen können.

Die Köche hatten ein Rindfleisch-Sikbaj zubereitet, einen Eintopf, der bei den Schiffern auf dem Euphrat sehr beliebt war. Das süß-saure Gericht wurde mit frischen, in Essig und Honig eingelegten Kräutern gekocht und hatte eine schlaffördernde Wirkung. Selbst die Kurden mit ihrer Vorliebe für gebratenes Fleisch konnten nicht umhin, einzuräumen, daß das Sikbaj, das sie an jenem Abend verzehrt hatten, himmlisch gewesen sei.

Am nächsten Morgen wurden wir von einem Trommelwirbel geweckt. Die Erschöpfung hatte sich verflüchtigt, die Soldaten wirkten ausgeruht. Zur großen Erleichterung der meisten Männer bestand Keukburi nicht auf dem Morgengebet, denn er wollte sich dem Sultan in Tiberias anschließen. Ohne das Verpacken der Vorräte abzuwarten, brach er mit einem Gefolge von eintausend berittenen Soldaten und meiner Wenigkeit auf.

Wir waren noch keine halbe Stunde unterwegs, als eine Staubwolke auf uns zukam, was alle in Unruhe versetzte. Keukburi schickte zwei seiner Kundschafter aus, die ihn über die Anzahl, die Stärke und die Banner der nahenden Reiter unterrichten sollten. Falls es sich um fränkische Ritter handelte, würden wir uns zum Kampf stellen und einen weiteren Kundschafter entsenden müssen, um Salah al-Din davon in Kenntnis zu setzen. Doch wir warteten vergeblich auf die Rückkehr der Späher, während sich die Staubwolke stetig auf uns zubewegte.

Nachdem Keukburi sich mit den drei Emiren an seiner Seite beraten hatte, teilte er unsere Streitmacht in drei Abteilungen auf. Plötzlich vernahmen wir laute »Allahu Akbar«-Rufe. Alle lächelten und seufzten vor Erleichterung. Die heranrückenden Reiter waren Freunde. Da galoppierten auch unsere Kundschafter herbei und berichteten, Salah al-Din habe Tiberias bereits eingenommen und befände sich auf dem Weg zu uns.

Keukburi stieß einen Freudenschrei aus, und wir ritten dem Eroberer der soeben eingenommenen Stadt entgegen. Als sich der Staub gelegt hatte, sprang Keukburi von seinem Pferd und rannte auf den Sultan zu, um dessen Gewand zu küssen. Gerührt von dieser Geste saß Salah al-Din ab und umarmte den jungen Emir mit rauher Herzlichkeit. Rings um die beiden Männer gellten die Jubelschreie der Gläubigen durch die Luft.

»Jetzt werden sie kommen und ihre Stadt zurückerobern wollen, und sie werden den kürzesten Weg nehmen. Die Straße von Akko führt geradewegs durch die Ebene von Hittin. Die Tugend, zu der wir uns heute ermahnen müssen, ist Geduld. Darin würde mir selbst mein über alle Maßen unduldsamer Onkel Chirkuh beipflichten, wäre er noch am Leben. Laßt uns ins Lager zurückkehren und uns einen schönen Platz suchen, von dem aus wir Guy mit seinen Templern und Johannitern beobachten können. Der Himmel ist klar, die Sonne brennt glühendheiß herab, und die Wasserversorgung liegt in unserer Hand.«

Fünf

Die Schlacht von Hittin.

Salah al-Din wußte, der edle Raymund von Tripoli würde nicht eher ruhen, bis er ein anderes, umsichtigeres Vorgehen ersonnen hatte, denn seine Frau befand sich in der Zitadelle der eroberten Stadt. Dabei konnte Raymund in Betracht ziehen, daß Salah al-Din die Franken zum Kampf herausfordern mußte, obgleich diese sich verschanzt hielten und ihm daher eigentlich überlegen waren. Doch der Sultan rechnete mit der Torheit und Unbesonnenheit der fränkischen Befehlshaber. Guy und Renaud de Chatillon würden sowohl aus Argwohn als auch aus blindem Haß gegenüber dem Grafen von Tripoli jeden seiner Ratschläge zurückweisen.

Am dritten Tag des Juli, einem Freitag, kehrten die Kundschafter, die die Bewegungen der Franken unausgesetzt beobachtet hatten, in heller Aufregung in unser Lager zurück. Keukburi begleitete sie sogleich zum Zelt des Sultans, wo dieser gerade ruhte. Ich unterwies eine seiner Wachen in den Grundzügen des Schachspiels, während wir im Schatten der Zitronenbäume darauf warteten, daß sich der Sultan von seinem Lager erhob.

Die Gesichter der beiden Späher waren staubverkrustet, und ihre Augen verrieten, wie übermüdet sie waren. Dabei ließ ihr Auftreten keinen Zweifel daran, wie wichtig die Nachrichten waren, die sie überbringen wollten. Takieddin hatte ihnen eingeschärft, ausschließlich mit Salah al-Din selbst zu sprechen. Daher wagte ich die Bemerkung, daß der Sultan sich unter diesen Umständen bestimmt gern stören ließe, und Keukburi trat in sein Zelt. Gleich darauf kam Salah al-Din mit bloßem Oberkörper heraus, ein Tuch um seine Hüften geschlungen.

Die beiden Kundschafter flüsterten ihm ihre Nachricht ins Ohr: Seine Vorhersage war eingetroffen. Ein sehr erleichterter

Sultan ließ seinen Gefühlen freien Lauf und brach in lauten Jubel aus.

»Allahu Akbar! Sie haben sich vom Wasser zurückgezogen, jetzt befinden sie sich in den Klauen des Satans. Diesmal gibt es für sie kein Entrinnen!«

Trompetenstöße und Trommelwirbel riefen Emire und Soldaten gleichermaßen zu den Waffen. Das wochenlange Üben in Ashtara zahlte sich nun aus, denn die Schnelligkeit, mit der sich unsere Armee zum Kampf rüstete, zeigte ein hohes Maß an Disziplin und Moral. Der Fall von Teveriya spornte auch jene an, die sich zuerst zurückgehalten hatten. In voller Rüstung, den grünen Turban auf dem Haupt, erteilte der Sultan Takieddin und Keukburi letzte Weisungen, während ihm zwei aufmerksame Gefolgsleute das Schwert umschnallten. Die beiden Befehlshaber verneigten sich und küßten Salah al-Din auf die Wangen, dann zogen sie sich zurück.

Wie eine Herde wilder Tiere, die Beute witterten, standen die Bogenschützen des Sultans auf dem Hügelkamm bereit. Die ungeduldige Erwartung der Schlacht verlieh ihren angespannten Mienen einen gierigen Zug. Gegen Mittag erspähten wir erstmals den Feind. Gleich hellen Blitzen zwischen den Staubwolken brachen sich die Sonnenstrahlen auf den schweren Rüstungen der fränkischen Ritter.

Während die Franken auf den Hügelkamm zuhielten, gab der Sultan das Zeichen. Takieddins und Keukburis berittene Einheiten teilten sich zu einem Umfassungsangriff, mit dem die Franken hätten rechnen müssen. Sie kesselten den Feind ein, schnitten ihn von jeglicher Wasserzufuhr ab und versperrten ihm jede Rückzugsmöglichkeit. Indes hielt der Sultan den Hügelkamm. Dies galt als seine bevorzugte Taktik, und obgleich es in diesem Augenblick noch keiner von uns ahnte, gewann er damit die Schlacht von Hittin.

Im Gegensatz zu den Franken verloren wir an jenem ersten Tag nur wenige Männer. Wir hätten dem Feind nachsetzen können, dann wäre die Sache bis zum Abend entschieden gewesen. Doch al-Afdal, der vor dem Zelt des Sultans stand, gab das Zeichen, die Franken ziehen zu lassen. Aber wohin sollten sie? Jeder Fluchtweg war ihnen verstellt, jede Wasserstelle befand sich in unserer Hand. Ihr dringend benötigter Nachschub war von uns umgelenkt worden, ein Teil davon wurde bereits in unserem Lager abgeladen.

Die Franken hatten sich darauf verlassen, daß ihre Ritter wie in der Vergangenheit zum Angriff übergehen und die Umzingelung durchbrechen würden, so daß sich ihr ganzes Heer geschlossen zurückziehen konnte. Doch hatten sie die Stärke unserer Streitmacht unterschätzt. Ihr Vorhaben erwies sich als undurchführbar.

Als die Truppen beider Seiten in dieser Nacht ihr Lager aufschlugen, ahnte noch niemand, daß die Schlacht bereits entschieden war. Unser Sultan führte eingehende Beratungen mit den Emiren und verlangte die Namen aller Männer zu erfahren, die in den Einheiten an vorderster Front kämpften. Dann bewies er sein erstaunliches Gedächtnis, indem er die Bogenschützen namentlich nannte, die er am nächsten Tag in Stellung wissen wollte. In Ashtara hatte er die neu hinzugestoßenen Bogenschützen genauestens beobachtet und sich die Namen derer gemerkt, die am sichersten zu treffen verstanden. Nun bekamen sie vierhundert Köcher mit Pfeilen zugeteilt. Während der Sultan die Ausgabe der Waffen überwachte, wandte er sich an seinen Lieblingsschützen.

»Sagt Euren Männern, Nizam al-Din, daß sie der Versuchung widerstehen müssen, auf die fränkischen Ritter zu zielen. Deren Rüstung kann nicht durchbohrt werden. Sie sollten besser mit gezieltem Schuß die Pferde niederstrecken. Ein fränkischer Ritter ohne Pferd ist so hilflos wie ein Bogenschütze ohne Pfeil. Sobald die Pferde getroffen sind, wird Takieddin mit unseren Reitern wie eine Flutwelle über den Feind hereinbrechen und diese Ungläubigen enthaupten, während sie sich noch hochzurappeln versuchen. Verstanden?«

Die Bogenschützen hatten aufmerksam gelauscht, damit ihnen kein Wort des Sultans entging, und antworteten nun wie aus einem Munde:

»Es gibt keinen Gott außer Allah, und Muhammad ist Sein Prophet.«

»Ganz meine Meinung«, murmelte der Sultan. »Aber ich möchte nicht, daß Er allzu viele von euch vorzeitig im Himmel willkommen heißt. Der Krieg ist noch nicht vorbei.«

Ich war an al-Afdals Seite neben dem Sultanszelt auf dem Hügelkamm geblieben, fernab vom Schlachtengetümmel. Salah al-Din ritt hin und her, um den Kampf aus verschiedenen Blickwinkeln zu beobachten und sich aus erster Hand berichten zu lassen. Schließlich kehrte er zu seinem Banner vor seinem Zelt zurück. Von hier aus erteilte er neue Befehle, wobei seine Augen strahlten und sein Gesicht keine einzige Sorgenfalte zeigte. Er war sichtlich zufrieden, doch ließ er unvermindert Vorsicht walten.

Der Anblick unserer toten und verwundeten Soldaten traf mich tief. Gleichermaßen erschütterte mich, daß weder der Sultan noch die Emire, ja nicht einmal die Männer selbst viel Mitgefühl für jene zeigten, die an diesem Tag ihr Leben ließen. Es ist seltsam, wie man sich bereits nach einem Tag auf dem Schlachtfeld kaum noch eines normalen Lebens entsinnt, eines Lebens ohne Kampf und Leid.

Ehe das Gefecht erneut begann, erteilte der Sultan seinen Emiren einen eindeutigen Befehl, der die Person des Raymund von Tripoli betraf.

»Er ist ein rechtschaffener Mann, einst war er unser Freund. Obgleich ihn die Götzendiener gezwungen haben, die Waffen gegen uns zu erheben, hege ich keinen Groll gegen ihn. Er darf nicht getötet werden, nehmt ihn lebend gefangen. Sollte dies nicht möglich sein, laßt ihn entfliehen. Wir werden ihn schon wiederfinden.«

Es war unsere Vorhut, die den Kampf eröffnete und damit die Taktik der Feinde erkundete. Mit Takieddin und Keukburi an seiner Seite wartete der Sultan eine Weile, ehe er dem Heer den Angriffsbefehl erteilte. Die Franken führten bereits erste Scharmützel gegen die Vorhut, und wir hatten einige Verluste zu beklagen, doch da gab Salah al-Din einer weiteren Gruppe von Mamelucken das Zeichen, die Vorhut zu verstärken. Jetzt wichen die Franken zurück. Imadeddin, der sich an diesem Tag zu mir gesellt hatte, lachte hell auf.

»Die Löwen sind zu Igeln geworden«, meinte er, doch brachte ihn ein mißbilligender Blick des Sultans zum Schweigen. Shadhi hatte Salah al-Din gelehrt, daß es stets Unglück bringt, den Sieg zu feiern, bevor die Schlacht gewonnen ist.

Als Salah al-Din nun den Heeresflügeln befahl, den Gegner einzukreisen, begaben sich zugleich seine getreuen Bogenschützen in Stellung. Auf sein Zeichen hin wurden die Bogen gespannt, und ein Pfeilregen ging auf die Franken hernieder. Viele Ritter verloren ihre Pferde. Jetzt gab Salah al-Din ein weiteres Signal, und das Buschwerk wurde in Brand gesetzt, was die Franken noch mehr in Bedrängnis brachte.

Mit eigenen Ohren hörte ich die verzweifelten Schreie der fränkischen Soldaten. Halb wahnsinnig vor Durst und von der Sonne ausgedörrt, bettelten sie um Wasser. Sie flehten zuerst ihren Gott an und dann Allah, sehr zum Mißfallen ihrer Ritter, die den Orden der Templer und der Johanniter angehörten.

Einen ihrer Befehlshaber erkannte ich: Es war Renaud de Chatillon, der verkommene Abenteurer, über den ich bereits geschrieben habe. Eine gräßliche Narbe entstellte sein Gesicht, eine bleibende Erinnerung an die Fertigkeiten unserer Schwertkämpfer. Renaud saß auf einem schweißüberströmten schwarzen Roß, das so überheblich schnaubte wie sein Herr. Unvermittelt brachte er es zum Stehen. Das Gebrüll seiner Soldaten ebbte allmählich ab. Da stürzte ein Bote auf ihn zu, worauf Renaud absaß und der Mann ihm etwas ins Ohr flüsterte. Danach verlor ich ihn aus dem Blick, da sich plötzlich und unmittelbar vor unseren Augen die Reihen der Franken auflösten und sich die Männer scheinbar ziellos in alle Richtungen zerstreuten.

Unwillkürlich trieb es sie zum See, doch der Weg dorthin wurde ihnen von unseren Soldaten verstellt. Hunderte fränkischer Soldaten ergaben sich dem Sultan, fielen auf die Knie und riefen: »Allahu Akbar«. Sie traten noch an Ort und Stelle zur Religion des Propheten über, woraufhin sie Wasser und Essen erhielten.

Zu Tausenden erklommen die gegnerischen Soldaten eine Bergkuppe und brachen damit ihrem König die Treue. Sie widersetzten sich jedem Befehl herunterzukommen. So durstig, wie sie waren, konnten sie nicht mehr kämpfen. Die meisten von ihnen verloren ihr Leben, weil sie von den Felsen hinabgestoßen wurden, andere hingegen wurden gefangengenommen. Nun war jedem klar, daß die Franken geschlagen waren.

Salah al-Din nahm die Nachricht von diesen Erfolgen mit unbewegter Miene entgegen und ließ dabei die Zelte der Franken nicht aus den Augen, die um das Symbol des Kreuzes herum aufgeschlagen waren.

Der junge al-Afdal hüpfte auf und ab und rief: »Jetzt haben wir sie besiegt.« Allerdings verstummte er gleich wieder, als eine fränkische Attacke unsere Soldaten zurückdrängte, und zum ersten Mal während dieser Schlacht runzelte der Sultan die Stirn.

»Sei still, Junge!« fuhr er seinen Sohn an. »Wir haben sie erst besiegt, wenn dieses Zelt dort nicht mehr steht.«

Noch während er auf das Zelt von König Guy zeigte, fiel es in sich zusammen. Unsere Soldaten hatten das Wahre Kreuz erbeutet. Nun schloß Salah al-Din seinen Sohn in die Arme und küßte ihn auf die Stirn.

»Allah sei gepriesen! Jetzt haben wir sie geschlagen, mein Sohn.«

Er befahl Trommelwirbel zum Zeichen des Sieges, und in den Bergen erschallten Freudenschreie, die sich bis in die Ebene um das Dorf Hittin fortpflanzten. Takieddin und Keukburi ritten herbei, in ihren Armen fränkische Standarten, die sie dem Sultan zu Füßen warfen. Dann saßen sie ab und knieten nieder. Tränen der Freude und der Erleichterung standen in ihren Augen, und sie küßten Salah al-Din die Hände. Er half den beiden Männern wieder hoch, legte ihnen die Arme um die Schultern und dankte ihnen für ihre Taten. Da ergriff Takieddin das Wort.

»Ich habe Graf Raymund entfliehen lassen, o Herrscher der Siegreichen, wie Ihr es befohlen habt. Und das, obgleich meine Bogenschützen bemüht waren, sein Pferd zu treffen.«

»Ihr habt richtig gehandelt, Takieddin.«

Nun hob Keukburi zu sprechen an.

»Siegreicher Herrscher, wir haben die meisten ihrer Ritter gefangengenommen, auch diesen sogenannten König Guy und dessen Bruder, Humphrey von Toron, Joscelin von Courtenay und Renaud de Chatillon. Guy wünscht mit Euch zu sprechen.«

Tief bewegt und voller Anerkennung nickte der Sultan.

»Schlagt mein Zelt an der Stelle auf, wo diese Schlacht entschieden wurde. Dann stellt unsere Banner vor mein Zelt. Ich werde Guy und wen immer er zu seiner Begleitung wählt, dort empfangen. Imadeddin! Ich benötige eine genaue Aufstellung, wie viele Männer wir verloren haben und wie viele verwundet wurden.«

Der große Gelehrte nickte verständig.

»Heute werden wir nicht allzulange dafür brauchen, o großer Sultan. Im Vergleich zu den Franken, deren Köpfe den Erdboden gleich einem Melonenfeld bedecken, sind unsere Verluste gering. Wir haben jedoch Emir Anwar al-Din verloren. Ich sah ihn bei jenem letzten Sturmangriff der Franken fallen, kurz vor ihrer endgültigen Niederlage.«

»Er war ein guter Soldat. Wascht seinen Leichnam und überführt ihn nach Damaskus. Keiner unserer Männer soll in Hittin begraben werden, es sei denn, er stammte aus dieser Gegend.«

»Wer hätte gedacht«, überlegte Imadeddin, »daß dieses kleine unbedeutende Dorf Hittin dank des Erfolges Eurer militärischen Taktik in die Geschichtsbücher eingehen würde und sein Name nun auf ewig unvergessen bleibt.«

»Allah hat über das Schicksal der Franken entschieden«, lautete die bescheidene Antwort des Sultans.

Imadeddin lächelte, schwieg aber, was bei ihm sehr ungewöhnlich war.

In der Ferne wurde unterdessen das Zelt des Sultans in der Ebene aufgeschlagen. Er gab seinem Pferd die Sporen und galoppierte in unser aller Begleitung, al-Afdal, etwa hundert Wachen, Imadeddin und meine Wenigkeit als Nachhut, über verwesende Leichname und verstreute Gliedmaßen dorthin.

Ein wahrer Glückstaumel hatte uns erfaßt. Und doch ging mir noch durch den Sinn, welch ein Festmahl die wilden Tiere heute nacht hier vorfinden würden.

Später saßen Imadeddin als Salah al-Dins Erster Sekretär und ich, sein bescheidener Biograph, links und rechts des Sultans. Er trug einer der Wachen auf, Keukburi mitzuteilen, daß er nun bereit sei, den »König von Jerusalem« zu empfangen. Und so geschah es. Keukburi führte Guy in Begleitung von Renaud de Chatillon herein und sprach dann mit einer Förmlichkeit, die mich überraschte.

»Hier, o siegreicher Herrscher, bringe ich Euch den selbsternannten König von Jerusalem und seinen Ritter Renaud de Chatillon. Der dritte Mann ist ihr Übersetzer, welcher sich soeben entschlossen hat, zu unserem Glauben überzutreten. Ich erwarte Eure Befehle.«

»Dank Euch, Emir Keukburi«, erwiderte der Sultan. »Reicht dem König etwas Wasser.«

Mit dieser gastfreundlichen Geste zeigte er, daß er Guy nicht auf der Stelle enthaupten lassen würde. Gierig trank Guy aus dem Becher mit gekühltem Wasser und reichte ihn anschließend an Renaud weiter. Als dieser ebenfalls einen Schluck nahm, erbleichte der Sultan vor Zorn und wandte sich an den Übersetzer.

»Sagt diesem König«, seine Stimme war verächtlich und voller Abscheu, »daß er und nicht ich diesem Schuft zu trinken gab.«

Guy begann vor Angst zu zittern und neigte sein Haupt, um die Richtigkeit von Salah al-Dins Worten zu bestätigten. Daraufhin erhob sich der Sultan und blickte Renaud in die eiskalten blauen Augen.

»Ihr habt es gewagt, unsere Heilige Stadt Mekka zu schänden. Ferner habt Ihr das Verbrechen begangen, unbewaffnete Karawanen anzugreifen. Die Liste Eurer Freveltaten wird ergänzt durch Eure Tücke. Ich habe Allah bereits zweimal geschworen, Euch eigenhändig zu töten. Nun ist die Zeit gekommen, diesen Schwur zu erfüllen.«

In Renauds Augen flackerte Angst, doch er flehte nicht um Gnade. Der Sultan zog sein Schwert und versetzte dem Gefangenen einen Hieb bis zum Herz.

»Möge Allah Eure Seele auf schnellstem Weg zur Hölle fahren lassen, Renaud de Chatillon.«

Renaud brach zusammen, lebte aber noch. Nun schleiften ihn die Wachen des Sultans aus dem Zelt und trennten ihm mit zwei Schwerthieben den Kopf vom Leib. Im Zelt rümpften alle die Nase, denn plötzlich stank es entsetzlich. Der fränkische König hatte sich angesichts des Schicksals seines Ritters die Beinkleider besudelt.

»Wir bringen keine Könige um, Guy von Jerusalem«, beschwichtigte ihn der Sultan. »Dieser Mann jedoch hat jeden Ehrbegriff mit Füßen getreten. Darum mußte er sterben. Ihr aber dürft Euch nun zurückziehen und Euch säubern. Wir werden Euch frische Kleider bringen lassen. Dann werdet Ihr mit Euren Rittern nach Damaskus gebracht und dort dem Volk vorgeführt. Ich werde heute nacht mein Lager vor al-Kadisiya aufschlagen, und morgen wird, was Ihr Euch mit Gewalt angeeignet habt, wieder in den Händen des rechtgläubigen Volkes sein. Wir werden an Eurem Platz sitzen, doch im Gegensatz zu Euch werden wir Gerechtigkeit walten lassen und nicht vom Trank der Rache kosten. Wir werden die Schäden ausbessern, die Ihr unseren Moscheen und den jüdischen Synagogen zugefügt habt, wir werden Eure Kirchen jedoch nicht entweihen. Unter unserer Herrschaft wird al-Kadisiya wieder aufblühen. Schafft den Gefangenen fort, Keukburi, aber behandelt ihn gut.«

Und so gelangten Guy und seine edelsten Mannen nach Damaskus. Während man sie fortführte, konnten sie noch mitansehen, wie dreihundert Ritter des kriegerischen Templer- und Johanniterordens zur Hinrichtung geführt wurden. Der Sultan hatte entschieden, daß sie sterben mußten. Denn würde man sie am Leben lassen, würden sie nur erneut die Waffen gegen uns erheben. Es war die tödliche Logik einer Fehde, die unsere Welt viele Jahre lang vergiftet hatte.

Sechs

Des Sultans Erinnerung an Zubeida, die Nachtigall von Damaskus.

Am Abend des großen Sieges gewährte Salah al-Din seinen Männern nur eine bescheidene Feier. Kuriere trugen die Siegesbotschaft nach Bagdad und Kairo. Der Zählung nach hatten fünfunddreißigtausend Franken in der Schlacht ihr Leben lassen müssen. Imadeddin bestätigte diese Schätzung und bezifferte die Zahl der gefangengenommenen Edelleute, Ritter und Soldaten mit dreitausend.

Salah al-Dins Schreiben an seinen Bruder al-Adil in Kairo enthielt allerdings auch einen Befehl: Al-Adil sollte die ägyptische Armee nach Palästina entsenden, wo man den Djihad zu Ende führen wollte.

Der Sultan war voll des Glücks, doch verleitete ihn dies nicht zu Unbesonnenheit. Der Triumph von Hittin, so ließ er Takieddin wissen, bedeutete keineswegs den endgültigen Sieg. Weit mehr Gebiete galt es noch zu erobern, und er warnte uns davor, unsere Kräfte zu überschätzen.

Da er befürchtete, daß sich die Franken von neuem außerhalb der Mauern Jerusalems sammelten, ersann er einen ausgefeilten Plan. Ein Sturmangriff entlang der Küste würde sämtliche fränkischen Garnisonen vernichten. Auf diese Weise würde ihm die Heilige Stadt gleichsam wie eine reife Pflaume, die sich durch sachtes Schütteln vom Ast löst, in den Schoß fallen.

Die Soldaten waren trunken vor Siegesfreude und frohlockten, als der Sultan durch ihre Reihen ritt und sie von dem neuen Vorhaben unterrichtete. Sie träumten von dem Schatz, der nur darauf wartete, gehoben zu werden.

Allein Imadeddin und ich, die wir beide von den Ereignissen der vergangenen Tage erschöpft waren, hofften inständig, der Sultan möge auf unsere Dienste verzichten. Wir beabsichtigten, nach Damaskus zurückzukehren, um uns zu einem späteren Zeitpunkt erneut der erweiterten Armee auf ihrem Weg nach Jerusalem anzuschließen. Doch davon wollte der Sultan nichts hören.

»Ihr beide«, erklärte er uns, »seid ernsthafte, gebildete Menschen, zudem beredt und großherzig. Ihr, Ibn Yakub, seid von heiterem Gemüt, ohne jede Spur von Hochmut oder falschem Stolz. Auch Imadeddin zeichnet sich durch Umgänglichkeit und ein unbeschwertes Wesen aus. Aufgrund dieser Vorzüge seid Ihr mir unentbehrlich.«

Imadeddin war es zugedacht, die offiziellen Schreiben im Namen des Sultans zu verfassen. Ich selbst sollte die Augen offenhalten und sämtliche seiner Schritte gewissenhaft festhalten. Anfangs hatte er versprochen, mir nach der Schlacht allabendlich seine Eindrücke des Tages zu diktieren. Doch erwies sich dies als unmöglich, da er stundenlange Besprechungen mit seinen Emiren abhielt, anschließend ein Bad nahm und sich dann in sein Schlafgemach zurückzog.

Vier Tage nach dem Sieg bei Hittin stand das Heer des Sultans vor der Stadtmauer von Akko, einer wohlhabenden, zitadellenbewehrten Stadt, die sich in den Händen der Franken befand, seitdem jene begonnen hatten, die Küstengebiete zu verseuchen. Salah al-Din hegte keinerlei Zweifel, daß die Stadt sich ergeben würde, doch gewährte er den Herren von Akko eine Bedenkzeit von einer Nacht. Als die Franken von ihren Schutzwällen unsere riesige Armee erblickten, sandten sie Boten aus, um eine Übergabe auszuhandeln. Da Salah al-Din kein rachsüchtiger Mann war und seine Bedingungen beileibe nicht kleinlich genannt werden konnten, nahmen die fränkischen Bevollmächtigten sie auf der Stelle an.

Als der Sultan in die Stadt einritt, herrschte überall Totenstille. Imadeddin zufolge bot sich stets das gleiche Bild, wenn ein neuer Machthaber in eine eroberte Stadt einzog: Die Bevölkerung verharrte aus Angst vor Vergeltungsmaßnahmen in ihren Häusern. Doch konnte dies ebensogut einen anderen Grund haben. An jenem Tag brannte die sengende Sonne unbarmherzig vom Himmel hernieder, so daß wir schwitzten wie Tiere, als wir durch die Tore Akkos ritten.

Es war ein Freitag. Der Sultan, und an seiner Seite sein stolzer Sohn al-Afdal, ritt mit den Emiren zur Zitadelle. Als er absaß, blickte Salah al-Din gen Himmel und wölbte in der Geste eines Empfangenden die Hände. Indes wir schweigend verharrten, zitierte er folgenden Vers aus dem Koran:

»Du verleihst Kraft, wie es Dir gefällt,
und nimmst Macht, wie es Dir gefällt;
Du erhöhst nach Deinem Willen,
und erniedrigst nach Deinem Willen;
In Deinen Händen liegt das Gute,
besitzt doch Du die Macht über alle Dinge.«

Anschließend nahmen sie alle ein Bad und wechselten die Kleidung. Dann feierten sie mit leuchtenden Augen die Eroberung der Stadt und verrichteten ihre Gebete in der Moschee, welche den Franken lange Jahre als christliche Kirche gedient hatte.

Nach dem Freitagsgebet umarmte der Sultan seine Emire und kehrte zur Zitadelle zurück. Er hatte für den Abend eine Besprechung mit seinen Beratern anberaumt und sandte al-Afdal aus, um sicherzustellen, daß jedermann daran teilnahm. Alle sollten sich vergegenwärtigen, daß dieser Krieg noch nicht vorüber war. Als der Sultan mit Imadeddin und mir beisammen saß und einen Brief an den Kalifen diktierte, in dem er diesem von der Eroberung Akkos berichtete, wurden seine Gesichtszüge plötzlich weich.

»Wißt Ihr, was ich heute abend am liebsten täte?« fragte er in gänzlich veränderter Stimmung.

Wir lächelten höflich und warteten darauf, daß er fortfuhr.

»Einem singenden Mädchen lauschen, das mit gekreuzten Beinen vor mir sitzt und die viersaitige Laute zupft.«

Imadeddin lachte.

»Wäre es möglich, daß sich der Herrscher der Siegreichen der Freuden und Vorzüge Zubeidas erinnert?«

Des Sultans Gesicht erblaßte ein wenig, als dieser Name fiel. Doch er nickte.

»Sie wohnt nach wie vor in Damaskus. Obzwar auch bei ihr das Alter seine Spuren hinterlassen hat, so soll doch ihre Stimme nahezu unverändert lieblich klingen. Falls es dem Sultan genehm ist, versuche ich in Erfahrung zu bringen, ob sie ...«

»Nein, Imadeddin!« schnitt ihm der Sultan das Wort ab. »Ich sprach aus einem Augenblick der Schwäche heraus. In dieser Stadt haben Kaufleute das Sagen, Nachtigallen würden keinesfalls überleben. Glaubt Ihr tatsächlich, es könnte jemals eine zweite Zubeida geben? Nun begebt Euch beide in Eure Gemächer und ruht ein wenig. Ich benötige Eure Anwesenheit bei der Ratssitzung. Euch, Imadeddin, will ich noch eine besondere Gunst gewähren: Ihr braucht heute nicht mit mir zu speisen.«

So ungezwungen hatte ich den Sultan nur einst in Kairo erlebt. Seit seiner Rückkehr nach Damaskus schien er stets angespannt und in Gedanken mit Staatsangelegenheiten beschäftigt zu sein.

Als der große Meister der Dichtkunst und ich später im Bad saßen, fragte ich ihn nach Zubeida. Er zeigte sich verwundert, daß Shadhi nie ein Wort über des jungen Sultans heiße Liebe zu ihr hatte fallen lassen. Während man uns in einer Kammer neben den Bädern trockenrieb, erzählte er mir von einer Begebenheit, mit der er erneut sein erstaunliches Erinnerungsvermögen unter Beweis stellte.

»Es handelte sich um die Liebe eines sechzehnjährigen Knaben zu einem Geschöpf von unbeschreiblicher Schönheit. Ihr lächelt, Ibn Yakub, und ich denke, ich kenne Eure Gedanken. Ihr überlegt, was mich veranlaßt, die Schönheit einer Frau zu preisen. Habe ich nicht recht? Euer neuerliches Lächeln bestätigt meine Vermutung. Ich kann Eure Zweifel nachempfinden. Wahrlich, selbst Euer plumper Körper zieht mich mehr an als der einer jeden Frau, doch Zubeida beeindruckte mich ihrer dunklen, kehligen Stimme wegen. Mit ihrem Gesang streichelte sie die Seelen aller. Wahrlich, mein Freund, niemand konnte es mit ihrer Vollkommenheit aufnehmen.

Über ihre Herkunft ist mir nichts bekannt. Es ging die Rede, sie sei die Tochter einer Sklavin, die bei einer Schlacht gefangengenommen worden war. Nicht ein einziges Mal hatte

Zubeida etwas über Ihre Vergangenheit verlauten lassen. Allerdings sprach sie in Gesellschaft nie viel. Jedoch erzählte mir al-Fadil, der ihren Reizen gleichermaßen erlegen war, wie geistreich sie in Anwesenheit von nur ein oder zwei Personen zu plaudern verstand. Doch dieser Genuß blieb mir versagt.

Ich war indes dabei, als sie zum erstenmal mit dem jungen Salah al-Din zusammentraf, dessen Geist von Hochmut benebelt war. Sein Vater Ayyub und sein Onkel Chirkuh waren ebenfalls zugegen, und selbstverständlich auch Shadhi, der zu jener Zeit allgegenwärtig zu sein schien. Dies begab sich im Haus eines Kaufmanns, der keine Mühen scheute, um Ayyub zu erfreuen, und der daher Zubeidas Dienste in Anspruch genommen hatte. Bei diesem Anlaß hörten wir sie zum erstenmal singen, und Salah al-Din war auf der Stelle von ihr betört. Man konnte nahezu sehen, wie sein Herz loderte, entflammt von glühendheißer Leidenschaft.

Zu jener Zeit zählte Zubeida noch nicht einmal zwanzig Jahre. Sie war hellhäutig, hatte dunkles Haar, und ihre großen Augen leuchteten wie zwei Lichter aus dem Paradies. Wenn sie lächelte, strahlten ihre Zähne mehr denn Perlen. Sie war von zierlichem Wuchs und erinnerte mich, wenn ich das sagen darf, an einen schönen Knaben, dem einst in Bagdad meine Liebe gegolten hatte. Zuweilen wandte sie den Blick von uns ab, als schwebe sie im Zustand der Entrücktheit. Ihr Gesicht glich einem wolkenverschleierten Mond. Ich wünschte, sie wäre ein Knabe gewesen, Ibn Yakub. Doch ich sollte nicht abschweifen.

An jenem Abend war sie in eine Seidenrobe von der Farbe des Himmels gekleidet, die über und über mit verschiedenen Vögeln bestickt war, darunter auch goldene Nachtigallen. Ein langer schwarzer Schal mit einem roten Kreis diente ihr als Kopftuch. Beide Handgelenke schmückte je ein locker fallendes Silberarmband. Doch verblaßte all dies, sobald sie die Laute zupfte und ihre Stimme erklingen ließ. Es war paradiesisch, einfach paradiesisch, mein Freund.

Salah al-Din mußte an jenem Abend gewaltsam nach Hause geschleppt werden. Sein Onkel Chirkuh bot an, ihm Zubeida zu kaufen, doch allein der Gedanke, daß sie für Geld zu haben war, kränkte den Jüngling zutiefst. Das Blut pulsierte ihm in den Adern, als er in Begleitung seines treuen Beschützers Shadhi davonging. Seit jenem Abend ließ er keine Gelegenheit aus, ihrem Gesang zu lauschen. Er sandte ihr Geschenke, erklärte ihr seine Liebe, doch sie bedachte ihn nur mit einem traurigen Lächeln, strich ihm sanft über das Haar und flüsterte, Frauen wie sie gereichten der Bettstatt junger Prinzen nicht zur Zierde.

Unter dem mächtigen, verzweigten Birnbaum im Hof seines Vaters übte sich Salah al-Din in der Dichtkunst und sandte ihr Verse. Eines dieser Gedichte bekam ich später zu Gesicht. Salah al-Din beschwor darin Zubeidas Schönheit, die den Glanz des vollen Mondes am Himmelsgewölbe bei weitem überstrahle, da sie die Morgendämmerung überdauere. Wie Ihr Euch denken könnt, waren die Verse nicht von besonderer Güte, doch sprach große Zuneigung aus ihnen.

Zubeida rührte die Liebe des Jünglings, doch mußte sie ihr eigenes Leben leben, ein Leben, in dem es keinen Platz für Salah al-Din gab. Er wollte nicht wahrhaben, was sie ihm zu sagen versuchte. Er konnte nicht begreifen, daß er von ihr zurückgewiesen wurde. Glaubt mir, Ibn Yakub, diese Leidenschaft nahm derartige Züge von Besessenheit an, daß unser nüchterner, umsichtiger Sultan drohte, sich umzubringen, falls er sie nicht heiraten dürfe. Sein Onkel Chirkuh bereitete dem schließlich ein Ende, indem er den Jüngling nach Kairo schickte. Der Rest ist Euch bekannt. Salah al-Din wurde Sultan, Zubeida blieb eine Kurtisane.«

Da ich Salah al-Dins starken Willen und seine Beharrlichkeit kannte, wunderte es mich, daß er, wenn auch mit sichtlichem Bedauern, bereitwillig von der Sängerin abgelassen hatte. Schließlich hätte er in seiner Verzückung zu einem späteren Zeitpunkt nach Damaskus zurückkehren und sie dann ehelichen können. Der Umstand, daß sie eine Kurtisane war, hätte ihm sicherlich kaum die Ruhe geraubt, zumal ehemalige Kurtisanen für gewöhnlich als besonders treue Ehefrauen galten.

Mehr noch erstaunte mich, daß Shadhi diese Begebenheit nie auch nur mit einer Silbe erwähnt hatte. Entweder hatte der große Gelehrte eine flüchtige Vernarrtheit des jungen Sultans aufgebauscht, oder es gab einen tieferen Grund, der sich mir noch nicht erschlossen hatte. Ich drängte den großen Hüter der Erinnerungen, die ganze Wahrheit offenzulegen.

Imadeddin seufzte.

»Nun, mein Freund, sie war die Konkubine seines Vaters Ayyub. Als Chirkuh Salah al-Din auf diese schmerzliche Tatsache hinwies, erstarb etwas im Herzen des jungen Mannes. Ich bin der festen Überzeugung, daß er sich ganz bewußt mit all seinen Kräften der Kriegsführung zuwendete, nachdem er dies erfahren hatte. Als ich einst von einem Geliebten zurückgewiesen wurde, galt mein Trachten nur noch den Büchern, die ich zu veröffentlichen gedachte. Salah al-Din hingegen lenkte sich mit Schwertkampf und Reitkunst ab. Es schien, als schenke er all die Liebe, mit der er Zubeida nicht beglücken durfte, nun den Pferden. Ihr mögt lächeln, Ibn Yakub, doch lag es nicht in meiner Absicht, Euch zu erheitern.

Zubeidas Zurückweisung hatte ihn wie ein Dolchstoß in sein junges Herz getroffen. Es dauerte lange, bis Salah al-Din den Schmerz überwunden hatte. Die Folge war, wie Ihr ja wißt, daß er weit später heiratete, als bei den meisten Männern seiner Stellung üblich. Doch als sich die ersten Nachkömmlinge einstellten, wurde er rührig wie sein Lieblingshengst. Er nahm sich eine Konkubine nach der anderen und zeugte mehr Söhne als sein Vater und sein Onkel zusammen.

Trotz seiner sich stetig vergrößernden Familie war es niemandem gestattet, in seiner Anwesenheit Zubeidas Namen auszusprechen. Jegliche Erinnerung an sie wurde ausgemerzt. Vielleicht hat Shadhi daher nie von ihr gesprochen. Ihm war sehr wohl bewußt, wie schmerzlich diese Erinnerung war.

Ich bin heute ein großes Wagnis eingegangen. Ich ahnte, daß Salah al-Din in Gedanken bei ihr weilte. Er wollte seinen Triumph mit ihr teilen und ihr sagen: ›Sieh diesen Mann hier, Zubeida. Er hat weit mehr erreicht als sein Vater.‹ Weil ich das spürte, nahm ich mir die Freiheit heraus und erwähnte ihren Namen. Ich war ehrlich erstaunt über die Art, wie sich der Sultan daraufhin verhielt. Er hätte mich des Zimmers verweisen können. Doch scheint mir, sein Schmerz hat sich verflüchtigt. Allerdings werden wir das erst dann wissen, wenn er in Damaskus nach ihr schickt.«

In mir regte sich nun der brennende Wunsch, Zubeida zu Gesicht zu bekommen und ihrer Stimme und ihrem Spiel auf der viersaitigen Laute zu lauschen. Ich beschloß, sie nach unserer Rückkehr in Damaskus aufzusuchen. Vielleicht vermochte sie der Geschichte noch etwas hinzuzufügen. Vielleicht hatte sie dem allem weit weniger Bedeutung beigemessen. Konnte es sein, daß Salah al-Din nicht nur im Krieg, sondern auch in der Liebe zu verhalten vorging? Jedenfalls wollte ich die Angelegenheit nicht auf sich beruhen lassen. Imadeddin hatte mir erzählt, was er wußte, doch konnte ich mich nicht des Gefühls erwehren, daß da noch etwas im dunkeln lag. Mir war daran gelegen, die Wahrheit offenzulegen. Sollte Zubeida nicht bereit sein zu sprechen, wollte ich mich an Jamila wenden. Sie wäre die einzig lebende Seele, die dem Sultan mit ihren Fragen zusetzen könnte, bis er ihr sagte, was sie zu erfahren wünschte.

Shadhi, der einzige, der mir vielleicht die ganze Geschichte hätte erzählen können, hatte mich im Stich gelassen. Als ich mich für den Kriegsrat zurechtmachte, war der alte Mann in meinen Gedanken zugegen, und wir führten ein heftiges Streitgespräch.

Sieben

Der letzte Kriegsrat.

Obzwar Imadeddin mir anvertraut hatte, der Sultan betrachte den Kriegsrat als die wichtigste Zusammenkunft dieses Djihad, stand ich dem eher argwöhnisch gegenüber. Denn ich vermutete, daß Imadeddin mir dies einzig deshalb offenbart hatte, um seine eigene Bedeutung als des Sultans bewährter Ratgeber zu unterstreichen. Doch ich irrte mich.

Ich hatte angenommen, der Kriegsrat sei eine reine Formsache, eine Art Siegesfeier, in deren Verlauf der Sultan unseren Abmarsch nach Jerusalem bekanntgeben würde. Mitunter verfällt man auf Gedanken, die man später nur mit einem Lachen abtun kann. Dieser war einer davon.

Als ich den Saal betrat, in dem sich die Emire drängten, spürte ich, daß Unsicherheit und Spannung in der Luft lagen. Vom hinteren Teil des Raumes aus erblickte ich in einiger Entfernung den Sultan, ins Gespräch vertieft mit al-Afdal, Imadeddin und Takieddin. Letzterer schien gerade das Wort zu führen, während die anderen heftig nickten. Die Emire gaben mir den Weg zum Sultan frei, doch taten sie das in einer Weise, als wäre ich das Schoßhündchen des Herrschers. Aus ihren Gesichtern war weder Zuneigung noch Ermunterung zu lesen. Sogar Keukburi schien verstimmt zu sein.

Erst als ich das Podest erreichte, auf dem der Sultan saß, wurde mir der Grund für den Unmut der Emire klar. Was zwischen Salah al-Din und seinen engsten Angehörigen soeben beschlossen wurde, war die Aufteilung der Siegesbeute, ein stets heikler Augenblick nach der Eroberung einer Stadt.

Wie Salah al-Din am liebsten verfahren hätte, war unter den Emiren kaum ein Geheimnis: Er hätte einen Teil des Gewinns für den Djihad einbehalten und den Rest zu gleichen Teilen unter allen Gläubigen aufgeteilt, die in die Stadt einmarschiert waren. Doch sein Sohn gemahnte ihn an eine andere Tradition, der die Herrscher während eines heiligen Krieges stets gefolgt waren, nämlich alles ihren Söhnen zu vermachen.

Unter diesem großen Druck hatte der Sultan die Städte mit sämtlichen Gütern al-Afdal überlassen. Das Zuckerreinigungswerk war ein Geschenk an Takieddin, und der große Gelehrte des Wortes hatte ein stattliches Haus erhalten. All dies hatte al-Afdal bereits den Emiren kundgetan, was sich als Fehler herausstellte. Die Emire hätten ebenfalls gemurrt, die Nachricht jedoch wesentlich williger aufgenommen, hätte der Sultan selbst sie von seiner Entscheidung in Kenntnis gesetzt. Imadeddin wiederum lehnte eine Verteilung grundsätzlich ab und schlug vor, alles solle in die Kriegskasse fließen und für künftig anstehende Kriege aufgespart werden.

»Ihr könnt Euch darauf verlassen«, flüsterte er Salah al-Din zu, »daß die Franken um Hilfe von jenseits des Meeres schicken werden, und dann treffen weitere Ritter ein. Wir werden Geld brauchen, wenn sie ihren ›dritten‹ Kreuzzug beginnen!«

Salah al-Din pflichtete ihm zwar bei, zuckte jedoch schicksalsergeben mit den Schultern. Dann erhob er sich, um das Wort an seine Emire zu richten. Einen Augenblick lang herrschte Stille. Nur das Zirpen der Zikaden draußen war zu vernehmen.

»Ich weiß, was manche von Euch denken. Ihr fragt Euch, warum ich zögere, nach al-Kadisiya zu ziehen. Laßt es mich Euch erklären. Ich will nicht, daß al-Kadisiya jemals wieder in die Hände der Ungläubigen fällt. Schon morgen könnten wir es einnehmen, und mit Allahs Hilfe sogar ohne große Schwierigkeiten, da die Franken ihre besten Ritter in Hittin verloren haben. Doch das wäre ein Fehler, und wenn Ihr länger darüber nachdenkt, werdet Ihr mir zustimmen. Noch immer halten die Franken die Küstenstädte besetzt. Und in den Häfen ebendieser Städte werden die Schiffe aus ihrer fernen Heimat ankern und weitere Ritter, weitere Waffen, noch mehr Kreuze und noch mehr Alkohol in unser Land bringen. Sie werden sich mit den noch verbliebenen Ungläubigen hier zusammentun und al-Kadisiya belagern. So einfach ist es.

Aus diesem Grund werden wir unsere Streitmacht aufteilen und sämtliche Städte an der Küste unter unsere Herrschaft bringen. Wie Ihr wißt, sehe ich es niemals gern, wenn unser Heer sich aufspaltet und Emire, losgelöst von den anderen, kleine Einheiten in verschiedene Schlachten führen müssen. Dennoch werden wir genau das tun, ehe wir gen al-Kadisiya marschieren. Ich will den Baum so heftig schütteln, daß alle Orangen zu Boden fallen, bis auf eine. Und diese eine werden wir sorgsam wie eine seltene, kostbare Blume pflücken. Laßt uns die Küste von diesen Ungläubigen säubern!

Für mich ist Tyros sogar noch wichtiger als al-Kadisiya. Wenn der Hafen jener Stadt in unserer Hand ist, sind uns die Franken auf ewig ausgeliefert. Die Ritter, die übers Meer kommen, werden unser Feuer bereits zu spüren bekommen, wenn sie sich noch auf ihren Schiffen befinden. Ihr wollt wissen, was ich vorhabe? Es ist ganz einfach. Hört gut zu, denn jetzt sollt Ihr es erfahren: Askalon. Jaffa. Saida. Beirut. Jubail, Tartus, Jabala, Latakia, Tyros und schließlich al-Kadisiya.

Wären die Franken unsere einzigen Feinde, hätten wir sie mit Allahs Hilfe schon vor Jahren aus unseren Ländern verjagt. Doch abgesehen von den Franken sehen wir uns noch drei weiteren Feinden gegenüber: der Zeit, der Entfernung und jenen Gläubigen, die sich lieber in ihren Türmen verstecken und die Schlacht aus der Ferne beobachten. Gleich Hyänen wagen sie sich nicht aus ihren Höhlen heraus und begnügen sich damit, den Tigern beim Kampf zuzusehen. Diese Gläubigen sind es, die den Namen unseres Propheten, Friede sei mit ihm, mit Schande, Schmach und Feigheit besudelt haben. Sie sollen wissen, daß wir den Sieg davontragen werden, daß sie aber in den Augen aller Gläubigen auf immer entehrt und verachtet sein werden. Allah wird uns beistehen, sie zu bezwingen.«

Des Sultans Worte überraschten die Emire. Während er sprach, lächelten sie und nickten beifällig, und kaum hatte er geendet, riefen sie wie aus einem Munde: »Es gibt keinen Gott außer Allah, und Muhammad ist Sein Prophet.«

Keukburi ergriff als erster das Wort.

»Herrscher der Siegreichen, ich bin mir sicher, für alle hier Anwesenden zu sprechen, wenn ich sage, daß Allah Euch wahrlich gesegnet hat. Auch ich habe die Ansicht vertreten, wir sollten die Belagerung al-Kadisiyas nicht hinauszögern. Doch nun habt Ihr mich davon überzeugt, daß ich einem Irrtum erlegen war und daß Ungeduld in Kriegszeiten ein schlechter Ratgeber ist. Mit Eurer Erlaubnis würde ich Euch gern eine Frage stellen.«

Der Sultan nickte zustimmend.

»Die einzige Möglichkeit, wie wir die Küste rasch einnehmen können, besteht darin, unsere Streitmacht aufzuteilen, doch ...«

»Eure Bedenken sind mir bekannt, Keukburi, und ich teile sie. Ich bin stets in Sorge, wenn ich meine Angehörigen oder die mir nahestehenden Gefährten zu Feldzügen entsende, bei denen sie auf sich allein gestellt sind. Diesmal bleibt uns jedoch in der Tat keine andere Wahl. Ein schnelles Vorgehen ist unabdingbar. Ich will, daß unsere Soldaten wie Heuschrecken über die Küste herfallen. Ihr, mein verläßlicher Keukburi, müßt die Straße von Teveriya bis hierher nach Akko säubern. Nehmt jedes Dorf und jede Stadt ein, angefangen bei Nazareth, wo Isa geboren wurde. Erobert die Festung der Tempelritter bei al-Fula. Hissam al-Din wird Sebaste und Nablus bezwingen. Badr al-Din, Ihr zieht gen Süden und erobert Haifa, Arsuf und Kaisariya. Takieddin wird gegen Tibnin und Tyros vorrücken, während ich Beirut und Saida einnehmen werde. Imadeddin hat hart gearbeitet und kann nun jedem von Euch darüber Auskunft erteilen, welcher Widerstand nach unserer Schätzung in den jeweiligen Städten zu erwarten ist. Wie ich annehme, wird Nablus die einzige Stadt sein, die sich freiwillig ergibt, weil dort die Gläubigen gegenüber den Franken in hundertfacher Überzahl sind. Die Franken wissen um unsere Erfolge, doch anderenorts ziehen sie es vielleicht vor, ihre Qualen zu verlängern. In diesen Fällen sollt Ihr keine Nachsicht mit ihnen üben. Wollen sie jedoch Bedingungen für die Übergabe aushandeln, so müßt Ihr Euch als großmütig erweisen, denn es steht nicht nur das Leben der Franken auf dem Spiel. Allah sei mit Euch. Morgen brechen wir auf.«

Angetan mit einer Staatsrobe und einer Halskette aus schwarzen und weißen Perlen verließ Salah al-Din am darauffolgenden Tag in einem feierlichen Festzug die Stadt. Er wurde von seinen Emiren begleitet, die sich bereits von ihm verabschiedet hatten, ehe sich ihre Wege nun trennen sollten. Zuvor hatte der Sultan seine Schwertkämpfer, Lanzenreiter und Bogenschützen ausgewählt, Männer, die seit vielen Jahren an seiner Seite fochten. Neben Salah al-Din ritten Imadeddin und ich. Vor den Toren Akkos hielten wir an, damit der Sultan einige letzte Worte mit den Emiren wechseln konnte. Takieddin und Keukburi ritten auf ihn zu, saßen ab und küßten den Saum seines Gewandes. Beim Anblick der beiden jungen Männer, die er hatte aufwachsen sehen und denen er ebensosehr vertraute wie sich selbst, nahm sein Gesicht einen zärtlichen Ausdruck an. Er lächelte und befahl ihnen, sich nun auf den Weg zu machen.

»Vor den Toren al-Kadisiyas werden wir uns wiedersehen.«

Da kam sein Sohn al-Afdal auf einem pechschwarzen Roß angaloppiert, in voller Rüstung und mit dem Eigendünkel, der in der Natur siebzehnjähriger Knaben liegt. Er hatte Schwierigkeiten, das Pferd zu zügeln, was sein Vater belustigt zur Kenntnis nahm, indes er sich bemühte, ein Grinsen zu unterdrücken. Al-Afdal saß schwungvoll ab und küßte in übertriebener Weise die Robe seines Vaters.

»Möge Allah dich lenken, auf daß du diese Stadt gut regierst, al-Afdal«, sagte sein Vater. »Eines Tages werden wir beide zusammen die Pilgerreise nach Mekka unternehmen, doch erst nachdem wir al-Kadisiya erobert haben. Nun kehr zurück in deine Stadt, doch denk daran, daß wir sterblich sind und nur deshalb herrschen, weil das Volk uns herrschen läßt. Hüte dich vor Habgier und Prunksucht. Herrscher, die diesen Untugenden anheimfallen, offenbaren damit nur ihre Unsicherheit. Ich habe all meine Hoffnungen auf dich gesetzt, al-Afdal, und meine größte Hoffnung ist es, daß du mich niemals enttäuschst.«

Bei diesen Worten reckte der Sultan den rechten Arm in die Höhe, und unser Heer marschierte aus Akko hinaus.

Acht

Salah al-Din wird als großer Eroberer gefeiert, will aber Tyros nicht einnehmen, obwohl ihm Imadeddin dazu rät.

Wir marschierten ohne Hast. Der Sultan wollte seine Soldaten nicht grundlos ermüden. Dörfer und Städte fielen ihm ohne einen Schwertstreich zu, seine Eroberungen reihten sich nun aneinander wie die Perlen einer Kette. Allüberall versammelten sich die Einwohner, ob Anhänger des Propheten, Christen oder auch Leute meines Glaubens, und starrten ihn neugierig an. Häufig wurden Kinder zu ihm gebracht, damit er die Hand auf ihre Köpfchen legte und sie segnete. Die Muslime jubelten, doch ohne Häme. Mir fiel auf, wie der Pöbel die Besiegten gemeinhin mit Flüchen bedachte, während er Loblieder zu Ehren der Sieger anstimmte – offenbar ein Gebot des Krieges. Mit dieser Verhaltensweise suchen sich die Menschen gegen Unwägbarkeiten zu wappnen.

Doch in jedem Dorf, in jeder Stadt trifft man auch stets solche an, die zu übertriebener Begeisterung neigen. Um dem neuen Herrn ihre Ergebenheit zu zeigen, verunglimpfen sie den Namen des alten Herrschers, reißen geschmacklose Witze und schmähen ihn, gleich streunenden Hunden, die sich am Aas gütlich tun. Gewöhnlich handelt es sich um dieselben, die den Franken niemals Widerstand geleistet haben, infolge ihrer Niederlage jedoch zu großmäuligen Rächern wurden und damit den Schleier des Vergessens über ihre Vergangenheit legen wollen.

Einer prahlt damit, wie er einen einzelnen fränkischen Ritter an einem Fluß aufgespürt hat und ihn enthauptete, so daß sich das Wasser rot färbte. Der nächste sucht dieses Lügenmärchen zu überbieten und erzählt, wie er eines Nachts einen fränkischen Ritter überraschte, als dieser ein Mädchen schändete, selbstverständlich eine Gläubige. Und so bohrte er dem Missetäter sein Schwert ins Herz, schnitt ihm dann die Hoden ab und verfütterte sie an die Hunde.

Nach etlichen derartigen Erfahrungen erließ der Sultan den Befehl, jedermann öffentlich auszupeitschen, der sich mit unwahren Heldentaten brüstete. Denn es erzürnte Salah al-Din, daß unbedeutende Wichtigtuer die Leichen derer fledderten, die, wenn vielleicht auch nicht ohne Fehl, so doch ihr Leben im Kampf gelassen hatten. Als sich die Kunde verbreitete, daß dieser Sultan Lügnern nicht wohlgesonnen war, verminderte sich die Zahl der Aufschneider in Windeseile.

Indes wir uns Tyros näherten, kam es in unseren Reihen zu einer Meinungsverschiedenheit. Imadeddin vertrat die Auffassung, wir sollten die Stadt unverzüglich einnehmen, trotz ihrer Befestigungsanlagen und trotz des zu erwartenden Widerstandes. Die meisten Emire teilten diese Ansicht und warfen ein, der Sultan selbst habe schließlich einmal gesagt, daß der Fall von Tyros sogar noch wichtiger sei als die Einnahme von Jerusalem. Daher habe es keinen Sinn, diesen Sturmangriff hinauszuzögern.

Ich entsinne mich noch gut des Abends, da wir inmitten von Orangenhainen und wild wachsenden Blumen unser Lager aufschlugen. Der Blütenduft überwältigt mich selbst jetzt, bei der bloßen Erinnerung an diese Nacht. Dunkle Wolken zogen am Himmel, indes Salah al-Din im Lager auf und ab schritt, ohne ein Wort mit jemandem zu wechseln. Gelegentlich pflückte er eine Frucht von einem Orangenbaum, schälte und verzehrte sie. Der Klang fernen Donners ließ ihn aufmerken. Als er hochschaute, fielen die ersten Regentropfen.

Schon seit über einer Stunde hing der Sultan allein seinen Gedanken nach, während die Emire und Imadeddin vor seinem Zelt warteten. Jetzt suchten sie alle im Inneren Schutz.

Worüber dachte er nach? Lange betrachtete Salah al-Din die versammelten Männer. Er wußte, was sie dachten. Entschlossen ging er zum Zelteingang zurück und spähte hinaus. Der Regen hielt noch immer an. Als er wieder in ihre Mitte trat, teilte er den Emiren mit, daß er sich entschieden habe, Tyros zunächst zu umgehen. Wir würden nach Saida marschieren und später weiter nach Beirut ziehen. Tyros mußte warten, bis wir uns auf dem Weg zurück nach Jerusalem befanden.

Enttäuschung spiegelte sich auf allen Gesichtern, aber niemand stellte die Entscheidung des Sultans in Frage. Selbst Imadeddin, der für gewöhnlich kein Blatt vor den Mund nahm, schwieg. Obgleich er gewußt habe, daß diese Entscheidung falsch war, wie er mir später erzählte. Doch er hielt sich für zu unerfahren in militärischen Dingen, um dem Sultan zu widersprechen. Dabei hatte Salah al-Dins Entschluß nichts mit den Erfordernissen des Djihad zu tun, sondern war vielmehr die wunderliche Folge rührseliger Empfindungen.

»Ich weiß, daß die Emire es für falsch halten, Ibn Yakub«, bekannte er noch am selben Abend, nachdem wir uns mit seinem geliebten Bohneneintopf gestärkt hatten.

»Tatsache ist, daß mein alter Freund Raymund von Tripoli sich in der Zitadelle von Tyros verborgen hält. Ich habe ihn bei Hittin entfliehen lassen. Sein Stolz wird es ihm verbieten, sich zu ergeben, und ich will ihn nach wie vor nicht töten. Das Schicksal hat sich dazu verschworen, uns zu Feinden zu machen, doch fühle ich mich ihm weiterhin verbunden. Die Freundschaft ist ein heiliges Gut, das haben mir mein Vater und mein Onkel beigebracht, als ich noch ein Knabe war, und ich habe es nie vergessen. Nun sagt mir mein Verstand, daß ich falsch handle, mein Herz hingegen will einen Bruch der Freundschaft nicht zulassen. Versteht Ihr das? Oder seid Ihr inzwischen, wie Imadeddin, so trunken von unseren Siegen, daß Vertrauen und Freundschaft für Euch nur mehr leere Worte sind, die Euch nichts mehr bedeuten? Es ist immer das gleiche. Wir, die wir im Kampf stehen, wissen besser um dessen Grenzen als ihr, die ihr im Zelt sitzt und schreibt.«

Ich ergriff die mir so freundlich gewährte Gelegenheit, meine Meinung von derjenigen Imadeddins abzuheben, ließ Salah al-Din aber auch wissen, daß nicht allein der große Gelehrte aufgebracht war. Auch die Emire und einige der Soldaten fanden es verkehrt, Tyros nicht einzunehmen. Kaum hörte der Sultan dies, versank er wieder in Gedanken und entließ mich für den weiteren Abend aus seinen Diensten.

Als ich aus seinem Zelt in die Nacht hinaustrat, wehte eine sanfte Brise. Der Regen hatte aufgehört, der Himmel aufgeklart. Ein Sternenteppich funkelte am Firmament. Plötzlich wurden meine Sinne von den mannigfaltigen Düften im Orangenhain nahezu betäubt. Wild wachsende Blumen, Jasmin, Orangen, Kräuter und die nasse Erde, alles verströmte seinen eigentümlichen Duft und vermengte sich zu einem überwältigenden Wohlgeruch. Ich entschloß mich, einen Spaziergang zu unternehmen, doch hinderte mich Imadeddin daran, Erbauung in der Einsamkeit zu finden. Sein Diener hatte vor dem Zelt des Sultans bereits auf mich gewartet und teilte mir mit, daß mich sein Herr dringend zu sprechen wünsche. Hat ein geringer Schreiber angesichts einer derart nachdrücklichen Aufforderung überhaupt eine Wahl? Ich verzichtete auf den Spaziergang und folgte dem Mann in Imadeddins Zelt. Der Gelehrte war schlechter Laune. Der Krieg und das rauhe Leben im Lager sagten dem angesehenen Mann nicht zu. Er vermißte die gewohnten Annehmlichkeiten, seine Lustknaben, den Wein, seine Speisen und Damaskus. Als ich eintrat, knurrte er:

»Nun?«

Ich mimte Überraschung.

»Warum in Allahs Namen hat Salah al-Din sich entschlossen, Tyros zu umgehen? Das ist eine sehr törichte Entscheidung!«

Lächelnd zuckte ich die Achseln.

»Ich bin nur sein Schreiber, hoher Herr. Warum sollte er sich mir anvertrauen?«

»Du gerissener, verlogener Sohn einer ...«

Ich bat ihn, den Satz unvollendet zu lassen.

»Als sich der Sultan vor vielen Jahren in Kairo entschied, mich in seine Dienste zu nehmen, stellte er unmißverständlich klar, daß sämtliche seiner Äußerungen vertraulich seien. Zudem schloß er mich von den Sitzungen seines Kriegsrats aus, denn er fürchtete, die Franken könnten mich gefangennehmen und foltern, um auf diese Weise seine geheimen Kriegspläne in Erfahrung zu bringen. Ich habe also keine Ahnung, welche strategischen Gründe gegen die Einnahme von Tyros sprechen.«

Imadeddin stand auf, hob sein rechtes Bein und ließ geräuschvoll einen Wind entfahren.

»Ihr dünkt Euch wohl sehr schlau, Schreiber. Es gibt keine strategischen Gründe, diese Entscheidung ist ausschließlich von rührseligen Gefühlen bestimmt. Wir alle wissen, daß sich sein Freund Raymund von Tripoli in Tyros befindet. Falls Raymund sein Geliebter wäre, würde ich seinen Entschluß gleichwohl mißbilligen, doch könnte ich ein gewisses Verständnis aufbringen. Aber inmitten eines Djihad, bei dem unsere Zukunft auf dem Spiel steht, ist für Freundschaft kein Platz. Sein Gespür hat ihn getrogen, seine Entscheidung ist grundverkehrt. Der große Nureddin hätte sich niemals zu solchem Unsinn hinreißen lassen!«

»Vielleicht stimmt, was Ihr sagt«, erwiderte ich. »Doch läßt sich nicht leugnen, daß es dem frommen Sultan Nureddin versagt blieb, Jerusalem zurückzuerobern, obwohl dies sein sehnlichster Wunsch war. Unser Sultan indes wird nicht scheitern.«

»Hoffentlich«, meinte Imadeddin. »Ich bete, daß sich Eure Worte bewahrheiten, obgleich ich meine Zweifel habe. Die Geschichte kennt keine Gewißheiten.«

Zwei Tage später gab sich Saida geschlagen, und wir marschierten in die Stadt ein. Im Augenblick schien die Tyros-Frage vergessen. Der Sultan war hocherfreut, weil niemand sein Leben hatte lassen müssen. Er wollte eine kleine Streitmacht in der Stadt zurücklassen und noch am selben Nachmittag nach Beirut weiterziehen. Aber die Edelleute drängten ihn, ihre Stadt wenigstens eine Nacht mit seiner Anwesenheit zu beehren.

Salah al-Din zögerte, die Einladung anzunehmen. Leere Höflichkeitsbezeugungen waren ihm seit jeher zuwider. Doch Imadeddin zeigte sich darüber entsetzt und flüsterte dem Sultan ins Ohr, daß es eine äußerst grobe Beleidigung wäre, dieses Angebot auszuschlagen. Wie bei allen Fragen diplomatischen Feingefühls grollte der Sultan zwar, gab letztlich aber nach. Alle seufzten erleichtert auf. Denn die Soldaten waren erhitzt und ermüdet, und Saida war eine verführerisch schöne Stadt.

Der Sultan und die Emire sowie Imadeddin und meine Wenigkeit wurden in die Zitadelle geführt, um dort auszuruhen. Von der Brüstung aus konnten wir sehen, wie die Soldaten zum Strand rannten, ihre Kleider abwarfen und in die kühlen Meeresfluten tauchten. Im Gegensatz dazu waren die uns bereiteten Bäder in der Zitadelle geradezu dürftig.

An diesem Abend zog sich der Sultan früh zurück, indes Imadeddin und ich als Gäste der Stadtväter von Saida speisten. Ein erlesenes Festmahl wurde uns gereicht. Seit unserer Abreise aus Kairo hatte ich nicht mehr so viele verschiedene Fischsorten gekostet. Denn ungeachtet der zahlreichen Zubereitungsarten entstammen die Fische des Nils doch stets der gleichen Familie. An diesem Abend in Saida aber wurde die Mannigfaltigkeit des Meeres in all ihrer Herrlichkeit vor uns aufgetischt. Doch nicht allein die Speisen waren verlockend. Junge wunderschöne Frauen, die ihre Reize nicht zu verbergen trachteten, sorgten für stets gefüllte Weinkaraffen. Das ließ Imadeddin natürlich kalt, verfehlte jedoch nicht die Wirkung auf die drei Emire aus Damaskus. Bald schon verloren sie sich in Träumereien bevorstehender nächtlicher Freuden. Gerne hätte ich mich zu ihnen gesellt, doch der große Gelehrte zeigte kein Verständnis für derlei Genüsse.

Kaum war die Mahlzeit beendet, wir nippten noch an dem mit Orangenblüten- und Rosenessenz versetzten heißen Wasser, da dankte er bereits unseren Gastgebern und bestand darauf, daß ich ihn zu seinem Gemach begleitete.

»Ich bedaure, Eure Pläne für den Abend zu vereiteln, Ibn Yakub. Ich sah das Begehren in Euren Augen beim Anblick der Freudenmädchen, die uns bedienten. Aber ich muß noch heute abend etwas Wichtiges mit Euch besprechen. Ja, ich brauche Eure Hilfe. Denn Salah al-Din macht mir Kummer.«

Bislang hatte ich immer angenommen, daß Imadeddin in mir nichts weiter als einen niederen jüdischen Schreiber sah, der sich irgendwie geschickt in den kleinen Kreis der Vertrauten um Salah al-Din hineingemogelt hatte. Daher war auch sein Tonfall meist sarkastisch oder herablassend gewesen. Was also hatte ihn zu diesem Sinneswandel bewogen? Ich war sowohl verwirrt als auch geschmeichelt, unversehens als Gleichgestellter behandelt zu werden.

»Warum sorgt Ihr Euch um den Sultan?«

»Sein Gesundheitszustand beunruhigt mich. Immer wieder leidet er an Koliken, Allah kann ihn jeden Tag zu sich rufen. Wenn er die Eroberung von al-Kadisiya noch lange hinauszögert, wird dieses Kleinod auf immer für uns verloren sein. Denn nach seinem Tod werden die meisten Emire in Zwist miteinander geraten, und niemand wird sich mehr des gemeinsamen Feindes entsinnen. Das ist der Fluch meiner Religion, Ibn Yakub. Es scheint, als strafe uns Allah, der uns während des Lebens des Propheten geleitet hat, jetzt für unsere Gier. Ich habe dem Sultan gesagt, daß wir nach dem Fall von Beirut keine Zeit mehr an der Küste vergeuden dürfen, und al-Fadil hat mich in dieser Auffassung bestärkt. Salah al-Din muß al-Kadisiya erobern. Ich möchte, daß Ihr ihm denselben Rat erteilt.«

Ich war verblüfft. Wollte er damit andeuten, daß ich der Dritte im Bunde war?

»Jetzt ist nicht die Zeit für falsche Bescheidenheit, Ibn Yakub. Wir wissen, daß der Sultan Euren Rat schätzt. Laßt uns nicht im Stich.«

Zwei Tage später schlugen wir unser Lager in Sichtweite der Stadtmauern von Beirut auf. Vor uns lag das Meer. Es war ein schwüler Tag, und der Sultan litt unter der Witterung, sie machte ihn aufbrausend und unduldsam. Auch Imadeddin war unpäßlich, er klagte über schlimme Magenschmerzen und Übelkeit. Marwan, der Arzt des Sultans, verordnete ihm eine Diät. Nur Kräutertee und Gemüse waren Imadeddin erlaubt, Fleischgenuß hingegen wurde ihm streng untersagt. Bald besserte sich sein Zustand, doch schon zwei Tage nach der Behandlung kehrten die Schmerzen wieder. Marwan empfahl dem Sultan, Imadeddin nach Damaskus zurückzuschicken. Dort könnte der Kranke in aller Ruhe beobachtet und entsprechend behandelt werden. Denn Marwan war hauptsächlich in der Behandlung von Fleischwunden erfahren.

Wie immer zeigte sich Salah al-Din mehr besorgt um die Gesundheit seiner Freunde als um seine eigene und befahl einer berittenen Einheit, den leidenden Chronisten nach Damaskus zu bringen. Imadeddin erhob leise Widerspruch, aber ich sah, daß er im Grunde froh war. Als ich ihm den Abschiedsgruß entbot, blinzelte er mir zu.

»Ich brauche Ruhe, Ibn Yakub, und sehne mich nach der Einsamkeit. Zweifellos ist der Djihad notwendig, doch mein eigenes Werk leidet darunter. Es ist nicht leicht, sich mit der Vergangenheit zu befassen, wenn die Gegenwart so unsicher erscheint und der Tod uns in Gestalt der Franken heimsucht. Meine Abwesenheit wird den Sultan verdrießen, aber gebt Ihr Euer Bestes.«

Ich nickte und murmelte ein paar mitfühlende Worte und daß ich hoffte, ihn bald genesen in Damaskus wiederzusehen. Doch kaum hatte man ihn in einer Sänfte weggetragen, hallte Shadhis Stimme in meinen Ohren wider.

»Ihm gefällt das Leben in einem Kriegslager nicht, stimmt's? Er braucht Einsamkeit, ach wirklich! Ich bin überrascht. Dieser Arschficker hat sich mit so vielen jungen Soldaten vergnügt, daß ich den Überblick verloren habe. Ihn haben seine Ausschweifungen aufs Lager geworfen, nichts weiter.«

Der Sultan war davon ausgegangen, daß sich Beirut wie die anderen Küstenstädte bereitwillig kampflos ergeben würde, doch unser Bote kehrte mit schlechten Nachrichten zurück. Die Franken wollten kämpfen.

Salah al-Din seufzte.

»Ich hatte gehofft, wir bekämen keine Leichen mehr sehen, bis wir vor al-Kadisiya stehen. Warum suchen diese Dummköpfe den Kampf, Ibn Yakub?«

Imadeddin oder al-Fadil hätten sofort eine Antwort auf diese Frage gewußt. Ich dagegen war es gewohnt, ihm zuzuhören, seine Gedanken festzuhalten und nur dann meine Meinung zu äußern, wenn er mich dazu drängte. Salah al-Din runzelte die Stirn.

»Was ist? Habt Ihr keine Erklärung dafür?«

Ich lächelte verlegen und schüttelte den Kopf.

Seine Stimme schwoll an.

»Diese Tölpel glauben, daß sie von ihren Gebietern belohnt werden, wenn sie mir kurz Widerstand leisten und ein paar ihrer Ritter opfern. Sie wollen zeigen, daß sie sich nicht einfach geschlagen geben. Schickt ihnen meine Antwort, Ibn Yakub. Sagt ihnen, daß sie den Zorn Allahs zu spüren bekommen werden, wenn sie sich nicht unverzüglich ergeben. Wir werden Feuer auf sie herabregnen lassen und ihre Stadt zerstören. Teilt ihnen mit, daß ihre Unverschämtheit nicht dazu angetan ist, uns großmütig zu stimmen.«

Ich verneigte mich und zog mich in mein Zelt zurück, wo ich den Brief des Sultans zu entwerfen begann. Zwar fühlte ich mich geehrt, weil ich Imadeddins Stelle einnehmen durfte, doch war ich mir nicht sicher, ob ich den Stil des Meisters nachahmen oder einen eigenen entwickeln sollte. Inzwischen war Imadeddin so geübt darin, die Briefe des Sultans zu verfassen, daß Salah al-Din sie beim Durchlesen für die Mitschrift seiner eigenen Worte hielt. Ganz entgegen seiner Art freute er sich über die Schmeicheleien, mit denen der Empfang eines solchen Sendschreibens häufig erwidert wurde. Nur al-Adil, sein jüngerer Bruder, wagte, ihn deswegen zu necken. Vor einigen Monaten hatte sich al-Adil nach dem Nachtmahl bei Imadeddin erkundigt, was dieser von dem Brief des Sultans halte, der am selbigen Tag Raymund von Tripoli überbracht worden war. Der Gelehrte hatte einen Augenblick innegehalten und dann geantwortet:

»Er zählt nicht zu den erleseneren Schöpfungen des Sultans.«

Da Salah al-Din überrascht aufsah, gab al-Adil zurück: »Ach was, Imadeddin. Bescheidenheit steht Euch nicht zu Gesicht.«

Ich verbrachte die ganze Nacht damit, die Bedingungen der Übergabe in Worte zu fassen, obgleich es sich nur um wenige Punkte handelte. Doch schrieb ich das Papier mehrere Male neu, bis ich gänzlich damit zufrieden war. Aber als der Sultan es nach dem Morgengebet überflog, zog er die Brauen zusammen.

»Zu blumig. Zu umständlich. Es dauert zu lange, bis unsere Bedingungen zur Sprache kommen. Versiegelt es und laßt es überbringen.«

Mich kränkten seine Einwände, doch ich wußte, daß sie mehr als ein Körnchen Wahrheit enthielten. Ich hätte nicht versuchen sollen, Imadeddins Stil nachzuahmen. Weitere Überlegungen dieser Art wurden jedoch durch die Ankunft eines Boten unseres Feindes jäh unterbrochen.

Man wies unsere großzügigen Bedingungen zurück. Die fränkischen Edelleute weigerten sich, Beirut zu übergeben.

Der Zorn des Sultans griff auf das ganze Heer über, als er befahl, die Stadt unverzüglich anzugreifen, und als mächtige Steinschleudern in Richtung der Stadtmauern von Beirut geschoben wurden. Ich ritt an Salah al-Dins Seite, es war das erste Mal, daß er mir dieses Vorrecht gewährte. Doch da er sehr schweigsam war, erfuhr ich nicht, was ihn bewegte. Unsere Taktik war vielfach erprobt. Die für die berittenen Einheiten verantwortlichen Emire wußten genau, was zu tun war. Doch der Feind überraschte uns von neuem. Statt in der Stadt auszuharren und uns von dort aus Widerstand zu leisten, öffneten die Franken die Tore und traten uns vor dem Außenwerk entgegen. Denn sie fürchteten unsere Untergrabungsarbeiten und wollten unter allen Umständen ihre Mauern retten.

Salah al-Din mußte sich nicht selbst ins Kampfgetümmel werfen. Seine Emire fügten den Verteidigern schwere Verluste zu und trieben sie zurück in die Stadt, was eine verheerende Auswirkung auf die Moral der Bevölkerung hatte. Da die Einwohner glaubten, wir seien bereits in die Stadt eingedrungen, stürmten sie in wahnsinniger Hast zum Hafen und wollten sich auf dem Wasser in Sicherheit bringen. In der Stadt kam es zu Plünderungen, allerorten herrschte Verwirrung.

Da erkannten die Franken, die bereits zuvor in kämpferische Tiger und zur Übergabe bereite Schafe gespalten gewesen waren, daß die Schafe wohl die Klügeren waren. Ihre Boten eilten herbei und erklärten sich zur Übergabe bereit, zu den Bedingungen, die ich vor kurzem selbst niedergeschrieben hatte. Zwar hätte der Sultan sie dafür strafen können, daß sie ihm seine Zeit gestohlen hatten, doch er nahm die Übergabeerklärung milde lächelnd zur Kenntnis.

»Nun denn, Ibn Yakub. Es scheint, daß die Franken weniger an Eurem Schriftstück auszusetzen fanden als ich.«

Abermals ritten wir in eine eroberte Stadt ein, doch hier war der Großteil der Bevölkerung verstimmt und schweigsam. Die Menschen zürnten uns wegen der unnötigen Toten und der Zerstörungen, obwohl dies in Wahrheit ihre eigenen Anführer zu verantworten hatten. Sie jedoch gaben lieber uns die Schuld daran.

In den Straßen hörte man den Ausrufer das Unglück verkünden.

»Der große Sultan Yussef Salah al-Din Ibn Ayyub hat unsere Stadt eingenommen. Hört nun die Bedingungen der Übergabe ...!«

An diesem Abend stand ich neben dem Sultan auf der Mauer der Zitadelle und schaute auf die Wogen, die sich an den Felsen unter uns brachen. Salah al-Din hatte bereits gebadet und ausgeruht. Während die Sonne unterging, versenkte er sich in die Betrachtung des Horizonts. Die Erhabenheit der See stimmte ihn ruhig, und er war tief in Gedanken. Lange Zeit sprach keiner von uns ein Wort. Doch dann wandte er sich an mich, indes sein Blick in unbestimmte Fernen gerichtet war.

»Wißt Ihr, wozu ich mich entschlossen habe, Ibn Yakub? Wenn Allah mir die Eroberung dieser Küste gewährt und wir dereinst al-Kadisiya zurückgewonnen haben, werde ich mein Reich teilen. Ich werde es meinen Brüdern und Söhnen überlassen und dann nach Mekka pilgern, wo ich Allah den Abschiedsgruß entbiete.

Dann werde ich diese stürmische See überqueren, Ibn Yakub, deren Ruhe trügerisch ist. Ich werde ins Land der Franken fahren und all diesen Halunken nachsetzen, bis auch der letzte von ihnen Allah und Seinen Propheten anerkennt. Das werde ich tun, selbst wenn ich bei diesem Versuch umkommen sollte. Denn es muß getan werden. Andere werden dann mein Schwert ergreifen und vollenden, was ich nicht mehr zustande brachte. Denn wenn wir das fränkische Übel nicht an der Wurzel packen, werden sie damit fortfahren, von unserem Fleisch zu zehren – wie Heuschrecken, die den Himmel verdunkeln und unsere Felder kahlfressen.«

Neun

Halima stirbt in Kairo. Boshaften Gerüchten zufolge trägt Jamila die Schuld daran.

Der Sultan war in Beirut nicht müßig gewesen. Nach der Entwaffnung der Franken übertrug er unverzüglich einem seiner Emire und etlichen eigens zu diesem Zweck ausgesuchten Reitertrupps die Aufgabe der Stadtsicherung. Wir anderen zogen weiter nach Damaskus, wobei uns allein die Gestirne den Weg wiesen, und erreichten bei Morgenanbruch das Bab Sharki. Dort entbot ich dem Sultan meinen Abschiedsgruß. Er ritt hinauf zur Zitadelle, und ich begab mich nach Hause.

Doch ich fand Rachel nicht in unserem Zimmer vor. Jäh durchzuckte mich ein Schreck, beschwor dies doch erneut die Erinnerung an jenen schicksalshaften Tag in Kairo in mir herauf. Unser schlaftrunkener Diener beruhigte allerdings mein erregtes Gemüt. Rachel war zu Besuch bei unserer Tochter, da sie mich erst in einigen Monaten zurückerwartet hatte.

Ich schickte ihn fort, Rachel herbeizuholen, und wusch mich dann am Brunnen im Hof. Der nächtliche Ritt hatte mich vollends erschöpft. Obzwar ich das Reiten mittlerweile gewöhnt war, gelang es mir immer noch nicht, so entspannt wie der Sultan im Sattel zu sitzen. Mein Gesäß war wund, meine Beine steif vor Schmerzen. Doch brachte das Wasser Linderung. Nach der Reinigung begab ich mich ins Haus und legte mich aufs Bett.

Es war Mittag, als mich die glucksenden Geräusche eines kleinen Kindes dicht vor mir hochschrecken ließen. Ich setzte mich auf und blickte in die lächelnden Gesichter meiner Frau und meiner Tochter. Der Junge war groß und kräftig, doch als ich ihn nahm und seine Wangen küßte, schrie er lauthals. Rachel nahm ihn wieder an sich, und ich umarmte erst die

Mutter des Knaben und anschließend dessen Großmutter, die mir ins Ohr flüsterte:

»Dieses Kind ist unser Lohn für all die schmerzlichen und mühevollen Jahre. Du lebst und bist wohlauf. Gott sei Dank.«

»Vielleicht gebührt Ihm ja Dank dafür, doch des Sultans Siege trugen auch ein wenig dazu bei.«

Wir lachten, dann hob Rachel erneut zu sprechen an:

»Maryam und ich haben uns überlegt, wie schön es doch wäre, den Winter in unserem Haus in Kairo zu verbringen. Ihr Mann würde uns begleiten. Er hat viele Freunde dort, und er kennt die Stadt noch nicht. Doch wollten wir erst deine Erlaubnis einholen.«

»Selbstverständlich ist es euch gestattet. Ich wünschte nur, ich könnte mit euch gehen, doch brechen wir in wenigen Tagen nach Jerusalem auf. Der Sultan möchte die Abreise nicht länger hinausschieben, und er wird noch vor Ende dieses Monats in der al-Aqsa-Moschee beten, indes ich die ehemalige Synagoge aufsuchen werde. Sofern mich der Sultan anschließend für einige Monate freistellt, komme ich zu euch nach Kairo.«

Rachel lächelte. Nachdem ich ihr einmal gesagt hatte, daß ich mit jenem kuppelüberwölbten Raum unangenehme Erinnerungen verband, hatte sie stets geglaubt, ich würde nie wieder einen Fuß in dieses Haus setzen. Doch Eifersucht darf nicht ewig währen. Wenn ich Rachel vergeben und selbst Ibn Maymuns unfaßbaren Vertrauensbruch aus meinem Gedächtnis getilgt hatte, wie sollte ich noch länger Groll gegen das Haus hegen? Nicht die Steine, aus denen das Mauerwerk des Hauses bestand, waren schuld an dem Unheil, sondern wir selbst hatten es zu verantworten. Als wir später am Nachmittag allein waren, legte ich Rachel meine Gedanken darüber und über vieles andere dar, und Heiterkeit kehrte zurück in unsere Herzen. Wir lagen engumschlungen in des anderen Arme und spürten, daß wir mit dem Vergangenen endgültig abgeschlossen hatten.

Als ich abends in der Zitadelle eintraf, erwarteten mich traurige Neuigkeiten. Amjad hatte bereits ungeduldig nach mir Ausschau gehalten. Eilends kam er mir nun entgegengelaufen und umarmte mich innig. Doch erst, als er wieder von mir abließ, bemerkte ich, daß meine Wangen naß waren.

»Halima ist vor wenigen Tagen in Kairo gestorben. Der Sultan ist deswegen etwas durcheinander, und er hat Ibn Maymun gebeten, eine Untersuchung durchzuführen und uns noch vor Ende der Woche von dem Ergebnis in Kenntnis zu setzen.«

Die Nachricht verblüffte mich. Seit ich Halima kannte, war sie nicht einen Tag krank gewesen. Was mochte ihren Tod verursacht haben? Vor meinem geistigen Auge zogen in rascher Folge Bilder der Erinnerung vorüber, und ich sah ihr blasses, regungsloses Gesicht unter dem Leichentuch. Mir stiegen Tränen in die Augen.

»Wie hat Jamila die Botschaft aufgenommen?«

Amjad schwieg.

Ich wiederholte meine Frage.

»Als ich ihr die Todesnachricht überbrachte, blickte sie mich an, verharrte aber gänzlich ungerührt. Ihr Gesicht verriet keinerlei Gefühl. Vielleicht wollte sie ihren Schmerz hinter einer Maske verbergen. Vielleicht.«

Die Kunde von Halimas Ableben beraubte mich jeglichen klaren Gedankens. Wie betäubt saß ich während der Besprechung des Kriegsrats da. Des Sultans sanfte Stimme, Imadeddins und al-Fadils leidenschaftliche Zwischenrufe, die Erregung und die Hoffnungen, in denen die Emire schwelgten: das alles drang nur als Hintergrundgeräusch an mein Ohr. Es drängte mich, Jamila aufzusuchen, ihr mein Beileid auszusprechen und mit ihr Erinnerungen an Halima auszutauschen. Ich wollte mit ihr zusammen weinen und herausfinden, was sie wirklich empfand angesichts des Todes dieser Frau, die ihr so viel bedeutet und deren Leben sie so nachhaltig geprägt hatte.

Zum erstenmal, seit ich in des Sultans Diensten stand, vernachlässigte ich die Pflichten, mit denen mich dieser nachsichtige Herrscher betraut hatte. Geneigter Leser, ich habe nicht ein Wort dessen festgehalten, was in dieser entscheidenden Zusammenkunft, die das Schicksal Jerusalems besiegelte, gesprochen wurde. In meinem Notizbuch befindet sich keine Silbe darüber.

Mit Imadeddins Hilfe habe ich später die Besprechung nachvollzogen, doch behauptete er, gemäß seiner Art, er allein hätte das Wort geführt, bis sich schließlich der Sultan zu einer Meinung durchgerungen hatte. Ich wußte, daß dem nicht so gewesen war, und tat daher die Worte des großen Gelehrten als eitel und seiner unwürdig ab. Indessen zeigte sich in den Wochen danach, daß sich alle Anwesenden über das Ziel vollends einig gewesen waren. Es galt, Jerusalem einzunehmen.

Meine Gedanken kreisten unablässig um den Todesfall in Kairo. Ich hatte Jamila um eine Unterredung gebeten, doch sie kam meiner Bitte erst nach zwei Tagen nach. Ein ungewöhnlich trauriger und schweigsamer Amjad geleitete mich zu ihr.

Sie erwartete mich in dem vertrauten Vorraum, in dem ich auch des öfteren von Halima empfangen worden war. Einen Augenblick lang verblaßten Jamilas Züge und wurden zu jenen der toten Freundin. Ich preßte meine Hände so stark gegeneinander, bis sie schmerzten, und kehrte zurück in die Gegenwart. Dann blickte ich Jamila an und erinnerte mich der Worte Amjads. In ihren Augen lag nicht die Spur von Traurigkeit.

»Ihr wolltet mich sprechen, Ibn Yakub?«

Statt einer Antwort begann ich zu weinen. Ich meinte ein Zucken ihrer Lider zu bemerken, doch hatte sie sich rasch wieder gefangen und musterte mich nun mit seltsamem Blick.

»Sultana, ich bin gekommen, um Euch mein Beileid über ihren Tod auszusprechen. Ich weiß, daß Euer beider Trennung schmerzvoll war, doch ...«

Mit zornig funkelnden Augen unterbrach sie mich:

»Wir trennten uns ohne jegliche Schuldzuweisung. Sie wünschte, daß wir Freundinnen blieben. Dies war nicht möglich, doch kamen wir überein, Feindschaft und Bitterkeit zu vermeiden. Haltet Ihr mich für kalt und gefühllos?«

Ich seufzte.

»Zuweilen ist Trauer nicht dienlich, Ibn Yakub. Halimas Tod ist schmerzlich, und mitunter sehe ich ihr Gesicht vor mir, doch verblaßt es rasch wieder. Herzen können zu Stein werden. Ihr werdet überrascht sein, Ibn Yakub, zu erfahren, daß mich die Nachricht von ihrem Tod auf seltsame Weise berührte und in mir gar ein Gefühl von Frohmut erweckte. Ich habe erwartet, daß Ihr darüber entsetzt sein würdet, doch es ist die Wahrheit. Ich bin wieder mit mir selbst versöhnt. Ein schmerzliches Kapitel ist unwiderruflich abgeschlossen. Was bleibt, sind Erinnerungen. Manche sind glücklich, die meisten jedoch traurig. Das heißt, mein Freund, ich habe jetzt die Wahl. Wie ich mich Halimas erinnere, bleibt einzig mir und meiner jeweiligen Stimmung überlassen. Ihr dürft mir glauben, das ist eine große Erleichterung. Nachdem Halima und ich uns getrennt hatten, konnte ich kaum eine Zeile zu Papier bringen. Jetzt habe ich wieder zu schreiben begonnen, und der Tag wird kommen, da ich Euch meine Aufzeichnungen zu lesen gebe.«

Jamilas Gefühllosigkeit bestürzte mich. Wie konnte sie angesichts Halimas Schicksal derart gleichgültig sein? Als sie mein ungläubiges Gesicht bemerkte, verengten sich ihre Augen.

»Ich weiß, was Ihr jetzt denkt, Ibn Yakub. Ihr haltet mich für ein herzloses Geschöpf, bar jeglichen Mitleids. Doch Ihr vergeßt, daß Halima für mich seit langem tot war. Wie viele Tränen habe ich um sie vergossen, über Monate hinweg hat mich der Schmerz über unsere Trennung begleitet und mich des Schlafes beraubt. Erst vor kurzem habe ich die Trauer überwunden, und als Amjad, der Eunuch, mir unter Tränen von ihrem Tod berichtete, regte sich kein Gefühl mehr in mir. Versteht Ihr nun?«

Lächelnd blickte sie mir in die Augen.

»Ja, ich verstehe, Sultana. Für mich zählt jedoch, daß sie nicht mehr unter uns weilt, sondern unter der Erde begraben liegt. Nie wieder werden wir ihr Lachen hören. Das ist gewiß etwas anderes als der Tod, den Euer Verstand Eurem Herzen vorgegaukelt hat.«

Meine Worte erregten ihren Zorn.

»Nein! Mein Herz hat es meinem Verstand diktiert! Die letzten Berichte über sie aus Kairo offenbarten, daß sie sich erneut der Zuneigung von Männern entzogen hatte. Eine jüngere Frau, ihr im Alter näher als ich, war die Erwählte, und den Worten meiner Spitzel zufolge waren sie unzertrennlich.

Eine Welle von Eifersucht und Wut überkam mich, als ich das hörte, aber mehr nicht. Ich empfand nichts mehr für sie, jedes Gefühl war erstorben. Mir wurde zugetragen, einer ihrer letzten Liebhaber, ein unglückseliger Mamelucke, der sich trügerischen Hoffnungen hingegeben hatte, soll sie vergiftet haben. Nun wird er noch mehr leiden müssen, sollte Salah al-Din jemals die Wahrheit herausfinden ...«

Jamilas Worte erwiesen sich als zutreffend. Ibn Maymun hatte eine Leichenöffnung durchgeführt, deren Ergebnis darauf schließen ließ, daß ihr eine beträchtliche Dosis Gift verabreicht worden war. Jedermann bezichtigte den Mamelucken, der allerdings seine Unschuld beteuerte, der aber dennoch auf Befehl des Kadis hingerichtet wurde. Allein Amjad, der Eunuch, zweifelte das Urteil an.

»Sie ist vergiftet worden, Ibn Yakub. Man hat die unglückselige Frau vergiftet. Doch auf wessen Befehl? Wir werden der Wahrheit nie auf den Grund kommen. Ebenso wie ich wurde der bedauernswerte Mamelucke von ihr nur benutzt. Sie stillte ihre körperlichen Begierden an ihm, das war alles. Hätte man sie in Damaskus vergiftet, hätte es möglicherweise mich den Kopf gekostet. Daher empfinde ich Mitgefühl für den armen Kerl. Mein Herz sagt mir, daß Jamila den Mörder gedungen hat.«

»Schluß mit diesem Geschwätz, Amjad! Eure Gedanken sind schlimmer als das Gift, das Hamila tötete. Tilgt sie aus Eurem boshaften Herzen, ehe sie Euch noch das Leben kosten.«

Der Eunuch erblaßte.

»Ich habe niemand außer Euch von meinem Verdacht erzählt. Es war mir ein Bedürfnis, ihn Euch anzuvertrauen, doch scheint mir Euer Ratschlag weise. Wenn ich diese Gedanken nicht verbanne, bin ich meines Lebens nicht mehr sicher. Seid beruhigt, Ibn Yakub, ich werde tun, wie Ihr geraten habt. Ich eigne mich nicht zum Märtyrer.«

So sehr ich mich auch mühte, ich konnte Amjads Worte nicht vergessen. Es war dem verbitterten Eunuchen gelungen, die Saat des Mißtrauens auch in meinen Kopf auszustreuen. Konnte etwas Wahres daran sein? War es denkbar, daß Jamila jemanden beauftragt hatte, die abtrünnige Geliebte zu vergiften? Allein der Gedanke schien mir ungeheuerlich. Nach etlichen Stunden verzweifelten Nachdenkens kam ich zu dem Schluß, daß Jamila unschuldig war. Der Kummer hatte Amjad über alle Maßen verbittert. Die vertraute Stimme Imadeddins riß mich aus meinen Gedanken.

»Ihr scheint sehr beschäftigt, guter Schreiber, dabei wollte ich Euch soeben vorschlagen, mich heute abend zu der Stätte zu begleiten, wo die damaszenische Nachtigall mit der reinsten aller Stimmen ihr Lied erklingen läßt. Ihr erinnert Euch doch an Zubeida, die Frau, die Salah al-Dins Herz eroberte, als er noch ein Knabe war, ihm aber ihren Körper verweigerte?«

»Wie sollte ich diesen Namen vergessen?« gab ich zur Antwort. »Doch Ihr habt mich in einem ungünstigen Augenblick angetroffen. Ich betrauerte gerade den schrecklichen Tod der Sultana Halima.«

Imadeddins Gesicht verfinsterte sich.

»Abscheuliche Gerüchte treiben auf dem Nil. Al-Fadil hat mir erzählt, daß der wegen des Verbrechens hingerichtete Mamelucke unbedingt unter vier Augen mit ihm sprechen wollte. Al-Fadil willigte ein, und der Verdammte flüsterte ihm ins Ohr: ›Ich habe ihr das Gift verabreicht, doch übersandt hat es mir die Sultana Jamila, die mir zudem ihr Wort gegeben hat, für meine Familie Sorge zu tragen.‹ Es versteht sich, daß al-Fadil weder den Sultan noch sonst irgend jemand außer mir davon in Kenntnis gesetzt hat. Ich erzähle es Euch nur, weil Euch beide Frauen nahestanden.

Liebe kann uns allesamt in den Wahnsinn treiben, und die Eifersucht ist ihr grausamstes Kind. Natürlich bleibt Jamilas Tat unverzeihlich und unbegreiflich, doch entsetzt mich, offen gestanden, die Kunde keineswegs. Um Jamilas Handeln verstehen zu können, muß man den Verlust eines Geliebten am eigenen Leib erfahren haben. Nun, Euch bringt so schnell nichts in Wallung, Ibn Yakub, Ihr werdet niemals in eine derartige Lage geraten. Begleitet mich und hört den Gesang der Nachtigall. Zubeida wird Euch alles vergessen machen.«

Ich willigte ein, doch bat ich darum, zuvor noch nach Hause gehen zu dürfen, um mich zu baden und meine Kleider zu wechseln, denn der Abend war schwül. Zubeidas Haus stand nicht fern von dem meinen, und so kamen wir überein, daß Imadeddin mich in einer Stunde abholen sollte. Die Kühle der Nacht ließ noch auf sich warten, und die drückende Schwüle trieb mir auf dem Heimweg den Schweiß aus den Poren. Ich erzählte Rachel die Geschichte von Halimas Tod, ohne jedoch den Namen der Mörderin nobler Herkunft zu nennen. Dann entledigte ich mich im Hof meiner Kleider und erfrischte mich mit kaltem Wasser aus dem Brunnen, das ich mir eimerweise über den Körper goß. Anschließend brachte mir Rachel ein Handtuch.

Doch meine Gedanken kamen nicht zur Ruhe. Nur einen Menschen wünschte ich heute abend zu sehen: Jamila. Ich hatte das Verlangen, ihr die Anschuldigungen von Amjad, al-Fadil und Imadeddin zur Kenntnis zu bringen und die Sultana zur Rede zu stellen. Ich wollte ihr die Anwürfe ins Gesicht schleudern und die Wirkung beobachten. Mir war an der Wahrheit gelegen, ich wollte jedoch ihre Freundschaft auch nicht missen. Sie sollte diesen heuchlerischen Schwätzern ins Gesicht spucken und mir gegenüber ihre Unschuld beteuern. Nachdem ich mich angekleidet hatte, schrieb ich ihr eine kurze Botschaft mit der Bitte um ein Gespräch am folgenden Tag und ließ sie ihr überbringen.

Imadeddins Diener klopfte an der Tür. Ich bot dem Gelehrten Tee an, aber er legte einen Finger an seine linke Wange und schüttelte den Kopf. Bis dahin war mir die Schwellung nicht aufgefallen, doch schienen ihn tatsächlich Schmerzen zu quälen.

»Ein Zahn bereitet mir Pein, Ibn Yakub«, stöhnte er. »Ich habe bereits Gewürznelken gekaut, um den Schmerz zu betäuben, aber der Zahn muß morgen entfernt werden. Offengestanden würde ich den Abend lieber allein in meinem Schlafgemach zubringen. Andererseits singt Zubeida heute zum erstenmal seit vielen Jahren. Es wird ein unvergeßliches Erlebnis für Euch sein, etwas, wovon Ihr noch Euren Enkelkindern erzählen werdet.«

Der Ausrufer ging voran und bahnte uns einen Weg durch die engen Straßen, wo sich scharenweise Familien und lärmende Kinder tummelten, die Luft schnappen wollten.

»Aus dem Weg, macht Platz für den großen Imadeddin, Berater des Sultans Yussef Salah al-Din Ibn Ayyub.«

Vor Zubeidas Haus entdeckte ich vertraute Gesichter. Die persönlichen Wachen des Sultans taten Dienst und hoben die Schwerter, als wir uns näherten, senkten sie aber sogleich, als sie uns erkannten. Der stumme Nubier, der schon so lange wie ich in des Sultans Diensten stand, grinste uns an und öffnete uns eilends das Tor zum Hof. Da die Darbietung im Freien stattfinden sollte, war der Hof hell erleuchtet und der Boden mit Teppichen und Kissen ausgelegt. Nicht mehr als fünfzehn Zuhörer hatten sich eingefunden, darunter, zu meinem Erstaunen, auch Jamila. Als sie mich freudig anlächelte, schlug mein Herz schneller.

Wir verneigten uns vor dem lächelnden Sultan, der uns bedeutete, an seiner Seite Platz zu nehmen. Dann machte er uns mit Zubeida bekannt. Obwohl sie beinahe sechzig Jahre zählte, ging von ihrem Gesicht eine überraschende Anziehungskraft aus. Ihr weißes Haar, das nicht mit Henna gewaschen war, um ihr Alter zu verbergen, schimmerte in der Dunkelheit und ließ ihr Antlitz leuchten. Mit ihrer dunklen Hautfarbe glich sie Jamila, die ich an jenem Abend aus meinem Gedächtnis tilgen wollte und deren Gegenwart mir die Ruhe raubte.

In Zubeidas großen und wachen Augen lag keine Spur von Traurigkeit oder Bedauern. Ein erfülltes Leben lag hinter ihr, darüber bestand kein Zweifel. Doch war es auch ein Leben bar jeden Schmerzes gewesen? Gibt es überhaupt ein Leben ganz ohne Schmerz? Als sie bemerkte, daß mein Blick auf ihr ruhte, lächelte sie. Zu meiner Verwunderung waren ihre Zähne weiß wie Schnee. Wie, in Gottes Namen, war es ihr geglückt, sich die Jugend zu bewahren? Als hätte sie meine Fragen gehört, sprach sie zu mir:

»Salah al-Din hat mir bereits von Euch erzählt, Ibn Yakub.«

Ihre Stimme war ein dunkler, volltönender Wohlklang.

»Mir sind Eure Gedanken nicht verborgen geblieben. Wisset, daß meine Seele ruhig ist und voller Zufriedenheit. Ich begehre nichts und ich bereue nichts. Ich hoffe lediglich, daß mein Tod rasch erfolgt, wie ein Schwerthieb von Salah al-Din, wenn er einem Franken gegenübersteht.

»Umm Zubeida«, sprach der Sultan mit ungewohnt sanfter Stimme, »wir sind gekommen, Euch singen zu hören.«

Zwei Musiker warteten geduldig, während sie mit den Fingern über ihre Lauten strichen. Zubeida warf ihnen einen Blick zu und legte den Finger auf die Lippen. Heute abend wollte sie ohne jede Begleitung singen. Erwartungsvolle Stille breitete sich aus, dann hob sie an. Ihr zuzuhören war, als beträte man das Paradies. Ihre Stimme war fürwahr einzigartig, bis zum heutigen Tag habe ich nie wieder eine wie diese vernommen. Sie hatte das Lied selbst geschrieben, und es dauerte eine halbe Stunde, obgleich es schlicht war.

ZUBEIDAS LIEBESLIED

In warmer Sommernacht labten wir uns an Wein
Sanft glitt ein Windhauch über meine glühenden Wangen.
Alsdann führte er mich zum Altan und zeigte mir den Mond
Und wollte mich glauben machen, er liebe eine andere.
Ich lachte. Ich weinte.
Ich schenkte ihm keinen Glauben.
»Wie töricht Ihr doch seid«, sprach ich,
»In Eurer Jugend verwechselt Ihr Wirklichkeit und Traum.«
Er lächelte und ging.
Eine salzige Träne perlte über meine Wange,
Und mir wurde klar, ich war der Verwechslung Opfer.
Ja, ich.
Ich. Ich. Ich allein.

An jenem Abend stimmte Zubeida kein weiteres Lied mehr an. Während wir das Essen zu uns nahmen, das man in der Küche mit großer Sorgfalt zubereitet hatte, unterhielten uns die Lautenspieler mit ihren Klängen. Indes der Sultan enthaltsam war, hinderten Imadeddin selbst seine Zahnschmerzen nicht daran, kräftig den vier verschiedenen Fleischsorten zuzusprechen, die man uns reichte.

Nach dem Mahl wurde weiter musiziert, und Jamila erhob sich, um zu gehen. Sie bat mich, die Sänfte zu begleiten, die sie zurück in die Zitadelle brachte. Der Sultan gestattete es mir mit einem Nicken, und ich nahm Abschied von der einzigartigen Sängerin, die mich aufforderte, sie einmal zu besuchen, damit sie mir ihre Geschichte erzählen konnte.

Kaum waren wir allein, ergriff Jamila das Wort:

»Demnach ist also das schändliche Gerücht auch an Eure Ohren gedrungen.«

»Ist es denn wahr, Sultana?«

»Ihr wißt nur zu gut, daß meine Liebe so unverfälscht ist wie mein Haß. Eifersucht ist ein Gift, das es auszumerzen gilt, damit unsere Gedanken frei für Erhabeneres werden. Mehr möchte ich dazu nicht sagen.«

Schweigend ging ich neben der Sänfte her. Die Träger rückten die Streben zurecht, bevor sie sich anschickten, die Anhöhe zur Zitadelle zu erklimmen. Jamila entließ mich unter erbarmungslosem Gelächter.

»Kehrt zurück zu Eurem Weib. Genießt ihre Umarmung, denn morgen schon werdet Ihr Euch auf den Weg nach al-Kadisiya begeben, und niemand weiß, was Allah noch für Euch bereithält.«

Als ich zu Hause ankam, schien Rachel, eines der besonnensten Geschöpfe überhaupt, unruhig und angespannt.

»Die Franken werden dem Sultan bestimmt einen hohen Preis abverlangen, ehe sie Jerusalem aufgeben«, erklärte sie mir. »Ich befürchte sehr, daß auch du zu den Opfern zählen wirst. Mich bedrückt die schreckliche Ahnung, dich nie wieder zu sehen.«

Ich versuchte, ihr die Sorge zu nehmen und sie damit zu beschwichtigen, daß der Sultan stets ein Auge darauf habe, mich von dem Gefahrenherd fernzuhalten. Ich spottete über ihren Aberglauben und wollte sie zum Lachen bringen. Doch es gelang mir nicht. Nichts schien ihre Kümmernis lindern zu können. Und als ich ihr beiwohnen wollte, verweigerte sie sich mir. So lagen wir schweigend und engumschlungen beieinander, bis sich der Schlaf auf mich niedersenkte.

Kurz vor Tagesanbruch weckte mich ein Bote aus der Zitadelle. Rachel hatte kein Auge zugetan. Sie setzte sich auf und sah mir beim Ankleiden zu. Als ich mich von ihr verabschiedete, schnürte ihre heftige Umarmung mir nahezu den Atem ab. Sie wollte mich nicht loslassen, bis ich sanft ihre Hände löste und sie auf die Augen küßte.

»Sobald wir Jerusalem eingenommen haben, komme ich zu dir nach Kairo, und wir feiern dort in unserem Haus zusammen«, flüsterte ich ihr ins Ohr. »Ich werde dir oft schreiben.«

Doch sie entgegnete nichts.

Zehn

Vor den Toren Jerusalems schreibe ich einen aufgeregten Brief an mein braves Weib in Kairo.

»Mein liebes, teures Weib,
es ist seltsam, an euch alle und an unser altes Haus zu denken, mit dem ich so viele und meist glückliche Erinnerungen verbinde. Diesen Brief schicke ich Dir mit dem Kurier, der dem Palast die Botschaften von al-Adil überbringt. Daher wirst Du ihn schneller erhalten, als wenn ich ihn den Karawanen anvertraue.

Seit meiner Abreise ist beinahe ein Monat vergangen, und nun habe ich zum ersten Mal Gelegenheit, mich hinzusetzen und Dir zu schreiben. Wir wohnen in Zelten, in Sichtweite der Mauern Jerusalems. Es ist ein merkwürdiges Gefühl, der Heiligen Stadt so nahe zu sein. Der Sultan hat den Franken Verhandlungen angeboten, doch manche dieser Narren wollen lieber mit ihrem teuflischen Kreuz in der Hand sterben.

Mittlerweile hast du gewiß von unseren Freunden im Palast erfahren, warum alles so lange gedauert hat. Als wir aus Damaskus auszogen, bekam der Sultan wieder einen seiner üblichen Anfälle von Wankelmut: Er meinte, Jerusalem könne warten, bis er die Küste befreit habe. Abermals versuchte er, Tyros einzunehmen, doch stieß er auf erbitterte Gegenwehr. Die Emire indes waren fest entschlossen, die Stadt zu erobern, koste es, was es wolle. In ihren Augen war sie zu einem Symbol des fränkischen Widerstandes geworden und sollte daher dem Erdboden gleichgemacht werden. Salah al-Din ärgerte es jedoch, daß er wegen Tyros schon so viel Zeit vergeudet hatte. Also beschloß er, abzuziehen und statt dessen Askalon zu belagern.

Die Franken hielten die Stadt fast vierzehn Tage lang, bis der Sultan ihren König Guy aus Damaskus holen ließ und ihnen anbot, ihm die Freiheit zu schenken, wenn sie sich ergaben. Als sie Guy die Vollmacht erteilten, die Verhandlungen selbst zu führen, kam er mit dem Sultan sogleich überein. Unsere Verluste waren nur gering. An dem Tag, da wir die Stadt einnahmen, verfinsterte sich die Sonne vollkommen, und es wurde plötzlich kalt. Und am selbigen Tag traf eine Abordnung von Edelmännern aus Jerusalem in Askalon ein. Der Sultan bot ihnen äußerst günstige Bedingungen, wenn sie ihm die Heilige Stadt übergaben, und die Edelmänner versprachen, sich bei ihren Rittern dafür einzusetzen, daß sie sein Angebot annahmen. Nach ihrer Rückkehr wurden sie jedoch vom Patriarchen heftig gescholten. Die Kirche würde die Stadt, in der Jesus gekreuzigt worden sei, niemals kampflos preisgeben.

Von dieser Nachricht ließ sich der Sultan aber nicht entmutigen. Trotz des Rückschlages bei Tyros ist er jetzt wieder guter Dinge. Dies liegt zum einen daran, daß al-Adil unter uns weilt, der schon von Kindesbeinen an sein Lieblingsbruder gewesen ist. Zum anderen ist Salah al-Din nunmehr davon überzeugt, daß er noch vor Neumond in Jerusalem einmarschieren wird. Somit verbleiben ihm genau siebzehn Tage.

Als er Kunde erhielt, daß sowohl der Patriarch als auch Ritter wie Balian von Ibelin mittlerweile zum Kampf gegen ihn rüsteten, befahl der Sultan all seinen Soldaten, die im Umland lagerten, hinter ihm her zu marschieren und die Zelte vor den Toren Jerusalems aufzuschlagen. Damit wollte er seine Stärke zeigen, doch er ist gleichermaßen zu einem Waffengang bereit, wenn es sich nicht umgehen läßt. Gestern zogen wir mit unseren Zelten an den östlichen Stadtrand. In der Annahme, wir würden entmutigt aufgeben, winkten uns die Franken auf den Mauern zum Abschied spöttisch nach, was al-Adil höchst erheiternd fand. Aber statt dessen brachten wir unsere Katapulte in Stellung, gleich oberhalb des Tals, das die Franken Kidron nennen. Auf dieser Seite scheinen die Mauern weniger dick zu sein.

Von dem Platz aus, wo ich diese Zeilen verfasse, kann ich die Banner des Sultans sehen, die auf dem Ölberg im Wind flattern. Unsere Männer haben die ganze Nacht gearbeitet, um das Vorwerk zu unterhöhlen.

Dank zehntausend unserer Soldaten ist es den Franken nun nicht mehr möglich, zwei ihrer wichtigsten Tore zu benutzen. Gleich unterhalb der Brustwehr haben unsere Bogenschützen Stellung bezogen und warten auf Befehle. Der Kadi al-Fadil bezeichnete ihre Pfeile als ›Zahnstocher in den Zähnen des Zinnenkranzes‹. Diese Beschreibung ist sehr zutreffend, wie selbst Imadeddin einräumen mußte, der, nebenbei bemerkt, hoffte, al-Fadil würde in Kairo bleiben, damit er der einzige bedeutende Chronist der siegreichen Eroberung wäre.

Wie Du weißt, liebste Rachel, lassen sie sich nicht einmal dazu herab, Deinen Ehemann als Rivalen zu betrachten. Für sie bin ich nur ein Federfuchser, der sich in einem günstigen Augenblick die Aufmerksamkeit des Sultans erschlichen hat. Diese Meinung über mich vertritt Imadeddin nach außen hin. Unter vier Augen jedoch erzählt er mir oft Geschichten, von denen er hofft, daß ich sie ihm zuschreiben werde, weil er im ›Großen Buch des Salah al-Din‹ erwähnt werden will. Der Kadi al-Fadil geht geschickter und umsichtiger vor, doch liegt sein Augenmerk hauptsächlich auf seiner eigenen Arbeit. An mich verschwendet er kaum einen ernsthaften Gedanken, er zeigt sich aber stets hilfsbereit, wenn ich den einen oder anderen Tatbestand mit ihm klären muß.

Gestern suchte Balian von Ibelin den Sultan auf. Sein Leben war in der Schlacht von Hittin geschont worden, woraufhin er geschworen hatte, nie wieder die Waffen gegen den Sultan zu erheben. Nun berichtete er uns, der Patriarch habe ihn von seinem Eid entbunden.

›Und Euer Gott?‹ erkundigte sich Salah al-Din. ›Wird er Euch ebenso leicht vergeben?‹

Balian schwieg und senkte den Blick. Dann begann er, dem Sultan zu drohen. Sollten sich unsere Soldaten nicht zurückziehen, würden die Franken zuerst ihre eigenen Frauen und Kinder töten, dann die al-Aqsa-Moschee in Brand setzen und den Felsendom zerstören. Anschließend würden sie die Tausenden von Gläubigen in der Stadt umbringen und am Ende mit gezückten Schwertern vor die Tore treten, um im Kampf zu sterben.

Der Sultan lächelte. Er hatte geschworen, diese Stadt gewaltsam einzunehmen, doch kam er den Franken mit einem großzügigen Angebot entgegen: Alle Christen durften ungehindert die Stadt verlassen, sofern sie ein Lösegeld zahlten. Die Armen unter ihnen konnten mit Geld aus dem königlichen Schatz, den die Johanniter verwahrten, freigekauft werden. Salah al-Din wollte den Franken vierzig Tage Zeit geben, um das Lösegeld aufzutreiben.

›Als ihr Franken zum erstenmal in diese Stadt eingefallen seid, habt ihr alle Juden und Gläubigen wie Vieh abgeschlachtet. Das gleiche könnten wir nun mit euch tun, doch vom Trunk der Rache zu kosten ist gefährlich. Deshalb werden wir euer Volk in Frieden ziehen lassen. Das ist mein letztes Angebot an eure Anführer. Schlagt ihr es aus, werde ich diese Befestigungen niederbrennen und keine Gnade walten lassen. Die Entscheidung liegt bei euch.‹

Heute ist Freitag, der heilige Tag des Islam. Wir schreiben den zweiten Oktober und nach dem muslimischen Kalender den Siebenundzwanzigsten des Rajab. An diesem Tag hatte der Prophet Allahs seinen berühmten Traum, er besuchte im Schlaf diese Stadt. Und selbst die weniger Religiösen sprechen seit dem Morgen von nichts anderem, als daß sich die Franken an ebendiesem Tag ergeben und den Übergabevertrag unterzeichnet haben. Als sich diese Kunde verbreitete, hörte man überall laute ›Allahu Akbar‹-Rufe, und es bot sich mir der erstaunliche Anblick, wie Tausende und Abertausende von Männern auf die Knie fielen und sich gen Mekka zu Boden warfen, um Allah zu danken.

Plötzlich trat Stille ein, ein ungläubiges Schweigen. Wir sahen einander verwundert an und fragten uns, ob dies alles Wirklichkeit oder nur ein Traum war. Nach neunzig Jahren gehört Jerusalem oder al-Kadisiya wieder uns. Uns allen!

In genau einer Stunde wird der Sultan in die Stadt einziehen, und ich, liebste Rachel, werde an seiner Seite reiten. Meine Gedanken weilen in diesem Augenblick bei Dir und unserer kleinen Familie, doch denke ich auch an meinen alten Freund Shadhi zurück. Sein innigster Wunsch war es, diesen Tag noch zu erleben, und ich weiß, daß sein Geist unmittelbar hinter Salah al-Din reiten und ihm in seiner unnachahmlichen Art ins Ohr flüstern wird: ›Schaut geradeaus. Ihr seid ein Herrscher. Senkt nicht den Blick. Vergeßt nicht, daß Ihr, der Sultan, es seid, der uns al-Kadisiya zurückgibt, nicht der Kalif in Bagdad. Während wir marschieren, frönt dieser sogenannte Herrscher der Gläubigen allein seinen Lustbarkeiten.‹

So hätte Shadhi gesprochen, und ich werde dasselbe denken, doch besitze ich nicht das Ansehen, all das dem Sultan zu sagen. Imadeddin befindet sich auf dem Weg nach Damaskus, und auch al-Fadil ist nicht hier. Welchen Rat würden sie dem Sultan nach der Eroberung der Stadt wohl geben?

Doch bin ich mit ihm allein, und ich erzittere beim Gedanken an diese Verantwortung. Was soll ich ihm erwidern, wenn er mich um Rat fragt? In Augenblicken wie diesen fühle ich mich hilfloser denn je, und mir wird bewußt, daß ich vielleicht doch nur ein kleiner Schreiber bin.

Ich küsse Dich auf Deine Wangen und hoffe auf ein baldiges Wiedersehen. Gib auch unserer Tochter und unserem Enkel einen Kuß von mir. Es freut mich zu hören, daß ein weiteres Enkelkind unterwegs ist. Vielleicht solltest Du nach Jerusalem kommen. Ich denke, ich werde eine Zeitlang hierbleiben.

Dein Ehemann
Ibn Yakub.«

Elf

Salah al-Din erobert Jerusalem. Ein schöner koptischer Übersetzer erregt Imadeddins Aufmerksamkeit. Jamila schließt Frieden mit dem Andenken an Halima.

Wir ritten durch das Bab al-Daud in die Heilige Stadt ein. Diesmal bedurfte es nicht der Ermahnung Shadhis, der Sultan solle den Kopf gerade halten. Hocherhobenen Hauptes ritt Salah al-Din geradewegs zur Moschee, die bestialisch nach den Franken und deren Tieren stank, denn hier hatten die Johanniter und Templer ihre Rösser untergestellt. Doch Salah al-Din wollte nicht abwarten, bis der heilige Bezirk gereinigt war, und sprang vom Pferd. Umringt von seinen Emiren dankte er in seinen Gebeten Allah. Erst danach wurde die Moschee gesäubert.

Als wir durch die Straßen zurückritten, erregte der jämmerliche Anblick der wehklagenden, schluchzenden Christen Salah al-Dins Mitleid. Frauen rauften sich die Haare, alte Männer küßten Mauern, verängstigte Kinder klammerten sich an ihre Mütter und Großmütter. Da zügelte der Sultan sein Roß und beauftragte einen Boten, den fränkischen Ritter Balian herbeizuholen.

Während wir warteten, blickte der Sultan lächelnd hinauf zur Zitadelle, wo soeben sein Banner gehißt wurde. Die Freudenschreie und Jubelrufe unserer Soldaten übertönten das Klagen der angsterfüllten Christen. Wieder mußte ich an Shadhi denken, und Salah al-Din erging es ähnlich. Mit einer Träne im Auge wandte er sich an mich.

»Mein Vater und mein Onkel Chirkuh hätten dies nicht für möglich gehalten, doch Shadhi wußte immer, daß eines Tages meine Fahne über al-Kadisiya wehen würde. In diesem Augenblick vermisse ich ihn mehr denn je.«

Die Ankunft von Balian unterbrach unser Gespräch.

»Warum flennen sie so herzzerreißend?« fragte ihn der Sultan.

»Die Frauen, o Herr, trauern um ihre toten oder gefangengenommenen Männer. Die Alten weinen, weil sie fürchten, diese heiligen Mauern nie wiederzusehen. Und die Kinder haben einfach Angst.«

»Sagt Eurem Volk, daß wir Gleiches nicht mit Gleichem vergelten werden. Wir handeln anders als einst Eure Vorfahren, als sie diese Stadt zum ersten Mal besetzten. Schon als Kind wurden mir die Greueltaten von Gottfried und Tankred geschildert. Doch erinnert diese verschreckten Christen daran, was die Gläubigen und die Juden vor neunzig Jahren erleiden mußten. Die Köpfe unserer Kinder wurden, auf Lanzen gespießt, zur Schau gestellt. Alte Männer und Frauen jeden Alters wurden gefoltert und verbrannt. In diesen Straßen watete man durch Blut, Balian! Einigen unserer Emire würde es gefallen, erneut Blut in Strömen zu vergießen, dieses Mal Euer Blut. Sie haben mich daran erinnert, daß für alle von uns geschrieben steht: ›Auge um Auge, Zahn um Zahn.‹

Doch ich habe sie zum Schweigen gebracht und ihre Gemüter beschwichtigt. Ich habe ihnen gesagt, daß wir alle Völker des Buches sind und diese Stadt all jenen gehört, die an die heilige Schrift glauben. Sagt also den Frauen Eures Volkes, daß ich sie ziehen lasse, auch wenn sie das Lösegeld nicht aufbringen können.

Leider verfügen wir nicht über die Macht Eures Propheten Isa, der die Toten wieder zum Leben erwecken konnte. Aber wir werden die gefangenen Ritter freilassen, vorausgesetzt sie schwören einen Eid, nie wieder die Waffen gegen uns zu erheben. Ihr senkt den Blick, Balian von Ibelin, und zu Recht. Denn auch Ihr habt einst einen solchen Eid geschworen. Und niemand, auch kein Patriarch oder Papst, kann einen Menschen von einem vor Allah geleisteten Schwur entbinden. Wenn dies unmißverständlich klar ist, werden wir uns großzügig zeigen. Solltet Ihr hören, daß einer meiner Soldaten einer christlichen Frau zu nahe tritt, unterrichtet mich davon. Sollte Euch zu Ohren kommen, daß eines Eurer Heiligtümer von meinen Männern geplündert wird, laßt es mich unverzüglich wissen. Denn derlei werde ich nicht dulden, darauf habt Ihr mein Wort als Sultan.«

Balian fiel auf die Knie und küßte den Saum von Salah al-Dins Gewand.

»O großer König, Ihr zeigt eine Großmütigkeit, die wir nicht verdienen. Schon allein dieser Großtat wegen sollt Ihr nie vergessen sein. Daher schwöre ich jetzt und hier vor dem Allmächtigen Gott, daß ich niemals wieder die Waffen gegen Euch erheben werde.«

Salah al-Din nickte, und unser Trupp ritt die Straßen zur Zitadelle hinauf. Der Ausrufer gab unsere Bedingungen bekannt und sagte den Christen, daß sie weiterhin in ihren Kirchen und Heiligtümern beten durften. Als wir an ihnen vorbeiritten, verstummten die Menschen und betrachteten Salah al-Din neugierig, aber immer noch bang.

An jenem Abend erhielt ich eine Nachricht von einem Mann, der sich Johannes von Jerusalem nannte. Er war der Enkel eines Juden, der vor neunzig Jahren überlebt hatte, indem er sich den Bart und die Schläfenlocken abrasierte und als Christ ausgab. Insgeheim jedoch war er seinem Glauben treu geblieben und hatte seinen Sohn als Juden großgezogen.

»Ich bin nicht beschnitten«, schrieb Johannes von Jerusalem, »doch mein Vater war es, und er war stolz auf seine Religionszugehörigkeit, was mir nicht möglich war, da ich mich vor der Entdeckung fürchtete. Aber als ich hörte, daß des Sultans Schreiber demselben Glauben angehört, drängte es mich, mit Euch in Verbindung zu treten. Es wäre mir und meiner Familie eine große Ehre, wenn Ihr in dieser Woche einmal bei uns speisen würdet.«

Und so fand ich mich binnen kurzem in einem kleinen Haus mit zwei Zimmern ein, wo ich mit Johannes und seiner wunderschönen blonden Mariam Wein trank. Ihr etwa zehnjähriger Sohn beäugte mich schweigend, er fürchtete sich.

»Wir hatten schlicht Angst, Ibn Yakub. Ihr wißt besser als ich, was unser Volk bei der letzten Eroberung Schreckliches erleiden mußte. Die Franken haben Juden und Muslime ausnahmslos umgebracht. Wir haben, wie auch sie, diesen entsetzlichen Tag nie vergessen. Und so waren sie überzeugt, daß der Sultan und sein angriffsbereites Heer vor der Stadt grausame Rache üben würden. Die von ihnen vergossenen Tränen sind Zeichen ihrer Schuld und Angst. Sie haben ihre Macht auf einem Berg von Leichen errichtet und fürchteten nun, selbst genauso zu enden.

Als sich herumsprach, daß die fränkischen Edelleute Eure Bedingungen angenommen hatten, wurde es merkwürdig ruhig auf den Straßen. Nichts rührte sich. Die Stille wurde nur vom Klang der Pferde und der Marschtritte durchbrochen, und von den schrillen Stimmen der Soldaten, die offenbar ihr inneres Gleichgewicht verloren hatten. Ihre lauten Unterhaltungen und ihr Gelächter klangen gezwungen. Arme Tölpel. Sie suchten sich selbst davon zu überzeugen, daß dies ein Tag wie jeder andere sei. Ist Euch auch schon aufgefallen, daß verunsicherte Menschen zu laut sprechen und grausam gegen jene sind, die sie als geringer erachten?

Als Euer Sultan dann durchs Davidstor einmarschierte, wurde die Stadt von einer Woge der Angst erfaßt. Die Einwohner sind immer noch von Entsetzen gepackt. Denn Gott hat sie im Stich gelassen und ließ es zu, daß Allah triumphierte. Und sie können noch immer kaum fassen, daß sie nach wie vor am Leben sind und gut behandelt werden. Einige vermuten eine List dahinter und glauben, sie würden bald hingerichtet. Den Franken zu trauen, wäre ein Fehler, dies sagt mir mein Gefühl, das vielleicht nicht viel wert sein mag, doch bitte ich Euch, den Sultan davon in Kenntnis zu setzen. Ich habe mein ganzes Leben in ihrer Mitte verbracht. Ich weiß, wie die Franken denken und was sie empfinden. Es sind verbitterte und mürrische Menschen. Man sollte sie lieber als Geiseln behalten, denn so sicher wie die Nacht dem Tage folgt, wird vom Meer her neues Verhängnis über uns kommen. Und die Franken werden keine Gnade walten lassen. Bitte übermittelt das dem Sultan von einem seiner ergebenen Bewunderer. Insgeheim habe ich immer gebetet, daß dieser Tag kommen möge.«

Als sich die Nachricht von unserem Sieg verbreitete, herrschte überall im Reich des Kalifen große Freude, allerorten wurden Dankgebete zu Allah gesprochen. Kadis und belesene Gelehrte trafen in zunehmender Zahl in Jerusalem ein.

Jamila reiste, als erste der Frauen des Sultans, ebenfalls an. Diesmal kam sie nicht allein und auch nicht als Mann verkleidet, sondern zog mit einem großen Gefolge aus bewaffneten Wachen, Eunuchen und Dienerinnen in die Stadt ein. Als sei sie entschlossen, Jerusalem zu zeigen, daß sie und nur sie die Sultana war und dem Eroberer der Heiligen Stadt am nächsten stand.

Salah al-Din seinerseits überwachte höchstselbst die Reinigungsarbeiten im Felsendom und der al-Aqsa-Moschee, wo in vierzehn Tagen die erste Khutba, die Freitagspredigt, gehalten werden sollte. Viele Christen hatten sich entschieden, in der Stadt zu bleiben, allerdings handelte es sich dabei vorwiegend um Kopten und Angehörige anderer Kirchen, die nie die Billigung der fränkischen Orden gesucht hatten und auch nicht gefunden hätten.

Imadeddin war ganz in seinem Element. Umgeben von sechs Schreibern diktierte er eilends Botschaften an sämtliche Herrscher der islamischen Welt. Eines Abends ging ich zu ihm und brachte ihm zur Kenntnis, daß der Sultan wegen einer reichlich überheblichen, indes verspäteten Nachricht von Friedrich Barbarossa seines Rates bedürfe. Denn dieser warnte den Sultan davor, auch nur mit dem Gedanken zu spielen, Jerusalem einzunehmen. Der in Latein verfaßte Brief war dem Sultan von seinem neuen Übersetzer auf arabisch vorgelesen worden, und dieser achtzehnjährige Knabe, ein Kopte namens Tarik al-Isa, hatte mit seiner spaßigen Wiedergabe für viel Heiterkeit gesorgt. Dabei hatte der Jüngling ein so wunderschönes Gesicht, daß auch jene von uns, die sich nicht vom eigenen Geschlecht angezogen fühlten, bezaubert von ihm waren. Ich wußte, daß der große Gelehrte Mühe haben würde, sich im Zaum zu halten. Als ich Imadeddin die Darbietung schilderte, kicherte dieser, doch betraf die erste Frage, die ihm über die sinnlichen Lippen kam, den Kopten.

»Achtzehn Jahre, sagt Ihr? Erstaunlich. Stammt er von hier?«

Ich wußte es nicht und zuckte die Achseln.

Als wir die Gemächer des Sultans betraten, herrschte noch immer Fröhlichkeit. Imadeddin nahm sogleich Tarik al-Isas Übersetzung zur Hand und lachte hell auf.

»Welche Textstelle erheitert Euch am meisten?« erkundigte sich der Sultan.

»Seine Drohungen, o Herrscher der Siegreichen. Hört sie ein zweites Mal: ›Wenn Ihr nicht davon ablaßt, werdet Ihr erfahren, was teutonischer Zorn heißt: die Wut der Rheinländer, der mächtigen Bayern, der listigen Schwaben, der umsichtigen deutschen Franken, der Sachsen, die sich mit ihren Schwertern ertüchtigen, der Thüringer, der Westfalen und der feurigen Männer aus Burgund, der leichtfüßigen Bewohner der Alpen, der Friesen mit ihren Wurfspießen, der Böhmen, die mit einem Lächeln auf den Lippen zu sterben bereit sind, der Polen, die zäher sind als die wilden Tiere des Waldes; auch meine eigene Rechte ist noch nicht derart vom Alter entkräftet, daß sie kein Schwert mehr führen könnte.‹

Beachtenswert ist, daß er keine einschüchternden Worte über die Bewohner der Toskana und die Bürger von Pisa finden konnte. Vielleicht sollten wir ihn in unserer Erwiderung fragen, welche Bewandtnis es mit dieser Auslassung hat. Und was die feurigen Burgunder betrifft, erinnert Eure Hoheit sich vielleicht noch an jenen Ritter aus Burgund, den wir vor einigen Jahren kennenlernten. Das einzig Feurige an ihm war sein mächtiges Furzen. Ihr habt deswegen das Zelt verlassen, meine arme Nase hingegen mußte diesen Ausbruch in seiner Gänze ertragen.«

Bei dieser Erinnerung lachte der Sultan erneut.

»Ich glaube nicht, daß wir dem deutschen Kaiser diese unglückliche Begebenheit ins Gedächtnis rufen sollten. Doch entwerft unverzüglich eine Antwort, Imadeddin. Dieser junge Mann ist desgleichen ein Schreiber und wird Eure Worte festhalten.«

Als Imadeddin den Knaben anblickte, überwältigte ihn das Verlangen. Aber kaum hatten sich ihre Blicke gekreuzt, senkte der koptische Schreiber die Lider.

Während Imadeddin eine Erwiderung diktierte, scheute er sich nicht, unverhohlen Tariks schlanke Erscheinung zu mustern.

»An den großen Kaiser Friedrich von Deutschland, im Namen Allahs, des Barmherzigen, des Großen, des Allmächtigen, des Siegreichen.

Wir danken Euch für Euren Brief, doch leider kommt Eure Ermahnung zu spät. Mit dem Segen Allahs befinden wir uns bereits im Besitz von al-Kadisiya, das Ihr Jerusalem nennt. So verbleiben nur noch drei Städte in Christenhand: Tyros, Tripoli und Antiochia, doch seid versichert, mächtiger Herrscher, daß wir auch diese zurückerobern werden.

Unserer Aufmerksamkeit ist jedoch nicht entgangen, daß Ihr es versäumt habt, auch den Mut der Toskaner, der Venezier und der Pisaner zu preisen, was uns bestürzt, sind uns die großartigen Eigenschaften der Männer aus diesen Gebieten doch wohlbekannt. Sowohl ihre wunderschönen Körper als auch ihr scharfer Verstand boten unseren Beduinen, die es in der Wüste nach Liebe und Abwechslung gedürstet hat, viel Vergnügen. Wir freuen uns bereits darauf, sie wiederzusehen.

Wenn Ihr Krieg wollt, so erwarten wir Euch, dabei müßt Ihr jedoch eines bedenken: Sobald Ihr hier eintrefft, liegt ein Ozean zwischen Euch und Eurem Land. Uns hingegen trennt nichts von unserem Volk und unseren Besitztümern. Daher werden wir Euch bis zum Anbruch des Jüngsten Tages stets aufs neue besiegen. Und das nächste Mal werden wir uns nicht mit Euren Küstenstädten zufriedengeben, sondern selbst das Meer überqueren, und es wird Allah gefallen, Euch all Eurer Länder zu berauben, weil Eure Kämpfer hier unter den Sanddünen verscharrt liegen. Dieser Brief wurde geschrieben im Jahr 584 mit der Gnade Allahs und Seines Propheten und trägt die Unterschrift des Eroberers von al-Kadisiya, Yussef Ibn Ayyub.«

Das Gelächter, das seinen Worten folgte, erfreute Imadeddin, und er sah in die Runde. Was ihm dabei über alle Maßen gefiel, war das scheue Lächeln auf Tariks Gesicht. Doch der Sultan forderte ein Antwortschreiben in ernsthafterem Ton.

Inzwischen wußte Salah al-Din um seinen herausragenden Platz in der Geschichte. Nicht nur die Abordnungen von Gelehrten, die sich in der Stadt sammelten, führten ihm seine Bedeutung vor Augen, sondern auch die Botschaften, die er von Gläubigen aus aller Welt erhielt, und nicht zuletzt natürlich die überschwenglichen Grußworte des Kalifen und seiner Höflinge aus Bagdad. Daher wünschte er, daß alle in seinem Namen verfaßten Briefe seiner neuen Stellung als Retter der

Gläubigen würdig waren. Imadeddin wurde in sein Amtszimmer geschickt, um dort den Brief in wohlgesetzteren Worten neu zu schreiben und dem Sultan am nächsten Morgen vorzulegen, damit dieser sein Siegel darauf anbringen konnte.

Gerade als ich das Zimmer verlassen wollte, tippte mir jemand auf die Schulter. Es war ein nubischer Eunuch, ein alter stummer Mann mit weißem Haar, den ich früher häufig in der Zitadelle von Damaskus gesehen hatte. Mit ausladender Handbewegung bedeutete er mir, ihm zu folgen. Nachdem er mich vor ein Gemach geführt hatte, entfernte er sich.

»Tretet ein, Ibn Yakub«, hörte ich die nur allzu vertraute Stimme der Sultana Jamila hinter der Gittertür.

Ich betrat das Gemach und verneigte mich, indes sie meiner ersten Frage zuvorkam.

»Amjad? Er weilt leider nicht mehr bei uns. Nachdem er so viele Verleumdungen verbreitet hat, mußte ich darum ersuchen, ihn fortzuschicken. Der Kämmerer hat sich der Sache angenommen. Schaut nicht so entsetzt, Amjad ist noch am Leben.«

Bevor ich freilich meiner Erleichterung Ausdruck geben konnte, hatte sie bereits das Thema gewechselt.

»Kennt das Herz eine Sprache, Ibn Yakub?«

Ich lächelte, wußte jedoch nichts zu erwidern. Die grausame Abschiebung des Eunuchen Amjad hallte noch in mir nach, sie aber wollte mich bereits wieder in die trauten Gefilde ihrer Philosophie entführen.

»Zaudert nicht, Schreiber, denkt nach. Nein? Nun, vielleicht ist Euer Herz ja stumm. Die meisten Herzen indes sprechen, wobei sich Träumerei und Wirklichkeit seltsam vermengen, und zwar in einem stets schwankenden Verhältnis, da letztlich alles von äußeren Umständen bestimmt ist. Zudem ist das Herz kein Buch, das man auf der immer gleichen Seite aufschlagen kann. Und wenn ein Herz gebrochen ist, blutet es vielleicht viele Tage, ehe es unvermittelt zu Stein wird. Stimmt Ihr mir zu?«

Ich nickte, dabei war ich mir nur allzu gewahr, was ihre Gedanken in diese Richtung schweifen ließ. Doch da sie von mir eine Frage erwartete, tat ich ihr den Gefallen.

»Wie kommt es, daß Ihr in diesen Zeiten an derlei denkt, Sultana? Wir feiern die Eroberung von Jerusalem. Es überrascht mich, daß Ihr Euch gerade jetzt in Euer Innerstes zurückzieht.«

»Mein Herz hat zahllose Wandlungen durchlebt, Ibn Yakub. Viele Monate war es heiter gestimmt, doch nun hat sich erneut Schwermut darüber gesenkt. Heute zum Beispiel bin ich von Reue zerknirscht. Ich hätte mit Halima Frieden schließen sollen, ehe sie sich gezwungen sah, auf und davon zu gehen und in Kairo Schutz vor meinem Zorn zu suchen. Einst kam sie mit tieftraurigem Blick zu mir und bat mich, wieder ihre Freundin zu sein. Doch hartherzig wies ich sie zurück, Ibn Yakub. Geringschätzig trat ich ihr Anerbieten mit Füßen. Und warum? Weil bloße Freundschaft, wenn sie einst mit Liebe und Leidenschaft einherging, nur mehr erbärmlich ist. Selbst das Trachten danach ist Merkmal eines kranken Geistes. Denn früher oder später werden jene, die meinen, dieses Ziel erreicht zu haben, von Gram niedergestreckt.

Dann starb sie. Böse Zungen klagen mich an, ihr das tödliche Gift geschickt zu haben. Eine niederträchtige Lüge aus dem Munde eines Mannes, der von Eifersucht zerfressen bald seinem Schöpfer gegenübertritt. Dieser Mamelucke, der es nicht ertragen konnte, daß Halima erneut eine Frau liebte, wollte mir seine Meucheltat anlasten. Wie Ihr wißt, war auch ich betrübt, als ich von Halimas neuer Liebe erfuhr, doch war es mir unvorstellbar, sie dafür mit dem Tod zu strafen. Im Gegenteil, ich hätte ihr Leben verlängern mögen, damit ich sie mit ausgeklügelten Martern hätte quälen können. Dennoch will ich Euch etwas anvertrauen, das Euch vielleicht entsetzen wird, Ibn Yakub. Aber auch das ist die Sprache meines Herzens: Als die Nachricht von ihrem Tod und seinen Umständen hier eintraf, war ich es durchaus zufrieden.

Sie hatte unsere Liebe vergiftet. Sie hatte getötet, was uns beiden kostbar war. Dafür war wiederum sie vergiftet worden. Eine grausame und unwürdige Vergeltung, doch war es das, was mein Herz damals wünschte. Und das ist der Grund, weshalb ich angefangen habe, die Verbindung zwischen Herz und Verstand näher zu ergründen. Meine Abhandlung über die

Logik des Herzens wird fertig sein, noch ehe das erste Freitagsgebet in der großen Moschee gesprochen wird. Urteilt nicht zu hart über mich, denn es ist eine Zeit der Freude. Salah al-Din hat al-Kadisiya eingenommen. Das Herz geht mir über vor Glück.«

Am nächsten Morgen erwachte ich spät und spürte die sengende Sonne auf meinem Gesicht. Ich hatte nicht gut geschlafen, denn meine Gedanken waren unaufhörlich um Jamilas Worte gekreist. Ihre Gefühllosigkeit Halima gegenüber hatte mich sehr erbost, doch jetzt stellte ich fest, daß ich die Sultana trotz all meiner Vorbehalte ob ihrer Stärke und Ehrlichkeit bewunderte. Jamila war wahrhaft eine Frau, die im Gegensatz zu ihrem geschätzten und vielgeliebten Gatten nichts davon hielt, Gefangene zu machen.

Es gab Zeiten, da ich mir wünschte, ein guter Dschinn würde diese Sultana, wenn auch nur für ein paar Monate, in den Sultan verwandeln.

Zwölf

Der Kadi von Aleppo predigt in der Moschee. Der Sultan empfängt einen Brief von Raymund von Toulouse. Meine Familie fällt einem fränkischen Angriff auf Kairo zum Opfer und stirbt den Flammentod.

Zehn Tage später versammelten wir uns alle in der erhabenen al-Aqsa-Moschee. Sie war gründlich gesäubert worden, und das geputzte Gestein erstrahlte in paradiesischem Glanz. Neben den Emiren und den Kadis des Reiches hatte sich Salah al-Dins Sohn al-Afdal eingefunden, ferner sein Neffe Takieddin und der Emir Keukburi, der Befehlshaber, der sich des Sultans besonderer Gunst erfreute. Der Predigtstuhl, den Nureddin einstmals eigens zu diesem Zwecke hatte anfertigen lassen, war aus Damaskus eingetroffen.

Angetan mit einer schwarzen Amtstracht und einem grünen Turban auf dem Haupt, stieg der Kadi von Aleppo langsam die Stufen des Predigtstuhls hinauf. Als er die Plattform erreicht hatte, suchte er Halt an der Brüstung, und jenen, die zuvorderst Platz genommen hatten, blieb das Zittern seiner Hände nicht verborgen. Der Kadi war sich darüber im klaren, daß man sich der Worte, die er an jenem Tag sprach, noch lange erinnern würde. Zugleich wußte auch er um des Sultans Abneigung gegenüber allzu langen Predigten. Mit volltönender Stimme hob der Kadi zu reden an und gab zunächst, wie es sich bei derlei Anlässen geziemte, einen Rückblick auf die Erfolge, die den Gläubigen innerhalb kurzer Zeit zuteil geworden waren.

»Laßt uns beginnen im Namen Allahs des Gnädigen und Gütigen und Seines Propheten, der uns den rechten Weg wies. Unser Sultan Yussef Salah al-Din Ibn Ayyub hat den Halbmond zurück in diese Heilige Stadt gebracht. Er, der Wahrer des rechten Glaubens, hat jene besiegt, die Kreuz und Götzenbilder anbeten. Ihr habt das Reich des Herrschers der Gläubigen in Bagdad wieder zum Leben erweckt. Laßt uns zu Allah beten, auf daß die Engel stets dort zugegen sind, wo Eure Banner wehen, um Euch um der Zukunft unseres Glaubens willen auf allen Wegen zu begleiten. Möge Allah Euch und Eure Kinder bis in alle Ewigkeit beschützen.

Hier an diesem Ort ließ Omar, dessen Andenken wir in hohen Ehren halten, schon bald nach dem Hinscheiden unseres Propheten, möge er in Frieden ruhen, die Banner unseres Glaubens aufstellen. Und hier wurde dann die große Moschee errichtet, in der wir nun zusammengekommen sind. Alle, die Ihr für diesen Tag gekämpft habt, seid gesegnet bis in alle Ewigkeit. Ihr habt dem Geist von Badr neues Leben eingehaucht. Ihr habt Standhaftigkeit bewiesen wie dereinst Abu Bakr, Furchtlosigkeit und Großmut wie Omar, und Euer Kampfgeist gemahnt an Uthman und Ali. Lächelnd blicken die ersten vier Kalifen am heutigen Tage vom Himmel auf Euch hernieder. All jene, die um diese Stadt gekämpft haben, werden ins Paradies eingehen.

In der einen Hand das Schwert, in der anderen den heiligen Koran, durchquerten unsere Armeen schon bald die Wüsten Afrikas, zogen weiter über die Berge von al-Andalus bis in die Länder der Franken. Von hier aus wurde unsere Botschaft bis zu den Feueranbetern weitergetragen. Die Perser waren die ersten, die zu unserem Glauben übertraten, nachdem wir ihnen die Kunde von dem rechten, Allahs wohlgefälligen Weg gebracht hatten. Einer der Gründe dafür ist dem Sultan sicherlich schon viele Male genannt worden: Als die Ärmsten jenes Landes, unterdrückt und ausgebeutet von verderbten Priestern, zu ihrem Erstaunen sahen, daß unsere großen Heerführer aus denselben Schüsseln aßen wie die gewöhnlichen Soldaten, fiel uns Persien wie eine reife Aprikose in den Schoß. Denn die Menschen konnten sich nun mit eigenen Augen davon überzeugen, daß wir vor Allah alle gleich sind. Unser Weg führte uns weiter bis zu Indiens großem Fluß, dem Indus, wo sich erneut die Armen um unser Banner scharten. Kaufleute trugen unsere Botschaft nach Südindien bis hin zu den

Eilanden Javas und schließlich sogar bis nach China. Ich frage Euch: Daß unser Glaube binnen derart kurzer Zeit Einzug in die entlegensten Winkel der Welt halten konnte, gilt uns dies nicht als Zeichen Allahs?

Daher ist es um so schändlicher, daß die Franken sowohl unsere Küsten als auch diese Heilige Stadt so lange besetzt halten konnten, ohne Bestrafung fürchten zu müssen. Yussef Salah al-Din Ibn Ayyub, unser Dank gilt Euch und Eurer Beharrlichkeit, er gilt Eurem Mut und der Bereitschaft, Euer Leben, das den Gläubigen allerorts so wertvoll ist, zu opfern, damit wir uns nun wieder in der al-Aqsa-Moschee zum Gebet versammeln dürfen. Möge Allah Euch ein langes Leben schenken, und möge Eure Herrschaft über diese Länder noch lange währen. In der einen Hand führt Ihr ein scharfes Schwert, die andere hält eine leuchtende Fackel ...«

Die Predigt dauerte eine ganze Stunde. Es war beileibe keine Rede, derer es sich zu erinnern lohnte, indes hielt der ehrwürdige Anlaß jedermann in Bann. Nach der Predigt sprach die Gemeinde das übliche Dankesgebet, und der Kadi stieg von der Kanzel. Da umarmte und küßte ihn der Sultan, und der Kadi al-Fadil und Imadeddin taten es ihm gleich. Al-Fadil war in gehobener Stimmung, und als der Sultan ihn fragte, wie ihm die Ansprache gefallen habe, antwortete er geradezu poetisch:

»O Herrscher der Siegreichen, diese Predigt hat die Himmel zu Freudentränen gerührt. Die Gestirne haben ihren Platz am Himmel verlassen, doch nicht, um über die Sünder herabzukommen, sondern um ein gemeinsames Fest zu feiern.«

Imadeddin, der später eingestand, die Predigt als überaus langweilig und geistlos empfunden zu haben, spendete al-Fadils Worten Beifall und lächelte freundlich zum Kadi von Aleppo hinüber.

Am Abend desselben Tages berief der Sultan einen Kriegsrat ein, an dem jedoch nur Takieddin, Keukburi, al-Afdal, Imadeddin, al-Fadil und ich teilnahmen. Der Sultan war in großmütiger und selbstbescheidener Stimmung.

»Zunächst möchte ich Imadeddin danken, der wiederholt darauf hinwies, wie wichtig die Eroberung dieser Stadt sei.

Wie so oft, hattet Ihr auch diesmal recht, mein Freund. Und es war Keukburi, der darauf bestand, die Belagerung von Tyros nicht aufzuheben. Auch Ihr habt richtig entschieden. Ich will die Eroberung von Tyros nun nicht länger aufschieben. Die Soldaten sollen noch etwas ausruhen und feiern, doch dann nehmen wir die Stadt ein. Heute morgen erreichte mich ein Schreiben von Raymund von Toulouse. Erinnert Ihr Euch seiner? Es war der Ritter, den wir vor dem Zorn der Templer bewahrt haben und der dank unserer Kaufleute sicher in seine Heimat zurückkehren konnte. Imadeddin wird den Brief nun verlesen. Ich bin mir darüber im klaren, daß jeder von uns lieber dem schönen Kopten lauschen würde, der das Lateinische mit soviel Anmut in unsere Sprache zu übersetzen versteht, daß sich selbst diejenigen seines Zaubers nicht zu entziehen vermögen, die Imadeddins Neigungen nicht teilen. Doch da er leider nicht mehr bei uns weilt, versteht es sich von selbst, daß Euch, mein großer Gelehrter, nunmehr diese Aufgabe zufällt.«

Falls Imadeddin des Sultans taktloses Verhalten befremdend erschien, so ließ er sich zumindest nichts anmerken. Alle lächelten einander wissend zu, denn es war beileibe kein Geheimnis, daß Imadeddin dermaßen in Tarik Ibn Isa vernarrt gewesen war, daß er ihm wie ein brunftiger Wolf nachgesetzt hatte. Imadeddin las den Brief von Raymund von Toulouse zunächst leise für sich und sagte dann:

»Mit Erlaubnis des Sultans und der Emire werde ich den Inhalt zusammenfassen. Im Gegensatz zu dem Kopten bin ich ein jämmerlicher Übersetzer. Unser Freund aus Toulouse schreibt, daß die Franken soeben ein mächtiges Heer aufstellen, um Jerusalem zurückzuerobern. Ihr Papst habe bereits die Könige von England, Frankreich und Deutschland aufgerufen, ihre Armeen zu vereinen und die Ehre der Kreuzesanbeter wiederherzustellen. Raymund schreibt, in den schwachsinnigen Köpfen zweier dieser Könige spuke das Streben nach Weltmacht. Doch gäbe es nur einen, den man fürchten müsse, da er sich wie ein Tier gebärde. Damit ist Richard von England gemeint, den Raymund als üblen Sohn und noch armseligeren Ehemann bezeichnet, der nicht in der Lage sei, sein

Weib oder überhaupt irgendeine Frau zu befriedigen, sich dafür jedoch mit Vorliebe jungen Männern zuwende. Überdies sei er ein eigennütziger Herrscher von hinterhältigem, böswilligem Wesen, dem es indes nicht an Mut mangele. Raymund weiß nicht, wann die Segel gesetzt werden sollen, doch wird sich die Abreise vermutlich noch mindestens ein Jahr hinauszögern, da die dafür erforderlichen Geldmittel erst aufgebracht werden müssen. Er rät uns, die Zeit zu nutzen und sämtliche Häfen einzunehmen, um die Schiffe bereits auf See zerstören zu können. Ferner legt er dem Sultan nahe, eine Flotte zusammenzustellen, die für den Kampf auf See tauglich ist. Er betrachtet es als einen Schwachpunkt, daß wir einem Seekrieg niemals so große Wichtigkeit beigemessen haben wie den Kriegen zu Lande.

Das Schreiben ist unterzeichnet von dem ergebensten Diener und Anhänger des Sultans, der um den Tag betet, da unsere Heere das Wasser überqueren und den Papst gefangennehmen werden. Er läßt uns wissen, daß sich unter Richards Begleitern ein Ritter namens Robert von St. Albans befindet, der ein heimlicher Häretiker ist. Mit anderen Worten, ein wahrer Gläubiger, der uns von Nutzen sein könnte.«

Der Sultan lächelte.

»Ich denke, wir sollten unseren Freund auffordern, sich erneut an unsere Seite zu stellen. Er ist von scharfem Verstand. Das Schreiben weist uns unmißverständlich darauf hin, daß die Eroberung von Tyros unser oberstes Ziel sein sollte. Sind wir uns darin einig? Ibn Yakub, habt Ihr alles schriftlich festgehalten?«

Ich nickte.

Am Nachmittag des folgenden Tages erschien überraschend ein Gefolgsmann des Sultans und teilte mir mit, daß Salah al-Din mich unverzüglich zu sehen wünsche. Ich war ein wenig verwundert ob dieses Befehls, da ich mich soeben anschickte, Johannes von Jerusalem zu dem Ort zu begleiten, an dem einstmals der Tempel Salomons gestanden hatte. Dort versammelten sich meine Glaubensbrüder, die nach Jerusalem zurückgekehrt waren. Sie wollten Dankesgebete für die Rückeroberung der Stadt sprechen. Salah al-Din hatte mir ausdrücklich die Erlaubnis erteilt, an der Zeremonie teilzunehmen. Nichtsdestoweniger kam ich natürlich dem Befehl des Sultans nach.

Als ich sein Gemach betrat, fand ich ihn mit gramzerfurchtem Gesicht auf der Bettstatt sitzend. Offensichtlich hatte er die Kunde als erster erhalten. Als er mich erblickte, erhob er sich, nahm mich zu meinem Erstaunen in die Arme und küßte mich. In seinen Augen standen Tränen. Ich ahnte, daß meinem Weib Rachel etwas Schreckliches zugestoßen sein mußte.

»Wir haben Nachricht aus Kairo erhalten, Ibn Yakub. Sie ist schmerzlich, und Ihr müßt tapfer sein. Ein kleiner Trupp fränkischer Ritter ist wie von Sinnen und trunken vor Zorn über den Verlust Jerusalems in Kairo eingefallen. Noch ehe Alarm geschlagen werden konnte, hatten die Barbaren in Eurem Viertel bereits etliche Häuser niedergebrannt und mehrere alte Männer umgebracht. Erst danach konnten unsere Soldaten die Männer überwältigen. Sie sind am folgenden Morgen allesamt hingerichtet worden. Zu den in Brand gesteckten Häusern gehörte auch Eures, mein Freund. Kein Bewohner hat überlebt. Ich habe al-Fadil angewiesen, für morgen Eure Rückreise nach Kairo zu veranlassen. Verweilt dort, solange Ihr es wünscht.«

Mit einer Verbeugung verabschiedete ich mich von ihm und kehrte zurück in meine Unterkunft. Mehr als eine Stunde verstrich, bis ich weinen konnte. Ich saß auf dem Boden und starrte die Wand an. Ein Unglück war über mich hereingebrochen. Vor Schmerz war ich wie betäubt. Weder Worte noch Tränen vermochten das Leid auszudrücken, das mich überwältigte. Meine Gedanken waren bei Rachel und Maryam. Während sie ihr Kind an die Brust gedrückt hielt und alle drei in friedlichem Schlummer lagen, setzten die Barbaren unser Haus in Brand.

Erst als ich meine Habseligkeiten zusammenpackte, brach ich in hemmungsloses Schluchzen aus. Ich dachte an das, was ich im Herzen bewahrt, Rachel jedoch nie gesagt hatte. Nun war sie von mir gegangen, ohne von der tiefen Liebe zu wissen, die ich für sie empfunden hatte. Dann wanderten meine Gedanken zu meiner kleinen Maryam, für die ich mir stets nur gewünscht hatte, daß sie mit ihren Kindern und ihrem Mann ein glückliches Leben in Eintracht führen würde.

Da ich nicht zu schlafen vermochte, ging ich nach draußen, spazierte die Brustwehr entlang und beobachtete den immerwährenden Lauf der Gestirne, indes mir die Tränen über die Wangen liefen. Ich war verbittert und zornig und dürstete nach Rache. Ich wollte fränkische Ritter über einem schwelenden Feuer braten und mich mit lautem Gelächter an ihren Todesqualen ergötzen.

Als wir in der Frühe des nächsten Tages aufbrachen, vernahm ich den Trauergesang des Pirols, und erneut brach ich in Tränen aus. An die Reise von Jerusalem nach Kairo habe ich keinerlei Erinnerung mehr, ich weiß nicht, wie oft wir einen Halt eingelegt oder wo wir uns zur Ruhe gebettet haben. Allein das freundliche Gesicht des Kuriers des Sultans ist mir im Gedächtnis geblieben, als dieser mir einen Schlauch mit Wasser reichte, mit dem ich mich erfrischte und mir den Staub vom Gesicht wusch. Zudem ist mir noch gegenwärtig, daß ich plötzlich irgendwann während dieser schmerzvollen Reise den dringenden Wunsch verspürte, zum Sultan zurückzukehren. Mir schien es sinnlos, die tragischen Ereignisse aufzurühren. Es verlangte mich nicht danach, die verkohlten Überreste des alten Gebäudes mit dem kuppelüberwölbten Zimmer zu sehen. Es war zu spät.

Vor den Trümmern des Hauses erwartete mich Ibn Maymun. Wir umarmten einander und weinten. Kein Wort kam über unsere Lippen. Die Trauer hatte Feindseligkeit und Groll getilgt. Er führte mich zu seinem Haus. Monatelang lebte ich in einem Zustand der Benommenheit, der jegliches Zeitgefühl schwinden ließ. Nichts von den Geschehnissen draußen in der Welt vermochte zu mir durchzudringen. Schließlich ging ich dazu über, den großen Heilkundigen bei seinen Gängen zu begleiten. Während er sich um die Kranken im Palast kümmerte, suchte ich alte Freunde in der Bibliothek auf: Bücher, die ich gelesen hatte, als ich in die Dienste des Sultans getreten war. Mitunter rief die Lektüre schmerzliche Erinnerungen an Rachel wach, und neuerliche Tränen machten jegliche Aufmerksamkeit zunichte.

Ibn Maymun behandelte mich als Freund und als Leidenden, der der besonderen Fürsorge bedurfte. Er grillte auf

Kohle frischen Fisch aus dem Nil für mich und bot mir dazu braunen Reis an. Abend für Abend verabreichte er mir einen Kräutertrank, der zur Beruhigung meiner gequälten Nerven diente und mir Schlaf brachte. An manchen Tagen sprach ich zu niemandem ein Wort. Ich pflegte dann an den Bach unweit Ibn Maymuns Hauses zu gehen, mich auf einen Stein zu setzen und den Knaben zuzusehen, wie sie mit Schnüren Fische zu fangen versuchten. Wann immer sie allzu laut lachten, ging ich wieder. Ihr Frohmut peinigte mich.

Die Welt war mir gleichgültig geworden. Jeglicher Zeitbegriff war mir abhanden gekommen. Ich lebte von einem Tag zum anderen, ich erwartete nichts und hatte nichts zu geben. Während ich diese Zeilen schreibe, entsinne ich mich nicht mehr, wie ich meine Zeit zugebracht habe. Ich erinnere mich einzig daran, daß ich mich in Ibn Maymuns umfangreicher Bibliothek in Büchern vergrub und medizinische Abhandlungen mich immer stärker gefangennahmen. Wieder und wieder las ich die Schriften von Galen und Ibn Sina, und stets erschlossen sich mir neue, bisher verborgen gebliebene Sinnzusammenhänge. Wann immer ich deren Bedeutung nicht erfassen konnte, befragte ich Ibn Maymun, der mir für meinen Lerneifer Anerkennung zollte und mir nahelegte, Arzt zu werden und ihm bei seiner Arbeit zur Seite zu stehen.

Viele Monate gingen ins Land. Die Welt des Sultans rückte in immer weitere Ferne. Ich wußte nicht, was sich auf dem Schlachtfeld zutrug, und es kümmerte mich auch nicht mehr. Eines Tages berichtete mir Ibn Maymun, daß erneut Franken an der Küste angelegt hatten, um Jerusalem zurückzuerobern. Dabei füllten sich seine Augen mit Tränen.

»Nie und nimmer darf es ihnen gelingen, uns die Stadt abermals zu entreißen, Ibn Yakub. Niemals!«

Vielleicht lag es an der Verzweiflung in der Stimme des Freundes, daß meine Anteilnahme an der Welt zu neuem Leben erwachte. Vielleicht war ich aber auch genesen. Was immer der Grund sein mochte, ich hatte zu mir selbst zurückgefunden. Zwar empfand ich immer noch das Gefühl des Verlustes, doch der Schmerz war geschwunden. Ich sandte Imadeddin einen Brief, in dem ich ihn fragte, ob mich der Sultan wohl erneut in seine Dienste nehmen würde.

Vier Wochen darauf, als sich der Frühling gleichsam wie ein leises, fernes Lachen erahnen ließ, traf ein Bote aus Damaskus ein. Der Sultan befahl mich unverzüglich an seine Seite. Als ich die Nachricht empfing, saß ich im Hof unter einem knorrigen Baum und genoß die Sonne. Ungeachtet der Jahreszeiten schien dieser Baum sein Aussehen nie zu verändern. Ich hatte ihn mit der Zeit liebgewonnen, da er mir wie ein Spiegel meiner Selbst erschien. Auch in mir brachte der beginnende Frühling nichts zum Keimen.

Ich verabschiedete mich von Ibn Maymun. Es war eine Trennung voll inniger Zuneigung. Wir, die wir uns einst so nahe gewesen waren, hatten wieder zueinander gefunden. Dem Unheil, das mich heimgesucht hatte, war auch ein Quentchen Glück beigegeben. Wir versicherten einander, daß wir in Verbindung bleiben würden. Zwar verspürte ich wenig Lust, weiter Salah al-Dins Lebensgeschichte niederzuschreiben, doch derlei Überlegungen riefen Ibn Maymuns Unmut hervor. Er legte mir dringend ans Herz, meine Arbeit fortzusetzen, und fügte hinzu: »Wenn es dir hilft, Ibn Yakub, dann schreibe eben mir und laß mich an allem teilhaben. Ich werde deine Briefe gut verwahren, gleich neben den Notizbüchern, die du mir anvertraut hast.«

Teil 4

Briefe an Ibn Maymun

Eins

Der Sultan ist erfreut über meine Rückkehr. Richard von England bedroht Tyros. Imadeddin leidet an Liebeskummer.

»Mein lieber Freund,
ich wünschte, Du wärest hier, damit wir miteinander sprechen könnten, anstatt auf den nicht immer zuverlässigen Kurierdienst angewiesen zu sein. Wie Du weißt, war mir ein wenig bang bei dem Gedanken, nach Damaskus zurückzukehren, doch wurde ich allseits willkommen geheißen. Manche der Emire meinten sogar, sie betrachteten meine Rückkehr als gutes Omen, da der Sultan nie eine Schlacht verloren hätte, wenn ich an seiner Seite gewesen wäre.

Alles hat sich geändert. Das Glück ist unbeständig wie der Preis für Diamanten im Kairoer Basar. Als ich den Sultan vor nunmehr fast zwei Jahren verließ, war wahrlich jede Zinne in seiner Hand. Seine Augen strahlten, die Sonne hatte seinen Wangen Farbe verliehen, seine Stimme klang frohgemut und frei von Sorge. Der Erfolg überwindet die Erschöpfung. Als ich ihm heute morgen meine Aufwartung machte, erhob er sich und küßte mich auf beide Wangen, offenkundig erfreut, mich zu sehen. Doch ich erschrak bei seinem Anblick. Seine Augen lagen tief in den Höhlen, er hatte abgenommen und war sehr blaß. Meine Überraschung blieb ihm nicht verborgen.

›Ich war krank, Schreiber. Der Krieg gegen diese niederträchtigen Ungläubigen hat mehr und mehr an meinen Kräften gezehrt, auch wenn ich sie schließlich bezwingen konnte. Doch nicht nur der Feind bereitet mir Sorgen, auch die Unseren rauben mir die Ruhe. Unser Glaube ist sehr gefühlsbetont und leidenschaftlich. Ein Sieg auf dem Schlachtfeld wirkt auf die Gläubigen berauschend wie Haschisch. Sie kämpfen ohne

Unterlaß weiter, um erneut siegreich zu sein. Doch wenn uns der Erfolg aus irgendeinem Grund versagt bleibt, wenn Geduld und Geschicklichkeit mehr gefragt sind als Kampfesmut, dann läßt der Antrieb der Männer nach. Es kommt zu Uneinigkeit, und so mancher törichte Emir denkt sich: ›Vielleicht ist dieser Salah al-Din doch nicht so unbesiegbar, wie wir glaubten. Vielleicht sollte ich lieber meine eigene Haut und die meiner Männer retten.‹ Und mit diesen unehrenhaften Gedanken im Kopf entfernt er sich vom Schlachtfeld. Andere Emire wiederum, die vom ausbleibenden Erfolg entmutigt sind, erinnern sich plötzlich daran, daß sie und ihre Männer seit sechs Monaten keinen Anteil an der Kriegsbeute mehr erhalten haben. Sie bilden sich ein, die alleinigen Nutznießer seien meine Brüder, Söhne und Neffen. Daraufhin brechen sie einen Streit vom Zaun und kehren schließlich nach Aleppo zurück. Es ist ein mühseliges Geschäft, Ibn Yakub.

Ich muß unentwegt an zwei Fronten kämpfen. Aus diesem Grund habe ich damals, als Ihr noch an meiner Seite wart, Tyros nicht eingenommen. Ich dachte, die Männer würden eine lange Belagerung nicht durchhalten. Wie sich herausstellte, unterlag ich einem Irrtum. Ich habe die Größe der fränkischen Streitmacht in der Stadt überschätzt, aber hätte ich mir meiner Soldaten sicher sein können, wäre ich das Wagnis eingegangen. Und infolgedessen, mein Freund, befinden wir uns nun in einer höchst mißlichen Lage. Von jenseits des Meeres treffen fränkische Könige mit noch mehr Soldaten und noch mehr Gold ein. Sie geben anscheinend niemals auf.

Nun, Ibn Yakub, seid willkommen zu Hause. Ihr habt mir gefehlt. Al-Fadil ist heute morgen nach Kairo abgereist, und Imadeddin hat mich seit einer Woche nicht mehr aufgesucht. Angeblich plagen ihn Zahnschmerzen, doch meine Spitzel haben mir berichtet, daß es sich vielmehr um Liebesschmerz handelt. Erinnert Ihr Euch an Shadhi? Er pflegte Imadeddin immer als Eselsschwanzlutscher zu bezeichnen.‹

Bei dem Gedanken daran lachte er hell auf, woraufhin ich in sein Gelächter einfiel und mich freute, daß ihn meine Rückkehr heiterer stimmte.

Am selben Nachmittag besuchte ich Imadeddin, der mich huldvoll empfing. Die Zuträger des Sultans hatten recht gehabt. Der große Gelehrte litt an jenem Schmerz, den verschmähte Liebe hervorruft. Zunächst jedoch beklagte er sich bitterlich darüber, daß die Staatskasse ihm seit vielen Monaten den Lohn vorenthalte, weshalb er beschlossen habe, dem Sultan fernzubleiben.

Ich war erstaunt, doch als ich Näheres zu erfahren begehrte, offenbarte er mir den wahren Grund für sein Verhalten und behelligte mich mit all seinen Sorgen. Es gibt nichts Ermüdenderes, Ibn Maymun, als einem erwachsenen Mann zuzuhören, der sich endlos über sein gebrochenes Herz ausläßt, als zählte er gerade fünfzehn Jahre und hätte erstmals Liebesleid erfahren. Da aber ich ihn aufgesucht hatte, bedurfte es einiger Anstrengung, mich alsbald wieder zu empfehlen.

Du wirst Dich sicherlich eines koptischen Übersetzers namens Tarik Ibn Isa entsinnen, den ich Dir gegenüber einmal erwähnt habe. Auf diesen Knaben war der begehrliche Blick unseres großen Gelehrten gefallen, kurz nachdem wir Jerusalem erobert hatten. Salah al-Din war von Tariks Fähigkeiten sehr angetan, und auf Imadeddins Rat hin wurde der Kopte in des Sultans Gefolge aufgenommen. So gelangte Tarik nach Damaskus. Hier bedrängte Imadeddin den Jüngling auf schamloseste Weise, weil er unbedingt seine Lust an ihm befriedigen wollte. Er schrieb ihm zu Ehren Verse, beauftragte Spielmänner, in mondhellen Nächten vor Tariks Fenster Vierzeiler vorzutragen, und drohte ihm sogar seine Entlassung aus den Diensten des Sultans an, sollte er ihm nicht zu Willen sein. Nun ist, zur Bestürzung des ganzen Hofes, der Jüngling verschwunden, und unser großer Mann des Wortes ist untröstlich.

Selbstverständlich entspricht meine Darstellung nicht der Sichtweise des gelehrten Ratgebers des Sultans. Aus seinem Munde klingt die Geschichte ganz anders, doch als weiser Mann magst Du, Ibn Maymun, Dir selbst ein Urteil bilden.

›Was mir völlig unbegreiflich blieb, Ibn Yakub‹, sprach er mit seiner volltönenden, mir so vertrauten Stimme, die mir nur deshalb wohlklingend erschien, weil ich sie lange nicht gehört hatte, ›war der hartnäckige Widerstand dieses oberflächlichen Jünglings. Ihr runzelt die Stirn? Ich weiß, was Ihr denkt, vielleicht war der Knabe Männern nicht zugeneigt? Das dachte ich auch, doch Ihr irrt Euch, wenn Ihr dies annehmt. Ich habe ihn bespitzeln lassen und herausgefunden, daß er einen Mann liebte, der kaum jünger war als ich, sich aber in einer Hinsicht wesentlich von mir unterschied.

Tariks Geliebter war ein Ketzer, ein Gotteslästerer, ein Skeptiker. Er stammte aus Aleppo, predigte jedoch seine Irrlehre in dieser reinsten aller Städte. Seinen Worten zufolge war er ein Nachfahre von Ibn Awjal. Ihr kennt unsere Religion gut, Ibn Yakub, habt Ihr von Ibn Awjal gehört? Nein! Ich muß sagen, das erstaunt mich.

Er lebte in Kufa, hundert Jahre nach dem Tod des Propheten, und war von Eurem Glauben zu dem unseren übergetreten. Allerdings richtete sich sein ganzes Streben darauf, ein großer und berühmter Mann zu werden. Deshalb veröffentlichte er viertausend Hadithe und erwarb sich so den Ruf eines Gelehrten, doch waren diese Hadithe samt und sonders gefälscht. Er hatte jeden einzelnen davon frei erfunden und unserem Propheten eine gotteslästerliche und unzüchtige Sprache in den Mund gelegt. Angeblich soll der Prophet laut einem dieser Hadithe gesagt haben, jede Frau, die es zulasse, daß ein Mann sie im Zustand der Nacktheit erblicke, und sei es nur versehentlich, müsse sich diesem Manne hingeben, und falls sie sich weigere, dürfe er sie mit Gewalt nehmen. Möge Allah diesen Hurensohn auf ewig in der Hölle schmoren lassen. Es gibt noch mehr Aussprüche dieser Art, manche sind sogar noch schlimmer. Einer davon, für den Ibn Awjal eine prophetische Urheberschaft behauptete, lautete: ›Treibe unter allen Umständen Unzucht mit deinem Kamel, doch niemals auf offener Straße.‹ Einem anderen Hadith zufolge dürfe ein Gläubiger seine Fleischeslust nach Belieben befriedigen, sofern die Tat vom Engel Gabriel gutgeheißen werde. Ein andermal schrieb er, der Prophet habe zu seinem Schwiegersohn Ali gesagt, er dürfe sein Hinterteil vor keinem Menschen entblößen, wobei er behauptete, im ursprünglichen Hadith fehlten zwei Worte. Derlei Hirngespinste durften nicht ungestraft bleiben. Es ging nicht an, unseren Propheten in solcher Weise zu schmähen. Der Kadi von Kufa ließ Ibn Awjal verhaften, woraufhin dieser gestand, die Hadithe selbst ersonnen zu haben. Rasch war das Urteil gefällt, Ibn Awjal wurde unmittelbar nach dem Richterspruch hingerichtet.

Tariks Geliebter behauptete, von Ibn Awjal abzustammen, und verbreitete unter seinen Anhängern, viele der von seinem blasphemischen Vorfahren veröffentlichten Hadithe seien echt. Als mir dies zu Ohren kam, wollte ich meinem Spitzel, der sich in die Jüngerschar des Ketzers eingeschlichen hatte, zunächst nicht glauben. Ich setzte den Kadi davon in Kenntnis, der alle mit Ausnahme von Tarik verhaften ließ. Im Unterschied zu seinem mutigeren Vorfahren leugnete dieses Schwein von einem Skeptiker jedoch alles, was mein Spitzel vor Gericht gegen ihn ausgesagt hatte. Er besaß die Frechheit, mir vorzuwerfen, ich wollte ihn mit gefälschten Beweisen aus dem Weg räumen, und zwar aus Gründen, die mir selbst am besten bekannt seien. Vor den Augen des Kadis fand er indes keine Gnade, und der Sultan bestätigte dessen Urteil. So wurde der Ketzer hingerichtet. Am selben Tag verschwand Tarik auf Nimmerwiedersehen. Niemand hat ihn seither zu Gesicht bekommen, doch sind Gerüchte im Umlauf, wonach er sich das Leben genommen hat. Angeblich hat man seine Leiche im Fluß treiben gesehen.

Es heißt, Eure Freundin Jamila sei außer sich gewesen, als sie von der Hinrichtung erfuhr. Sie stürmte in Salah al-Dins Gemach und ließ ihrer spitzen Zunge freien Lauf. Diese Frau nimmt wahrlich kein Blatt vor den Mund. Sie sandte mir einen Brief, in dem sich mich als üblen Lustmolch bezeichnet und andeutet, diese Stadt wäre sauberer, wenn man mich kastrieren würde. Nun kennt Ihr die wahren Gründe für meinen Trübsinn, Ibn Yakub. Allerdings trifft es durchaus zu, daß mich der Schatzmeister augenscheinlich vergessen hat, was mich zudem äußerst verdrießlich stimmt.‹

Nachdenklich verließ ich Imadeddins Wohnstatt. Gemächlich ging ich zu meinem Haus zurück, doch fürchtete ich bereits die Stille, die mich umfangen würde, sobald ich den Hof betrat. Dieses Haus birgt zahllose Erinnerungen an Rachel, und ich denke, ich täte besser daran, meine Habe zusammenzupacken und in die Zitadelle zu ziehen. Während ich gerade überlegte, wie ich mein Anliegen in einem entsprechenden Brief an den Kämmerer in Worte kleiden könnte, erschien ein mir unbekannter Mann. Es war ein stummer Nubier, der mir eine Nachricht überbrachte. Die Sultana Jamila wünschte mich zu sehen. Nichts hatte sich in der Stadt geändert. Ich lächelte matt, als ich dem Stummen zur Zitadelle folgte. Findest Du es nicht auch merkwürdig, Ibn Maymun, nach langer Abwesenheit an einen Ort zurückzukehren, nur um festzustellen, daß sich die alten Gebräuche und Gewohnheiten in keiner Weise geändert haben? Der Sultan führt seine Kriege, Imadeddin sitzt schmollend in seinem Haus, und die Sultana bittet mich zu einer Unterredung.

Sie begrüßte mich wie einen hochgeschätzten Freund, und zum erstenmal berührte sie mich sogar. Während sie mir über den Kopf strich, sprach sie mir ihr Mitgefühl angesichts des Verlustes meiner Familie aus. Dann flüsterte sie mir ins Ohr: ›Wir haben beide unsere Liebsten verloren. Das verbindet uns um so mehr. Ihr dürft uns nie wieder verlassen. Sowohl der Sultan als auch ich brauchen Euch.‹

Daß sie von meinem Besuch bei Imadeddin wußte, überraschte mich nicht. Ihr entging nie etwas. Selbst die belangloseste Unterhaltung über den Sultan oder ihm Nahestehende wird ihr zugetragen. Deshalb ist sie einer der bestunterrichteten Menschen im ganzen Reich. Aufgrund ihrer Stellung verweigert ihr kaum jemand eine Auskunft, die sie verlangt.

Jamila forderte von mir einen ausführlichen Bericht über unser Gespräch. Als ich gerade zu sprechen anheben wollte, bemerkte ich, daß sie nicht allein war. Hinter ihr saß auf einem Schemel eine junge Frau von berückender Anmut, deren Gesicht mit den traurigen, ausdrucksstarken Augen mir seltsam vertraut erschien. Die junge Frau trug ein Kleid aus gelber Seide und ein ebensolches Kopftuch. Zur Betonung ihrer Augen hatte sie Kajal aufgetragen, obgleich nichts an ihr einer Verschönerung bedurft hätte. Verwundert über die Anwesenheit dieser liebreizenden Fremden sah ich Jamila fragend an.

›Das ist Zainab, und sie ist *meine* Schreiberin. Jedes meiner Worte schreibt sie so schnell nieder, daß meine Gedanken geradezu galoppieren müssen, um mit ihr mitzuhalten. Ihre Schnelligkeit stellt die Eure in den Schatten, Ibn Yakub. Doch nun sprecht. Was hat der alte Scharlatan erzählt?‹

Während ich das Gespräch mit Imadeddin wiedergab, tauschten die beiden Frauen mehrmals Blicke. Dann sprach Jamila mit Zorn in der Stimme, dennoch erstaunte mich ihre Wortwahl.

›Shadhi hatte recht, was diesen Eselsschwanzlutscher betrifft! Alles, was er Euch gesagt hat, ist gelogen. Er ließ einen Unschuldigen hinrichten, einen Mann, dessen einziges Verbrechen darin bestand, daß er ein Skeptiker war, doch das bin auch ich, das ist Imadeddin, und selbst Euch hat man schon ketzerische Gedanken äußern gehört. Nur einfältige Gemüter weigern sich, irgend etwas in Frage zu stellen. Aber eine Welt ohne Zweifel könnte sich niemals weiterentwickeln. In jungen Jahren war sogar Salah al-Din ein Skeptiker. Das überrascht Euch? Weshalb, denkt Ihr, hat er nie die Pilgerreise nach Mekka angetreten? Jetzt liegt ihm viel daran, seinen Schöpfer versöhnlich zu stimmen, doch als sich ihm die Gelegenheit dazu bot, ließ er sie ungenutzt verstreichen. Imadeddin hat diese Hinrichtung befohlen, weil er eifersüchtig war, ein alter Mann, der es nicht ertragen konnte, zurückgewiesen zu werden, und der deshalb nach einem Sündenbock Ausschau hielt. Er widert mich an, und ich habe dem Sultan gesagt, er solle seinen Ratgeber kastrieren lassen. Wenn in diesem Greisenleib die Säfte steigen, ist kein Knabe in Damaskus mehr sicher.‹

Nach diesen Worten lachte sie hell auf und sah zu Zainab, um sich ihrer Zustimmung zu versichern. Doch in den Augen der jüngeren Frau standen Tränen, woraufhin in Jamila abermals der Zorn aufwallte.

›Schaut Euch Zainab genau an, Schreiber. Stellt sie Euch in einem Männergewand vor, wie sie dem Sultan einen in Latein geschriebenen Brief übersetzt.‹

Ich war verblüfft. Nun wußte ich, wo ich schon einmal ein ganz ähnliches Gesicht gesehen hatte. In Jerusalem! Sie mußte Tarik Ibn Isas Zwillingsschwester sein.

›Nicht seine Schwester, Dummkopf. Es ist Tarik Ibn Isa. Zainabs Vater, ein alter koptischer Gelehrter, ließ ihr eine Bildung angedeihen, die üblicherweise Knaben vorbehalten bleibt. Sie lebten in Jerusalem, beteten jedoch um dessen Befreiung. Denn die fränkischen Ritter hielten nicht viel von den Kopten, die in ihren Augen schlechte Christen und Ketzer waren. Als Salah al-Dins Kämmerer nach einem Übersetzer suchte, steckte Zainabs Vater sie in Männergewänder und schickte sie an den Hof. Alles weitere ist Euch bekannt. Laßt Imadeddin in dem Glauben, er habe Tarik Ibn Isa in den Tod getrieben. Soll er den Rest seiner Tage in Leid zubringen. Wir haben schon überlegt, ob Zainab sich als Gespenst verkleiden und vor Imadeddins Schlafgemach erscheinen soll. Meint Ihr, das würde ihn umbringen?‹

Ich betrachtete Zainab, die sich nun wieder gefaßt hatte. Sie freute sich, daß mich ihre Geschichte in Erstaunen versetzte. Jamilas Blick hingegen verriet, daß sie nun jemanden gefunden hatte, der die Stelle der verlorenen Halima einnahm.

Entgegen anderslautenden Auffassungen, Ibn Maymun, vermögen wir der Unbeständigkeit der Frauenherzen niemals Gleichwertiges entgegenzusetzen.

Meine herzlichsten Grüße an Deine Familie.

Dein alter Freund

Ibn Yakub.«

Zwei

Die fränkische Plage sucht Akko erneut heim. Salah al-Din ist niedergeschlagen und vertraut mir seine geheimsten Zweifel an.

»Lieber Freund Ibn Maymun,
ich beneide Dich. Ich beneide Dich um Dein wunderschönes Zuhause in Kairo. Ich beneide Dich um Deinen Seelenfrieden und wünschte, ich hätte niemals die Zufluchtsstätte verlassen, die Du mir in Deiner Güte zur Verfügung gestellt hast, als ich einer solchen bedurfte.

Ich stehe in Deiner Schuld. Viele Monate ist es schon her, daß ich Dir zuletzt geschrieben habe, doch ich war mit dem Gefolge unseres Sultans ständig unterwegs. Ach, wie sich doch abermals alles gewandelt hat! Das Kriegsglück erweist sich stets als wankelmütiger. Ich schreibe Dir von Akko aus, das von den Franken belagert wird. Deren Entscheidung, die Stadt anzugreifen, hat uns alle überrascht. Salah al-Din war zwei Tage zuvor aufgebrochen, kehrte jedoch sogleich mit all seinen Soldaten zurück, obgleich ihm die Franken zahlenmäßig weit überlegen waren. Aber solcherart ist der Ruhm unseres Sultans, daß allein die Nachricht von seiner Ankunft den Feind bestürzte. Statt sich zum Kampf zu stellen, zogen sich die Franken in ihr Lager zurück. Wir schickten einige unserer Soldaten nach Akko hinein, und Boten wurden ausgesandt, um Hilfe zu holen. Daraufhin verließ Takieddin seinen Beobachterposten vor Antiochia und verstärkte, zusammen mit Keukburi, unsere Reihen. Wie Du weißt, vertraut der Sultan diesen beiden Emiren bedingungslos, und ihre Ankunft stimmte ihn frohgemut.

Doch aus den anderen Gebieten blieb die erhoffte Hilfe fast gänzlich aus. Die Händel zwischen den Herrschern von Hamadan und Sinjar sowie anderer Städte haben dazu geführt, daß Salah al-Dins Anliegen immer weniger auch das ihre ist.

Als die Franken schließlich zum Kampf antraten, blieb der Ausgang der Schlacht unklar: Weder hatte die eine Seite gesiegt, noch war die andere geschlagen. Wir haben einen immer schwierigeren Stand, indes die Franken tagtäglich verwegener werden, dennoch könnten wir am Ende den Sieg davontragen. Die gegenwärtige Lage ist folgende: Du mußt Dir ausmalen, wie die Franken uns mit einem Sturmangriff auf Akko zu überrumpeln suchen. Nun schließe die Augen und stelle Dir vor, daß Salah al-Din still und heimlich hinter den Franken in Stellung geht und so aus den Belagerern die Belagerten macht. Oder, um mit Imadeddins unsterblichen Worten zu sprechen: ›Nachdem sie wie eine Braue das Auge beschatteten, wurden sie nun selbst zum beschatteten Auge.‹ Allerdings fürchte ich, daß er hinter seiner gewaltigen, bildhaften Sprache nur seine Verzweiflung zu verbergen sucht.

Noch zu Jahresbeginn galt der Sultan als oberster Herrscher über Palästina. Inzwischen kämpfen wir, wieder einmal, ums nackte Überleben, und manchmal wünscht sich der Sultan, Kairo nie verlassen zu haben.

Er gönnt sich keine Atempause. Für gewöhnlich schläft er des Nachts nicht mehr als zwei oder drei Stunden. Ich wünschte, Du wärest hier, um ihm Ratschläge zum Erhalt seiner Gesundheit zu geben. Inzwischen gleicht er einer Kerze, die zwar hell und strahlend brennt, sich jedoch zunehmend selbst verzehrt.

Salah al-Din zählt nun über fünfzig Jahre, aber er führt seine Soldaten unbekümmert und mit erhobenem Schwert in die Schlacht, als wäre er gerade zwanzig. Dennoch ist er über den Zustand seines Heeres außerordentlich besorgt, was ihn zusehends in seinem körperlichen wie auch geistigen Wohlbefinden beeinträchtigt. So hat er seit drei Tagen überhaupt keinen Schlaf mehr gefunden. Sein Gesicht ist bleich, und seine sonst so wachen und lebhaften Augen haben jeglichen Glanz verloren. Ich fühle, daß er jemanden braucht, dem er seine sorgenvollen Gedanken anvertrauen kann. Wie immer denke ich dabei an Shadhi, aber auch Imadeddins Gegenwart oder die des angesehenen Kadis al-Fadil wäre tröstlich. Wenn Dich dieser Brief jemals erreichen sollte, teile doch al-Fadil meine

Besorgnis mit. Denn ich selbst vermag jeden dieser drei Männer nur schlecht zu ersetzen, wenngleich ich der einzige hier bin, der Salah al-Din näher kennt und seit mehr als zehn Jahren zu seinen Vertrauten zählt. Ist es wirklich schon zehn Jahre her, seit Du mich ihm empfohlen hast, Ibn Maymun? Wie unbarmherzig vergeht doch die Zeit.

In diesen Tagen spricht er sehr viel mit mir, und manchmal beschleicht mich das Gefühl, er wüßte mich lieber nicht nur als seinen Schreiber an seiner Seite. Fordernd trifft mich sein Blick, wenn er eine Erwiderung von mir wünscht, die ihn trösten oder seine Befürchtungen zerstreuen soll. Aber Du weißt sehr gut, daß ich von militärischen Dingen nichts verstehe und daß mein Wissen über die Emire von Damaskus und deren Händel leider ebenfalls dürftig ist. Nie empfand ich meine Unzulänglichkeit stärker als auf diesem Feldzug: Salah al-Din braucht mich, und ich stehe mit leeren Händen da.

Ich entsinne mich, wie Du mir einst vor langer Zeit erklärtest, daß wir Freunden in aufgewühlter Verfassung nichts weiter anbieten könnten, als ihnen geduldig zuzuhören. Denn erregte Menschen nähmen kaum jemals einen Ratschlag an, und sie neigten im Gegenteil zu unwirschem Verhalten, wenn man ihnen Dinge sagt, die sie nicht zu hören wünschen. All dies hast Du im Zusammenhang mit der Liebe geäußert, unseren Sultan jedoch quält vorwiegend Unentschlossenheit angesichts des Feindes. Er überlegt sich zwei oder drei mögliche Vorgehensweisen, kann sich dann aber für keine davon entscheiden.

Ich sitze nur da und lausche seiner bekümmerten Stimme. Gestern stand der Mond schon an seinem höchsten Punkt, als ich in Salah al-Dins Zelt gerufen wurde. Ich hatte bereits fest geschlafen, doch die kühle Nachtluft auf dem Weg zu ihm machte mich wieder hellwach. Hier im Wortlaut, was der Sultan dann sprach.

*

›Kaum eine Nacht vergeht, Ibn Yakub, in der ich nicht spüre, wie Allah mich zu sich winkt. Ich werde nicht mehr lange leben, Schreiber. Mit Allahs Segen habe ich fünfzig Jahre auf dieser Welt zugebracht, und in diesem Alter widerfährt einem Mann Seltsames: Er hört auf, Pläne für die Zukunft zu schmieden, und denkt mehr und mehr über die Vergangenheit nach. Bei schönen Erinnerungen lächelt er, doch schämt er sich erneut der törichten Handlungen, derer er sich schuldig gemacht hat.

In den letzten Wochen habe ich viel über meinen Vater Ayyub nachgedacht. Niemals in seinem ganzen Leben war mein edler Vater, er möge im Himmel glücklich sein, gezwungen, vor einem Herrscher das Knie zu beugen. Stets trug er das Haupt hocherhoben. Es mißfiel ihm, wenn man seine Tapferkeit pries, und er war taub für die abgeschmackten Schmeicheleien, die zum Alltag in der Zitadelle gehören. Und immer bereitete es ihm Vergnügen, anderen Entgegenkommen zu zeigen.

Ja, er war ein großzügiger Mann. Gewiß hat Euch Shadhi davon erzählt. Doch er hatte eine ausgesprochene Schwäche für Dienerinnen. Ihr scheint erstaunt, Ibn Yakub. Hat Euch der unverbesserlich schwatzhafte Shadhi dies etwa vorenthalten? Allah beschütze mich! Ich bin mehr als verblüfft, denn das war wahrlich kein Geheimnis. Wann immer eine neue Dienerin ins Haus kam, fühlte mein Vater die Säfte in sich aufsteigen, und er hat mit seinem Samen nie gespart. Dies machte ihm meine Mutter einst zum Vorwurf, woraufhin er ihr einen Hadith an den Kopf warf, demnach, so man es glauben darf, ›einem Mann die Anzahl seiner Vereinigungen vorherbestimmt ist und er sie also unter allen Umständen vollziehen muß‹. Meine Mutter sprach eine unverblümte Sprache und bedachte ihn mit ein paar deftigen kurdischen Flüchen, die ich lieber nicht wiederholen will. Dann fragte sie ihn, warum Männer alle ihre Handlungen an Frauen mit einem Hadith rechtfertigen könnten, umgekehrt ein solcher Versuch aber stets zum Scheitern verurteilt sei? Sollte mein Vater ihr überhaupt darauf geantwortet haben, so wußte nachher jedenfalls niemand mehr, mit welchen Worten.

Ihr fragt Euch, warum ich dergestalt von ihm spreche? Eigentlich wollte ich drängendere Fragen mit Euch bereden, doch in Eurer Gegenwart entsinne ich mich stets des alten

Shadhis und ertappe mich dabei, daß ich mit Euch in derselben Weise plaudere wie mit ihm, was ich mit al-Fadil oder Imaddin hingegen niemals könnte, ja nicht einmal mit meinen Brüdern.

Die meisten meiner Emire und Soldaten glauben, ich könnte allen Schwierigkeiten trotzen, wir beide aber wissen, daß dies nicht der Fall ist. Ein Herrscher mag stark sein oder schwach, er ist jedenfalls stets einsam. Selbst der letzte der fatimidischen Kalifen in Kairo bekannte mir gegenüber einmal unter Tränen, obgleich er von Eunuchen umgeben war und ihn das Haschisch der Wirklichkeit entrückte, daß ihn das Fehlen auch nur eines einzigen wahren Freundes mehr bekümmere als der Gedanke an den Verlust seiner Macht.

Dagegen kann ich mich glücklich schätzen, denn mir waren gute Freunde und kluge Ratgeber beschieden. Doch dieser Krieg zieht sich nun schon viel zu lange hin. Ich mache keinen Hehl aus meinen Fehlern, nach al-Kadisiya hätten wir unverzüglich Tyros einnehmen müssen. Der Vormarsch entlang der Küste war eine schwerwiegende Fehlentscheidung meinerseits, doch selbst das wäre wiedergutzumachen gewesen. Allmählich denke ich, daß wir, die wir an Allah und Seinen Propheten glauben, von einer allzugroßen Zuversicht durchdrungen sind. Fast scheint es, als sei unser Glaube so stark in uns verwurzelt, daß wir es für überflüssig halten, anderen Gegebenheiten Beachtung zu schenken. Wie sonst wäre der Niedergang des Kalifats in Bagdad zu erklären? Nicht einmal der Herrscher der Gläubigen selbst würde es wagen, sich mit den ersten vier Kalifen zu vergleichen.

Unser Glaube, der uns anfänglich zur Gründung eines Reiches beflügelte, das Meere und Wüsten umspannte und sich über drei Erdteile erstreckte, dieser Glaube scheint nun zu einer herrschaftlichen Geste verkommen zu sein. Wir neigen zu Übertreibungen. Wenn uns Allah wider Erwarten einen glorreichen Sieg schenkt, jubeln wir wie Kinder, die beim Acht-Steine-Spiel gewonnen haben. Monatelang zehren wir von diesem Sieg. Wir preisen Allah, und alles ist gut.

Nach einer Niederlage versinken wir indes in finsterster Trübsal. Wir wollen nicht verstehen, daß es ohne Niederlagen auch keine Siege geben kann. Jeder große Eroberer der Geschichte mußte Rückschläge hinnehmen. Doch uns mangelt es an Beharrlichkeit. Schon nach wenigen Mißerfolgen ist unser Kampfgeist gebrochen, unsere Entschlossenheit geschwunden, Zucht und Ordnung sind dahin. Steht uns dies in den Sternen geschrieben? Werden wir uns niemals ändern? Verdammt uns ein grausames Schicksal zu einem immerwährenden Auf und Ab? Wie werden wir dem Engel Gabriel am Tag des Jüngsten Gerichts antworten, wenn er fragt: ›O Anhänger des großen Propheten Muhammad, warum habt ihr, angesichts eurer Feinde, einander nicht geholfen, als die Not am größten war?‹

Unsere Emire lassen sich schnell entmutigen. Bei leichten Siegen ist alles vortrefflich, doch sobald die Ungläubigen Allahs Willen vereiteln, werden die Emire von Entsetzen gepackt. Und wenn die ihnen unterstehenden Männer dies bemerken, verzagen auch sie und sprechen zueinander: ›Unserem Emir fehlen Wein und Frauen. Auch ich vermisse meine Familie. Und schon seit vielen Monaten haben wir keine Beute mehr gemacht. Vielleicht sollten wir heute nacht, wenn im Lager alles schläft, in unsere Dörfer zurückkehren.‹

Es ist schwer, ein großes Heer über lange Zeit in Kampfbereitschaft zu halten. Die Franken sind da im Vorteil. Ihre Soldaten kommen übers Meer. Sie können sich nicht so leicht aus dem Staub machen wie die unseren. Daraus ziehe ich die Lehre, daß Männer ihren Eigennutz nur überwinden, wenn sie für eine Sache fechten, die ihrer ureigensten Überzeugung nach allen und jedem zugute kommt.

Als ich noch ein Knabe in Baalbek war, spielte ich mit meinen Brüdern oft am nahegelegenen Fluß, wenn die Sonne vom tiefblauen Himmel herniederbrannte. Doch nicht selten zogen plötzlich dunkle Wolken auf und bedeckten den Himmel, und noch ehe wir zurückrennen konnten, war ein gewaltiges Gewitter losgebrochen, dessen Blitze uns erschreckten. Nur wenn meine Soldaten wie ein solches Gewitter über den Feind hereinbrechen, kann ich der Blitz sein, der ihn trifft. Doch das verstehen sie einfach nicht, und die Emire können es ihnen, von wenigen Ausnahmen abgesehen, nicht deutlich machen. Das Ergebnis ist offensichtlich: ein in Auflösung begriffenes Heer. Unser guter Freund Imadeddin ist von Angst und Schrecken gepackt und schreibt uns, daß wir den Franken ebensowenig Einhalt zu gebieten vermögen wie der Pest.

Solange ihnen das Meer weiterhin Nachschub liefert und unser Land sie mit offenen Armen aufnimmt, werden sie alles erobern. Unser großer Gelehrter hat sein Vertrauen in meine Fähigkeiten damit zum Ausdruck gebracht, daß er sich auf ein Pferd setzte und ins sichere Damaskus floh. Und er empfiehlt mir gar, es ihm gleich zu tun. Wahrscheinlich will er lieber beglückwünscht werden, weil er sich rechtzeitig in Sicherheit gebracht hat, als im nachhinein für seinen Heldenmut Lob zu ernten. Leider steht diese Möglichkeit in unserer Welt nur den Gelehrten offen. Mir hingegen ist ein anderer Weg vorgezeichnet.‹

*

Ich habe dies genau so niedergeschrieben, wie es der Sultan gesagt hat, was Dir gewisse Rückschlüsse auf seine Verfassung erlaubt. Mich quält die Sorge, daß ihn seine Gesundheit im Stich lassen könnte, womit unsere Sache verloren wäre. Denn dann könnten die Franken Jerusalem erneut einnehmen und die Unseren bei lebendigem Leib verbrennen, wie sie es bereits einmal getan haben.

Ich hoffe, Du bist bei guter Gesundheit, wenn Du diese Zeilen liest. Mögest Du und Deine geschätzte Familie den Kairoer Sommer unbeschadet überstanden haben.

Dein ergebener Schüler
Ibn Yakub.«

Drei

Die Eroberung von Akko. Imadeddins Beschreibung von Richard Löwenarsch. Takieddins Tod.

»Mein lieber, hochgeschätzter Freund,
es gibt zahlreiche Gründe, weshalb ich Dir etliche Monate nicht geschrieben habe. Ich war viel mit dem Sultan unterwegs, begleitete ihn wie ein getreuer Hund von einem Heerlager zum nächsten und fühlte mich recht wohl dabei. Früher, vor der Zeit, da meine Familie in jenem Feuer umgekommen war, fügte ich mich zuweilen nur unwillig, wenn Seine Hoheit mich aus heiterem Himmel zu sich befahl. Jetzt dünkt es mich, als brauche er mich tatsächlich. Mag dies auch nur schiere Einbildung sein, so weiß ich doch sicher, daß ich ihn brauche. An seiner Seite verblassen die Erinnerungen an die unheilvolle Vergangenheit. Denn mein Verstand muß klar sein, damit ich die Geschehnisse jedes Tages zu erfassen vermag.

Doch während ich Dir schreibe, erscheint vor meinem geistigen Auge gelegentlich das Haus im jüdischen Viertel von Kairo, und ich beginne zu weinen, insbesondere an kalten Abenden wie diesem, wenn ich eingehüllt in eine Decke im Zelt sitze und meine Hände an einem Feuer wärme. Dann wandern meine Gedanken zurück zu jenen lang vergangenen Kairoer Winternächten.

Aber für mein Säumen gibt es außer diesem Grund noch einen anderen. Ich wußte nicht, ob Dich meine früheren Briefe erreicht haben, und konnte wegen der erlittenen Niederlage auch keine Erkundigungen darüber einholen. Der Verlust von Akko hat uns in tiefe Trauer gestürzt. Daher war ich hocherfreut, als über den Kurier des Sultans Deine Botschaft zu mir gelangte. Demnach hast Du also meine vorherigen Briefe erhalten. Deine Besorgnis um meine Gesundheit rührt mich zutiefst, doch gibt es diesbezüglich keinen Anlaß zur Beunruhigung.

Hingegen bekümmert mich der Gesundheitszustand des Sultans. Dieser Mann kann fünfzig Tage im Sattel zubringen, ohne des nachts mehr als drei Stunden zu ruhen, und er vermag selbst dann noch den Kampfgeist seiner Soldaten zu beflügeln. Aber eines Tages, so fürchte ich, wird er tot umfallen und uns verwaist und klagend zurücklassen.

Ich verstehe Deine Verärgerung über Imadeddin, doch halte ich Deine Einschätzung seiner Person für nicht ganz gerechtfertigt. Wie wir bereits früher festgestellt haben, sind ihm zahlreiche schlechte Angewohnheiten zu eigen, und für gewöhnlich trübt Hochmut seinen Geist. Auch sein Betragen wirkt zuweilen anstößig, besonders wenn er die eine Gesäßhälfte leicht anhebt, um einen Furz entweichen zu lassen. Doch wiegen seine zahlreichen edlen Eigenschaften diese wie auch seine sonstigen Schwächen vollkommen auf. Er ist ein gefühlsbetonter Mensch mit einer empfindsamen Seele. Doch nun genug von Imadeddin. Ich werde später noch einmal auf ihn zu sprechen kommen.

Das Ausmaß der in Akko erlittenen Niederlage kann gar nicht verheerend genug eingeschätzt werden. Schließlich ist die Stadt Philip von Frankreich und Richard von England in die Hände gefallen. Da wir über keine Flotte verfügen, konnten wir ihren Galeeren nichts entgegensetzen. Ebenso mißlang Salah al-Dins Ablenkungsversuch, als er überraschend das feindliche Lager angriff. Die Emire, denen die Verteidigung der Zitadelle oblag, sandten dem Sultan laufend Botschaften mit der Bitte um Hilfe, da sie in Gefahr waren, den Franken die Stadt ausliefern zu müssen.

Zu dem Debakel kam es dann wie folgt: Als sich die Lage immer mehr zuspitzte, setzten sich die drei Emire im Schutz der Dunkelheit mit Hilfe eines kleinen Bootes ab. Die feige Tat wurde am folgenden Morgen bemerkt und ließ den Kampfgeist der Soldaten noch weiter sinken. Der Befehlshaber Qara Kush, den Du aus seiner Zeit in Kairo weitaus besser kennst als ich, ahnte die bevorstehende Niederlage und bat um eine Unterredung mit dem König von England und dem

König von Frankreich, um die Übergabe der Stadt und den Rückzug unserer Soldaten auszuhandeln. Philip billigte Qara Kushs Bedingungen, wohingegen Richard danach trachtete, unsere Soldaten zu demütigen, und folglich das Angebot ausschlug. Salah al-Din befahl den Emiren auszuharren, doch er konnte den Belagerungsring trotz der Verstärkung unserer Truppen nicht durchbrechen. Qara Kush ergab sich, ohne das Einverständnis des Sultans abzuwarten und obgleich Richard auf äußerst harten Bedingungen bestand.

Damit erlitt Salah al-Din den größten Rückschlag seines Lebens. Vierzehn Jahre lang war er siegreich gewesen, nun weinte er wie ein Kind. Tränen des Zorns, der Verzweiflung und der Enttäuschung rannen ihm über die Wangen. Wäre die Stadt von entschlosseneren Befehlshabern verteidigt worden, so hätte die Niederlage seiner Einschätzung nach abgewendet werden können. Einmal suchte er die Schuld bei sich, dann wieder warf er seinen Ratgebern nutzloses Geschwätz vor und verfluchte die feigen Emire. Er gelobte, niemals aufzugeben und stets von neuem die Gesinnung und die Frömmigkeit der Gläubigen auf die Probe zu stellen. Er sprach von einer Wolke, die derzeit das Licht verdunkle, und schwor bei Allah, daß sich der Himmel bei Tagesanbruch wieder klären würde. Schwerlich konnte man von seinen Tränen und seinen Worten ungerührt bleiben.

Als Richard von England einen Boten sandte und den Sultan um eine Unterredung bat, bei der nur ein Übersetzer zugegen sein sollte, wies der Herrscher der Getreuen dieses Ansinnen verächtlich zurück und trug dem Boten auf: ›Lasse deinen König wissen, daß wir nicht die gleiche Sprache sprechen.‹

Etliche Male wurde Richard wortbrüchig. Er hatte Salah al-Din versprochen, unsere Gefangenen freizulassen, sofern wir den Bedingungen der Übergabe zustimmten. Wir verhielten uns den Vereinbarungen gemäß und sandten die erste Rate des Lösegeldes, doch erwiesen sich die fränkischen Anführer auch in diesem Fall als so doppelzüngig wie eh und je.

An einem Freitag, dem geheiligten Tag der muslimischen Gläubigen, ordnete Richard die öffentliche Hinrichtung von dreitausend Gefangenen an, deren Köpfe von den Rittern in den Staub getreten wurden. Als die Kunde dieser Freveltat unser Lager erreichte, erhob sich lautes Wehklagen. Die Soldaten fielen auf die Knie und beteten für ihre niedergemetzelten Brüder. Salah al-Din schwor Rache und befahl, von Stund an keinen Franken mehr am Leben zu lassen. Selbst er, der großherzigste aller Herrscher, forderte nun: Auge um Auge.

Nachdem der Sultan eine Woche lang keine Nahrung zu sich genommen hatte, knieten sich Takieddin, Keukburi und ich, nachdem wir uns abgesprochen hatten, vor ihm nieder und flehten ihn an, sein Fasten zu brechen. Ich reichte ihm eine Schale nahrhafter Hühnerbrühe, die er tatsächlich langsam und genüßlich zu sich nahm. Wir lächelten einander an und seufzten vor Erleichterung. Als er zu Ende gegessen hatte, wandte er sich an seinen Neffen Takieddin, den er mehr als seine beiden Söhne liebt und insgeheim zum Nachfolger wünscht. Allerdings fürchtete er einen Bruderzwist wegen dieses Ansinnens.

›Was ich Euch jetzt offenbare, ist allein für Eure Ohren bestimmt‹, begann er mit schwacher Stimme, ›denn Ihr seid meine drei engsten und getreuesten Gefährten. Nicht der Verlust von Akko stimmt mich traurig. Wir haben in der Vergangenheit viele Städte aufgeben müssen, und eine einzelne Niederlage fällt nicht ins Gewicht. Was mich indessen besorgt stimmt, ist die mangelnde Eintracht unter den Gläubigen. Zuverlässige Freunde am Hof von Bagdad haben Imadeddin zugetragen, daß der Kalif insgeheim froh ist über die Niederlage in Akko. Weshalb seid Ihr darüber entsetzt? Seit der Eroberung von al-Kadisiya starren der Herrscher der Gläubigen und seine engsten Ratgeber angsterfüllt auf mich. In ihren Augen verfüge ich über zuviel Macht, denn das gewöhnliche Volk bringt mir mehr Ehrerbietung entgegen als dem Kalifen. Mit ihrer vom Haschischgenuß getrübten Wahrnehmung sehen sie in unserer Niederlage ihren Sieg.‹

Zum erstenmal hatte der Sultan in meiner Gegenwart die Frömmigkeit und die Herrschaft des Kalifen in Frage gestellt. Ich war gleichermaßen bestürzt wie auch entzückt, galt ich doch nun als enger Ratgeber, Imadeddin und Deinem einzigartigen Freund, dem Kadi al-Fadil, gleichgestellt.

Nach dem Fall von Akko mußten wir in Arsuf eine weitere schwere Niederlage hinnehmen. Daher lenkt jetzt der Sultan unser aller Augenmerk erneut auf die Verteidigung Jerusalems. Die Franken mußten sich ihre Erfolge hart und unter zahlreichen Verlusten erkämpfen, zumal sich etliche ihrer neu eingetroffenen Soldaten nur schwerlich an die Augusthitze in Palästina gewöhnen können. Richard bat um eine Unterredung, die Salah al-Din ihm wieder verweigerte. Hingegen traf al-Adil mit ihm zusammen, und die beiden führten ein langes Gespräch. Richard verlangte von uns den Verzicht auf Palästina, doch al-Adil, erzürnt über Richards Dreistigkeit, wies diese Forderung zurück.

Seit achtzig Jahren, und selbst in den ruhigeren Zeiten, empfinden wir dieses Volk als Eindringlinge, sie waren für uns stets Fremde, die sich gegen unseren Willen und unter Ausnutzung unserer Schwächen hier aufhalten. Richard ist nur der letzte in einer langen Reihe gnadenloser Ritter, die in unser Land eingefallen sind. Für uns war unter dem Mantel staatsmännischer Verhandlungskunst stets ein Silberdolch verborgen. Der Sultan stellt sich oft die Frage, ob dieser böse Traum je enden wird oder ob uns als Bewohnern des Landstriches, der Moses, Jesus und Muhammad hervorgebracht hat, immerwährender Krieg bestimmt ist. Gestern wollte er von mir wissen, ob Jehovah, Gott und Allah meiner Ansicht nach jemals in Frieden nebeneinander bestehen können. Darauf konnte ich ihm keine Antwort geben. Vermagst du es, mein Freund?

Am Morgen, als al-Adil Richards Friedensbedingungen verächtlich zurückwies, kehrte Imadeddin aus Damaskus zurück. Den größten Teil des Tages befragte er fränkische Ritter, die uns überraschend in die Hände gefallen waren und bei Sonnenuntergang hingerichtet werden sollten. Sie waren allesamt ganz erpicht darauf, mit Imadeddin zu reden, doch nur drei von ihnen traten zum Glauben des Propheten über und wurden begnadigt.

Als ich am Vormittag des nächsten Tages abseits des Lagers meinen Darm entleerte, erschien Imadeddin, um ebenfalls seine Notdurft zu verrichten. Nachdem wir uns gewaschen und zum Morgenmahl gesetzt hatten, begann Imadeddin, mir bislang unbekannte Dinge von Richard zu erzählen.

›Einer der fränkischen Ritter behauptete, Richard kämpfe unerbittlich wie ein Löwe, weshalb er den Namen Richard Löwenherz trage. Andere Ritter pflichteten ihm bei, und ihre Berichte decken sich mit den Erfahrungen, die wir im Kampf mit ihm gemacht haben. Er kämpft nicht nur wie ein Tier, er ist eines. Und wie wir alle nur zu gut wissen, mein guter Ibn Yakub, zählt der Löwe beileibe nicht zu den edelsten Geschöpfen, die Allah geschaffen hat.

Doch selbst wenn wir diese Bezeichnung als Würdigung seiner Person betrachten, so herrscht unter den Franken keineswegs Einmütigkeit darüber. Drei Ritter, mit denen ich gesprochen habe, teilten diese Ansicht nicht. Sie sagten, er kämpfe nur dann wie ein wildes Tier, wenn er sich in Gesellschaft anderer Ritter befände. Sie halten ihn schlichtweg für einen verschlagenen, verräterischen und feigen Mann, der sogar als erster das Schlachtfeld verließe, wenn eine Niederlage drohe. Die Hinrichtung unserer Gefangenen in Akko war eher die Tat eines Schakals als die eines Löwen.

Uns wird dieser König als Richard Löwenarsch in Erinnerung bleiben. Ich freue mich, daß Euch meine Voraussage zu belustigen vermag, Ibn Yakub, doch war sie tatsächlich ernst gemeint. Mehrmals bot sich mir Gelegenheit, einen Blick auf den After eines getöteten Löwen zu werfen, und jedesmal war ich von dessen ungeheurer Größe beeindruckt. Es handelt sich wahrlich um eines der unerklärlichen Wunder der Natur.

Richards After hingegen ist nicht von Natur aus so groß. Berichten meiner Spitzel zufolge sind ganze Armeen dort eingedrungen, doch befriedigt ist der König indes noch lange nicht. Insgeheim hofft er, daß al-Adil, des Sultans geliebter Bruder, sein Verlangen stillt. Als Salah al-Din davon Kenntnis erhielt, mußte er lachen und sagte in meiner Gegenwart zu al-Adil: ›Bester Bruder, um den Krieg in Allahs Sinn vollenden zu können, muß ich möglicherweise an dein Pflichtgefühl appellieren und dich um dieses außerordentliche Opfer bitten.‹

Als ich mich ein wenig zu laut über die im Scherz gesprochenen Worte des Sultans Worte erheiterte, verstummten die zwei Brüder und sahen zunächst mich, dann einander an. Ich wußte, was sie dachten. Sie überlegten, ob nicht ich dieses letzte Opfer bringen und Löwenarsch befriedigen sollte. Wie Ihr Euch denken könnt, war mir daran gelegen, diese törichte Überlegung im Keim zu ersticken. Ich behauptete, mich erleichtern zu müssen, woraufhin ich des Sultans Zelt verlassen durfte und auch nicht wieder dorthin zurückkehrte.‹

Bereits vor drei Tagen habe ich diesen Brief zu schreiben begonnen, doch hat sich währenddessen weiteres Unheil zugetragen. Der junge Emir Takieddin, des Sultans Lieblingsneffe, wurde im Zuge eines unnötigen Scharmützels mit den Franken niedergestreckt. Da er wußte, daß seine Truppen den Franken hoffnungslos unterlegen waren, hatte er sich gegen einen Kampf ausgesprochen, war jedoch von einigen jungen Heißspornen überstimmt worden und hatte daher seine Männer ins Gefecht führen müssen. Die Nachricht von seinem Tod bestürzte Salah al-Din zutiefst, und er befindet sich auch jetzt noch im Zustand der Erschütterung. Er war Takieddin wahrlich mehr zugetan als seinen eigenen Söhnen. Als Takieddins Vater vor vielen Jahren verstarb, hatte der Sultan den Jüngling an Kindes Statt angenommen und ihn nicht nur wie seinen eigenen Sohn, sondern, mehr noch, wie einen Freund behandelt.

Zusammen mit al-Adil und einigen Emiren von Damaskus wurde ich in das Zelt des Sultans befohlen. Als wir eintraten, fanden wir ihn weinend vor. Heftiges Schluchzen schüttelte ihn, das sich noch verstärkte, als er seines Bruders ansichtig wurde. Sein Zustand betrübte uns so sehr, daß wir gleichermaßen in Tränen ausbrachen, obwohl wir den Grund für seinen Kummer nicht kannten. Als wir von dem schrecklichen Ereignis erfuhren, waren wir wie vom Donner gerührt. Takieddin war nicht nur des Sultans Neffe gewesen, sondern gleichzeitig einer der wenigen vertrauenswürdigen Emire, der die Bedeutung dieses Krieges ermessen konnte, und ihn, so hatte der Sultan zumindest gehofft, hätte zu Ende bringen können. Der Mut dieses Emirs hatte sowohl die Soldaten angespornt als auch seinen Onkel, der indes nur zu gut wußte, wie zartbeseelt Takieddin im Grunde seines Wesens war. Und es war eben dieser Charakterzug, den der Sultan so sehr an ihm liebte. Da Takieddin nun in unseren Reihen fehlt, gilt es, möglichst viele Siege zu erringen, um die Franken ihrer Zuversicht zu berauben und ihre Anführer aus unseren Ländern zu vertreiben.

Am folgenden Morgen überreichte mir der Sultan ein Stück Papier mit einem Nachruf auf seinen gefallenen Neffen. Er bat mich, in Imadeddins Abwesenheit einen Blick auf die Verse zu werfen und Verbesserungen daran vorzunehmen, ehe er sie an seine Brüder und Neffen weiterleitete. Der große Gelehrte ging mit des Sultans Texten oftmals hart ins Gericht, mir jedoch mangelt es sowohl an Ansehen als auch an Selbstbewußtsein, um Änderungen vorzunehmen. Tatsächlich, Ibn Maymun, gefielen mir die Verse, und ich habe sie im ursprünglichen Wortlaut verschickt. Teilst Du meine Meinung?

›In der Wüste Einsamkeit
zähle ich die Opfer, die zu jung verschieden.
Wie viele sind es, die das Schlachtfeld gefordert hat?
Wie viele werden es sein, die es noch zu rauben begehrt?
Weder die Klänge der Flöte
noch die Lieder, die die Feder schreibt,
bringen sie uns zurück.
Doch allmorgendlich bei Sonnenaufgang
verweil' ich im Gebet bei ihnen.
Grausam hat des Todes Pfeil uns Takieddin entrissen,
die kalten Mauern dieser Welt haben mich umschlossen.
Finsternis,
Verzweiflung herrscht.
Können wir den Pfad nochmals erleuchten?‹

Dein Freund,
Ibn Yakub
Persönlicher Schreiber des Sultans Salah al-Din Ibn Ayyub.«

Vier

Der Löwenarsch reist nach England ab, und der Sultan zieht sich nach Damaskus zurück.

»Mein guter Freund Ibn Maymun,
wir befanden uns im Zustand größter Verwirrung. Unter den Emiren herrschte derart große Uneinigkeit, daß niemand sagen kann, ob Richard nicht doch vielleicht Erfolg beschieden gewesen wäre, wenn er Jerusalem belagert hätte. Nicht selten suchte der Sultan die al-Aqsa-Moschee auf und benetzte die Gebetsteppiche mit seinen Tränen. Auch er war wenig zuversichtlich, daß seine Emire und Soldaten einem Angriff würden standhalten können.

Bei einer Versammlung des Kriegsrats wandte sich ein Emir in scharfem Ton an Salah al-Din und tat kund: ›Der Fall al-Kadisiyas würde dem Glauben keinen Abbruch tun. Schließlich hat er viele Jahre auch ohne al-Kadisiya überdauert. Es ist doch nur eine Stadt aus Stein, und an Steinen mangelt es in unseren Ländern wahrlich nicht.‹

Noch nie zuvor hatte ich den Sultan in der Öffentlichkeit so aufgebracht erlebt. Er erhob sich, und wir alle taten es ihm gleich. Dann schritt er auf den Emir zu, der in dieser Weise gesprochen hatte, und sah ihm wortlos in die Augen. Der Emir senkte den Blick und fiel auf die Knie. Immer noch schweigend, kehrte der Sultan zu seinem Platz zurück, ehe er mit ruhiger Stimme sprach. Al-Kadisiya werde bis zum letzten Mann verteidigt werden, sagte er, und wenn es fallen sollte, dann sei auch sein Schicksal besiegelt, damit sich in künftigen Zeiten ihre Nachkommen der Geschehnisse erinnerten und begriffen, daß dies eben keine gewöhnliche Stadt aus Stein sei, sondern der Ort, an dem sich die Zukunft unseres Glaubens entscheide. Daraufhin verließ er die Versammlung.

Niemand sprach ein Wort. Langsam leerte sich der Raum. Ich blieb allein zurück und sann über die schicksalhaften Ereignisse der letzten Jahre nach. Wir waren nach unserem Sieg in Jerusalem allzu selbstsicher geworden. Ich liebte den Sultan, als wäre er mein eigener Vater, doch er hatte einen Fehler: Immer wenn er Entschlossenheit zeigen und unliebsame Entscheidungen treffen mußte, wenn er ganz allein seinem Gefühl folgen sollte, neigte er zu Schwäche und ließ sich von Männern beeinflussen, denen es an seinen Fähigkeiten mangelte. Oft war ich versucht, ungeachtet meiner untergeordneten Stellung als Freund zu ihm zu sprechen, wie Du oft zu mir gesprochen hast.

Du fragst Dich, was ich ihm sage würde? Dessen bin ich mir selbst nicht sicher. Vielleicht würde ich ihm ins Ohr flüstern: ›Verliert nicht den Mut, wenn Euch jetzt ein Emir den Rücken kehrt oder die Bauern Eure Anordnungen mißachten und die Franken mit Getreide beliefern. Euer Gefühl trügt Euch nicht. Für gewöhnlich habt Ihr recht, und die Gewähr für unseren endgültigen Sieg liegt einzig und allein in eiserner Entschlossenheit, in unumwundener Aufrichtigkeit, wenn Ihr zu Euren Soldaten sprecht, und in einer unerbittlichen Haltung gegenüber den Wankelmütigen in unseren Reihen. Darauf beruhte auch das Geheimnis des Erfolges Eures Onkels Chirkuh.‹

Zu unserem Glück hatte Richard ebenfalls Angst vor einer Niederlage. Er fürchtete die Sonne, die vergifteten Brunnen und den Zorn der Gläubigen, vor allem jedoch fürchtete er den Sultan. Überdies war ihm sehr daran gelegen, bald nach Hause zurückzukehren. Eines der wenigen Male, da ich unseren Sultan lachen hörte, war, als ihm einer unserer Spitzel von ernstlichen Meinungsverschiedenheiten im feindlichen Lager berichtete. Richard und der französische König waren sich in nichts, aber auch in gar nichts einig. Ja, ihr gegenseitiger Haß hatte solche Ausmaße angenommen, daß er sogar den Wunsch, uns zu vernichten, in den Hintergrund drängte.

›Allah sei gepriesen‹, hatte der Sultan lachend ausgerufen, ›daß nicht nur wir durch die kleinlichen Streitigkeiten und widersprüchlichen Ziele der Emire gespalten sind.‹

Diesen Zeitpunkt hielt er für günstig, um einen Friedensschluß herbeizuführen. Die Küstenstädte mochten den Franken überlassen bleiben. Sollten sie Tyros, Jaffa, Askalon und Akko doch behalten. Verglichen mit unserem Machtbereich sei das gar nichts, und wenngleich wir sie noch nicht ins Meer getrieben hätten, arbeitete doch die Zeit für uns. So lautete die Begründung des Sultans, und in dieser Hinsicht hatte er recht.

Richard hat unsere Gestade endgültig verlassen. Zwei Jahre hat er hier zugebracht, ohne die heilige Stadt einnehmen zu können. Sein Feldzug hat ihm so gut wie nichts eingebracht. Er mochte Gefallen daran gefunden haben, wehrlose Gefangene hinzurichten, doch sein Kreuzzug war ein Fehlschlag, und darin liegt unser Sieg.

Unser Sultan bleibt der einzige unumschränkte Herrscher dieses Gebiets. Sicherlich wird es Dich wenig überraschen zu erfahren, daß Richard unserer Küste kaum Lebewohl gesagt hatte, als wir bereits Abordnungen fränkischer Edelmänner empfingen, die darauf erpicht waren, sich zum Schutz voreinander dem Sultan zu unterstellen. Indem sie sich ihm als seine Lehnsmänner überantworteten, wollten sie sich ihre Sicherheit erkaufen.

Daher sind wir in die Zitadelle von Damaskus zurückgekehrt, wo ich nun diese Zeilen an Dich schreibe. Hier stehen mir drei große Gemächer zur Verfügung, und man behandelt mich eher als Gast denn als Bediensteten. Der Kämmerer sucht mich regelmäßig auf, um sicherzustellen, daß es mir an nichts mangelt. Damit folgt er einer ausdrücklichen Anweisung seines Gebieters. Es scheint, als habe der Sultan entschieden, meinen jahrelangen Fleiß in der Weise zu belohnen, daß er mir auf meine alten Tage ein sorgenfreies und angenehmes Dasein beschert.

Ich sehe den Sultan jeden Tag. Oft spricht er von seinem Vater und seinem Onkel, doch am meisten vermißt er seinen alten Freund Shadhi, den kurdischen Krieger, der ebenfalls ein blutsverwandter Onkel war und niemals zauderte, die Dinge beim Namen zu nennen. Gestern erinnerte er mich an ›Shadhis Fähigkeit, schwülstiges Gerede in Logik zu verwandeln‹. Wir mußten beide lachen, und das nicht als Herrscher und

Diener, sondern als zwei Freunde, die sich eines wertvollen Menschen erinnern.

Des Sultans Gesundheit bereitet mir allerdings große Sorge, und ich wünschte mir von Herzen, Du, Ibn Maymun, könntest hierher reisen und sein Leibarzt werden. Er braucht heilkundigen Beistand. Sein Gesicht ist von Falten durchzogen und kündet von tief empfundenem Lebensüberdruß. Sein Bart ist nunmehr beinahe weiß. Bei körperlicher Anstrengung ermüdet er schnell, und er kann des Nachts oft nicht durchschlafen. Könntest Du mir vielleicht den einen oder anderen Kräutertee für ihn empfehlen?

Gestern nach dem Mittagsschlaf ließ er aus einer reinen Laune heraus nach Imadeddin schicken. Der große Gelehrte traf jedoch erst spät ein, lange nachdem wir unser Nachtmahl beendet hatten. Er bat dafür um Verzeihung und behauptete, des Sultans Nachricht habe ihn erst eine halbe Stunde zuvor erreicht. Salah al-Din hörte dies mit einem Lächeln an, ohne seine falsche Behauptung zu hinterfragen. Wie allgemein bekannt ist, vermeidet es Imadeddin nach Möglichkeit, an den für seinen Geschmack allzu kargen Mahlzeiten des Sultans teilzunehmen.

›Was habt Ihr heute abend zu Euch genommen, und wo habt Ihr gespeist, Imadeddin?‹ erkundigte sich der Sultan, und sein Lächeln war verschwunden.

Bei dieser unvermittelten Frage zuckte der Ratgeber zusammen. Seine schlaffen Augenlider strafften sich, und seine ganze Haltung verriet nun höchste Wachsamkeit.

›Es war ein bescheidenes Mahl, Herrscher der Tapferen. Ein wenig gebratenes Lamm, danach ein selbst ersonnenes Gericht, Wachteln in Schafsmilchquark, gewürzt mit Salz und Knoblauch. Weiter nichts.‹

Wir lachten, und nach dem Austausch einiger Höflichkeiten verkündete der Sultan, daß er die Pilgerreise nach Mekka anzutreten beabsichtige, wozu Imadeddin die nötigen Vorkehrungen treffen solle. Doch der Gelehrte runzelte die Stirn.

›Davon würde ich derzeit abraten. Der Kalif ist schon jetzt eifersüchtig auf Euch. Er weiß, daß das Volk Euch liebt. Einen Besuch von Euch in Mekka würde er so verstehen, als wolltet Ihr auf Umwegen seine Macht in Bagdad in Frage stellen.‹

›Das ist törichtes Geschwätz, Imadeddin‹, unterbrach der Sultan seinen erlauchten Ratgeber. ›Es ist die Pflicht eines jeden Gläubigen, einmal im Leben nach Mekka zu reisen.‹

›Dessen bin ich mir durchaus bewußt, o Sultan‹, entgegnete Imadeddin. ›Doch wird sich der Kalif vielleicht fragen, warum Ihr ausgerechnet diesen Zeitpunkt für Euren Besuch der Kaaba wählt. Und womöglich wird er sogar den bösen Zungen Glauben schenken, die da behaupten, daß Ihr einst ein Skeptiker gewesen seid und als solcher den Vorschriften unseres Glaubens wenig Bedeutung beimeßt.‹

›Tut, wie ich Euch geheißen habe, Imadeddin‹, erwiderte der Sultan streng. ›Noch vor Jahresende werde ich Mekka besuchen. Setzt den Kalifen von meinem Vorhaben in Kenntnis und fragt höflich an, ob ich ihm auf dem Weg dorthin meine Aufwartung machen darf.‹

Nachdem diese Angelegenheit entschieden war, machte Imadeddin Anstalten zu gehen, doch der Sultan bedeutete ihm zu bleiben.

›Ihr beehrt uns in letzter Zeit nicht oft mit Eurer Gegenwart, Imadeddin. Sagt, habt Ihr einen neuen Liebhaber gefunden?‹

Nach derlei persönlichen Dingen pflegte Salah al-Din sonst nicht zu fragen. Die Vertraulichkeit seines Herrn überraschte Imadeddin und schmeichelte ihm auch ein wenig. Anstatt zu antworten, flüchtete er sich in einen Scherz, der weder den Sultan noch mich zu erheitern vermochte. Enttäuscht von Imadeddins übertriebener Heimlichtuerei, schlug Salah al-Din nun einen ernsteren Ton an.

›Ich weiß, daß Ihr Euch gründlich mit der christlichen Religion befaßt habt, Imadeddin. Trifft es nicht zu, daß die frühen Christen, von denen die Kopten angeblich abstammen, Bildnisse und symbolische Darstellungen ihres Gottes ebenso ablehnten wie wir? Und auch der Glaube Ibn Yakubs, der Anhänger Musas, verbietet ebenso wie der unsere eine Bilderverehrung. Wie also kam es, daß die späteren Christen von ihrem ursprünglichen Glauben abfielen und Bildnisse anzubeten begannen? Und wenn das bei ihnen eingetreten ist, könnte es dann nicht auch bei uns geschehen?‹

Imadeddin überlegte eine Weile und strich sich über den Bart. Nachdem er sich seine Antwort zurechtgelegt hatte, sprach er betont langsam, als unterweise er einen Schüler.

›Den frühen Christen galt die Bilderverehrung in der Tat als etwas sehr Sündhaftes. Sie stammten hauptsächlich vom Volk Musas ab und übernahmen daher viele der alten jüdischen Gebote. Überdies standen sie den Griechen feindselig gegenüber. Manche der frühen Christen spotteten sogar über diese Heiden, indem sie den Schluß zogen, wenn Statuen und Bilder denken und fühlen könnten, würden sie lediglich den Menschen lieben, der sie erschaffen habe.

Der Umschwung kam dreihundert Jahre später, als die Heiden eine vernichtende Niederlage hinnehmen mußten. Die Vordenker der Kirche meinten, Bildnisse von Isa und den Heiligen sowie Reliquien wie das Kreuz könnten als Brücke dienen zwischen ihnen und einer skeptischen Mehrheit, die der Vergangenheit nachtrauerte und mit Wehmut an die prächtigen heidnischen Rituale zurückdachte. Wenn die Anhänger des Pythagoras eben nur durch Darstellungen des ans Kreuz genagelten Isa gewonnen werden konnten, waren die Bischöfe bereit, diese Abweichung von ihrem überlieferten Glauben hinzunehmen.

Von den frisch bekehrten Heiden darauf aufmerksam gemacht, daß ihrer Religion eine Athene, eine Diana oder eine Venus fehlte, beschwichtigten die Kirchenführer ihre neugewonnene Schar, indem sie Isas Mutter Maria zu einem der beliebtesten Bildnisse ihrer Religion machten. Da die Kirche über Länder herrschte, in denen seit Jahrhunderten Göttinnen verehrt worden waren, bedurfte es einer Mutterfigur. Unser Prophet, er möge in Frieden ruhen, war sich dessen ebenfalls bewußt, doch widerstand er derlei Einflüsterungen des Satans.

Der Sultan fragt, ob wir denselben Weg nehmen werden. Das glaube ich nicht. Die Reinheit unseres Glaubens ist so eng verknüpft mit der Anbetung Allahs und nur Allahs allein, daß die Verehrung irgendeines Bildnisses nicht nur gotteslästerlich wäre, sondern auch die übergeordnete Stellung des Herrschers der Gläubigen ernstlich in Frage stellen würde. Wenn einer

Reliquie oder einem Bildnis Macht innewohnt, weshalb sollte man sich dann noch der Macht eines Menschen fügen? Ich weiß, was Ihr denkt, o Herrscher der Klugen. Was ist mit dem Papst in Rom? Daran habe ich auch gedacht, doch im Lauf der Jahre wird sich seine Kirche spalten und seine Macht angezweifelt werden. Das ist die zwangsläufige Folge jeder Bilderverehrung.

Würden wir dieselbe Richtung einschlagen, würde unsere Religion, im Unterschied zur christlichen, dieser Belastung nicht standhalten und zerbrechen.‹

Der Sultan strich sich nachdenklich über den Bart. Er war von Imadeddins Schlußfolgerung nicht überzeugt.

›Die Macht ihres Papstes oder unseres Kalifen mag durchaus schwinden, Imadeddin, soweit gebe ich Euch recht. Aber ich teile nicht Eure Ansicht, daß all das in der Verehrung von Bildern und Symbolen begründet liegt. Den Beweis hierfür seid Ihr schuldig geblieben. Nichtsdestoweniger erscheint mir diese Überlegung bedenkenswert. Sprecht mit dem Kämmerer und laßt uns in der nächsten Woche eine Versammlung von Gelehrten einberufen, damit wir uns dieser Frage eingehender widmen können. Doch nun will ich Euch nicht länger aufhalten. Gewiß wartet irgendwo im Herzen von Damaskus ein schöner Jüngling geduldig darauf, daß Ihr in sein Bett steigt.‹

Der Chronist erwiderte nichts, gestattete sich jedoch ein Lächeln und küßte den Mantelsaum des Sultans, ehe er ging. Obwohl es noch nicht spät war, schien Salah al-Din bereits müde zu sein. Zwei Diener kamen, mit Tüchern, Seifen und Ölen beladen, um ihn ins Bad zu begleiten. Mit einem matten Lächeln sah er mich an.

›Jamila wird böse sein, daß ich Euch so lange in Beschlag genommen habe. Sie sehnt sich nach einem Gespräch mit Euch. Wie auch ich hat sie Eure Freundschaft zu schätzen gelernt, Eure Anwesenheit ist ihr Beruhigung und Trost. Am besten verbringt Ihr den morgigen Tag mit ihr.‹

Ich verbeugte mich, während er sich zurückzog, die Arme auf die Schultern seiner Diener gestützt. Jeder der beiden hielt eine Lampe in der Hand, und als der Sultan in ihrer Mitte hinausging, umspielte der sanfte Lichtschein sein Gesicht. Einen

Augenblick lang erschien es mir wie ein Lichtstrahl aus einer anderen Welt, aus dem Paradies.

Zuweilen spricht Salah al-Din von den unverhofften Gaben, die ihm ein gütiges Schicksal zuteil werden ließ, und bezeichnet sich selbst als bloßes Werkzeug Allahs. Er ist sich seiner Sterblichkeit nur allzu bewußt. Es geht ihm nicht gut, Ibn Maymun, und das stimmt mich traurig.

Am nächsten Tag befolgte ich des Sultans Anordnung und machte der Sultana Jamila meine Aufwartung. Sie empfing mich allein und hieß mich überaus liebenswürdig willkommen. Dann übergab sie mir ein Schriftstück, und als ich die Blätter überflog, begann ich um ihr und um mein Leben zu bangen. Dieses Schreiben konnte uns beide den Kopf kosten: sie, weil sie es verfaßt hatte, und mich, weil ich es zu lesen gewagt und Jamila nicht beim Kadi angezeigt hatte. Ihr Werk enthielt derart sündhafte Gotteslästerungen, daß sogar der Sultan sie nur mit großer Mühe vor dem Zorn der Scheichs würde bewahren können. Doch über den Inhalt will ich erst sprechen, wenn wir uns wiedersehen, Ibn Maymun. Ich scheue mich, diese Dinge Papier anzuvertrauen, das von einem Boten überbracht wird. Denn es ist durchaus möglich, daß unsere Briefe geöffnet und von neugierigen Personen gelesen werden, die al-Fadil und Imadeddin über den Inhalt in Kenntnis setzen, ehe sie die Briefe wieder versiegeln und weitersenden.

Ich bat Jamila inständig, das Schriftstück zu verbrennen.

›Das Papier mag verbrennen, Schreiber‹, erwiderte sie in scharfem Ton und mit funkelnden Augen, ›doch meine Gedanken werden in mir weiterleben. Ihr begreift nicht, daß mir etwas Schreckliches widerfahren ist, weshalb ich nun endgültig in den Süden zurückkehren will. Ich vermag nicht mehr zu lächeln, der Wind hat meine Lippen versengt. Ich möchte dort sterben, wo ich geboren wurde. Doch bis zu jenem Tag werde ich weiterhin meine Gedanken zu Papier bringen. Ich habe nicht die Absicht, dieses Schreiben zu vernichten. Es wird an einem sicheren Ort aufbewahrt und von jenen gelesen werden, die meine Suche nach der Wahrheit verstehen.‹

Obgleich ich die Antwort aus ihrem Blick lesen konnte, erkundigte ich mich dennoch, welches Unglück über sie hereingebrochen sei. Sie war des schönen koptischen Mädchens überdrüssig geworden, ihr übersättigtes Herz hatte plötzlich nur noch Abscheu empfunden. Doch sie nannte mir keinen Grund, und ich fragte auch nicht danach. Ich wußte, sie suchte nach Halima, und in der Koptin hatte sie sie nicht gefunden. Würde ihre Suche weitergehen, wenn sie wieder im Süden weilte, oder wollte sie sich einem Leben der Gelehrsamkeit verschreiben? Gerade war ich im Begriff, sie danach zu fragen, als sie mich mit einem unerwarteten Angebot in Erstaunen setzte.

›Auch Ihr, Ibn Yakub, habt in Eurem Leben Unglück erfahren. Zwar seid Ihr von allen Seiten mit Anerkennung und Lob bedacht worden, doch Ihr und ich, wir sind wie Bettler. Wir besitzen nichts. Freilich habe ich zwei wohlgeratene Söhne, aber sie sind weit weg, und sie werden im Kampf ihr Leben lassen, bei der Verteidigung irgendeiner Zitadelle in diesem verfluchten Krieg. Ich bezweifle sogar, daß sie mir Enkelkinder schenken werden, die mir im hohen Alter Trost sein könnten. Wenn der Sultan einmal stirbt, sehe ich einem öden Dasein entgegen, ebenso wie Ihr. Wollt Ihr mich nicht in den Süden begleiten? Die Bibliothek im Palast meines Vaters birgt viele seltene Schriften, darunter einige von andalusischen Skeptikern. Der Lesestoff wird Euch niemals ausgehen. Was sagt Ihr dazu, Schreiber? Braucht Ihr eine Bedenkzeit?‹

Ich nickte, während ich ihr dafür dankte, daß sie so freundlich an mich gedacht hatte. Doch in Wahrheit, Ibn Maymun, würde ich viel lieber nach Kairo zurückkehren, irgendwo ein kleines Zimmer beziehen und in Deiner Nähe sein.

Dein treuer Freund

Ibn Yakub.«

Fünf

Abschied vom Sultan.

»Lieber Freund,
winterlicher Nebel liegt über der Zitadelle, während ich Dir diese Zeilen schreibe, doch nichts ist dunkler als die Wolken der Betrübnis, die seit sieben Tagen schwer auf unseren Herzen lasten. Er, der den Krieg gewohnt war, ruht nun in Frieden, im Schatten der Großen Moschee.

Meine eigene Zukunft ist ungewiß. Al-Afdal, der Sohn des Sultans, hat sein Erbe angetreten und mich gebeten, als sein Schreiber hierzubleiben. Jamila hingegen bereitet ihre Abreise in den Süden vor und wünscht, daß ich sie begleite. Ich werde wohl eine schwache Gesundheit vorschützen und nach Kairo zurückkehren, wo ich meine Gedanken ordnen und über das Leben dieses Mannes nachsinnen will, dessen Hinscheiden uns in tiefe Trauer gestürzt hat.

Wie ich Dir bereits geschrieben habe, ließ seine Gesundheit zu wünschen übrig. In den letzten Wochen in Jerusalem klagte er immer wieder über Schlaflosigkeit, bestand aber darauf, das Fasten einzuhalten, obgleich seine Ärzte ihm entgegenhielten, daß dies nicht angebracht sei. Der Verzicht auf Nahrung hat ihn wohl noch mehr geschwächt. Häufig sah ich ihn müde, mit gesenktem Kopf, den Blick zu Boden gerichtet.

Doch die Rückkehr nach Damaskus weckte seine Lebensgeister wieder, so daß sein unerwarteter Tod uns um so härter traf. In den letzten vier Wochen hat er viel Zeit mit seinem Bruder al-Adil und seinen Söhnen verbracht und schien wieder ganz genesen zu sein. Sein Appetit war wiedergekehrt, und die vormals blassen Wangen hatten erneut Farbe angenommen. Heiteres Gelächter begleitete seine Ausritte zur Jagd.

Einmal saßen wir zusammen im Garten, als sein ältester Sohn al-Afdal ihm seine Aufwartung machte. Der Sultan hatte mir gerade von seiner Zuneigung zu seinem verstorbenen Neffen Takieddin erzählt und hielt inne, da al-Afdal auf seinen Vater zutrat und ihm die Hände küßte. Streng sah der Sultan ihn an.

›Ich hinterlasse euch allen ein Reich, das sich vom Tigris bis zum Nil erstreckt. Vergeßt nie, daß unser Erfolg sich auf die Unterstützung gründet, die wir vom Volk erfahren. Seid ihr nicht mehr eins mit ihm, wird auch das Reich nicht überdauern.‹

Bei anderer Gelegenheit hörte ich, wie er al-Adil bat, die Ansprüche seiner Söhne zu achten. Er wußte, wovon er sprach, wie sich auch sein Bruder darüber im klaren war, daß es bei den Bergvölkern keinerlei Rücksicht auf die Erbfolge gab. Die Sippe entscheidet sich für den Stärksten aus ihren Reihen, damit dieser sie künftig führe und ihre Ansprüche verteidige. Des Sultans jüngerer Bruder al-Adil war ihrem Onkel Chirkuh ausgesprochen ähnlich, sowohl von seinem Wesen her als auch in seinen Vorlieben. Wie sein Bruder wußte auch Salah al-Din, daß seine Gefolgsleute und Soldaten, ließe man ihnen die Wahl, sich für al-Adil als Sultan entscheiden würden. Daher bat Salah al-Din den jüngeren Bruder, er möge Afdal, Aziz und Zahir vor allen Ränken schützen. Al-Adil verbeugte sich und küßte den Sultan auf die Wangen, indes er murmelte: ›Warum bist du so bedrückt? Allah wird mich viel eher zu sich rufen als dich. Er braucht dich noch, um die Ungläubigen aus unserem Land zu vertreiben.‹

Ich stimmte al-Adil insgeheim zu. Denn der Sultan war voller Tatkraft und erinnerte mich an jene längst vergangenen Tage in Kairo, da er die Kunst der Staatsführung erst erlernte. Doch eine dunkle Ahnung hatte sich seiner bemächtigt.

Eines Morgens ließ er mich in aller Frühe wecken, damit ich ihn begleitete. Da er Mekka noch immer nicht besucht hatte, wollte er wenigstens die zurückkehrenden Pilger vor der Stadtmauer begrüßen. Ich glaube, er hat es tief bereut, diese Pilgerreise nie unternommen zu haben.

In seiner Jugend war dies seinem Trotz zuzuschreiben gewesen. Je älter er wurde, desto notwendiger erschien ihm ein Besuch der Heiligen Stadt. Doch hatte ihn der Krieg gegen die Franken mehr als drei Dutzend Jahre in Anspruch genommen, und nun war er schlicht zu entkräftet für die lange Reise. Mit dem Verweis auf die Eifersucht des Kalifen hatte ihm Imadeddin die Pilgerfahrt ausgeredet, während er mir gegenüber einräumte, er fürchte vor allem, daß der Sultan die Reise nicht überleben würde. Die Ärzte bestätigten, daß sie ihm diese Anstrengung verboten hatten. Widerwillig hatte Salah al-Din sich gefügt. Nun wollte er mit der Begrüßung der zurückkehrenden Pilger zumindest teilweise seine Unterlassung sühnen.

Während wir aus der Stadt hinausritten, begann es zu regnen. Unvermittelt peitschte uns ein kalter, winterlicher Platzregen ins Gesicht. Ich sah, wie der Sultan fröstelte, da er seine Steppjacke nicht übergezogen hatte. Als ich ihm meinen Umhang umlegen wollte, lachte er und warf ihn mir wieder zu. Ihn belustigte, daß ausgerechnet ich, der ich als Schwächling galt, ihn vor der Unbill des Wetters zu schützen suchte.

Infolge des kräftigen Regenschauers setzten Sturzbäche die Straße unter Wasser und machten sie unpassierbar. Die Pferde fanden auf dem matschigen Grund kaum Halt, doch Salah al-Din ritt unbeirrt weiter, und ich folgte ihm. Noch immer sehe ich ihn vor mir, wie er mit schlammbespritztem Gesicht und ebenso besudelten Kleidern die durchnäßten Pilger begrüßt.

Bei unserer Heimkehr hatte der Regen aufgehört, und der Himmel klarte auf. In festlicher Kleidung traten die Einwohner von Damaskus auf die Straßen, jubelten dem Sultan zu und hießen die Karawane aus Mekka willkommen. Um den Menschenmassen auszuweichen, schlugen wir eine schmale Gasse zur Zugbrücke ein.

In der Nacht wurde Salah al-Din von heftigem Fieber geschüttelt. Ich bezweifle, ob selbst ein Arzt mit Deinen Fähigkeiten, Ibn Maymun, ihn hätte retten können. Das Fieber stieg unaufhörlich, der Sultan war kaum mehr bei Bewußtsein. Täglich besuchten ihn nun seine Söhne und al-Adil. Ich wich nicht von seiner Seite, für den Fall, daß er zu sich kommen und mir seinen letzten Willen diktieren wollte. Am zehnten Tag fiel er in einen tiefen Schlaf, aus dem er nicht mehr erwachte. Sein fünfundfünfzigster Geburtstag lag erst kurze Zeit zurück.

Die Stadt weinte drei volle Tage um ihn. Obgleich es niemand angeordnet hatte, blieben die Läden geschlossen, und die Straßen waren menschenleer. Noch nie hatte ich die Trauer der Menge in solch öffentlicher Form erlebt. Als wir des Sultans Leichnam zu seiner letzten Ruhestätte geleiteten, nahm die ganze Stadt schweigend Anteil. Salah al-Dins Arzt Abd al-Latif, selbst schon ein alter Mann, flüsterte mir ins Ohr, ihm sei kein Beispiel bekannt, daß der Tod eines Sultans dem Volk jemals derart nahe gegangen sei.

Mit leidensvoller Miene betete Imadeddin, während ihm die Tränen über die Wangen strömten: ›Ya Allah, nimm diese Seele zu Dir. Öffne diesem Mann die Pforten des Paradieses und schenke ihm damit diesen letzten Sieg, den er sich immer erhofft hatte.‹

Als wir zur Zitadelle zurückkehrten, war alles totenstill, als könnten die Emire und Gefolgsleute den Klang ihrer eigenen Stimmen nicht ertragen. Al-Afdal, der Sohn des Sultans, trat auf mich zu und umarmte mich, doch auch ihm kam kein Wort über die Lippen.

Noch am selben Abend befiel mich eine plötzliche Übelkeit, und ich lag fröstelnd darnieder. Mein Körper schien zu glühen. Erst nachdem ich drei Krüge Wasser geleert hatte, schlief ich ein.

Am nächsten Morgen war zwar die Krankheit wie weggeblasen, doch fühlte ich mich noch schwach, zumal mich eine unheilvolle Ahnung quälte. Als ich mich im Bett aufsetzte, wurde mir klar, daß das Unheil schon über uns hereingebrochen war. Der Sultan war tot.

Meine Aufgabe ist vollendet. Es gibt nichts mehr aufzuschreiben.

Friede sei mit Dir, bis wir einander wiedersehen,
Dein ergebener Freund
Ibn Yakub
Schreiber des verstorbenen Sultans Salah al-Din Ibn Ayyub.«